박영준

Series of Korean Literature at China

이 전집은 대산문화재단의 2006년 해외한국문학연구 지원을 받았습니다.

연세국학총서73
중국조선민족문학대계 12

박영준

연변대학교 조선문학연구소
김동훈·허경진·허휘훈 주편

보고사

◉ 권 철

중국 연변대학 조문학부 졸업. 연변대학 조문학부 교수로 재직하며 민족연구소장을 역임
하고, 현재 조선문학연구소 고문으로 있다. 저서로 『광복전조선민족문학연구』, 『중국조선
족문학』 등이 있다.

◉ 김동훈

중국 중앙민족대 중문학과 졸업, 중앙민족대와 연변대 교수를 거쳐 현재 상해공상외대
한국어 학부장으로 있다. 연변대조선언어문학연구소 소장, 북경대조선문화연구소 고문
역임. 저서로는 『중국조선족구전설화연구』, 『조선족문화』, 『중국조선족문학사』(공저), 『간
명한국백과전서』(주필), 『중국조선족문화사대계』(총주필) 등이 있다.

◉ 허경진

한국 연세대 국문학과 및 동 대학원 졸업. 목원대 국어교육과 교수를 거쳐 현재 연세대
국문학과 교수로 있다. 2005년부터 중국 연변대 겸직교수로 재직중이다.

◉ 허휘훈

중국 연변대 조문학부 및 동 대학원 졸업. 문학박사. 현재 연변대 조문학과 교수로 있다.
연변대 조선문학연구소 소장, 연변민간문예가협회 이사장이다. 저서로 『조선민간문화연
구』, 『조선문학사』(공저), 『중조한일민담비교연구』(주필) 등이 있다.

연세국학총서73
중국조선민족문학대계 12

박영준

초판 1쇄 발행 _ 2007년 6월 28일

주편자 _ 김동훈 · 허경진 · 허휘훈
        연변대학교 조선문학연구소
발행인 _ 김흥국
발행처 _ 도서출판 보고사
등 록 _ 1990년 12월(제6-0429)
주 소 _ 서울시 성북구 보문동 7가 11번지 2층
전 화 _ 922-5120/1(편집) 922-2246(영업)
팩 스 _ 922-6990
메 일 _ kanapub3@chol.com
홈페이지 _ www.bogosabooks.co.kr
ISBN _ 978-89-8433-413-7(94810)
       978-89-8433-401-4(세트)
정 가 _ 28,000원

간행사

　우리 조상들이 중국 땅에 이주해온 이후, 오랜 역사를 통해 탁월한 저력으로 독자적인 문화를 창출해냈고 또한 많은 문화유산을 물려주기에 이르렀다. 그 가운데 우리 조상들의 알찬 삶의 지혜와 다양한 경험들이 축적되어 있다. 바로 이 때문에 문화유산 중 큰 비중을 차지하는 구비문학과 기록문학이 소중하며, 다시 읽어야할 보전(宝典)으로 남게 되었다.

　과경(跨境)민족으로서의 중국 조선민족은 19세기 후반이래로 수차의 문화적 격변의 시대를 살아왔다. 이른바 개화기의 격류 속에서는 전통문화와 서구문화사이의 갈등, 한문학과 국문문학 간의 교체를 경험했고, 식민지시대에는 국문문학의 문체혁신과 일제에 의해 책동된 전통문화의 쇄멸 말살이라는 시련을 겪기에 이르렀다. 이런 변화와 역경 속에서도 중국 땅에 망명하였거나 이 땅에서 유·이민 혹은 정착민으로 생활해온 우리 겨레의 지조 있는 애국문인들은 결코 붓을 던지지 않았다. 류인석, 김택영, 신규식, 신채호, 안중근, 리상룡, 김정규, 김소래, 최서해, 염상섭, 주요섭, 최상덕, 강경애, 현경준, 김창걸, 안수길, 박영준, 황건, 김조규, 윤동주, 박팔양, 이육사, 함형수, 리학성, 천청송, 김학철, 윤해영, 채택룡, 설인 등 헤아릴 수 없이 많은 문학도와 시인, 작가들이 바로 필설로 그 시대를 증언해온 대표적인 지성인들이다.

　그들 중에는 고국을 떠나 갈바람에 흩날리는 낙엽처럼 정처 없이 떠돌다 두만강, 압록강을 건너와 허허 넓은 만주벌판, 낯선 이국땅 서러운 추녀 밑에서 간도아리랑을 부른 망향시인이 있었고 하늬바람 불어치는 산해관을 넘어 북경, 서안, 상해, 무한 등 천년고도에 떠돌이로 남아 언론매체를 빌어

'천고'를 울리고 '진단'을 노래하고 청구의 '광명'을 만방에 호소한 청년전위가 있었는가 하면 백산, 흑수, 송료, 제로, 태항, 중원의 고전장에서 읍마일생을 수놓아 가며 목숨을 바친 무명용사도 있었다. 여순, 나가사끼, 후꾸오까의 감옥에서 단지혈맹의 뜻을 굽히지 않고 다리를 절단해가면서도 끝까지 혁명의 지조를 지켜왔거나 끝내 '한 점 부끄럼 없이' 꽃처럼 피어나는 피를 민족의 제단 앞에 바친 암흑기의 푸른 별들도 있다. 그들은 문자에 앞서 몸으로 지탱해온 삶 그 자체가 더 고결하고 값진 것으로 여겨왔던 것이다. 그들의 피와 땀으로 가꾸어온 문화의 숲은 헌걸찬 우리 민족의 에너지를 부단히 충전시켜 주는 불멸의 혈맥, 끈질긴 생명력의 고동으로 무성하게 자라고 있으며 영광과 비애의 굴곡, 흥망과 성쇠의 기복이 교차되는 수많은 역사 주체의 명멸을 간직한 채 굳건하고 강인한 기백으로 오늘날까지 민족의 정기를 면면히 이어주고 있다.

그들이 남긴 풍부한 문학유산은 그동안 중외(中外)학자들에 의하여 적지 않게 발굴 연구되었으나, 지금까지의 연구는 단편적인 자료에 근거를 둔 것으로서 그 진면목을 체계적으로 파악하기에는 역부족이라고 할 수 있다. 이런 의미에서 중국 조선족과 광복 전 재중 한인, 조선인들의 문학 자료를 체계적으로 발굴, 정리, 출판하는 것은 정체(整体)적인 민족문학연구에서 대단히 중요한 작업이 아닐 수 없다. 그들이 남긴 문학 자료는 지금도 중국각지와 해외의 여러 도서관, 박물관, 문서보관소에 신문, 잡지, 일기, 필사본, 프린트본, 활자본 등 형식으로 흩어져있다. 이런 현실을 감안하여 본 대계는 선배들이 중국 땅에 남긴 문학 자료들을 집대성하여 후세인들로 하여금 문화민족으로서의 자긍심을 갖게 하고 애국애족의 정신을 계승 발양하며 문학, 언어, 역사, 민속, 언론, 사회 등 여러 분야를 망라한 학계인사들에게 21세기 중국 조선민족문화의 새로운 비약을 위한 계통적인 연구 자료를 제공하는데 그 목적과 의의가 있다.

중국조선민족문학의 진수를 정리, 간행하기 위한 계획이나 준비 작업은 연변대학 조선언어문학연구소(현재의 조선문학연구소)의 창립과 더불어 20세기 80년대부터 본격적으로 시작되었다. 권철교수를 비롯한 연변대학 조선언어문학연구소의 조선문학 관계 선배학자들은 1950년대부터 벌써 재중 조선인 문학자료 수집에 착수하였고 1990년에는 권철, 조성일, 최삼룡, 김동훈 등 네 연구원의 공동 집필로 된 《중국조선족문학사》를 공개출판하기에 이르렀다. 1992년 연변대학 조선언어문학연구소(현재의 조선문학연구소)는 한국 숭실대학교 인문대학과의 공동연구과제로서 소재영, 권철, 김동훈, 조규익 교수를 중심으로 집필한 《연변지역조선족문학연구》를 펴냈다. 같은 시기에 김영덕, 최문식 교수를 비롯한 연변대학 고적연구소에서는 《류린석전집》, 《김택영전집》, 《윤동주유고집》, 《한양가》, 《연변조사실록》 등 중국지역에서 발굴, 정리한 17권의 민족고전을 출판하였다.

이와 동시에 문학현장의 사실을 증언하기 위해 두 연구소 산하의 수십 명의 연구원들은 연변의 각 현시와 북경의 백림사, 상해의 서가회, 남경의 용반리, 심양시 서류보관소 그리고 하얼빈, 대련, 서안, 남통 등지의 도서관, 박물관 등 중국 국내 수백처의 자료관을 누비면서 우리 민족의 해방 전 문학자료들이 흩어져 실려 있는 《천고》, 《진단》, 《천고》, 《진단》, 《독립신문》, 《민성보》, 《북향》, 《만선일보》, 《카톨릭소년》, 《광복》, 《신한청년》, 《조선의용대통신》, 《한민》, 《연변문화》 등 신문과 잡지, 그리고 지난 세기 초부터 이 땅에서 유전되었던 《백두산민담》, 《장백산강강지략》, 《초등소학수신》용 우화집과 《싹트는 대지》, 《재만조선인시집》, 《혈해지창》 등 최초의 소설집, 시집 및 극본들을 속속 발굴하였으며 무려 1,500만자에 달하는 작가문학 자료와 800여 수의 민요, 2,000여 편의 전설과 민담을 수집하였다. 그들은 하늘을 비상하는 나비가 아니라 발로 땅을 기어 다니는 지네와 같이 지나간 역사와 문화현장에 파고들어 문학현상 자체를 자기의 피부로 촉감하고 확인함으로써 오늘의 이 방대한 민족문학대계의 탄생을 준비하였던 것이다.

본 대계의 출간과 관련하여 우리는 다음과 같은 몇 가지 원칙에서 이 사업을 추진키로 하였다.

첫째, 본 대계에는 중국 조선족 작가와 재중 한국인, 조선인 작가들이 건국(1949년) 이전에 창작한 시, 소설, 일반 산문, 극작품 등 일체의 문예작품들을 수록한다.

둘째, 우리 문학의 세 가지 큰 갈래인 조선문 문학, 한문문학, 구비문학을 통해 역사적으로 이룩한 모든 양식을 함께 수록한다. 먼저 건국 전에 창작된 작품을 30권에 나누어 1차적으로 간행하고 이를 더욱 확대하여 진정한 의미의 문학대계가 되게 한다.

셋째, 구비문학작품은 건국 전에 수집된 것과 건국 후에 수집된 것을 망라하며, 그 내용이 해방 전에 이미 구전으로 전승되었음을 감안하여 이를 모두 1차 간행분에 포함시킨다.

넷째, 언어상으로나 역사적으로 가치가 있는 일부 원전은 원전과 현대어역을 동시에 수록한다. 현대어역을 통하여 한문과 원전의 감상을 가능하게 하고 정확한 원전의 제시로 그 연구의 자료가 되게 한다. 단 일부 한시와 고문은 번역 사업이 미처 미치지 못해 원문만 그대로 싣기로 한다.

다섯째, 건국 전의 작가문헌은 그 문체들이 발생한 시대적 선후를 염두에 두면서 한시, 현대시, 소설, 산문, 희곡 순으로 배열하고 구비문학은 민요, 전설, 민담 순으로 배열한다. 건국 이후의 작품은 대부분 쉽게 찾아볼 수 있는 것들이어서 2차적으로 그 출간을 계획해보려 한다.

1차 간행에 교부된 작품집 목록은 아래와 같다.

제1-3권 한시집
제4-6권 시집(조선문)
제7-13권 소설집
제14-16권 산문집
제17권 희곡집
제18권 민요집
제19권 문헌설화
제20-21권 전설집
제22-27권 민담집
제28-29권 중국에 번역 소개된 문학작품
제30권 별책(색인)

끝으로 본 대계가 편집 출판되는 동안 관심 있는 모든 분들의 협력과 질정을 바라며 어려운 가운데도 이 사업에 동참해주신 편찬위원, 책임편자, 역주자 여러분과 연변대학 고적연구소 임원들에게 감사드린다.

그리고 본 사업의 취지를 이해하고 편집비를 지원해주신 한국 대산문화재단, 2005년도 연세특성화지원금으로 「중국내 한국관련 문헌자료집성사업단」을 지원해주신 한국 연세대학교의 후의에 감사드리며, 아울러 편집과 교정에서 제작에 이르기까지 노고를 아끼지 아니한 보고사 여러분께도 고마움을 표한다.

2005년 12월 26일

중국 연변대학교 조선문학연구소 전 소장 김동훈

중국 연변대학교 조선문학연구소 소장 허휘훈

한국 연세대학교 국학연구원 허경진

편집위원 명단

명예주필: 권 철
주 편: 김동훈, 허경진, 허휘훈
감 수: 권 철, 전성호

편찬위원: **중국** 권 철(연변대 조선문학연구소 고문, 교수)
김경훈(연변대 조선-한국학학원 부교수, 문학박사)
김동훈(원 연변대 조선문학연구소 소장, 교수)
김병민(연변대 총장, 교수, 문학박사)
김영덕(원 연변대 고적연구소 소장, 교수)
김호웅(연변대 조선-한국학연구중심 주임, 교수, 문학박사)
리광일(연변대 조선-한국학학원 교수, 문학박사)
전성호(원 연변문학예술연구소 소장, 연구원)
채미화(연변대 조선-한국학 학원 원장, 교수, 문학박사)
최문식(연변대 민족연구원 원장, 교수)
최삼룡(연변문학예술연구소 연구원)
허휘훈(연변대 조선문학연구소 소장, 교수, 문학박사)

일본 오오무라 마스오(일본 와세다대 교수)

한국 고운기(연세대 국학연구원 연구교수, 문학박사)
김영민(연세대 국문과 교수, 문학박사)
김 철(연세대 국문과 교수, 문학박사)
유중하(연세대 중문과 교수, 문학박사)
이경훈(연세대 국문과 교수, 문학박사)
전인초(연세대 중문과 교수, 문학박사)
최유찬(연세대 국문과 교수, 문학박사)
표언복(목원대 국어교육과 교수, 문학박사)
허경진(연세대 국문과 교수, 문학박사)

책임편찬 : 전성호
편 찬 자 : 전성호, 안금희

● 일러두기

이 ≪대계≫는 다음과 같은 요령으로 엮었다.

1. 중국 조선족의 기록, 구비문학작품을 비롯하여 재중한인(韓人), 조선인이 중국 지역에서 창작한 작품들을 함께 수록하였다.

2. 20세기 전반기에 창작 발표된 문학작품을 일차적 선제대상으로 확정하였다.

3. ≪대계≫ 각권의 출판은 한시, 현대시, 소설, 산문, 희곡, 민요, 전설, 민담 순으로 배열하였다.

4. 한시와 기타 한문(漢文)으로 쓰인 원전은 매 편마다 원문을 앞에 싣고 역문을 뒤에 함께 수록하여 상호 참조하기에 편리하도록 하였다.

5. 원전에 나오는 일부 지명, 인명, 전고, 방언과 알기 어려운 글자, 누락, 오기 등에 대해 필요한 주를 달았다. 주석표기는 원문(혹은 역문)에 번호를 붙이고 해당 면 하단에 각주(脚注)함을 원칙으로 하였다.

6. 고한문 원전은 번체자로 표기하고 이해가 어려운 한자어의 경우에는 괄호 안에 한자를 넣어 병기하였다.

7. 간행사와 일러두기 그리고 해설은 한국에서의, 작품의 맞춤법·띄어쓰기·외래어 표기는 중국에서의 현행 조선말 규범원칙을 따르되, 어학적·민속적 가치가 높은 해방 전 원전은 원문 그대로 수록하였다.

8. 본문은 연변의 표기방식대로 실었으며, 해설은 한국의 표준법에 맞추어서 윤문하였다.

9. 이 ≪대계≫에서 사용한 주요 부호는 다음과 같다.

    1) ( ) : 음이 같은 한자를 병기함.

    2) [ ] : 음은 다르나 뜻이 같을 때나 혹은 풀이한 한문을 병기함.

    3) ≪ ≫ : 책명, 작품명, 대화나 인용을 나타냄.

    4) 〈 ? 〉 : 불확실한 경우를 나타냄.

    5) □ : 원전 또는 원문에서 누락된 문자를 나타냄.

    6) 주석은 ①②로 표시하여 해당 면 하단에 표기함.

차 례

단편소설

장편소설

박영준과 그의 중국에서의 문학

전성호

　박영준은 젊은 시절에 근 10년간 선후로 중국 용정과 길림지구에서 문학활동을 한 저명한 소설가이다. 그는 1911년 3월 2일 평남 강서군 함종면 발본리에서 출생하였는데, 그의 부친은 1920년에 독립운동을 하던 중, 일경에게 피검되어 평양형무소에 투옥되었다가 복역 중에 옥사를 하였다. 박영준은 1934년에 연희전문학교 문과를 졸업하였고 이해 1월에 단편소설 ≪모범경작생≫을 ≪조선일보≫ 신춘문예에, 장편소설 ≪일년≫을 ≪신동아≫ 현상소설응모에 각각 1등으로 당선시키면서 문단에 나섰다. 단편소설 ≪모범경작생≫은 일제의 농업정책에 적극 동조함으로써 모범경작생으로 되었지만, 마을 공동체의 생활과 민족의 고난에 대하여서는 냉담, 외면한 채 아랑곳하지 않으면서, 식민지 관료로 부화하여 일신의 영달만을 꾀하는 길서에 대한 사실주의적인 묘사를 통하여, 식민통치의 전시적이고 허구적인 농업정책을 신랄하게 비판함으로써 작가로 하여금 대표적인 농민작가라는 평을 받게 하였다. 그리고 장편소설 ≪일년≫은 농민들의 일 년 간의 생활을 그린 작품으로서, 발표당시에 총독부의 검열로 3분의 1이 삭제를 당하면서 발표되었다.

　박영준은 1934년에 간도 용정에 와서 일 년 간 동흥중학교에서 교편을 잡았다가, 1935년에 고향의 독서회사건으로 일경에게 피검되어 5개월간 옥살이를 하였다가, 그 후 1938년에 다시 길림지구 반석현으로 이주하여 교사생활을 하였는데, 이 기간에 그는 장편 ≪쌍영≫을 ≪만선일보≫에 연재시킨 외, ≪꿈속의 고향≫(농업조선 5), ≪고양이≫(조선일보 5. 27-6. 1), ≪청사기》(조선일보 7. 19-26), 《중독자》 등을 발표하였고, 1939년에는 단편 《남풍》(조광 2), 《의수》(문장 임시증간 7) 등을 발표하였으며, 1940년에는 단편 《류랑》(동아일보 6. 5-25)을, 1941년에는 단편 《무화지》(문장 2), 《밀림의 녀인》(소설집 《싹트는 대지》) 등을 발표하였다. 그중 지금 독서가 가능한 것으로는 장편 《쌍영》과 단편 《중독자》, 《의수》, 《무화지》, 《밀림의 녀인》 등이다.

단편소설 《의수》

이 소설은 중학교 졸업시기에 한 공장에 견학을 갔다가 팔 하나를 잃은 성진이가 의수를 하고 교편을 잡다가 그만두고, 도서관에 다니면서 법률공부를 하다가 그것마저 그만두고, 자신을 불구로 인정하면서 아들 보현이나 잘 교육할 목적으로 이사를 하려고 하는 내용을 쓰고 있다.

주인공 성진이는 신체는 팔 하나 없는 불구이지만 정신은 이것을 인정하지 않았다. 그가 교편생활에 나선 것은 《먹을 것을 위하야 하는 노름도 아니오 교육에 대한 절신한 신념과 각오가 있어서 하는 노름도 아니다. …자기의 의수를 사랑해보기 위하여, 사람축에 못드는 병신이 되고싶지 않아 택한 것이다.》 즉 자기가 아무것도 할 수 없는 병신취급을 받는 것이 싫어서였다. 그는 학생들에게 문과를 가르치고 있었는데, 그가 이화학을 버리고 문과를 선택한 것은 자기의 의수로써는 복잡한 실험을 할 수 없었기 때문이다.

하지만 그는 교편생활에서 자기가 생각했던 바의 성과를 거둘 수 없었다. 학생들이 그의 말을 잘 들어주지 않으면서 그를 괴롭히고 있었다. 그는 《몸의 부자유보다도 마음의 우울을》 느끼고 있었고, 《더욱이 의무적으로 배우는 학생에게 대하야 선생이니 그저 가르칠뿐이라는 자기의 립장이 너무나 교육자의 자격을 잃고 있다》는 생각으로 자책을 느끼게 하고 있었다. 이리하여 그는 끝내 사직서를 내고 도서관에 다니면서 무엇인가 연구를 해 볼 결심을 다진다.

이러는 때에 그는 뜻밖의 일을 당한다. 다섯 살 짜리 우는 아들애에게 가벼운 매를 댔다가 ≪외팔이—왜 때려?≫하는 반격을 받았던 것이다. 지금까지 없었던 일이다. 분명 동네의 애들과 섭쓸리면서 배위온 욕설이었다. 그는 정신적으로 큰 타격을 받았다. 하지만 그는 부지런히 도서관에 다니면서 법학을 선택하고는 열심히 책을 보았다. 동시에 그전까지는 소홀히 대하였던 아들에 대한 사랑을 더 키우고 있었다.

그러나 그는 다시 한 번 자기를 부정한다. 그 계기는 다음과 같은 일들을 당하면서이다. 한번은 그가 도서관에서 돌아오는데, 자기의 아들 보현이와 마을의 애들이 모두 병신시늉을 하며 놀고 있는 것을 보았다. 소경의 흉내를 내는 애가 있었는가 하면, 절름발이시늉을 하는 애도 있었고, 보현이는 외팔이시늉을 하고 있었다. 그리고 한번은 도서관에서 한 동료에게 변호사시험에 관한 절차를 물었었는데, 뜻밖이라는 듯 놀랜 표정을 짓고 있던 그들의 대답인즉 병신이라도 될 수 있다는 격려의 말이었다. 즉 자기를 동등한 자격으로 인정해주지 않는 말이었다. 그다음 한번은 도서관에서 돌아오다가 한 소경이 단소를 불면서 돌아다니며 안마를 받으라고 하는 장면을 본 그것이다. 여기서 그는 자기처럼 의수를 해 넣고 자기의 불구를 감추려 하는 것보다도, 그 불구를 떳떳이 드러내놓고 살아가는 것이 현명한 방법임을 느꼈고, 만약 자기가 이렇게 하지 않고 자기의 불구를 계속 감추려고만 한다면 아들애에게 떳떳한 마음가짐을 주기도 어렵다는 것을 느꼈다. 그는 ≪없는것을 확실히 없는것이라 붙여주고나서 없는것이 그른것이 아니라는것을 보여주어야 보현이의 인식이 확실해질것이≫라 생각하였다.

하지만 그는 아직까지도 연약한 사람이었다. 그는 끝내 자기의 의수를 떼여버리지 못하고 그저 아들애의 교양을 위하여 환경만 바꾸려고 한다.

이처럼 이 작품은 의수를 둘러싸고 한 지식인 불구자의 심리를 매우 섬세하게 묘사하였다.

단편소설 ≪무화지≫

≪무화지(無花地)≫란 글자 그대로 꽃이 없는 지대라는 말이다.

작품은 위만주국의 한 소도시의 지방 ≪유지≫들이 신경(지금의 장춘)에서 왔다는 정부 참사관을 영접하여 한 요리점에서 술상을 벌이는 것으로부터 시작하고 있다. 이 지방의 ≪유지≫들이란 바로 학교 교장, 경찰서 경위, 협화회 직원, 현공서 속관 등이다. 그들은 먼저 신경에서 온 정부 참사관에게 앞 다투어 이 지방을 소개하고 있다.

≪참 이곳은 우리 동포가 잊지못할곳입니다. 가장 먼저 땅을 개간하고 들어온데가 이곳일뿐아니라 반만항일군에게 가장 큰 희생을 본데도 이곳입니다. 그래두 조선사람이 가장 만기로는 간도 다음갈것입니다.≫

≪교육도 꽤 발전된 곳입니다. 조선인 이만명가령 사는곳에 공립학교가 여섯 사립의숙같은것은 왼만한 부락에 대부분 있는 형편입니다.≫

≪그러나 농촌에 들어가면 말할것 없어요. 만주사람과 조금도 다름이 없으니까요. 애들 공부가 다 무엇입니까. 만주집에서 만주사람과 꼭 같은 살림을 합니다≫ 등.

그들의 말에는 ≪반만항일군에게 가장 큰 희생을 본데도 이곳≫이라는 운운이 있는데 ≪지방에서는 제로라고하나 길림쯤만 가도 이름을 알고 찾아주는이가 별반 없는≫ 사람들이고 ≪그들의 직업을 보아서도 이날의 좌석이 추측되는 바이지만 술만 얼근해지면 상하가 없어지고 까다로운 간격을 재틀여버리고마는 만주의 특색이 이 자리에도 나≫타나는 그러한 사람들이다. 작자의 이와 같은 서술에서도 보이고 있지만 작자는 이러한 ≪유지≫들을 멸시하고 있고 조소하고 있다.

이러한 ≪유지≫들 속에 소설의 주인공 재춘이라는 사람이 끼어있다. 소설에서 보면 학교장, 학회장 하면서 학교의 일에도 관계하고 있고, 협화회분회 부분회장이라 하면서 협화회의 일에도 관계하고 있는 사람이다. 그는 술판이 시작되자 자기의 습관대로 자기가 잘 알고 있는 기생부터 불러댄다. 그러나 돈만 벌면 그뿐인 기생이 ≪유지≫들이라 하여 달리 대할 리 없는 것이고, 기생과 놀아주는 다른 술꾼들이 ≪유지≫들을 위하여 자기의 술판을 깰 리는 만무한 것이다. 재춘이가 부른 그 기생은 운전수들과 한창 어울리고 있었던 것이다.

≪자동차 운전수놈들이야—무식한 놈들같으니 술집에 왔으면 색시를 나
노아 노는 법이지, 혼자만 가지구 있을텐가≫, ≪제일 못된 종자만 모아다놓
은게 운전수들이지!≫… 이것이 그때 이른바 ≪유지≫의 한사람이라고 하는
재춘의 말이다. 결과 술상이 파하자 재춘이는 골목에서 기다리고 있던 운전
수들에게 호되게 얻어맞는다.

그날 밤 재춘이의 애첩이 죽어버렸다. 늦어서야 집에 들어갔고 또 근일에
이르러 이 첩에게 싫증을 느낀 재춘이가 계속 외면하여준 결과이다. 그러나
이 애첩의 장례가 끝나서 보름이 지나자 그는 다시 바람 쏘이러 여행을 간
다고 갔다가 다시 젊은 색시를 얻어가지고 돌아온다.

≪여기 조강지처만을 더리고 사는사람이 몇이나 있는가, 만주에 와서 마
음대로 못살면 어데서 이런 생활을 한담—≫

이것이 다시 첩을 얻으면서 하는 재춘이의 생각이다.

이처럼 작자는 이른바 ≪유지≫라고 하는 주인공 재춘이의 인간적인 타
락상을 묘사하면서 이를 ≪무화지≫라 하였고, 일제에 의하여 세워진 위만
주국 자체를 ≪무화지≫라고 지적하였다. 위만주국사회에 대한 보다 짙은
고발의식을 나타냈던 것이다.

단편소설 ≪중독자≫

이 작품은 주인공 ≪나≫— 김상현이 고국에서 처를 잃고 만주에 이르러
부채가 없는 깨끗한 삶을 살려고 했으나 이러저러한 생활고를 겪다가 나중
에 자기의 양심을 어기는 책임지지 못할 일을 저지르고 끝내 아편중독자로
전락하는 과정을 쓰고 있다.

주인공 ≪나≫— 상현이는 아버지에게서 물려받은 얼마간의 재산을 가지
고 있었다. 그러나 그는 그 재산을 아내와 동거를 하면서 그를 안정시키기
위하여 다 탕진해버리고, 그래도 ≪나≫를 만족해하지 않는 아내를 기꺼이
신변에서 떠나보낸 뒤, 사진기 한대만을 가지고 만주로 향한다. 이제 만주에
가서 그 사진기 한 대로 남에게 사진을 찍어주면서 생계를 도모할 작정이다.

그리고 남에게 부채를 주지 않으면 남에게서 부채를 져야 하는 사람과는 담을 쌓으려 한다.

주인공이 만주행을 단행하게 된 원인은 매우 간단했다. ≪내가 진 부채와 내 처에게 준 부채를 내 스스로 청산할 수가 없었기 때문이다.≫ 여기서 주인공이 말하고 있는 부채란 금액으로서의 빚의 의미뿐이 아니라 마음, 양심상으로 짊어지게 되는 빚 전부를 의미한다. 그리고 이 의미가 더 크다. 심지어 남들과의 교제는 물론, 결혼마저도 부채를 지는 것이라 생각하고 있다. 그는 ≪…내가 돈으로 그의 아름다움을 사려는것과 같이 그는 그의 아름다움으로 나의 재산과 나의 육체 전부를 사려고 했으며 또한 나의 청춘을 빼앗아갔다≫고 인정하고 있었다.

이러한 주인공은 하얼빈에 이르러 여관에 들었다가 여비를 도둑맞고 여관 주인에게 얻어맞은 후 북안진으로 갔다가 한 여성의 유혹을 받는다. 하지만 그는 이지로 이 유혹을 물리친다. 그때의 그 장면과 주인공의 심리를 소설에서는 이렇게 쓰고 있었다.

그 여자는 눈물을 흘리었다. 자기의 괴로움을 나라는 사내에게 전엽시키어 고통을 분할시켜 보겠다는 노력이 눈앞에 보이므로 나는 적이 불쾌를 느끼었으며, 따라서 여자의 눈물이라는데에 명희를 연상케 하여 그 방에 들어온 것을 후회하게 되었다. 명희도 자기가 외로울 때는 눈물을 흘리었다. … 이제 내가 새로 만난 여자의 말이 진정이라고 한다면 나는 나의 비극의 과정이 그 여자보다 앞섰다는 생각밖에 들지 않았으나 그 여자 역시 명희처럼 목숨을 딴 사내에게 걸거나 육체와 정신을 어떤 사내에게서 뺏아 먹음이 없이는 못살 사람이라는 것을 느낄 때 내 마음은 냉정해지었으며 행복을 만들기 위하여 괴로움의 쳇바퀴에서 떠나려고 하지 않는 세상 사람을 내가 아랑곳할 바 없다는 냉정한 생각이 머리에 떠올랐다. 내 옆에 있는 사람을 보고 그의 불행을 들으면서도 냉정할수 있다는 것은 그 사람을 위한다는이보다 나를 위하여 관대한 것이 아닐수 없다.

그 후 주인공은 농촌을 배회하다가 해륜이라는 곳에 이르러 월급 25원을 받으면서 흑목사진관에 취직하였는데, 하숙을 정한 집에서 순자라는 18세의 식모계집애를 만나게 된다. 주인한테서 항상 매를 맞고 구박을 받으며 일하고 있는, 러시아에서 출생하여 부모 없이 자란 불쌍한 계집애였다. 그리고 그 계집애를 동정하던 끝에 이지를 잃고 그녀의 순정을 빼앗고야 말았다. 그리고 그 부채에 대한 갈등으로 순자를 떠나버린다. 그의 마음은 극도로 혼란되어 있고 자아모순으로 당착되어 있었다. 결국 ≪나≫는 아편중독자로 전락하고 만다.

여기서 우리는 아편과 아편중독자에 관하여 좀 더 말해둘 필요가 있다. 당시 간도체험문학들에는 아편과 아편중독에 관한 제재가 많다. 강경애의 ≪마약≫도 그러하고 박계주의 ≪모토≫도 그러하며 김창걸의 ≪청공≫, 현경준의 ≪류맹≫ 등이 전부 그러하다. 이러한 작품들은 당시 간도문학에서 간도의 실상을 보여주는 하나의 맥락을 형성하고 있다.

이렇다고 볼 때 박영준의 이 작품도 고립적으로 볼 것이 아니다. 즉 박영준은 주인공의 타락의 운명을 통하여 주인공과 같이 남에게 그 어떠한 부채를 주지도 않고 가지지도 않는, 자기의 힘으로만 정직하게, 양심적으로 살아갈 것을 도모하려 해도 사회가 그것을 받아주지 않는다는 것을 보여주고 있다. 즉 타락한 사회의 실상을 고발하고 있다.

단편소설 ≪밀림의 녀인≫

이 소설은 박영준의 다른 한 모습—친일경향의 모습을 보여주고 있다. 작품속의 ≪나≫는 협화회 요원인데, ≪산속생활≫을 하다가 일군에게 잡혀온 김순이라는 한 여인을 집에 데려다가 정신적으로 귀화시키는 내용을 엮고 있다. 김순이는 15세에 산속에 들어가 10여 년간 항일투쟁을 한 사람이다. 소설에서는 그녀를 세상도 모르고 시대의 변화도 모르고 인간의 정상적인 상식과 감정도 상실한 여인으로 묘사하고 있다. 금반지가 중한 줄도 모르고 돈이 중한 줄도 모르며 몸단장도 모르며 예의도 모른다. 이처럼 인간성을 모두 상실한 그녀는 ≪나≫의 인내성이 있고 인간적이고 희생적인 교육과 감화에 의하여 다시 인간으로 되고 인간세상으로 돌아온다.

이 소설에서는 이 여인이 다른 그 어떤 ≪마적≫이나 ≪호적≫, ≪비적≫ 등 무장 세력이 아니라, 바로 ≪공비(共匪)≫에게 끌려 산속으로 들어간 것으로 교대하고 있어, 위만주국의 국책에 동조한 친일작품이라는 그 모습을 분명히 해준다. 그러면서도 작품에 나오는 김순이를 마치 ≪인간사회를 떠나 투쟁만을 일삼은 녀인이니 이럴 수밖에 없다≫는 모종 관념과 도식에 의하여 억지로 그려낸 듯한 느낌을 준다. 문학적인 매력이 전혀 없다고 하여도 과언이 아니다. 작자의 문학적 기량을 느끼기 힘들다.

장편소설 ≪쌍영≫

장편소설 ≪쌍영≫은 박영준이 ≪만선일보≫ 1939년 12월부터 1940년 8월까지에 연재한 작품인데 전편과 후편으로 나뉘어있다. 그런데 무슨 원인에서였던지 ≪만선일보≫에서는 이 작품은 연재하면서 누락시킨 부분이 많고 회수를 오기한 곳이 적지 않다. 그리고 내용 순서를 바꾼 곳도 있었는데 이번에 정리하면서 더러 바로잡았다. 그 상황을 살펴보면 다음과 같다.

> 전편 1회부터 12회까지는 ≪그녀의 과반생(彼女의 過半生)≫인데 모두 있다.
> 전편 13회부터 16회까지는 ≪귀향(歸鄕)≫인데 역시 모두 있다.
> 전편 17회부터 27회까지는 ≪우인(友人)≫인데 21회가 누락되었다.
> 전편 28회부터 36회까지는 ≪락엽일기(落葉日記)≫인데 29회와 30회가 누락되었다.
> 전편 37회부터 46회까지는 ≪재출발(再出發)≫인데 42. 43. 44회가 누락되었다.
> 전편 47회부터 53회까지는 ≪하숙(下宿)≫인데 내용은 모두 있으나 회수를 더러 오기하고 있다.
> 전편 54회부터 62회까지는 ≪대면(對面)≫인데 순서오기는 있지만 내용은 모두 있다.
> 전편 63회 76회까지는 ≪제복한 생도(制服한 生徒)≫인데 내용은 다 있으나 순서를 두 번이나 오기하고 있다.

전편 77회부터 88회까지는 ≪거리(距離)≫인데 77회, 86회가 누락되었다.

전편 89회부터 99회까지는 ≪탄식(歎息)≫인데 95회가 누락되고 99회를 두 번 적고 있다.

후편 1회부터 3회까지는 ≪이제까지의 이야기(前編槪略)≫이다.

후편 4회부터 26회까지는 ≪환멸(幻滅)≫인데 중간에 12, 13, 14, 24회 등이 두 번 적혀있고 23회가 누락되었다.

후편 27회부터 32회까지는 ≪며느리≫인데 모두 있다.

후편 33회부터 39회까지는 ≪운명의 악회(惡戱)≫인데 내용은 중복되지 않지만 36회를 두 번 적고 있다.

후편 40회부터 66회까지는 ≪지렘마~디렘마≫인데 41, 53, 54, 55, 56회가 누락되었다.

후편 67회부터 98회까지는 전부 누락되어 그 내용을 짐작할 수 없다. 그중 97회부터는 ≪월광보(月光譜)≫였을 것이다.

후편 99회부터 109회까지는 ≪월광보≫인데 순서 3으로부터 시작되었다. 그리고 106회가 누락되었다.

후편 110회부터 124회까지는 ≪로방초(路傍草)≫인데 모두 있다.

후편 125회부터 129회까지는 ≪자장가≫이다.

그러니 이 작품은 작자가 근 360회를 계획했었는데 50일분이 누락되었다는 말이 된다. 그런데 작자의 원고가 없고, ≪만선일보≫에 연재된 것이 원시판본으로 되고 있는 상황이니, 이 작품의 원 모습을 제대로 밝히기에는 무리가 따른다. 다만 활자로 찍힌 액면 그대로 받아들인다고 할 때, 이 작품은 작자가 고의로 민족이 직면하고 있는 첨예한 현실모순을 회피하고, 안일한 창작태도로 창작에 임하였다는 느낌만을 준다.

그러면서도 이 작품에서는 당시의 사회풍조와 여성의 자강자립을 비롯한 여권문제를 주선으로 다루면서, 이상과 현실의 부조리, 금전의 마력과 비리, 이기심이 없는 진정한 삶의 추구 등 많은 인생문제들을 다루고 있다는 것만은 뚜렷하다. 그것은 이 작품에 등장하는 인물들의 인격에서 보인다.

작품은 주인공 최혜련이가 남편 김철식의 골회를 안고 기차로 중국으로부터 조선으로 향하는 것으로 시작된다. 작품에서 보면 부잣집 아들인 김철식은 봉건적인 혼인으로 맺어진 아내가 있으면서도 최혜련이와 자유 혼인을 한 사람이고 현대 여성이면서도 나이가 어려 아직 독립적인 인격을 가지지 못하였던 최혜련은 김철식에 대하여 애정을 느낌과 더불어 그의 금전에 끌려 주위의 반대도 무릅쓰고 그와 함께 중국으로 탈주하여 결혼을 하였었다. ≪금전에 끌렸다≫는 이것이 그녀에게 있어서는 커다란 실수였고 그 후의 인생을 불행하게 만든 원인이다. 하면서도 그때까지 혜련이는 다른 여성들과 같이 한 남자의 부속물로서의 자신의 위치를 만족하고 있었다.

그러나 그들의 결혼생활은 그리 행복하지 못했다. 부유한 가정에서 자란 남편의 방탕 때문이었다. 그것마저도 얼마 안 되어 남편은 딸 연자만을 그녀에게 남겨주고 뇌출혈로 죽고 말았다. 그녀는 다시 고향으로 돌아오지 않을 수 없었다.

이렇게 다시 고국 땅에 들어선 혜련의 앞에는 많은 난관들이 들이닥쳤는데, 시집편의 외면, 무지한 친가 오빠들의 불친절, 자기의 딸 연자에 대한 올케들의 구박, 특히 구두쇠인 큰오빠의 비루한 음모, 주위의 경계하는 눈초리, 이로부터 맛보게 되는 고독, 무의미하게 흘려보내는 나날 등이 그러하였다. 그녀는 자기의 지난날을 후회도 하고 그것 때문에 고민도 하고 있다.

하지만 이러한 난관과 편견 앞에서 혜련이는 굳은 마음을 먹고 자립의 길을 택하지 않을 수 없었다. 이리하여 그녀는 동창의 소개로 서울 성신보육학교에 가서 고학을 하게 된다. 10대의 여성들에게나 해당할 공부를 더하여 더 많은 지식을 얻기보다는, 이제 졸업을 하면 자기 힘으로 자기와 연자를 살리고 어머니를 모실 생각으로 말이다.

이에 대하여 숙희를 비롯한 그녀의 친구들은 공부를 하는 길을 택하기보다 딴 남편을 얻어 신세를 고칠 것을 권고한다. 하지만 그녀는 자기에게 있어서 그러한 발상은 허영심이라고 생각했다. 어쨌든 자기를 믿고 자기의 힘을 믿어야 한다고 생각했다. 즉 ≪…자기의 현실을 자기의 손으로 고≫쳐야 한다고 생각했다.

비록 현실의 핍박에 의하여 행해진 행위이지만, 여기서 원래는 다른 여성들과 같이 남편에게 의거하여 일생을 안온하게만 보내려던 주인공의 이와 같은 행위는, 작중의 다른 여성들인 김철식의 본처나 동환이의 본처 등과 같이, 봉건혼인에 의하여 맺어진 불행한 혼인관계에서 해탈되지 못하고 그 멍에를 그대로 짊어지고 불행하게 살아가고 있는 여성들이거나, 자립을 꿈꾸지 못하고 있는 다른 여성들에 비해볼 때 하나의 변혁이라 하지 않을 수 없다.

주인공 혜련이는 구김이 없이 솔직한 사람이고 강직한 사람이다. 그리고 작중인물 성구의 인상을 통해 본 혜련이는 검소하여 옷이나 몸매에 신경을 쓰면서 시간을 허비하는 사람이 아니었다. 있는 그대로 수수하게 사는 여자였다. 또 그녀는 자신이 고민을 가지고 있으면서도, 그 고민을 그대로 발표하지 않고 상대자의 감정을 알아주는 세련된 마음을 가지고 있었고, 자존심도 강한 여성이다.

특히 그녀는 자기의 동창생이자 혜련이가 다니는 학교의 교원인 성실이의 경제적 후원을 받아 보육학원에서 공부하고 있는 기간에 그녀는 달콤한 생각들과는 담을 쌓으면서 일체 잡념을 다 버리고 매일 밤 12시까지 공부를 견지한다. 그녀는 자기의 딸 연자를 생각하면서 모든 것을 참아가고 있었다. 굳센 자립의식의 발로이다.

그러면서 혜련이는 오히려 부잣집에 시집와서 귀부인질을 하고 있는 동창생 경옥이를 멸시하면서 불쌍한 인간으로, 비열한 인간으로 생각했고, 그런 무지한 생활보다는 괴롭고 힘든 일이 있다할지라도 자기의 생활이 더 가치가 있는 것으로 생각하였다.

이 과정에 혜련이는 봉건혼인으로 인한 불만족으로 방황하고 있는 동환이의 청혼을 받게 되고, 또 딸 연자의 병 치료 때문에 그의 도움을 받게 되는데, 이로 인하여 그녀는 고민을 한다. 소설에서 보면 혜련이는 처음에는 동환이에 대하여 별로 탐탁하게 생각하지 않았지만, 점차 사귀면서는 ≪그리 나쁘지 않을뿐아니라 자기로써는 능히 존경할수 있을만한 사람≫이고, ≪학력도 기능도 훌륭≫한 사람이라 느껴졌다. 또 ≪평범한 사람의 눈으로 볼 때 부족한 점도 없지는 않으나 인간적인, 좀더 높은 눈으로 볼 때 조금도

부족함이 없는 사람≫으로서 ≪자기가 그와 같은 사람의 사랑을 받는다는것
은 몸에 넘치는 일≫이라 생각하였다. 또 그의 품에 안기고싶기도 하였다.
　하지만 혜련이는 일찍 재혼에 대해서는 미련을 없애버렸다. 자기는 ≪남
자를 이성으로 사귈수 없는형편≫이고 ≪자기 마음이 그런것을 도저히 허
락하지 않는≫ 상황이다. 그녀는 ≪이성에게서 행복을 찾겠다는것은 허잘
것없는 꿈일뿐, 자기에게는 죄악같은 일≫이라 생각되었다. 딸 연자를 위해
서도 재혼은 꿈꿀 수 없는 것이었다. 그리고 자기의 경험에 의하여 볼 때
결혼은 ≪한 사람의 불행이 딴 사람의 불행과 합쳐지는것≫이 된다. 또 돈
에 애정이 생길수도 없지만, 자기의 양심으로는 돈 때문에 애정이 없는 이
중생활을 꾸밀 수가 없다. 그런 결혼은 하였다 해도 결국은 남자를 불행하
게 만들고 자기도 불행해질 뿐이다.
　그리하여 혜련이는 동환이의 도움은 받아들였지만 끝내 애정은 받아들이
지 않았고 계속 자립으로 자기의 앞길을 헤쳐 나가는 길을 선택하였다. 작품
에서 보면 혜련이는 마음속으로 권성구를 존경하면서 흠모를 하기도 하는
데, 이는 심리학적으로 그녀의 여성본능(이드)에 의한 마음의 움직임이었다.
현실원리의 지배를 받고 있는 그녀의 이성(자아)은 항상 자립의식으로 승화
하면서 본능에 의한 욕구 에너지의 발산을 지배하여 억누르고 있다.

　이 작품에 주요인물로 등장하는 권성구와 박동환은 모두 전문학교를 졸
업하고 문학에 뜻을 두고 정진하는 인텔리들이고 인격자들이다. 성격은 좀
달라 권성구는 주도세밀한 사람이고, 박동환은 데면데면한 사람이지만, 모
두 남에게 베풀 줄을 알고 상대방의 인격을 존중할 줄을 아는 인물들이다.
　먼저 권성구의 경우, 작중인물 이숙희를 통하여 주인공이 만나게 되는 권
성구는 서울에서 하숙을 정하고 한 신문사에 근무하는 양심적인 인텔리이
다. 숙희를 너무 사랑하지만 자기에게 그녀를 행복하게 해줄 능력이 없다고
판단되어 사랑을 고백하지 않은 사람이다. 그리고 주인공 혜련이의 인상에
서 보이는 성구는 신뢰가 가는 사람이고, 생각하고 생각한 것을 함부로 발표
하지 않는 온건한 사내다. 정열이 있을 뿐만 아니라 인간미가 두터운 예술가

다. 고결한 사람이다.

사실 부모 없이 자라면서 10여 년간 하숙생활을 한 그는 지극히 현실적인 사람으로서, 학생시절에는 남의 집 가정교사로 있으면서 고학을 한 사람이다. 그는 항상 이기심이 없는 진정한 삶을 추구하였고, 조심성이 있게 행동을 하였으며, 지금 자기와 함께 하숙을 하고 있는 동환이에 대하여서도 항상 배려를 해주고 있는 사람이다. 그는 자기가 괴로우면서도 상대방을 원망하거나 괴롭히지 않으려는 사람이고 진실함을 추구하는 사람이다. 그리고 그는 예술에다 자기의 생명을 다 바쳐 가리라고 마음을 굳힌 사람이다. 후에 그는 명심이라는 순박한 처녀와 결혼을 하고 이상적인 생활을 가꾸어 가리라 꿈꾸고 있었다.

그러나 그의 이와 같은 인격이 당시의 현실에 적응될 리가 없었고 그 꿈이 아무리 좋다고 할지라도 잔혹한 현실은 그에게 괴로움만을 주고 있었다. 그는 신문사에서 누구와 각별히 친하려고 하지 않고 맡은 바의 일에만 충실하려고 하였다. 그런데 신문사에서는 편집국장과 주필이 서로 권력행사를 하려고 하면서, 그더러 어느 누구에게 아첨할 것을 요구하고 있었다. 물론 그에게는 직업도 중요한 것이었고 인격도 중요한 것이었다. 하지만 그에게는 ≪자기의 지위를 빼앗기지 않으려는 국장도 더러워보였으며 그 수하에서 자기의 체면을 유지해나가려는 사람 역시 가증스러웠다. 가령 사람에게 마음에 없는 동의를 한다는것이 자기로써 도저히 할수있는것같지 않으며 만약 직업이 무서워 그런 행동을 한다면 자기는 도로혀 그이상 더러운 인간이 될 것같헛다.≫

결국 그는 인격을 위하여 너절한 아첨을 거부하였기에 신문사에서 면직을 당하여 쫓겨났고 무력한 남자로 방황을 해야 하였다. 게다가 깊은 병이 들었던 그의 아내도 치료를 받아보지 못하고 병으로 죽고 만다.

다음 박동환의 경우, 시골 지주 집 아들인 그는 전문학교를 졸업하였고, 지금 졸업한 학교에서 연구생을 있는 사람인데, 경제상에서는 어려움을 모르고 생활하고 있다. 권성구와 마찬가지로 선량한 사람이지만, 성구와는 달리 매사에 게으르고 소극적인 사람이다. 또 자기의 몸매도 가꾸지 않는 사람이다. 그런데 부모에게 효도하노라 부모의 요구에 따라 어려서 장가를 갔고 지금 아내와 아이가 있는 사람이다. 그의 불행, 그의 괴로움은 바로 여기에 있다.

이에서 해탈하려고 동환이는 몸부림을 친다. 그는 죽도록 아내를 미워하고 구박을 주며 계속 별거생활을 하면서 아내를 멀리한다. 대신 그는 혜련의 몸에서 자기가 갈망하고 있는 이상형의 여성미를 발견한다. 우선 혜련이의 쾌활하고 용단력이 있는 그 성격이 마음에 들었다. 지금의 자기의 순종만을 미덕으로 아는 아내와는 달리 혜련이는 능히 주동적으로 남자를 이끌고 나갈 수 있는 여자이고 자기를 조력하고 이끌어 줄 수 있는 여자라 여겨졌다. 이리하여 그는 지금의 자기의 처와 갈라서고 혜련과의 결합을 희망하는 데로까지 발전한다. 그는 ≪끝까지 안해를 미워한다면 그가 비참한 운명에서 불행해질것만은 사실이다. 그렇다고 해서 그대로 지난다고 하면 두사람이 꼭같이 불행해질게다. 차라리 한사람만이 행복스러울지도 모르는것이니까 한사람만이라도 구할수 있는 길을 취한다는것이 현명하다고 자처하는 인간의 자연스런 행동일게다.≫라고 생각하였다.

이 인물의 인격은 주로 혜련이의 어려움을 헤아려주는 데서 표현되고 있는데, 혜련의 딸 연자의 병 치료 때문에 혜련이가 막막해할 때 그는 선뜻 나서서 도와준다. 하지만 그 목적은 단순히 혜련이의 환심을 사기 위해서가 아니었다. 그에게는 ≪그녀의 곤궁한 환경을 리용하야 속히 마음을 끌기위한 야비한 수단을 쓰랴는≫ 생각이 추호도 없었다. 그는 ≪사랑이라는것을 진심에서 나오는 정열이 아니면 안된다≫고 생각하고 있다.

그리고 이 인물은 봉건적인 혼인으로 맺어진 자기의 처를 싫어하고 미워하면서도 자기의 어머니가 그 며느리를 구박할 때면 측은해하고 동정도 하는 이중성을 보이고 있다.

결국 혜련이에 대한 동환이의 갈망은 재혼을 단념하고 자립의 길을 선택한 혜련이의 굳은 의지에 의하여 이루어지지 않는다. 혜련이는 동환이의 호의는 받아들였지만 자강자립하려는 그 의지는 굽히지 않았던 것이다. 또 동환이도 혜련이의 마음을 눈치 챈 다음부터 될 수 있는 대로 자기의 마음을

드러내려 하지 않았다.

　나중에 동환이는 연구생생활을 그만두고 서울을 떠나버린다.

　이 작품에서는 헤련이를 둘러싸고 그의 동창생들과 후에 사귄 친구들이 등장하고 또 박동환의 아내까지 등장하는 등 적지 않은 여성형상들이 등장하고 있다. 이러한 인물들은 나름으로 당시 사회의 풍조를 나타내고 있고, 특히 당시 여성들의 인생가치관문제를 말해주고 있다. 그중 성실이, 숙희, 경옥이, 박동환의 처 등의 경우가 대표성을 띠고 있다. 이제 그녀들을 점검하여보면 대체로 다음과 같다.

　먼저 성실이의 경우, 그녀는 자신의 노력으로 일본에 가서 고등사범까지 마치는 등 공부도 할 만큼 하였고 또 지금 서울의 보육학교 교원으로 사업하면서 ≪동창생가운데서 상당하게 됐≫다는 평가를 받는 인물이다. 그녀는 또 자기의 동창인 최헤련이 자강자립의 길을 걸을 수 있도록 선도하였을 뿐만 아니라, 경제적으로도 후원까지 하는 헌신적인 인물이다. 여권해방문제에서 비교적 바른 길을 찾아 그만큼 성공한 인물이라 해야 하겠다.

　하지만 그녀는 애정문제에서 송수만이라는 색마의 얼림수에 걸려들어 사랑이란 전혀 모르는 남자에게 정조를 유린당했고, 그로 인하여 서울에서의 성스러운 교직생활을 그만둬야 했으며, 불행한 후반생을 걸어야 하는 운명을 맞고 있다. 당시 타락한 사회상을 그대로 말해주고 있다. 물론 그녀는 복수를 시도했으나 그만두고 원산이라는 조용한 곳에 가서 조용히 살려고 한다. 결국 그녀는 모든 것을 운명에 맡길 뿐 자기의 앞에 다시 벅찬 앞날을 구상하지 못하고 있다.

　다음 이숙희의 경우, 헤련이가 가장 불행할 때 친구로 나선 그녀는 참된 마음의 소유자이다. 언제나 넓은 아량과 열정으로 남을 대해주는 여성이고, 정열적이면서도 이지적인 여성이다. 마음에 있는 것이라 하여 그대로 발표하지 않았고 마음에 없는 것이라 하여 싫어하지도 않는 것이 그녀의 특점이다. 권성구를 사랑하면서도 고상하게 보이는 권성구의 그 인격을 범속화시키지 않으려고 순수한 우정으로만 남겨둔다. 즉 ≪정신적으로만생각하든사랑을 육체적으로쓰러내려다노코 생각하기는 참으로≫ 싫어하는 고상한 인격의 소유자이다.

그러면서도 그녀는 여자의 운명을 결혼에 집중시키면서 그러한 결혼생활에서 행복을 느끼고 행복을 만들어가려고 한다. 그런데 그녀가 만난 결혼상대자는 바로 성실이를 망쳐놓은 색마인 송수만이다. 이런 사람을 남편으로 맞았으니 이제 그녀의 앞길이 어떻게 될는지 예측하기 어렵다. 방학을 하여 함흥에 들렀을 때 혜련이의 눈에 비친 그녀의 결혼생활은 그다지 탐탁하지 못했다. 물론 숙희는 자신의 의지와 능력, 그리고 지혜로 이제 나름으로의 행복을 만들 것이라는 기대는 가지게 된다. 역시 당시 사회의 풍조와 여성의 인생가치관의 문제를 동시에 보여주고 있는 인물이다.

그다음 경옥이의 경우, 혜련이의 동창인 그녀는 자기의 그 어떤 인격보다도 부잣집에 시집와서 귀부인으로 있는 것을 행복으로 여기고 있다. 그리하여 그녀는 수다스러워졌고 교제에도 능했으며 요부와 같은 행세를 하고 있다. 즉 물욕에 취하여 자기를 잃어가고 있다. 그리하여 그녀는 인격보다 돈을 더 중히 여긴다. 혜련이의 눈에 비추어진 경옥이는 무엇을 비판하거나 무엇을 정당하게 생각하려는 마음이 없이, 그저 자기 생활만을 표준삼아 살아가는 무지한 생활을 하고 있다. 그러니 자기도 남자의 종이면서도 오히려 집에서 부리는 종한테 큰소리를 치면서 만족해한다. 자기의 인격을 모르고 사는 사람이다.

끝으로 박동환의 아내의 경우, 이 인물의 성격은 직접 드러나는 것보다, 주로 박동환의 생각과 고민에 의하여 소개된다. 그녀는 복건적인 혼인제도에 의한 희쌍양으로서 불쌍한 여자이고 동정심을 자아내는 인물이다. 그녀는 언제나 남편을 그저 무서워하고 남편에게 그토록 구박을 당하고 멸시를 당하면서도 무조건 순종만 할뿐 자기의 의사를 발표하지 못한다. 즉 독립적인 인격을 차리지 못하는 여인이다. 주견도 없고 자존심도 없다. 시집살이를 하면서도 아내의 대우를 받지 못하고 며느리의 책임을 다하면서도 며느리의 대접을 받지 못한다. 그리하여 불쌍하고 동정심을 자아낸다.

단편소설

1

종소리가 멎자 와작거리고 떠들던 운동장이 갑자기 쥐죽은듯 고요해지였다. 사무실 역시 출석부를들고 하나둘 빠져나가 선생들의 스립퍼소리가 또렷하게 들릴만큼 잔잔했다.

각급에 다 들어가고나면 두어서너선생밖에 남지않는 학교가되여 그런지 또는 한시간쯤쉬는 선생들도 지난시간의 피로를 회복식히노라고 그런지 팔을턱에고이고 우둑허니 앉어있는 이밖에없다.

성진(成鎭)이는 쉬일시간도 아닌것이 자기책상에다 껌은뚝겅의 출석부를 놓은것만으로도 알수있는것이지만 떠들다 갑자기 멎인침묵에 황홀된사람처럼 의자에서 이러서지를 못한채 눈만 껌벅거리었다.

낭하에는 선생들의 스립퍼소리도 끊어졌다.

외인손에 교과서를쥐고 있으니 자기도 교실로 드러가랴는것만은 확실하니 마즌편담벽만 바라보는품이 얼핏보기에 자기시간을 잊은듯도하다

「시간아닙니가?」 한편옆에 앉었든선생이 성급히 재촉함도 무리는아니다. 벌써 시계 큰침이 시간에서 오분이나 지나갔다.

「네」 성진이는 친절한맛이없는말에 냉정히 대답하고 자기도 시간만은 잊

◉ 박영준의 이 작품은 ≪文章≫지 1939년(臨時增刊) 7호에 실렸는데 본고는 그 영인본에 근거하여 정리하였다.

지않고 있다는듯이 펄덕일어섰다.

　일어서자 왼인손에 쥐였든 교과서를 출석부에놓고 그우에다 백묵한개를 다시 올려논뒤 한꺼번에 셋을쥐고나서는 뒤도 돌보지않고 사무실을나갔다. 바른손도 아니고 외인손하나로 모든동작을 한꺼번에하는것이 뒤에서 보는사람에게는 퍽이나 부자연스러울지모르나 당자에게는 그리불편하지 않은모양이다. 물론 칠판년전부터 외인손하나로 두손의 대용을 해오고있으니 자신의행동을 아직까지 불편하게만 생각할수도 없는일이지만 사무실을나서 낭하로거러가는 그에게는 몸의 부자유보다도 마음의 우울을느끼는것같다. 몸에대한 관심은없이 표정을 달리하고 있는 얼골로보아 분명 그러하다.

　자기역시 가고싶은곳을 가는것이 아니니까 우울한얼골을 나타내는것만은 사실이다.

　무엇때문인지 모르나 (언젠가 시험성적낫분 몇몇 학생을 꾸지람한결과라고 생각하지만) 얼마전부터 자기를 괴롭히랴 가고지각색짓을 다하고있는 학급이 지금가르치랴 드러가는 반이다. 몇해동안 중학선생 노릇을하고있지만 이반처럼 끈기있게 자기를 괴롭히는 학생들을 처음본다. 부체처럼 얌전한학생이 몇명이나 되렸만 선생을가지고 작난치다가도 선생의태도를 보아서라던가 또는 생각을 고친다던가해서 저혼자 그만두는것이 보통이였만 지금드러가고있는 삼학년은 벌써 시작한지 달포가지났것만 한시간 빼놓지않고 어떻게서던 작난을 하고야 만다.

　의수(義手)의 모형이 주먹을쥐고있는 형상을하고 있다. 그것을 이용하야 학생사이로 왔다갔다하는틈을 타서 그쥐어진주먹속에 적은돌이나 조이조박을넣주는 작난을하다가는 고무손이 그대로드러나는것보다는 조금날듯해서 밤낮끼고다니는 흰장갑에 잉크칠을하거나 글자를써놓고 좋아라 떠드는것이 그반학생들의 보통행사다. 만약에 학생들에게 그런기회를 주지않기위하야 교단에만 서서 가르치고있노라면 그때는 또다시 작전을 고쳐 성진이를 들복는다. 필기를하라고 노오트를불러주면 하라는필기는 안하고 외인손으로 무엇을 끼적어린다 그래 혼자만이 열심으로 불르고있는 자기자신을보고얼굴을붉힌때가 한두번이아니다. 그밖에도 여러학생의머리에서 나오는전술이

한둘이아니지만 그렇게도 놀림감으로 돌리는 선생에게 가장친절한듯이 교과서와 출석부를 사무실까지 가져다준다고 나서는등 성진이로하여금 불구의비애를 느끼도록 만들어주는데는 참으로기막혔다. 교묘한술책으로 매일같이 괴롭히기만하니 성진이와 무삼원수를 맺고있는지는몰라도 성진이로서는 매일같이 성을낼수도 없는일이요. 따라 자기의불구를야유한다는것으로 학교전체에 영향을줄뿐아니라 자기의 명예에도 관계가있고, 학생처분도 나릴수없는것이니 될수록이면 자기가 모른척하고 참어야할일이지만 그래도 그반에드러가랴고 할때마다 도수장으로 끌려가는 소처럼 발거름이 잘나서지않는것만은 사실이다. 설마 매일같이 오늘도 그럴가하는 생각도없는 바는아니나 어떤봉변을 당할지 보증할수도 없는일이매 안가르칠수없어드러가기는하나 이상한공포를 또한 느끼지 않을수없다

성진이는 어린애들이 높은데서 나려뛸때처럼 눈을감고 모든잡념을 버린뒤 발거름을 빨리한다. 그러나 교실에 가까워갈사록 알아들을수 없는 소음(騷音)이 점점 크게들릴때 불길한예감이 가슴을서리고지났다.

이렇게도 공포를느낀다는것이 선생으로써 너무나 비겁한것같아 자신을 격려하며 문을잡아다니랴했다. 출석부와 교과서와 백분을쥐인손으로 다시 손잡이를쥐여비튼다는것이 용이치않은 노릇이라 한참동안이나 덜거럭거리다가 마침내 문을연뒤 떠드는 학생들을 꾸지람하듯 성낸얼골로 교실을 흘터보았다.

문을여는새 선생이오는줄알고 방안은 조용해지였으나 아직까지 떠들며 웃던 얼골이 학생들사이에 그대로남었다.

성진이는 조용해진것만을 기회로 얼골을숙이고 교단으로 올라서랴했다.

바로 그순간 공중으로 펄듯날러가는것이 있었다. 똑바로본것도 아니지만 그것이 자기의 의수를본받아만든 모형이라는것만은 직감할수있었다. 자기 앞에 떠러진것을 집어책상설합속에 넣기에바쁜학생을 서로보며 도적웃음을 웃는것만으로도 능히짐작할수있다.

성진이는 그자리에서 시선이 집중된 학생에게로 달려가 무작정하고 두둘겨주고싶은 충동을받었다. 생각할여유가없이 이러나는 감정대로만 한다면

조금도 용서할수가없다. 그러나 그것을본척하고 학생을 두들겨준뒤의물론과 학생들새의풍설에 학교선생들까지 들어알게될 처참한자기의 입장이 머리속에 떠올랐다. 경멸하는사람에게 경멸을 당하는것이 경멸받지않겠다고 발악하다 받는경멸보다는 날것같았다.

그는 교단에 올라섰다.

학생들은 기립을하고 경례를했다.

이로써 일단락은 지은셈이다. 허나 선생과 학생사이의 정신적거리가 이렇게도 버금난때 선생이니 경례를 받고 학생이니 경례를해야한다는 학교의식이 지와덕을 생명으로하는 학교목적과 너무나 틀린다는데 교육의비현실성을 느꼈다. 그런것을 느끼면서도 교과서를펴고 입을몬저연이가 자기이니 바른교육을 못식히는것도 결국은 자기가 될수밖에없다.

불상한 어붓자식—그의수로말미암아 학생들로하여금 선생을 공경하지않도록 만들었고 그의수를가진자기자신을 생각하야 학생들의 경거를 책하기도 두려워하니 교육자의 자격은 완전히 없다고 볼수있다.

이제야 비로서 느낄일도 아니지만 앞으로 점점 강하게 느끼여야만 할일이다. 그러나 한시간의선생을 유지하기위하야라도 교과서를 설명하지 않을수없다.

2

무사히 그시간을필했으나 가슴만은 종일 울렁거리였다. 먹을것을 위하야 하는 노름도 아니오 교육에대한 절신한 신렴과 각오가있어 하는노름도 아니다. 부모가물려준재산이 있으니 먹을근심도 없을뿐아니라 본시 학교에다닐 때부터 학교선생을 지망했든것도 아니다. 이화학에취미를 갖었든 중학졸업반때 어떤공장에 견학을갔다가 도라가는기게에 정신을쏠리였던탓으로 손하나가다라나는것도 몰랐다는것이 결국 오늘의비극을 가져온것이다.

마누라는 일즉부터 선생노릇을 그만두라고했다. 그말이 그릇되지않었다는것은 성진이도 모르지않지만 올혼말이 듣기싫은때처럼 괴로운 때는없다。 생활을위한 성실한직업적 직업도아닌것이 늘상 자기양심을 찔른다 그렇다고해서 마누라의 말을듣는다는것은 자기의 의수가 멸시당한다는것을 너무나 명백하게 긍정하는것이 된다。

이화학을버리고 문과를전공한것도 결국은 의수를사랑해보겠다는 생각이었고 구차한청을들어 취직을한것도 사람축에못드는 병신이되고싶지 않었기 때문이다。

그러나 이날 성진이는 자기가택한 직업이 내적욕망을 채우기에 적당치못하다는것을 완전히 깨다랐다。 많은사람을 함께접촉하는 직업이 가장불리할 뿐아니라 상대가 아직도 미완성의중학생이란데 더욱 그러했다。

더욱이 의무적으로 배우는학생에 대하야 선생이니 그저가르킬뿐이라는 자기의입장이 너무나 교육자의 자격을 잃고있다。

방과후 집에도라와서 자기 생각을 완결식힌뒤 미농지에다、

「오랬동안 소생때문에 많은걱정을 하셨으리라 생각합니다。 그러나 소생은 다만자기한사람을 위하야 금일부러 귀교를사퇴하겠습니다。」

라는 사직원을 교장에게 썼다。

몸이 가벼워짐을 느꼈다。

몇해동안쓰고있던 굴게를버슨것같고 자기에게향하야비웃던 우슴이 갑작이 물속에잠긴것같다。

그러나 마누라에게

「취미없는학과를 가르키기가 힘이들어 이제부터 그만두겠소。」라는 말을 할때 시원해하면서도 이상히역이는 마누라의 얼골이 죽어가는 자식을 껴안고 웃겨보랴는 어머니의 표정같음이 대단 처참했다。

「그럼 갑갑해서 어떻게 견디시오?」

「글세!」

「보현(普賢)이하구나 놀지오!」

「그래두 또일을 골라야지—나는 일없이 못사는 사람이니까!」

마누라는 남편을못마땅히 역이는눈치었으나 성진이는 말을게속했다。

「내일부터는 도서관엘 다니겠소!」

「무엇하러요?」

「책보러가지 무엇하기는!」

「이제 또 책을보아 무엇하시우? 편이쉬기나 하시지!」

「편하게 놀 팔자는 낳면서부터 타고나지를 못한가보오」

「그럼 책보는것두 무슨일이오?」

「일이구말구……연구를 하는것처럼 큰일이어디있어」

성진이는 무슨연구라는 말을아니했고 안해역시 코웃음을칠뿐 무엇을 연구하느냐고 묻지를 않았다.

그러나 학교를 그만두다는 생각과 꼭같이 옛날부터의취미를 다시게속하야 발명학까지 연구하랴는 결심을 했던것이다.

사람을 접촉지 않음에따라 온정신을 한곳에만 집중식힐수있는 방면이 그에게는 가장적당했기때문에 그리 힘들지않게 결정해버린것이다.

그리게되면 의붓자식인 의수를 경명할이도 없을것이며 도로혀 그것으로 말미아마 자기가 광영을 받게될른지도 모르니 그것을 사랑할수있는 가장 첩경도된다.

3

좋다고 택한 새현실이 결코 좋기만하란 법은없다.

도서관에 다니기 시작한지 몇일뒤의 일이다.

저녁을 먹은뒤 책상에앉어 책을읽고 있을때 무엇때문인지는 모르나 다섯살난 보현이가 소리를쳐가며 울었다.

종일 책을읽었으니 밤에는 쉬여도 무관한일이지만애우는소리에 책읽기를 그만둔다는것이 싫어서 조금얼러보았다.

달래는데도 불구하고 기분이 안좋은지 못마땅한일이 있는지 작난감을 손에쥐여주고 먹을것을 입에대주어도 어린놈은 울음을 끊지지 않는다.

「아버지책일게 울지마라 용치!」하고 말로달래여도듣지않는다. 성의껏 있는수단을 다해서 달래는데도 멎을생각을 아니하는것이 괫심하야 앞으지않

을정도로 볼을 꼬집었다. 그랫드니

「육실할자식──」하고 뜻밖에도 엄청난 욕질을한다. 웃지않을수없는 노기를띠고

「이놈!」하고 눈을부르뜨며 볼기를 가볍게 때렸다. 어린놈은 앞으다는생각은없이 분하다는 어조로 그냥울면서

「외팔이──왜때려?」하고 이때까지 입밖에 끄낼줄모르던말을하며 반항한다.

성진이는 흥분했다. 자기자식에게 꿈에도 생각지않었던 가장 혹독한말을 들었다는게 정신을 차릴수없을만큼 가슴을 찔렀다.

때린뒤에는 어린것이란 생각과 나쁜동모를 사귄탓이라는것을깨달었지만 순간 애가 쓰러질만큼 때려준것은 그저분하다는 생각밖에 못가겼기때문이였다.

「그런말을 어뜬놈에게 배웠냐?」 큰 사람을 타일르듯 고함까지질렀다. 그때 부엌에서 무엇을하다가 문을팔칵열며 드러오던 마누라가

「잘났군요─ 큰애를 때리는데──」하며 성진에게 달려들뜻이 눈을부르뜨고 흘겨본다.

「그럼 이런자식을 그만둔다는말이오?」

성진이는 어린애교육을 잘못식혔다는 나무램까지 섞인말로 해낸다.

「그게 무얼안다구 그걸가지구 그러는게요? 기가막혀서──」

「모르는게 그런소리는 어떻게하노!」

「그러니가 어린애라지요!」

「어린애라고 그런소리를해두 내버려두어야하나?」

「그럼 그애더러 과거급제를 하라구 그러구려!」

「듣기싫어──」

「듣기싫거든 그만두구려」

이리하야 부부싸흠이 버러져 얼마뒤에는

「그만 더리구가버려──」하는 말까지 나왔다.

「가랜다구 못갈줄아는게로군 겁나겠다. 참 잘났는데요──」 마누라는 조

금도 지라고 하지않었다.

「가──가──다 다귀치않어── 아모델가두 나보다 난서방이 있을테니까
──못난병신 서방하구 살께있나……」

싸흠이 그이상 더커지지는 않었다. 그뒤부터는 성진이가 자기밖에 질사
람이없는것을 알고 입을담은채 말을아니했다.

성진이가 말없고 보현이가 울음을 끊지었으매 안해역시 철없는 애를때렸
다고 약간불복인듯 앙질거리기는했으나 성진이가 잠옷을 가라입은때는 꾸
어온보리자루처럼 묵묵했다.

싸흠멎은침묵속에서 소매를길게 만든잠옷을 입고 잠옷속에서 의수를풀
어 안해도보지못하게 그것을 책상설합속에간직해논성진이는 이불속으로드
러가 눈물을흘리었다. 만지어보아야 감감없는의수요 눈으로 보아야 몸서리
나게 우중충한 의수다. 차라리 몽둥이라든지 고무신이라면 보통물건으로
천연스럽게 역일것이나 고무몽둥이같은것을 사람의 한부분으로 보아야 한
다는것이 자기이외사람인 그가 비록 안해요 아들이라할지라도보기좋게 느
낄것이 못될것만은 사실이다. 팔하나없다는것보다도 더 징그러운물체다.
징그러운 그것을가지고 도로혀 병신을 캄프라쥬해보겠다는 마음까지 잘알
고있는안해가 자기이상의 괴롬을 가지고있을지도 모른다.

길에서 아는사람을만나 반갑다고 손을 내밀며 악수를청할때 자기가 외인
손을 내미는것을보고 무엇을잊었던것처럼 어색한 얼굴로 낯을붉히는것이
성진에게 얼마나 부끄러웠던가.

자기자신의 손을가지고도 그렇게 부끄러워하거던 남편의 안해가된탓으
로 병신아닌 자기마저 남편과같은부끄러움을 느껴야하는안해가 얼마나 면
구스러운 생활을하고 있을까! 자식을 따렸다고 분해하는안해의 마음속에는
일상 품고있던 울분을 폭발시키고 싶은충동이 더욱 많었다고 해석못할배아
니다.

아모철없는 보현이역시 느끼지는 못할지라도 아버지때문에 타격을 받고
있는것만은 사실이다. 그것을 또 따리다니……

성진의 눈자위로 흐르는눈물은 뜨거웠다.

　비참한 괴롬의 연대성이 그를 더욱 괴롭게했다.

　팔하나뿐이아니라 온몸이 불구라해도 사람이할수있는 일을해나간다면 세상의 잡음에관심할바가 아니라고 안해는둘째로 자기자신까지 위안을시키고 괴롬을 느끼지 않으려하며 살아왔다.

　완전하다는 사람들이상으로 마음만은 굳게먹고 살려한 그이엿으나 결국은 가족전부를 괴롬속에 집어넣고 말었다.

　성진이는 하룻밤시동안 흐르는 눈물을 조곰도 끝치지않었다.

4

　세상을 저주할필요가 없는것같이 세상의학대를 무조건으로 받을이유도 없다. 아무리괴롭다 할지라도 현실을 초월할수가없으며 아무리 면구스럽다 해도 안해노릇그만둔다는것역 아들이 아들노릇 그만둔다는것과 비슷하게 용이한일이아니다.

　요는 괴롬을 느끼지않도록 마음의 여유를 만드는것과 착잡한현실을 바꾸어 그것을 유리하게 만드는데 있을것뿐이다.

　성진이는 다음날부터 도서관에 다니기를 더욱 열심히했다.

　몇일동안은 연구해야 할 학과에대해서 여러가지 생각을거듭했기때문에 책도 얼마읽지를 못했지만 발명학이자기에게 부적당하다는 생각을 완전히 가진뒤로부터는 지금선택한방면에 쉽사리 몰중했다.

　비록 생전처음보는 책이오 평생 생각도 아니했던 방면이었지만 이미 결심한뒤라 누구에게 지지않으리만큼 도서관을 지키게되었다.

　자기와 같은 열람실에서 같은과목을 연구하는사람들이 식당에나려가서 법률을논하고 행정을 토론할때도성진이는 책상에 머리를좃고 법학통론을 노오트하고있다 기초지식만이라도 가진뒤에야 자기가 무엇을 공부한다는 의사를 표시할수있으며 뿐아니라 한시바삐 자기의머리를 법률적으로 만들랴고 했기때문이다.

　그러자니 저녁에도 자연 늦게야 집으로 돌아가게 되었다.

어떤날역시 전기가들어온뒤에야 집으로 들어가니 마누라가 양미간을 짚으리고

「무슨쓸데없는 공부를하노라고 이렇게늦게 오십니까?」하고 불평을 말했다. 하는일도없이 집에는 붙어있지 않으며 그뿐아니라 지여논저녁도 밤낮식은뒤에야 먹으니 불평을말하는것도 무리는아니다. 그렇기때문에 성진이는 아무대답도 아니했다.

발명에 대한것을 단념하고 그대신 법학을 연구하기 시작했다는 이야기를 아직 말하지않았기때문에 그말이라도 알리워주고 싶었지만 책을가지고 그러는것이 원체 일이라고 생각지않는 안해에게 발명이나 법학이니하는것이 말만다를것뿐 꼭같은것으로 역일것이며 그것마저 말치않은대로 내버려두었다. 도대체 공부라는것을 반대하는안해라 이야기할 생각도나지않았지만 이야기한댓자 타협을바랠수있는것도 아니오 도로혀 그반대로 남편의 의사를 멸시하랴고대들께다.

안해역시 이야기를 잘 들려준다면 적극적으로 반대할리가없다. 공부라도 하겠다는 마음을 모를리없을것이며 설비관계와 한손으로 할수없는 실험관계등으로 발명학을 단념한뒤 순전히 머리만으로 활동할수있는법학그중에도 가장 현실적 발전성이있는 변호사를 희망했다는데 코웃음칠 리도없다.

이것을 한다고하다가 얼마도안되여 또딴것을 한다고한다면 도락적으로 공부한다는것을 철저히느낄것같애일일이보고도 아니했던것이지만 남편을 위한 가장 아름다운생각이 그저 집에서 편히있게하는것이라 믿는안해에게 잔말을말라는뜻으로 억눌른다는것역 옳은일이 아니다.

안해는 또다시

「놀랴거던 곱게나놀지 집안사람까지 걱정시킬게 무에요?」하고 애원하듯 말한다.

그래도 성진이는 묵묵하고 있다.

「집에서 애나더리고놀다 심심하면 집안끼리 산보나다니면 오죽 재미나겠수?」

「............」

「나이 삼십이나넘어서 공부를한대야 박사가되겠소. 무에되겠소? 남들이 비웃을일을 무엇때문에 하느냐말이오!」

말없는기회를타서 남편을 타일르랴하는 모양이나 말이많으니 성진이를 노하게하는 말도있다. 즉 남편의하는일을 너무나 가볍게비판해버리랴는 태도와 남편의마음을 너무나모르는듯한말이 성진의 마음에들지않었다. 자기에게 잘잘못을가리고 친절한충고를 해주는이가 다문한사람도 없다는것이야 언제나느끼고있는 일이지만 그래도 자기마음을 안해혼자만은 알어준다고 믿고있는터에 「남에게 웃음만산다」는 그안해의실언은 성진이에게 끝없는비애를 주었다.

다만하나밖에 남지않은 희망을 잃어버린듯한 비애요 가장 귀하게역이던 보물이 보잘것없는 동맹이1)가되여버린듯한 비애다.

그러나 안해에게 대한 불만은참었다. 참음으로써 생명을 유지해온그다. 참음으로써 자기생명을 깎아먹으면서 살아온그다.

안해에게만 참지말라는 법은없다. 그래야만 밥상을 가져오는 안해가되고 가져온밥을 먹어야하는 남편이될수있는것이 아닌가.

5

저녁을 먹은뒤 성진이는 건는방에서 축음기를틀었다 흘러나오는 음악소리를 재미있다고 듣는것이아니라 어느정도까지 음악소리에 취하고있을때 안방에서놀던보현이가 문을팔각 열며 축음기소리를 들으려들어온다. 아버지를 따르지않는 어린애지만 축음기소리를 듣겠다는 생각에 생긋하고 웃음을웃으며 아버지옆에선다. 따르지않는 자식이라고 미워할것도못되나 하나밖에 없는 자식을 그리귀애할줄도 모르는성진이다. 그렇다고해서 언제나 그렇다는법은 없을것이지만 이날의보현이가 웃는웃음은 지나치에 정들었고 귀여웠다. 손을잡아끌어무릎우에 앉혀놓고 나이와성명을 아는가물어보는 등 어린애의 말을듣고싶어졌다. 낯서른 표정도 있으나 보현이는 척척대답

---
1) 동맹이-돌맹이의 오식인듯함.

을하는것이 더욱귀엽다.

「넌 커서무얼하겠니?」

「나 학교에갈테야!」

「아니 어른된다음에말이야、 선생이되겠니 의사가되겠니?」

「선생──」 어린놈은 좋아라고 무릎우에서 발장구를 친다.

「아버지 축음기멎었어요!」 알지도못하는 사이에 어린놈이 이런말을하자 성진이는

「참 이제는 무얼할까?」하고 보현이의 의견은물었다.

「유──야께고야께──」따로 외여아는 다만하나의 동요를 부른다.

성진이는 어린애의 청대로 그동요를틀었다. 그리고나서는 할랴고 생각했던말도아니었으나

「너 나뿐애가 되지말구 좋은애가 되여라」라는 말을했다. 말을하고난 뒤 의가슴은 심상치가않었다. 아버지로써 항용할수있는말이나 마치 유언이나 하는것처럼 무쭉하고 자기입에서 나온말일망정 침통한것같다.

아무것도모르는 어린자식에게 너무나 심각한자기의내심을 토했다는 순간적감정인지도 모른다.

보배를 전부잃어버리고난뒤 남은 가장적은것하나만을 사랑해보려는 심리가 현재의 자기마음이라는것을느꼈으나 하여튼 이때까지 어린애에대한 관심이 너무나적었다는것을 무의식중에서 나온말에 스사로깨달았다.

생각도없는말을 입밖에낸뒤 비로서 그말이 옳음을깨닷는수가 항용 있는 일이지만 성진이는 이날 비로서 숨겨두었던 진실을 찾아낸듯 부끄러우면서 도 기뻤다.

「너 뉘아들이지?」

「아버지 아들이지 뭐……」

성진이는 보현이를 처음으로 힘있게 껴안었다. 확실한 내자식이로고나하 고 고함이라도칠듯이──

이일이 있은뒤 성진이는 보현이를 몹시 생각하게되였다.

발견해낸 보옥을 잃어버리고 싶지 않은생각도 있었겠지만 자기의 생각의

씨뿌릴 오직하나의 터자리를 잘 가꾸고싶은 딴 생각도 있었던때문이다.

어떻게하면 성격을 바로잡아주고 따라서 자기가받은학대를 조금이라도 복수하게하도록 맨들어놀까하는것이 머리에서 떠나지않는 새로운 숙제다.

보현이도 전달러 자기를따르는듯 도서관에서 돌아올때면 「아버지──」하고 불러준다. 그럴때면 더욱더욱 아들이라는 관렴에서 애정과책임감을 느끼곤한다.

그러나 도서관에서 불쾌한일을당하고 그를잊기위하야 보현이의 작난감을사들고 집으로돌아오던 어떤날저녁때 집을채못미친 좁은골목길에서 우연이 보현이를보았고 보현이를보는순간 성진의가슴은 털석주저앉었다.

어떤동기에서 그런작난을 하는지도 모르지만 몇놈모힌 어린것들이 소경이라던가 질늠바리라던가 전부병신시늉을하는 가온데서 보현이란놈은 외팔이가되어 그축에끼여 노름을하고있다.

소매속에 손을접어넣고 외인손만을흔들거리며 것고있다. 조금 큰놈이 보현이를 놀려먹기위하야 생각해낸작난이겠지만 아무것도 모르고 남의장단에 춤을추는보현이가 가엾어보였다.

아무말도 아니하고 가치노는딴놈들을 눈흘겨 책망한뒤 보현이의 손목을 잡아끌고 집으로들어갔다.

「너 아버지처럼 되고싶으니?」

보현이는 잘한일이었는지 잘못한일이었는지 또 아버지가 무슨말을하고 있는지도 모르겠다는듯이 성진이의 얼굴만 말똥말똥 쳐다보고있다.

「너 그애들하고 놀지마라」하고 타일렀다. 갑자기하는말에 보현이가 알아들을른지도 모르지만 성진이는더모를

「애들이 아버지를 놀려댄다는것은 너를놀려대는것이다. 죄없는너를 놀려대는놈과는 어떻게해서라도 해보아라. 아무것도못하는 아버지지만 그것만은 시켜주마……」하는말을하고 싶었다.

도서관에서도 그비슷한 생각을했었다. 즉 얼마동안한방에서 책을읽기에 낯익은 사람들께 변호사시험규정을물은때였다. 그때야비로서 자기네들과 같은 공부를하는줄알고 놀래인표정을한 한사람이 아래위를 울터보며

「변호사시험을 치르시랴구 하시우?」하고 의아한듯이 반문을한다. 그말 의뜻이 옆에앉은 사람들에게도 알만했던지 딴사람하나가

「누구는 절름바리라도 일류에들지않어!」하고 자못낙망할필요가 없다는듯 이 말을했다.

예사로 들어도좋을말이오 격려시켜주는것이라 달리해석해도 좋을말이지 만 일이자기에게 관계된이상 불쾌하기짝이없어 이야기하던 식당을뛰어나와 열람실로 올라갔다.

한참동안은 책이 머리속에 들어오질않았다. 사람의기능과 활동이 육체만 으로써 도저히 해나갈수없는일이지만 육체를 몬저보는 사람의습관이 얄미 웠다.

완전한육체를못가진서름——

그와동시에 딴생각이 또 들었다.

자기가 육체의비애를 느끼며 그비애를없애랴 무척 노력은 하나 조금도 행동화하지 못했다는것이다. 말하자면 생활을 생활하기에애쓸뿐 생활 그것 을 못가졌다.

그러나 자기는 할수없는것같다. 그대신 보현이에게 생활을가르키고 싶었 다. 지식은없어도좋다. 생활그것으로 비애를느끼지않고 따라서 비애를 부 서버린 생활력을 길려주고싶었다.

「애—보현아!」성진이는 어린아들을 불르고나서「너애들한테 저서는 못쓴 다. 시키는대루 하기만해두 못쓴다!」라고 알아들을수있는 말을하고나서는 사가지고온 작남감총을 내주었다.

6

다음날도 도서관에는 갔다. 그러나 누구와나 이야기할생각을 아니했다. 점심먹을때도 남들이 끝났을만한때에야 식당으로 내려가 무엇을사먹었다. 사람과접촉치않는것이 자기자신을 사랑하는길이기때문이다.

종일토록 유심이 본사람도없이 혼자서만 지내고나니 흐린마음이 일어나

지않어 유쾌했다.

　그러나 도서관에서 집으로돌아오는길에 암미를하라고 단소를불며 집행이를더듬는 소경이를볼때 자기가 너무나 소극적이요 소심하다는것을 깨달았다.

　소경은 자기의 불구를알고 그불구를 이용하야 자기를 살리고있다.

　자기의 독특한 습성을 맨들고나서는 그습성을가지고 현실과 부합되게살어가는 소경이 몹시 훌륭해뵜다.

　「삐―삐―」하고 묘한소리를내며 자기네 게급에게 밖에 남지않은 갓을쓴 채로 큰거리를 두려움없이 더듬어가고있다.

　소경만못한 자기임은 틀림없다. 그러나 또 무슨자존심이랴― 자기로써는 도저히 소경과같이 지지못할것이분명하다.

　소경이 준 교훈을 머리에 색인채 집에들어설때

　「바른손으로먹어―」하는 안해의 날카로운 소리가들리자

　「아버지도 이손으로 먹는데―」하는 보현이의 대답과 거기에따라、

　「그래두 넌 오른손으로 먹어야돼―」하는말에

　「애들이 오른손 쓰면 아버지가 못된다든데…」하는 대답이들리었다.

　저녁을먹으면 모자가 주고 받는말이겠지만 또 들리는것이 자기에관한것이매 불쾌했다. 그뿐아니라 보현이의말이 옆집애들과 작난을하면서도 그놈들의 말을들을뿐 자기의주장을 가지지 못하는소리다.

　만약 그대로 그애를길른다면 자기처럼괴롬을 느끼기만할것같은 생각이 얼핏들었다.

　그러나 아무것도 못드른척하고 방안엘 들어섰다. 방안에들어서서는 보현이의 얼굴을 바라보며 외인손을 써야아버지가된다는 그놈의말을 생각했다.

　올은팔이 없는줄 알면서도 왜 외인손을 쓰는지 모르는어린애다. 그놈에게 무슨죄가 있으련만 그놈이 장성할지라도 아버지의 병신을 이상하게 머리에둘것이 두려웠다.

　만약 커가면서도 그생각을 잠시 잊지못한다면 성진이만이 느낄수있는 외롬의몇배를 지금부터 씨뿌려두는것이된다.

성진이는 무엇보다도 자기의생활을 고치여야할것을느끼었다. 꼭같은 생활을하면서 자식을 달리 교육시키겠다는것은 쓸데없는 걱정을하는것밖에 되지않는다.

없는것을 캄프라야쥬하면서 자기를 굳게할수는 도저히없다.

없는것을 확실이없는것이라 붕여주고나서 없는것이그른것이 아니라는것을 붕여주어야 보현이의 인식이 확실해질것이다.

성진이는 그무시무시한 의수를 아주풀어던지랴고 양복소매를 치켜올렸다.

그러나 절반밖에없는팔—의수를떼논뒤 바람에혼들릴 양복소매—이런것들을 생각하는순간 가슴이 써늘해지었다. 의붓자식이나마 죽는다고할때만은 측은함을 느끼어야할른지 성진이는 고무손을 한번 쓰다듬어보고 걷었던 소매를 다시내리었다. 무엇때문에 소매를 올리었든지를 안해와보현이가 모르는것을 다행이 역이면서

그는 병원에서 의수를주문할때 그것만이라도 단다면덜부끄러우려니하던 생각을 다시한번했다.

결국 미워해야할 의수를 떼버리지못하고는 안해에게

빨리 이사를합시다. 이부근애들이 보현이교육에 아주 나쁘겠소! 하고 맹모의삼천지교를들어 보현이의 교육을 고쳐주랴했다.

無花地●

　한번 나린 눈은 녹을줄을 모르고 그대로 얼어 붙는다. 그위로 다라나는 마차바퀴소리는 돌을 가는듯한 광물성(鑛物性)소리를 낸다. 마차종소리도 얼어구는듯 춥게 들린다.

　만주겨울 치고도 가장 치운때다.

　그리 깊은 밤도 아니지만 일즉부터 가게 문이 닫히고 사람출입이 적은 탓이어서인지 적적한 길거리에 눈가루를 날리는 바람이 무섭게 치워보힌다.

　하늘에는 그래도 여름이나 가을과 변함없이 별들이 깜빡거린다.

　세상에서 다만 별만이 치위를 모르는듯 하다.

　그러나 적은 도시를 걷는 사람은 보기에도 누구나 치움만을 느끼는것 같다.

　가등이 싸동질때도 싸동지어 눈만을 내놓고 걷는 사람을 더욱 음산케 한다.

　물을 끓여놓았으니 올손님은 오라고 공중높이 달아논 목욕탕의 표식 빨간 불도 꺼질듯 꺼질듯 위험하게 깜박거린다.

　살풍경한 적은 도시의 겨울이다.

　백메―타도 못가서 자부러지는 큰 길을 가다가 가등도 없는 좁은 골목으로 반다름치어가는 사람 떼가 보인다.

　오오바의 넓은 「에리」를 귀위까지 올리고도 그래도 귀가 실인지 손으로 귀를 쥐고 바삐 걷는다.

───────────────
● 박영준의 이 작품은 ≪문장≫지 1941년 2호에 발표된 것인데, 본고는 그 영인본에 근거하여 정리하였다.

어떤 유리창 달린 집앞까지 간 그들은 주인을 찾지도 않고 제집문 열듯 소리를 내며 밀창문을 열고 들어선다.

「상당히 치운데요—」

「그렇구먼요—」

「신경도 이렇게 춥습니까」

「더하면 더하지요」

이런 말들을 주고 받는다. 그러자 그중 어떤이가

「아모도 없냐?」하고 방안을 향해 큰소리를 지른다.

옆방에서 치는 장고소리와 유행가소리에 말소리가 안들리였던지 대답이 없다.

「주인없오—」 좀 더큰 소리로 다시 부른다.

그때야 「네—」하고 죠오바에서 요리꾼이 머리를 내민다.

어쩐 일인지 내밀었던 머리를 급하게 빼들이고는 있는 목소리을 다해 색시를 부른다. 색시 하나가 객실에서 나오더니 재빠르게 웃음을 먹으며

「선생님들 치운데 수고로이 오셨습니다그려—」하고 인사를 한다.

「응—뜨뜻한 방이 있니?」 뒤에섰던 한사람이 제법 익숙한 어조로 묻는다.

「아이구、서방님두 오셨군—」 첫번 눈에는 보지 못했든것처럼 놀랜 표정을 일부러 만들던 색씨가 「있구말구요—그래두 오늘은 손님이 많아서 좀 떠드는데……」하구 미안한 기색을 보이드니 「그래두 한잔 잡수꾸 몸을 녹여 가셔야지—」하고는 그사람의 손목을 잡아 끈다.

「어이— 버릇 없게 이게 무슨것이야 ! 눠—」하고는 눈짓을 하는 중년배의 남자가 위엄을 보인다.

「잠깐 들어가 한잔만 하시지요—시굴이라 변변한데가 있어야지요」 어떤 사람이 또 이런 말을 한다.

보기에 멀리서 온 손님을 대접하기 위한 모임인듯하다.

나무판대기를 막아논 옆방에서 젊은 사람들의 떠드는 소리가 났지만 그들의 좌석은 퍽 젊잖게 시작된다.

「이런 시굴도 종종 오시어서 우리 동포들이 사는 형편을 보시야 하시지 않습니까, 저이들이야 암만 애를써도 무슨 힘이 있어야지요—」

「참 이곳은 우리동포가 잊지못할 곳입니다. 가장 먼저 땅을 개간하고 들어온데가 이곳일뿐 아니라 반만항일군에게 가장 큰 희생을 본데도 이곳입니다. 그래두 조선사람이 가장 많기로는 간도 다음갈것입니다」

「교육도 꽤 발전된 곳입니다. 조선인 이만명가령 사는곳에 공립학교가 여섯 사립 의숙같은것은 원만한부락에 대부분 있는 형편입니다」

「그러나 농촌에 들어가면 말할것 없어요 만주사람과 조금도 다름이 없으니까요。 애들 공부가 다 무엇입니까。 만주집에서 만주사람과 꼭 같은 살림을 합니다」

술이 들어오기 전부터 이 지방에 사는 사람들이 자기곳을 각색으로 소개한다.

술이 들어와 색시가 잔을 돌릴때쯤 됐어야

「선생님 돌아가셔서 많이 애써 주십시요。 이 지방에 사는 우리 동포들을 잊지 말어 주십시요」하고 결론 비슷한 말이 나온다.

「네 잘 알었습니다。 될수있는대로 힘서 보지요—」

손님의 대답이 있자 다시 좌석에 대한 인사가 나오고 답례가 나오고 술잔이 입술에 닳는다.

술을 마시면서도 시국에 대한 이야기、 지방에 대한 자서한 이야기가 맥힐새 없이 나온다.

술이 돌아갈수록 좌석이 자유스러워가며 이야기에 열이 있어보인다.

「선생님、 조선사람은 좀 더 단결해야겠어요、 아모리 수만 많으면 무엇합니까、 정신적 또는 경제적 단합을 하는데 조고마하나마 힘이 있을줄 압니다。 여기는 주식회사 같은것도 하나 없으니까요—」

이야기는 어데까지나 신경서 왔다는 손님을 중심삼은것이었다. 그 손님이 이 지방 유지들의 이야기를 그럴듯하게 귀를 기우리고 들어주는바람에 그들은 그야말로 흥이 난듯하다.

그도 그럴듯하다. 신경서 왔다는 손님은 만주서뿐 아니라 조선에서까지

이름이 있는이요 이곧 지방유지들이란 이는 물론 그 지방에서는 제로라고하
나 길림즘만가도 이름을 알고 찾아주는이가 별반없는 그야말로 숨은 지사들
뿐이 아닌가.

지방의 유지라고 하는이는 학교교장、경찰서경위、협화회직원、현공서
(縣公署) 속관(屬官) 의사 기타 지방유지등이며 손님이란이는 정부 참사관
(參事官)이다.

그들의 직업을 보어서도 이날의 좌석이 추측되는 바이지만 술만 얼근해
지면 상하가 없어지고 까다로운 간격을 재틀여버리고마는 만주의 특색이 이
자리에도 나왔다.

「선생님 옷을 벗으시고 유쾌히 노십시다」 말이 취한 사람 걸음처럼 빗틀
어져 나온다.

누구보다도 관직을 가지지않았고 말하기가 자유러운—먼저 단결과 주식
회사를 운운하던 지방 유지 재춘이의 말씨다.

만주에까지 가치오지 않았느냐 하는 뜻에서인지는 모르나 술상만 마조
앉으면 체면도 게급도 전혀 없어지고 서로 부르는 말이 「君」으로 되어버리
는 이곳 풍속이다.

그러나 관직에 있는 사람들이라 딴 사람들만은 손님에게 대하여 어느정
도까지 경원하고 또 상관으로써의 대접을 계속한다.

「자—빨리들 들어—먹구놀아야 선생님도 기뻐하실게 아닌가」

재춘이가 자기 옷양복을 벗어놓고 술독구리를 들었다.

누구에게나 권한다.

「참 선생님 이집에 여뿌고 소리잘하는 기생이 있습니다. 이곳와서 그소
리를 난듣고 가셔서야 되나요—」

재춘이는 딴 친구들의 동의를 구하는듯 「안그래 안그래?」하고 얼근한 얼
굴을 히죽거린다.

그러지 손벽을 친다.

「명월이 좀 들어오너라」

고함도 친다.

「조금만 기다리십시요」

요리꾼이 왔다.

「왜?」

「손님 방에 들어 갔는데 손님들을 보내고 곧 들어올겝니다」

「잠간만 왔다 가래 아주 급한데 뭐—」

「곧 보내겠습니다」

옆방에서 소리가 들려온다. 엔간이 취한 소리들같다.

명월이도 있는 목청을 다해 떠드는것을 재춘이가 못알아 들을리 없다.

「명월아— 이리좀 못오겠니—」

그말이 들릴리 없다.

두번불러 모다 대답이 없을때 손벽을 치며 요릿군을 오게했다.

「누구들이여—」, 명월이를 더리고 노는 손님의 이름을 묻는다.

「거리 사람들입니다」

「누구누구야 ! 목소리가 잘 모를 친구들인데—」

「.....................」

「가서 명월이를 조금만 보내달라구 그래 응」

「네—」

요리꾼은 곧 그 방엘 다녀와서

「안되겠는뎁쇼、잠간만 기다리십시요、곧 들어갈테니까요」라고 보고한
다.

「무엇하는 놈들이야—」

「자동차 운전수들인데 색실 놓지 않습니다 그려—」

요리꾼은 작은 목소리로 사정사정하는 셈이다.

「자동차 운전수놈들이야— 무식한 놈들같으니 술집에 왔으면 색시를 나
노아 노는 법이지、혼자만 가지구 있을텐가」

재춘이의 말소리는 저윽이 높다.

그말을 들었는지 떠들던 옆방에서도 잠간 조용해진다. 재춘이는 들으라
는듯이

「제일 못된 종자만 모아다놓은게 운전수들이지 !」하고 이야기를 계속할 때 옆에 앉았던 색시가 팔목을 잡아다니며 주의를 시킨다.

「왜이래— 내가 못할말을 하나—」

재춘이는 더할 모양이다. 바른말은 어데까지나 발으며 자기들 몰라보는 자는 어데까지나 그르다는듯이—이같은 인격적 모멸에까지 이른다.

그것은 유지、 즉 지도 자라고하는 사람들이 자기네들끼리만 모이면 자기네들과 협력하지않는 사람들의 비평을 털어놓는것을 일종의 일로 생각하는 버릇이다.

엔간히 취해 가지고 이차회로 가는 길이다.

어느 골목에서 나왔는지 젊은패 네댓명이 쑥 나서드니 용하게 재춘이를 골라잡아 멱살을 잡아 흔든다.

「운전수가 어때? 네놈은 얼마나 잘난놈이냐?」

「어린 계집을 더리고 사는 놈이 그런수작을 하냐?」

「입만 깐자식—」

이런 말이 튀여나오면서 재춘이의 몸을 후려갈긴다.

「아이구」

재춘이는 단마디 비명을 올리고 쓰러진다.

「어떤 놈들이냐?」하고 가치 갔든 경관이 고함을 지를때 운전수패들은 어데로 사라지고 말았다.

그 등살에 신경서 오신 손님은 어느새 없어지었는지 보이지가 않는다.

재춘이는 자기도 모르게 두 친구와 같이 딴 술집에가 앉아 술을 마시고 있다.

「이런놈의 사회가 잘될게 뭐람! 고약한놈들 같으니」

재춘이는 몹시 분한 모양이다.

「무슨일이 있었어요?」

입빨은 술집색시가 묻는다.

「그까지껏 문제 삼을게 있나…」

「사람같은 것이라면 몰라도!」

가치 술을 먹던 친구들은 그를 위안시킨다.

「그래 이걸 문제삼지 말란 말인가?」 재춘이는 항의를하듯 친구를 나무램하면서도 단숨에 삼켜버린 술잔을 그 친구에게 내밀어준다.

「이왕지사요 또 문제삼어선들 무엇하겠나! 도로혀 창피나보지」

「그래두 이런놈의 일이 세상에 어데 있단 말인가」

재춘이는 친구의 말을 그럴리 생각하는 모양이다.

「자— 술이나 마시게—」

딴친구가 술잔을 준다.

「무슨 일이얘요?」

궁금해하는 색시가 술을 부며 묻는다.

「너는 알일이 아니야—」

재춘이의 친구가 대답한다.

멋시쯤이나 되었는지 모른다. 재춘이의 분이 까라지도록 먹는다면 밤을 새울게 분명했든지 한친구가

「가서 잡세—」

하고 홍이 없는 술이 맛이 없다는 표정을 숨기면서 말한다. 또한 친구도

「푹 자면 났지—」하고 맞장구를 친다.

「밤낮 자는 잠은 그렇게 자선 무엇하노—」

재춘이는 친구를 억류한다.

「그만두세、술을 먹두새 더 홍분해지지 않나—」

「참—그까지껏 때문에 내가 술을 먹는줄 아나! 더럽다! 이젠 그런 말을 내지두 말게— 빨리 잔이나 들어—」 재춘이는 그 사건을 아주 잊은듯하다. 속이야 어쨌든 그런 개인의 문제를 오래 생각한다는것은 속이 좁은 사람이하는 일이다. 재춘이는 웃음을 웃어가면서 술잔을 돌린다.

「×씨가 미안하게 됐는데! 첫대면에……」

「미안할건 무언가、세상사가 다 그런걸—」

재춘이는 소리내어 웃으며

「그야 자긴들 그런 일을 당해보지 않았을라구」

하고는 옆에 앉은 색시에게 술잔을 돌린다.

「못먹는데요」

「잔수작말구 먹어라 빨리」

「그럼 조곰만 !」

조금 지난뒤 두친구가 일어선다. 재춘이는 힘껏 끌었으나 고집을 세우고 다시 앉을 생각을 않는다.

「그럼 자네들 먼저가게—」 재춘이는 혼자서 뱃길 심산이다.

「아—그런가、재미보게—」 한친구가 의미있는 웃음을 웃는다.

그러나 딴 친구는

「쓸데없는 소리말구 가치 가세—」

하고 재춘이의 손목을 끈다.

「난 안가겠어—」

재춘이는 끌리어 돌아갈 생각이 아니었으나 끌고가야 하는것이 우정인듯 생각한 친구가 기여히 그를 일으켜 세웠다. 끌리워 나오면서도 재춘이는 집에 가고싶은 생각이 전혀 없는것같다. 그러나 넘어 그래도 자기에게 딴 야심이 있어 그리는것처럼 오해해 버릴것같아 밖에까지 나왔다.

거리는 죽은듯 고요하다. 바람은 없어도 살이 해질듯 치웁다.

그러나 재춘이는 치운줄도 모르고 집에까지 와서 대문을 연다. 아직 걸리지가 않은 대문은 자기를 기다린듯하다.

자기방겸 손님방으로 들어가 옷을 벗고 자리에 누었으나 잠이 그리속히 오지는 않았다.

가만히 있으려니 안방에서 수런거리는 소리가 귀에 들린다.

(아직두 자지를 않구—) 재춘이는 짜증이 난다는듯이 혼자 중얼거리고 몸을돌려 눕는다. 그러나 매맞은 일 아직 잠자지않고있는 마누라의 일이 머리에 떠올라 좀처럼 눈이 감기지는 않는다.

「마님이 좀 들어오시래는뎁쇼—」 식모의 말이 귀밑에 들린다.

의아한 눈으로 돌아보았으나 그의 방에는 확실히 식모가 들어왔다. 또 대답을 기다리는 모양이다.

그러나 며칠동안 얼굴도 잘 보지않는 새이고 또 새삼스럽게 운전수들이 한 「어떤 계집을 더리고 사는놈이」하는 말이 연상 되어

「할말이 있거던 이리루 오라구 그래、 밤이 늦었는데 무슨 일이야ー」하고 재춘이는 다시 돌아 눕는다.

다음 날 아침 식모가 잠든 재춘이를 깨운다.

「큰일 났어요、 빨리 깨세요」

재춘이의 몸까지 흔든다.

열시나 거이 되었으니 해가 떠서 한참이나 오른 때다.

그래도 곤한 몸을 이루키기가 싫어

「왜 이리 소동일까ー」하고 눈을 감은채 말한다.

「마님이……」

질겁이 난 소리다.

「어쨋단 말이야?」

「돌아가셨어요!」

「응?」

그때야 재춘이는 일어난다.

안방으로 달려가 잠잠히 누어있는 마누라를 보고 나서

「바보ー」

하고는 시체를 만저본다. 확실히 죽은 모양이다. 흰새옷을 입고 새로 빗은 머리를어지럽히지도 않은것을 보니 더욱 죽은것이 확실하다.

「왜 이제야 알렸노?」 식모를 꾸짓는다.

「전들 알기나 했시기여! 조반을 지어놓고 들어와보니……」

「어제밤 나를 부를때 무엇했는지 보지두 못했어?」

「아무것도 아니했다니겨ー」

「에익ー」

그뒤 재춘이는 시체를 들어다보며 묵묵히 무엇을 생각한다.

몇친구에게 마누라가 죽었다는것을 전화로 아르키었다.

몇시간 뒤에는 인쇄소 사람을 불러다 부고를 부탁했다.

「藥石이 不效하여!」 등등의 말은 쓸수없고 며친날 사망 몇인날 장례식 호상(護喪)에 누구누구 하는 글자만을 적은 부고였다.

오후부터는 조상오는 친구가 방안에 미었다.

재춘이는 바쁜 모양이다. 조상도 받아야 하고 손님 앉힐 방도 치워야하고 또 죽은 마누라의 사진을 안치할 책상도 준비해야한다.

이 친구에게는 관을 준비시키고 저 친구에게는 손님접대를 맡기고 이런일 저런일 남에게 부탁하기만 하는데도 몹시 바쁘다.

친구뿐 아니라 이곧 유지 고급관리의 대부분이 조상을 오니 사진 걸어논 책상앞에 앉아있지 않을수도 없다.

정중한 조상에 눈물을 흘리랴하는 재춘의 얼골에는 안정되지못한 마음이 나타난다.

「뜻밖에……」 하고 조위(弔慰)의 말을 흐리는 손님에게

「팔자가 고약해서요……」하고 말을 채 다 하지못하는 재춘이는 얼굴을 마누라 사진으로 돌린다. 그리다가도 한사람이 조상을 끝이고 나가면 자기도 따라 나가려고한다. 하루 빨리 매장해버러야할 초조한 마음이다.

사랑방조상꾼은 끊일새없이 북적북적 하건만 시체가 누어있는 안방조상꾼은 별반 없다. 재춘이와 가장 가깝다는 친구의 몇몇마누라가 얼굴을 보일 뿐이다.

그들도 돌아갈때는 자기네들끼리 남 안들리는 이야기를 주고 받는다.

「오라구할때 가 보았으면 죽지는 않았을걸―」

「그럼요、 사람이 죽기가 그리 쉬운 놀웃인가요! 그래두 차라리 잘죽었지 그 푸대접 받으며 살어선 무엇합니까―」

「그래두 마누라 죽었다구 눈물을 흘린다던데……」

「나같으면 죽질않겠네、 제손으루 재산을 모아놓구 죽어버려―죽을바에는 돈을 다써버리구 말거나……」

「기생노릇하던 여자라두 살림은 잘했어! 그 여자가 아니었드면 지금 재산이 생길 턱이나 있나……그 공두 모르구 푸대접하는게 벌을 받어야지—」

「돈노이를 하구 그래서 땅이나 사놓았기에 사내두 제레라구 고개를 들구 다니지않나! 처음 여기 들어올때야 맨주먹으루 먹을게없어 빌빌했다우! 사내들은 다 그런가바—」

「본마누라두 있다지!」

「글세나 말이유! 조강지처는 버리구 제가 좋와 얻은 색시는 그만큼이나 살림을 채리구 그만큼 위해까지두 주었는데 죽여버리구、남자를 누가 얻겠우!」

「죽었으니 말이지 그런데 있든태야 없지 않았어두 용한 여자였지요。한 푼 두푼 쪼개쓸랴구 했구 남편두 점잖은 축에 끼우두룩 할랴구 손님대접 겉은것두 오죽 잘했나요!」

「그 여자가 없어보슈 백번 죽어야 밥술이나 얻어먹을줄 아시우! 그렇기 말이요 죄는 받구야 말겠습니다」

「그래두 여자두 매켰지요 뭐— 그렇게까지 해놓구 죽을게 무어있겠소。개구리 올창이쩍 모른다구 남자가 자기를 미워하구 딴 생각을 가진것같으면 까짓것 끝까지 해볼게지요、그렇지 않으면 재산을 가지구 딴데 가서 혼자살지! 사내 없으면 못사나요」

「그렇기두 하지요、죽으면 저혼자 불상했지 누가 설어나 해주겠우」

「그러지 않어두 밤낮 싸웠답니다。그래 남자가 북지까지 가서 한달동안 인가 있다왔다던데요」

「죽기 전에두 사홀전부터 계속해서 싸웠다나부두군요 식모가 그리는데 남자가 무턱대구 욕만하니 싸흐다가는 울구 싸흐다가는 울구 그랬다던데요—」

「좌우간 사내가 벌받을 겁니다。사십이나 거이된 사람이 그게 될일인가요」

「말마슈—며칠안가서 딴 색시였구 잘 살기만 할걸요—」

장례를 치른 뒤 보름동안 재춘이는 문밖을 나가지 않았다。

위문간 사람들이 「너무 상심말고 나가서 바람이나 쏘입시다」하고 꼬이면 「나가서는 무엇합니까」하고 거절해 버렸다.

보름이 지난뒤 부터는 학교장 학회장이라고 학교에도 나가서 선생들께 조상왔든 답례를 했으며 협화회분회부분회장(協和會分會副分會長)이라고 해서 각기관에 인사도 다니었다. 무슨 조합장이니 무슨 조합장이니해서 유지들은 다 찾았다.

물론 팔목에는 검은 상표(喪表)를 붙이었고 얼굴은 수심이 가뜩찬듯한 표정이었다. 어떤 사람들은 뒤에서 운전수에 매맞고 여편네를 죽이고 나서 무에 잘났다고 고개를 들고 다니느냐고 비웃었으나 그는 그런것을 마음에 생각해본적도 없는것처럼 그점에는 태연했다.

「장가를 가야겠군? 내가 중개할까―」

하고 어떤 친구가 농담비슷 말을 걸면

「이제 무슨 장가를 가노―책이나 읽구 하구싶은 일이나 하며 살지―」하고 재춘이는 넌즛이 농담을 받았다.

「그래두 호래비루야 사나……」

「호래비가 좋을것같이……몸서리가 나서―」

그러나 한달쯤 지난뒤에 재춘이는 다시 학교며 관청이며 각 기관엘 돌아다니면서 신경이 약해지여 온천에 가서 수양을 하고와야겠다는 인사를 했다.

여행준비를 해논 재춘이는 그래도 마음이 설레이고 뒤에서 무엇에 잡어다니는듯해서 방안에 앉았다 누었다 한다.

집안에 부터있어야 마음이 붙지 않을뿐 아니라 죽은 마누라의 죽든 순간이 눈앞에 보이는것같애 여행이라도 해보려고 한것이지만 기실은 딴 사람들이 자기의 여행을 어떻게 보는가 하는 잡렴이 들었기 때문이다.

마누라가 죽은데 대해서는 시원하기도 하고 한편 섭섭하기도 하나 이미 죽이버렸으니 할수없는 일이다.

그러나 자기를 아는 사람이 자기를 볼때 도덕적으로 죄악을 지은 사람이라고 해서 언제나 이중안으로 보면 어쩔가 하는 질겁이 들었다.

신경이 약해지었다는것을 여행의 목적같이 이야기했으나 실은 먼 곳에서 마음에 맞는 색시를 골라보겠다는 생각도 없지 않는터니 만약 뜻대로되어 결혼이나해가지고 오게될때 어떤눈으로 볼까하는 겁도 들지 않는배 아니다.

그래 가지말어야하는가 그대로 가야는가하는 두 갈래 생각이 한참동안 서로 싸왔다. 그러나

「여기 조강지처만을 더리고 사는사람이 몇이나 있는가、만주에 와서 마음대로 못살면 어데서 이런 생활을 한담―」

하고 첩을 본처럼 더리고 사는 사람 남의 유부녀를 더리고 와서 살면서도 제할줏 다하는사람 마누라 자식다 가지고도 성병에 걸린 사람들― 그러면서도 제 잘난척하는 사람들을 손꼽아본다. 열손고락이 까부라지고도 남을때

「나를 흉보고 비란할 사람이 누구람―」

하는 마음이 들었다.

부부의 불화로 죽었다면 불화를 맨든 책임이 자기에게만 있지 않을것 같다. 그렇다면 자기만이 고약한 사람이 될것도 없다.

도로혀 죽은 사람이 자기의 허물이 있기에 그런 행동까지 취했을것이니까 책임을 상대자에게 있어야 할것이다.

재춘이는 일어나서 주머니를 만진다.

추수해서 곡식 판 돈을 다시 세여본다.

무슨 일을해도 부족할것 같지가 않은생각에 다시 주머니속에 넣고 단추를 채운다. 혹시 잃어버리지나 않을까하고 단추채워진 지갑을 주머니 위로 쓸어본다.

재춘이가 조선으로 나간지 한달쯤 되든때 이곳 사람들은 재춘이의 전보를 받았다.

「명일 오후 ×× 도착 재춘」

이러한 전보를 받은 사람이 수무명쯤은 될께다. 그러나 흐르고 흐르는 말은 그가 도착한다는 다음 날아침까지 시가지에 거이 퍼지고 말았다.

　　그 말이 입에서 입으로 전해 다니는 동안 정거장에 나가 보겠다는 이도 적지 않았다.

　　이미 신천 온천에서 결혼했다는 이야기와 가지고 간 돈 천원이 부족되어 오백원을 더 보냈다는 이야기를 들은 사람들이 어떤 색시를 얻어 가지고 오는가 보고싶어하는 생각에서 전보를 직접 받지 못하고도 정거장에나 가겠다는 말을 주고 받았다.

　　「돈을 그만큼 썼으니 굉장한 부자라구 광고를 했을께구 색시가 처녀라니 돈을 바라구 오는거겠지―」

　　이러한 풍설도 전보처럼 돌아다니었다.

　　「좌우간 보자―」

　　하는 이곳 사람들의 인심을 그밖에도 또 다른 이유를 가지고 있는듯했으나 좌우간 재춘이가 도착되기를 몹시 기다리는것 같았다.

　　전보대로 재춘이는 돌아 왔다.

　　그를 맞이하려 나간 사람은 실로 이삼십명이나 된다 그 속에는 전보를 받지 않은 구경군도 없지 않다.

　　이등차에서 새 색시와 같이 나린 재춘이는 마중나온 사람들에게 고개를 숙이고 인사를한다.

　　「치운데 이렇게 많이 나와 주시어 감사합니다」 그리고 나서는 각 개인 앞으로 가서 신부를 소개한다. 신부를 소개한다기보다 마중나온 사람들의 이름과 직업을 신부에게 소개한다.

　　빙글빙글 웃는 재춘이의 얼굴도 그랬지만 인사하는 마중꾼들도 인사에보다 색시의 얼굴을 보는데 정신이 더 쏠리는것 같이 보인다.

　　이십 전후의 신식 여자다. 머리는 묘하게 지졌다. 그 치운데도 살이 보일듯한 양말을 신었고 얼음이 많이 깔린 만주에서는 위험하기 짝이없을뿐 아니라 이곳 사람이 본적도 없는 높은 구두를 신었다. 연주칠을 새빨갛게했고 눈섭을 곱게 그렸다. 전문학교같은데를 나온 여자 같기도하고 서울서 카아페에 다니던 여자 같기도하다.

　　몸맵시와 같이 얼굴도 보기가 좋다.

이런 색시를 첫눈에보고

「속살없는 부자 다 녹았다」

하는 속새기를 하는 사람이 있다.

인사가 끝나자 개찰구로 나올때 재춘이의 옆에 섞였던 사람이

「참 짐은 없나요?」

하고 묻는다.

「짐?」

재춘이는 웃으며 색시를 본다.

「글세 짐 말이오. 봉천서 하루밤 ××호텔에서 자고 오늘 아침 떠나는 호텔 뿌이에게 가죽 도랑크를 맺기지 않었소. 기차 안에 까지 실어다 달라구, 그랬드니 차에 올라보니 짐이 있어야지, 차장보고 부탁을하구 또 삼등 차에나 갖다놓지 않었나하구 암만 찾어보아야 있을리가 있어야지, 그래 그 호텔에다 전보는 쳤는데 회전이 오는것을 봐야 알겠어요, 도랑쿠가 네개구 이양반 옷은 전부 그 속에 있는데 갈어입을것두 없어 큰일났는데요. 여행하다 별꼴 다 보았군요—」

이러고 나서는 색시에게

「칩지 않수?」

하고 묻는다. 그 말이나 표정이 몹시 어색해 보인다.

아버지와 딸 이라면 좋을듯 하다.

정거장 마당까지 나온 그들은 마차를 부른다. 아직 날이 치워 그렇기도 하지만 이야기를 하느라고 늦게나온 때문에 남아있는 마차가 얼마있지 않다.

「두분이 몬저 타시우」

이렇게 권하는 말이 있을때

「그럼 실레를 할까요—」

하고 재춘이는 신부가 앉인 차에 올으랴한다. 무슨 생각이 났든지 오르랴던 재춘이가 다시 나리어

「참 그새 별일은 없었나요」

하고 정중히 묻는다.

그때 그중에서 점잖아 보이는 사람이 재춘이를 불러 마차에서 조금 떨어
진 곳으로 끌고 가서 귓속말로

「별일은 없습니다. 그런데 본부인이 몬저부인 도라가셨다는 말을 듣고
들어와 있답디다」

라고 전해 준다.

「정말입니까?」

재춘이의 얼굴은 갑자기 변해진다. 새로 지은 양복색이 그런지(재춘이는
전에 없던 유행식 양복을 입었다) 수양을해서 그런지 젊어보이던 얼굴이 옛
날의 얼굴로 갑자기 돌아오는것 같다.

「.................」

「언제요?」

「벌서 십여일 된다나봅디다」

재춘이는 신부 앉은 마차를 떠나게했다.

마차부에게 천천히 가라는 말을 하고는 뜻도하지않았던 말을 전해준 사
람과 긴급한 사정을 이야기해보아야 되겠다는 듯이 그 사람과 같이 신부 뒤
를 따라 걸었다.

中毒者●

  첫눈에도 값싼 물건이라는 것을 알아차릴 만하나 그래도 세비로양복이라고 몸에 걸치었으며 불그스름한 인조견 넥타이를 매고, 세로 줄난 외투를 입었으니 아무리 기구한 생활을 하는 사람들만이 이 차를 타고 북쪽으로 간다는 상식을 긍정한다 해도, 나를 여편네 잃고 만주로 가는 사람이라 추측할 이가 이 찻간 안에는 있을 성싶지 않다. 짐이래야 사진기계 세우는 삼각이 기차 선반 위에 있을 뿐 이민(移民)가는 사람들같이 지저분한 보따리도 안가졌으며, 처음으로 기차를 탄 사람처럼 정신을 모으지 못하고 조급히 서둘지도 않으니, 누가 나를 주의해 보려고도 하지 않으며 내 사정을 궁금히 생각하려는 이도 분명히 없는 성싶다. 김상현이란, 가장 많은 성을 가진 나라는 사람이 어떠한 일 때문에 이 길을 밟지 않을 수 없는가 하는 것은 나 자신에게 있어서는 중대할는지 모르나, 매일 수백명을 먹었다 토해 버리는 기차에게 있어서나, 아무 자극도 없을이만큼 눈에 익은 이 열차를 보는 사람에게 있어서나, 돈을 제대로 내고 내 갈길을 가는 나 같은 존재에게 일분 동안의 사념이나마 빌려 줄 흥미가 없을게 사실이다.
  나는 벌써 국경을 넘었고, 봉천을 지나 해가 뜰 때부터 넘어갈 때까지 계속해서 무연한 벌판을 달아나는 만주국 땅 위에 있으나, 나 역시 조선서부터 같은 차에 타고, 같은 의자에 앉은 사람에게 내 이야기를 한 마디 아니했으며 또 말을 듣고 나서는 새로운 기억을 머리에 새겨야 한다는 부채를 지고 싶지 않아 그들의 이야기를 청구하지도 않았다.

● 본문은 韓國文人協會 編, ≪韓國短篇文學大系(4)≫(삼성출판사, 1972)의 것을 그대로 옮겼다.

　　결국 사람을 교제한다는 것은 부채를 주고받는 것밖에 없다.

　　내가 내 처를 잃어버리고 만주로 간다는 것도— 물론 만주가 나의 머리에 그리 외로운 인상을 준 곳이 아니지만— 만주를 몹시 쓸쓸한 곳으로 예상했음에도 불구하고 아무런 의지없이 홀몸으로 가지 않을 수 없는 것도 내가 진 부채와 내 처에게 준 부채를 내 스스로 청산할 수가 없기 때문이다. 결혼하기 전까지는 생판 보지도、 듣지도 못하던 남의 집 딸인 그 여자를 집에다 모셔 놓고 그 여자를 위하여 내가 살고、 나를 위하여 그 여자가 일을 해 주는 것이 어머니 뱃속에서 나오기 전부터 결정이나 했던 것처럼 당연한 일로 여기게끔 친숙했다는 것이 벌써 부채를 늘리었던 것이 아니었던가……내가 아닌 남에게 부채를 준다는 것은、 나라는 사람이 살기 위하여 하는 것이라고 말할 수 있으나、 그 부채를 주는 동시에 내가 또 채무자가 안될 수 없는 이 모순을 없애기 위하여서는 아무래도 무거운 금액의 채권자나 채무자가 됨을 포기해야 한다는 도리밖에 없을 것 같다.

　　「가엾구려!」 하는 동정을 받기도 싫으며、 「당신도 불우한 사람입니다。」 라는 말을 입밖에 꺼내어 나 자신과 그 사람을 컴컴한 구렁이에 묻어 버리고 싶지가 않을 뿐 아니라 사람의 약점을 스스로 광고하는 불길한 말을 입밖에 내어 목구멍을 울리고 싶기부터 않았다.

　　평양역에서 하르빈까지의 거리가 가깝지 않다는 말로 표시하기에는 너무나 지루한 동안을 나는 그래도 마음의 속을 위약하지 않으며 하르빈까지 도착했다. 지구 위에는 나를 맞이해 줄 곳이 있을 리 없고、 또 그러한 마음에 없는 기대를 가지는 것부터가 부정해 버린뒤라、 넓으나넓은 곳은 시가지에 내 몸을 세워 놓고 눈에 익지 않은 황발(黃髮)의 인간과、 느껴 보지 못한 이국의 정서를 맛보아도 미궁에 들어간 듯한 공포가 떠오르지 않았으며、 마찬가지 인간들이 사는 곳이라는 점에서 외국인이라고 무조건하고 숭배하던 호기심을 도리어 경멸해 보았다. 정열이 구속을 받지 않고 정서가 자유로와 걸음걸이부터 산 기운을 나타내는 그들에게 대한 관념도 사진기계를 둘러메고 표연히 외국의 한복판에서 추위에 웅크리고 걸어가는 장구의 그들과、 매춘부에 틀림없는 홍안(紅眼)의 여자가 지나가는 사내를 하나

빼지 않고 흘겨보는 것을 바라볼 때 나 이외에 사람을 부러워한다는 것이 결국은 나를 경멸하는 것밖에 안됨을 느끼지 않을 수 없다. 그들은 정열을 자유롭게 발산시킬 용기가 있다. 그 용기라는 것은 말하자면 고리대금업자 이상으로 채권자가 되고 싶은 욕망이 아닐까！

영하 삼십도의 북극이라는 것을 모르고 온 것이 아니지만 용서없는 추위는 차라리 알코올 병속에 나를 집어 넣어 두었으면 할이만큼 안타깝게 매웠다.

『어이!』

지나가는 인력거를 불렀다.

『여관에 !』

내 말이 서투른 곳이니, 긴말을 한다는 것은 도리어 듣는 사람에게 괴로움을 주는 것이라, 요령있는 말 한마디를 했으나 직업에는 귀신이 되었는지 머리를 끄덕이고 내 몸이 실린 인력거를 끌기 시작하는 인력거꾼은 추운 것도 모르고 달음질했다. 그러나 인력거꾼과 나와의 거리가 너무나 가까우며, 또 내가 움직이는 것은 씩씩거리는 딴 사람의 코 힘 때문이라는 것을 느끼니 병신 아닌 내가 남의 등에 업힌 것 같으며, 어린애가 엄마를 의지하듯 딴 사람을 아무나 가까운 위치에 놓았다는 불쾌가 일어나 그 자리에서 뛰어내리고 싶었다. 셀룰로이드로 만든 인력거의 창구멍으로 밖을 노릴 때、 골목길로 들어가는 길모퉁이에 선 작은 간판 <경성여관>을 보았다.

안내하는 사람이 도둑이라는 것을 느낄 때와 같이 성큼 내리어 삯전 이십전을 달라는 대로 집어준 나는 남에게 업히지 않고 내 다리로 걸을 수 있다는 기쁨을 느낀다.

취미없는 생활에 염증이 난다는 아내의 호기심을 사기 위하여 코닥을 사서 반년 이상 사진을 찍어 보았으며, 그가 도망친 뒤 입던 옷까지 다 없이 한 나의 생로를 사진업으로 이어 보려고 사진관 견습생 반년의 생활을 지나 사진에 대한 기술을 남부끄럽지 않게 가졌다고 생각되는 나라 해도、 생소한 곳이며 말을 모르는 데라, 지리와 언어를 배우기 위하여 나는 경성여관에 얼마동안 머물지 않을 수 없었다.

코닥을 판 돈으로 낡은 사진기계 하나와 헌옷 한 벌과 이곳까지 오는 차표를 사고도 아직 밥값으로 지불할 만한 돈을 얼마를 가지고 있다. 물론 나의 재산이란 것은 전부가 아버지에게서 물려받은 것이었으나 그 재산을 아내와 동거하고, 그를 내 아내란 명목하에 안정시키기 위하여 전부를 탕진해 버린 뒤, 나의 쓰라린 추억까지 곱게 씻기 위하여서는 코닥 하나나마 남기지 않았어야 할 것이나, 서투른 이역에서는 추억의 실마리를 내게 강요하는 이 돈이 또한 나에게 생명 이상으로 필요한 것 같다. 사진관이 썩어 넘을 듯이 많은 크나큰 도회지에서 전문적 기술을 경쟁할 만큼한 기능을 못가진 내가 당장에 고용될 수도 없는 것이며, 또 생소한 사람들을 붙들고 얼굴을 빌려 주면 네 얼굴을 만들어 줄 터이니 돈을 내라고 길가에 나설 수도 없는 것을 미리부터 짐작했기 때문에, 나는 말을 배워가지고 시골이나 오지(奧地)로 들어가야 할 것을 안다는 것은, 즉 내가 시간의 여유를 가질 만한 안정이 필요하다는 것이다. 시골이나 도회지나 인구의 밀도가 다를 뿐, 사람이 서로 어울리어 산다는 점에서는 마찬가지일 것이나 자기를 위하여 살겠다는 생활수단이 도회지에는 너무나 노골화했다는 것이 나같이 사람의 관련을 꺼리는 사람에게는 견딜 수가 없기 때문에 도회지의 생활을 단념한 원인이 거기에 있을는지도 모르나, 깊은 시골로 들어가기 위하여 며칠 동안 집안에 박히어 만주어를 공부하는 나에게는 앉아 있는 시간이 가시방석이상의 불안을 주었다. 며칠 만에 먹을 밥값을 내려고 돈을 꺼내면 돈의유래가 꼬리에 꼬리를 물고 내 머리를 조선으로 몰아내며, 그런 뒤에는 기필코 아내가 눈앞에 나타난다. 한 끼에 삼십전씩 하는 밥을 하루 두끼씩 먹으며 화려하지 못할 것이 분명할 뿐 아니라 무엇을 찾기 위하여 살려는지도 모르는 미래의 생명을 위하여 기억 안되는 외국어의 단자를 삼십 넘은 내가 외노라고 얼굴살을 찌푸릴 때 나의 옷을 쪽 벗기어 버린 내 아내는 지금 어떤 남자에게서 또한 나에게와 같은 행동을 취하고 있을까. 그는 아름다운 여자라는 점에서 어떠한 사내든지 사내를 긁어 먹을 권리가 있을는지 모른다. 사랑이 참(眞)이라는 것을 잊어버리고 아름다움과 기쁨을 찾으려고 할 때, 그는 미운 것과 괴로움을 동시에 맛보지 않으면 안될 의무가 있다면 나의 아내는 그러한 사내를 마음대로 주무를 수가 있으며, 또 그 사내에게 아름다움과 기쁨을 뺏아 갈 권리가 있을는지 모르나, 그 권리가 명희 (내 아내이었던 여자의 이름)의 생명이고 그 생명이 살아있는 동안 나와 같은 사내가 가엾어 보일 뿐이다. 한 사람을 가엾게 생각한다고 할 때, 그 불운의 원인을 만드는 사람이 원망스럽고 밉다고 한다면, 나는 아직까지도 명희를 생각하고 있는 것이 분명하다. 한 사람을 미워한다는 것은 그 동기를 어디다 두든간에 명희를 잘 알고 명희를 사랑했다는 점에 있을 것이며, 그 사랑이 완성되지 못한 비분에 시민적 분노를 가진 때문이 아닐 것인가! 나는 현재를 잊어버리고 머릿속에 남은 기억을 들추게 된다. 지금 생각하면 그러한 재력이 참으로 내게 있었던가 하고 의심할이만큼 훌륭한 양식 응접실에서 새로 만든 이브닝 드레스를 입은 명희가 자기의 얼굴만이 아니라 몸과 옷까지도 자기를 아름답게 해주는 데 비로소 놀란 듯이 기쁨으로 내 품에 안기며 돌아가는 축음기소리에 스텝만 맞추어 폭스트롯을 출 때,

『우리 평생 죽지 말어 응!』

하고 응석부리던 소리가 나를 깜짝 놀라게 하여, 그러한 기억을 경멸해 버리기에 노력하지 않으면 안된다. 그러다가는 극단의 기억이 또 나를 부르기도 한다.

『또 마작을 하러 갔었군……내가 싫고 집에 마음이 없거든 내가 어디루 사라지리다. 당신이 나를 피할거야 무어 있소.』

『당신이 싫어 놀러 다닌다구 누가 말합디까? 사내가 좀 나다니기두 해야지……』

『그럼 여편네는 무엇 때문에 데려다 논 게요! 나가다니다가 심심할 때 보려고 주어다 논 게 여자란 것인가요? 남자가 딴 데서 웃고 짖고 하며 야단칠 때 여편네는 집구석에서 혼자 적적하게 지내두 남자는 그 책임을 안진단 말이지요!』

나는 이런 대화에 더 대답을 못한 것은, 그의 말이 논리적이라는 것보다도 나의 재산 명부가 점점 좀을 먹어 마음의 공허를 잊어 보겠다는 생각을

입밖에 낼 수가 없었기 때문이었다. 내가 돈으로 그의 아름다움을 사려든 것과 같이 그는 그의 아름다움으로 나의 재산과 나의 육체 전부를 사려고 했으며 또한 나의 청춘을 뺏아 갔다. 기억을 꺼내지 말자. 미워하고 싶지 않은 생각과 같이 사랑하고 싶은 마음도 없는 나에게서 어떠한 구석으로라도 내어쫓자. 무감각한 생활이 나의 앞길에 놓여 있는 오로지 한 갈래의 선(線)이라고 하면, 애착심을 강요하여 무가치한 것도 가치있게 만들고 미운 것도 아름답게 하여 몸을 움직이지 못하게 하는 미련을 구태여 가질 필요가 어디 있는가?

코닥을 팔아 주머니에 넣고 온돌이 점점 그 밑바닥을 들여다보게 할수록 만주인만이 사는 시골서도 내가 무엇하는 사람이라는 것을 알릴 수 있을이만큼 단어가 늘어 갔으나, 이전부터 내 살림이, 내가 믿고 생각하는 사람이 있는 곳이 아니라, 별다른 세상 속에서 나만이 살 수 있는 곳이라는 생각에 주머니를 완전히 텁으로 이때까지의 나를 청산하고 길을 떠나고 싶어 이삼일을 더 유하기로 했다.

특별한 기대를 가지려고 하지 않는 마음이 변함없음과 마찬가지로, 어디로 가야 할 것인가 하는 생각에 갈 곳을 몰라 헤매지도 않는 나이지만, 흰 방바닥에 연기꼬이듯 하는 추억을 싫어하면서도 마지막인 이삼일 동안이 무척 무료하게, 머리를 복잡하게 하여 무척 괴로왔다. 죽음과 같은 생활로 나간다는 절망적 생각은 피분 한푼어치도 아니지만 그래도 설레는 듯하는 가슴은 나도 모르는 사이에 미련으로 하여금 큰 자리를 빌려 준 탓인가 보다. 이럴 때 주인도 내가 머지않아 떠날 사람이라는 것을 알았던지, 그렇지가 않으면 빈방이 없었던 탓인지 그것은 내가 알 바가 아니지만 어쨌든 조선서 처음 들어왔다는 이제 나이 스무 살이나 되었을까 말았을까 하는 사람을 내 방으로 안내했다. 조선서 왔다는 생각에서 그 사람에게 호기심을 가진다면 나의 연상을 늘리어 명희의 냄새를 맡아 보려는 부질없는 생각이 안 나리라 보증할 수도 없는 일이기 때문에 아예 입을 다물려 했으나, 이 역 내가 사람이라는 점에서 그의 말을 듣지 않을 수 없었다.

중학을 학비 때문에 못마치고 부모도 모르게 도망질하여 돈을 좀 벌어 보겠다는 욕심이 그가 만주에 온 목적이라고 해서 그런지 휘뚱구는 새까만 눈 동자라든가 나불나불하며 잠시나마 가만두지 못하는 입술이 돈에 대한 흥미 를 무척 가졌다는 것을 말해 주었다.

나와는 정반대의 인간이라는 것을 느끼면서도 말씨가 서울말씨라는 것을 안 뒤,

『고향이 어디십니까?』

하고, 물은 내 마음은 나를 떠난 명희가 서울로 가 있음을 알기 때문이었 으리라.

『서울입니다. 손님의 고향은 어디십니까?』

내 말에 대답해 준 보수로 다시 내게 물어 볼 권리가 있는 듯 그 사람이 내 얼굴을 쳐다보았으나 내 입으로 서울이라는 말을 꺼내고 싶지 않은 괴롭 고 징그러운 마음과 또 내가 서울 사람이 아니라는 안도의 생각에서,

『평양입니다!』

라는 말을 가볍게 해 버리었다. 그가 서울에 있었다고 해서 명희 소식을 알리어주리라는 공포에서가 아니라, 그의 입으로 서울이라는 말을 하게 하 고 싶어한 나의 마음이 미워졌기 때문에 나는 그뒤부터 입을 딱 다물어 버 렸다. 미운 것을 생각하는 것을 또 미워하는 마음— 이것은 어느 것이 나중 인지 알 수 없는 데서 나의 울분이 또 떠오른다.

밥값과 내 돈이 꼭 떨어져 맞기 전날까지 통성명을 하지 않았기 때문에 이름도 모를 그 사내는 밤낮 거리로 나가서 일할 자리를 구하기에 초조하여 밥맛까지 잃고 덤비더니 내가 떠나려는 날 아침에는 나보다 일찌감치 어디 로 사라졌다. 나에게 어디로 가게 됐다는 말을 하고 헤지는 인사를 아니했 으되 어디를 가나 돈 벌 수 있는 사람이라는 첫인상 때문인지는 몰라도 어 디로 갔을까 하는 생각마저 가지게 되지 않아 아무 생각 없이 나의 출발을 혼자서 준비하고 있을 때, 여관 주인이 문을 벌컥 열고 첫눈에도 노기가 등 등한 얼굴을 보이며 들어왔다.

『같이 있던 사람이 어디 갔소?』

『내가 어찌 알겠소!』

『건방진 소릴 말어! 한방에 있던 사람이 어디 갔는지도 몰라!』

『내가 그와 같이 온 사람이 되어 알겠소、 그의 친구가 되어 알겠소? 돈벌이가 생기어 갔으리라 생각하나 당신은 간 곳까지 알아야 할 것은 또 뭐요?』

『이놈 얼굴에 철판을 쐬운 모양이지. 밥값 안낸 놈을 슬쩍 빼 놓고도 그런 뻔뻔한 수작을 해? 너두 오늘 나간다구 하드니 돈을 내놔…… 돈 없는 놈들의 공몬 줄 모를 줄 알고……』

나는 터무니가 없었다. 밥값을 밀려 보지 않다가 나가는 날에 이런 대접을 받아야 하나 하는 생각을 하니 울화가 불쑥 치밀어올라 여관 주인을 공격해 주고 싶었다. 그러려면 우선 밥값을 털어 주어야겠기 때문에 지갑 넌 주머니에 손을 넣어 보았으나 어제 저녁까지 분명히 있던 그 지갑이 없어졌다. 내가 고개를 한번 외로 틀어 보고 미심하다는 듯이 외투 주머니까지 뒤져볼 때 난데없는 주먹이 따귀에 소리를 내며 불을 일으키었다. 변명이 효과를 낼 때가 아니므로 때린다는 가장 더러운 수단을 옳다고 생각한 그 사람에게 아무런 대항도 하지 않으려니 그의 행동이 점점 난폭해짐과 동시에 나의 머리는 거슬러올라、 나의 힘이 그에게 지지 않으리라는 것을 보여주고 싶었다. 그러니 나의 위치가 불리한데 놓여있다는 것을 생각할 때 내가 다시 사람과 더불어 관련을 맺은 보수를 받아야 하는 장면이로구나、 하는 회한과 자각 속에서 따귀의 감각을 느껴 보고 싶은 충동이 일어나 그의 손길이 감각의 질서를 줄이만큼 조금 늘이어 주기를 바랬다.

이렇게 생각을 해서 그런지 따귀에 큰소리가 나도 그리 아프다는 생각과、 그가 나를 경멸한다는 마음이 들지 않았으며, 도리어 그의 분노를 내게 주는 응징이 이것뿐인가 하는 일종의 조롱 비슷한 감정이 들어、 내게로 향해 쏜살같이 내려오는 그의 손목을 잡고 조금불그스름해진 손바닥을 보았다. 나를 아프게 하기 위한 행동이라면 때리는 사람은 조금의 고통도 느끼지 않아야 완전한 괴로움을 내게 주는 것이 될 터이나、 도끼질을 종일 한 것같이 충혈된 손바닥은 나에게 미소를 주었으며 독기가 등등한 그 사람의 얼굴은 도리어 울고 싶어하는 사람같이 보여 측은한 마음을 일으키었다.

『두 놈의 밥값을 전부 내기 전에 한 걸음이나 나가나 보자……』

　말소리에까지 자기의 노기와 위엄을 보이려고 덤비며 나가 버렸으나 내가 이만한 것으로 그 사람의 일시적 분노를 풀어 주었으며… 또 내가 잘못한 것이 있어 그것을 이만한 정도로 풀어 놓을 수 있었던가 하는 생각을 하니 무엇을 잊어버린 듯한 어설픈 마음이 들었다.

　다시 돌이켜 혼자 생각을 하니 나에게는 잘못이 없다. 내가 한방에 있던 사람들을 주인 모르게 내보낸 것도 아니며, 나만 하더라도 자기네 밥값을 주기 위하여 곱게 준비해 두었던 돈을 어제 저녁까지도 가지고 있었으며, 설사 지금 가지고 있지는 못하나 악의로 써 버린 것도 아님에도 불구하고 그의 복수가 크든 작든간에 나는 경멸과 학대를 받은 것이 사실이다. 한방에 있던 사람을 경계 못한 것은 내가 그 이상 더 괴로움을 받아야 할 나의 잘못이지만, 내가 딴 의미로 여관 주인에게 학대를 받았다는 것은 아무리 생각해도 터무니가 없는 일이다. 내가 줄 수 있는 정도 안에서 주인에게 괴로움을 완전히 주지 않고는 견딜수가 없을 것 같았다.

　내가 하르빈을 떠나 북안진(北安鎭)이라는 작은 고을에 도착되기는 그뒤약 이십일이나 지난 다음이었지만, 그곳 어떤 커잔(客栈—旅宿)에 들르려 할 때, 문득 하르빈 경성여관이 생각되어 발걸음을 돌리고 뛰어나오고 말았다.

　두 사람이 같은 날에 도망을 쳤다는 점으로 그들의 의심을 확실케 해주고야 말았다는 불쾌가 이제야 일어났다는 것은 그새 한번도 영업적인 여관에 들어 보지 못한 때문이었을는지도 모르나, 잘 자기 위하여 여관을 찾는 나의 주머니에 돈이라고 십전밖에 없어 이번에야말로 내가 도망질하여야 할 때가 아닌가 하는 생각이 안생길 수 없었기 때문이었을 게다.

　이십일 동안 여관도 없는 곳을 두루 다녔을 뿐아니라, 잠잘 때마다 이부자리를 덮어 보지 못했다. 밥을 얻어먹고는 밥값으로 삼전씩을 주어 도리어 고맙다는 말을 들었으며, 잘 재워 준 집에는 일전씩을 줌으로 내 얼굴을 다시 쳐다보게 하여 쓸데없는 돈을 쓰는 사람이라는 생각을 하게 하였으니, 고생이라고는 할 수 있으나 구걸을 하거나 창피한 꼴을 보여주지는 아니하였으므로 내 자신에 대한 불평을 느껴 볼 겨를이 없었다. 어떻게 해서든지 사진을 찍어 밥값과 잠값을 빚지지 않겠다는 노력이 컸다는 것과, 고량죽과 외양간의 수면으로 나의 육체를 지탱해 나갈 수가 넉넉히 있다는 생각은, 그 생활이 파괴되거나 중도에 중단되지 않는 한 정신의 고통을 느끼지 않게 했을 것이다. 그러나 천릿길이나 걸은 뒤 생각조차 못해 본 곳에 이르러 여관 아니고는 잠잘 수가 없는 곳이란 생각을 하게되니, 완전히 잊었으리라고 믿었던 사바의 기억이 일어나 도둑맞은 이삼원의 돈까지 나에게 미련을 준다. 남을 의지한다는 마음보다는 조금 귀여운 점이 있을지 모르나 도둑질을 하고 금세 피신을 하는 비겁한 행동을 하는 사람의 심리는 아무래도 타기해야 할 것이다. 그 돈을 잃지 않았다고 해도 아직 내 주머니 속에 있어, 이 추운 날 밤의 안식을 줄 미끼가 될 수 없을 것은 확실하나, 당장에 춥고 떨리는 감각은 속일 수가 없었다. 제일 하등 커잔에 가면 십전이라도 하룻밤을 지낼 수 있다고 하니 다음날에 돌아다니며 사진을 찍을 셈 치고 우선 여관을 잡아야 하겠는데, 원체 작은 곳이라 등수를 맬 만큼 별다른 여관도 없으며 그 수도 또한 적으므로 커웬잔(魁遠棧)이란 글자를 좁다란 나무판에 써서 벽에 붙인 집을 찾아갔다.

주인이 말하는 숙박료와, 내 주머니에 든 십전의 돈과 꼭 들어맞을 때 나는 가벼운 한숨을 쉬고 내 방이라는 곳으로 들어가 두 끼의 밥을 먹지 못하여 비명을 일으키는 위(胃)의 하소는 둘째로, 온몸에 휴식을 주기 위하여 쓰러져 누웠으나 방바닥은 얼음속의 돌같이 산뜻하며 싸늘한 바람은 벌거벗은 몸처럼 나의 살을 떨게 했다. 불을 좀 때 달라고 큰 소리를 했더니 주인은 밖에서 땠다는지 못때겠다는 소린지, 잘 들리지 않게 웅얼거리므로 나는 문을 열어젖힌 다음 불을 때고 이부자리를 내라 야단하는 수밖에 없었다. 얼마동안 배운 나의 만주어가 이렇게 흥분했을 때까지 의사를 소통시킬 만큼 능란하지 못할 것이며, 타이른다기보다 말해 버리려는 듯이 주워 섬기는 주인의 말을 알아들을 수도 없어, 나는 나대로 불때라는 말과 이부자리 달라는 말만을 대여섯 번 이상으로 연거푸었다.

두 사람의 대화가 듣기에 민망했던지 이때 어떤 젊은 여자 한 사람이 나

와서 통역을 해주었다. 아무리 불을 때도 그 방은 그리 덥지가 않으며 이부
자리는 손님에게 주는 법이 없다는 주인의 말을 그 여자가 조선말로 내 귀
에 들려 줄 때, 돈을 받고 그런 법이 어디 있느냐, 만약 그렇다면 딴 방으
로 안내하라고 나도 조선말로 주인을 보면서 그 여자에게 통역을 청했다.
그 여자는 어느편에도 기울어지지 않게 말을 잘 해 주었으나 싫으면 딴 데
로 가라고 하는 주인의 말이 나온 뒤 어디를 가야 거의 마찬가지니 하룻밤
을 고생하시고 감이 어떻겠느냐고 몹시 나를 동정하듯 나를 유심히 바라보
며 말했다.

『할수없지!』

하고 나는 문을 닫은 다음에 방에 누워 잠이나 자려고 했다. 돈 주고 자
는 잠이라고 해서 그런지, 밥을 몇 끼 못먹은 허기 때문인지, 목도리를 끌
러 머리를 싸맨 다음 외투를 벗어 온몸을 감고 다시 잠을 청했을 때 어느새
눈이 감기어지고 말았다. 아침에 눈을 떴을 때 얼굴까지 감았던 목도리가
허옇게 언 것을 보니, 분명 잠은 들었던 모양이나 깨고 난 뒤의 추위는 더
욱 심한 듯 했다. 흔한 콩국으로라도 몸을 녹이고 싶었으나 주머니에 든 돈
은 숙박료를 주어야 할 것이므로 일찌감치 단념을 한 뒤 사진틀을 메고 여
관을 나섰다.

아침부터 저녁까지 종일을 돌아다니며 자그마한 상점과 웬만한 사삿집을
샅샅이 뒤지었으나 사진을 찍어주는 이는 하나도 없었으며 도리어 낯선 집
개를 보듯 이상한 눈치로 돌려보냈다. 오륙백호 이상이 들어 있는 곳이나
말하자면 소도시라 외지에서 들어온 낯선 사람을 몹시 경계하는 모양이었
다. 좌우간 저녁때가 되었으니 다시 잠잘 곳을 정해야 하겠는데 빈 주머니
로 재워 달라는 말을 할 면목이 서지 않아 거리에서 망설였으나 농촌과도
달라 외양간도 없을 것이며, 있다 해도 나를 재워 줄 사람이 없을 터라, 일
찍부터 발길을 돌리어야 할 나 자신을 후회하면서도 다시 어젯밤 잔 곳으로
걷고 있었다. 하룻밤의 낯도 익고 또 사정을 말한 뒤 사진을 찍어 달랠 수
라도 있을 듯한 마음에 그 방이라도 다시 빌려 달라고 했으나 벌써 내 속을
알았던지 주인은 돌같이 차게 거절해 버리며 두말을 못하게 했다. 태양과

지구는 어째서 한곳에 머물러 있지를 못하고 빙빙 돌며 밤이란 어두운 시간을 주는 것인가.

얼마 살지를 못한다고 탄식을 하면서도 밤이 되기만 하면 방속에서 잠을 자야 한다는 게으른 습관을 사람은 어째서 본능처럼 만들어 놓은 것일까! 만들어진 세상에서 호흡하고, 거기서 적당하며 평탄한 호흡을 할 수 있다는 것이 또한 진리로 되어 있는 것이며, 수만년 동안 습관으로 되어 온 것을, 잠잘 곳 없는 내 입으로 중얼거린대야 나의 무능을 말하는 것뿐 아무것도 아닐 게다.

나는 거리에 나와 딴 커잔을 찾아 갔으나 재워 달라는 말보다도 사진 한 장을 찍으라는 권유를 먼저 시작했으며 부요(不要) 한 마디로 거절을 할 때도 사진 앨범을 꺼내어 서투른 말로 웃어가며 설명함으로 호기심을 사려 했다. 이래도 찍을 마음이 없느냐고 내가 반문했으며 「부요」하고 찍고 싶은 마음은 있는데 하는 눈치도 안보이고 거절할 때,

『여기 오셨을 줄 짐작은 했지요!』

하는 부드러운 소리가 뒤에서 들렸다. 커웬잔에서 전날밤 통역을 해준 여자가 이상한 눈치를 보이며,

『돈이 없으면 누가 재워 주나요?』

하고, 나를 조롱하는지, 내 대답을 기다리는지, 내 얼굴을 빤히 쳐다보고 있었다. 남의 곤궁을 비웃고 남의 괴롬을 고소하게 보기 위하여 세상을 살아가는 사람도 있구나 하는 생각이 문득 들자, 무엇 때문인지는 몰라도 그 여자가 매춘부같이 보이어 남용의 대답을 꺼리었다.

『치운데 어디를 가세요?』

나의 뒤를 따라오며 극히 동정하는 듯한 말씨로 물을 때 나는 멈칫 서서 그의 얼굴을 바라보았다. 나의 행동에 간섭을 하고 나를 동정해 준다는 월권을 나의 승낙도 없이 가진다는 것이 미워 그를 노리어 볼 때, 나의 마음은 확실히 그 여자의 몸에 매질을 하고 있었으며 다시 발걸음을 움직일 때의 가벼운 마음은 그를 책하였다는 안심에서 온 것일 게다.

그뒤로 몇 마딘가 자기 방으로 같이 가도 괜찮다는 말을 따라오며 했으나

나는 그 말에 아무런 감각도 느끼지 않고 한참 걸었다. 그 여자가 없어졌다는 생각과 어디서 자나 하는 생각이 일시에 들 때는 내가 북안진의 한끝까지 갔을 때이므로 잠자기 위해서는 다시 시내를 돌아쳐 가야 했다. 배도 고프다는 정도가 지나 무감각 상태에 있는지, 배를 만져 보아도 텅 비어 있는 것 같지는 않으나 조금 전에 자기 방에는 쌀도 있으니 밥을 좀 먹고 가라고 하던 그 여자의 말이 머리에 떠오를 때는 내가 무엇 때문에 내 육체를 학대해야 하나 하는 생각이 들어 나의 위가 마치 내 육체에서 떨어진 물체처럼 측은하게 여겨졌다.

나는 커웬잔으로 가서 그 여자의 방을 두들기기로 하고야 말았다. 내가 남에게 동정을 받는다는 것은 나의 생리가 허락치 않는 것이나 내가 무엇을 주고 그 댓가로 무엇을 또한 받는다면, 그는 주고받는 상업적 보수관계 이외에 딴 부채를 질 것이 없다. 만약에 내가 그 여자의 말을 고맙게 생각하여 그를 따라가서 하룻밤과 몇 끼의 밥을 신세진다면 그는 신세로써 나의머리에 언제나 새겨 두어야 하며 그것을 잊어버려서는 안될 의무가 있는 것이나, 이제 내 발로 내 손님을 찾아가는 데는 그런 힘든 문제를 제거한 뒤라고 할 수 있다.

『사진 한장 찍지 않으시겠읍니까?』

나는 문밖에서 이런 청탁을 하고

『찍지요.』

하는 대답이 있은 뒤에 그 방 안으로 들어가 앨범을 꺼냈다.

『이것은 일원 오십전, 이것은 이원인데 이왕이면 좀 크게 나오는 것으로 하시오.』

그 여자는 앨범을 보는 듯 마는 듯 내 말도 듯는 듯 마는 듯 고개를 끄덕이었으나,

『내일 아침 사진을 찍어 드릴 터이니 우선 오십전만 주십시오.』

하고 손을 내밀 때 그 여자는 호호하고, 가는 웃음을 웃었다.

『배가 고프시지요?』

『네, 좀 고픕니다.』

그 여자는 돈을 주는 대신 나를 끌고 작은 요릿집으로 가서 요리를 시키었으나 나는 내일 사진 값을 받으므로 갚아 주리라는 생각에 마음껏 요리를 먹었다.

켜잔으로 다시 돌아와서 딴 방을 내라고 주인에게 말하려 할 때 이불도 없이 추운 방에서 자느니, 불도 잘 땐 자기 방에서 자는 것이 어떠냐고 내 얼굴을 보았다. 단발을 하고 양장을 한 젊은 여인이었다. 내 마음이 그 말을 승낙할 리 없었다.

『알지도 못하는 사내를 내 방에서 자라고 할 때 이상히 들으실는지도 모르겠읍니다마는 이 먼 이국에까지 온 사내나 여자가 굳은 마음 없이 떠날리도 없을 것이며 따라 그러한 사람이 곤궁하고 추울 때 방을 내주는 것도 딴 마음이 있을 게 아닐 터이니 안심하고 주무십시오.』

하는 말에 그만한 마음까지 가졌다면 나를 유혹하거나 내가 유혹당할 리도 없을 것 같아 손을 떼고 싶지 않을이만큼 따스한 방바닥에 그냥 눌어붙었다. 한편 옆에는 축음기가 있고, 이부자리도 깨끗하게 또는 곱게 개여 있는 것과 드레스가 걸린 흰 벽을 이상한 눈으로 둘러보았으나, 이왕 이렇게 된 셈이니 그 여자의 신분을 생각해 볼 필요도 없으며, 또 알고 싶은 호기심이 있다면 그것은 벌써 내가 유혹을 당하고 있다는 것이라 생각하여 눈을 감으려 했다. 위확장이나 안되나하는 근심을 할이만큼 배가 부르고 숨이 가쁘다가는 심장이 약한 사람이 뜨거운 목욕탕에 들어갔다 나온 것처럼 온몸이 노곤하여질 때 포근한 잠에 들고 싶었으나 방 주인인 그 여자는 나를 사로잡은 다음 그대로 내버려 두기가 아까운지 말을 건네기 시작했다.

『고향이 어디십니까?』

『글쎄요!』

『그런 것은 잊어버리려고 합니다. 』

『여기 오면 돈벌이가 될 줄 알고……』

『그저 살고 싶어서라고 해 두시오. 』

나에게 가장 흥미없는 말뿐이었다.

『그래도 남자들은 좋을 겝니다. 』

그 여자는 무엇을 손에 쥐고 정신이 어디 있는지 알수 없게 그것을 만지면서 이야기를 꺼냈으나 자기 사정을 하소연하려는 것이 목적인 모양이었다.

『나는 돌아도 오지 않을 남편을 기다리고 있답니다. 민적에도 없는 저를 남겨 두고 나가 버렸으니 두 번 다시 돌아올 사내의 마음이 아니겠지요. 그래도 저금해 두고 간 몇 백원을 가지고 그 돈이 없어지기 전에야 돌아오려니 하고 기다리고 있으니 나 같은 바보가 또 어디 있을 겝니까!』

말을 그친 뒤, 가벼운 한숨을 내쉬었다는 것은 나에게 준 반영을 엿보기 위한 때문이었으리라.

『뻔히 안올 기대를 품고 청춘을 홀로 보내니 불행하기 짝이 없지요!』

『기대를 가질 바에야 오려니 하는 기대를 가져 보구려!』

『그렇게 해보려고 해도 안되니 고통이지요. 』

『기대를 가지고야 살 수 있는 사람이라면 자기를 속여 가면서라도 그것을 붙들어야지요!』

그 여자는 눈물을 흘리었다. 자기의 괴로움을 나라는 사내에게 전염시키어 고통을 분할시켜 보겠다는 노력이 눈앞에 보이므로 나는 적이 불쾌를 느끼었으며, 따라서 여자의 눈물이라는 데에 명희를 연상케 하여 그 방에 들어온 것을 후회하게 되었다. 명희도 자기가외로울 때는 눈물을 흘리었다. 남편이라는 내가 생활에 대한 의혹을 가지고、한 사내가 한 여자에게 행복을 주고 환심을 얻기 위하여 자기를 없이하고 지내는 것을 회의하기 시작할 때 명희는 외로와했다. 그때 명희가 눈물을 흘리었다. 그때 나는 명희 없이 살 수가 없고、명희가 즉 나라는 생각을 가지어 모든 것을 잊을 수 있는 행복감을 영원히 붙들려고 했다. 그뒤 꺼지어 가는화롯불을 보듯 생활의 권태를 점점 느낀 때 나는 명희를 내 옆에서 떠나 주지만 않게 있는 힘을 다하여 노력했으며、설마라는 털끝같이 가느다란 기대에 목을 걸고 있었다. 이제 내가 새로 만난 여자의 말이 진정이라고 한다면 나는 나의 비극의 과정이 그 여자보다 앞섰다는 생각밖에 들지 않았으나 그 여자 역시 명희처럼 목숨을 딴 사내에게 걸거나 육체와 정신을 어떤 사내에게 뺏아 먹음이 없이는 못살 사람이라는 것을 느낄 때 내 마음은 냉정해지었으며 행복을 만들기 위

하여 괴로움의 쳇바퀴에서 떠나려고 하지 않는 세상 사람을 내가 아랑곳할
바 없다는 냉정한 생각이 머리에 떠올랐다. 내 옆에 있는 사람을 보고 그의
불행을 들으면서도 냉정할 수 있다는 것은 그 사람을 위한다는 이보다 나를
위하여 관대한 것이 아닐 수 없다.

『나이 스물밖에 못되어 벌써 이런 고통을 맛볼 줄이야 누가 알았어요!』

『너무 일찍부터 행복을 찾으려 했구려!』

그 여자는 자기의 감정을 될 수 있는 대로 길게 끌어 볼 심산인 듯했으나
무표정한 나의 대답은 지나가는 바람결에 불려 보내듯 그의 호흡과 조금도
맞지 않았다. 폭신거리는 솜이불 속에 감기어 오는 잠을 깃들이게 하는 것
이 나의 소원의 선무였으나 그 여자는 불복인지 무슨 소리를 중얼거리고 있
었다.

『내일 어디로 가실 작정입니까?』

얼마동안 혼자 말하는 이야기를 꿈결같이 들으며 눈을 감고 있었으나 자
기를 보아 달라는 듯이 목청을 돋우어 갈길을 물을 때 나는 눈을 뜨고,

『글쎄, 아무데로나 가지요!』

라는 대답을 하려 했으나, 입을 아주 벌리기도 전에 눈을 감아 버리었
다. 명희를 떠난 뒤에 이제까지 보지 못한 젊은 여자의 육체―시미이즈까지
를 벗어 한편에 던지려는 살결의 산 색채、냉혈의 어류(魚類)가 아니라 체
온과 체취를 능히 맛볼 수 있는 풍부한 살결이 내 눈에 들어와 온 몸의 피를
마라톤식 경주를 하게 했으며 붉은 피의 색채를 일층 더 검게 만들어 주는
듯 했다.

『불을 끌까요?』

석유 등잔이 내 머리에 가깝게 놓여 있기 때문에 그 여자의 말을 주인의
명령이라 생각하고 머리를 쳐들어 입김을 불려 할 때、「아이구머니나!」 하
며 이때까지 내놓았던 몸을 이불로 가리려는 여자의 포우즈가 다시눈속으로
들어와 입김도 불지 못한 채 얼굴을 이불속으로 감추었다.

『제가 끌까요?』

나는 어찌하여야 좋을지 몰랐다. 불을 끈다면 아무것도 잊어버리어야 하

는 컴컴한 세상을 만드는 것이고、 불을 켠 대로 둔다면 나도 모르는 새에 눈을 뜨게 하여 몸을 떨리라. 식물성인 나와 동물성인 내가 한 오오거니즘 속에서 싸우고 있는 이 전쟁을 조정해 줄 사람이 없는가? 나는 아직까지 철학을 공부하지 못했으나 이런 경우에 내가 하소를 하고 구원을 청구한다면 서로 입을 벌리고 나를 괴롭힐 철학자가 얼마든지 있을 게다. 그러나 그들이 들리어 주는 말이란 한입에서 나오는 것같이 권위를 갖거나、 통제의 힘을 가지지 못하였을 터이니 나는 내 현실에서 내 손으로 해결하는 수밖에 없다. 내 생활을 체험하지 못한 사람에게 무엇을 의뢰한다는 것부터가 얼마나 어리석은 짓이냐 !

『불을 켜고 자지요。』

켜진 불을 끄기는 쉬워도 꺼진 불을 다시 켜기는 힘들 것 같아 우선 켜진 대로 내버려 두게 했다. 여자는 방긋 웃는다. 두 뼘도 못될 거리를 두고 딴 자리에 누워 있을망정 좁다란 방에서 같이 숨을 쉬고 있는 그 여자와 나와의 간격을 먼저 생각해야 했다. 아직까지도 이름조차 모르는 나를 한방에 눕혀 놓았고、 이런 일을 만들기 위하여 나의 발걸음을 뒤따라까지 왔던 그 여자는 아무래도 몸을 벗기고 웃음을 웃어 보이어야 할 본능적인 욕망을 가지고 있나 보다. 나는 이 이상 딴 의미로 그 여자를 평가하고 싶지는 않다.

이렇게 단정할 수 있을이만큼 내 마음이 평형이 잡히었다는 것은 나에게 유리할 뿐 아니라、 다음、 나의 위치를 생각해 내기에도 편리했다. 나는 과거의 기억을 잊어버리려고 하는 동시에、 새로운 기억을 만들지 않으려 한다. 이나 벼룩 같은 기억을 길러 내어 그놈에게 고생을 당하여 나의 마음을 사로잡히고 싶지 않을 뿐만 아니라 애정을 느끼지도 않으며、 앞으로 가질 생각도 없이 육체적 행동을 감행하기가 싫었다. 더우기 능동적인 여자에게 피동적인 내가 이러한 계기로 그의 뒤를 줄줄 끌리게 되는 경우가 없으란 법도 없지 않을 것이며、 몸도 움직이지 못하고 그 여자의 감시밑에 살아갈 것이 무섭게 생각되지 아니할 수 없다. 나는 불을 끄지 않기로 해 버렸다. 만약 내가 능동적으로 나가지만 않았다면 상대자가 여자인 만큼 환한 불빛

아래에서 차마 나를 건드리지 못하려니 하는 마음에서다. 이런 생각을 하다가 혹시 잠이나 들지 않았나 하는 마음이 갑자기 들어 그 여자의 편을 흘겨보니 조금도 나에게서 눈을 떼지 않았던 것처럼 깜짝 아니하는 눈살을 잔잔한 물결 이상으로 가볍게 움직이었다. 또 웃는 얼굴이었다.

『여기는 기름값이 비싼데요!』

무슨 말을 하건 웃지만 말아 줬으면 좋으련만……꺼버리고 말까, 하고 나의 손이 등잔을 향해 움직이렬 때 온몸은 다시 사늘해져 왔다. 피가 한참 올라 얼굴을 뜨겁게 하다가는 다시 아래로 내려가 잔잔해지는 것이 마치 조숫물 같아. 이날밤은 성급한 바다처럼 조숫물을 수십 번 오르내리게 했다. 명희가 없었고, 남녀의 관계라는 것이 무엇인지를 알지 못했으며, 또 거기서 쓴맛까지 맛보지 못했다면 이날밤이 그렇게도 괴롭지는 않았으리라. 명희의 이름을 끄집어내어 이런 때까지 원망하려는 본의가 조금도 없었으나 내가 사람을 두려워하고 경계하려는 노력이 또한 명희라는 여자에게서부터 생겨났으니 내가 죽을 때까지 이러한 마음을 근절시킬 수는 없을 것이다. 그가 지금 어떠한 사내와 어떠한 생활을 하든간에 내가 이러한 굴레를 벗어날 수 없어야 하는 것이 또한 나에게 대한 명희의 빚이니까.

그날밤에 대한 것은 이만 적고 말려 한다. 알지도 못하는 예수나 보살들의 이름을 몇번씩이나 거듭 외며, 동물성인 나를 돌과 같이 광물성인 마음으로 억누르기에 한밤을 꼴딱 새우고 난 다음, 창이 훤했을 때야 편히 잠든 그 여자를 겨우 보았다. 눈과 입을 꼭 다물고 숨만 쉬는 그 여자는 다시,

『나는 당신에게 맡긴 몸이니 무슨 말이 있겠읍니까?』

하고, 마음논 채 잠든 것으로만 보이어 내 자신이 귀신인가 사람인가 하는 의심을 가지게 되었다.

『일어나, 고약한 년. 』

고약한 년이란 나만이 들을 수 있을 만큼 가늘었으나 내가 이 이상 한 여자로 말미암아 속을 쓸 기력이 없다는 비명임에 틀림없을이만큼 악을 지른 뒤, 잘 깨지 않는 그 여자의 몸을 발로 흔들었다. 냄새로 판단하는 사냥개 같이 자기 몸에 아무 변화가 없음을 이상하게 생각하는 그 여자의 눈초리가

조소로 보이든、경멸로 보이든、옷만 속히 입어 주면 그뿐이었다.

　사진을 찍고 이불속에서 현상까지 해 준 뒤 사진값 이원을 받아 밥값 육십전(저녁과 아침 두 끼와 잠값 십 전)을 준뒤 나는 도망치듯 북안진을 떠났다. 밥값과 방값이 그 이상의 가격을 칠 수 있을 것이나 내가 고가의 돈을 주고 호화로운 하루를 보내기 위함이 아니었다는 생각에서 그것마저 안받겠다는 것을 커잔 장구 주인에게 던져 버리고 나온 것이다. 당신같이 냉정한 사람이 어디 있느냐、떠날 때에는 노상 슬픈 눈물까지 흘리던 그 여자의 말이 한 십일 동안 시골길을 걷는 새 전부 잊어버릴 지경이 됐다. 이국에서나 볼 수 있는 여자라 몹시 경멸해 버리고 싶기도 하나 길가에서 둥근 돌을 만져 보고 지나 버리듯 마음에 걸려 둘 필요도 없는 여자에게 그런 악의를 품는 것이 도리어 내게 짓궂어가기만 하는 것 같아 정처없는 길을 걸을 뿐이었다.

　사진이란 것이 어떤 것인 줄도 모르는 만주 농민들에게 앨범을 보여주고、당신의 얼굴도 사진만 찍으면 그대로 종이 위에 나타난다고 설명해 주면 고개를 외로 틀었다 바로 틀었다 하며 나를 요술장이처럼 생각하다가 값이 일원 이상이란 말을 해줄 때、그들은 또한 마술장이처럼 무서워하며 도망질치니 이따금씩 이민 부락에서 몇장을 찍는다 해도 값을 값대로 못받을 뿐 아니라 그 싼 밥마저 마음대로 사먹을 수가 없을 지경이라는 데에 시골도 싫증이 났다. 생활의 고행을 각오했으며 풍부한 생활이 주는 시간적 여유를 도리어 기피하여 나의 여생을 빈틈없이 생활에만 바치리라고 했으나 한개 삼전이라는 고랑죽도 끼대로 먹지 못할 때、나의 육체는 줄어들어 가는 듯 또한 괴로움을 준다. 어머니 뱃속에서 나와 명희를 떠날 때까지 배고픈 경지를 당해 보지 못하고 살아 왔다는 영향이 만주 벌판에 서있는 내 뱃속에 미친 바 있음인지、원체 사회라는 것을 인정하여 나와의 관계를 연결시켜 생각해 보려는 뜻도 안가지었으나、의지할래야 의지할 건덕지도 없다는 것이 지구 위라는 생각을 더욱 갖게 한다. 그러나 북안진에서 만났던 여자를 조금도 건드리지 않았다는 쾌감을 느낄 때 내 생명이 편하기는 했다.

이삼일을 더 걸었다. 하루만 더 가면 사진 찍을 사람이 많을 것이란 말을 듣고 그 말이 얼마큼 자신 있게 들리어지는 것인가 적이 의심을 하면서도 많은 대신 적게나마 있어 주기를 바라며 얼마동안을 걷고 있노라니 멀리 커다란 집과 작지 아니한 도시의 윤곽이 눈앞에 보이고、코로 맡았는지 귀로 들었는지 도회의 냄새가 머릿속에스며들었다. 그 도시의 이름을 묻기 전에 사람이 왁작거리는 지옥이 싫어졌으며、그 풍경을 보기 전에 미끼를 기다리는 거미줄이 무서워졌다. 갈까 말까 하는 망설이는 마음이 다시 생기지 않을 수 없을 때、일평생을 무엇에 끌리어 살아야만 하는 인간이 불쌍해져 오던 길을 그대로 내걸었다. 망설이고 망설이다 죽음까지 망설이면서도 제 손으로 살아 왔다는게 부끄러운 일이 아닐까! 당장 돈이 필요한나에게 도회지를 가릴 필요가 없으며、명희와 나와의 역사를 도회지에서 만들었다 하나、보다 더 환락경이요、말초신경이 발달된 하르빈에서도 이렇다 할 터무니를 남기지 않았으니 만주국에서도 중심지를 떠나 국경 한모퉁이에 있는 이 작은 도시에 겁을 먹어 스스로를 어리석게 할 필요가 없다. 무엇 때문에 무서워하는가……무서워한다는 것은 자기를 너무나 믿지 않는다는 것일 것이며 상대방을 너무 고가로 평가할 것밖에 없을 게다.

진남포만큼 큰 도회지를 해륜(海倫)이라고 하며 심경의 변화가 어떻게 되었든지간에 내가 취직된 곳은 흑목(黑木) 사진관이라는 곳이다. 작지 않은 곳이며 사람들이 저 할 노릇을 다 해 가며 사는 곳이다. 사진쯤 찍을 사람이 없지는 않은 곳이나 나보다 먼저 돈벌이에 눈을 뜬 사람들이 거리로 헤매는 나를 비웃을 지경이니、그야말로 룸펜처럼 빙빙 돌아다니기가 싫으며、따라서 추운 겨울날 시골의 경험을 한때만이라도 면해볼 생각에 월급 이십 오원을 불평없이 받게 되었다. 내가 월급 자리로 들어설 때、월급의 적고 많음보다도 혹시 일이나 없이 빈둥빈둥 놀려 마음의 여유를 주지나 않을까 하는 걱정이 컸으나 흔적거릴 만큼 손을 놀릴 수 없음에 도리어 몸이 가뜬해짐을 느끼었다. 아무리 정신을 육체보다도 고가로 평가하고、정신의 활동이 있으므로 해서 동물과 구별된다고 하나 이 고생과 괴로움을 맛볼 기회와 충동을 일부러 줄 필요가 도대체 어디 있는지 나에게는 후생도 없다.

내가 죽으면 김상현이란 묘비(墓碑)를 세워 줄 사람도 없다. 행복을 찾을 수 없다 하나 구태여 불행을 찾을 필요는 어디 있는가.

나는 하숙하고 있는 집 식모 계집애가 이제 열 여덟 났을까 말았을까 하는 나이에 혼자 앉아 한숨쉬는 것을 보고、고것이 벌써부터 무엇을 깊이 생각하려는 버릇을 가졌으니 반드시 불행 속에서 살리라 하는 예감을 느끼어 「에익 어린 것이……」하고 그의 등을 치며 가슴속에 있는 생각을 없이하여 준 적도 있지마는、재미라는 것을 행복으로 알고、그것을 느끼려는 그의 생각이 재미없는 세상에서 벌써 배척당하고 이혼된 지 오래였다고 나는 본다。어떤 날 저녁 밥상을 물려 놓고 혼자 앉아 있으려니 하숙집 하녀인 순자가 밥상을 가지러 들어와 말을 붙인다。

『사람은 무엇 때문에 사는가요?』

『내가 그것을 아니。그것을 안다면 이런 곳에 오지 않았거나 벌서 죽었거나 했을 게다。』

『그래도 무슨 낙을 바라고 사는 것이 아닐가요!』

『글쎄、네가 말하는 낙이란 결국 유쾌나 재미를 말하는 것일 터인데、낙이란 것은 어떤 자극으로 흥분된 상태에 느끼는 마음의 변동이 아니겠지……그렇다면 벌써 낙이란 게 일시적 물건에 지나지 못하여 사람이란 순간적인 그것을 바라는 데서 더 큰 불행을 느끼지 않을 수 없게 되는 거야……』

순자는 나이가 어리었으나 러시아에서 출생되어 부모 없이 자라나 여기도 혼잣몸으로 와서 일을 하여 주고 있으니 여러 가지 고통과 쓰린 생각을 가졌을 게다。내 눈으로도 이따금씩 보고 있으나 주인 부부에게 책망을 듣고 때로는 매까지 맞은 뒤 머리털은 노라나、검은 눈동자를 반짝이며 눈물 흘릴 때 나도 보지 않은 것만 같지 못해 눈을 딴 데로 돌리곤 하였다。

이날도 무슨 일이 있었던지 「나는 죽고 싶어요」라는 말까지 했다。

『죽는다는 건 바보의 소리다。네 나이 아직 어리었으니 그런 생각을 할는지 모르나、죽음이란 것은 너무나 무의미한 것이야。무엇을 가지려 바득바득 애쓰다가 그것을 못얻을 때 죽으려 하는 것인데 그렇게 요구되는 게 대체 무엇이냐? 나가서 일이나 해라. 』

　밥상을 들고 내 방에 들어올 때나、밥상을 가지고 내 방을 나갈 때에나 이러한 짧은 대화를 가질 수 있는 것인데、나와 순자는 꼭 같이 남에게 매인 사람이라 휴식 시간이나 담화의 시간을 한가롭게 가질 수도 없어 나는 손님、그는 하녀、이러한 관계를 얼마 동안은 무난히 지키고 왔다. 키는 나이 이상으로 크다. 애티가 분명히 나고 손님말이라 일부러 만들어서라도 나에게 불쾌감을 안주려고 하나、나는 그의 얼굴에서 가냘픈 정경을 때때로 발견했다. 그러나 순자가 내 마음의 얼마를 점령할이만큼 나와의 거리가 그리 가까운 것이 아니었으며 또한 불쌍한 애라는 레테르를 붙이어 건방진 동정심을 가지려 애를 쓰지 않는 나이기 때문에 기회 있을 때는 거짓없는 말을 했으되、마음까지는 손님과 하녀라는 관계는 한걸음도 나아가지 않았던 것이다. 이렇게 말하자면 대범한 마음을 가진 채로 한 겨울을 보냈다.

　어떤 때 순자가 주인집 부부에게 매를 맞으며 우는 것을 보았고、두 사람이 힘을 합해 어린 순자를 사정없이 주물러 주는 광경을 목격도 했으나、주인과 하녀의 사이에 내가 들어설 필요를 느끼지 못했으며、그러는 것이 쑥스러운 것 같아 못본 체 했다. 내 눈에도 그리 대수롭지 못한 일에 순자를 괴롭히는 주인을 볼 때 아무래도 한편이 약하다는 관념이 있어 그런지 주인을 나무라 주기도 했으나 그런 일이 지난 뒤 밥상을 들고 들어온 때야、

　『어떻게든지 네 손으로 네 목숨을 살려간다는 결심을 가져라. 』

　하고、위로도 아니고、설교도 아닌 말을 해주었다. 만약에 다른 말을 해준다면 자기를 편들어 주는 사람이 있다는 것을 생각하고 마음을 약하게 먹음으로 자기를 망치지 않을까 하는 두려움도 없지 않았다.

　그러다가 모래가 섞인 거센 바람이 불기는 하나 그렇게 날카롭지 않는 봄날이 왔을 때였다. 사진관에서도 드물게 일찍 돌아오던 나는 하숙집에 발을 들여놓기 전에 찢어지는 듯한 여인의 목소리를 듣고 얼핏 주인 여편네가 무슨 일을 저지르나 보다 하는 예감을 갖고 발을 움칫 뒤로 물리었으나 그렇다고 해서 안들어간다는 이유를 발견하지 못하겠기에 그냥 내 방으로 들어갔다. 내가 들어온 것을 알았는지 몰랐는지、떠드는 소리는 그대로 요란했

으며、떠드는 것만으로도 속이 시원치 않은지 나무를 두드리는 물체의 소리
까지 났다.

일떠드는 소리로、순자가 또 무슨 일을 잘못했구나 하는 생각을 가졌으
나 변변치 못한 인간일수록 코딱지 같은 권리에 애착을 가지고 그것을 과장
하려는 데 구역질이 나서 나는 하등의 이해관계가 없으면서도 순자를 못살
게 구는 주인을 마음속으로 경멸하고 있었다. 그러나 나는 들려 오는 시끄
러운 소리에 귀를 기울이려 하지 않았다. 듣고 나면 결국 나의 손해다. 사
람이란 아무래도 편향성(偏向性)을 가지게 되므로 시시비비를 가리려 하여
시에 대한 긍정과 비에 대한 부정을 내릴 때 벌써 나에게는 어떤 부담이 생
기는 것이니까……

정신을 딴 데 두기 위하여 그새 모은 사진들을 한장씩 들춰보려 했으나
그래도 가슴을 울리는 듯한 소리에 생리적으로 오는 불쾌를 느끼어 순천공
원(順天公園)으로 산보나 가리라 생각했다. 옷을 걸쳐 입고、송아지 같은
개들이 왔다갔다하는 만주인 거리를 지나 공원에까지 와서 발길로 돌을 걸
어차며 거닐고 있으려니、순자가 외로운 곳에 혼자 남아 있는 듯한 생각이
들었다. 어린애를 잡아다 놓고 뼈째 삼켜 버리려는 늑대처럼 집주인이 잔인
한 동물로 보이기도 했다. 사람과 동물을 견주어 생각하고 또 순자를 동물
과 타협하지 못하는 인간으로 생각될 때、그가 이상하게도 고결해 보였다.
돌쳐 뛰어가 순자를 데리고 나올까 하는 생각까지 해보았으나 무심코 벤치
에 앉아 운동장에서 놀고 있는 어린애들을 바라볼 때 내 옆에 사람의 그림
자가 서 있음을 느꼈다. 옆에 서 있는 사람이라고 해서 반드시 쳐다보아야
할 것도 없으련만 고개를 돌리자마자 앉으라는 말을 기다리고 있는 듯한 순
자를 발견할 때、놀라 일어난 나는 그를 껴안으려고 팔을 내밀었다. 이는
순전히 내 머리의 반사작용이라고 생각하나 멋없게 팔을 오무리고는 그를
벤치에 앉게 한 뒤、그의 머리를 쓸어 만져 주고 상처난 얼굴을 들여다보았
다. 내가 공원에 도착한 지 오분도 못된 사이에 순자가 이곳까지 왔다는 것
은 나를 따라 그 집을 도망쳐 나온 것이리라 추측되었으며、푸른 점이 문둥
병 환자를 연상시키는 얼굴이 징그럽게 보였으나 이런 때에는 경박한 말이

엄숙하고 비통한 공기를 비속화시킬까 두려워 아무 말도 꺼내지 못했다. 그는 자기의 비분으로 마음의 틈이 바늘 들어갈 만큼도 없을 것이며 나 역 묵직하고 또 설레는 가슴을 어찌 할 수 없어 얼마 동안 두 사람사이에는 침묵만이 흘렀다. 나 같은 동정을 동정이라고 말할 수는 없으리라고 생각한다. 반항 없는 개가 병들어 누워 있을 때, 짓궂은 애들이 못살게 학대해 주는 것을 보고 개 편이 되어 어린애들을 욕해 준다는 것은 생을 옹호하는 삶의 본능이며, 감정 이전의 세계일 것이니까…… 내 흥분이 조금 사라진 뒤 나는 그의 어깨를 흔들었다. 꿈속에서도, 그리고 흥분 속에서도 살 수 없는 현실 앞에 그의 잠을 깨워 준다는 나의 노력이었다. 이 의지의 노력은 본능의 세계를 극복하기 곤란했으나 그의 어깨를 흔드는 내 손은 무엇을 바랐는지 몰라도 확실히 어떤 무엇을 재촉한 것이 사실이었다.

『나는 다시 그 집에는 안가겠어요.』

얼굴의 동요도 없이 까만 눈동자가 반짝이는 순자의 말이었다. 내가 이런 말을 들으리라고 예상도 하지 않았지만 그의 가슴에는 그 말만이 가득 차 있는 모양이었다. 그의 생활이 그의 집을 나옴으로 호전될 것이 아니련만 하나의 괴롬에서 권태를 느낄 때, 그것 역시 괴롬임에 틀림없을 것이지만, 새것을 맛보려고 하는 하나의 호기심도 순자에게는 커다란 의의(意義)를 갖는 것이리라. 순자의 말을 부정해 버릴 수가 없어서 나는 그와 함께 걷기를 시작했다. 어디를 가든 제 스스로 살아가야 할 운명임에 순자를 전에 있던 집으로 돌아가게 할 필요도 없을 뿐만 아니라 온 몸에 나타나고 있는 그의 사념(思念)이 큰 무엇에 눌리고 있는 것 같아 나는 입을 열려 하지 않았다. 두 사람의 발이 다다른 곳은 어떤 여관 앞이었다. 나는 순자를 하룻밤 여기서 재운 뒤 내일부터 일자리를 구하도록 해야겠다는 생각에 앞장을 서서 문간으로 들어섰지만 순자는 행동에 아무런 생각도 안가진 것처럼 여관 간판도 보지 않고 제 집에 들어서듯 나를 따랐다. 방에 들어가서 유치장에 들어온 사람들처럼 간격을 두고 앉아 있으려니 그때부터 순자가 눈물을 흘리기 시작했다. 십분나마나 소리를 내며 울고도 그칠 줄 모르기에,

『하늘을 보았니? 시커먼 구름이 비를 쭈룩 내리고나면 새파래지는 하늘

을! 그만 울었으면 네 마음도 개었겠구나……』

하고, 한 마디 했다.

『비가 내리기만 했으면 좋으련만 금시 수증기가 증발하여 비를 다시 만들고 있으니 하늘이 언제 개어보이겠어요.』

이 말은 나의 가슴을 떨리게 했다. 언제까지나 구름이 끼어 있는 순자의 마음이 나의 눈에 너무나 우울하게 보였던 때문이리라. 그러나 저녁때도 이미 늦었으며 그 자리가 나에게 너무나 짐스러워 내일 아침 올께 잘 자라는 말을 하고 일어서려 했다.

『가세요?』

순자가 처음으로 내 얼굴을 쳐다보았다. 파래진 얼굴과 힘이라곤 한푼어치 없는 몸뚱어리가 금시 쓰러질 것 같았다. 끝없는 지평선에서 아무 힘없이 하늘을 쳐다보는 가엾은 처녀, 욕망도, 의지도, 용기도, 아무 것도 잃어버린 고아.

『가세요……』

순자가 두번째 「가세요」라고 하는 말은 물어 보는 것이 아니라 가려거든 가라고 명령 비슷한 말이었다. 그 말을 하고 난 뒤에는 고개를 내려뜨리고 길게 나오려는 한숨을, 숨을 죽여 가며 막아 버리었다. 만약에 순자가 가지말아 달라고 애원을 했다면 나는 어떡해서든지 그 방을 나왔을 것이다. 「가세요……」 아아 듣는 나를 원망하고 싶어하는 그 말이 나의 발길을 멈추게 하고야 말았다.

『순자야……』

나는 순자를 안아 주고야 말았다.

순자야! 십칠억이라는 수다한 인간 중에서 하필 「김상현」이란 내가 너의 순정을 빼앗고야 말다니…… 육체가 숨쉬는 동안 너는 내 육체를 볼 것이며, 내 육체를 볼 때마다 너는 내 몸을 사랑하듯 나의 체취를 향기롭게 맡아야 할 것이니 이 또한 무슨 인연이냐? 너는 내가 가장 미워하는 사람 가운데서도 보다 더 미워해야 할 사람을 왜 사랑했었더냐? 아아, 사랑이란 말을 꺼내고 싶지도 않다. 사랑! 나에게는 죽음보다도 더 미운 것이다. 만약 그날밤이 지난 뒤,「저는 혼자서 못살겠어요.」하고 눈물을 흘려 가며 나에게 부둥켜 안기지 않았던들 나는 다만 하루라도 너와 같이 있었을 것이다. 나는 하룻밤 사이에 너의 육체가 나이 이상으로 정숙했다는 것과, 나를 얼마큼 사랑해 왔다는 것을 아무 생각 없이 느꼈다. 그러나 너의 역사에 금 하나를 그어 준 그날밤이 지난 뒤 그러지 않아도 생각이 헛갈리어 어쩔 줄 모를 때 너는 그 하룻밤의 역사로 나를 붙들 권리가 생긴 것처럼 말했지? 나는 겹쳐 돌아가는 생활이 싫어 만주로 온 사람이다. 너는 너의 순정을 자랑할 만큼 깨끗한 것이라 말할 것이다마는 진딧물의 단물을 빨아먹지 않고는 살 수 없는 개미와 같은 그 애정이 나에게서 멀리 떠난 지 오래다. 나는 너에게 뺏길 것도 없고, 뺏기지도 않을 것이나, 너의 순정을 뺏을 것 없는 나의 우상을 옆에 놓고 보기만이라도 참으로 기쁨을 얻겠다는 욕망 이외에 딴 무엇이냐? 너의 불행을— 그 불행을 간직한 마음자리를 나라는 우상의 관념으로 메워 보겠다는 순정 이외에 나는 너의 순정을 딴 말로 평가할 수가 없다. 그러나 순자야—나는 너를 미워하지 못한다. 미워하기 전에 내가 가진 부담을 두려워해야 하겠다. 너는 매일 새로운 괴롬을 느끼며 죽을 때까지 나의 이름을 잊어버리지 못하리라. 그게 나의 부담이다. 너에게 진 나의 부채다. 그 부채에 억눌리어 내 몸을 움직일 수가 없다. 내가 나를 원망하고, 내가 너를 두려워함은 응당 있어야 할 윤리(倫理)이리라.

그러나 너를 떠나 이 먼 오지(奧地)에 와 있는 것같이 나는 내 마음에게서도 멀리 떠나 있다. 그래서 정신이 말똥말똥해지려는 이 순간을 단축시키기 위하여 다시 아편 영매소(零賣所)에 가야겠다. 나는 일금 이십전을 주고 이 중독(中毒) 속에 빠짐으로 안식을 구하건만, 너는 값도 치를 수 없는 관념에 중독이 되어 얼마나 괴로와하겠니? 나를 비웃지 말아라! 너는 내가 소설가들이 취재할 소설 구성의 한 소재(素材)밖에 안되는 것이니까…… 그러나 너는 아편 중독으로 내가 잠이 들어 있을 때까지 나를 혐오하고 원망할 수 있는 자존심이나마 가지고 살아라.

<1935>

密林의 女人●

　김순이(金順伊)가 귀순을 하고 여자의 옷을 입은다음 여자다운 일을 하고 잇지만 그속마음에는 아직까지도 산(山)속생활을 잇지못하고 잇다.

　하기야 어머니 뱃속에서 나와 사람과 접촉하며 사럿다는 그의역사가 대부분 산속의 그것뿐이엇스니 하로 이틀동안에 그생활을 잇고 그사회를 단염하기는 힘들것이다.

　귀순도 자기의식을 가지고 제발로 거러와 한것이라면 이사회와 그사회에 대한 비판적생각을 가젓슬것이기때문에 처음에 서투른 점이 잇드라도 몸소 이사회에 대한 애착을 느끼랴고 할게다.

　그러나 총에 다리를 마저 포로(捕虜)로 잡혀 할수업시 나려온 그가 설사 귀순을 햇슬망정 몸에저즌 예전생활을 단번에 씨처버릴수가 업섯다.

　『난 아모래도 죽어야 할까바요―』

　잡혀온지 넉달이 지난뒤 어쩌날 순이는 이런말을 했다.

　『쓸데업는 생각을 마시우―』

　나는 그의 뜻을 알기때문에 그의 말을 부정했다.

　『아직도 몰라그러치 세계대세를 보며 사러야 하지안소 당신보다 난사람들도 옛날생각을 버리고 잘들 사러가는 가얼이 마나 잇는데……』

　『아모래도 한번은 죽을걸 오래 살면 무엇해요.』

　순이는 마음을 돌리랴 하지안헛다. 그가 사회라든가 국가라든가 하는 관념을 너무나 달리 가젓고 쁜아니라 의식보다도 사상보다도 생활그것으로써

● 박영준의 이 작품은 신형철 편집, 재만조선인작품집 ≪싹트는 대지≫(만선일보사, 1941)에 실린 것을 그대로 옮겼다.

주의(主義)를 실행하든 그의 생활이 칼로 짤는듯 끈어저 나가리라 생각키는 힘든일이다.

순이는 열다섯째 산속에 드러가 스물다섯 되는 금년까지 만십년동안을 남복을 하고 남자들과가치 산속에서 사럿다. 철이 들면서부터 시작된 그생 활이 조금의 비판도 가질수업시 계속되어 왓기때문에 그는 그생활이 얼마큼 위험하고 얼마나 고달푸다고 할지라도 그생활이외에서 진실이나 진리를 차 즐수 업다고 생각하여 왓다.

그러키때문에 그를 내집에 두고 정신적 귀화(歸化)를 시키려 애썻지만 멧 달동안 나는 조금의 효과를 보지못했다.

그러나 나는 순이를 인간의 한사람이란것을 잇지안헛고 쏘 인간으로써 살면서 사회와 너무나 큰 간격을 가지고 사는것이 그이개인으로 보아서 불 행이라는것을 느꼇기때문에 참마음으로 도라오기를 바라마지안헛다.

그이말대로 그래도 살랴고 한다면 죽엄에서 자기의 불행을 건지는 길박 게 업슬는지도 모른다.

어쨋든 나는 그와가치 산 육개월동안의 기록을 적고 그가 사람으로서 도 라왓다는 것을 여기에 써보려고 한다.

『조선사람가운데두 그런 나쑨놈이 잇서요?』

순이가 산에서 나려온지 두달쯤 되엇슬째 이런 말을 했다. 무슨뜻인지를 몰라 그의 얼골을 처다보니 분개한 표정이다.

『그럼 조선사람은 다 착한줄만 아럿섯수?』하고 반문치아니할수가 업섯 다.

『그야 그러키는 하지요!』

새삼스럽게 무엇을 생각한 모양이다.

『왜 그러시요?』

나는 심상치 안흔 일이 생긴것을 짐작햇기때문에 뭇기를 시작했다.

두달동안이나 내집에서 밥을먹고 용돈까지 내주머니에서 쓰내어써온 그 이지만 나역 자기마음을 터러보일수가업는 사람이라고 굿게 생각한바가 잇 슴인지 비밀에 가까운 일이거나 쏘는 산속의생활가튼것은 아모리 내가 듯고

시퍼해도 이야길 해주지안헛다. 그러나 이번일만은 그리 숨길랴고 하지안
코 간절이 부탁지안헛는데도 이야기를 해주엇다.

　물론 이세상의 나쁜일이니까 자기로써는 누구에게나 하고시픈 말이엇겟
지만—

　즉 순이가 이사회에 나와서 처음으로 이세상사람에게 속히엇다는 것이
다.

　산에잇슬째 부락을 습격하면서 쌔섯든 물건중에 금반지 세개만은 언제나
몸에지니고 다니엇섯다. 금이귀하다는것만은 알고 잇기째문이엇스리라.
그러나 자기가 꼭 필요해서 가지고 다닌것은 아니엇다. 산속에서 그것을 처
분할수가 업섯다는것과 쏘 자기부대의 책임자엿다는 관게상 그것을 보관해
가지고 다니엇다는 것이다.

　그것을 S라는 사람에게 맛기엇다고 한다. 귀순한지 얼마 안되어 나도 모
르는째 S가 그것을 보고 마터두엇다 주겟다는 말을 햇기째문에 순이는 아
모생각업시 내주엇다.

　S라는 사람은 나와 친분이 잇기째문에 나를 통해 순이를 아럿지만 직업
도 업시 지내는터에 순이가 그리 귀하게 여기지안흔 반지에 물욕을 내어 그
것을 쌔서가지고 어데로인지 도망을 가버리고 마럿다.

　순이는 반지를 일흔것을 애쪄생각지 안헛다.

　그러기째문에 반지이야기는 그리 하지안코 다만 사기로 속헛다는것을 거
듭 말하면서 분해햇다.

　『만약 필요하다고 한마디만 말해주엇다면 기쩌 주엇슬것을 왜 그리 비겁
한 행동을 햇는지 그것을 모르겟다』고하며

　『산에서 그런놈을 맛낫스면 그자리에서 먹겨주는 걸—』하고 그자리에 총
만 잇다면 무슨수를 낼드시 흥분해한다.

　『물론 나쁜사람도 만습니다. 그러나 나쁜사람은 나쁜대로 처벌하는 방법
이 잇스니까 개인개인이 나쁜사람을 처벌해서는 도로혀 질서가 업서집니
다. 경찰서에 이야기해서 S를 처벌하도록 하지요. 』

　나는 순이의 개인적흥분을 안정시키려고햇다. 그러나 내말은 도로혀 그

를 더욱 흥분시키엇다.

『산에는 그런 사람이 하나두 업서요. 나쁜사람 업는데가 조치안허요! 난
아무래두 이세상에선 못살것가태요!』

『물론 산에는 그런 사람이 적을것입니다. 첫째 사람수효가 적고 쏘 개인
의 자유랄게 전혀 업스니까 그런 일을 하면 곳 눈에 찌이고 쏘 즉시에 극형
이 잇스니까요. 그러나 나쁜사람이 업는게아니라 나쁜짓을 못하지요. 그러
나 적은일을 저즐럿다고 총대를 내미러버린다면 그사람은 업서지고 마는게
아님니까. 사람이란건 본래부터 악성을 가진게 아니라 환경에 의해서 그런
일을 하게되는것이지만 그런일을 다시못하게 훈게하고 나쁜생각을 다시 못
하게 훈게하도록 처벌을하면 될것입니다.

나쁜사람을 하나도업시 하게하기 위하야 조고만 그릇된일을 한다고 업새
버리며는 사람은 죽엄에 억눌리어 아모것도 못하게되고 쏘 인간의 발전이란
전혀업슬것입니다. 처벌이란것은 동기라든가 사람의 본질이라든가를 참고
로해서 해야하는것입니다. 적이면 죽인다는것은 규률이 도덕처럼 서지못한
새로운 사회의 과도기적수단입니다』

나는 어쩐기회에나 그의사상을 움지게 하려고 이런말까지 햇다. 그러
나 순이는 내말을 드르랴 하지안코 어대까지나 산속사람들의 생활을 동경햇
다. 일시에 내말을 긍정시키는것이 도로혀 무리한 일이기때문에 나는 이야
기를 중단시키엇다.

말을 중단시키기위하야

『참 소금이 써러젓다는데 거리나 나갓다 오구려! 그이야기는 다음에 쏘
하기루하구』

하며 지갑에서 일원짜리한장을 끄냇다.

순이는 아모말도 아니햇다. 아마 내가 자기를 사환처럼 부려먹을랴는것
가치 느낀 모양이나 내얼골을 처다보며 돈을 바드려 하지안는다. 집안일이
바써 손도움을 해달래도 자기가 할랴고 하기전에 여기서 먼저 이야기하면
그는 계급적인 생각을 가지고 말을 듯지안는것을 몟번이나 격거보앗다.

나도 그것을 짐작하기 째문에 내가 객실로 쓰는 내방을 그이에게 주고 나

는 가족과가치 좁은방에서 침식도하고 잇슬쑨아니라 내처에게는 밥을 먹여
주니 일을 해달라고하는 그런뜻의 말을 절대 쓰지못하게 하고잇다.

　그런 관게상 내가 소금사오라고 한말이 잘못된것을 알고

『우리산보나 갑시다. 집안에 잇스면 쓸데업는 생각만 하게되니까요—』

하고 소금이야기는 취소한드시 이러섯다.

　소금이 업서 어제부터 처가 걱정햇기쌔문에 그런말을 쓰냇는것이나 그리
급한 일은 아니엇다.

　순이는 아모말업시 나를 짜라나섯다.

　어데라고 방향도 업시 쩌난 길이라 그저 거리를 거럿다.

　그러나 먼저 하든 이야기의 결말을 못매즌것이 가슴에 걸리어

『긴상 다시 산속으로 드러갈 생각은 업지요?』

하고 그의 속마음을 쩌볼려고 했다.

『가고십기야 하지마는 어쩌케 갈수가 잇나요 가면 죽일걸—』

　스물넷이지만 어린애를 못나코 쏘 육체적활동을 만히 해서그런지 건강해
보이는 얼골에 우슴을 쐰다. 아마 어느정도까지의단념은 잇는 모양이다.

　나는 그말을 단서로 그의 약점을 잡으려했다.

『그럴겁니다 벌서 그들을 긴상을 적대시할테니까요 그러니까 이제는 할
수업시 우리들과가치 살지안흐면 안되게 되지안헛서요. 그러타면 구태여
옛일을 생각하며 자기혼자만 괴로워할게 무엇입니까. 우선 살기위해서라도
풍속을 배우고 거기 짜르랴고 해야지요!』

　순이는 아모말도 아니했다. 혼자서 무엇을 생각하는 모양이엇다

　아닌게아니라 이째까지 살든 세게에는 다시 갈수가 업고 새로 나온세게
는 너무나 자기마음과 거리가 먼 관게상 괴로움을 느낄것이다.

　그러나 이제부터 생활을 시작해야할 나젊은 여인이 생에대한 의혹을품고
생활을 포기한다면 결국 자기의 불행박게 될게업다.

　만약에 지식과 교양이 잇는 여자로 그런 고민을 한다면 구원바들길이 잇
슬는지도 모르나 생활만 전부인 순이에게 생활에 대한 의혹을 품게한다는것
은 가장 위험한 일이다.

　그러나 시급히 내 욕망만 채우려하다가는 도로혀 그의 마음이 반발적으로 되지안홀까 하는 생각에

　『그러지말구 긴상두 부모가 게시다니 부모나 차저가 보시오!』

　하고 가장 움지기기 쉬울 부모의 정을 끌랴 했다.

　『천만에요』 순이는 이말에 원기를 내드시 대답햇다.

　『죽어두 부모는 안볼테야. 내가 산속으로 드러간것두 부모탓이지만 아버지란이는 지주구 첩을 엇구 못할짓을 혼자서 하는걸요. 그꼴을 어쩌케 보아요』

　이런 이야기를 하는데 어느듯 시장엽까지 왔다.

　시장이라야 채소나 파는 골목길 노전이지만 그곳을 지나려니 소금생각이 난다.

　소금파는가게도 거기에서 멀지안키 째문에

　『나왓든 김이니 소금이나 좀사가지구 갈까요―』

　하고 상점으로 갓다.

　그가 짜라오건 말건 나는 상점으로 드러가 식염다섯근을 사가지고 나왓다.

　그리고는 거리를 한바퀴 도라 집으로 가는길로 나섯다.

　하로동안에 이야기를 너무 만히 하는것이 오히려 부자연하기도 하고 절대로 실타고 하는것을 무리로 그러케 생각하도록 만들기도 곤난하기 째문에 그뒤는 아모말도 아니했다.

　순이도 집에까지 오는동안 무료한듯하나 무슨 이야기를 하려고도 하지안헛다.

　집에 드러가 사온 소금을 처에게 내주려고할째 무슨 생각이 드럿든지 순이가 그것을 쌧드시 가지고 부엇크로 드러갓다.

　나는 안방으로 드러가 안젓다. 안젓스려니 부엌케서 내처와 이야기하는 순이의 말이 들리엇다.

　『참 소금두 마음대루 살수잇서요. 아이구 이러케 하얀 소금두 잇대. 참 보드라워 이게 얼마치얘요?』

『글세 얼마친지!』

하고 내처의 말이 들리자 순이의 발소리가 나드니 방문을 연다.

『소금 얼마나 주고 삿서요?』

『오십전 주엇소』

『오십전?』 순이는 의아한 눈으로 입을 짝 벌린다.

『왜?』하고 내가 반문하니까

『난 굉장이 비싼줄 아럿서요? 그리케 눅으면 암만이라두 먹겟네!』

참으로 놀래는 모양이다.

놀래지 안흘수도 업다. 그들의 생활에서 가장 귀한것이 소금이엇스니까 마을에 내려와 소를 잡어다 구어먹을째도 소금이 업서 간을 마추지 못하고 먹엇다 한다. 간을 마추지 못하고 먹는 음식에 맛이 잇슬리업다. 쌀과 고기는 구할수 잇스나 소금을 구할수 업스니 쌀보다도 무엇보다도 귀한것이 소금이엇다는것을 넉넉히 짐작할수 잇다.

그러나 그 귀한 소금이 한근에 십전박게 안한다는것을 보고 놀라지 안흘수 업슬것이다.

나는 우스며

『마음껏 먹어보구려! 그건 얼마든지 사다줄세!』햇다.

밤—순이가 건는방에서 잠이 드럿슬째 내처가

『여보!』하고 나를 불럿다

『왜?』

나두 조름이 와서 잘려고 하든 째다.

『저 여자를 언제까지 집에 둘작정이오?』

처가 내겨트로 밧싹 다거안즈며 싸지려 곳 대든다.

『왜 쏘 갑재기 그런 소리를 해? 잠이나 자구려』

나는 처의 말을 치지도외햇다.

『잘 생각하시우. 공연히 그런 여자 두엇다 봉변하지말구. 오늘 두 엽집여자에게 이야기하더라는데 산속으로 가구십다구 하며 무슨 재미루들 사느냐구 아주 큰소릴 하더라는데— 압박만 밧는 여자들이 불상하다느니 자기는 이왕 한번 죽을테니 마음대로 해 보구야 죽는다느니 하며 무서운 소리만 하더래요. 그러다가우리집에 무슨일이 생기면 어쩌커우? 난 무서워 못견디겟슈』

『쓸데 업는 소리 말어 이째짜지 해오든것을 갑자기 이저버릴수가 업스니 그런는게지. 이제 제가 무슨일을 한담』

『말마슈! 오늘은 당신이 도라올째짜지 K씨집에가 방을 훔치구 저녁두 지어노핫답니다. 월급도 적구 남자혼자 지내니 밥이라두 지어주어야겟다구 그러드래든가요. 그리며 하는말이 업는사람의 밥은 먹어서 안된다구 하더래요. 어데 조금이나 달러젓서요? 그런걸 두엇다가 누가 어쩌케 될지 알겟서요?』

마누라는 몹시 두려운 모양이엇다. 성격과 사상이 보통사람과달러 언제 어쩌한 감정을 품을는지 쏘는 감정만 나면 어썬일을 저즈를는지 모르는 일이라고— 나역 그런겁이 업는배도 아니다. 총대고 살든사람이 자기비위에 틀리는 일이 잇슬째 어썬 수단으로 분푸리를 할는지 모를 일이다. 여자라고 해도 여자라고만 볼수업는 사람이다. 얼마전에도 저게하며 손구락질을 햇다고 길가에서 어썬남자를 쌔려준일이 잇다.

내가 자기에게 대하여 취하는 행동이 못맛당하게생각키운다면 나에게 역시 상상못할 방법을 쓸지도 모른다.

그러나 그러타구 해서 어쩌 순이를 내집에서 내보낼수는 업다.

어쩌케해서든지 현실을 가르켜주고 환경의 변화에서 오는 고독을 업새주겟다 하고 책임을 마터가지고 더려 온거다. 좀더 기다려야 할일일쑌더러 이제와서 그를 버린다면 아모도 돌보아줄 사람이 업슬게고 그러케 되면 자연히 이 사회와 가싸워질 기회는 점점 저거서 내가 처음 생각하든 쯧도 수포로 도라가게 되고말것이다.

『조금만 기달려봅시다. 그이도 우리와 쏙가튼 사람이 아니오? 다만 생활을 달리 햇다는것쑌이 틀리는 점이지! 그러나 겁낼것도 업고—』

나는 우선 안해를 안무햇다. 그러나 나도 구체적인 생각을 아니할수업섯다.

즉 그를 내집에서 내보내겟다는 쯧이 아니라 그를 가정속으로 드려보내어 가정속의 한사람을 만들겟다는 의미에서 결혼을 시키거나 그러치 안흐면 왕청현 어썬곳에서 사렷다는 사실에 비취어 경찰서나 협화회를 통하여 그의 가족을 차저주겟다는 것이다.

역시 가정이 업다는것은 마음의 불안정을 가저오기 가장 쉬운 일이니까——

그래 다음날아침 순이를 불럿다. 결혼을 시킨다든가 부모를 차저준다든가 간에 본인과 이야기는 해보구야겟기 때문이엇다. 그러나 순이는 잠자리를 것도 어데로인지 가버리고 사랑방은 텅 비엇다.

어데를 갓느냐고 처에게 무르니 전날밤에 이야기한 엽집K라는 독신자집에 밥을 지으러 갓다는 것이다.

봉급도 만치못해 자취하고 잇는 K니 순이가 밥을 지어준다면 고마워 할 것이다.

어쌧든 집에 업스니 저녁째나 이야기할셈 치고 조반먹기를 시작햇다. 그랫더니 쮜어오는 순이가 밥상으로 달려드럿다.

처가 이야기하든 말이 마젓다. 일을 남의 집일을 하고 먹기는 월급이라도 좀 낫게밧는 내집에서 먹겟다는 심산이엇다.

나는 아모말도 아니햇다. 그리 말할것도 업스나 우슴의 말이라도 감정을 상하게할짜두려워하기째문이엇다. 그러치안허도 여자들만 잇는데서는 구속을밧는 생활을 어써케 하느냐고 자유와 구속이란 말을 부치는그다.

집안사람이 다잇는데서 그런 말을 하는것이 안되어 결혼이야기도 쓰내지 안코 나는 출근을 해버렷다.

그리든것이 오후퇴근하고 도라올째 나는 기필코 오늘안으로 순이의 문제를 그와 의논해 버리지 안흐면안될 일을 당햇다.

나혼자의 힘으로 순이의 마음을 돌리기가 너무 곤난하다는것과 동시에 순이를 위하여 그것이 가장 구원밧기 쉬운일가치 생각키운것도 사실이지만 그보다도 절박한 일이 생기엇든 것이다.

첫번부터 내처는 순이를 무서워햇고 그를 내집에 더려다 두는 것을 반대해 왓다. 그러나 내버려두면 순이가 구원밧지 못할 생각에 내고집을 세워 처의 말을 눌럿섯다. 그랫든것이 오늘은 나역 안해의 말이 올치안헛는가 하는 생각이 드럿다.

즉 오늘 내처가 순이에게 을 쌤마젓다.

처가 울면서 내가일하는 곳으로 달려와 순이를 보내기 전에는 집에 드러가질 안는다고 야단첫다.

아마 순이가 K씨의 밥을 지어주니까 남의 일도할줄 생각하고 어썬사람이 식모를 구해 달라는 말에 순이에게 그말을 전햇든 모양이다.

그랫더니 순이가 갑자기 얼골을 불키고

『그래 남의집 하녀노릇을 하란 말이오』하며 닷자곳자 쌤을 후려갈겻다한다.

처가 순이를 잘몰랏섯다고 처를 달래서 돌려보내기는 햇지만 평생처음 남에게 매를 마저본 내처의 분해함을 나로써 전혀 모른척할수 업다.

쑨 아니라 집안사람과 사이가 조치 못하다면 순이가 내말을 드를것 갓지가 안타. 그러타면 구타여 그대로 턱업시 둘 필요가 업지 안홀까.

내집에서 내보낸다면 역시 하로쌜리 그의 부모를 차저주는수 박게 짠길이 업다.

그러나 불이 올랏슬 순이에게 그런 이야기를 해서 감정을 더 사게하면 어쩌케 하나 하는것도 생각할일이엇다.

그래 이야기를 해야 올홀까 안해야 올홀까 망서리며 집에까지 다다럿다.

순이는 집에 잇섯다. 그러나 무슨일인지 몃시간전에 내처를 싸려주엇다는 그가 자리에가 드러누엇다.

나는 무엇보다도 어데가 편치안흐냐고 무럿다.

그는 나를 한번 처다보고는 눈을 감은채 아모대답도 아니헛다.

두번세번 거듭 무럿스나 통이 말을 할것갓지 안헛다.

머리를 집퍼보앗스나 열은 업다.

내처를 싸렷다니 그일째문에 혼자서 괴로워하나 하고도 생각해 보앗스나 총을 들고 남의재산을 강요하는 그가 그만일에 미안을 느낄상도 십지안타. 처에게 무르니『내알게 무에요』하고 처두 쏘루퉁해서 상세한 것을말해주지 안는다.

　나는 순이에게 다시 뭇지안흘수 업섯다.

『그러지말구 이야기를 하시우. 이야기를 해야 긴상마음을 알구 나두 이야길 하지안켓수? 아모러케두 생각지안흘게 무슨말이든 하우』

　그러나 대답은 여전히 업다. 나는 답답햇다. 정성썻 자기를 생각해주는 나에게 자기의 감정을 조금도 발표하지 안는다는 불쾌보다도 적은 일을 가지고 큰 오해나 가지지안헛나 하는 생각이 드럿기째문이다.

　순이는 입을열랴고 하지안헛다. 쑨아니라 나를 적대시하는 눈치다. 내가 잇는지 업는지 전혀 개의치 안타가는 내반대방향으로 얼골을 도리키곤 햇다.

『부모가 그리워 그럽니까 부모를 쌜리 차저드릴까요?』

　부모가 그리워 그러지안흘것쯤은 알고잇스나 마음을 써보기 위해 이런말을 쓰냇다. 그랫드니 놀래드시 몸을 움지기고 온몸에 노기를 쯴다음

『그만 두어요. 누가 부모를 보고십대요. 쓸데 업는 걱정은 하질마러요 ─』하고 무서운 눈초리로 나를 노리어 본다. 살기가 등등한 눈이엇다. 상대자를 압도할만큼 무서웟다.

　나는 그이상 그말도 더하지 안헛다.

　그의 가정을 알기째문에 비위에 틀리는 말을 거듭하면 더 격분할게 분명햇다.

　순이가 공산비로 드러가게된 동기도 그부모에게 잇다. 쌍마지기나 가젓다고 첩을 어든 아버지가 첩과 가치 게집애라고 자기를 구박햇다. 쑨만아니라 열세살째에는 시집보낸다는 말로 그를 집에서 내쏘첫다. 남편이라는 사람을 싸라 기픈 시골로 드러갓스니 일년도 못되어 공산비에게 잡히어 산속으로 드러갓든 것이다. 산에 드러가자 남편은 병에 걸려 죽어버렷고 자기는 그들과 가치 이째까지 산생활을 햇다.

　자기를 학대햇다는 것보다도 부모를 미워하는 이유는 아버지가 첩을 어덧고 쏘 몹쓸 지주노릇을 한다는 것이다.

　나는 그이여페 안저잇는것이 도로혀 그의 감정을 악화시킬 위험성이 잇는것가터

『그럼 의사나 더려오지오』

하고 그방을 나왔다. 그가 병으로 눕지안흘것은 사실이나 의사를 데러옴으로 해서 그의 감정을 풀수 잇지 안흘까 하는 생각이 드럿다.

그러나 의사를 더리러 보낼 사람이 업다.

어린애를 시키거나 안해를 시키랴고 하면 안해가 못맛당히여길것이 분명하다. 안해는 순이에게 대해서 증오와 질투를 느끼고 잇스니까—그래 내가 우리집 단골의사에게 손수 가지안흘수 업섯다.

의사는 누가 편치안흐냐고 걱정삼어 무럿다. 순이의 이야기와 그병세를 말하니 그는

『큰병이 아니겟구만—』

하고 웃는다. 왜냐고 무르니

『밤낫 오는걸요. 별병이 업서두 쪽 약을 달래 가지고야 가거든—벌서 약갑시 이십여원이 되는데요—』

하고 순이가 병도업시 몸만 조곰 이상하면 병원에 달려가서 약을 타가지고야 도라오는 이야기를한다.

『약갑시 그러케 돼요?』

나는 약간 놀랫다.

『정선생댁에서 왓스니 걱정을말라구 하며 약만 가저가두구만요—』

내가 전혀 모르는 일이다. 내일홈으로 외상을 지고 다닌다면 한마디라도 이야기를 해주어야 할것이나 순이는 아직 그런 예절도 모르는 모양이다 좌우간 병원에 잘다닌다. 더욱 의사가 필요한것 가치

『어쨋든 좀 가아 주십시오』

하고 의사를 더리리고 집으로 도라왔다.

의사는 순이를 보고 우스며

『어데가 아프시오』하고 친절히 뭇는다.

그러나 순이는 무쓱쓱하게

『아모데도 아프지 안허요—』하고 도라누어 버린다.

의시가 맥을 보랴고 손목을 잡으랴면 손을 뿌리치고 청진기를 가슴에 대

려면 이불로 몸을감아싼다.

『선생님이 일부러 오섯는데 진찰이나 해야 하지안우?』

하고 내가 달래엇다.

『병은 업다니까요!』

순이는 화를 내며 발닥 이러나 안젓다.

의사는 다시 우스며

『그럼 왜 이불을 쓰고 누어 잇소?』

하고 무럿다.

그말에는 대답이 업다. 의사도 할수업서

『병인것 갓지는 안습니다』

하고 청진기를 집어너흔후 순이를 향하여

『정선생이 긴상을 위해 얼마나 애쓰고 걱정하시는데 긴상이 속을 태우면 어쩌케 하우?』

하고 내편을 드러 훈게한다.

그러나 순이는 그런 말을 드른척도 안햇다.

사흘동안 순이는 죽한술 마시지 안코 이불을 쓴채 누어잇섯다.

누구에게 말한마디도 아니햇다.

그러니 그의 마음을 알수도 업슬뿐 아니라 여기서 무엇이라구 달랠수도 업섯다.

그러나 사흘이나 지나도록 물한목음 안마시는 그를 그대로 내버려둘수는 업섯다. 아모리 고집이세고 히스테리를 부린다 할지라도 몸에 고장이 생기도록 해서는 안되겟다.

아모리 튼튼하다할지라도 사흘을 굴므면 자연히 몸이 약해지고 병이 날 것이다. 그뿐아니라 목숨에까지 영향이 잇슬지 모른다.

그것은 그러타치고 내가 그를 내집에 더려다둔 목적이 무엇인가 그를 괴롭히거나 그를 나에게서 멀리써나게 해서는 도저히 안될 일이다.

나는 그의 방으로 드러가

『내 아모말도 아니 할테니 이제는 이러나서 긴상 하고시픈대루 하시오.

무어든지 마음대로 하면 그쀼아니오』

하고 불간섭의 뜻을 말햇다.

그의 불평이 우리집에서 생긴 것이라면 우리집에서 해방을 해준다는것이 가장 만족해 할일이다.

그러나 순이는 대답을 하려 하지 안헛다.

멧칠동안 아모것도 먹지 못한 얼골은 창백한데 기운이 조금도 업서보엿다. 나이가 젊엇지만 이때싸지는 보기를 그러케 보아 그랫는지는 모르나 여성다운 맛을 몰랏다. 미운 얼골도 아니지만 그 얼골에 나타난 표정이 남성다웟고 선이 굴거서 여자의 특점을 일흔것이라 보아왓스나 이날의 그의 얼골은 조금도 손색업는 여자의 그 얼골이엇다.

애리한 눈에 피곤한 얼골은 남자에게 자기마음을 하소하고시퍼 할때의 여자의 얼골과 꼭 가텃다.

『긴상 참으로 살기힘든 세상이지요 긴상이 마음을 압퍼하는것은 나도 잘 압니다』

나는 그의 여윈 얼골과 무기력한 표정을 보고 다시 마음이 변해젓다.

『산에서 살든 그 생활도 무척 고달펏지요 집이 업고 잘데가 업섯다는것은 둘째로 물도 업서 쌍을 파고 거기에다 우장을 편다음 멧십리되는데서 물을 기러다녀코 먹엇다 하지안헛수? 그러나 마음만은 늘 제자리를 잡엇다지오! 이세상에서는 자기힘만 잇스면 잘곳이나 먹을 것이나 그리 걱정 아니해도 됩니다. 그러나 사람이 원체만흐니 사람과 사람사이에 여러가지 문제가 이러나 그것이 괴로움을 주기도 하니까 그러나 제마음자리를 잡고 잇스면 산속생활보다는 나리다.

그들의 사상이란 세계인류를 행복하게 하기위하여 노력하는 것이라 하지만 그것은 국가와 세계의 대부분이 부정당하다고 위험하지안습니까. 계급을 업시한다는것은 결국 한게급만을 만든다는 것이오 싸라서 남어지 게급의 행복은 쌧는다는것이 되니까요. 그러타면 인류전체의 행복을 위한 사상은 못될것입니다. 진리가 절대적인것이 못된다면 그사상만이 절대성을 가진것이라 말할수 업고 싸라서 인류를 행복하게 하기위한 수단에도 여러가지방법이 잇슬것입니다. 긴상도 이세상에 마음이 안든다고 말할것이 아니라 좀더 다른 방법으로 인류를 행복하게 하겟다는 생각을 가진다면 여기서도 하고시픈 일을 할수 잇스리라고 생각합니다. 비판을 한다든가 절망을 한다는것은 인간이 가장 약해질째 가지는 성격입니다. 긴상이 이째까지 굿세엿다고 하면 좀더 큰 희망을 가저야 할것이 아닙니까』

순이는 내얼골을 찬찬이 보앗다. 애원하는듯한 눈으로—그리고는 입을 열고

『선생님! 그런 소린 마러주십시요 생각하기도실습니다』

하며 내이야기를 막으려 한다.

『난두 하고십지는 안습니다. 긴상이 괴로워 하는것을 보기가 싹해서 그러는게지!』

『저 오늘부터 이러날게요 요전에 부인을 싸려서 미안합니다. 선생님이 잘 말슴해주십시요』

나는 선선히 그의 주문을 바덧다. 고집을 버리고 자기과실을 사과하는 그 태도가 나로써 처음보는 일이엇다.

그래서

『경찰서를 통해 긴상부모를 찻도록 말햇스니 얼마 안되어 통지가 잇슬는 지도 모르겟소!』

하고 그새 조회원 제출한 이야기를 끄냇다. 나는 순이가 누은지 둘째날 경찰서에 가고야 마럿든것이다.

순이는 묵묵히 이러나 안즈며 이불을 개랴고 햇다.

『갑자기 이러나면 어즈러울겝니다. 죽이라도 먼저 먹고 천천히 이러나시오』

나는 그를 다시 누펴엇다.

그는 괜치 안타고 하며 붓석 이러나려 햇다. 그러나 자기 역 몸에 힘이 업는것을 느끼고는 이러나서 할일이 무어잇느냐 하고는 내말에

『미안합니다!』

하고 다시 드러누엇다.

　나는 그의 태도가 숙으러진 째를 이용하여 좀더 이야기를 하려고 햇스나 그를 피곤하게만 할것가터 곳 나의 처에게 죽을 빨리 쑤도록 햇다.

　처에게 순이가 달러젓다는 것을 간단히 이야기하니 처는 의아해 하면서도 여전히 못맛당히 여기며 죽도 달겨 쑤랴 하지 안헛다. 나는 명령햇다. 짠생각말고 죽이나 쑤라고——

　며칠 지난뒤에야 순이가 사흘동안이나 밥도 먹지안코 두러누엇든 이유를 말햇다. 내처에게서 식모로 가지안켓느냐는 말을 듯자 울분이 미러올라와 아모것도 먹지안코 죽을째까지 누어잇겟다는 결심을 햇섯다는 것이다.

　그러나 나는 그말을 농담삼어 서로 되푸리 하지안헛다. 그가 그일을 부끄럽게 생각하는것 가텃기 째문에 잘못하면 자존심을 상하게 할까 두려윗든 것이다.

　우리는 그런 일이 업섯든것처럼 지냇다. 다만 순이와 내처와의 사이만은 전과달리 서먹서먹해젓다. 내처도 순이에게 직접 무엇이라 말을 아니햇지만 순이도 나업는 자리에서는 내처와 말하기를 쯔렷다. 그대신 내입장이 거북햇고 쏘 책임이 더욱 중해젓다.

　얼마 지낸뒤 어썬날 면포배급이 나왓다.

　내처는 어린애를 더리고 집을 써나기도 힘들지만 순이에게 그런 일을 시키면 곳잘 하기째문에 전포와 십원짜리지페를 주어 면포를 타오라고 햇다.

　사오원어치 박게 안되는 것이지만 잔돈이 업서 십원짜리를 주엇드니 배급을 바대가지고 도라온 순이는 거스름돈을 삼원멧십전 박게 가저오질 안헛다.

　『얼마치랍디짜』

　하고 무르니 역시 오원어치가 조금 모자란다. 그러면 거스름이 오원을 넘어야겟는데 이원남어지가 부족된다. 무엇을 삿느냐고 무르니 산것도 업다 한다.

　그러면 그이원은 아마 순이가 쓴것이로구나하고 뭇지도 안흐랴 햇스나 나도 모르게

　『그럼 남어진 긴상이 쓰섯군!』

하는 말이 나왓다. 그말을 하고보니 내가 실수를 한것가터 얼골을 붉히고

『이번 면포는 참조쿠만!』

하고 짠말을 돌리엇다. 그랫드니 순이가

『아니 난 안썻서요』

하고 아무러치도 안흔드시 이야기를 햇다.

『상점에서 거스름돈을 주는데 두장은 아주 못쓰겟서요. 그래 찌저버렷지요』

나는 웃지안홀수가 업섯다.

『못쓰다니?』

『디들디들하구 식거매서 돈가터야지요』

『그래두 돈인데 그러타구 내버리면 쓰나요』

『몹쓸건 가저다 무얼 해요?』

『못쓸것을 주면 바꿔달라구 그러지요』

『그건 뭘!』

순이는 아직 돈이라는것을 모른다. 산에잇슬째 돈의 가치라는것을 알지 못하고 사러왓기 째문이다. 사실 그는 부락에서 쌔슨돈을 주머니속에 너코 다니다가 너들너들 풀이 죽으면 그대로 내버리곤 햇다 한다.

내집에 와서 두달이상 석달가짜이나 잇스면서 동전한푼 달래본적이 업다.

나는 우서넘기엇다. 그런것은 차차 자연히 알일이니까.

날이 무척 더워첫다.

순이에게도 새옷을 한벌 해주어야만 쓰게되엇다.

산에서 나려올째 몸에 입은 청년단복가튼 남자양복 한벌외에 옷이라고 가지고 온것이 아모것도 업섯다.

그러키째문에 철에 짜라 옷을 새로 해주지 안흐면 입을 옷도 업는 처지다.

그러나 옷이라고 철짜라 가러입지 못해본 순이다. 여기서 말하기 전에는

옷이 드럽든 얇든 새옷입을 생각을 안헌다. 염치를 생각한다든가 미안함을 느껴서가 아니라 옷을 가러입는 버릇이 업기때문에 새옷입을 생각을 아니 한다.

　그래 아모생각도 아니할때

　『긴상! 여름옷을 한벌 해입어야지오!』

　하고 내가 먼저 독촉햇다.

　『왜요?』

　되려 순이는 반문햇다.

　『왜라니! 겹옷이야 더우니 홋옷을 입어야지안흐우? 어썬 옷감을 사드 릴까?』

　『그럼 아무것이나 사다 주시지오!』

　원체 옷에 등한한 여자라 해준다면 여기서 전부를 걱정해 주어야 하게되 엇다. 그러나 더운 여름이니 원피―스가 조흘것 갓기도 해서

　『양복을 입고 십지는 안소?』

　하고 그의 의견을 무럿다.

　『양복은 실허요 소매긴―것을 어쩌케 입어요』

　나는 무슨소린지를 몰랏다.

　『양복은 소매가 업는데 길기는 왜 기러요』

　하고 무르니

　『일본여자들 입구다니는게 소매가 길지안쿠 무에여요?』

　하고 대답한다.

　『하하―』

　나는 웃지 안홀수 업섯다.

　『그건 양복이 아닙니다』설명한다는것두 우스운 일이엇다.

　그래도 원피―스(간쌍후쑤)가 어썬것이라는 것을 설명하니 순이도 손벽을 치며 우섯다. 그리고는

　『나 그걸 쏙 사다 주어요。조선옷두 고롬이 길구 치마가 넓어 참 거치장스러 못견디겟서요―』한다.

　나는 양복을 사다주기로 약속하고 그 약속을 곳 이행햇다.

　체격이 조혼데다 몸에 맛는 원피—스를 입으니 훨신 몸맵시가 나고 면목이 새로워지는것 가텃다.

　『그러케 입으니 얌전한 색시루구만요—』농담쏘다.

　『괜치 안허요?』

　순이는 압뒤를 살펴보며 만족한드시 웃는다.

　『괜치 안쿠말구요 신식여자에 지지안켓는걸요』

　『공부한 여자들말이지요?』

　『그럼요……』

　순이는 평생처음 입어보는 옷에 매력을 느끼는지 옷에 부튼 실밥을 쓰드며 한참동안이나 옷만 만지엇다.

　『아쌉소 쌀리 결혼이라도 해야겟는데요……』

　나는 그가 기분조흔 째를 이용하야 농담비슷한 말을 다시 쓰냇다.

　『결혼은 안할테야요』

　순이는 단번에 싹 잘러 버린다.

　『왜요?』

　『그건 해서 무엇해요?』

　『해야 하는거니까 하는거지요 왜 하다니요?』

　『아니하면 못사나요?』

　『못살것은 업지요. 그러나 남자는 남자대루 여자는 여자대루 서로 싸루 산다면 사람의 힘이란 여간 약한것이 아닐겝니다. 남자와 여자는 합하는데 큰힘이 생기는 것이니까요. 그쑌인가요 남자와 여자는 가치 살게 본능적으로 그러케 되어잇지 안허요. 결혼안해야하는 이유가 어데 잇습니까』

　『결혼을 하면 여자는 남자의 종이 되구 말지안허요. 무엇하러 그런 결혼을해요……』

　『그건 부부에 싸라 다르지요. 여자를 잘 이해하는 남자는 여자를 종으로 만들지 안홀겝니다. 쏘 서루 사랑한다면 종이란 말을 쓰게나 되나요』

　『나는 세계두 알구 지식두 잇는 남자가 아니면 결혼안할테야요』

무척 힘든 주문이다. 지식이 노픈 남자로 자기와 결혼할랴고 하는 이는 이 고장에 모름지기 하나도 업슬 것이다. 그러나 순이로서는 그런 요구를 하는것도 무리는 아니다.

순이가 내집에 온지 다섯달이 잘 지내엇다. 그동안 내가 처음에 생각햇든 뜻이 조금도 이루워지지 못햇다. 과거를 보아 아프로도 그리 쉽게 이루워지리라고는 생각할수 업섯다. 그러나 언제까지나 그대로 살수업다는 것을 깨다르리라는 것은 자신햇다. 아모째라도 현실에 비최인 자기를 발견할 것이다. 나는 그 시기를 나무나 빨리 가지다 주겟다는 조급을 가젓기때문에 내자신 실패한것처럼 생각해보기도 햇다.

그러나 순이는 내가 예기햇든대로 감정의 세계에 드러왓다. 그 동기와 원인이 어데 잇는지는 모른다. 현실과 자기의 생활을 조화시켜야 할것을 무의식중에서나마 깨다럿는지 그러치안흐면 나의 가정적 분위기에서 그만 자기도 모르게 동화되엇는지 그는 알수업다. 두가지가 모두 그러케 작용햇슬는지도 모른다.

별반 싸흠이라는것도 업고 남자와 여자라고 해서 순이가 생각든것과 가튼 종속관게를 뵈이지도 안는 내 가정에도 영향을 바더 가정이라는것이 어쩐것이라는것을 느끼지안헛다고도 할수업다.

어쨋든 누구와 싸흠을 하련다든가 산(山)생활의 선전을 하려는 그런 마음이 적어젓고 말업시 무엇을 생각하려는 눈치가 분명히 보엿다. 본척만척하든 어린애를 귀엽게 여기는것 갓기도하고 아모나 자기비위에 틀리면 경멸해버리든 그런 태도도 달러저가는것 가텃다.

어쩐날 아침이엇다. 꿈에 자기친어머니를 보앗다고 하며

『어머니가 죽지나 안헛는지 모르겟서요』

하며 이째까지 해본적이 업는 말을 쓰냇다.

그의 마음을 짐작할수 잇스나 그런 요구를 하는것은 돌발적인것도 가터 그 마음이 변하기전에 부모를 차저주엇스면 하는 조급한 마음이 들기는 햇스나 좀처럼 그게 되어주질 안헛다.

원체 사변전의일이고 쏘 그새 어디로 이사를 갓다면 도저히 차저낼 도리가 업는 일이니까.

　그러나 기회잇는대로 경찰서엘 가서 부탁만은 거듭 햇다.

　어쩐날 조용한 틈을 타서 순이가 나를 부르며

　『선생님! 전 어쩌케 해야 할까요?』

　하고 무럿다.

　그래 나는 곳 대답을 못햇다. 이째까지 순이를 생각하노라고 해왓지만 그가 참으로 자기생활을 걱정할째 나는 밝은 길을 가르켜주지 못햇다.

　무턱대고 결혼을 하라고 한다해도 그게 아모런 경우에도 그를 행복스럽게 할는지가 의문이다.

　나는 이째까지 순이를 생각햇다고 하지만 결국은 그를 내집에서 내보내기 위한것박게 아모것도 생각한것이 업는것으로 되고 마럿다. 나는 고개를 숙이고

　『글세요―』

　하는 극히 무책임한 대답을 하고 스사로 얼골을 붉히엇다.

　『며칠전에 어쩐 사람이 작고 자기집에 오라기에 갓더니 목수일한다는 사람을 소개하며 결혼을 하라구 그러겟지요. 기분 나써서 대꾸도 안하구도라왓서요』

　상대자를 경멸해서 하는말이 아니라 진심으로 자기를 걱정해하는말 가텃다.

　거기에도 나는 내의견을 부치지 못햇다.

　나는 새로운 책임을 느끼엇다. 내자신 어쩌케해서 그책임을 다할수 잇는가하는 명안을 차즐수가 업섯다.

　그를 행복스럽게 하려면 그의 장래에 대한 참생활을 가르켜주어야 할것이다.

　그런것을 생각할수록 나는 점점 나의 무능을 깨달게되고 싸라 괴롬을 느끼게되엇다. 어쩐날 공무로 출장을 갓다 삼사일이 지난뒤에야 집에 도라왓다.

　집에 발을 드려노면서도 순이를 대하기가 도리혀 두려운것가치 느끼엇다.

무엇째문에 내가 청해서 이런 괴롬을 느끼는가 하는 후회까지 낫다.

문에 드러서자말자 순이가 나를 부뜰고 무엇이라 무르면 어쩌케하나 하는 겁을 집어먹고 큰소리도 못내고 집에 드러섯다.

그러나 어쩌케 아럿는지 제일먼저 나를 마중해 준이는 순이엇다.

맨발채로 쮜어나오며 내손에 든 가방을 쎗어 든다.

『이제야 오서—』하는 말이 나를 무척 반기는것갓다.

내가 먹엇든 겁은 어데로 도망가버리고 그대신 그의 쾌활한 얼골에 즐거움을 느끼엇다.

집을 쩌난지 삼사일박게 되지안헛지만 의외에도 순이의 반가움이 컷기째문에 퍽으나 오래간만에 집에 도라온듯한 느낌도 낫다.

『더우실텐데 세수를 하시야지—』

하고 순이는 청하지도 안는 세수물을 쩌온다.

안해보다도 더 정성이 잇는것 가텃다.

뿐아니라 이째까지 그런일을 해본적이 업든 순이에게 그런 대우를 밧는다는것이 류달리 친절해 보이기도 햇다.

역시 가정이라는것을 점점 느끼는것이 아닐까 생각도 해 보앗스나 그 원인을 확실히 알수업다.

저녁에는 순이가 손수 만드럿다는 만두를 내노앗다.

언젠가 순이가 도아지고기를 너코 만든 만두를 먹으면서 참으로 맛이 잇다고 칭찬한 일이 잇다. 그랫드니 출장가서 맛잇는 음식도 먹지 못햇슬 것이라고 그것을 만드럿다 한다.

『긴상이 참 재간잇거든!』

하고 내가 칭찬을 하니

『정말 맛잇서요?』

하고 만족한드시 웃는다.

내처도

『맛잇구말구요』

하고 칭찬을 한다

『그럼 언제 쏘 만들까요』

하고 더욱 기뻐한다.

우리는 한가족처럼 즐거운 저녁을 먹엇다.

식사가 거의 끗낫슬째

『참─』하고 내가 K씨가 생각나서

『K선생 저녁은 지어드럿소』하고 무럿다

그랫드니 순이가

『이제부터 그만 두엇서요 해드려두 조키는하나 자꾸 심부름꾼가튼 생각
이 드러 그러기가 실허요』

하고 대답한다

내집에서 일하는것은 심부름꾼 가튼 생각이 안드는가 하고 무러볼랴고
햇스나 야박한것가터 무를수도 업서 잠자코 잇섯다.

만주의 기절은 어느새 변하는지 모른다. 어제까지도 더운줄만 아럿든 날
씨가 오늘부터는 서늘하다.

매미우는 소리 한번 못듯고 쏘 한여름을 보낸다.

마누라는 언제부터 알키를 시작햇는지 이제는 밤낫 누어지낸다.

기절이 바뀌는 기분이 새로워저야 하렷만 점점 마음이 무겁기만 하다.

환자를 눕히고 출근을 해도 마음이 노히지안허 일이 손에 잘 잡히지도 안
는다.

순이는 아모생각도 업는 집안일을 열심히 돌보며 혼자서 끼니를 짓고 어
린애들옷까지도 손질해 준다 할수잇는한 내처의 병을 간호도 해준다.

업스면 안될만큼 집일을 보아주나 조금도 불평을 느끼는것 갓지가 안타.

쑨아니라 어쩐일인지 분한번 바르지안는 얼골이 점점 피어가는것 갓고
쏘 젊어가는것처럼 보인다.

나는 순이를 생각할 겨를도 업서젓다.

감권줄만 아럿든 마누라의 병이 감긔만 갓지는 안타. 현립(縣立)의원에
가서 진찰을 하니 늑막염이란 선언을 한다.

그대로 내버려 두어서는 안될 병이다.

즉시로 병원에 입원을 시키고 나는 시간잇는대로 문병을 다니엇다.

퇴근하자 병원으로 가서 밤늦게야 도라오는 날도 잇섯스나 좌우간 병원에 들리지안는 날은 업섯다.

순이를 생각할새 업시 집을 나가기만 하다가 어떤날 퇴근하고 집으로 바로 도라오니 순이가 보이질 안는다.

병원엘 갓는가 하고 방에 드러가 안저잇노라니 어린애가 순이가 알른다는 말을 해준다.

무슨병일까 하는 생각보다도 한집에 환자가 둘씩 생기어 어찌하나 쏘 아프로 식사는 어찌하나 나는 걱정부터 드럿다.

초기이기때문에 위험하지는 안타고 하나 그동안 마누라가 입원함으로 바든 내 정신적타격은 적지안혼 것이엇다. 혹시 더하지나 안는가 혹시 짠병이 겸발하지나 안는가 별별걱정을 매일처럼 해왔다. 그걱정이 아주 풀리기도 전에 순이가 쏘 누엇다니 불길한 생각이들며 입원시킬 병이나 아닌가하는 쏨가튼 생각이 드럿다.

좌우간 무슨병인가 아러보아야겟기에 그이방으로 갓다. 가면서도 이상하게 생각한것은 아침 까지 아모일업시 밥을 지어주엇다는 것이다. 아침까지 쌩쌩하든 사람이 갑자기 누엇다니 도대체 무슨 병일까? 혼자서 집안살림을 쑤려갈려니 몸이 곤해서 몸살이나 알치안는가? 처의 늑막염이 전염되지나 안헛는가하는 생각까지 드럿다. 늑막염이 전염될리도 업고 설사 전염된다 할지라도 병원에 발길한번 아니한 그가 나보다 먼저 전염될리도 업다. 그러나 그런 무의식에 가까운 걱정을 하며 그의 방문을 열려 햇다.

그러나 웬일인지 문이 열리지가 안는다. 잡어다니어 여는 문이라는것은 생각아니해도 아는 일이나 힘썻 잡어다녀도 열리지가 안허 안으로 미러보기까지 햇다. 허나 열리지가 안는다. 발로 문을 차보기도 햇다.

그가 안으로 잠근것을 모르고 열랴고 한들 열릴 수가 잇는가.

나는 순이를 부르고 내가 왓다는것을 알리엇다. 한참동안 서서 문여러주기를 기다렷스나 대답도 업다. 십분이상을 그랫스나 종시 문을 여러주지 안키쌔문에 그쌔는 몃달전 발작을 한 히스테리를 연상했다. 그러나 요즘은 조금도 우울한 표정이나 실망을 느씨는 행동을 보여주지 안헛다.

원인업시 그런일을 거듭할것 갓지가 안타.

어쌧든 방안엘 드러가 이야기를 해보아야 알일이기쌔문에 나는 뒤로 도라가 뒤벽유리창을 두둘기엇다. 그래도 대답이 업다.

유리알을 통해 보니 분명 잠이 든것은 아니다.

나는 유리창을 열랴고 햇다. 점잔은 일은 아니다 창문으로라도 드러갈려는 것이엇다. 그러나 창문도 안으로 잠겨잇다.

점점 의심이 난다.

가을날이라고 해도 아즉 나제는 더위를 느씨는 쌔다. 압뒤로 문을 장근다는것은 짠사람을 자기방에 드러가지 못하게 하겟다는 의식적 행동이 아닐수 업다. 그러면 무엇쌔문에 자기방에 드러가지 못하게할것인가? 아모래도 히스테리가 발작한것 갓다.

유리알을 두들기고 순이를 불럿스나 어쩐지 그리고만 잇슬수가 업는것 가텃다.

독약이라도 먹지안헛는가 하는 생각이 번개처럼 머리를 스처갈쌔 나도 발작적으로 유리알을 쌔트렷다. 그새로 손을 너허 창문을 열고는 방안으로 쒸어드러갓다.

순이는 놀래지도 안헛고 나를 보랴고도 아니햇다. 숫제 실신한 사람 가텃다.

『쏘 왜 이러시우?』

나는 조급히 무럿다.

그러면서도 그의 머리를 만저 보앗다. 열은 잇는것 갓지안헛다.

『어데가 편치 안흐시우?』

순이는 아모말도 아니햇다.

천정을 바라보는 눈이는 병을 가진 사람이거나 독약을 먹은 사람가치 보히지 안흐리만큼 쏙쏙햇다.

『쏘 마음이 편치안흔 일이 잇습니쌔──』

나는 애원하드시 대답해 주기를 바랫다.

눈을 깜짝어리지도 안흐면서 순이는 여전히 입을 담으럿다.

나는 애가 탓다. 이유를 모르는 데 더 답답햇다.

『무엇이나 이야길 하시오. 긴상이 쏘 그런다면 나는 어쩌케 하랍니까? 내가 긴상에게 못맛당하게 한일이 잇서요?』

그때다. 순이는 눈이 번쩍이드니 보기에도 쓰거운 덩이눈물이 양가장자리로 흘러나렷다.

한참동안 그의 얼골을 바라보앗다.

어쩐일인지 나도 울고시픈 충동을 느끼엇스나 수건으로 그의 눈물을 닥거주고 나서

『긴상 울지 마십시요』

햇다. 무엇이라 위로할 말도 업고 타일를 말도 업다.

『정선생님―』

열지 안흘줄 아럿든 입을 열고 순이가 말햇다. 여전히 천정에서 눈을 쩨지 안코―

『선생님은 어째 나를 울도록 만드럿습니까?』

그는 다시 눈물을 흘리엇다. 그러나 나를 미워하거나 원망하는 뜻이 아닌것 갓다. 다만 자기의 외롬에서 나오는 탄식 가텃다.

그럴수록 나는 할말이 업섯다.

『그러면 어찌하겟습니까?』

나는 처의 입원으로 그를 너무도 들 생각햇다는 것이 후회낫다. 그를 무시하고 처만을 생각햇다는 것이 그의 외롬을 가저다준 원인이 아닐까 생각햇기 째문이다. 그러나 이제 후회한들 무슨보람이 잇는가.

『산으로 도루 갓스면 차라리 조왓슬겝니다. 세상에서 못 볼것을 너무 만히 봐서요. 아모것도 모르고 사럿다면 죽을째까지 눈물한방울 아니흘렷슬걸―』

이런말을 하면서도 순이는 쏘 운다. 나는 몹시 괴로윗다. 그를 이세상사람으로 만들랴고 노력한것이 결국 눈물을 흘리게 한것이 아닌가 하는 생각

도 드럿다. 그보다도 괴로워하는 사람을 눈아페 보기가 힘드럿다.

『긴상 우러본 사람이야 짠사람의 우름을 아러줄 수가 잇습니다. 쏘 우슴을 가질수도 잇습니다. 조금도 후회는 하지 마십시오—』

『후회구 무에구 잇습니까. 그저 살것갓지가 안습니다』

『가장 괴로워하는 사람은 가장 가치가 잇습니다. 이제부터 긴상이 느끼는 괴롬을 쑬코 사러나간다면 훌륭한 생활을 창조할것입니다』

사상의 변환기에 잇기째문에 순이가 실망을 느끼는것이지만 상당한 시일만 지나면 그의 새생활이 전개되리라는것을 나는 자신한다.

『부모나 차저주십시오—』

순이는 다시 눈물을 흘리며 도라 누엇다.

의외에도 순이는 다음날아침부터 이러나 전과가치 부억일을 시작햇다.

나는 처가 퇴원을 아니햇다해도 순이에게 내시간을 좀더 나누어주어 고독을 느끼게 하지안흐려 햇다. 될수잇는대로 이야기도 만히 하려 햇다. 그러나 매일처럼 하는

『긴상부모가 지금 어데 게실까?』

하는 말뒤에는 서로 침묵이 왓다.

내처가 입원한지 한달이나 거의 되어 퇴원한다고 하는 날아침 내가 부억케서 밥짓는 순이와 이야기할째

『김순이라고 잇습니까?』

하는 말이 문박게서 들렷다.

순이를 맛나려 내집을 차저온 사람이 여태쩟 한사람도 업섯는데 가상 아침에 차저오는 이가 누굴까 하고 나가보니 우편배달부엿다.

순이도 놀래어 쒸어 나왓다.

분명이 순이에게 온 편지를 가지고 왓다.

나는 뒷면부터 읽고

『김경환이』

라고하며 순이의 얼골을 처다보앗다.

순이는 물론 나보다 더놀래엇다. 아버지의 일홈을 부르고 가치 놀래기는

처음이다. 나는 급히 봉투를 쓰덧다.

순이가 여기잇다는 것을 알고 편지하니 속히 도라오라는 사연이다.

몃번인가 읽고 나드니 다시 봉투속에 편지를 너코 나서야

『멧시차로 써날까요?』

한다

나는 조금도 머물러 둘수가 업는것을 깨닷고 곳 시간표를 살피엇다.

『열시급행이 잇구만요. 이걸 타면 오늘안으루 용정에 갈겝니다』

나는 며칠 결근할것도 마누라가 퇴원할것도 이저버리고 순이를 더리고 그의 부모가 잇는대로 차저갈 준비를 햇다.

기차에 올낫슬때 나는 무엇때문에 순이가 제부모를 차저가는데 열심인가 하고 생각햇다.

부모에게 순이를 내맷기는것이 나의 본쯧이엇든가 하고도 생각햇다.

기차가 써날째 순이는 얼골을 창박그로 돌리고 눈물을 흘리엇다.

왜 우는지를 알수 업다. 허나 배반하든 부모를 차저가는 자기마음을 수습하지 못해 우는것만은 능히 짐작할수 잇섯다.

남보다 먼저 차에 오르려고 하든것이나 차깐에 드러와서도 가만히 안저 잇지 못하고 차써날 시간을 조급히 기다리든것을 보아 한시바쎄 부모를 맛나고시퍼 하는것만은 사실이엇스나 기차가 기적을 울리고 움지기기 시작하든 바로그때가 자기의 운명을 결정하고 생활을 확실히 구별하는 순간이라는 느씸이 업지 안헛슬것이다.

나는 눈물흘리는 순이를 바라볼쑨 아모말도 하지못햇다. 그를 바라보는 것 외에 아모것도 못해준 방관자에 지내지 못한 사람이다. 부모에게 더려다 준뒤에 어썬 생활이 잇서저야 할것도 생각할수업는 나다.

그의 엄숙한 눈물을 막어줄랴고 한다는것이 도로혀 거줏가튼 말이다. 다만 아프로 눈물을 흘리지안코 사러주엇스면 하고 나혼자 속으로 바랄쑨이엇다.

기차는 속력을 내며 순이의 새생활을 재촉하는드시 다름질첫다.

장편소설

前 篇

【제1회】 彼女의 過半生(1)

일은봄이엿다. 언풀이 파릿파릿자라낫고 나무끄테물이한참을라 무섭든 만주바람이자최를감추엇스나 아직까지 으스스한기운이 남어잇서 넓은들을 지나가는기차가창을열어제치지못한다 봉천을지나 안동현에갓가워가는 국제열차는 속도를조곰도나추지안코 아직까지멀리가야할압길을바라다보며 다름질 하것만 공기가 텁텁한기차간안에는 의자에안즌길손들이 피곤한몸을 느린하게처치고잇다 더구나 째가아침이라 의자한편에 목아지를기대고 잠자든사람이라든가세수도못한 어덧한얼골로얼을지나가는 낯선짱을 내다보는 사람들이 길여행에 지친것갓치만보헛다. 쩌들기를일삼는 중국인들도 해돗는아침이신기스리운지 조선나가살일을꿈꾸고잇는지 차창만을물그럼히 내다보고잇다.

탁한공기에 담배연기까지자욱한 차간한모퉁이에서잠은들지안엇스나 눈을내려감고 차가 아모리움족이여도 몸한번 쌈닭하지안는여자가 오둑하니안저잇다는것은 삼등차실을 일층 음산하게만들엇다.

◉ 박영준의 이 작품은 ≪만선일보≫ 1939년 12월부터 1940년 8월까지 연재되었는데, 제목 밑에 괄호(【 】)를 치고 거기에 회수를 밝혔다. 본고는 ≪만선일보≫에 연재된 것을 정리하면서, 처음에만 제목을 밝히고 그 후의 것은 회수만 밝힌다.

마즌편의자에는잠든 어린애를혼자누히고 자기가안즌의자한편에는 흰보 재기를노코잇스니 동행하는사람도잇는것갓지안을뿐아니라

그엽페가서 말을건니는사람도업스니 어데서 어데까지가는녀자인지도알 수업다.

더구나 흰옷을 아래위로입고 구두짜지흰것을신헛다 사람보는데서 한숨 을쉬지안흐나 옷모양이라든가말업는얼골에나타나는근심이상제된지 얼마안 된여자임에는틀림업섯다.

그옆헤안즌사람들이나 엽흐로 왓다갓다하는 사람들이 이상한눈으로 그 여자를 보기는하나 함부로 그상심한까닭을 뭇는이가업섯다. 아모리 얼골에 비애가긋득하고 엄숙한빗이 돈다할지라도 교양이 업서보히거나 직업이 천 해보히는여자라면 긴여행에 실증이나고 심심해견디지못하는손님들이 그여 자를 혼자내버려두지안엇슬게다. 자리가좁다는 핑게를대로 보재기를 올려 놋는체하고라도 그옆헤안저 쑥덕어린다면 그를몹쓸놈이라고 주목해볼사람 도 업는게 국제열차의습관이라고 말하여도좃타.

그러나 이여자는 봉천서부터 안동현까지 쏘는그이전도그랫슬것이나 갓 치가는어린애이외에 짠사람과한마디의말을 해보지안엇다.

『연자(燕子)가 깨쑤나 잘잣니?』안동현에 거이왓슬째 그여자는 마즌편의 자에 누엇든어린애를 이르커안헛다

『엄마—』선잠을쌧는지 통실통실하게생긴 게집애는 그여자에게안키우고 도 울기를시작했다.

『우리연자 용치— 울지마라 응—』여인은 안은애를 가벼옵게 두들기며 달래엿다. 그러나 어린애는 보는게전부이상한지 차간을둘레둘레둘러보며 울음을끈치지안엇다.

『울면 낫분애야! 우리 하루만더가면 서울구경하구 쏘하루만가면 할머니 한테내린단다. 너 할머니한테 안갈테야!

올치 우리연자 울지안네 용타』

어린애는 우름을끗치고

『엄마— 과자줘—』하고엉석을부리엿다.

『과자줄게―』 어머니는 과자봉지를 기차선반에서나려다가 비스겟트를 쯰 내주며

『조곰만 더잇다가는 조반을사줄게―울지말어―』

하고 어린애쌈에자기얼골을부비엿다.

어린애는 과자를먹을내기에한참동안아모말도아니 햇으나 조금지난뒤에는 이지버렷든것이 갑작이생각난듯

『아버지』 소리를부르며다시울먹울먹했다.

그말에는대답할수가업는지 짝한얼골을 해가지고 짠말을돌려댓다.

『연자야― 저― 박게 저것이 무엔지아니― 산이지― 쏘푸른건?』

『나무―』

『저기 밧에서무얼끌구가는건?』

『말―』

어린애의말을 짠데로돌리랴는 그여자입이 얼마전쌈작도아니한든째와 판이하게 달럿다.

『이게뭐지?』 그는과자봉지를 쥐여흔들엇다.

『내과자―』 어린연자는어머니농낙에 넘어갓다. 그러나 변소엘가는지 세수하러가는사람인지 양복한이가그엽풀을지나 뒷모양을보히며지나갈째 그애는다시 다리를동댕이질하며 『아버지』하고불럿다.

【제2회】 彼女의過半生(2)

여인은 난처한얼골로 어린애를쩌안은다음 다시비스켓트를주엇다. 다음에는 과일을쯰내기도햇고 그림책을 펼치여 그림설명도해주엇다.

네살쯤이나되여보히는 그 어린애가 쩨쓰기는그만두고 가만히잇슬때 여인은자기엽혜잇든 힌보재기를마즌편의자에옴겨노코 그 자리에연자를안치엇다. 그리고나서는가벼운한숨을내쉬고 힌보재기를물끄럼히바라보앗다.

어린애도 말업는어머니의눈초리를싸라보앗는지 힌보재기를가르키며

『엄마 저기무어야?』하고물엇다.

『아무것도아니다.』

그래도 어린애는어머니의말이 틀렷다는듯이『아니야』하고 재차말햇다.

어머니는 어린것이재롱피우는것을 귀엽게생각하기도 하나 얄밉게안무러 보아도조흘것을 작코캐랴하는데는 귀찬키도한모양이엿다.

쓴우슴을웃고는

『엄마하구 연자하구입을웃이 그속에잇서—』하고대답해주엇다. 그리고나 서는차창으로 손고락질을하며 어린애의눈을 흰보재기에서써나게햇다.

그런째 낫모를신사한사람이 마즌편의자에안즈며 말을쓰냇다.

『어데까지가십니짜?』

『청진(淸津)짜지갑니다』

『어데서 부터요?』

『상해(上海)서써습니다』

『상해서는 무엇을햇습니까?』 물어보는것이 국경을넘는손님을 조사하는 것에틀림업섯다.

『여자가 할게잇습니까?남편짜라갓다 남편이죽어도라오는길입니다.』

『남편일흠은?』

『김철식(金哲植)입니다』

『남편되는분은 무얼햇습니까?』

『별반한게업섯습니다』이리케대답한 그여자는 놀앗다는게 이상히생각키 울가두려워 말을달리돌리엇다 『무슨장사를해볼가하고갓댓스나얼마안되여 도라가시고말엇스니 그저논셈이지요!』

『당신의일흠은무엇이요?』

『최혜련(崔惠蓮)입니다』

『가는곳주소는어뎀니까?』

『청진부포항동 팔번지입니다』

『이애는짤이오?』 신사는연자를보며 물엇다.

『네 그럿습니다!』

『너몟살이지?』 그사람은연자의손목까지만지여보앗다.

『네살!』 쪽쪽지는못하나연자는그대로대답을햇다.

신사는 몇마디 더물어보고는 짠자리로가서 혜련에게와거이갓튼말을물어보앗다

형사가 까닭스럽게 무른이은아니오자기를대스럽게역것도짐작할수잇는일이엿스나헤련이는그가지나간뒤다시 무엇을생각하며 수심이갓득찬얼골을만드럿다.

그리엣부다고는 말할수업스나 흠잡을곳이업는 탐탁스런얼골에다 보랫빗이가벼웁게도는 눈시울은 보통째도 엇더한비밀을 품고잇는것처럼 가볍지가안엇다.

남보다 조곰드리간눈과 힌자위까지 쌈아스럽하게보히는 눈동자가 그의얼골을살리고잇다.

그눈은 아모리보아도 허술하거나 남에게 속을것갓지가안엇다. 지혜스럽고 총명함이 그속에굿득차잇는것갓햇다. 그러나 그눈을반쯤만을힘업시 썻다감엇다하며 자기엽헤안즌 연자짜지이저버리고 무엇을생각할째 그의얼골은 해결하기힘든문제를 풀랴고 애써생각하는것도갓핫스나 쏘 한편으로는 아모생각도업시 엇지할수업는설음에 꽁꽁묵기운것갓기도햇다.

살어잇고사람이 죽은시체갓치보혓다. 어린애가 과자를다먹고 엄마를불럿스나먹을것을 더줄생각도 업슬쑨아니라대답쏘차 아니햇다.

어느새 안동현이지낫고신의주에다앗는지도몰랏다.

『짐풀어요—』하는 세관의말에 신의주까지 온것을알고 얼골을들엇다.

『이속엔 무에잇소?』도랑크와 잔보재기들을뒤저본세관은 헤련의마즌편의자를보며힌보재기를 풀게하엿다.

『그건 풀지안허도 관계치안습니까』

『안되요—쌜리풀어요—』

『그럿타면 당신이 풀어보시오—』

【제3회】 彼女의過半生(3)

헤련은 흰보재기를풀고나무궤가나올째 아주헤치지말어주기를 세리에게
바랫고빌엇스나 그들은더욱의심난다는듯이 재가싸힌주머니가나올째까지 헤
치고야말엇다

『흥!』하고는 시체태인것이라고한 헤련의말이 올타는듯이 헛친채내버려두
고짠곳으로 가버리엇다.

헤련은 할일업시 흐터진것을 다시전대로 손질하야싸노핫다.

그리고는 차창을한번내다보고 사년전의조선과 얼마나다른가함을 삷히엿
다. 그리놉지안은산이나 낫고도안윽하게안저잇는 조선의집들이 눈압헤나
타날째 자기마음속에 삭여잇는 조선의인상이 그대로잇슴을알고 가벼운한숨
을 내쉬엿다.

넷과다름이업는 조선이엿만 조선을떠날째가든사람을나무궤속에 가루로
넛코 가기는소복을한다음 어린연자를 남편대신으로 끌고오니 조선은 장차
자기에게엇더한운명을 던지줄가하는 근심과공포가겸한생각을 아니할수업
엇다.

그런생각을해보니 사년전압록강을건늘째 두번다시조선에 발을드려놋치
안켓다고생각햇든 자기가 무엇째문에남편이죽자일주일도못되여이곳을차저
오나하는마음이불시에써올랏다. 조선의산을보기전까지는 조선이 그립고하
로쌜리 고향으로가고시퍼상해까지왓든 자기를쑤지저본적이 한두번이아니
엿스나내가살고내가호흡할 낫닉은짱을 볼째는반갑고 깃쁜마음이이러나기
도전에 외롭고쓸쓸한생각이드럿다. 아는사람이라고 별반업슬쑨아니라 아
는사람이잇다해도 자기를참마음으로생각해줄만한사람은아모리따지여보아
도업다. 무엇을밋고오나하고 자기를살펴여볼째 창박그로지나가는 아름다
운산들도 자기를깃부게 마지해주는것갓지가안엇다.

우선세상의비란을 바더야할자기를생각했다. 남들이반대하는결혼을해가
지고도 자기의행동을 천하게보히고십지안허 굴하는비츨안뵈고조선을써낫
다. 그러나 다시도라올째는 전보다얼골이여웻고몸이쇠약했다. 남에게써젓

한얼골을내놀만큼자기가행복스러운것도아니다. 그때처럼의기가잇서 남들의말을들은척아니할만하지도못하다.

그래도행복이잇겟지하는생각마저가질수업는헤련이라자기를비웃고 조롱할여러눈동자가 얼골압페나타날째무서운생각까지들엇다.

그는눈을감엇다. 눈을쓰고잇스면 알지도못하는 사람들이 손을벌리고 자기를잡어먹으려오는것이 얼넌얼넌보엿기째문이다. 그리고는엽헤안즌연자를붓안어무릅에올려노코 입을마초앗다.

『겁내지말고 살어보자―』 그는자기의손에한목숨이달려잇고 자기가잇는곳에 사랑스러운쌀이잇다는것을 일부러머리에써오르게하고 혼자중얼거렷다. 짠생각을 아조업새려고 어린애를힘잇게쩌안엇다.

『연자야― 너엣부지?』

『응―』

『너 누구쌀인지?』

『엄마 쌀―』

『참 엣부네 우리연자―』

『압하―』

『응?』헤련이는 압흐다는연자를더힘잇게쩌안엇다. 참마음으로 사랑할수잇스며쏘참마음으로 자기를미더줄오즉하나박게업는쌀이 너무나귀엽기째문이엿다.

『압허―』하고 연자가팔다리를쌧칠째야 그는

『우리연자를 압흐게햇나』하고 헤련이는팔의힘을 느추엇다.

『엄마―』

『왜?』

『기차 그만타―』

『응― 이제 얼마만잇스면기차에서나린다. 조곰만더참어― 그리문평양서나려 연자조아하는걸사줄게―』

이런말을 주고밧는동안도 기차는쉬지안코 다름질햇다 벌서선천이지낫고맹중리가지낫다

【제4회】彼女의過半生(4)

기차가 서평양역을지나평양역으로향하야출발 기적을울린째는 벌서오후 가두어시를지난째엇다.

만주에서보든것과도 다르게조선은 완전한봄을 마지하고잇섯다. 넓은모 통벌에는 논일보는사람들이 군대군대서잇섯고 아직물업는논두덩에는 나물 캐는처녀들이 쌍에서기여다니듯 아물아물햇다. 들엘가나 산엘가나 흰옷닙 은사람들을 한번도못보고 사년동안이나지낫스니 흰옷입은사람을멀리바라 보기만해도가슴이울렁거릴만큼 깃버야할헤련이엿다. 그러나평양이점점갓 가워오고 평양서나릴손님들이 자리를써나 짐을수습할째가되여갈사록 헤련 이는 의자에 달라부튼것처럼 곳게안저 봄아즈랑이가가득찬보통벌을 내다보 고잇섯다. 무엇을 보기는보는것이나 깃브다거나 조타거나하는생각을가지 고 보는것이아님은 그의정색한표정이 조곰도 변함업다는것으로알수잇다.

새가멀리서 나라간대도그저날러가나보다하는 표정이요철길엽헤서 아이 들이손등처들고 만세를불러도소리를치나보다하는 생각박게는업는모양이엿 다 그러케보통벌도절반이나 지나갓슬째그는정신을돌리고 한곳만을바라보 면 보는한곳이점점멀어지여도 고개를돌리며까지 그곳을내다보앗다.

무덤이갓득찬 공동묘지

한무덤이 흰비석하나식을차지하고잇는서장대의 공동묘지가 그의눈에서 는써나지안엇다

지금자기와가티 기차를타고평양까지가는 남편의재가 저 서장대에무칠것 이로구나하는 생각이들째 헤련이는 귀속에든재일망정남편과는영영리별해 버리여야할날이갓가웟다는것을새삼스럽게늣겻다

그리고는 자기가하고시픈일이면 무엇이고해보고말든철식이가 이제는말 한마디업시 쌍속에드러가 눈이오거나 바람이불거나 그속에서나오지못할것 을생각하니 금시 눈물이써러지랴햇다.

헤련의생활은 무엇하나모르는것업시살든그사람이 이제부터는 헤련이가 엇던생활을하든 하나도알배가업슬게며 쏘엇던일이생겨도 말한마디해줄수가

업게되엇다. 그러나 안해와짤은남어잇다 그들이남어잇서도 쏘는 남어잇는 그들이 얼마큼귀여운사람이라할지라도 철식이는그들을보지못하게되엇다.

혜련이는 흰보재기를바라보앗다. 무덤속으로드러갈보재기가 자기와마조 안저잇다는것이 신기한듯 묵묵히보앗다.

『엄마—우리도 여기서내려?』 남들이 수선하게 이리서는것을본 연자가물 엇다.

『응—』 혜련의대답에는 힘이조곰도업섯다.

『여기가우리집이오?』

『아니야—』 혜련이는 연자를보지도안으며 입만을놀집엿다. 『여기는 너의아버지집이란다』.

『우린 아버지하구 함께안사나?』

『아버지가 어대게시니?』

『그럼 어데갓나?』

『응—멀리가섯단다』

『그럼 언제와— 응 언제와?』

『오—래잇다가—』

『오래잇다가 언제?』

혜련이는 더대답을못하고눈물을쩌러트렷다. 거즛은할수업고 그럿타고해서 바른소리도할수업다. 그저 알어들을수업는말로 아버지가업다는것을가르켜주랴니 쑴한 어린애의마음을 아주풀어주기전에 어머니가 몬저울어야 햇다.

기차가 정거장구내로 드러갈째 혜련이는 눈물을닥고 선반에잇는 도랑크를내리여 나릴준비를햇다. 짐을한편에 모라노코 연자의옷을 바로입힌다음 모자까지씨워노니 기차는 피곤한듯 슬그머니 머젓다.

전보를첫으니 시부모가정거장까지는 나왓슬것이나얼골도못본 그들은 자기가알어낼수잇슬가하는근심이 기차가머즐째에이러낫다. 그래도 사진으로는보앗스니 사람찻는태도와 얼골모습으로라도 알어낼수는잇스려니하고 짐을 아짜보에게맛긴다음 연자의손목을잡고 푸랫폼에나리엿다. 그러나 만난다고해도 그들이 자기를어쩌케 대해줄가하고 생각을하니 가슴이 써늘해지는것갓엇다.

【제5회】 彼女의過半生(五)

만일 자기가시집으로차저갓다고하면 돌가티굿은 시아버지가 엇던태도로나올가하는겁이들어 평양에나리지안엇드면하는생각조차생겻다.

『내자식이아니다』하고 혜련이를집에부치지도안는다면사실 나리지안엇든편만갓지못할는지도모른다.

『그래두 제자식의시쳬데아직싸지도 그럴라구 일부러상해서이싸지 가져온것을감사해하겟지』 혜련이는혼자 이런생각을해가며 천천히걸엇다. 그럴쌔뒤에서

『데녀자가아닐가―』

『글세 쳬네를낫대드니 그건지모르갓군―』

『나이두 그쯤박게안되디』

『건디 모르갓소. 소복싸지햇구만―』

『그년이래문 소복을다햇슬라구―』

이런소리가들리자 댓거름도나가기전에 엇든장년이엽흐로싸라오며

『최혜련이라는사람이 아닌디요?』하고물엇다. 나이가 한오십살이나넘엇슬가마럿슬가대보이는데 얼골을자세보니 사진에서보든시아버지와근사하다. 이리케젊어보이나하는생각을하면서도 자기의시아버지임에는 틀림업는일이기쌔문에

『네 제가 최혜련이올습니다 철식씨의……』

하고는말쓰리를쓴엇다. 시아버지십니가하고 물어보앗어야할일인데도『그년이문 소복을다햇을라구』하는말이아직사라지지가안허 철식씨아버지냐고물으랴햇다. 그러나 시아버지에게 그런말을참아 하기가힘드러 어물어물하는수박게업섯다

『응내가 철식이의 아버지야 !』

업게되엇다. 그러나 안해와쌀은남어잇다 그들이남어잇서도 쏘는 남어잇는 그들이 얼마큼귀여운사람이라할지라도 철식이는그들을보지못하게되엇다.

헤련이는 흰보재기를바라보앗다. 무덤속으로드러갈보재기가 자기와마조 안저잇다는것이 신기한듯 묵묵히보앗다.

『엄마─우리도 여기서내려?』 남들이 수선하게 이리서는것을본 연자가물엇다.

『응─』 헤련의대답에는 힘이조곰도업섯다.

『여기가우리집이오?』

『아니야─』 헤련이는 연자를보지도안으며 입만을놀집엿다. 『여기는 너의아버지집이란다』.

『우린 아버지하구 함께안사나?』

『아버지가 어대게시니?』

『그럼 어데갓나?』

『응─멀리가섯단다』

『그럼 언제와─ 응 언제와?』

『오─래잇다가─』

『오래잇다가 언제?』

헤련이는 더대답을못하고눈물을써러트렷다. 거즛은할수업고 그럿타고해서 바른소리도할수업다. 그저 알어들을수업는말로 아버지가업다는것을가르켜주랴니 꼼한 어린애의마음을 아주풀어주기전에 어머니가 몬저울어야 햇다.

기차가 정거장구내로 드러갈때 헤련이는 눈물을닥고 선반에잇는 도랑크를내리여 나릴준비를햇다. 짐을한편에 모라노코 연자의옷을 바로입힌다음 모자까지씨워노니 기차는 피곤한듯 슬그머니 머젓다.

전보를첫으니 시부모가정거장까지는 나왓슬것이나얼골도못본 그들은 자기가알어낼수잇슬가하는근심이 기차가머즐째에이러낫다. 그래도 사진으로는보앗스니 사람찻는태도와 얼골모습으로라도 알어낼수는잇스려니하고 짐을 아짜보에게맛긴다음 연자의손목을잡고 푸랫폼에나리엿다. 그러나 만난다고해도 그들이 자기를어쩌케 대해줄가하고 생각을하니 가슴이 써늘해지는것갓엇다.

【제5회】彼女의過半生(五)

만일 자기가시집으로차저갓다고하면 돌가티굿은 시아버지가 엇던태도로나올가하는겁이들어 평양에나리지안엇드면하는생각조차생겻다.

『내자식이아니다』하고 헤련이를집에부치지도안는다면사실 나리지안엇든편만갓지못할는지도모른다.

『그래두 제자식의시첸데아직까지도 그럴라구 일부러상해서이까지 가져온것을감사해하겟지』헤련이는혼자 이런생각을해가며 천천히걸엇다. 그럴째뒤에서

『데녀자가아닐가—』

『글세 체네를낫대드니 그건지모르갓군—』

『나이두 그쯤박게안되디』

『건디 모르갓소. 소복까지햇구만—』

『그년이래문 소복을다햇슬라구—』

이런소리가들리자 댓거름도나가기전에 엇든장년이엽흐로짜라오며

『최헤련이라는사람이 아닌데요?』하고물엇다. 나이가 한오십살이나넘엇슬가마럿슬가대보이는데 얼골을자세보니 사진에서보든시아버지와근사하다. 이리케젊어보이나하는생각을하면서도 자기의시아버지임에는 틀림업는일이기째문에

『네 제가 최헤련이올습니다 철식씨의……』

하고는말쏘리를쓴엇다. 시아버지십니가하고 물어보앗어야할일인데도『그년이문 소복을다햇을라구』하는말이아직사라지지가안허 철식씨아버지냐고물으랴햇다. 그러나 시아버지에게 그런말을참아 하기가힘드러 어물어물하는수박게업섯다

『응내가 철식이의 아버지야 !』

『네그러하십니까?』헤런이는 허리를굽히여인사를했다

『절은무슨절!』시아버지는바든절을 돌려주고십다는듯이 바든척도아니하고 뒤를도라보앗다。그리자 륙십이나되여보이는늙은부인과 삼십가량되여보히는 젊은부인이나서면서

『마잣쉣가?』하고 쌩기는듯이말햇다。

『그래바루이애로군!』

시아버지가 이러케말을할때 늙은부인이 시어머니라는것을 눈치챈헤런이가 그에게 절을하랴고했다。

『야 그만둬라 누가절밧겟대든─』눈에횃불을세워가지고 헤런에게무안을준 시어머니는『우리철식이어데갓니?』하며 금시눈물을 흘리엿다。

엽헤섯든젊은부인도 수건으로 눈을가리고잇섯다。

헤런이는 나무궤를 그들에게 내맷기엇다。

궤를바더 엽헤끼고 묵묵히거러가는 시아버지를짜라 두부인이그뒤로가며 흐늑흐늑늣겨우는것을볼째헤런이는웬일인지모르게눈물을흘렷다 그눈물이무슨싸닭에흘러나리는지는 헤런이자신도모르겟다。

그래도 시부모라고 맛나보앗다는깃쁨이 그속에석기여잇슬런지도모를일이며 그반대로 처음맛나보는 며느리에게대해주는 시부모의박정을 나무럼함이큰지도모른다。좌우간 헤런의쓰거운눈물이 그저울고십허서우는눈물임에는 틀림업섯다。안울고 못견딜눈물이엿다。생각할것도업시 모든게비장한일쑨이엿다。

맨뒤에서 연자의손목을붓들고 그들뒤를짜라가는 헤런이의눈물이 시부모네집커다란대문을 드리설째싸지긋치지안엇다。

【제6회】 彼女의過半生(六)

자기집에다 시어머니된이는 울음소리를놉혀 통곡하기를시작햇다。

『하나박게업는 내아들이둥국(中國)에가죽단말이정말이냐─』

『아이고─ 원통하구나─ 내아들을 누가죽엿단말가 조선서 편안히살게만

해스문 죽디안홀걸…』시어머니의 울음은 장단을마추는것가티 올라갓다 나려왓다햇다.

젊은부인도 말은아니하나울음소리를 크게냇다. 거기에짜라 누구가누구인지는몰라도 대여섯명이 대성통곡을하며 철식이태운재를쎙 둘러쌋다.

『엄마는 울지마라웅!』잇는목소리를 다해서우는그들이 연자에게는 무섭게보혓든지 어머니의손고락을잡아다니며 연자가말햇다

『웅― 안울게―』너머쩌드는소리에 혜련이는 도로혀울고십지가안어진것이 사실이다

물논 설어운눈물이야설어운 눈물임에 틀림업겟지만 너무야단스러운것이 도로혀진실되지못한것갓텃다.

한참울다가

『어머니 그만둡시다.』하는소리가나니

『아이구 죽은아들두 재박게못보누나……아이구 원통해라』하며 박자를마추어 더큰소리로울어댄다. 일부러우는듯한 큰소리가터도 어머니된이의 서름쯤은 짐작할수잇슴으로 혜련이는 자기서름을합친눈물이나오는것을억지로참엇다. 자기를가장미워하는 그집안속에서 눈애걸리는것을 조금만해도곳 말성이심할게다.

눈물을흘리면 무슨말이나올는지모른다.

사람을죽이고도 눈물이나오는가?하는말이 시어머니입에서 안나오리라고 말할수업다.

그러타고해서 고개를들수도업다. 사람이죽엇는데 울지도안는다고 말성을부릴는지도모른다. 하는인사도안밧는 시어머니가 대체엇던일까지할는지가 알수업다. 될수잇는대로 책안잡히도록주의를하는수박게업슴으로 혜련이는 고개를푹숙으린채몸을움즉이지도안엇다.

『어머니―좀쉬엇다웁시다』이런소리가나자

『아이구―』하며 기운이업서 말도안나온다는듯키『글세 그런베락마즐년이잇단말가 남의아들을죽엿스문 죽엿지 그걸 왜 태운단말가 남의돈다긁어먹구나선 시체움길돈두앗가와 살을태와가지구온단말가』.

하고 땅우에쓰러저안젓다.

한편에 자기가잇는것을쩐연치알면서도 욕설을함부로할째 헤련이는올라 오는분을참지못하야 무엇이라고한마디해주고십헛다. 그러나 드러야 몟츨 들을것도아니고이런날 아웅당해서덤비는것도 일이아니라 그저쭉참엇다. 자기를원가티미워하는것은 처음부터 아는일이다. 알기는알엇으나 사람을 조곰도사람으로역이지안는 그런말씨를 처음듯는만큼 쭉참는다는게그리쉽 지가안헛다. 분하기도하고 원통하기도했다. 집을내던지고 쩌나리만큼철식 이는 부모보다 헤련이를더사랑햇다. 헤련이역시세상의비란을 아모것으로 도 생각지안흘만큼 철식이를사랑햇다. 그뒤에야어쩌케살엇든간에부부로씃 씃내지나다가죽엄으로이별한남편과안해다. 그리한새를가지고 헤련이만을 고약하고몹슬여자라무작정으로욕한다는것은 사람으로써 참기힘든모욕이엿 다. 아모리 자기를 미워한다고 해도 자기를 사람이라고생각해준다면 그런 욕설을삼가여야할것이 올을게다.

이리케생각하면 사람아닌 그들을 물어뜻어도 씨원치 안으렷만 그래도초 상난집에서쩌드는것이 올흔일도아닐뿐아니라 그래야자기에게씨원할것도업 는일이매 못들은척할수박게업섯다.

울음소리가 잠시씃첫스나 얼마안잇서 다시터저나왓다 고개를숙인채 방 에도못드러가고 마당에서고잇는 헤련이는 언제까지나울음이게속될가하고 기실은꼿꼿이서잇기에 다리쩌가쑤시는것도참어가며기다렷다. 그럴째사랑 방에서 시아버니되는사람이문을열고 헤련이를불럿다.

그의눈도 붉으스럼해진것이 분명운것갓헛스나 그래도부르는목소리만은 양반집늙은이의위엄을 조곰도업새지안엇다.

『여기좀안저라──』

연자를더리고 방에드리선헤련이를 채직질이나할것처럼 안치엿다. 헤련 이는 죄진사람이 재판관에나서듯가르키는 자리에안젓다.

『그래 남의아들을 꾀여내다가 생몸둥이를 재로만들어와야 올탄말이냐?』 그는 잔기침을두어번하고는 이런말부터쓰냇다.

그말이쩌러지자 시어머니가어느새알엇는지 문을열고자기남편겨테안즈며 무서운눈을휘둥그렷다。

【7회】 彼女의過半生(七)

『대답을 좀해라。 철식이가우리집외아들인것두 잘알고 쏘철식이에게 조강지처가잇는것두 너는잘알지 그러케귀한남의아들을 꾀여내다가 만주니 북경이니하며 도라단이게한네년이 얼마큼고약하다는거야 말해무엇하겟니?그 건둘채루 남의아들을 쌔내다가돈을 쌰라먹으문 그만이지 왜 남의아들을죽이기까지햇니?응—』

시아버지는 쌋닥도하지안코 으르렁댓다。

『제가 죽이다니요?』

혜련이는 될수잇는대로마음을가다듬어 대답햇다。

『네가 죽이지안쿠 누가죽엿단말싸?네가 업섯드면 그애가 왜죽갓니?』

『글세요 그리케말슴하신다면 할말이업습니다만은설혹 저하구가티살지안엇드라도 병에걸렷다면 죽을째 죽지안을런지요—』

『요망한년가트니— 그래두잔수작이 웬잔수작이야—』

시어머니가 엽헤서 당그랑소리를냇다。

『허허—그래 내아들이 어데잇섯거나 지금쯤은 죽엇슬거란말이다—』

시아버지는 기가막히는듯이 입을빗죽햇다。

『그럼요 술먹다 뇌충혈로 죽은사람이 어데선죽지안어요 자기가조와하는 여자하구살면서도 그리케술을먹엇는데 당신집에서살어잇섯드면 술을더먹고 더일즉죽엇슬는지 누가알어요—』

이런말이 입박그로나가랴고햇스나 참아그말은 할수가업섯다。

『허허 기가막혀죽겟군— 참말사람을 잡어먹을년인데』

아버지는 어이가업다는듯이

『그래 좌우간무슨병에죽엇니?』

하고 재차물엇다

『네。 뇌충혈로알은지 하로도못되여죽었습니다』

『뇌충혈이라니 그게무슨병이냐?』

『피가 머리로너무몰려 그게터지는병이랍디다.』

『그놈이 얼마나속을썻기에그런병에 걸리엿슬가— 제놈도 집을써나고 애를안쓰지못햇갓디—』

이런말을하고 한탄하는한숨을내여쉬니 여페안젓든시어머니가 눈물을쏙쏙흘리엿다.

『그건들 제처자가 안보구팟갓소. 피가머리에오르두룩속을썻구만……』

『속쏜째문이아니라 술먹은째문입니다』

라는말도 헤련이는참아입에서내지를못햇다. 다만제자식이라고 좃케만생각하랴는무지한노인들을 한편어리석게쏘는 우섭게생각한쑨이엇다. 그러나 저이들생각대로 그냥내버려둔다면 자기가더 낫부게생각키울것이고 철식이는 자기를실허햇는데도자기가붓들고 놋치를안혼것처럼알것가터

『술을 너무조와해서 피가우로몰리엇다구 의사가말합디다』

라는말을햇다.

『쓸데업는수작을마러라』듯기실타는듯이 시어머니가톡쏘는말로말햇다.

『이제 긴소리를한들 무엇하겟소. 그만둡시다. 아들잘못둔탓이디더할말 잇나—』시아버지가 담뱃대를 툭툭터니까 시어머니도맛장구를첫다.

『말해두 쓸데업다. 그래두원통하니싼…』이리케말을하고는 다시목청을도두어『말두하기실쿠 꼴을보기두실흐니 어서나가기나해라—』하고말했다.

『가기야 가지요 그래두장례나하는걸보구가야겟습니다.』

『요망한년가트니 남의아들을 죽여노쿠두장례를보갓서. 썩썩나가거라. 우리집에선 너가튼년을 잠시도안부처둔다』

『그래두 가티살든 부부가아닙니까?』

『부부?누가 그런소리를하던? 그런걸다 부부라구하다가는세상망하겟다.』

『그가조와햇기에 저와 살엇슬게며 부부이기에이런자식까지낫지 안엇습니까?』헤련이는 연자를가르켜보엿다.

『우리는 그런걸 모른다여—썩썩나가기나해라.』

『철식이의색기를낫다구 제새끼지하는거루군. 나!안될말이다 안될말이야

그놈의색기가 누구의색긴디두모를쑨아니라 그런자식을집안에 부칠수가잇나―』그들부부는 번가라하며하고십흔말을햇다.

『그게무슨말슴입니까? 그래이애가 철식이의자식이아니란말이지요―』혜련이도 이말은 조곰큰소리로참을수업다는듯이말햇다.

『모르겟다마는 좌우간 우리집엔부치질 아늘테야―』

얼마쯤 지난뒤 혜련이는그집을나왓다. 잇서야 안타갑기만할것이고 쏘잇슬내야잇슬수도업다. 차라리쩐데잇다가 장례나보고 청진으로가는편이날듯햇다.

【제8회】 彼女의過半生(八)

그래도 시집이라고할만한집에서 쫏겨난혜련이는 어린연자를더리고 힘업는발을 내디디며 거리를걸엇다.

교회당의노픈종각이 곳곳에보히고 아름다운모란봉이북쪽에웃득솟아 이곳을가르처 평양이라하것만 혜련이에게는 아름다운것도 성스러운것도 하나늣겨볼수가업다.

자기가 남의첩으로드리섯든것이 잘못은잘못이나 그럿타고해서 부부란일홈도못들생활을 햇다는것이 설어웟다. 정이업서 살수업는부부라면 아모리완고한도덕이라해도 두사람을 행복스럽게하기위하야 이혼을식혀야할것이며 그리케 밋다고한다면 몬저 안해된자가안해라는일홈에만 애착심을가지지말고 자기의새길을취하어야할게다. 만약에 그럴수도업다면 정업는부부가원수갓다는것만 이해를해주어야할것이다.

그이해를가지고 새행복을구하려하는노력을 저바리지안는것이 정잇는 인간의마음일게다. 말하자면 불행한부부를가진것은 불상한일이다. 그리타면 불상한사람―언제나 그불행을 늣기여야할사람을 행복스럽게해주는사람이 잇다면 그가 그리악한인간일가? 아모래도 불행한부부를가진 사람이라면 그속에서 만족을 엇을수업슬것이며 짜라서 만족업는곳보다 만족할수잇는것을 찻즈라할것이 분명한일이다. 철식이는 불행한사람이엿다 부모가식혀준결

혼을 한번도만족해본적이업다. 더구나아모것도모르고 집에백혀시부모섬기
는데만만족하려는안해를안해라고부르기가실혓다. 안해라는것은 남편과 가
튼자리에잇는여자를말하는것이며 종이나 하녀를말하는것은아니다. 그는
자기의안해를실혀햇다. 실혀하는것이미워질째 그는괴로워햇다. 그는 자기
의괴롬을업시하지안코살수가업섯다. 그래서 혜련이를 사랑햇다. 혜련이역
시 그를 사랑햇다. 반드시안해잇는남자를사랑한다는것은 세상의말성을쯰
는것인줄알면서도 사랑을햇다. 물론철식이에게 돈이만타는것을생각지안혼
바아니나 그래도혜련이는 그를사랑햇기째문에 그와결혼싸지한것이다.

무엇이잘못인가?만약 자기가 그를사랑해주지안헛다면 싼여자가 다시 그
를사랑햇슬것이며 그러치안헛다면 그가 더욱불행햇슬게다 그런데도 혜련이
는 엇재서인간의대우도밧지못하는가?

혜련이는 시름업시걸엇다 철식의고향이지만 서울서맛나 서울서지내다가
중국으로바로갓섯기째문에 평양을와보지못햇슴으로 어데가어덴지도모르는
길을 그냥걸엇다.

그러타고해서 누구에 물어볼긴도업다. 아는사람하나업는평양―아는사람
이잇다해도맛나고십지안은마음이라가다가 발닷는데

여관이잇스려니하고 무턱걸엇다.

어쩌케걸엇는지 얼마큼이나걸엇는지한참지난뒤 압흘내다보니 청청한 대
동강물이흐르고잇섯다.

대동강물도 늠실늠실흐르는것이 엇전지가고십지안혼데를가는것갓치보혓
다. 노릿배가 물우에멧 척식써잇기는하나 거기에 흥이잇서보히지가안엇다.
물속에드러가고십혼데도 뱃사공이 노질을해서 피곤한몸을할수업시움즉이
는갓엇다.

혜련이는 강변에안저 발압페잇는 작은조약돌을하나둘식쥐여 강물에던젓
다. 풍당하고 싸진뒤에는물결을남기고 사라지는돌―

『사랑도 마음대로할수업는세상이로군―』

혜련이는 혼자생각햇다. 그리고는 시부모에게바든학대를마음속에 색여
둘필요가업는것이라생각하고 그를이즈랴햇다. 그러나이즈랴할사록원통하

고 분한마음이들어눈물이흐르랴했다

『풍당─』자기가 던진조악돌이 소리를내고 강속에가라안젓다

『죽어버릴가─』마음속에서이러한소리가나왔다.

그리나『왜죽어?』하고생각할째 그죽엄에서더무의미한것은업는것가텃다. 누구를위해죽는것도아니며 누구째문에죽는것도아니다. 한번바든학대를 죽엄보다더크게생각한다는것이 자기를어리석은사람이라고가르켜주는것박게 아모것도업다. 더구나여페잇는 연자를볼째『죽다니』하는반문이 커젓다.

『쓸데업는 생각을말고 왓든김이니 모란봉이나구경하자─』하고 그는다시이러섯다. 여관엘가야 할일도업고 한곳에안저잇스면번거려운생각만 이러나기째문에 것고십픈생각이갑작이이러낫다. 이러나서 연자의손목을붓든다음

『저기저산이 모란봉이라는거야─』하고 잘알아듯지도못할 연자에게말을했다

그째얼마전부터 그뒤서왓다갓다하든 여자하나가혜련이에게 갓가히오며

『혜련이아니야?』하고물엇다. 혜련이는 의아한눈으로 멧번이나보고생각한뒤

『성실이 아니야─』하고되려물엇다.

【9회】彼女의過半生(九)

두여자는 입을벌닌채 한참동안 말을못했다. 정말혜련이기는 혜련인가하는듯이 혜련이와 연자를번가라보며 얼골에써오르는 깃붐을 엇지할지몰라 정신나간사람처럼 히─하고섯든 성실이는

『이게 웬일이야?』하고비로서 입을열엇다.

『글세나두모르겟는데─』

혜련이는 아모일도업다는듯이 얼골에 짠빗을 조곰도 나타내지안코 그저 깃분말을했다.

『정말 혜련이야?』

『글세―나도쑴만가테 잘모르겟는데―』 헤련이는 자기와동갑나이나되여 보히는성실의손을꼭잡엇다.

『헤련이를 여기서볼생각은쑴에도하지안엇기째문에말이야 앗가이리 지나가다가 얼핏보구두 얼핏말을못붓젓서―그래 중국서나왓댓구만 !』

『내이야기는 차차하구―. 졸업을하구 내내평양내려와잇섯어?』

『아니! 난그뒤 동경가서금년봄까지잇섯서. 나온지가한달두못되는데머―』

『나는 성실의고향이 평양이라는걸알면서두 쑴쌕이저버렷서. 그래 무슨 공부를햇니?』

『고등사범학교를 나왓지―내이야기두 차차하자야. 참오늘은 신기해죽겟네. 너를 엇더케 여기서맛날줄알엇겟니?』

『그러키에 우연이라는게조타지! 나두평양에온지가 하루두채못되엿는데 ……』

『난두 평양온지는 며칠이됏서두 여기는오늘이처음이야 ! 얼마안잇서 평양두써나갈것갓기에 한번보아두자구 심심푸리루나왓든게 아주잘나왓거든… 아싸두 이여플그냥지나갓대스면엇지하니― 서루맛나구두 보지를못할쁀하지안엇서. 참신기해죽겟네』

성실이는깃버죽겟다는듯이말문이를 맷지못햇다

쑹쑹한얼골과 투실투실한체격이며 복스럽게보히는입술이 예와다름이업것만 어덴가모르게 숨어잇는덕이라든가 교양에서오는 너그러운빗치 성실이의얼골에나타낫다.

헤련이는달러진성실이의외모습에 잠간고개를숙엿다

『그새 공부를해서 참조왓겟구나……』

하고자기는 공부도못하고행복스러운 생활도못해 부러움기짝이업다는듯 말햇다.

『그저 그러치머―』하고는 그리낫부지도안타는듯이말을해노라 성실이는 헤련의엽페섯는 연자를보앗다

『이애가 너의짤인가?』

『응.』

『아이참 엡버라. 어머니보다도 더엡부구나 ! 언제결혼햇기에 벌서이리케 컷나?』

성실이는 연자를집어안엇다.

『햇수로 치면 벌서오년전이지—』

헤련이는헷말처럼말햇다

그말을들엇는지 마럿는지

『일홈이 머지?』

하며어린애만 만지보는성실이다. 확실이헤련이에게취햇든성실이가 다시 연자에게취한모양이엿다

『나이는?』

성실이가혼자서 어린애의머리를 쓰러보다가는 쌤을만저도보는것이 엇더케하야씨원할지몰라보히는것갓헛다 토실토실한살에 엣분얼골은말할것도업시 쏘록쏘록한두눈은 여간영리해보히지가안헛다. 헤련이도 중학교에단닐째에는 가장쪽쪽한편에들엇지만 그래도헤련이는 돈에유혹을바더 부인잇는 남자와결혼을햇다. 그째 헤련이가 돈을얼마나미워햇고 저주햇는지 쏘는미워하든돈을사랑하게까지된 헤련이의환경을전부잘알기째문에 이해는하고잇섯스나 성실이도헤련이를 그리울타고까지는못햇다.

그러나 연자는 아모런유혹에쌔질것갓지안케 속마음이굿고 무서워보혓다. 눈갓치힌눈자위에 먹갓치쌈한눈동자가 서로경장을하듯쌘작이는것은 아모래도 허술히볼수업다는것을 말해주엇다 엇더한일이잇다해도 능히익여나갈것갓고 엇더한위험이닥처온다해도 제몸을상치안케잘처리할것갓티 어린 연자의눈은빗낫다.

『중국에서낫겟군—』성실이는 연자얼골에서 손을쎄지못하고 중얼거리듯 물엇다

『그럼—북경에서낫지—그래 연자라고 일홈까지짓지안엇서—』

『그래서연자로구만—』 한참동안 어린애에게정신을팔리여 사람들이지나 단니는 강변인것도 이저버리엿섯다.

『집에가서 이야기를 하자야 !』

『집엔가서무엇하니―』

『그럼 여기서이야기를다하잔? 나두할말이만흔데 ! 참지금어데잇니? 밧부니?』

『아니야―그래두!』 헤련이는망서리엇다.

반가운친구라래도 쓸리여단니고십지가안엇다. 그러나너무나쓰는 성실이에게 안짜라갈수도업는헤련이엿다.

【10회】 彼女의過半生(十)

성실이의집은 과히멀지안엇다. 만수대밋창전리엿기째문에 청류벽밋에서걸엇스나이십분도 걸리지안헛다. 집도 조용한데잇슬쑨아니라집안식구도 늙은부모 두분박게잇지안음으로 몹시조용햇다. 성실이는 헤련이가 중학교재제일친하든동모며모란봉에갓다오든길에 우연히맛낫다는이야기를 부모에게말한다음 헤련이를 인사하게햇다. 그의부모도 사오년만에 처음맛낫다는헤련이를전부터 잘알든것처럼 친절하대하여주엇스며 째가조곰늦기는햇으나저녁을짓지못하야 우선 냉면을사왓다.

헤련이와 성실이는 한방에서 점심을먹은뒤 서로의얼골을처다보앗다. 그새얼마큼 달라젓나하는것을 서로보고십헛든모양이다.

『엄마 졸려―』

엄마무릅에누엇든 연자가하품을햇다.

성실이는 하고시픈말 뭇고시픈이야기가 입에갓득찻스나 우선 담요를나리어다연자를눕히엿다. 연지는자리에눕자금시눈을 나려감고잠을잣다. 연자가잠이들기바쑤게성실이는 말을쯔냇다.

『그래 어쩌케지냇니?』

헤련이도 자기이야기를쏘다노코시펏다. 울적한가슴을동모에게라도 풀고시펏스며짜라서 학생시대도 그랫지만 성실이가 미덤즉스러운것이 어쩌한위로를줄듯도햇다.

『너두다아는 이야긴걸길게해서무엇하니! 공연히돈잇는 남자를취햇든것이죄가되여 그뒤불행한생활만게속햇단다. 그래두그째야돈이원수가티 그원수를갑허보랴는마음만이컷스니짜할수도업섯지! 내가 철식이를사랑하기야햇지! 그래도그에게 돈이업섯다면 사랑을 아니햇슬넌지도몰랏슬거야!』

『거야그러치― 그래서나두돈보구사랑하느녀를 욕햇단다. 너 거아니?』

『그래두 할수잇섯니?돈업시공부를할랴는게 틀렷지―그공부만아니햇드면 내가돈을 그러케미워하지안잇슬게다. 』

『참 지금도 생각난다. 가정교사노릇을 하다가는 남의집 옷을만드러주기도하고……참고생이지!』

『그까짓고생은 둘채로하구 집안에 친척이라두 업싯드면그런생각이들 햇슬거야 돈버는옵바가 둘식이나잇스면서두 핏분한푼돌보아주지안을쑨아니라 하지멀라는공부를 누가하래드냐하며 야단치든게 제일미웟거든! 그래서 꼬까운마음에 철식이를 사랑햇든거지―아모래도 어리엿기째문일거야―』

『참 그옵바들이 아직두잇니 엇저면 제동생더러그랫겟니! 중국가서 욕이나해주엇니!』

『잇구말구―중국서는 각금 나무램하는편지를햇지 하야쓸데잇나!』

『그래서 중국서는 어써케지낫니?그리구 철식씨두지금은 조선나와잇니?』

『들어봐라 중국서야 참으로호사햇지 남북그럽지안케 잘 살엇단다. 처음에야 그이도 친절하게해주엇고 내말이면 무엇하나 거역하는게업섯스니짜 재미잇게살엇지. 나두 그이말이래문 무엇이든지들엇다. 그래서 중국옷을 입어보앗다가는 양장도 해보앗고 나중에는 단발하야된다기에 머리까지 싹 지안엇니? 봐라 지금 머리를틀기는햇스나부친머리가아닌가 마쌍도배와서 그의편이되어줫구쌘스두배워 그와가티 쌘스홀엘단녓다. 쏠푸를못햇겟니 승마를못햇겟니 다마쓰기를못햇겟니 남하는노름이란 다배윗단다. 내가 그런걸모르면 혼자다니기가심심하대나. 그래서하래는대루햇드니 한이년쯤 지난뒤부터는 나를안데리구다니기시작하드라. 아마실증이낫든모양이야. 더구나 그째 이 연자를낫슬째니짜 귀치안키도햇겟지! 가만눈치를보니짜박게는 쌘녀자까지잇는것갓겟지! 그래 그째부터나는 반벙어리가 되어버렷단다. 내잘못으로 돈잇는남자를 골랏다면 돈잇는사람째문에 괴롬을 밧어야할것갓태서 말한대야 쓸데가잇슬게아니오 내맘이더편할것도아니니까, 술을 먹고오거나 밤을새고오거나 못본척햇지。 그게내전술이엿는지몰라두 얼마 동안은 말업는게실타고하며 되려나무람을 하다가 내맘을알고 주의를하드라 그러나 돈업는자타가 왜가만잇슬내든 밤낫술먹구노름만하려다니두구만 그 째쓴속은 무어라구할수가업다。 몰래 조선으로도망치구도십고 그 자리에서 죽어버리고십기도하드라。 그리며살래니 철식이가 곱겐?』

혜련이는 갓분숨을돌리노라고 말을잠간멈추엇다。

【11회】 彼女의過半生(十一)

성실이는 옛날이야기나듯는것처럼 고개를째고 혜련이의 얼골을쳐다보앗 다。 숨을돌린뒤 혜련이는 다시이야기를 계속햇다。

『그래두 나는 철식이를미워한것보다두 나를더미워햇서。 그야미워하면무 엇하니? 그래서 그가 엇든짓을하구도라와도 혼자속을쓰지。 남의눈이무서 워타국까지온여자가 무어그리행복스러울거 잇슬가하는생각까지나드라 이 러다가 하로쌜리죽엇스면 하는생각박게업드라。

저야 북경이실허젓으니상해로 가자 상해가실으니 남경으로가자해가지고 무척쓸고단니드라마는 내한테 무슨재미가잇겟니? 삼년동안 누어만살엇단 다 전두 나중에는 나를원망하드라。 엇재그리 냉정해젓느냐구 쏘는 말업는 게제일실타구— 그러나 박게서두만족하구 안에서두만족하재는 말이지 나를 깃부게해주어야 말이지。 그리면서도 술。 노름。 난 남자들이 술과노름을 조 와하는걸 도모지 모르겟드라。 모른다는것보다도미워서죽겟어。 무엇째문에 쏙쏙한제정신을 마취제로흥분식히여 병적상태를만들어논다음 조타고하는 거야—저를속는것박게 다른게무이잇서! 철식이도그러치—그러케조타고 야 단하든제처를 어데까지나사랑하고 가정에서만족하랴햇드라면 아무일도업 엇을게야。 방탕성이잇서 그러켓지만 제가 일을할텐가사회사업을할텐가 왜 가정하나도 변변히못가지는게야。 그러다가 턱 죽어노왓으니 조흘게무어겟 니?』

『무? 죽어나오다니?』성실이는 놀래여 끔쩍뛰엇다.

『뇌충혈로죽은것을화장해가지고 오늘오후에 여기도착햇단다. 』헤련이는 흥분되엇든가슴을 까라안치랴고한숨을내쉬엇다.

성실이는 엇지하야올홀지몰라 말도못하고몸만을 이리저리부비엿다.

『저 정말이가?』성실이는 헤련의손을잡고 평양사투리대로말했다.

『정말이라구. 철식이네집엘가보렴. 지금 통곡을하구야단들일게다. 』

『그집에서두 설겟군?외아들이래지―』

『설겟지― 그래두 저의아들이라구 태운재를가지다주엇드니 나를 사람죽인년이라구까지하드라 귀한아들죽은것두 원통하겟지만―』

『무어라구그래?』

헤련이는 아침철식이네집에서당한이야기까지말했다.

『사람이 어데그럴수야잇겟니?』이야기를듯고난성실이는 자기도 통분하다는듯말했다.

『사실이 그럴걸어쩌케하겟니? 더구나 평양사람이구 철식이가 외아들이구하니 그럴수도잇겟지. 안해잇는 남자와 쏘는 돈이잇다는 남자와결혼햇다는 내잘못이지 더할말이잇니! 나는 그교훈하나를배윗다』

헤련의눈에는 비애가숨어잇스나 말못할결심도 그속에잇섯다.

『그러키야 하지만 그래두 장례나끗난뒤 곱게보내지 그럴게무어잇써! 무식한사람들은 할수가업서―』

『난들 그집에 더잇겟니? 잇스라구해봐라 잇나! 그래두 내남편이아니가 남편의장례나보야하지―』

『장례하는날을 알엇다가 나하구가티가보잣구나―그래두 것들사람이아닌데』

『글세……』헤련이는 얼골을움즉이여 일부러우섯다 그리고는『그만하구 내이야기나들자구나!』한뒤 소리를내여웃엇다.

성실이는 헤련이가 퍽달러진것처럼 생각햇스나지금 헤련의이야기만하기에는 가슴이너무 답답해서 자기가 공부하든이야기를 쓰냈다 동경서공부하든이야기. 사내들이 짜라단이든이야기. 그러나 하든공부를마추고 사업을

해보겟다는 결심에 연애도 아니햇다는 이야기. 쏘는금년봄 졸업을 하고나
와서 서울엇든 보육학교선생으로취직되여 며칠간잇다가 서울로간다는이야
기까지말햇다.

『엇든보육학교?』

『성모(聖母)보육학교라고잇지안니 왜?』

『응—잇서 잇서 광화문중에 잇는거말이지』

헤련은 괄목상대하듯 성실이를 다시한번 쳐다보고

『잘됏구나—』하고 말햇다

【12회】彼女의過半生(十二)

며츨을두고 이런이야기저런이야기를하는새 헤련의마음은 조곰안정되엿
다. 성실이의친절도친절이려니와 학생시대의추억이라든가 옛날의아름다운
기억만을들어 서로이야기를 주고밧고하니마음은 저절로가벼워지엇다. 될
수잇는대로 철식이와가티산생활이나 지금의자기환경을 말하지안흐랴햇고
싸라서그를 이저버리랴고 하는헤련이엿다 그러나 철식이의장례식날에는 쏘
다시철식이에대한생각이 이모퉁이저모퉁이에서 써올랏다.

『이리케 죽을줄알엇드면내가 속는줄알면서라도 친절하게해주엇슬것을
그랫나바—』

성실이에게 이런말도햇다.

『글세 내가알겟니?』 성실이는 웬만만한일만되면 그것을 날래판단해버리
지못하는사람이다.

『아모래도 그랫든편이 나을것갓해—』 죽은 철식이라고생각하니 그가 불
상하게도뵈여진모양이다.

『그러케된것을 어쩌케하니 어서나가보기나하자. 길에서기다리다가 싸라
가보야지—』

『서장대는 분명하대든』

『그럼—』

　그들은 장례식을구경하러 옷을가려입은다음 연자의양손을 하나식쥐고
길거리에나섰다. 서장대로간다면 서문박을지나 철로길을넘어야한다. 언제
지나갈지모를상여를 길가에서기다릴수도업서그들은 신양리(新陽里)를 지
나숭실학교강당을보며 철로길을향햇다.

　철로변으로 멀리뵈는토성낭에도 포푸라나무가웃득웃득솟아 하늘을 찌를
듯하다.

　경의선의 철로를건너서니 북쪽에잇는기자능도 보엿다 물오른 소나무들
이얼기고욱어지여먼바라보기에는 산이아니라 퍼런뻥기칠을한그림갓다.

　헤련이는 길여페잇는풀한입을쓰더 올기올기찌젓다. 그리고는혼자 생각
햇다.

　『그래도 죽지만안헛다면내운명이 변하지는 안헛슬걸―』

　서정대까지 채가지는안코 길에서 조곰쩌러진밧두덩에안저서동쪽과 서쪽
으로쌘히뵈는 평양성과서장대를바라보며상여쩨가 빨리지나가기를 기다렷
다. 무뢰하게기다린지 한시간이되엿슬가말엇을가할째

　기다린상여의행렬은지나갓다. 헤련은 물그럼이그행렬을바라보며세상의
야릇함을 다시한번늣기엿다. 죽을째까지 엽헤잇엇고죽은시체를태워조선까
지 가티나온 사람은 자기하나박게업다. 그러나지금은 상여에한축씨지도못
하고 그나마사람의눈에 보힐가하야 눈을피해잇다.

　상여뒤 맨처름으로싸라가는절믄여자가 고개를숙이고통곡을하는 모양
이다.

　정거장에서부터보든 그여자는 필시철식이의본부인임에 틀림업는것갓다.
그여자뒤에는 십여살난 어린애들이싸라가고 잇스니 그들은철식의자식들이
겟지! 그러나 철식이가그중낫게사랑하든자기와자식연자는안해격도못되고
자식축에도들지를못한다.

　매장이끗나고 전부돌도라갈째까지 헤련이는멀리서장대만바라보고잇섯
다. 저녁째가될무렵에야 아모도남어잇지안흔 새무덤아프로가서고개를숙이
고 마즈막이별의인사를올리엿다. 그리고는죽어이별을햇다는설음보다도 별
별고행을남겨준 철식이를생각하며 눈물을쩌러트렷다.

『철식씨와도 이게마즈막이로구나—』헤련이는 도라오는길에 이런말을햇다. 그는한편섭섭해하는말도되고 한편자기몸이가벼워지는것갓기도해서한말이다.

성실이는 아모말도아니햇다. 감개무량한말에 무엇이라대답할수가업섯기째문에—

길손업는 저녁길도 잠잠햇다.

서장대서 서문문박짜지것는동안 아모도말을아니햇고 서문안짜지써스를타고와 거기서창전리짜지 전차를타도록도말쯔낸사람이업섯다. 전차에나린뒤에야 성실이는무엇보다도 걱정되는것처럼

『너오늘저녁엔 꼭가야겟니?』하고말을쯔냇다.

『가야지 너무오랫는데—』

『가야 어머니는깃버하시겟지만 머그리반가워할사람도업는데 좀더놀다가렴—』

『그럿타구 안가겟니…』

헤련이는 집에드러가 자밤일한시차로 써날생각에짐을추리엿다. 아모래도더잇고십지안혼평양엿다.

【13회】 歸鄕（一）

깁흔밤에는 아즉도선선햇다. 전기불이밝고 사람들이만키째문에 치운줄은몰으나 대합실로드러오는사람은 쾌싸늘햇다.

『무어 이지버린건업니?』도랑크엽에안즌성실이가 말햇다.

『무어잇슬게잇나—』그래도짐을한번훌터본 헤련의말이다.

『엄마—』그째두사람사이에 안젓든 연자가잇어버린것을찾는듯이말햇다『엄마옷하구내옷이업지안어—』

『무슨옷?』성실이는 엇더한옷인지몰라 혹시자기집에써러트리지나안헛나하고물엇다.

『아니야! 내가거줏말을햇드니 지이아버지쩌가들엇든상자를 가지구그래

—』 헤련이는웃엇다. 웃음이 쓴웃음도아니엿다. 소복을벗고쌈정치마를입고잇스니가 쾌활한웃음을웃어도 그리부자연스럽지가안엇다.

『아이— 애도 엇저면그래』성실이는 연자를기특하다고머리를쓰다듬엇다.

『글세말이야 애가 벌서부터 너머그래걱정이라니가』헤련이는 짠생각을조곰도아니하는것처럼 말에웃고 말에즐거워햇다. 사실 그는생각한다는것을 써리여햇다. 자기에게 이로운것이업고 즐거웁지도안은생각을 쑥붓잡고잇는것이 어리석고쓸데업는줏이라 될수잇는대로 생각하지안헛다. 언제나 그리케쯧대로될는지는몰라도 되도록이면 그리케아니하려햇다.

『그럼 너는곳 서울로가겟구나. 써나는대루 편지나해다고—』말이쓴허진 사이가 그리길지도 안컷만헤련이는 몬저짠말을쓰냇다

『그래 편지를할께—. 그럼너는 청진가서 내내잇겟니?』

『거야 가보아야 알일이지 갈데가업스면 그대로잇는수밧게 짠도리가잇니…』

『글세—』

이런말을주고밧는새에 봉천서 써난기차가 푸랫폼으로 드러오게가되엿는지 사람들은 개찰구로 몰려드럿다.

『우리도 나가볼가—』

푸랫폼에나섯슬째도 헤련이는 입을 암을지안엇다. 평양이 참으로 아름답다거니 평양에 나리자 성실이를맛나 큰도음이 되엿다거니해가지고 도로혀 성실이보다도 지써린셈이다. 성실이는 아모리숨기고 아모리말이만타하나 헤련이가불상해보히며 가련해보혓다. 우서가며 헤련이가 말을해도 저러케 웃을라기에 얼마나괴로울가하는생각이드러 무엇이라고 말할수가 업섯다. 압흐로 어쩌케살가하는것도 걱정이되고 집에가면 자기옵바들에게 얼마나고생을할가하는것역시 성실이가근심할수잇는일이엿다. 더구나꿈가티맛낫다가 언제맛날지도모르는 작별을해야된다는것역시 그리깃분게아니다.

『우리 다시 맛날수잇겟지』헤련이는 적적해하는 성실이에게 대답을기다리는 듯이 말을부첫다.

『글세—맛나게될가?』

『산사람이못맛날나구―』

성실이는 차라리말을말어엇스면하고마음으로 빌엇다 그리다가 차가드러
와혜련이를태우고 써나갈님시에야

『너무 걱정말구살어라. 생각하면 소용잇니?』하고 속깁히생각한말을 둥
글게했다.

『내가 무어생각하는것가트니?천만에―』

혜련이는 웃어뵈엇다. 차가써날째도

『연자야 아즈머니 쌔이쌔이해―』하고 천연스레써들엇다.

기차가 기적을울리고대동강을 지날째까지 혜련이는 연자를 상대로 성실
에게와가치 웃어가며이야기했다. 연자도 웃엇다. 재롱도피윗다. 한창가다
가는 쎗쎗쎄하며 손벽치는작난싸지햇다. 그러다가 황주가지난다음연자를
재워논뒤에야 혜련이는몸까지 피곤해지엇는지팔다리에 힘을못주고눈을가
볍게 썻다감엇다햇다. 성실이와써날째나 연자와놀째에보든 그사람이어데
갓나할만큼그는 금시달려지엿다. 적적한가슴은 왼지모르게 울적햇다. 지
금자기가 불행하다거나 외롭다거나비참하다거나하는생각을 조곰도하지안
컷만 그저쓸쓸해지는가슴이 그를묵묵하게만들엇다.

그러다가 사리원(沙里院)을지나 승객들의왁작거리는소리가날째 그는다
시고개를들엇다.

『내가 왜이럴가―』하고 혼자소리를한다움보는사람은업서도 자기의얼골
에서 울적한빗을쌔버리랴고애썻다.

【14회】歸鄕(二)

아침일곱시쯤해서 경성을지낫스나 사오년동안 변한것도 만켓지하는생각
을가진채 그대로써나버렷다. 변함이잇슬 경성도그리보고십지가안헛다.

조선잇슬째 철식이와가치해수욕왓든 원산을지나면서도 바다가보히누나
하는정도의생각을했슬뿐 그곳에서무슨기억을 자아내려하지안엇다

그리다가성진을지나 동해안의맑은바다를볼째는

『연자야— 저바다봐라. 배가잇지—저바위우에 안즌색시들은 무얼하니—』
하며 날뛰는듯깃버햇다. 동해안이지나 무산(茂山)깁흔산곡으로 드러갈째는
산의경치가 바다보다 그리못하지도안흔것갓것만그는 울적해햇다.

주을(朱乙)을 지나 라남(羅南)으로다라날째거기에는 보잘것이라고별반업
스나그는 연자의 손목을잡고 어린애가치놀앗다.

헤련이는 어쩌한태도를취하야할는지 어쩌한생각을하야할는지 자기도알
지못하는모양이엿다. 남에게 쭈구린얼골을 뵈일필요가업슬뿐아니라 자기
자신역시 얼골을쩹푸리고살어서 안될것이라마음속에굿게먹고 적막이엿볼
째마다 챗직질을하는 모양이나 째로는자기도모르게 챗직을일허버리는 모양
이엿다.

라남을 지나 이십분안쪽에 긴여행을 끗막게되엿슬째다

『나를 어쩌케들 대해줄가—남의집 첩으로가드니잘되여온다하고 비웃지
나안흘가?』

『비웃겟거든 비웃으래지!』

『그러치안허도 미워하든옵바들이!』

헤련이는 이런생각을 혼자서해보고 못갈데를가는것처럼 손맥을노핫다.

『무서워할거야무어잇서!』

그는 다시 손에힘을주엇엇다. 그리고나서 자기가길러난고향—아모째라
도 변함업시 사랑해주는 어머니—그들이 그리워지며 한시밧비 그들을보고
십허햇다.

『연자야! 이제는 다왓다 할머니 보고십지—』 헤련이는 누구보다도 재빨
르게기차를나리여 개찰구로갓다

누가 마중나왓을가하는생각으로 채나서기전부터 눈을크게쓰고 사람들이
서잇는쪽을돌라보앗다.

『옵바—』 사람틈에서 옵바의얼골을차즐째 헤련은 깃버 고함첫다.

『헤련이가?』 옵바도 갓가히왓다.

『옵바—』 헤련은 다시한번 옵바를부르고 인사를해야할지 손목을잡어야할
지그저 허둥그럿다. 오년만에도라오는고향.

비록 자기에게는냉정한편이엿스나 이즐만큼 써나잇다보는 옵바. 헤련은 깃벗다

『이애가 연자냐?』옵바도깃분듯이 연자를안엇다.

『어머니두 든든하세요?』헤련은 무슨말부터 쓰내야할지몰랏스나 우선 어머니가 궁금햇다.

『어머니야 그저그러치―그런데 넌거안됏구나! 무슨병인데 갑재기그리케…』

『할수잇나요 그게다 제명인걸요!』

『연자는 곳잘생겻군!』

옵바는 냉정하다고할수업서도 남의말을들을라고하지 안코 제말만 쑤염쑤염하는것이 아모래도 스스러운것가텃다. 해주는말도 그리탐탁지가못하다.

『써스타고가자 !』

이런말도 내던지듯친절미가업섯다.

『짐들이나보내구 걸어가요 마제산(馬蹄山)에 올나가바다부터 내다보아지요!』

집에가는것도 급하기는급햇스나 마제산과바다를못보고 집에가기는 미미한것가펏다.

『그럼 그리자!』

옵바도 써스가 그리타고십지안엇든모양이다. 그들은철도로온화물과 손으로들고온도랑크까지 짐군에실니운뒤 마제산을넘는도로로올나섯다.

바다와산은 전과다름업다 시가도 조곰커진듯하기는하나 그리변한것갓지도안타.

자기를써나 멀리갈째나파란을격고 다시도라올째나쏙갓치망업는것역시 변함업는바다요 변함업는산이엿다.

『옵바! 집에서 나를욕하지안흐시우?』

헤련이는 범선이 멀리쓴바다에눈을두고 불시이런말을햇다.

『욕하긴 누가욕하겟니 네가조하 네가한일인데……』

옵바의말은 욕한다는이상의뜻이엿스나 빗쏘는말이더욱실혓다. 그러나

혜련은 못들은척하고 아랫길을걸엇다.

【15회】歸鄕(三)

　고향에도라온혜련이는 넉넉한 큰옵바집을두고도 어머니가잇는 자근옵바네집에머물엇다. 큰옵바야 잡화상을 무던하게차려노왓스니가 조고만리발관하나를가진둘체옵바보다 낫게산다. 그러나 멧해만에 홀몸으로도라오는 누의동생을 마중도안해주는옵바다. 그뿐아니라자기에게는 식구가만타고해서 하나박게업는어머니를동생에게맛기고도 돈한품 안가저온다는사람이다.

　정거장에나왓든 작은옵바역시 자기집에서 갓치살잔말을 쏙쏙히하지안흐나 거기도잇지못한다면 잇슬곳이라고업다. 거기에다 어머니는 자기와갓치만잇자고하니큰옵바에집엔 갈생각부터안먹엇다. 이런것은 미리부터도 짐작할수잇는것이기때문에 신의주를지날째 형사가뭇는말에도 혜련이는 포항동 작은옵바집을 말해든것이다.

　적은집에 두식구가 새로느니 집안은 들석하는것갓고 적은사발에 큰대접 노힌듯좁아터질것갓다.

　그러나 작은옵바도 맛대노코는 할말을잘못하는축이고 올케역시 얌전한 편이여서 잔말이업다. 작은옵바는 정거장에나갈째까지 혜련이가 자기집에 오지안을가하는생각으로 겁을먹엇든것만은 사실이나 일이이러케되고보니 다시말해소용업슬것을늣겻는지얼골을찌푸릴일만생기면 되려박게나가 늣도록드러오질안엇다. 혜련이가 공부할째 이옵바역시 무척냉정하게 군것갓트나 그는자기손에 돈이업기때문에 엇쩔수가업는일이 엿다는것을이제 알수잇슬만햇다.

　혜련이는 살틀하게 아는 사람도업지만 얼마동안은집박글나서지안엇다. 궁금해하는어머니에게 지난이야기를들려주엇고 낫서러하는연자에게 말벗을해주엇다. 써릴만한사람이잇서 겁을먹는것도아니지만 내노라고 얼골을 처들만한 면목도업섯다. 잘난것도업고 자랑할만한것도업다. 긴여행을햇스니 여독도풀겸 써나잇든사람과압흐로 갓치살게되엿스니 집에잇스면서 낫도

익히어야게다。

『그리케 잘살다가 우리집에서 이런고생을해 엇지하나요?』엇던날 올케가 걱정하는말을햇스나 헤련이는

『잘산건 무엇잇나요 별말을다하시네—』하고 에부론을입은뒤 부억에싸지 나갓다

『그만두어요 밥짓기가밧분가요。 모든게다 불편만할것갓해서 하는말이 지요』

『사람은 이러케두살고 저러케두사는게지 이런데서 사는사람은 별다른 가요』

헤련이는 부억일싸지하는것이 좀별한것갓기는햇스나 남의집에잇는이상 조곰이라도 눈박에버서날 필요가업슬것갓해 노상재미가잇는것처럼 일을 햇다。

『그런데서는 무얼먹나요』

『거야 먹고십흔대루 먹는게지요 우리는조선음식하고 서양음식하고만 먹 엇서요』

『식모는 조선사람두잇 대나요』

『중국사람 두엇대어두 여기서 해달라는대로 잘만드니가요』

『참 그양반만 도라가지안헛대면 오즉좃게서요—』

『그대신 짠고생이잇스니가 마찬가지지요』

올케는 헤련이에게일을식히면서도 편하게지나든것을 생각하고미안해하 는 모양이엇다。 그째

『얘— 헤련아— 너이 큰옵바가왓다。 』

하는 어머니의목소리가 안방에서들려나왓다 자기가와서 인사간뒤한번도 찾어오지안엇든 큰옵바다。 곰씽씽해하면서도 그릴수가업서서 손을 에부론 에닥고 드러갓다。

『동자를 다하니?』

웃쉬염을길러 사십이훨신넘어보히는 큰옵바항규(恒奎)가너털우슴을우스 며 헤련이를보앗다。

『동자는 무슨동자야요. 저심심해서……』

『거 기특하구나 그래사람이야 닥치는대루살어야하는것이니가 !』

잡화상을해도 양복이나입고말을젊지안케하면 그풍채가 그럴듯해보엿다

『그애야 고생을만히해봐서무얼못하나 !』

어머니는 남에게자랑하듯엽폐서 말했다.

『그렇키는해— 그래두 힘든일이야 안하면엇대— 아모래도 이집에잇스면 네가고생될듯하다 집도협착하구 쏘호화롭게지내든애가갑작이 군색해서야 쓰겟니? 나두 그리녕녁지는못하이 너하나야 멕이지못하겟니— 오늘부터라두 우리집으로오너라』

항규는 오로지혜련이를 싹하게생각해서하는 말이엇으나 혜련이는 무슨 뜻인지를몰랏다

『아모래두 여기잇스면 고생이야되지해두 난어쩌케하겟니?』 어머니는 자기가걱정되는모양이다

『어머니야 여기게시면 어쩐가요 별말슴다하시네』

항규는 다시두말못하게하엿다

【16회】 歸鄕(四)

혜련이는 아모말도못햇다 우선 갑작이 친절해진 옵바의마음을 알도리가 업섯다 분명 자기를리용하야 옵바에게 이로운일을해볼랴는뜻인것갓기도하나 자기가업는새 돈도 좀더벌엇다고하니 마음도 달러지지안엇을가하는생각이들어 어쩌케 해석하야올을지를몰랏다. 만약달러진마음이라면 자기가오는날부터 친절해야할것이나생각하면 온지 일주일도지난이제야 그런말을하는게 쏘한이상스러웟다.

『글세 그건 네마음대로해라마는 나는 너를생각해서하는말이다. 쏘성규(자근옵바)가 가만만잇서두모르겟다마는 며칠전에와서 내게 걱정을하드라. 그애두 싹하지 얼마안드러오는돈으루 만흔식구를 다먹이기가 그리쉽겟니!』

향규의말은 그럴듯하엿다 사실 작은옵바네집에잇는것이 큰옵바네집에잇

는것보다 조곰 편할것이다. 그러나자근옵바에게는 적은수입박게업다.

그것을 쓰더먹고산다는것도 그리편할것갓지가안타. 벌서 항규에게 그런 말을하엿다니 얼마나 자근옵바는 힘드러할가! 차라리 짠고생이잇다고해도 남에게 걱정을주는것보다는날것갓허서

『옵바가 말슴하시는대로하지요.』하고 혜련이는 다시말을이어 그래도 큰 옵바의마음을 섭섭지안케해주랴햇다.

『그런말슴을 아니해서 그럿치 저야 될수잇는대로큰옵바에게 가고십지요 머―』

『거야 그러켓지 그러나내가 밧부기때문에 미처생각을못햇군원악밧부야 말이지』 항규는 너털웃음을웃엇다.

이런말을하는동안어머니는 쏘그라진얼골을오구리고 물읍에안즌연자만 얼어만지고잇섯다. 칠십이나되여보히나 히여진머리와 늙은호박가티 주름 잡힌얼골과 쏘부라진허리가 몹시갓버보엿다. 혜련이는 옵바에게 간다는말 을해노코도 오래간만에맛난짤을써러지기실허하는어머니가 안되여

『어머니가 갑갑타하시겟는데』하고머뭇거리엿다

『우리집에가잇스면 여기는생전오질안켓니? 별걱정을다하누나 네가업슬 째두 살엇단다』

어느것이본성인지모르나말이전과달리 몹시거칠고 쌍스럽게나왓다.

『내걱정을말아! 아모데선못살갓니! 밥이나먹엇스면되지―머』 어머니는자 기가화제거리됨을 즐기지안는모양이엿다. 그러나혜련이에게는 어머니의말 이 심상치안케들리엿다. 자식을두고도그자식에게 자기소원을말치못하는 가업슨어머니로보혓다

어머니가 아들들에게 대접을못밧는것은 전부터알고잇는일이나 멧해만에 눈으로처음보니 어머니가불상하기짝이업섯다. 성격이괄괄하고 거세다면 어 데를가나 아들에게 업슴을밧지안을수도잇슬 것이다. 싸라이아들 저아들하 고 밀리는대로 올마단니지안엇슬게다. 그러한어머니를 자기마저 써난다면 늙은이의적적함을 누구에게다풀가. 항규는 자기집으로가도 늘놀수가잇다 고하기는하나 아모래도 써려저잇스면 못보는시간이 보는시간보다 길겟다.

　　그러나 엇지하랴 작은옵바가 자기집에잇는것을 즐기지안는다면 오라는
곳으로 가야할수박게업는것이 또한 헤련이의신세가아닌가.

　　『그럼 아무째건 오너라』향규는 이러섯다 이러서서연자를보고는

　　『고놈잘생겻다 사내엿드면 더날번햇군―』하고 집을나섯다.

　　큰옵바를보내고난뒤 헤련이는 무슨까닭인지를 몰라 한참동안이나 벙벙
한가슴을안고잇섯다 고향에온지 일주일이지나는동안 철식이에대한생각이
라든가 평양서당한모욕들을 이저버리고잇섯스나 당치안은친절을 갑작이당
하고보니 세상이엇더케되여가는지 도대처 알수가업는듯하엿다.

　　『그래두 제동생이 다른모양이다 너를그만큼 생각해준사람이 어데잇겟니?
나두너하구 함께잇는것이좃키는하다만 이집에서고생을하는것을 보는것보
단은 거기가는게 더편하겟다』

　　어머니는 어머니다운말을햇스나 헤련이는그래도 마음을 안정식히지못햇
다 참마음에서나온 친절이라면 너무나감사해서 눈물을홀릴만하고 그러치못
한 짠궁리로 그런다면 전과갓치 의리업는옵바를 깨물어주고십을만큼 미운
것갓텄다.

【17회】友人(一)

　　청진상사회사(淸津商社會社)의 타이피스트 리숙회(李淑喜)는 레배당을
나서자 점심먹을생각도아니하고 갓큰회사 여사무원으로단니는명애(明愛)
와가티 해수욕장가는길을걸엇다.

　　언제나보는 바닷물이나여름바람에 흔들리는 거센물결은 그래도 한층 맑
어보혓다 잔잔한 시냇물처럼가느다란소리로 잔잔히흐르는것도아니럿만 출
넝하고 바위를친뒤 다시 뒤돌처나가는 바닷물결이 숙히의마음에 침묵을주
엇다.

　　허연무명필이쩌오듯 허여케보히든물결이 멀―리서다라오다가 발밋에와
서는 마시고십게 맑은물이된다. 꽂업시먼곳에서 밀려온 그물결도 한번깨지
면 아모말업시사라지고만다.

숙히는 집쓸서도 매일내다볼수잇는바다렷만 바다마저 안보고견딜수업는 그의마음이라 지금 해안을거닐면서도 바다에서 눈을쩨지못했다.

푸른바다라고해도좃코 끗업는바다라해도좃타 돗단적은범선이 바다의마음과가치한자리를 움즉이지안음도조흐나 조와서보는것도 아니지만 보는것이 좃타고도말할가 !

숙히는 한참동안것다가야 자기엽헤서 명애가 것고잇슴을보고

『너 배고프겟구나―』하는말을 비로소쯔냇다.

『아―니』명애는 고개를 살낭살낭 흔들엇스나 숙히를처다보고는『그런데 오늘은 왜말두안하니?』하고물엇다

『무슨말을하니?』숙히는할말이 생각안난다는듯 말햇스나 그래도웃음을 보엿다.

얼골전체가아니라 눈에만웃음이도는 그얼골이 몹시정열적이엿다 그의말도음악적으로노팟다 나젓다하는것이애교에긋득찻다 명애가여자이면서도 숙히를조와하고그를밤낫쌀라단니는것역시말한마디에나 얼골표정한번에나 실증을줄만큼 평범한것이업고 남을쌀보는빗이업기째문일런지모른다다만한마디의말에도 그는정열을모혓고남을존경하엿다.

『그래두할말이그러케업슬라구―』자기를엽헤노코 갑갑하게해준 썩이업는숙히라명애는 갑갑한표정을보혓다

『참 여기까지오두록 말을 안햇지! 미안해―그러면명애가몬저 이야기를해주지왜? 내가좀듯게!』

『숙히가 오늘좀달른걸!』

『달러뵈?』숙히는웃슴을씨고한번다시보아달라는듯키얼골을들엇다 그리고는 참말달리뵈면 어써케하나하는듯이『왜그럴까?』하고 명애에게물엇다.

『오늘은 예배당에가서부터 달럿서 암만숨길래두 내한테까지야 속히나!』

『내가속힐게뭐잇나?』명애에게 무러보는게아니라 자기에게 물어보는것처럼 숙히는얼골을숙이고 생각햇다 쌍가풀이지고도 동그란눈. 옷둑솟사 날신한코. 얄브면서도 밝아스름한입술. 어데로보나 어엿분얼골이다. 하야코 부드러운살결이나 손질안햇서도 그린듯한눈섭이며 어데나 흠잡을데가업다

그런얼골을가지고 무엇을생각할째 그생각이 비록 적은것이라해도 무척큰것이라보힌다.

『만수(萬壽)1)씨한테서 편지라도 온게지 뭐!』

명애는 어데싸지나 추궁할모양이다.

『아—니』숙히는 정말그것은아니라는듯키 놀렌표정으로 대답했다.

『그럼뭐야?』

『정말 알고십허?그럼 좀잇다 저기가서 이야기할게—』하고는 명애에게다 시물어볼틈을 안주랴고 짠말을 곳쓰냇다『요새 예배당에단니는여자하나잇지왜— 명애는그여자를 어쩌케생각해?』

『모양을내고 어린애와가치단니는여자말이야!』

『응—그래—』

『진흥상점주인의 누이동생이라는데과부라구하드만! 시집도 남의집첩으로갓다데. 그래두 남편죽은지가 멋달두안되얏다는데엇저면 그러케차리구단닐가! 신통한여자갓지안어—』

『나두 그런소리를 들엇는데 너무 모양을내는것가터—』

『연주칠에 눈썹미리하구 옷두매주일가라입구 단기지안여! 쏘시집을가볼려구예배당에 단기지안는지몰라—』

『글세—』

【18회】友人(二)

숙히와 명애는 아직싸지수욕장으로 걸으며 이야기를햇다. 청진시에서 십리길이나거이되는 먼길이다. 날은무던히 쓰거워젓으나 바다물이 아직싸지차다고 수영을나오는이가 별반업시물결소리박게들리는소리가업섯다.

『그런여자는 레배당에 댄기지안엇스면조켓드라』명애가 말을 다시쓰냇다.

『난두그런생각을해보앗서』숙히도 명애와 동감인모양이엿다. 그러나 압

_____

1) 수만(壽萬)이 맞는 듯하다. 뒤에는 '수만'으로 나온다.

페내뵈는수영장을보며 그는짠말을쓰냇다.

『우리 저기뵈는 바위우에까지 누가몬저가나 쒸여보지안을내―』

『그래 해봐―』

그들은 소학생들처럼 길우에 금을긋고 한발식을그금에댓다 숙히가 출발신호를부르랴고

『한나―』할째 명애가 숙히를막엇다.

『지면 어써케할테야?』

『명애가지면 어써케할테야?』

『글세 숙히부터말해봐 !』

『무얼살가?』

『무어?』

『과자―』

『실어―』

『그럼?』

『악가할래든이야기―』

『그래―그럼 명애가질째무엇할테야?』

『노래할게―』

『오―케―』

숙히는 한나 둘 셋하고 명애와가치 다름질첫다. 그러나 나이가한살더먹어그런지명애를싸르지못하고 두어거름이나쩌러젓다.

『아―조와―』 몬저바위우에안즌 명애가갓분숨을 쎗근거리며 손벽을첫다

『내가 명애보다나이를더먹엇지?』

숙히도밧분숨을내쉬엿다

『아이구― 그냥젓단말을하기가실혼가부지―』

『늙어젓나봐― 고기쒸는데숨이다차―』

『무척 늙으섯군! 춘추가멧치시지요?』

『춘추가……아함―』

숙히는 늙은이가치쉬염턱을부비며사내 목소리를내다가웃어버렷다 그리

고는명애엽페안저서 먼—바다를내다보앗다.

『이제는 약속대로 이야기를해야지—』

『조곰만 참아요. 마음준비해야지—』

숙히는 도망간생각을찻는모양인지 혼백상앞페안즌사람모양으로 얼굴이
갑작스레달러지엿다. 이째짜지웃든얼골과 목소리는 어데로갓는지웃든사람
갓지안타.

『내가 수만씨와약혼한뒤성구(成求)씨와 지나는일을 한번도 이야기하지안
엇나?』

숨소리가 짜라안즌다음숙히는약속한이야기를쓰냇다

『언제햇서? 그뒤두 늘편지가잇엇구만! 그런걸내한텐 한번두말하지안엇서』

『늘 온건아니구 이짜금식왓지! 그래두 내가명애를 속이누라고말아니한건
아니야—속일게 무어야—다아는걸 그저 말하고십지가안어 안한것이지—』

『그래—알엇서』

『알엇지—』 숙히는 짜짐을밧고 이야기를쓰냇다. 그것은 약속햇기째문에
가아니라 마음속에준비햇든이야기인것가티 차근차근햇다.

『내가 권선생과 약혼을아니하고 잘알지도못하는수만씨와약혼한것까지 명
애는잘알지 아모래도 내가 잘못한가봐. 연애하고 결혼하고를갈라세워노코
그것을 서로다른것이라고생각한내가 잘못인가봐! 명애는 어쩌케생각해?』

『글세!』 명애는대답을못햇다.

『내가 짠남자와 약혼햇다는말을 권선생(성구를 이러케부른다)에게 곳편
지햇지. 그랫드니 얼마동안회답도업다가 한달이나거의되엿슬째 간단한편
지가왓드라. 아주집부다구. 행복스러울것을예기하며 내약혼한날을 영원히
기억해둔다고—. 그뒤 나두편지를아니햇서. 편지할면목두업구 쏘무엇이라
쓸말인들잇나. 그랫드니 오늘아침편지가왓는데 간도까지갈일이잇서 여기
를지나간대 그동안 엇던신문사에취직도됫나봐……』

『언제쯤 간대?』 명애는 조혼소식을들은것처럼 그저깁버햇다.

『다음일요일쯤이라는데 내편지가잇서야 들린대—』

숙히는 발압헤 철석이는 흰물결을보며 자기에게이야기하듯 혼자말햇다.

【19회】 友人(三)

『그래 숙히는 어쩌케편지할래?』명애도 조곰 걱정스런표정으로 얏흔물속의모래를 드려다보며 물엇다。

『글세。 청진을 지나간대는데 들리지말라고할수도업지안어。그러타고해서 맛나면무슨이야기를할수잇어?』

『숙히는 아직 권선생을아주잇지못해지?』

『글세⋯!』

『권선생두 숙히를 낫부게생각만안한다면 맛나주어야지 그냥 지나가게해서야되?』

『그래두 이제는 내가 짠남자와 약혼한사람이아니야?』

『아무래두그러치。 말하자면 숙히가 권선생에게는 잘못한사람이니짜맛나는주어야지—권선생두그러치。이제맛난다고 숙히를 욕하거나 낫부게말할테야?』

『나두 그러케는생각햇서。 그러나 권선생이 나를맛나면 말은못해두 괴로워하는얼골만은 보혀줄게아니야—』

『좌우간 숙히는 권선생이지나간대는데 맛나지안허두 속히편지하겟서? 쏘맛나고십흔생각이 조곰도업서?』

『난몰라。 그래두 괴로운걸어쩌케해—』

숙히는 한숨짜지쉬엇다。 명애가 이삼년동안 갓혼회사에서 일을보고 친하게지내왓스나 이째짜지한번도보지못한 긴—한숨이엿다。 어쩌한일이잇서도 숙히는 한숨을 사람압헤뵈여준적이업다。 괴로운일이라면 혼자괴로워햇고 쏘한 그괴롬을될수잇는대로 적게만들엇다。

명애는 숙히의태도로 그의괴롬이 어쩌하다는것쯤은짐작되엿다。 숙히는 서울서공부할째부터 권선생을사랑햇다。 사오년이나게속한 그사랑을 명애가잘안다。 그사랑이 성구의공부로 이째짜지그대로게속하여오다가 이번봄에야 깨지고말엇다。 깨젓다는것은 형식뿐이오 아직짜지도 속마음으로는 사랑하는것이분명하다。 숙히가짠남자와약혼을한것은 성구가 실혀하기째문이

아니라 성구를 남편으로생각할수가업기째문이엿다. 사랑한다는말을한번도
주고밧지못한 그들의새가 너무나정신적이여서성스럽게만 늣기여진째문이
다 사랑하는사람을—자기가세상에서 제일조와하고 제일존경하는사람을 평
범한부부로쓸어나리여 한여자의남편이라보기는 숙희의마음이허락되지안엇
다. 그러타고해서숙희와성구가 결혼이라는것을 조곰도생각지안코 일생을
지날수업슬 것이다. 성구가학교를마추고 자기의생활을자기의손으로하게
시작만된다면 자연히 결말이나올게다. 그쑨아니라 숙희는남녀를불구하고
결혼업시는살지를못하는것이라생각한다. 그러타고해서 성구를 남편으로생
각할수도업다 누구의가정을보거나 부부라는것은 너무나평범하다. 평범하
면서도 야수적인것갓다. 성구로하어곰 평범한이야기와 평범한행동을하게
하고 쏘한야수적인 평범이하의 인간으로만들기는숙희의자존심이허락지안
헛다. 남의부부를볼째마다성구를생각하기는햇스나구지지한 그자리에 안지
고십흔생각은 조곰도업섯다. 세상의부부라는것은 째로행복스럽기도하나
생활이라는것을 중심으로삼을째 너무나 평범하게뵈인것은 예수교가정에서
자라난 기독적교육째문일넌지모른다. 짜라성구를 성스럽게 만보는것은적
극적이아니라 소극적인성격에 온순하고 짜라서취미를 예술세계에두엇다는
것일게다. 이러한성구에게 더욱이 생활능력이업다. 재산도업슬뿐아니라
부모도업다 전문학교를 단닌다해도 고학을해서 근근히지낸다. 졸업을한다
해서 문과를공부하얏스니만큼 신통할수가업다 결국 성구와결혼한다는것은
파멸과 불행박게잇슬것이업다. 그럼으로 성구가 졸업을하기 바로얼마전 부
모네가 식히는대로 수만이와약혼을하얏다 그럿타고해서성구를 사랑치안는
것은아니다 아직이아니라 점점 더사랑하는것갓다.

숙희가 서울을쩌나든해부터 이년동안이나 보지못한성구다. 그럿타고해
서 맛나고십다는말을 함부로할수업는몸이다.

『명애는 어쩌케생각해? 맛나야할것가터?』

『글세—』

명애도 그런질문을들으니확실한말을할수가업섯다.

『맛나서 안된일은 업지안흘가?』

『그럼 맛날가? 맛나서모든것을 고백하구 용서를빌면 도리혀죄진듯한마음은업겟지―』

그들은 한참동안이나하늘과 바다가 맛부튼곳을 멀리바라보다가 저녁짜무렵해서야 집으로도라왓다.

【20회】友人(四)

저녁째가되니 바닷새들이 어데선지 몰려왓다. 집도업는물새라. 물속에드러가서고기를 잡어먹고는 혼자서난다. 날째울고 안즐째우는물새들은 동모를만들지도안는지 쩨를짓는법이업다. 물새가티 외로운숙히가 외로운물새를보며 갓튼길을걸어한참이나오고잇슬째다.

『저―기안저잇는 이가 에배당에오든 그여자아니야?』

하고 명애가손고락질을햇다숙히도 이삼십보아페엇든여자가 오쿠리고안저잇는것을보고대답했다.

『그런것갓군―』

『체―』

명애는혀를찻다.

『어린애두 더리구나오지안헛서?』

숙히는자기의눈이 쏙쏙이보앗는가하는것만을물어보는것가텃다.

『그러쿠만! 아마 죽은서방이 생각나는가부지』

명애는 어데까지나비웃는태도엇다

『그사람이 라구 제남편생각안날나구……』

『첩노릇하는여자두 그럴가?』

『아무거라두 애정이야업슬라구. 글세모르기야 하지만……』

그들은 안저잇는여자여플지날째 낫선사내나 피하듯겻눈으로만보며 멀씀하니걸엇다. 그를지나 첫을째도그들은 술주정뀬을보듯 뒤로힐금힐금도라보앗다. 이쪽은보랴하지도안홀쑨아니라 쌋닥움즉일줄도모르는 그여자가이상스러워 한참동안은자기들뒤로 어린애가짜라오는것까지 보지못할만큼 그

여자에게만 정신을쌧기엿다.

무엇을생각할가하는 궁금증이 그여자를 해변 한적한데서볼째 갑짝이이
러난모양이다. 더구나 안저잇는태도라든가 무엇을생각하기에제엽플써난
어린애도 알어보지못하는얼골이 심상치안어보혓다 숙히와명애가 고개를돌
리고 꼭갓튼생각으로그여자를보며거를째 갑짝이어린애 우는소리가낫다.
그째야 정신을채리고 울음소리나는곳을보니 어린애가길에너머지여 아직 이
러나지도 못하고잇섯다.

『악―』소리를지르고 두여자는 생각할새도업시 어린애에게로달려가 일으
키여주윗다.

그째 애어머니도 달려와어린애를안으려햇스나 코에서흐르는피를보고는
자기가안젓든자리로 다시쒸여갓다 붉은피가 어린애코에서 금방흐르고잇슴
을본숙히는 애어머니를 기다릴것업시 자기 핸드쌕속에서지리가미를쓰내 한
편 트러막고 한편흔른피를닥엇다. 애어머니가열아문거름씀되는곳으로갓다
가 허둥지둥 도라왓슬째숙히는 애를붓안코 바다물로쒸여가 찬물도 뒷통수
를싯처주고잇섯다. 그곳까지 조차간애어머니는 애를 쌧듯이밧어가지고 적
신수건으로뒷머리를그냥싯겨주엇스나 얼마안잇서 코피는 머즌모양이엿다
어린애는 그대로울고잇섯스나 애어머니는 얼골까지싯처노코 우선 애를쑤지
람했다.

『어쩌케하다가너머젓니?』마음이 조치안은것은 분명햇스나 철업는애를
보고 쑤중부터하는것은 조곰심하게들리엿다.

아직까지 거름도 토들토들 위험하게것는애이기는하지만 자기네들을 짜
라오다가 너머진애를쑤지람하는것은 결국 숙히와명애를나무람하는것갓지
도 들리엿다. 그래서 숙히는몬저

『우리를 짜라오다가 너머젓지요? 참미안합니다』

하고 사죄비슷한말을햇다. 그째서야 그여자도 정신을차렷는지 숙히와명
애의얼골을처다보며

『제가미안합니다. 애가 너무오되서 작난이 엔간하야지요! 여러가지로 수
고를쎄치여서 미안합니다』

하고 경박해보히든얼골을감초앗다.

『천만의 말슴입니다. 옛분애기가 압헛겟군―』

숙히는 애의머리까지만저주엇다.

『연자야! 고맙습니다하구인사를하야지―』

여인은 어린애를 식히여고개를숙이게했다. 애도 이제는 울음을끈치고 새로보는여자들틈에서 이야기를듯든길이라 어머니가식히는대로

『고맙습니다』라는 인사를바더했다.

『누가 그런소리를 다하나……』하고 숙히는 다시여인에게

『애 좀안어도 관치안을가요?』라는 말을한뒤 애를붓안엇다.

『안으세요!』하고도 여인은 더할말이잇는데 그말이생각나지안는듯 입술을 아물거리다가

『참 예배당에서 여러번뵈옵구두 인사를드리지못했습니다』하고 웃섯다.

『참그래서요! 제일흠은 이숙히야요 지금청진상사회사에단니고 잇습니다 이분도갓치잇는 이입니다』

숙히는 명애까지소개했다

『저는 최혜련이라고 합니다 압흐로 만히사랑해주십시오』여인은 두사람에게 꼭가티인사를 햇스나 명애는 아직까지 못맛당한무엇이잇는듯 맨즈막에서야

『김명애라고합니다』라는말을 간신히햇다.

【22회】2) 友人(六)

다음일요일이다. 아침차에도착한다는 성구를마즈려숙히는일즉부터이러나 서둘엇다. 방을깨끗하게치우고몸단장을하는데 그리긴시간이걸리지안헛고나 무엇을하는지 숙히는밧비 몸을움즉이엿다. 책상에쏘자논책도멧번석이나 쓰집어 냇다가는다시 곱게쏘자노앗스며 벽에걸린 가쑤부찌도 그대로 보기조흔것을 이리만지엿다저리만지엿다하며 바루잡어노키에애썻다.

―――――――――――――――
2) ≪만선일보≫에서는 21회를 누락시켰다.

　조반도 어쩌케먹엇는지모른다. 그러나 남이볼째에는조금도 자기가 조급
해하는것을보히지안헛다. 아는사람이 아침차로온다고 집주인에게말하여두
엇기째문에 그는시간을대서 나가도록햇스며 남보기에도 일은시간이라할째
는 써나지안헛다. 옷도전에입든것으로 조곰난것을입엇슬쑨 고리속에서새
것을쓰내지도안헛다. 그만큼숙히는 정열적이면서도 리지적인여자엿다. 마
음에잇는것이라고 그대로발표하지를안흐며 마음에업는것이라고 곳실어하
지도 안는것이그의특점이다. 그러키째문에지난일주일동안 혜련이가멧번식
이나 차저왓고 쏘온뒤에는 언제부터나사괴엿는지두터운 사이인것처럼 이야
기를수스럽지안케하엿다.

　혜련이를 그리조케보지안흐면서도 그가올째는 실허하는빗츨조곰도 나타
내지안엇다. 도로혀숨길필요업는이야기가트면　자기의신변을말해가면서까
지 친숙미를보혀준것이 숙히엿다. 그래서 혜련이도 자기의외로운이야기를
하게되엿고 자기의과거까지 쑥설명했다.

　『세상사람들이 나를 낫분여자라고할것은 나두잘알지오 그러나그째 그리
케햇다는것은 나로서두할수업섯스니까요 그래서지금그벌을밧는것만은 사
실이지요만은 세상은 너무심한것갓습니다. 내가 예배당에다니는것은 어머
니가너무졸르고 나역 신성한분위기속에서 좀더지혜잇게살려고한째문이나
세상은그것인들 알어주어야지요 다시 시집가려구 서방고루러단긴다나요 세
상이야 아무러나 무관하게 내살대로살고십기는 하나그런말이 내귀에들어올
째마다는 그래도조치가안어요 리선생? 어쩌케햇스면조을것가터요?』

　혜련이는자기의결혼생활을말한다음숙히의의견까지물엇다

　『글세요 세상이란 말만흔것이니짜 그것을전부듯고머리를써서야사나요
한번실수를하야 자기의생활을불행하게만든것두 설어운데 세상은너무나심
한모양이지오』

　숙히는 해로운것이업는한혜련이를동정해서말했다. 그래서그런지 혜련이
는 이야기할동무라고하나도 업는청진서 숙히를맛낫다는것이가장깁부다는
말까지했다.

　그러한숙히인만큼 정거장푸랫폼에서 성구를기대리면서도 시게를자조보

거나 소리를내면서도 빨리닷지안는기차를 갑갑해못기다리는것처럼 조급하거나하지를안엇다.

마음속으로야만나면무슨이야기부터할까 쏘는성구가엇든말을할까하고갈래를잡지못할것이사실이나얼골에만은될수잇는대로제속을보히지안헛다. 차가도착해슬째도숙히는눈을밧부게돌지안헛다. 차씃이달만한곳에섯기째문에첫차부터 마즈막차까지 한자리에서볼수잇슬쑨아니라 차창으로 고개를내민 성구가첫눈에도 뵈엿기째문이다. 누가볼사람도 그리잇지안코본다고 그래도 말할사람조차업것만 두군거리는가슴을안고성구가탄차간으로 남보기에는 그리급하지안케걸엇다. 성구는도랑크하나를들고 가벼웁게나리여숙히잇는곳에왓다.

『안녕하섯서요—』

숙히는 반가우면서도 대범한얼골로 고개를 약간숙이엿다.

『안녕하섯습니가?』

되려 성구의목소리가 쩔리여나왓다.

『전 들리시지안쿠 그대로가시기나햇스면 어쩌케하나하구 여간궁금하지안헛서요—』

개찰구로나와 쩌스잇는데로걸을째도 말업는성구대신숙히가몬저말을쓰냇다.

『네?』

뭇는말인지 감탄하는말인지 성구는 상기한듯얼골로 힘업시대답을햇다. 웃을랴고하지안코 시원한말을하려하지도안는그가 마치 무엇째문에 여기까지왓는가하는생각을 가슴속으로 혼자알는듯이보혓다.

『제가들지요』

쩌스정류소까지 거이왓슬째 숙히는쏘다시말햇다.

『괜치안습니다』

성구는 도랑크를쥔채 그대로걸엇다.

【23회】友人(七)

쎄스로 집에까지와서 조반을사다대접할째까지 성구는 아모말을아니햇다。도랑크를 숙히의하숙에다맷기고산보나갈째야비로서

『청진이 참조쿠만요—』 바다를 멀리보며말햇다。

『조와보이세요?』

숙히는 말을가볍게하야성구의마음을 침울한데로 쓸지안흐랴햇다。

『어데로보나 좃습니다。바다볼수업는도회에서 살기째문에그런지는몰라도 리선생이 편지로말해주든그청진보다도 아름다운것갓습니다。도시가골자구니에잇는것갓치 드러갓다나에왓다한것역시 신기한것갓습니다—』

성구와숙히는 거리를지나 서편산에잇는 신사싸지올라섯다。거기서 청진시내를나려다보면 마제산뒤 정거장이안뷜뿐 그박게는 대부분이 한눈에드러왓다。성구는산우에서 꿈속에그리는 청진을 눈으로보는것이 하두신기한것처럼 한참동안이나굽어보앗다。

『제가 사는곳이기째문애아름다운지모르지요—』

숙히는 미리부터 기를죽이지안코 될수잇는데싸지공기를명랑하게하려햇다。

『그럴지도모르지요—』

성구의대답은 의외로무겁게나왓다。그래서숙히는다시

『이제는 아주신사가되엿습니다。참심문사에 취직싸지되섯다지요? 축하합니다』

하고는 학생복에서 신사복으로박귄 성구의옷을보고허리를굽혓다。

『왜 이러십니가—』

성구도 숙히가일부러그러는것을알엇지만 말과태도가너무자연스럽기째문에 할수업시 웃서버리엇다。

『선생님—』숙히는 웃슴이끗나기전에 쏘다시 짠말을쓰냇다。『우리하로종일 걸어보실가요—청진서 등대를못보시면 어디청진구경하신게되나요—』

『그리케멈니짜?』

『그리케 멀지는안어두 한십리는되지요— 멀면못가갯서요?』

『밤차로 써나야지요—』

『그리케 밧부신가요? 무슨일루가시는데……』

『큰일은 아니지만은 그저볼일이잇서서……』

『어데짜지 가세요?』

『간도짜지나갈가합니다。』

이런말을 주고밧으며 그들은 등대로향해것고잇다 이쌔는아직짜지 큰길이생기지안어 소나무숩속 적은길만이 등대로갈수잇기쌔문에보조를마추어 것는그들은 꼭부터서가는것가티보혓다.

노송애송할것업시 나무가울창한산길이짠사람이라고는혼적도업다.

산새가 지저길쑨 사방은고요하며 나무쌔문에 먼곳은 보히지도안는다。산하나를넘어 나리바지길을걸을쌔숙히는 참고참엇든말을쓰냇다。아모곳에서나 언제나쓸낼수업는말을 이쌔짜지짠말로 막어오고잇섯다 처음부터 침울한얼골을 보혀준다면 성구가견지나지도못할쑨아니라 그래도 자기를차저온손님에게 대접이아니다。숙히는 고개를숙이고 우선

『선생님』을불럿다.

『네—』성구는 속마음을짠데두엇다가 불으는소리에힘업는대답을했다.

『저를만히 욕하섯지요?』

『왜요?』

숙히는 다음에하랴든말을한참동안 써내지못하다가붓그러운웃음을웃으며 『아모의론도업시 짠사람과약혼을햇서요—』하고는고개를막숙여버렷다.

『천만의말슴입니다。도로혀깃버햇지요。』

성구도웃기는햇스나 일부러웃는것이 분명했다.

『그러시지말구 참말해주세요。참말을들어야 저는편하겟서요』

『어쩌케 참말을하람닛까? 내가 리선생을덜사랑햇기쌔문에그랫슬것이니 짜나로써할말이 어데잇나요—』

『아니애요。저는 조곰도그러케생각지안어요 선생님은저를 너무사랑햇기쌔문에저는 감히 그런말을쓰내지못햇을쑨이야요—』

『글세요— 그러타면 결혼이라는것은 사랑업는사람하고만하야하는것이되
게요. 나는 약혼한남자와더큰사랑을할수잇섯스리라밋고 행복을축하하엿습
니다마는 기러치못하신 모양인가요—』 성구는 나란히것고잇는숙히의 얼골
을한번보앗다. 홍분이되여그런지붉으스럼해진얼골과 무엇을생각하노라고
꼭암으린입술이젓달라고울다가 기진해서 잠든어린애갓치 불상해보헛다.

【24회】 友人(八)

숙히는 대답을준비하듯이한참뒤에야
『제가 행복스러울지 불행할지는 모르겟서요 해두 사랑에는 결혼할수잇는
사랑과 결혼할수업는사랑이싸로잇는것가타요
정신적으로만생각하든사랑을 육체적으로쓰러내러다노코 생각하기는 참
으로실허요』
하고 말을매젓다.
『정신적인사랑은 육체를거부한다는말슴이지요? 그러면 지금하신약혼은
정신적인것을써나 육체적으로만생각한사랑입니가?』
『아니지요。그런것은 아닙니다』
『알겟습니다。그러나 지금세상에서 사랑이라고할째더욱이 그것이 동년
배의남녀가말하는사랑이라고할째 엇지 육체적인것을완전히써나서 잇슬수
잇다고말할수잇슬넌지요 육체적은아닐망정 육체잇기째문에 사랑할수잇는
것이아닙니까?』
숙히는 그래도 자기의본심을 알리랴고 변명을쉬지안헛다.
세상에서는 긍정아니해줄지모르나 자기는 정신적사랑을햇스며 자기는그
것을아직까지도 거룩하게생각한다는말까지햇다。그러나 성구는 쯧까지 그
말을 긍정치안엇다。육체적으로보아 무엇이 부족하기째문에 육체적인것을
내어버리고 그러타고해서 사랑까지버리기는너무나아까우니까 그대신정신
적인사랑을 과대평가하는것이 숙히의마음이라는것을 노골적은아나나 둘러
대서말햇다.

그리고는 이런말까지햇다

『물론 결혼못할사랑이잇을것입니다. 우상으로생각하는사람을 사람으로 노코쏘남편이나 안해로보라할때환멸을늣기는수가만흐니까요 말하자면 남편이 남편될자격이업다거나 생활을화려하게해나갈능력이업다거나할때 사랑이라는것은잇을수업는것이지요!』

『선생님―』숙히는 눈물을 홀리엿다『선생님마저 제마음을몰라주세요?』

『몰라드리는게아닙니다.

아직까지도 끈을수업는마음을 엇질수업서서 그러는게지요 그러타고해서 리선생을 원망하는것도아닙니다. 원망을하게된다면내마음이절정에오르야할것이고 절정에오르기만한다면 마음의절정을 내리워야할것입니다. 이런마음이나마 곱게 끗까지가지려합니다 리선생은 나아닌사람과결혼하시는것이 행복스러우리라생각해요. 이것은 진심입니다. 그러나마즈막 한마디만 하고십은말은 언제까지…』그는말을 채맛추지못햇다. 조곰 갓버진숨소리를 멧분동안 진정식힌뒤

『말을해도관치안을가요?』하고물엇다.

『하세요무슨말이래도 오늘은 전부해주세요―』

『그럼하겟습니다』하고도성구는 말을쓰내지못햇다

『하세요―』하고 독촉을두서너번이나밧고나서야 고개를숙이리고 말햇다.

『이마음을 죽을째까지 가지고잇서도 용서하시겟서요―』

숙히는대답을못햇다 자기역시 성구를죽을째까지 이즐것갓지못하나 그러타고해서 성구의말을긍정해줄수가업섯다. 차라리 성립된약혼을 버린다면 몰라도 그러케못한 한 성구는자기와거리를두어야할남자다. 숙히는약혼에 대해서 생각햇다. 약혼한수만이를 사랑하는마음과성구를사랑하는마음을 저울질해볼째 물논 성구의편이무거운것갓다. 그러면 약혼을 이제라도부정해버릴수가업을가? 그럴수는업다. 쏘 한남자에게 괴로움을준다는것을둘재로한번 결정햇든것을 그만두어버린다는것이자기로써 도지히 할만한일이아니다. 그러타면 성구를들생각하는째문이아닌가 하고도생각해보앗스나 그런말은입에내고 십지안흔것이쏘한그의미련인 모양이엿다. 아모래도 우상

으로만생각하든성구를 남편으로생각하기는실혼모양이엇다。그러나그러타
고해서 성구를섭섭하게해줄수도업서서
　　『고맙습니다』라고 얼씰에말햇다

　　그뒤 성구와숙히는아모말도업시등대ᄭᅡ지걸엇다。성구는 하고십흔말이
얼마든지잇는것가트나 그것을억눌르기에애썻고 숙히는자기의운명이 결정
된것처럼생각햇스되 미련과 미래의생활을두고혼자마음의 갈피를잡지못하
야 애쓰는모양이엇다。

　　한자의거리도못두고것는그들의 마음이 만리의새를두고잇는것처럼 생각
을달리것고만잇슬째 놉게솟은등대와그뒤로비치는 푸른바다가눈으로드러
왓다。

【25회】 友人(九)

　　무인절도에 온것가티 보이는것이란 바다박게업다。그러나 등대수의정원
에도쎌래ᄭᅩᆺ이며 다리야할것업시향기로운ᄭᅩᆺ을 울긋불긋하게심엇다。사람이
잇는곳이다。사람이아니라 사람보다도 일층아름다운사람이 사는곳갓다。

　　밤이면 지나단니는배들을향하야 구호의불빗을 ᄭᅳᆫ힘업시 빗치여주다가
낫이되면 ᄭᅩᆺ을사랑하고 물새를사랑하는 그등대수의생활이몹시거룩하게보
히기도햇다。

　　성구는 바위우에올라서서바다를쎙 둘러보앗다。어데를보나 바다다。청진
이 륙지에부튼것으로 알엇스나 여기서보니 섬인것갓다。

　　웅기로가는객선인지 손님을실은 작은배가 ᄭᅡ만연기를쑴으며 북쪽으로
지나간다。

　　아름다운항구다。그러나이런경치를보기위하야 청진ᄭᅡ지왓든가하는생각
을하니 경치가 미워지는것은아니지만마음이 허젓해진다。간도ᄭᅡ지간다는
것도 거즛말이다。졸업을하고 취직이결정되엿스니 청진ᄭᅡ지 놀러온셈이
다。올째도 약혼한 숙히에게 짠히망을가지거나 특별히 할말이잇서온것은아
니지만 그래도 맛난뒤마음이이러케무거울바에는 오지안엇든편이 낫지안을

가하는생각이 저절로들엇다.

숙히가 무엇이라고말하나짠남자와결혼하게된것은 결국 자기를 들사랑하고 또 생활의식에서 오는 결과라고박게 해석되지 안기때문에 할래야할말도 업다. 만일숙히가 냉정한 태도로보히거나 불순한태도로 짠남자와약혼을 햇다면 무슨말이거나 조치안은말을할수잇슬것이다. 그러나 숙히는아직까지 자기를낫부게생각지안으며 자기를기피하지도안는다. 그러타고해서 짠것을 요구할만큼 용기가잇는것도아니다. 자기가 잘알지도못하는사내와 약혼을 하게씀될때숙히의마음도 적지안케괴로윗스리라는것을생각하니 더욱이말이 안나왓다.

그들은 바위우에안젓다. 발미튼 바위로생긴절벽이오절벽미테는 물결이 넘실거린다.

『이선생님—』 점점적어져가는 기선을바라보며 성구는입을열엇다 『여기까지차저와 마음을 편치안케해드리여미안합니다.』

『천만의말슴입니다』숙히의음성은 도로혀쏙쏙햇다. 아마자기의현실을 단념하려고애쓰든결과 한쯔리를붓잡은모양이다.

『내가 아프로도 소설을쓴다면 그것만은끗까지읽어주십시오아마예술에다 나의생명을바치여야할것갓습니다』 성구는 숙히의태도가어쩌튼 자기가 하고십흔말한마디만하면 그쑨이라는듯키 말을쯧맷고는 이러서서휘파람을 불엇다.

숙히도 이러섯다.

『읽고말구요. 만히 써주십시오. 이째까지도 하나째지안코 읽엇는데요!』 성구의몸이향해잇는쪽을짜라자기의몸도움직이며숙히는말햇다. 『참 요전달에발표하신—그럼 자—는 잘읽엇습니다. 』

숙히는괴로운것을 생각하는사람갓지가안엇다. 아모래도 약혼은쌔트릴수 업는것—그러타면 성구를친한동모가치 째로는옛날을생각할수잇는사람으로 유쾌하게맛나고자미잇게 지나는수박게업다는생각을스사로 가슴속에너혼모양이다. 그래도 성구에게는 그런말을참아쓰낼수가 업고 쏘괴로워하는성구에게 무성의한태도를보혀도안될것가터

『자세한것은 다음에 편지로말슴하지요―』

하고 남은것을짠기회로미루엇다. 그러는수박게짠길도업다. 성구를 더괴롭게하거나 그를깃부게해주는것이말의뭇칠것이다.

지금에 그런말을할순들잇는가―

『고맙습니다』

성구도 단념하려고애쓰는모양이엿다 구기여진얼골에도웃음을보히랴하며 대범한기색을 나타내랴햇다.

자기도 괴로워할것이분명하나 상냥하게도 천연스러운얼골 그태도를보히는숙히를볼째성구는 의지의힘으로자기마음을 눌르는것이 얼마큼힘든것을 알엇다. 어데로보나 엣쌘얼골이다. 엣뿐쑨아니라 원만하게생긴여자다 그러한숙히를 알지도못하는남자에게 맛기나하고생각할째 그는숙히의몸을바라보고십지안허지엇다.

징그러운광경이 눈압페나타난다. 그래도숙히는 붓그러워하거나 실허하는기색을나타내지안홀가하고 생각할째 그에게는온세상까지더러워보혓다.

【26회】 友人(十)

그날밤으로 성구는도라갓다. 청진에잇는시간이 조곰이라도길사록 괴롬이컷든지하로밤 여관에서라도쉬며더놀다가라고햇스나 부디부디가버리고야 말엇다. 정거장에서 이별을하고 하숙으로도라온숙히는 아직밤이일르것만 이부자리를 쓰내여쌀엇다.

산길을걸은탓도잇겟지만 안저백일수업게 몸이짓쓧햇다그리고 자리에눗기전에 잠옷을입고 체경압헬안저 자기의 얼골을보앗다.

『내가 어쩌케생기엇기에이런운명을 타고낫나―』

하고 말을혼자해보는눈치다.

『박명?』

하고 다시제얼골을 드러다보앗스나 그럿케 요염해보히지안는데 조곰안심을했다. 그리고는 헤련이의얼골과비교해보앗다. 헤련의눈은본시부터 비극적으로생긴것갓흐나 자기의눈은 그래보히지가안엇다.

『모르겟다—』하고 몸을도리키여 자리에누엇다. 그랫드니 눈압헤 기차가나타나며 그기차속에서 얼골을나려트리고 얼빠진사람처럼안즌 성구가보인다

숙히는양손으로 눈을가리엿다. 악—하고 소리를지를쩐했다.

눈을싹감으니 아모것도보히지안키는안으나 『이런마음을 죽을때까지 가저도…』하든 성구의음성이들린다. 운명을단렴한듯하든 그도쏘한이러나는 생각을 엇지할수업는모양이다. 그럴때문을 낙크하는 소리가나드니

『리선생 게세요』하고 혜련이가드러왓다.

『벌서주무시네。 어데 압흐세요?』하고 혜련이가드러오든발을멈춧할때

『아니야요。 어서 드러오세요—』하고 숙히는이러나서자리를한쪽으로 개여밀엇다

『나제 예배당엘 아니오섯기에 어데편치안흐신줄알구!』

『알친안엇서요。 공연히 가고십지안어서 안갓지요머—』하고 숙히는 잠옷을입은대로 쏘쿠려안저말했다.

『나두 단니고십지가안치만어머니가 너무걱정해서쏘갓댓서요。 그래두 어데가편찬으신것가튼데 누어게시지안쿠』

『아니오 얼골이 달리보혀요?』

『달리보히구말구요 쌜리누어게세요 안누시면 가겟습니다。』

『글세 괜치안어요 알치는안엇스니가 만일제말을안드르시랴거든 가십시오』

숙히는 혜련의말을본짜서말한뒤 웃엇다.

『그럼 가만잇지요』하고혜련이도 웃엇다。 한참동안방안은조용햇스나 남의집에차저와서 묵묵히안저만잇는것이안됏슬쑨아니라 아모래도 피곤한얼골에 무엇을생각하는듯한 숙히가이상스러워 혜련이는 말을쓰냇다.

『무슨일이잇섯서요?』

『아니요』 고개를번쩍들고아모생각도업다는얼골을보엿스나 그래도 풀업는몸이천연스럽지가못했다.

『너머물어두 실례가되겟쏘요? 리선생두아직짜지나를 이상하게생각하시

는것가터요。 더구나공연히자조차저단니구그러니 귀치안케생각하실것갓기두하구！ 실업는여자라고생각하지안으서요?』헤련이는 자기를대해주는 숙히의태도가 너무나 스스럽고대견스럽지가못한것갓터 쏘싸운이야기를쓰냇다。『내가 부자집첩으로 드러갓든것은뉘우칠수업는잘못이야요。 그러나 째로는 조선의가정제도를 불만히역이고 현대적도덕을 조케생각할수가업겟슴니가。 사랑만잇스면되다하고햇든것이 결과로보아 내자신까지 불행하게된것입니다마는 그맛한허명을만드러준사회가 씃까지 나를 모욕하고학대를할수가잇슬까요。 만약내가 넉넉한집안에태낫고 순조로운가정에서자랏다면 그런일을아니햇을넌지도모르지요。 리선생은 어쩌케생각할런지몰라두 나는 그러케낫분여자인것갓치안어요 한번 발을잘못디디엇다고동모도가질수업다면……』헤련이는눈물을흘리며 말을채못했다。

　『별말슴다하시네—』자기가별로반가웁게 해주지안은것을 뉘우치듯 숙히가위로했다。 첫눈에 잘들지안엇스나맷번식차저올째마다 달라지는인상이라든가 여러가지괴로움이차잇는 여자라는생각을할째라든가 헤련이를 과소평가해버릴수업다는것을늣겨오든터라 자기의괴롬으로 헤련이를 친절히대접아니햇고쏘평생사괴지안을사람가티대해준것을 스사로섭섭히역엿다。사괴여도 괸치안을만큼 의지도잇는여자다。 그러한헤련이를 섭섭하게해준 숙히는 어쩌케해서든지그를위로해주랴했다。

【27회】 友人（十一）

　『오날은무슨사정이좀잇서서 제마음이 조치안어그럿슴니다。 처음에야 그리반가웁지안케생각햇슬는지몰랏서두 아무째까지나그럴나구요。 참말이지 저는 요새 최선생을 어쩐여잔가하구 궁금하게생각하여보통사람과는 조곰다른것가치역여요 한번실수한것을쩌압흐게 뉘우칠줄아는여자가 세상에 얼마나잇나요。』

　숙히는 변명도할겸 쏘헤련이를추어올림으로 헤련의마음을 도리키게하랴했다。

『저는 과거를뉘우치는것보다도 심술구즌세상을원망하고시퍼요. 압흐로는 다시 과거를번복하지안으리라고 생각하니까 그것이야 그리큰문제될것이업지만 어데를가나 누구를맛나거나 덥퍼노코 경멸부터밧어야한다는게 가장원통해요. 제가 리선생을우연히알엇지만 현숙해보히고 이해력이잇서 밋음즉해보히기째문에 찻저오기도하고 될수잇는대로 제사정이야기까지하려한것입니다. 세상에서 자기를이해해줄사람이 하나도업다는서름이 어쩌켓서요? 이런말을 리선생쎄해도조흘지모르겟습니다만은 리선생까지 나를모욕한다고하면 한거름도 거리에나오지안켓습니다』 헤련이는 나어린사람이 어른에게하소하듯 어조를나추어 황망히말했다.

『최선생―』하고 숙히는그의엽흐로닥어안즈며불럿다.

『당연 최선생은 마음에들엇서. 이제부터 지는하고듯기실흔말은 쓰지말어요. 오늘부터 친한동모로 무엇이나 숨김업시지냅시다』 숙히는 가느다란 목소리나마자유스럽게내며 웃는다. 솔직하기도하고 본바탕이낫부지안을뿐 아니라 동모될만한지식도 넉넉히가지고잇다. 도리혀 경험적은자기가 교양으로보아서는 헤련의밋으로 갈만한것갓다. 그래서숙히는 깃분마음으로 동모가되여주기를 헤련에게바랫다

『고맙습니다』

헤련이는 더할말이업다는듯이 고개를써러트리엇다.

『실어요머― 동몬데두 고맙습니다 하구 인사를하나…』

숙히는 나무럼하듯이 얼골을 조곰쎗죽햇다가도 다시생긋하고 웃엇다.

『나는 동무라구업어요. 잇다면 사오년전에알든 사람들인데 지금은 어데잇는지도 알지를못하구잇지안어요. 만히 지도해주어요―』

헤련이는 동모업는고적이더욱 커섯다. 중국서오다가성실이를 평양서 맛나기는햇스나 서로써나잇스니 째째로이러나는가슴을 말할수도업고 보고십흔째볼수도업다자기를 이해해주는이가잇다면 오직 어머니하나쑨이나그의 이해란 너무나 맹목이다. 짤이기째문에 그저덥어주는것이지 이해를해서올코그른것을 밝혀주거나 또는울적한자기마음을 전부풀어주지도못한다. 그런째숙히를맛나밋음직한마음씨를보고는 참으로반가워햇스며 친한동모가

되여주기를바랫다.

『아이 지도가뭐애요— 내가 나이어릴것가튼데…참지금몃살이지…』

『수물다섯—』헤련의말도이제는 동모에게대하듯 쑥폇다.

『나두 수물다섯인데 생일은?』

『사월 열이튼날—』

『그럼 나보다위이게— 언니로구만……나는 팔 월이애요—』

『하 하…』헤련이는우섯다숙히는 오시이레를열고과일과과자를쓰냇다. 헤련이에게주는 첫대접이다.

『내가 무섭지요! 몃번식이와두 이제야이런것을쓰내노니가…』숙히는 과자오봉을 헤련아페내밀며 오오에담긴과자를보다가 무슨생각이낫는지 다시 말을이엇다『그래두 안다(アンタ)주랴구 사다노앗든것은아니니가 염려말구 먹어요—』

『그럼 더미안해서못먹게…난안먹을래야…』

『아니 괜치안허요. 먹을사람이 아주업서젓스니가?』

『응—알엇서. 그러타면나가튼사람이 먹어서되나…』헤련이는 숙히의사정을모르기째문에 조흔사람이왓다간것으로만 짐작을햇다.

『아니야— 그 사람두아니야』숙히는 웃는얼골을지으면서도 무엇을생각하는게분명햇다.

『다음에 전부이야기할게요내일밤에오면 내가마음을좀진정식혀가지구 이야기하지—내일밤에두 오겟서요?』

『오지 머할것잇겟나?』

【28회】落葉日記(一)

가을바람은 좁쌀가튼물결을 내밀어주고 바다에서부터 륙지로올라왓다. 푸른하날에 점점이잇는 흰구름덩이는 정열의마음을알엇는지갈데를몰라 한자리에잇서움즉이지를안는다.

하늘과바다는 풀로붓치낫는지 먼수평선은 가느다란금을사이로 꼿업시써첫다. 잇다금식드러왓다 써나가는기선의쏀—소리가 청진항구의바람을 흔들어놀쑨 ○마루에안저 바느질을하고잇든혜련이는무심히 놉아진하날을처다보앗다.

『벌서 가을이로군』

그는 가을된것을늣기고한탄아니할수업다. 청진온지가벌서 반년이넘엇스며 한것이라고는 아모것도업다. 그것도일이라면 숙히를알고친햇다는일이잇는것이나 자기자신을도라볼째 해논것이란하나도업다.

남의집에서 밥을엇어먹고는 그대신일을해저는것이혜련의생활전부엿다. 지금하는바누질도 올케의애기겹저고리다. 어리엿슬째 배워두엇든솜씨요— 중학교단닐째 품거나 서투른것은아니지만언제나 남의일만을해주고 살어야 할가하는생각이들째 손의기운이탁풀리엿다.

사람이란것은 잘하건못하건간에 자기의생활을 자기의손으로하는데 사는 맛이잇다.

변화가업고신통한일이라할수업는일상생활에잇서도자기의생활을자기가 창조해나간다는데취미라든가 재미라든가잇는 것이다. 남의밥먹고남의일해주고 남의집에서 잠을자는생활을 반년이상해나고보니 혜련이도 자기의생활에권태를늣기엿다. 더구나그것이조왓건낫벗든간에 그는남의간섭을안밧고 사오년동안이나살엇다. 도로혀남을식혀가며 자기의생활을표준으로살엇다 그러나 지금에와서는 자기의 생활이 어데로갓는지 자최를알수업게되엿고 남의집생활을중심으로 움즉이여질쑨이다. 그도피곤을이즐만큼 재미가잇다거나 가정미가잇다면 옵바라는사람이나 올케라고하는사람이 자기에게 그리 정답지도안타. 무엇째문에 자기집으로오란말을햇는지 아직까지도 잘알지 못하나 더려다노코는 먹여살리는행세를한다 어린연자를길르는데도 속이탈 쑨이다.

생활이업는생활— 이것을얼마나 계속하여야할가— 하는것이날이갈수록 혜련이의머리에써나지안는생각이다.

『점심이나먹고하지요—』벌서점심째가되엿는지 안방에서 부엌으로 나가든올케가 혜련이를보고말햇다.

『점심먹을때가됏나요?』 혜련이도 이러섯다。그집에온뒤올케 가하는일에 간섭을아니할수가업서서 짯때면부억으로나가야햇다。

『옵바는점심안잡숫나요?』 몬저옵바의밥상부터 차려하는습관에서 혜련이는올케에게물엇다

『밧버서 못온대니가 우리끼리만먹지요』 올케는 찬장에서 음식그릇을 끄냇다。혜련이는 항아리에서 김치를담어다가 상에노앗고 올케가끄낸음식을 밧어 수저노힌데를짜라 올케와자기먹을것을 갈러노앗다。

『애들은 어데갓을가?』 다차린상을보고는 어린애를불러야겟다는모양이다。

얼는알어들은 혜련이는 『참—』하고 박게뛰어나가 갓치놀고잇는애들을 더러왓다。

애들은 방안으로드려보낸뒤 밥상을들고 자기도방안으로 드러갓다。

마즌편에올케와그집애둘을안치고 혜련이는연자와 안저갓흔그릇에 밥을 먹기시작햇다。적은숫가락으로 상우에잇는밥을 먹기가좀체쉽지안은지 연자는 한번입에널밥을 적어도두서너번식 펏다떠러트렷다햇다。

그래도 제손으로먹느라고열심히 수까락질하는 연자가 애처럽게보혓든지 혜련이는 멧번식이나 수질을안하고 나려다보앗다 밥을너코는 반찬을먹을야고 반씀이러서서 상을노리여본다。그러다가 마음에드는것이잇스면 손고락으로집어다 입에넛는다。아모불평도업시잇는것을 먹으면 그뿐이라는듯 고개를갸웃둥 해가며그나마 맛잇게먹는연자를 쏘한번드려다보앗다。

【31회】[3] 落葉日記(四)

혜련이는 우둑허니안저서치마주름잡는 숙히를바라보고잇섯다。결혼준비하기에온정신을 집중식히고잇는숙히가행복스러워보힐때 그는자기에게만이 그런행복을늣길수업는것가티 가느다란한숨을내쉼엇다。지금 수물다섯박게 안된자기다。압흐로육십까지만산다해도 삼십년이남엇다。이때까지살어온 것보다 얼마간 더남엇다。과거야철업는때를쌔면 행복과불행을늣길수잇는

3) 29회, 30회가 누락되었다.

시절이불과멧해가안된다。 그러나 압호로살삼십년이란 쓴것과단것을늣기고 그를괴로워하거나즐거워하거나　엇잿든생각과뜻을가지고야살시절이다。 그 긴시절을혼자서 살어야만한다는 막연한단념이 이 자리에서는 한공포로늣기 여지엇다。

『숙히는조켓소!』

『무에?』

『이제야 행복이시작되엿고그행복은 죽을째까지 계속될것이니가…』

『글세—』하고 말을멈추엇다가 숙히는참말행복스럽다는듯이 더게속햇다 『그리야지머— 나는 어쩌케서든지행복스럽게살래。 행복이란자기가만들고 쏘 행복스럽다늣기는데잇는것이니가—』

『늣길수잇는것이 문제지。 늣기지못할것두 어쩌케늣기나?』

『못느길것이 어데잇서 괴로운것을이저버리고 행복을만들겟다 노래하면 되지머—』

『그래 숙히는 성구도아주 이저버리겟다는것이야?좀안될걸—』

『이저버려야지어쩌케해?생각날째야할수업지만 그것을괴롭게생각지는 안 흘래 그래서 내게이러울것이잇서야지』

『흐흥—』 혜련이는 상당한결심이라생각하면서도 쉽지가안은일이라는듯 이 콧소리를햇다。

『그래두 혜련이— 나는무엇이행복일지를모루지안후? 혜련이는 행복을어 쩌케생각해?』숙히는 바눌을쉬지안흐며말햇다。

『글세 난두잘알수잇나 !』

『그저 재미잇게살고 재미잇게날을보내는것이 행복일까?』

『그것두 그러켓지 그래두재미란 자기를속여가면서두 늣길수잇는것이니 까……나는 참으로 만족하고속임업는깁붐을 늣기는게행복일것가터—』

『그럴까? 그러면 속임업는깃붐이 누구에게나 잇슬까?』

『그러키에 행복이 구하기힘든것이라구하는게 안일까?』

한참동안 말이중단되엿다 행복을구하고 그것을 구하여야만할 두여자다。 그러나 구하는행복이 엇더한것일가를서로생각할째 그들은입을열수가업섯

다。 엇던것이행복인지 참된행복이잇기나한지 그것도 확실히모르는그들이
다。 그저 조흔것이라니까구해보는지모른다。 행복스럽다는사람을 지지골골
히캐어보아도 그러케행복스러울것갓지가안타。 지금 숙히가행복스럽다해도
한사내를 불행하게한괴롬이 그의가슴속에쩌날수업시부터잇다。 그러나 그
러타고해서 행복이라는히망을 버리고살수는업는일이니짜……

혜련이는 한참동안이나숙히의움즉이는 손고락과 옷감속으로들락날락하
는 바늘을바라보고잇섯다。 주름잡은허리가 그러케커서는 숙히허리에 안마
즐것이 눈짐작으로도 알수가잇서

『내가 해줄테니 놀기나해요』

하고 옷감을쌔섯다。

『얼마나 잘한다구그래―』

아모생각도아니햇다는듯이두사람은 쭉가티웃엇다。 그러다가몬지하든생
각의쪼리를다시밟엇는지 그들은 혜련이의손고락으로 눈을집중식히고 말을
아니햇다。 한참잇다가야 혜련이가

『참。 숙히는 성구를버리고수만씨와 결혼하게된것을 할수업는 일이라고
하지만 그것을 올혼길이라고생각해?』

『난몰라요 그런말을 작구뭇지말래니가! 이제올쿠그른것을가려서 어쩌케
할테야― 그런것을생각하는것이 틀린일이거든』

『그래두 올쿠그른것이야하지안허?』

『나는 올혼것두모르구 그른것두모르구 그저그길박게짠길이업스니가 한
것이야― 이제그런생각한다면 내게괴롬이나 커질뿐이지 무어조흘게잇서―
안그래?』

『그럿키는그래―』

혜련이는 더짜지랴하지안헛다。 그러나 숙히가자기의현명한성격으로 현
재를좃토록만들여가고잇는것이 언제까지나 계속되지못할것가튼 예감을줌
이 섭섭햇다。

【32회】落葉日記(五)

왠지모르게 숙히의결혼이불행해보히여 헤련이는 나무램하듯 질문햇다.

『수만씨의어쩐점이 조하보혓서?』

『조타는것보다도 낫부지가안엇서。아모래도 짠남자와약혼을할때면 그째 가적당한것가튼데 수만이가과히낫부지안흐니짜 한것이지。그래두 동경서 대학을마추엇다하구 생활에도근심업슬만큼 먹을것이잇다는게 낫부지안터 군! 쏘첫번으로맛날슬째보니짜몸도든든하구 성격도 남자답게쾌할해。』

『조키는하구만―』

『결혼이란것은 생활에 구비할조건만조흐면되는것이아닐짜하구생각해。 그남어지야살어가며 만들면되지안허― 헤련이는 어써케생각해?』

헤련이는 대답을못햇다。자기도 철식이와결혼을할째쏙그런생각을 가지 여섯다。그러나 자기에게는 남달은조건도잇기야 햇지만불행으로 쑷나고만 결혼이다。

생각대로는 되지안는것이현실이야하고 대답해주고십헛으나 수만이라는 남자를보지도못햇고 쏘 숙히의성격으로는 아모런환경도 잘 쏠러나갈것가터 입을막어버렷다。

더구나 숙히는 자기의괴롬이 어쩌리라는것을 예측하면서도 성구와의새 를 쓴을만큼 의지가강한여자다。그러한여자에게 불행이엿다해도 그리고통 스러운것은아닐것갓다。그러나 숙히의마음이너무나참되고거룩해서성구와 결혼을못햇다고믿기는하나그래도 수만이라는사람이 성구보다못한사내라면 도저히결혼까지하지안흐리라는생각이드러 숙히역시행복을가진듯햇다。헤 련이집에놀러온뒤 전에입든 그대로 치하게입엇으나그것은 세상이나를 욕할 대로욕해라하는뜻으로 쏘는 그박게 입을옷이라고 달리업기도해서입엇든것 이나 숙히는화려해보히는것이 마음에안마젓다고언젠가말햇다。허영을실허 하면서도 허영을자기모르게즐기는 숙히다。

그러타고해서 전부를허영이라고해치울수는업다。생활에필요한것은 생각 아니할수도업는것이니짜―

그러나 짠것을히생식힐만큼 커—다란순정이 헤련이에게는 조하보혓다. 숙히가결혼할수업다는 그러한순정만은 알수가업스나…

어느새 헤련이는 치마주름을 다잡고 허리를달기시작햇다.

『참잘해 그런줄알엇드면전부해달랠걸— 다음에 우리집 침모를안할테야노?』

짜르게하고도 곱게한숨씨를드러다본 숙히의농담이다.

『그럴싸?』농담인줄 쩐히알고 자기역시농담으로 돌려버린헤련이지만 그래도자기와침모라는말을 입에서되처보앗다 희망업는자기다. 늙어지면 침모가안되리라고누가장담할가?

바램업고 보잘것업는여생이로구나하고생각하니 한숨이 저절로나왓다.

『난 청첩나나 쓰겟다』숙히는 헤련이의 한숨을듯지못햇는지 설합속에서 결혼청장과 흰봉투를쓰냇다.

『누구일홈부터몬저쓸가?』

『성구씨일홈부터 몬저쓰야지—』

『보내두조홀가?』

『글세—』

『가서 편지한대드니 아직것 소식이업는걸보아 아모래두 원망하는거야—』

『그래두 결혼일자는 알리여야하지안어?』

『알면 더 괴로워하지안을가?』

『괴로워한대두 그만큼생각하는사람을 속힐수야 잇나?』

『모르겟다—』숙히는 사각봉투에 권성구(權成求)라는글자와 서울그의주소짜지쓴다음 아직잉크가 말으기도전에 얼골을 봉투에써러트렷다.

『그러켓지!』헤련이는 놀려대노라고우섯다.

『아니야— 밤이느저 졸려그래—』하고 숙히는 얼골을 밧싹드러 정말졸린다는듯이 눈을양손으로비비엿다.

『아니긴 무에아니야— 또생각이 낫지머?』

『글세—내가무얼 생각햇나?』

숙히는 천연한빗츠을보히랴고 변명을 구지아니하엿다.

『좃켓다—』

하고 방금싯난 치마를들고 혜련이는 이러섯다. 너무나 행복에겨운 숙히처럼보혓다. 마음으로사랑하는남자를두고 다시 행복스러운가정생활로드러가는 숙히야말로 행복에넘친사람이다.

『입어보아—』

하고 숙히를이르키여 우선몸에대보앗다. 나이는 비록 자기와 갓지만 옥색치마와 어울리는 곱다란얼골이 상상할수도업는 희망과행복에 어글어글타오르는것갓헛다. 가튼나이지만 자기는시들엇고 희망도가질수업는 써러진 입피다.

【33회】落葉日記(六)

쓸에서잇는 복송아나무닙히 가을비에 매맛는소리를낸다. 쏵—하고 문창을두드리고 다라나는빗살이 바람에 안긴모양이다. 혜련이는 병든어머니엽 헤안저 유리영창을내다보앗다. 한편에썩어지여 누라케 이스러진나무닙이 소리업시써리지여빗쌀에 재주를넘는다.

가을도 임이깁헛다

『혜련아! 너는 웃집에가서 일이나보아주럼. 나야다늙은거 죽으면 그만이지 볼거잇니! 산 네나 남의말듯지안코 살어야지안켓니—』

자리에누은 어머니가 시름업는 혜련이를보고 걱정햇다.

『가만게서요 죽기는 잠시에도죽나요. 그런소리는하시지말라니까—』

혜련이는 조곰만 편치안허도 곳죽을것가티 말하는어머니가 실헛다. 늙어지면그럿키도하겟지만 적은것을크게이야기하야 걱정을만드는것이 괴로웟다.

『그런말은그만둘라해두웃집에서쏘무어라구말안하겟니! 난잔소리듯는게 제일슬트라안저잇기나하면무엇하니?』

『글세 그만두시라니까그러네. 날걱정은말어요. 』 혜련이는 자나치게생각해주는 어머니가 도로혀귀찬엇다 어린애처럼 타일르는것도 실헛지만 말만은것이무엇보다 견디기힘들엇다.

『그래두 내가보기짝한걸어썩하니? 어제쌔두 너의올케가와서 심상치안흔
병에 밤낫내려와잇다구 너를조치안케 이야기하드라 손몰리는데 네가와잇스
니안그러켓니?』

어머니는자기째문에 조치안은일이생길가십허 두려운모양이다 혜련이쑌
아니라 맛아들과 둘채아들새도 자기로하여금조치안은째가만타 먹을것이업
스니 어머니목이라도달래면 너는 어머니자식이아니냐하고 큰소리를지르는
것을 멧번이나햇다. 그박게도 자기째문에형제가싸우는것을 쌔마다 다
늙은게 쌜리죽기나햇스면 하고 차라리 그런꼴을 보지안으려햇다. 혜련이는
이러한어머니의마음을 알면서도 작고걱정하는것이 듯기실허

『일식혀먹을라구 저의집에데려갓던게로군! 내가 달게해주면몰라두 일쑨
처럼부려먹지는못할걸―』하고큰소리로 화를더치엿다.

『넌두그만두어라 틈잇스면일도해주는게지 어쩌케하겐 제발좀 싸우지들
말구지내라. 너두 고생이야고생이지. 고흔밥먹구 편히살다가 일을할래니
힘들지안켓니마는 어쩌케하니』 어머니는 잔기침을하면서도 일업시만만들
고십헛다.

『그만두어요다알엇스까』 헤련이는 짠말을쓰내기위하야 방을돌려보고
『자근형님은어데갓서요?』하고물엇다

『글세 나두모르겟다』

이째에 비풍이로 아랫도리를적신성규의처가드러왓다

『어데갓대서요?』 혜련이가어머니보다몬저물엇다.

『웃집에…』

자근올케는 옷을벗으면서도힘업시 대답을하다 꼿도못막엇다.

『무엇하러?』

어머니와혜련이는 꼭가티물엇다.

『아무리감기래두 가을감기를고처야하지안허요 안개찌구 선선한째 감기
가쇠면어쩌케해요. 약을지을래두돈이업서서 큰집엘갓드니 늙은이감기에
약은무슨약이냐구 코만쩨구왓답니다―』

그는 한심해하면서도 확실이 큰집을경멸하는빗치엿다.

『무엇하러 가길쏘갓댓니? 약먹겟다구 누가그리든?』

어머니는 그릇을쌔트리고난뒤 난처해하는표정이다.

대답은하지안코

『내부모만되나―』

하고 내던지는올케의말이심상치안타.

혜련이는 울화가펄걱뒤집헛다. 동생은일식혀먹을랴고데려다노앗고늙은 어머니는귀찬코돈업서지니안모시는옵바다. 아모리리욕에 밝다해도어머니 는 어머니가아닌가? 어머니업시 어데서 나왓단말이냐. 그런것은 고사하고 병드러약갑달래는데도 늙은이병이니 하는말을 참아할수가잇슬가! 참으로 인종지말이다. 어머니의병이 급해서 약이필요하다는것보다도 옵바네들의 심보가 너무나고약했다. 그러나 엇지하랴? 입을가렷스되 말못할자기고 자 식이되엿스되 어머니하나공양할수업는자기다.

그러나 자식들을기르기에 일생을마친어머니가 이제늙은몸으로 자식의학 대를밧으며 죽을째까지 마음한번편히가저보지못할것을 생각할째 여자로태 난자기가 원통햇다.

【34회】 落葉日記(七)

그러타고해서 웃집엘안갈수도업다 저녁째가되엿슬째쯤해서는 도리혀 저 녁밥지을걱정이난다. 만약 저녁밥도안짓고 어머니엽헤잇다면항규와올케가 가만잇지안을게다. 저이들이 무엇이라몬저말을할것이 분명하다. 혜련이는 그런것이실혓다. 아모리마음에안드는사람이라고해도 남에게 말듯는것만은 피하고십헛다.

그는우산을밧고 시장거리를지나 얼마멀지안흔 큰집으로걸엇다.

빗발이 조이우산을 쏴―하고 나려친다.

도로설비가 불완전하야비만오면 질고 미쓰러운길이 것기가힘든다. 그러 나 혜련이는 좁고미쓰러운길을안걸면서도 온신경을 머리에만두고 무엇을생각했다.

　―지금쯤 숙히는 결혼을하고 금강산으로 신혼려행을써낫겟지―

　―나에게도 남만못하지안은째가 잇섯건만―

　그러나 지금의자기는 너무나구질구질한살림을하고잇다. 조고마한일에사람을미워도하고 속도쓴다. 꼭갓친조고만세게에서 울고불고한다 남들은 자기와다른 조곰자유스런세게에서 활동을하고잇다. 자기는 활동이아니라 움즉이고잇슬쑨이다. 그저살엇다고나할가.

　웬만만해도 숙히의결혼보러 함흥싸지나가야햇슬 것이다. 그러나 거기갓다올여비조차업서 숙히를혼자보냇다.

　어머니의병을 눈압헤보고도 약을지여드리지못한다. 이것이 그래도 살엇다는사람의짓일가?

　자기를 산사람이라고보기도힘들엇다. 목숨이잇스니살엇다고야하겟지만 사람이사람된일을하여야 사람다운 사람이아닐가! 헤련이는술취한사람도 제집만은차저가는것처럼 생각에여렴이업스면서도 집에싸지갓다.

　대문엘드러서랴니 애우는소리가 들리는데 분명연자의목소리다. 헤련이는 정신을차리고 귀를기우렷다.

　『쌍년의 게집애. 무에될라구 장난이 그리심하니. 이거왜 쌔트렷디 응―』

　이런소리가나자 어데를맛는소리가난다. 연자는 죽는소리를한다.

　헤련이의 머리털은 금시하늘로솟아올랏스며 파래진얼골에는 소름이 쪽돈앗다 그는 몸을 바로세우고입을싹물엇다.

　애가 무엇을 쌔트렷다해도 아버지업는애다. 어머니도 가티잇지안은째 철업는고것을 두들겨주는것이 사람의할짓일가?

　헤련이는 안방으로쮜여가연자를붓안고 한바탕싸흠을한뒤 그집을 영영나와버리고십흔생각이 물밋듯 올라왓다.

　그러나 가면어데를갈가? 헤련이는 다―그만두고 자기방으로 소리업시드러갓다 고함소리와 연자의울음소리가 멋기를 기다렷다. 당장에제자식이 남에게 매맛는소리를들으면서도아모일도업슬째야드러가아모것도모르는척하고연자를쓰러낼수가잇다

『그만울어라. 네 에미가올라—』분명 이러한소리도들렷다.

헤련이는 분하기도하고설기도해서 눈물을흘렷다. 눈물이 쌤을흐를째 쓰 슨쓰슨한감축을주고 방바닥에써러젓다.

좀더 애를짜려다고 ! 좀더심하게 욕을해다고—하고헤련이는빌엇다.

좀더 좀더 울고십헛기째문에—

얼마뒤 안방은 조용해젓스나 자기의울음을 끄치여야할것을생각하니 안 방의소동이 부족한듯햇다. 헤련이는 눈물을닥고도 붉어진눈을 그들에게보 혀주고십지가안어 연자잇는데를가지안엇다. 그랫드니 다시말소리가들리는 데 이째는 옵바의목소리도흘려나왓다.

『그래 언제가실래요?』

『글세 될수잇는대루 쌀리가야지—』

『갈테면 하루라두쌀리가야하지안어요? 이것들이온지벌서얼만데!』

『그놈두 엔간한 놈이야— 편지루 타협이되면 저이두조쿠 우리두 편하지 안어— 평양까지갓다올래면왕복차비가 얼마야—』

『그래두 오늘온편지를 보아서야 어데말로들을것갓다구 그런놈은 육박을 처야 알어요. 제색기가난것을 제가모르면 누가안단말이야— 돈은 쓸째써두 쌀리가보시우—』

헤련이는 무슨쯧인지 확실히알수가업섯스나 하여튼자기네 모녀에게관한 이야기인것은 틀림업다고 생각햇다.

【35회】落葉日記(八)

옵바와 올케가 무슨흉계를꿈이고잇는것이라고 생각하기는햇스나 댓바람 에드러가서무슨일이냐고 물을수는업섯다.

평양간다는말과 제색기가난것을 제가모르면 누가알어하고하든말이 연자 를씨고돈을쌔스려는눈치임을 짐작못할바가아니지만 사건의전말이 엇더케 되엿는지가몰라궁금햇다.

그러나 그들이자기와의론업시 몰래하는일을 여기서몬저아는척하야 일을 악화식힌다면 차라리모른척하는것이날것가터 헤련이는엇던수단을써서 확실히내용을알려햇다.

그러나 갑작이써오르는생각도잇지안을쑨더러 옵바의친구라고 아는사람이하나도업다. 아는사람이만타면 사람을식혀서 책략을쓰는것이가장쉽고빠를것이다.

엇지할가? 그는 곰곰히생각햇다. 그러나 시원히알길이업다.

헤련이는 다시소리를내지안코 문박글나섯다. 옵바네가게로가는것이엿다.

가게로가서 점원들에게항규가어데갓느냐 쪼는 요즘평양간다하드니 언제가느냐하고물엇다.

어데간다는말조차 못들엇다는점원이잇섯스나 평양까지간다는말이잇더라고하는점원도잇섯다.

헤련이는 중대한일이아닌듯이 귀넘어들은척하고 저녁반찬감을사러왓댓는데 옵바가업서서 그냥도라간다라하고 와버리엇다.

도라와서는 곳부엌으로드러가 혹시무슨말이나오지안나하고 귀를기우렷다.

들리는말은업섯다. 그러나옵바의기척이 잇는것을알고곳안방으로 쒸여들어갓다.

『옵바— 평양가신대지? 가시거든말이야 서장대라는공동묘지가잇는데—전에말햇지요왜? 거기가서이애아버지무덤이나 차저봐주세요. 그새잔디나자랏는지—』

풍설에 평양간다는말만을들은것처럼보히려고 쏭딴지가튼말을햇다.

『아니 누가 평양간다는말을하든?』

항규는 당황해햇다.

『이재 아랫집에서오다가반찬거리를살랴고 옵바한테갓드니 점원들이 그런말을수군거리드만요! 물건사려가세요?』

『응—고무신을좀사려간다』

『그럼 매우밧부시겟네? 될수만잇스면 그집에두 들려주엇스면 조켓는데— 아무리밉다구해두 제집피를바든애를 생모른척할수가잇서요 난두바보야요. 이애아버지가죽기전에 재산이라두좀 갈라놋케할걸— 이런째 돈이라두

가지구왔대면 얼마나조켓서요─』

혜련이는 우선덕거리를첫다.

『참 네말이그럴듯하다. 제법쪽쪽한소리를하누나. 그래 이애애비가살엇
슬째네일홈으루 재산이나좀달래볼거지─』

『글세나말이야요. 그째 그런말을햇드면 쉽게될걸─ 그건그러타구해두
나올째 좀달란말까지 못햇스니까요─』

『쪽쪽해뵈두 그런건 어수룩한모양이지─ 거왜말을못햇니?』

항규는 종시까지의흉게를말하랴하지안엇다

『옵바─ 나는 애까지더리구와서 옵바네신세지는게여간미안하지안어요
그래서 요새는 그집에다 돈을보내달라구해서 양식이라두 보태드리고시픈데
옵바생각은 어쩌세요 그집에는 부자집인데다가 우리는 부양료(扶養料)를청
구할궐리가잇지안어요 이왕이면 부자집돈을 쓰더쓰는것이 좃치안습니가?』

혜련이는 조곰도 거즛이업는것가티 말을쑤며댓다.

그랫드니 엽헤서 올케가 얼키엇든속이 풀리는것처럼 연성깃버햇다.

『나는 연자어머니가 올째부터 그런생각을해서두말하기가어려워서 아직
참구잇섯지─ 우리집신세야그걸 동생지간에 신세라구할게잇나요 해두 밧을
건밧어야지 그런절못밧으면 되려 흉물이라구말한다우 그래서 이번에 옵바
가평양에 볼일두잇구해서어차피가는길이니좀들려보라구말해오든길인데! 연
자어머니가 몬저그런말을 쓰낼줄알엇댓스면 좀더일즉알어봣슬걸─』

『무슨말슴입니까?』

『아니야 그것말이야─』 올케는 대답을못하고어물어물햇다.

『내라고하면 잔소리업시내겟지요 안낸다면 재판이라두하지 겁날것잇나요』

혜련이는 속으로 웃으면서도 뒤에나올말을기다리엿다.

【36회】 落葉日記(九)

올케는 어쩌케말하야조흘지몰라 우물쑤물하다가 혜련이의얼골이 하두천
연스럽고 평양시집을 미워하는기색이 쑤렷이보힘으로

『글세나말이에요 연자어머니두그런생각을가젓슬줄알구몬저편지를해봣지요 연자어머니야 지금 그런생각을가젓대두 말할수가잇겟서요. 그랫드니 그것들이 그런아해는 모른다구돈갓흔것은 줄생각두안하겟지 그런것들두 원— 사람인지 ! 쯔 쯔』올케는 혀를채가며헤련의동정을사려햇다.

『원체인간들이아니요 상종해야 도리혀욕보는수가만을것가터요. 』헤련이도 이까지 올케의편이된것처럼말을하고는 낫색을조곰달리하고 옵바에게로향햇다.

『그래서 옵바는 담판을하러가시는군요?』

『아니다. 볼일두 잇구한데 쏘네생각두그러하니 들려볼랴는거지— 이왕 가는길이면맛나서 이야기통해보구 정안들으면 담판을짓기라두하야지. 너두 생각해봐라. 이애가커서 공부식힐것두 생각하야한다. 쏘너의모녀간 평생 아모일업시무관히지낼는지쏘는 갑작이 무슨탈이나생길지누가알겟니? 아무래두 네압흐로 돈을쓸어다놋는게수니라. 내한테맛겨둬라. 네한테 이롭게 해주지안으리. 』

옵바는 대범하게 헤련의일을헤련이위해 해주는것갓티말햇다. 그러나 돈을 가저온대도 그돈을 헤련이에게주지안코 어써게서던지 자기네의소유로할것은 쌘한일이다. 그러기에 자기몰래그런흉게를쑤미게까지한게안인가.

『옵바 잘알엇습니다. 저를생각해주시는마음이고맙습니다. 그러나 이제 다시그집문안에드러가서 내일흠을팔지안토록해주십시오. 지도 이애아버지가 살어잇슬째부터 재산에대한것을생각해보앗서요. 그러나처음결혼할째는 돈을보고햇다해도 나종에는 그런말을듯기가실엇서요. 재산문제를쓰내면 정말돈과결혼햇다는것이 쌘해질것입니다. 그래서 아예그런말은 입박게내보지도못햇서요. 옵바 아모리돈잇는집과결혼햇다해두 이제그런말을쓰낸다 하면 제꼴은무에됩니까? 정말 돈박게모르는년이라구 담방욕할게아니얘요 엇더케던지 저도돈을벌겟습니다. 옵바네신세두갑구 애두공부를식힐테니 제발그집엔가지말어주세요—』헤련이는 애원햇다. 엇더한일이 잇다해도 철식이네집에서 자기말이나오는것만은실엇다. 부인잇는부자집사내와 살엇다는것은 숨길수업는사실이나 이제와서 과거가그랫고 쏘아직싸지앙칼스럽고 낫분게집이라는인상을 남에게주고십지안엇다. 만약이제 그런말이난다면 세상사람들이 무엇이라고비방할것인가? 헤련이라는자기를 다시이러나지도 못하게 눌러버릴 것이다. 본시부터그런여자가 별수잇나하는 비웃슴도나오리라.

『이애가 환장을햇나? 아짜하든말은 무슨말이고』

옵바는 터문이가업다는듯이 헤련이를꾸지람햇다.

『아짜까지는 그럿케생각햇지만 미운것만보구 제체면은못생각해섯서요』

『아이구 별소리가다잇네. 써젓하게차즐돈을 거기에무슨체면이잇단말이오 못찻는게 도로혀붓그럽지』

올케도 철업는애대하듯헤련이가 아모것두모르는것이라고말햇다.

『형님! 아모러케해서라도 형님네신세는 갑홀테니걱정마세요. 그집돈은 그저준대도실흐니―』

『누가 우리집신세를갑흐라구하니? 애두그리철이업단말인가 제할것을 제가하야지 그걸못해두 반편이아니가. 그래서 그러는거지 쓸데업는소리는 하지두말아―』

그러나 헤련이는 말이귀로드러오지안엇다. 옵바의속속드리숨은흉게는 고사하고 자기의일홈을파는것이 가장실헛다. 죽을째까지 남의손가락질을 바드며 쩟쩟한생활을한번도못해볼 자기운명이서글프다. 비난바들줏을 그냥게속하며 무슨면목으로얼골을들수가잇스며 남에게동정인들 바들수가잇슬까―

『정말 그러신대면 저는죽어버리겟서요―』

『못난수작두하네. 아무래두 나이먹은내가 너보다는날테니 내한테맥겨둬라 잘처리하지안흐리―』

헤련이는 죽는다고해도듯지안는옵바에게 더할말이업섯다. 잘못타고난 자기의운명을 설어할쭌이다. 더구나 자기집으로 다려올째부터그런흉게가 잇섯다는것을이제야 겨우알어낸것이 너무나세상에 무도□햇다는것을늣기엇다.

【37회】 再出發(一)

청진역에서써나는기동차가 라남(羅南)가는손님을 마저드리기시작했다. 이십리도못되는 단거리를왓다갓다하는기동차가되여그런지 손님이라고는 손고락으로헬만큼그수가적엇다。 가는사람도 당일로갓다 당일로도라오는손 님들인지 보내누라고 이별을설어하는 송별객이그리업다。

한편에서『엄마—』『아니정말가네—』하며 써들석하게구는 한패가기동차 를 가시기라도한것처럼 정거장구내의눈을 집중식히엇다。

가는사람은하나 보내는사람은넷 그가운데서도 두사람은 말업것만 어린 애와젊은신식여자둘이서가 그중써들엇다。

『숙히두가구 헤련이두가구 나는 누구하구 잇스란말이야』 보내는 한여자 가 차창으로 얼골내민여자에게말했다。

『그동안 조흔사람이나하나만들지그래—』

차간에안즌여자도 써리낌업시 마구웃서댓다。

『건 쉬운가?—척 이럴줄알엇댓스면 다알지말걸그랫서。 그래두 숙히가 결 혼한뒤는 헤련이가잇서조트니…』

『명애 뭘그래? 멧살낫다구—。 나야 이제가면 방학마다올텐데… 그동안우 리연자나 잘돌보아주어!』

헤련이와 명애는 일년이나거이되는동안트구놀리만큼친해지엇다。 얼마동 안명애가 헤련이를 못맛당하게보앗지만 숙히와친한것을보앗고 그뒤자조맛 나게되여숙히업는청진을 서로갑갑하지안케지냇다。

『참 연자가혼자서 엇더케지날가? 쪽쪽하기는 해두……』명애는 가슴에안 은연자의쌤을만저가며 이야기햇다。

『그래두 엇더케하나……얼마동안 고생하야지…』헤련이는 차창으로 손을 내밀고 연자를만저보앗다。

『엄마!』연자는 얼마전부터 안써러지겟다고울엇스나 다시엄마를차즈며 울 기시작햇다。

『연자야! 용치 울지마。 엄마가서울가서 무얼사다줄테니 울지말구잘노라

야해……』연자의울음을멋게하려고 짐짓웃슴을석거말햇스나 헤련이역시 가
슴속에서는 눈물을흐리는모양이다 이싸금식 말이가운데서 머뭇거린다.

조금써러진데서 이런경우에는 엇더케해야하는가하는듯이 먼바리만바라
보는 두여자는 그리서러워하는것갓지도안치만 이별장에서 무슨이야기나마
할려는것갓지안엇다.

남들이서러워하는데 짐갑을못바다 엉거주춤이서잇는짐꾼갓기도햇다.

그들은 큰올케와 적은올케다. 어머니는 늙은몸이니나올수업고 큰옵바와
작은옵바는 밧버서나오지를못햇다 그래두 서울로써난다는헤련이를 안보낼
수가업서서 집안일동을대표하야 조금한가한그들이나온셈이다.

헤련이도 그들과써러지는것은 그리대스러운일이아니라는듯 무뢰하게말
이업서서잇는그들을 본척도아니햇다.

『연자야— 이제부터는 이아즈머니말을 잘들어라— 응—』헤련이는 연자
에게 손을째지못하고 이야기를햇스나 연자는그대로울기만햇다

『연자 용타용타』명애는말탄것가티연자를 싸불싸불해주엇다 『매일 연자
한테가서 놀아줄게 울지말어—응 연자 참착하지—』

『참 좀그래줘응』

『연자생각이나서 견질수잇슬가?』명애는 연자만을들러다보며 연자의편
을드는것처럼말햇다

헤련은 그말에 얼골을싼데로돌리엿다 터저나오는눈물을 참는모양이다
눈을서먹거리며 싼데를볼째 기동차써날신호소리가낫다

『가다가 숙히를맛나거든문안이나 잘해— 편지두좀 하라구그래—』

『응! 다말할게—』그들은말을조곰이라도 더할랴고어조를싸르게햇다 그째
올케들이오며

『잘가요—』하고 비로소인사를햇다

『연자째문에 쏘욕보시겟군요』헤련이는 큰올케에게사례겸 부탁의말을
햇다

『걱정말어요 공부나잘하시오』

기동차는 움즉이기시작햇다

『안녕히들 게십시오―』

헤련이는 손수건을쓰내 점점멀어지는 명애와연자에게혼들엇다. 멀어질
수록 발버둥을치며 명애품에서 쩌러질듯이 악을쓰는 연자가눈에사라지지가
안엇다. 그림자가 점점적어지고 기차가회모두리를 도라설대싸지 헤련이는
청진역 풀랫폼을바라보며 힌수건을혼들엇다.

【38회】再出發(二)

라남서 경성행렬차를바수어탄헤련이는 그다음날새벽함홍역에 나리엿다.

새벽공기라고해도 치운겨울을 북쪽에서지난 헤련이기쌔문에 그리찬줄을
몰랏다 조곰 싼듯하기는하나 아모래도 봄바람이다. 아직싸지던등불이켜진
채로 새벽과싸흐는것으로보아 해가쓸라면몃시간이나 더잇서야할모양이다.
졸고잇는역을 기차가고함소리로 쌔우기는햇서도 설잔잠이 채쌔지지가안는
지 역구내는 느린―해잇서 나리는사람이나타는사람이 기운을 못채리엇다.

차에서 푸랫폼으로 나려서자마자 숙히가 보고쮜여왓다.

『헤련이―』

『숙히―』

하고 헤련이도 쮜여오는편을향하야 밧비갓다.

그들은 부디치듯이맛나손목을잡앗다.

숙히가 결혼을하노라고청진을 쩌난째부터 석달남어지난 지금에야 처음
으로맛나보는 그들이기쌔문에 그반가움이란 어쩌케 표현할지를몰랏다.

『헤련이―』

『응―』

『얼마만이야?』

『그래두 맛나기는햇지?』

그들은 몬저해야할인사말도이젓다.

『그새 달라진것가터―』

『숙히가 달라진것가터―결혼을하드니 재미가막쏘다진모양이지 … 하 …

하 …』

『애개개─달라지긴무애달라저호─호─』 그들은한바탕우섯다. 웃고서야 홍분햇든마음을 조곰가라안젓다.

『참!』 숙히는 그째야자기여페서잇는 수만이를생각하고헤련이에게소개햇다.

『이이가…』 수만이를가르킨다음 『이이는헤련씨─』

수만이와헤련이는 서로인사를주고밧엇다.

『숙히에게 말슴만히들엇습니다. 서울가시는길이시라구요?』

『네。 이러케일은데두나와주시여고맙습니다。 』

그째숙히가 여페서잇다가

『그런인사는 아니하는거야! 새벽에나오지는못하나……』

『그래두─』

『새벽산보겸조습니다』

세사람은 개찰구로나가 자동차를타고는 곳수만네집으로갓다.

집은조선식그대로나 크다란대문을드러서자 넓은뜰이 훤하게보이엿고 째 끗한문창이 아담스럽게보혓다. 기둥이나 석가래까지 니─스칠을하엿는지 노란나무들이 집을 더욱윤택케했다.

평양 철식이네집을연상식힐만큼 큰집이다.

더욱이조용하고보니 집이더욱훌륭해보히며 평화스러워보힌다.

『이런집에서 숙히가 마음껏 재미를보겟구나 숙히의행복을위해 지워진집이로군─』

하는생각이 저절로들엇다.

이것이 객실로쑤며진방인지 벽에는 가쑤부지가 사방으로걸려잇고 가운데는둥근테블이 대여섯개의 의자와서잇다. 넓다란방으로드러설째 헤련이는 『집이참조쿠만』하고 숙히를돌아보앗다.

『쐬조치?』 숙히는 숨김업시 자기의행복을 나타냇다 『여기 잠간만 안지요。 안방을 아직 들치윗나봐─』숙히는 헤련이에게 의자를권했다.

『무얼 몬저식히야지─ 시장하실텐데─』 뒤로짜라오든수만이가걱정되는

모양이다

『지금 식힐게 무어잇슬가요 아직가개도 열지안엇슬텐데……일부러 집에
까지온사람을 매식으로대접하면 쏘인사가되나요—그럿치? 헤런이—』숙히
는애교를피워가며말햇다 애교래도 애교로보히지안을만큼말과행동이 능난
햇다 말마디마다 정이쪽쪽 써러지는것갓햇다.

『제격정을마십시오 배곱흔줄알지도못하는데요 숙히가배곱흐겟구만— 새
벽부터이러나서……』

『우리 그런이야기는차차해요 그런데참 잘잇섯서』숙히는 비로서 인사말
을쓰냇다.

『잘잇섯서—숙히는 얼마나 재미를보왓서?』

『이냥반덕택으루……호호쏘명애두 잘잇고 연자두잘자라?』

『다잘잇서 어제 명애가정거장까지나왓댓는데 문안해달래—그리구편지나
종종해달래나……』

『참 내가 편지두못해줫지— 좀보세요. 이런말을 듯는다구 회답만은 쏙쏙
하야 한다구안그립듸가…』숙히는 수만이를바라보며 편지못쓴탓을하는모양
이나 그것은남으람이아니라 너무행복스러윗든것을 혜련에게보히랴하는것
가텃다.

【39회】 再出發(三)

조반을먹고 안방에안저잇슬째 수만이가 밧분일로잠간단녀온다고 이러
섯다.

『손님이오섯는데일을 좀 물리시지안쿠?』

숙히는 이런말을해도 자기의의견을말하고 상대방의의사를 물어보는 형
식으로햇다.

이러케해라 저러케해라하고 명령적인 어투를쓰는것보다는 훨신 듯기가
조왓다

『그랫스면 조켓는데 약속을해노아서요 참 미안합니다. 그러나 두분이 더

친하시니까 제가잇스면오히려 이야기에 방해가될는지도모르지안어요。 잠
간단여올테니까 자미잇는이야기나하십시오。 제가와서조흔데를 안내해드리
겟습니다。』

『그럼 쌜리단녀오세요 우리재미잇는 이야기하구잇슬게—참 카—라를 가
라야하지안허요 풀이죽은것갓구만요!』

『글세—벌서 못스게되엿나…』

숙히는 의롱설합속에서카—라뭉텅이를쓰내여 새것을골라 수만이 와이사
츠에찌워싸지주엇다。

남이본다고 붓그러워하지도안흐며 그러타고해서 아양을터는것처럼 천해
보히지도안엇다。 제할일을 자연스럽게하는것으로만 보엿다。

『너머늣게 게시지는 안치요?』

『그럼!』

수만이는 헤련이에게인사를하고 나가버럿다。

헤련이는 부럽다는것보다도 숙히의손으로 한가정의행복을운전해나간다
는것이갸륵하고도 신기로웟다。 그러한태도만가진다면 권태기라는것도 잇
슬상십지안코가정불화라는것역시 잇슬수업슬것갓다。 과연 숙히는재미잇는
사람이다。 만약짠사람이숙히만큼 옛부기만하다면자기의행복을 당연한것으
로알고 그를길게살굴생각은못할것이다。

『송선생두 참조쿠만—』 헤련이의입에서는 이런말이나왓다。

『세상에낫분사람이 어데잇나 안그래? 물론그이두조흔사람이지만……』

그뒤헤련이는 무슨말을물어야할지몰랏다。 무슨말을할가하고 생각하노라
니가 불숙 쏭쌘지가튼

『송선생이 권선생을 아나?』하는말이 나왓다。

『알지—언젠가 과거를서루이야기하자구그래서 이야기한쩍이잇서。 자기
두한번연애를해보앗대나。 그래서평생살사람에게 그것을숨기구야쩨름해서
살수가잇슬것가터야지。 권선생하구지내온이야기를쭉—하구이제는 이저버
럿다구햇지。 그랫드니 조꼼안되엿는지며츨동안은 조치안흔얼골을해가지구
그러드니만정말이저버린듯 대해주엇드니이제는 그런말안해』

『그래정말 이저버럿서?』

『쏘뭇는다. 그런말은 안뭇는거라니가…』

숙히와 혜련이는 가느다라케우섯다. 행여나 누구에게 들리울가하는 조바심이 우슴속에 석기여잇섯다.

첫사랑을 이즐수가잇나하고 혜련이는 혼자생각햇스나 그러한마음을 가지고도 남편을 깃거웁게쏘는 원만하게대해주는숙히를 다시한번우르러 볼쑨이엿다.

『그런데 공부하겟다는결심은 엇더케생겻서?』숙히가 한참뒤 혜련이를보고궁금햇든생각이 불긋솟아오르는것처럼 물엇다.

『내이야기를쏘할가— 그래두 숙히하구는 대조가낫버서 재미가업슬것갓터』

『대조가 심할수록 흥미가큰거야— 알지두못하며— 어서이야기나해요—』

『숙히가 결혼한뒤에도 여러 가지일을격것서—』혜련이는 자리를바로잡으며 이야기를 시작했다.

『다 이야기할수는 업서두 첫재 옵바네집이 잇슬수업서서 돈만알구 부모나형제를모르는 그사람들이아니야 밥을엇어먹구 일을해주고잇스랴니가 평생남의집심부름이나 해주고살것갓흔 기맥힌생각이들겟지 게다가 옵바네집에두 잇슬수가업게되엿서. 글세연자를가지고 철식이에집에다 부양료를청구햇구만 아모리 돈에눈이어두엇다기로 내얼골에쏭칠하는 그런짓을 엇더케하는거야— 구지구지 그것만을말어달라니가 안이한다구하면서두 평양까지 가서야단을치구 멧천원어더온모양이야 그돈을저금해둔대나. 그래두나는 그돈내란말을 평생안 쓰냇서。 그런돈을 내가 무엇하러써。죽으면 죽엇지 그런누명을 쏘쓸수가잇나 돈에 기겁을내는 년이라구 세상이 얼마나욕할테야! 그래두 돈을찻어왓스니더러운욕을 쏘먹지안엇서— 속상하는것을 보아서는큰싸흠이라두하구오고 십헛으나 그래두 젊은내가아니야 아직까지 희망을가질수잇는사람이 그래서소용이잇서야지— 그래 공부나 해볼가하구 생각햇지—』

『참 혜련이는 너무기구해—』숙히가 말을듯다가기막힌듯이 혜련이를 한번칫다.

【40회】 再出發(四)

헤런이는 춤을생켜가며 말을게속했다.

『곰곰히 생각해봐두 공부하는것만한게 도모지업겟서。내가지금당장에 시집을갈텐가 아모기술도업스니 어데취직을할수가잇나 그러타구해서 구박과 학대를바드면서짜지 그집에서늙을수는업구。나에게는 아모런히망도 욕망도업는것가치 생각되엿스나 그래두사람답게 살기는해야될것갓터— 자식이 잇스니자식을 기르고교육을식혀야지。늙은어머니가 고생을하시니 얼마간이라도봉양을해야지。적어두이것만은 해야할것갓터。그래서자립하는생활을만들기에적당한공부가업나하고생각할때 서울서보육학교선생으로잇는 동창생에게서편지가왓겟지。그래 고학두할수잇느냐고 편지를햇드니자기가 어쩌케서든지주선해준다고 올라면오래요。그래서 지금입학하려가는길이야—』

『멧살인데 지금공부야—』

『암만살이면 공부야못해? 공부를해서 돈을벌어야하겟서 우선 연자가불상해 못견지겟서…』

『참 연자를 쩨노코 어더케 오래잇슬수잇슬가?』

숙히는 그맛한결심으로 고학하겟다는 헤런이의말을들을째 가슴이 찔르는듯햇다 자기는 넉넉한집에서 생활과 돈에대한걱정을아니하고산다 내년이나 내후년일도 생각할새업시 현재를만족하고잇다 그러나 헤런이는일평생살어갈길을닥기위해서고학짜지를한다고한다 자기마음대로한다면 『학비는 내가낼게—』하고 선뜻말해주고십헛스나 자기는 남의집사람이다 수만이가 아모리 돈을애끼지안코쓴다해도 남을위해서는 한푼도쓰기를 즐기지안는다 즐기지안는것을청한다해도 못할줏을한것처럼 찡—해할것이다 그러기는실타 실허하는것을 청하고십지는안타 그러타면 자기가 남편에게 약점을보히는것도된다。

그러자니 헤런이에게 깃분말은못해주고 섭섭한짠이야기나할수박게……

『할수잇나— 쩌날째 우는꼴을보니 내가못된여자갓터죽고짜지십드라。게다가밤낮 구박만밧고개밥에 도투리처럼 외짜루나는것을생각하면야 잠시두

써날수업지— 그럼 어쩌케해— 일평생살어나가기위해 한이년쯤 고생을해야
지 죽는줄알면서라도 살어야하지안어—』

『그러자니 고생을 얼마나되—』 말을들을수록 짝해보혓다. 나이 수물여섯
이나된여자로 이제공부하겟다는것만도 보통일이아니다. 게다가 어린쌀을
밋지못할집에맛겨두고 저는 고생대로고생을한다는것이 그냥 듯고넘길수업
는일이엿다. 그래서 나온말이

『혜련이— 다시 결혼아니하고는 살것갓지안은생각이 째째로들기는해—
숙히가청진을써난뒤치운겨을에우쑥허니안저이런생각저런생각을할랴면혼
자가너무외로운것가터—의지할대가잇서야할것가터—그러나 지금내가 결혼
을한대면 상대해줄남자가 잇기나할내는지도모르지만 대체엇던남자와결혼해
야 할지두모르겟서— 좌우간이년간공부를하니짜 그동안생각할틈이잇겟지!』

『나는아무래두 결혼하는게날것갓터—공부를한대야늙을째까지 돈버리를
할수잇나………안그래?』

『글세』 혜련이는그문제를가지고 그리깁흔생각을못햇다 짝한일만 연겁허
생기고 외로움이 몸을움직이지못하게할째마다 혼자몸으로 늙을수다는늣
김을 늣겨보앗스나 공부와결혼과를 비교해본적이업다.

『잘생각해봐 난두생각해볼게— 서울가서두 늘편지를해줘— 그새조혼사
람이잇거든 골라보기라두할게……』

『글세…………』 혜련이는그저막연한대답을햇다.

『옹색한째가잇거든 편지를해요. 조곰식이야 나두도을수잇스니가 !』

숙히는 그래도 자기와가튼 입장에잇스면서 이런말을아니해서는안될것을
늣것다. 그러나 자신업고 씨원치안흔말에 제가붓그러워 얼골색을붉히엿
다. 혜련이가 고맙다는말을하기도전에 자기의얼골빗을 도리키랴고

『권선생에게두 편지를해둘테니 종종맛나봐—』

『참 서울가거든 권선생을꼭볼래— 어쩌케생긴사람인지 보고십겟지!』

『조혼동모가 될걸—』

『쉬!』 무슨발소리가나는것가터 혜련이가입을가리고목소리를나추엇다.

【41회】 再出發(五)

혹시 수만이의발소리가아닐가하고 겁을먹엇든 혜련이는 그것이왓다갓다 하는식모의 발자국소리라는것을안뒤에야 안심을햇다. 아모리숙히가 수만 이를원만하게대해준다고해도 자기업는새성구이야기하는것을안다면 조치안 어할것이 분명햇다 그래서 될수잇는대로 그집에서는 성구에대한이야기를주 의하려햇다 그러나숙히가아모겁업시 성구이야기를 되려쓰냇다.

『아직까지 신문사에 잇나봐 요전에엇던잡지를보앗드니그대로근무한다구 그랫드군! 내가 제일조와하는동모라고그러면 무척반가워할걸! 그래두 내이 야기는 될수잇는대로말어웅! 내마음은 나혼자만이 늣기고잇서야할의무가잇 는것과마찬가지로 비록권선생에게나마 내마음을아르키여줄궐리가업서! 알 엇지』

『아직두 못이젓서ㅡ』혜련이는 야유하듯이 우서가며 농담갓치이야기햇스 나남에게는 알지도못할그마음을 그대로 곱게가지고 잇는데감복을햇다. 그 리고는 쑴과현실을양손에쥐고 그들을쪽가치향낙하는숙히가 참으로행복스 러웟다 현실이낫버서쑴이너무나 비참해서 현실에목을매단것도아니다 버릴 수업는쑴과행복스러운현실이 그의운명이며 짜라그가가지여야할양식이다.

그러나 자기는? 자기에게는 아모것도업다 쑴이라는것도잇지못하며 현실 이라는것역시비참하기만할짜름이다 나이 수물여섯이나되여 공부를해보겟 다는자기에게 화려한쑴이잇다면 그것이 대체무엇이될것인가? 돈을버러 연 자를 공부식히고 늙은어머니를 모시겟다는것도 쑴이라고할수잇다면 그러한 쑴은 아직까지젊은혜련이에게잇서서 너무나 짝짝한쑴이다.

공부를 더한다고해서 자기가 영예로울것도업다 무엇을좀더안다고해서 그것이자기자신을만족식혀주지못할것이다 공부라는것은 결국자기의현실을 써나 새로운현실을만드러보겟다는 욕망으로박게볼수업다. 그박게 아모짠 것이업다 새로운현실역시 얼마든지 짐작할수잇는좁다란세계라는것을 잘아 기째문에 공부에대한 애착과호기심을 가질수가업다 될수만잇스면 이년이란 긴세월을 준비시대로보내지안코현실을바꾸고십지만은 그럴길이 전혀업기째문에 지금써나야하는 헤련이다.

만약에 보육을마추고 어쩌한유치원에든지가서 사업적으로 일을하며 일생을영육사업에밧친다는 그러한꿈을가질수잇다면 공부하려가는길이 얼마나깃부고 희망에찻슬것인가? 그러나 헤련이는 그러한생각쪼차 마음속에가질수업다 공부는돈버리를위함이라는생각이 그의길을닥지노앗스니가― 그의짠생각은 그에게잇서서허영이다 그의생활은 생활을버서난허영을 조곰도 허락해주지안엇다.

이런생각 저런생각을하고잇노라니 숙히는 자기와너무나차이나는세계에서 살고잇는사람가티 가튼자리에안저잇기가 어색한것갓햇다. 잇스면잇슬사록 생각하면생각할사록 자기가서글퍼지엇다. 녯날에는 자기에게도남부럽지안흔꿈이잇섯스나 이제는 주어담을수도업시째지고말엇다.

『멧시차가잇는지요?』

『그러케 빨리가서 무엇해좀놀다가지―』

『곳가봐야겟서 그이도기다릴테니까……』

『그이라니?』

『나보고 오라구한동무말이야―』

『하루쯤 늣겟다구 전보를치지며 이러케왓다그래오늘루갈테야?』

【42회】[4] 再出發(六)

숙히는 작고말리엿다 그는 헤련이를붓잡고 하로밤이나마 더지내기를참으로바라는모양이다. 그러나 헤련이는 서울일도궁금햇고 숙히네집도 그리탐탁지가못햇다. 잇지못할집에 잇는것가티 사지가피곤해진다. 그러케그리고 반가워하든동모이지만 말할이야기주머니가꼭막힌것도갓다. 짜라 압흐로전개될 자기의생활을한시밧비 제눈으로바라보고십흔충동이이러낫다. 대스롭지는못할일이지만 엇더한집에서자게되고 엇더한선생에게배호게되고

---

[4] ≪만선일보≫에서는 45회로 오기를 하였는데 본 정리에서는 그것을 순서대로 42회로 고쳤다. 이하 6일분에 해당하는 회수가 모두 그러하다.

이러한생각까지머리에써오낫다.

수만이가 도라올째짜지헤련이와숙히는 이야기를끈엇다. 청진이야기며 서울이야기며 쪼는 숙히네 결혼생활담까지 시간썻 소군거리엿다. 헤련이는 저녁차로 써날마음을 가지엿기째문에 그동안만히재미잇게지내다가랴고햇 기째문이다. 그러나 수만이가 도라와 어대로 산보가자고할째 헤련이는 그 를 거절햇다. 남보기에한가한산보를 거닐고십지가안을쑨아니라 나갓다오 면 저녁차를 탈수가업다.

그집에서 밤을지내고십은생각은 도모지들지가안엇다.

『아이구— 함흥구경을 좀하면어썬가! 하기야서울서사실양반이니가……』 숙히는 그래도 자기남편의의견을 짜르고십흔 모양이엿다.

『다음에들려서 구경하지— 오늘은 아모래도 가야겟서—』 헤련이는 구지 자기고집을세웟다.

『그럼 이번 여름방학에는 꼭 들릴테야? 그째는 우리가 하자는대루 해야 돼?』

숙히는 아쉬우나마 이러한약속을제기햇다.

『그래!』 헤련이는숙히가자기말을 들어주는것이깃버 『그럼 오늘은 내말대 루 해야돼—』하고 남어지멧시간을집에서 작난하자고청햇다.

『무슨장난을할가?』

『도람푸나할가—』 수만이가 말참에를햇다. 키가큼즉하면서 체통이 굵어 사내답다.

게다가 줄잇는 곤세루양복을입어 늘신해보히는 체격이란 어쯴사내에게 나 질것가지가안타. 헤련이는도람푸를쓰내려 객실로나가는수만이를 물그 럼이바라보며철식이를생각햇다. 그도남못지안흔체격에 누구에게 싸지지안 홀 남성적인얼골을가지엿섯다.

헤련이는 고개를흔들엇다 철식이의생각을 그만두고십퍼서

도람푸가시작되엿슬째 헤련이는 그래도수만이를주의해보앗다. 작고보혀 지엿다.

그는헤련이게도 할수가업는일이다.

　수만이를보고 철식이를생각하려는마음이업지만 철식이를쩌난뒤 일년이
넘도록 이성이라고 처음대하는사람이다. 비록 가장친한 숙히남편이지만 수
만이가 사내라는점에서 혜련이의눈을끌엇다.

　『허허 이거문제가안되는모양이로군요─』

　첫번에익이고 수만이가너털웃음을웃엇다. 그쌔 혜련이는 숙히의얼골을
처다보앗다. 수만이의호걸스러운웃음이 철식이의웃음을 연상시컷기째문이
다. 언젠가 하로밤을박게서 새우고드러왓슬째 혜련이가 질투에갓가운눈으
로 조혼여자가잇느냐는말을하니가 댓바람에 큰웃음을칫다. 혜련이를경멸
하는것가트면서도 자기를 위엄잇게보이려는 간교한남자의웃음이엿다.

　그러한남자의안해로구나하는듯이 숙히의얼골을보기는햇스나 쓸데업는
착각으로행복스러운 숙히를 모독햇고 그러치도안은 수만이를낫부게평가한
자기가 방정마즌듯해서 곳고개를돌려버렷다.

　『언제 서울로 놀려가시지안흐세요!』다문순간이엿슬망정 자기자신을 쑤
주어야할늣김이 엿기째문에혜련이는 거북스런 마음을도리키랴고싼말을 쓰
냇다.

　『왜가지요 갓치한번가겟습니다』수만이가 곳대답햇다.

　『송선생은 그러지안어두각금서울까요. 얼마전에두가섯든걸─ 경영하는
일째문에─ 그래두 밧비단녀오시군하니까!』

　『시간만게시거든 한번찾어주십시오。 잘마지할수잇을넌지는 모르겟습니
다마는……』

　『천만의말슴입니다。 시간만잇스면야 꼭차저가뵙지요。 그런데 가시면 어
데쯤게시겟습니까?』

　『글세요。 아직 어데잇슬지 결정을못햇서요。 기숙사에잇게되거나 그러치
안흐면 제동모와갓치잇게되겟지요。 가서곳편지하겟습니다。 』

　『참 그동무는 어쩐동모야? 그리케친절한사람두잇서─』숙히가자기만이
말업슴을느꼇는지 가운데튀여나왓다

　『내중학동창생인데 동경가서 고등사범을마추고 작년봄에나왓대。 작년봄
내가 평양들리엿슬째 우연히 맛낫는데 여간반가워하지안엇서』

『무슨 고등사범이래요?』 수만이가 아는사람의 일가티 물엇다.

『그것은 확실히모르겟서요 그째 그런것짜지 물어볼 여유가잇서야지요?』

『지금 잇다는 보육학교는요?』

수만이는 다시물엇다. 몹시궁금해하는 표정이엿다.

『성신 보육학교애요─』

이말을들은 수만이는 갑작이 낫색을변햇다. 그리다가 혜련이와 숙히가이
상한눈으로바라보는것을안뒤

『누가선이지요?』

하고 허트러지잇는 도람푸를 성급히 주서보앗다.

【43회】再出發(七)

써나랴고생각햇든 오후차에 혜련이는써나고야 말엇다 친절하게대해주든
수만이가 정거장에나오지안은것은 조곰 의아한일이엿스나 기차를타고 숙히
와리별을하자니 그런생각은 머리에드러올틈도업섯다 맛낫든것은깃부나 이
별을하게되니맛나지안엇든것보다 섭섭한생각이 더들엇다.

그나 그쑨인가 써나는기간에서 수건을흔들며 숙히와의이별을애끼랴고할
째 청진서써나든생각까지 치밀어올랏다.

발버둥질을하며 혼자가는자기를원망하든연자─ 울음소리를함부로내든
그연자의얼골이 웃음으로깃부게보내랴는 숙히얼골에 써올랏다

이별하는장면이 다르것만 그것이이별이라고해서 그런지 연자의울음소리
가 쌘히들리는것갓고 숙히와가아니라 연자와써나는것처럼 늣기여젓다.

기차가 어데짜자갓는지도모르것만 혜련이는 사라지지안는연자의 그림자
를보며 수건든손을 차창에서 쓰러드리지못햇다.

『연자가지금도우는가부지』

필시연자가 청진서울고잇는것갓치 생각키엿다 핏줄에의해 연자의울음소
리를늣기는것이라면 ─ 혜련이는가슴이아팟다.

연자가울지안으리라고보장해줄사람도업다 애들과싸흐다가도 울수잇는것

이고 조곰만잘못하면 올케에게매를마저울수도 잇는것이다

다섯살박게안된 어린것을 혼자내버려두고 공부를해서는 무엇하나― 하는 생각이불현듯들엇다.

공부하는동안 한사람을괴롭게하고야 말이공부가 얼마나귀한것인가―

그러나그는 자기가가는길이 낫부다고는생각지안엇다 자기의 생활을변동식히지안는다면 연자뿐이아니라 자기역시죽을째까지 괴롬속에잇서야한다. 그러케완고하고무지한 철식이의 아버지까지 후리여돈을쌔서 오고야만 옵바다.

돈에대한애착심이클뿐아니라 돈을쌔는데는 수단이아조능난한이다. 더구나쓰기위해돈을모으게 아니라 싸노키위해 돈을모으는사람이라 자기의 자식인들그밋테잇는사람이불행아니할수잇는 것인가? 그러한옵바네집에다 일평생토록 몸을맛기는것보다는 이년쯤 지독한고생을한다해도 그집을나오는게지혜잇는일일것이다.

혜련이가 이러한생각을하니 연자의울음을생각할째보다마음이 가벼워젓다.

『아모것도 이저버리라. 남을 원망도아니하리라』

그는 이러한결심까지하고십펏다. 공부하는동안연자라든가 늙은어머니의 생각이업지안홀게다. 생각이날째마다 가슴쓰려 마음이약해질게다. 그럿타면 공부가안되기쉽다. 그러키째문에 공부하는동안만은 무엇이나이저버리자― 쏘공부가힘들다고해서 자기보다난사람을 원망해서도 안될것갓텃다. 남을 원망한다는것은자기의마음을약하게먹고낙망할째에이러나는생각이다. 남을밋고의지하다가 실망될째 원망이라는것이생간다. 남을너무의지할 필요도업다. 더구나 아모리힘든째가잇더래도 옵바를밋지말아야한다. 철식이네집에서 돈을가저왓다해도그돈을 쉽게내줄옵바가아니오쏘그돈을 바더쓸자기도못된다.

공부하나 만을하기위하야그는여러가지로구든마음을먹엇다.

그새 자기를 괴롭힐여러가지장해물도 생각해보앗다 장해물이나 자기를 유혹할것들을 모조리생각해보고는다시자기가그것들을 물리칠도리에대해서 곰곰히생각햇다 무슨일이잇다해도 능히익여나갈수잇는듯 마음이든든해지며 자신이생겻다. 나어린처녀와도달리 쓴맛단맛을 다격거본여자라는데에자기가 자기를 미들수도잇섯다.

원산을지나 안변 석왕사를 거듭지날때까지 혜련이는 짠생각을못했다. 어느새 해가지엿는지 지금은어데를지나가고잇는지 그것도알지못했다.

그저 서울이 갓가워진다는생각과 빨리서울가서 부닥처보겟다는마음만이 그의가슴을두군거리게햇다.

기차는쉬지안코 밤길을다름질햇다 혜련이의운명을실고가기가힘든다는듯이 푹푹피곤한소리를내면서

【44회】 下宿(一)

『동환아!』 성구가 대문을드러서며 자기방을향해큰소리를첫다.

『응─』 방안에서 나오는소리는 성구의음성에비해서기운차지가못했다.

『응이머야?』 성구는 유리로된밀문을열고 모자를버서 동갱이를친다음 구두끈을풀엇다. 숨이갓부게 밧비왓는데도 동환이는 아래방에누은채 그대로 잇는것이 나무램간다는말인모양이다.

『지금멧분이지?』 그째야동환이는 아랫방에통하는문으로 웃방에올라왓다.

『네시이십분』

『그래 더할말이잇나?』

『오분쯤 느즌거야보통이지 사에서 조금늣게야써난걸할수잇나─』

『알엇서 그만두어─。 좌우간나는 시간에서 오분을기다렷스니까……』

성구는 구두끈을 푼다음 다다미로된 웃방으로드러가 등의자에 안젓다.

『자─식』하고 동환이의억개를툭치고는 쩨쫀담배갑에든 마코를쯔집어내여 성냥을그엇다.

동환이도 마조안저 담배를피엿스나 그는말을아니하고 벌신벌신웃기만햇다。 기다리기는 기다리엇스나 그리낫부게생각하거나 나무램하지는안는모양이다.

『그래 넌언제왓니?』 성구가 물엇다.

『나야 꼭제시간에대드러섯지—』 동환이가대답했다.

『너야 돈내구단니는곳이니 마음대루나올수도잇지만 나야 돈타먹은데니 할수잇나가—』

『잔소리는말구 오늘은어데루갈가—』

『아모데나가지그래—』

『명치좌? 부민관?』

『부민관엔실혀— 조선명창대회지— 그건암만들어야재미를알겟서야지』

『하여튼나가세—』

『벌서나가서 뭣하나?』

그들은 서로맛나기로 약속을했서두 맛난뒤에 어써케할게획을세우지안엇 섯다. 한집에서 갓치먹고 갓치잠을자며 살어나가는그들이지만 별일만업는 한성구의퇴사시간을중심으로 네시십오분이면 집에도라와야하는것이 매일 되푸리하는약속이엿다

그런만큼 아침서로써나각각다른데로갈째마다 저녁에 어써케할것까지 번 번히생각해내지를못한다 헤지엿다맛나는동안 서로보고 들은것가운데서 조 흔데가잇스면놀러가기도하고 갈만한곳이업다든가 집에서해야할일이잇다면 그대로집에안저잇는것이 그들의습관이엿다 그러나성구의월급날이거나 동 환이에게 서류가올날이면은쌔지안코구경가야하는것이 쏘한두사람사이에 묵묵히성립된도덕이다.

이날은동환이에게서류가왓다

『이것좀볼래?』 동환이는주머니에서 서류싹지를 끄내여둥근 테불우에 탁 내노앗다. 성구가집어생키여도겁이안난다는대범한표정이엿다.

『이번엔 일즉왓구나!』 성구는 아모것도아닌 조이조박을보듯 오십원짜리 싹지를얼핏드러다보고말했다. 그이역시 돈에대한호기심이그리잇는것갓지 안엇다.

『아니야— 이건 월급이아니구 짜로청구한돈이야』

『뭣하게? 양복두사구 다햇는데!』

『구두하구 와이샤츠 넥타이 모자 쏘 책두좀사야지!』

『응그래! 그럼나가볼가!』성구는몬저이러섯다.

돈이왓스니 좌우간 나가야하는모양이다. 그럴때 동환이가

『아 참―』하고 성구의억개를 힘껏치엿다.

『놀랫다 자―식』하고 성구는 그지아모일도아니라는듯이우섯다.

『이놈아 한턱내! 너한턱안냇다가는 큰일난다』

『왜?』

『글세 한턱내야 내가편하게해주지 그러치안흐면참큰일이다』

『무슨일?』

『글세낼테야 안낼테야? 그것부터말해봐―』

『자―식 한턱내기는 무얼내? 말이나해봐무슨일인데……』

『이놈 너 아직까지 숙히하구 편지질하더구나! 남편잇는색시하구그러다가 큰일날라구― 너한턱안내문내가숙히남편한테 편지한다―』

『하렴!』하고도 성구는성급히 『아니오늘편지가왓다?』하고 동환이에게 갓가히대섯다.

【45회】下宿(二)

동환이는 자기양복주머니에서 이중봉투의편지를쓰내여 성구난압페댓다.

성구가재싸르게 편지를빼스랴니가 동환이는 편지쥔손을 움칠하며

『굉장한데…』

『무에 굉장해?』

『시집에서 시집주소로편지를하는것이말이야―』

성구는 기다리지도안엇든편지다. 벌서 멧달채 보내지도안엇스며 밧지도 못하든숙히의편지가 우연히도 오늘다시왓다는것은 성구로써도 이상히생각 안할수업는일이엿다.

결혼청첩을밧고 결혼하는날 축전을보낸것이마즈막이며 그뒤편지할 사유 도업다

사유가업다는것보다 편지갓튼것을 주고밧들 환경이아님을 임이생각해오든바다

『글세—』 성구의 의아하다는듯이 고개를외로 트럿으나 그래도 숙히의편지라가슴을 두군거리며

『빨리내라。어대읽어보자—』하고 동환이에게빌부텃다。

동환이도 그쯤 애먹이엿스면 주어도좃타는듯이 선듯 책상우에노코 손바닥으로탁치엿다。

『엇젓든 행복스럽다。사랑하든여자가못이저하니—』

성구는 편지를 쓰덧다。

혹시 속편지가 찌저질가하야 책상에 탁탁치고 가장열어보히는쪽으로봉투를 쓰는것이다。

편지를읽는동안 동환이는변해가는성구의얼골만을 바라보고잇섯다 다읽은뒤 편지를 동환이에게 맷기며읽어보라는뜻으로 웃을때

『아모래도 못잇겟다고 햇니?』

『자—식 읽어보렴—』하고성구는 긴장되엿든가슴을한숨으로풀엇다。

동환이는 두칸에석줄식쓴페지지 다섯장을 한참동안이나 읽엇다

평범한듯하면서도 친숙한맛이잇슬뿐아니라 가장밋는사람에게 이야기하듯한 다정스런편지다。자기의생활과지금의환경은 한마듸도안썻스나 그런것을 알고십흔마음이 이러나지도안케 편지가능난햇다 얼마나친절한지는몰라도 서울온다는여자를소개한말은 소설이상의흥미를끌엇다

그여자의과거라든가 지금의환경이라든가 쏘는나만은여자가 공부를할랴는것은아모래도 고적이크기때문일것이라는말을쓴것갓흔것은 보통상람으로그려낼수업스리만큼 실감과감격을주엇다。

『이래서 네가숙히를 조와한거로구나—』동환이는편지를다읽은다음 그내용은둘채로 그글에감탄되여버렷다

『편지는참잘써! 그러기에멧해동안을 편지로만이야기하는데도 쏙맛나고십흔생각이업섯지……』성구는 다시한숨지엿다 무엇때문인지 자기도모르는한숨이다 설레이는가슴에서 저혼자나온거실게다。

『책을 좀더읽히고 지도만잘해주면 문학적 소질이상당하겟다야—』

『원체 재간이잇스니까 ! 그래두 문학으로 나갈생각은 도모지안하거든 이상해 내소설이나면 꼭읽고 독후감을 그럴듯이써보내지안엇서—그러면서두 자기가해볼생각은 안해…』

『차라리 잘됫지—만약숙히두 문학을한대면 비극이 더커질는지아니…』

『비극이 전혀 업섯슬런지는 누가아니?』

『이놈—그래두 못이저서……』

성구는 머리를긁으며 웃엇다 숙히와써난뒤 아직까지 혼자서지내는 성구다편지쓸자유쏘차업어지기는햇스나 그래도 숙히를 아조잇저버릴수업는그엿다.

될수잇는대로 이저버리랴고 노력한다 생각하야 쓸데업는기억을 해방식히랴고하나 그것은 자기의뜻대로되는일이아니엿다.

숙히를 연상식힐 건덕지만잇스면 아름다운꿈을 다시쯔집어내고야마는것이 성구의습성이엿다.

『혜련이?』동환이가 편지내용을생각하며 숙히가말한여자의일흠을 외여봣다 성구에게 자기의기억이 올혼가를무러보는듯이—.

『응—최혜련— 처음듯는여자야—』성구도 자기의기억력을 시험해보듯 되푸리햇다.

『네가 쑤쟁이노릇을해주야겟구나… 애싸지잇는여자가공부온대는것이 별다른쯧이겟니……』

『그러켓지— 그래두 내가왜 그런쑤쟁이노릇을해—』

『누구의부탁인데……』

그들은 다갓치웃엇다 그러나 동환의웃음은 성구의웃음보다쾌활햇고 컷다

【46회】 下宿(三)

혜련이라는여자에대해서그이상더 이야기를아니햇다. 서울서 공부를하고 잇겟구나하는생각을 제각기햇슬쑨이다.

성구와동환이는 하숙집을나와 약속한길처럼 종로로것고잇섯다.

저녁째가되여그런지 지나다니는사람이 길에긋득찻다

어데를가잔말이업섯고 어데들가잔말도아니햇스나 사람들틈을새여 화신 압까지걸엇다.

성구가 말업는것으로보아아직까지 편지에대한생각이업서지지안는모양이다. 동환이역시 남의감정을 어질러노코십지가안어 그냥내버려두엇다.

동환이는압장을서서 화신안으로드러섯다. 물론성구는그뒤를짜라 오층식당까지갓다.

말은업스나 저녁을먹어야할것은 확정한사실이다.

식탁에안즌뒤 성구는사람만은곳에서도 유달리 무엇을 생각하듯이 묵묵히잇는것은 그리 아름다운일이아니라 생각하야

『무얼먹을가?』

『런춰먹을가?』

『너무고급아니야?』

『한번쯤이야』

동환이는 종을울리여 여급을부른다음 일원짜리지페를내노코 런춰를 주문햇다

성구도 월급을밧고 동환이도 매달사오십원의돈을쓰기째문에 돈을함부로 쓰지못한다. 다갓치 문학을하는사람이고 취미가갓기째문에책도사야하며 생활을재미잇게하는오락도잇서야한다 저녁을먹고 산보를갓다가는차집에도 가야한다. 이런돈 저런돈을—그것을 반듯이하야할것으로 역이지만—쌔고나면 식당에단니며 빗싼음식을먹을수는업는그들이다.

그러나 돈온날만은 돈애씰줄모르는 동환이다. 돈이쩌러지면 전당을내가면서담배를사먹는다할지라도 돈만오면 하고십든일 사고십픈물건을 사야햇다. 더구나이번에는 주머니에 잔돈이남어잇슬째온돈이다.

동환이는 돈에대한생각은조곰도업시 성구의얼골을쌘히드려다보앗다.

『왜보니? 처음보는 얼골이가?』 무미한듯이성구가말햇다

『참 이상한여자야 쌘여자가트면 편지할생각을 꿈에도못할텐데……』

『그러키째문에 조타는거거든 한번조와하다가 짠남자와결혼한뒤 그남자를칼로찌른듯이 씃어버린다면 생각할것두업시 평범한여자지무이야―』

『그래 생각을하면 무엇해 평범아니해서조은게잇나』

『조은게잇는지 업는지는몰라두 생각나는것을 어써케해―』

『서루 손해야』

『난모르겟다 그래두 연애한번못하여본네놈이 무엇을안다구그러니』

『못해보앗스면 알지도못하나…』 이런이야기를할째저녁이왓다.

성구는 밥먹고십흔생각도업는지 폭크를들고 씨적씨적할쑨 시원하게집어 생키지를안엇다.

『못낫다야 ― 평범한편지를밧구무얼그리오래 생각하니』

동환이는 보기가조곰 민망스러윗스나 분위기를가볍게하랴고 야유에갓가운 우슴을우섯다.

『응 ― 내가 참못나서 이째까지잘잇서오다가 쏘그래지거든 ― 이제부터는 생각지안을게…』

성구는 사죄나하듯이고개를 쓰덕쓰덕이며 말햇스나 너도 이런경우를당해보면 들할것이 업다는듯이

『너두 연애를 한번해보아야해―』햇다.

『글세 해보앗스면 조키는하겟다마는 나는 연애갓튼것을 할것갓지두안타 나이삼십이나거이되여서너가치 쎈치펜탈한연애를할수가잇나』

『검방진수작두하네 그래두내가우이지 네가 우이냐?』

『허허 내가 우이지 엇재네가우이냐?』

『내가 한달몬저나왓스니내가우지―』

그들은 꼭갓치 수물일곱이다. 달로차이가나기는하지만 무슨일만생기면 서로어른이라고 농담삼어이야기하는것이 쏘한그들의버릇이다. 그러나 이런이야기가나오면씃칠줄을모르고 자기가어른이라는것을 증명하랴한다.

『내가 장가를몬저가스니너가튼총각이야 나보구 어른이라구하야해―』동환이의말이엿다.

『내쉬염을브아라 너보다어른인가아인가―』

【47회】 下宿(四)

성구와동환이는 나이가갓고키가갓고 무엇이든지비둥비둥하다 그래서고 집을세우고어른이라는말을 내세울랴면누구든지 자기가할말이잇다。

성구는 아래턱과웃턱에쉬염이만타 그반대로 동환이는그리만은쉬염이못 되여 멧츨만길르면 멧오래기식쑈죽하니나오는것이보기실엿다。

그러나 동환이는일즉장가를들어 지금은어린애의아버지다。

그러타고해서 성구는 쉽사리지지를안는다。갈남한동환이가와달리 걸망 해보기는성구는 일즉부터고생을해서그런지 이마에주름살이 멧개잇다。그 는그것으로 쏘자기가 나이먹은것을증명했다。

□□□□□□…5)성구보다 일즉시작한것이잇다 전문학교야 작년봄에가 치졸업한것이니가 공부도가치시작한것이지만 소설을성구보다 몬저쓰기시 작했다。동환이랑일홈이 문단에 알리워진뒤 일년만에야 성구는 창작을발표 했다。

그러나 지금은 거이가티평가를밧고잇슬쑨안이라 네것내것할것업시 지내 는 그들사이에서도 문학만은 자기의것을 더사랑하고 잇는 것이다。그래서 그이야기만은 아직쌔지 입박에 내보지를못했다。

『자— 이제는 가보자—』

어른을 결정짓지못한채동환이가 이러섯다。

『가볼가—』

성구도 쌔라이러섯다。

그들은 구리개를지나 명치정에잇는 명치좌로갓다。

문네영화라고하는 『푸라그의大學生』의푸로마이드가 입장권파는여페 부 터잇기째문에 그들은몬저 장면장면을봄으로써 그사진의내용을알랴했다。

한참동안 그러다보고는예고에서본기대와 그리차이가업슬것을늣기고 입장 권을삿다。그래도 가튼갑이면하고 이층으로올라가 겨우자리를어더안젓다。

사진의 내용은 대학에단니는 빈한한학생이엇든 기회에 유명한 여배우를

---

5) 여기서 10여자가 잘 보이지 않아 누락시킨다.

알고 사랑하게된다. 그러나돈업는사람이고 더구나 학생이라는데서 그의사랑은 꿈에 갓가울것으로된다. 현실적으로생각하면 그러한여자를사랑하지 안어야하는것이지만 감상적인 몽상이 그이속에 숨어잇서 어쩌케든지그여자를 사랑하려한다. 그래서 현실과 몽상이 서로마음속에서 싸호다가 나종에는죽어버린다는것이 사건의이야기다.

성구와 동환이는 사진을다보고 박으로나왓스나 서로아모말을아니햇다. 문학을하는 사람들인만큼 감정이예민하며 감수성이빠르다. 한젊은이의고민을 활동사진으로 보앗다하나 그젊은사람을 배우로만보지안코 현실에잇는 한사람의 생활로보기째문에그들은 제각기활동사진이준영향을 몸에밧고잇기째문이다 그래서 지금활동사진이 눈압헤보히지는안으나 그들의눈에는 사진의주인공이사라지지를안엇다. 명치정골목을지나본정통으로나갈째까지도 그들은 푸라이그의대학생을 생각하고잇다.

『어느것이 더위대할가? 꿈과현실이…』

성구가말을쓰냇다.

『위대하다기 보다도 어느것이 더필요한가가문제지?』

그들의얼골은 중대한것을의논할째갓티엄숙했다.

『어쩌케 말하나거이가튼뜻이지만 하여튼꿈과현실가온데서어느것은 긍정하고 어느것은 부정할것이못되지안허?』

『어느것이나 부정할수야업지 꿈업는현실은 너무건조하고 현실업는꿈은 너무나 허령하니가 그게문제지—』

『그것들을 다가지고살자면 결국 그대학생처럼 죽어야하지안을가? 사실 그중어느하나를 내버릴수는업는것이니까…』

『글세 죽을수도잇겟지 그러나 죽는다는게 그리쉬운문제가아니지안어?』

『그러지만 꿈과현실이 서로싸호고 서로 분렬이되여어느것이참으로자기인지를모를째는 죽어야하는것이아니야?』

『왜?죽고십허?』 동환이는그째야 웃는얼골을지으며성구를바라보앗다.

『자—식 내가 그리죽을것가트니?』

『너두 꿈과현실의갈등을가지고잇스니 죽을래면죽는게아니냐?』

『난 이째까지 죽엄에대해선생각해본적이업다. 첫재겁이나고 쏘죽은뒤의 쓸쓸할것을생각하면 참아어쩌케죽니?』

그들은 조선은행압흘지나 부청압흐로가는길가 찻집으로 드러가면서까지 이야기를끗치안헛다.

【48회】 下宿(五)

차ㅅ집은 그들의둘채하숙과마찬가지다. 우울할째나흥분되엿슬째나 동모를맛나이야기하고십흘째나할것업시그들이 즐겨가는곳은 찻집이다. 사진관에서어든흥분을 짜라안지기위해서도 그들은찻집에갓다.

비록 여러사람이 한곳에모히기는하나 그래도 조용한데다가 음악이잇스며 차가잇고 찻방다운 분위기가잇다 좁은하숙방에서 무미한벽만을바라보다가 푸른상녹수들이 방안에그득찻고 뿌연전등이 피곤하게 빗나는찻방에만오면 업든생각도솟사오르는것갓고 숨엇든생각도 다시써오르는것갓헛다.

사각진 나무테이불을가운데노코 마조안즌그들은 코—히를 주문한뒤 다시 이야기를계속햇다.

『너두 죽을각오를한뒤 숙히를 한번더사랑해보렴』

『그러케하면네가 소설을쓰겟니? 안할테야 안해』

『그래—네가죽거든 얼마든지쓸테니 재료를 공급해라. 』

『네가 소설쓰기위해 날더러 죽으란말이지? 낫분놈갓트니……』

『그런게아니야 우리가 예술을한다고 하지만 예술적인생활을해보아야하는게아니야 예술적생활이란죽엄을바치고라도 자기가하고십픈일을 조곰이나마해보아야하는거거든—물논그런생활이 소설재료가될수잇는것두사실이야 사실이지……』

『그럼 네나한번 그러케해보렴! 거리지에나단니는여자가운데 한사람도마음에드는이가업겟니? 마음에드는여자를 짜라단니며 목숨을바처보지—혼자만알치말고—』

말이 이까지왓슬째 코—히가왓고 레코—드가 갈리엿다.

에레—지(悲歌)가 조용한밤공기를 살몃시울리며 애조를 긋득담어왔다.

『에레—지다— 응— 성구야—』동환이는 노래가 시작하자 발길로성구를 툭찻다. 발길질을한동환이나 발길로채우고 동환이를처다본성구나 일분뒤에는싹갓치 머리를숙이엿다.

성구는성구대로 동환이는동환이대로 생각을짜로하는것이엿다.

성구야 숙히에대한것을다시생각할것이분명하다. 지금노래하고이는 에레—지가 숙히와가치 처음드른 음악이아니라해도 숙히에게서온편지와 구경한 활동사진으로 숙히를생각할수가 넉넉히이잇다. 그런데다가 에레—지는 숙히의레코—드에서 처음듯고 인상깁히한음악이다.

동환이역시 자기의생각을아니할수업다. 어리엿슬째장가가고 어린애까지 잇기는햇스나 사오년채 본척아니하고 지내는안해가 그에게는적지안흔고통이다. 아모것도모를째 부모의맛아들이되엿다는죄로 멋모르는장가를들엇스나 ㄱ자하나알지못하는안해를 안해라는자리에안치우고 자기를그의남편이란운명속에서 썩는다는것이 그의현실가운데서는 가장쓰라린일이며 가장무서운꿈이엿다.

놉핫다나젓다하면서도 부드러웁고 컷다적엇다하면서도 은근한맛이잇는 에레—지가 슯흐게드르면 얼마던지슯흐게드를수잇다. 그들은음악속에서 각각자기의꿈을풀고잇섯다.

축음긔소리가긋나고 짠음악이시작되려할째 성구는자리에서이러나며 집으로가기를청햇다. 동환이도 가랴고생각해섯던지 능큼너러서서차갑을내노코는 박그로나왓다.

아모리 꿈이조타할지라도 성구에게는 너무나괴로운것이엿다. 동환이역시 생각으로풀수업는 기막힌현실이다

아모래도 단념해야할꿈이엿스며 아모래도해결지어야할현실이엿스며 축음긔소리에 발을마출수업는것이 그들의공통된감정이엿다.

도렴정이하숙인그들은 부청을지나광화문통까지왓다.

밤은 임이깁허 전차정류장이 쓸쓸하다.

밤술에취한손님을 실어나르는 자동차만이 헤드라잇트를돌리며 넓은길을

함부로 다름박질한다. 큰거리를지나 적은골목으로드러서서얼마남지안은집을
차저갈째

『매화나 보구갈가―』하고 동환이가 설술집압헤서웃둑섯다.

『난 옥도나 볼가―』 성구도 환성인모양이다.

【49회】 下宿(六)

선술집에도 밤이깁헛는지손님이업고 안주가얼마남지안엇다.

성구와 동환이가 대문안으로드러서자 주모로안즌옥도가『곤상―』하고 성
구를불럿스며 손님이방금왓다갓는지 김치그릇을옴겨가는매화가 동환이를
보구우섯다.

몹시반갑고 갓가운손님인지 어서오십시오하고누구에게나하는인사를 아
니한다

싱글싱글웃는 성구와동환이를보고 옥도가말햇다.

『오늘은 아부나이구즈(쌧족구두)한테갓든 모양이지?』

『왜?』 성구가 엽흐로가며물엇다.

『늣게야 드러오는모양이아니오?』

『늣게오면 아부나이구즈한테 갓다오는법인가?』

아부나이구즈란 놉흔구두를신은 신식여자를말함이다 즉 카페나 빠에갓
다오느냐는말이다.

『복상이 아부나이구즈한테가는거야 보통이지―안그래? 그째 동환이편을
들듯이매화가 갓가히왓다. 』

『암― 못갈게 어데야?』

동환이는 신이나서 대답을했다.

『그럼 누군데― 적어두 매화서방이야―』하고 옥도에게빈죽질을하듯말하
고는 슬그머니 동환의볼기를 쏘집엇다.

『아이구』동환이는 움칠하고 한거름 뒷거름첫다.

『왜들이래? 집안싸홈 인가?』주모로안저잇슬내기에 쓸로나려올수업고하

니 옥도는 성구를보며 웃을뿐이다 성구도 바라보며웃엇다. 제법제안해나
대하듯이―

그들은 하숙갓가온데잇는이술집엘 자주단엿다. 한잔이나 두잔이면 빩애
지는주량이꼭갓다. 그러나 밤늦도록안저 책을읽거나 소설을쓰다가 차ㅅ집
에도갈수가업슬때는 안주도먹을겸 소풍도할겸 이집엘 자조단엿다 그들이
술집에다닌것은 여자도잇는째문이나 무엇보다도 안주를 먹기위한째문이엿
다. 밤늦게안저 잇스면늘배가 출출했다. 하숙생활을해서그런지 늦은밤에
고기조박이라도 먹고자야 그다음날아침이심상했다. 그래서 째로는매일가
티단니기도해서 서로잘알게되엿고 지금에는 네서방 내서방하리만큼 친하기
도했다. 물론한잔술에도 안주만은 대여섯잔술의안주를먹어도 괜치안을만
큼그들의새는갓가웁다.

성구와동환이는 그리는게심심치안허 내버려두지만옥도와매화는 친한손
님이라고만생각해서말을함부로 하거나 안주갑을안밧는게아닌지도모른다.
어쩐째는 우서운일에 샘을내기도하며 째로는술집색시아닌듯이 색시가업느
냐고 진정말을무러보기도했다.

『안주나구어?』

성구가안주장에서 남은안주를함부로집어다 석쇠에올려노앗다

매화가 안주를 차근차근히노코 소곰을뿌릴때 동환이가

『두분손님 약주노시오』하고 옥도압프로갓다.

『술자시엿수?』그때 옥도는 술항아리에서 술을쓰내며 물엇다.

『술은 무슨술이야? 활동사진구경갓다오는길인데…』

그러니 매화가 쮜여오며동환이팔을잡고

『그래 구경은 밤낮 둘이서만단니시우?』

『그럼 너이들이나갈수잇니?』

『왜? 가재면 못나갈게어데잇서― 작년봄에는 요사구라구경두햇는데…』

『그래? 한번갓치가자…』

동환이는 이러케 대답을햇스나 슬몃이켕기엿다.

정말 더리구단녀달라구하면 그도걱정이니싸 !

그들은 약주한잔에 안주를 들멋이먹고 그집을나섯다.

『그것들이 정말루 그러지안치?』집으로걸으며 동환이가물엇다.

『짜짓것들 그리겟스면 그러래지！ 넌겁이나니 별걱정을다하네. 그저그래 보는거야—』

『아니 언젠가한번 시골서한번 혼난일이잇서서그래 멋모르구 뎀볫다가 나종에살자구그리는데 큰일날번햇서』

『웅! 병짜지 엇덧짜든 그것말이야? 거야네가잘못햇스니짜 그랫겟지—』

그들은 열두시가 훨신넘어서야 하숙으로도라왓다.

【50회】下宿（七）

으슥한골목길로와서 어둑컴컴한하숙집대문을 두둘기려니 쓸쓸한방안이 생각키워 자기네들이 잠자고밥먹는곳이지만 드러가고십혼생각이그리크지 가안엇다.

이런생각은 두사람이서로말은아니하나 꼭가티늣기는감정이다.

비록 공부를늣게하야 학생이란일홈을 겨우일년전에야 벗어낫지만나이는 삼십갓가워오는그들이다.

더구나 조튼낫부든간에부부의생활을경험해본동환이에게는 째로 공방의 적적을혼자늣기곤햇다. 지금 술집색시들과 쓸데업는이야기를하고왓지만 언 젠가시골서 봉변당한일까지 머리에써올라잠자고십혼생각이 더욱업다

벌서 삼사년전일이지만여름방학이되여 시골엘갓다. 여전히 보고십지안 은안해가그래도 자기를기다리고잇다 여기서 냉정한태도를보히면보힐수록 추군추군달려붓는안해에 부화가치밀어 마을서십리나써러저잇는 쌘골술집 으로갓다. 술이먹고십허간것이아니지만 집을써나 멀리것고십혼생각에 혼 자갓든것이다.

거기서 먹지못하는술을색시의권으로 량이상마시엇다 그는거기서 정신을 채리지못햇스며피곤한몸을 움즉이지도못햇다.

서울가서 전문학교에짜지단니는 학생이라는것을안술집색시는 그를자기

방에뉘엿고 벼레별유혹싸지 햇다. 여자라고 안해이외에 알지못하든 동환이인만큼 취중에도 겁을먹엇스나 자기가 능동이아니라피동이라는데하는대로 맷기여두엇다.

생각하면 우서운밤이엇다 그뒤 집으로싸지차저와서여러가지 창피를주엇다. 지금은 완전이낫지만 병싸지엇어섯다.

그런것을생각하니 말할수 업는 전률이 온몸을 썰리게햇다. 오늘저녁에맛낫든 매화나옥도역시 주의해사굘사람들이라는것을 늣기자 주책업시덤빈 자기의입을 씻고십엇다.

『자야지―』 성구도 잠은아니오지만 드러가야겟다는듯이 열린문턱을 힘업시넘엇다 그째 대문열려나왓든주인집할머니가

『아버지가와서 주무시나봅니다』하고 동환이를 처다보앗다.

『오늘아침에 돈을부치엿는데무슨일로오섯나!』하고혼자생각햇지만 장사일로늘 오루나리는터라 그리궁금하게도생각지안엇다.

웃방미다지를열째 아랫방에서 기침소리가낫스나 그들은 기척을아니하고 웃방으로드러갓다.

방이 웃방과아랫방으로되엇스나 조고만문하나만을닷으면 아래위가 아주 맥혀버린다. 아랫방은잠자고 식사하는데요 위다다미방은공부하고 글쓰는 말하자면 서재라고할수잇다.

서재에드러서서 먼저얼골을서로처다본뒤 조곰식붉어진것을 어쩌케하느냐는듯이눈을 써먹써먹햇다.

관치안타는듯이 실죽웃어본동환이는 아랫방과통하는샛문을열고 인사를 햇다

『아버지 오섯서요』

『응― 비료를주문한게 도모지오지안어 갑작이왓다. 어데를갓댓니?』 오십이되여슬가 말엇을가해뵈는 아버지가 그러케무서운눈은아니지만 어쨋든 재미업다는듯이 동환이를 처다보앗다.

성구는 부자의인사가잇은뒤 아랫방으로나려가 절을햇다.

『잘잇엇나? 연애두 재미를보구!』

집에돈냥이나잇스면서도 서울오기만하면 여관엘들지안코 동환이에게로오
기째문에 그는 성구도잘안다. 쏘동환이와제일친한동모라는것까지잘안다.
그러나 밤깁게붉어진얼골로드러 오는것이못맛당한지 인사도 그리반갑지안
케했다.

『부친돈은 바덧니?』동환이에게 연다러무럿다.

『네。 오늘아침에왓습니다』

동환이는 아직찻지도못햇다고 하고 싹지를그대로뵈어고십헛으나 지금
못맛당해하는것이 술을먹고 돈을함부로썻을가해서 그러는것이아니리라고
짐작햇기째문에 묵묵히잇섯다. 이째까지 돈을함부로써서 걱정을듯거나낫
분소문으로 책망을바든쩍이업다.

그래서 그런지 아버지도 더할말이잇는것갓치보헛스나 『그만자지—』하고
는 몬저누어버렷다.

【51회】 下宿(八)

동환이아버지가 그리엄하게생기지는안헛서도 성구는행동거지를 주의햇
다. 전가티 농담도아니햇고 하고십픈말도 긴하지안흔말이면그만두엇다.
어른을대접하는데는젊지안허야 한다는것을늣기엇기째문이다. 동환이는아
버지가 아랫방에잇는데도 담배를피웟으나성구는도로혀 동환이를눈짓하고
자기는 박게나가피엿다. 나이든아들이기는하지만 엇든째는한지리에서 성
냥을갓치쓰며 담배피우는째도잇스리만큼부자간에 직혀오는도덕이다르다하
지만 그래도성구는그럴수가업섯다.

다음날아침 조반을먹은 뒤

『멧츨더 유하시다 가시겟습니까?』하고물은뒤

『저는 신문사에가보겟습니다』

하고인사를햇다.

『오늘누라두 내려가겟네。 가서일이나잘보게—』

동환이아버지는 아침까지도 기분이조치못한모양이다 동모갓치 어울리여

이야기를재미잇게해본쩍은 업서도 서울올째마다 반가운얼골로아들을 대하
듯깃버하며 친절히해주든 그태도가 조곰도업섯다. 성구는 모자를벗서인사
를햇다. 기분낫버하는동환이아버지를피하듯이 인사를한뒤는 절반은다름박
질로 대문간까지나왓다. 자기가지은죄도업고 욕먹을줏도한일이업다. 어제
밤 동환이와갓치 밤늣게나가는것은잘못이라할수업서도 그럿케쑤지람바들
만큼 낫분줏은아니햇다. 그저타분하고명랑치못한분위기속에조곰이라도오
래잇고십지안엇슬쑨이엿다.

『성구—』 대문박게나설째동환이가 불럿다.

『왜그래?』

『오늘두 별일은업지?』

『업겟지—』

『그럼 기다릴게!』

『글세 봐서—』

동환이는 전과가티 신문사가 필하는대로 집에오라는말이다. 그러나 동환
이아버지압페서 무슨큰일이나잇는것처럼 시간약속까지하는것을보혀주고십
지가안어 성구는 어물어물하고 길거리로나왓다.

하숙에서 신문사가 그리멀지안엇스나 동환이와가티 웃기스며 헤질째와
달라 그의거름에는 어덴가 기분낫분표적이드러낫다.

유쾌하지못한마음으로나온것도 사실이나 심상치안은얼골을가지고온 동
환이아버지가 엇더한근심을 동환이에게주랴하는것일가하는생각을할째 그
역 기분이조치가안엇다.

언제나 돈을보내달라고하면 두말업시 돈을부처주엇고 아들이 무엇을하
겟다고하면 우선 아들의의견을잘들어 그것을이해하려고하는 말하자면 어진
아버지엿다.

서울만오면조고마한것이라도 아들을위해 무엇을사주엇스며 시간만잇스
면 서울이야기나 시세에대한이야기를 쓴힘업시물엇다. 그것이전문학교까
지마춘아들을 서울에두고 그아들을자랑하며 자기의위치를조곰이라도 놉게
노랴고하는 시골아버지의 쩟쩟한마음이엿다.

그러나 이번은 그와전혀다르다는것이 성구에게까지 의심을주게한 것이다. 성구는 신문사에드러가서 출근부에 도장을찍은다음편즙실로올라갓다.

몬저온사람이 몇잇기는햇스나 아직대부분이 출근하지안헛다. 그는조간신문을뒤적거리다가 극광신보에난자기소설을 읽어보앗다.

며칠전 극광신보에잇는동모가 단편소설이잇거든하나달라고해서 써두엇든것을준것이 이날조간부터 게재된것이엿다.

성구는 우선 소설가운데잇는 삽화(그림)를드려다보고 곳잘그린이로군하는생각에 마음이 듬직햇다. 그래서 처음부터 오자(誤字)를 고처가며 읽어보앗다.

그리 잘된것이라고는 생각되지안은작품이나 그래도 자기것이 발표되엿고 짜라서 얼마안되는 고료나마돈이생길것을생각하니깃벗다.

무엇을할가?

그는 돈쓸궁리를햇다. 돈원니나될것을 가지고큰것은살생각도못하나 그래도사고십든 책권을산나머지로무엇을할가고 생각하는것이여간재미잇는 일이아니엿다.

일요일날 엇든온천에나갓다올가?

이러케생각하고는 일요일을 이요하야 동환이와가티기차타고 어데로 재미잇게갈것을꿈꾸엇다.

【52회】 下宿(九)

한참뒤 다음날 학예란에 시를 원고를교정하고잇슬째다. 엽헤안젓든 친구가 그의억개를가볍게 두들기며눈짓을하고는 몬저박그로나갓다.

아마 자기를부르는뜻인가보다하고 아모생각업시 짜라나왓다.

조용한 응접실까지 말업시짜나니간성구는 무표정한그사람의얼골을보고 심상치안케생각햇스나 아침부터무슨일이잇나하는 마음만가지엿슬뿐 그사람이 이야기를쯔낼째까지 아모말도아니햇다.

『저— 편즙국장의일을 아시오?』

큰일난것처럼 은근히물어보는말에 성구는 얼핏짐작이되엿스나 확실한말은 듯지를못햇기때문에

『자세모르겟는데요 무슨일말입니가?』

하고 되려무럿다.

『주필과의새가 노골화하는모양인데 불일간 무슨□령이잇슬년지도 모르겟습니다. 그래서 조곰의논을 하려고하는데……』

성구는 벌서 아러채렷다 주필과 편즙국장과는 오래전부터 서로갈등을하며 의견이충돌되엿다. 주필은 주필의권리를 행세하랴하고편즙국장은 자기의연조로보아의견을 썩지안으랴햇다. 아모째라도 무슨일이일어나고야말사이라는것은 신문사사원이 모두짐작하는바다.

『무슨의논이요?』

『지금편즙국장을 내보내면 신문사는말이아니될게요. 주필의마음대루될것이니가— 사실 아무것두모르는주필이세력을쥐고마음대로한대면 신문사야망하는게지! 그러니까 편즙국장유임의 진정서를만들어두며한편으로는 여기서 우리가기세를도두어야할것입니다』

성구는 아모말도아니햇다 주필이 인격자못되는것도알기는알지만 그러타고해서자기가 편즙국장의편이되여나서고십지가안타. 성구는신문사에드러와 그리친한사람도업스며 특히누구의귀염을밧지도안는다.

일에충실하고 월급이나밧엇스면 그뿐이라는것이 그의 생각이엿다. 원체누구에게 아첨을할줄모르고사교생활에 남보다쩌러지기째문에 편즙국장역시 그를개인적으로 조와하지안엇다.

더구나 지금말하는사람이 편즙국장의 소개로드러온사람이라는것을생각하니 사원채용시험으로 아모아는사람업시입사한자기가 그말을듯고십지안엇다.

자기는 어쩐한편에 치우칠아모것이업다.

만약잘못되여 다수의도태가생긴다면 친척도업고배경도업는 자기만이 큰타격을밧을것갓다.

그것도 지금의 편즙국장이아니면 신문사를 쏙쏙히해나갈수가 업다든가

인간적으로나마 존경하고 숭배하는사람이되여 그의편이되여야할생각이 잇다면모른다 그리명망놉흔 편즙국장도아니다. 그런것을 알면서도가티일하는사원의 말이라고씨원씨원히 가담을한다면 자기가 어리석은사람이된다.

그사람은 주머니에서 조이를쓰내며 성구의일홈잇는데다가 도장쩍기를청했다.

『좀 생각해보아야하겟습니다』 성구는 거절을했다.

『그럼 남들이 다쩍엇는데당신만 안쩍겟다는말입니까?』

도장쩍은사람이 불과세넷박게안되는것을보앗스나 그래쏘 성구는 그런말까지하는것이심한것갓터

『안쩍겟다는것이아니라 조곰 생각해보겟다는것입니다. 』

『생각할것이무엇이오 다아는사실인데— 쏘그럴시간도업슬만큼 급하지가안습니까?』

『그래도 생각을해보아야겟는데요—』

성구는 종시 도장을안쩍엇다.

자기를생각지안코 남의바람에넘어간다는것이 성구에게는 가장실헛든째문이다.

편즙실로올라와서 다시일을할째 짠사람들이 자기를주의해보는것갓탓스나 그는못본척하고 펜만을움즉이엿다.

원고교정을 끗맷고 점심을먹으려 박게나갈째다. 전화를밧고잇든 아싸그 친구가성구를불럿다.

『전화요—』하는말도 퉁명스러웟지만 어데보자— 하는듯이 심술굿게 흙여보는눈이심상치안엇다

『네권성구올시다』 성구는전화를밧엇다. 수화기를바든지일분도못되여 전화를쓴엇스나 그의얼골빗치 제대로되기는햇지만

성구는 점심먹으러가든길을돌치고 편즙국장실로향해걸엇다.

【53회】下宿(十)

쑹쑹하게생긴 편즙국장은 처음부터 좃치안흔얼골로대햇다. 하기야 여러가지근심이잇슬것이지만 그럿타고해서 자기밋사람에게까지 그런얼골을보혀주는것이 어썰가하고 생각했다. 그러나아까 그친구가도장만쩍은것을보고하지나안헛나하는 겁이들엇지만 자기가내쫏길째사원을충동식히여 유임운동을식힐만한사람이라면 겁먹을일도못될것가터 성구는될수잇는대로 천연스런얼골을만들엇다.

그러면서도 대체무슨말을할랴는가하는생각이 궁금했다.

이째하지 일년동안이나일을보면서도 개인의일로는한번도 편즙국장실에가본적이업다.

『권군─』 그리 나이가만흔사람도아니지만 풍채를돗으며 위엄잇게 성구를 불럿다.

전화로 부를째부터 이상한육감이들엇지만 성구는아모일도업는듯이

『네─』 대답하고 한발거름나섯다.

『극광신보에 무어쓴일이잇소?』

『네─』 난데업는질문이엿다 그러나 그말이나올째 성구는 무슨소리가잇스리라는것을 짐작햇고 싸라서자기는대답할변명까지잇기째문에잇는대로말을하랴햇다.

『우리신문사사람으로 그신문사에 기고(寄稿)아니하는것쯤은알겟지?』

『네 암니다 그러나 그런것을 변갱식힌지가 오래지안습니가?』

『그신문에 기고하는사람의글을 우리신문에 실리여도괜치안켓다고결정한것이지어데 사원이그신문에기고해도조타는말인가?』

이러케말하는데는 무엇이라 대답할수가업섯다 극광신보에쓰는사람은 그의글을이편에서 실리지안는다고해오다가 멧달전부터 그럴필요가업다는말에 필자의제한을업새버리엿다 그래서 성구는 아모생각도업시 달래는바람에 주엇든것인데 이제와서 그것을 다시문제삼는다는것은 아모래도 극광신보를 쩌려하는모양이다그러타고해서 변명이나 자기변호를할수도업다 말하는태

도와음성으로보아 자기를낫부게보는것만이 확실하기째문에

『그런줄은모르고 달라고하기에 주엇습니다 압흐로는 주의하겟습니다』하고사과를햇다.

『압흐로 주의할것은 둘채로 한신문사사람이 짠신문사에 글을못쓴다는것쯤은 짐작하겟지?』편즙국장은 더욱날카롭게 말햇다

『네 알겟습니다』성구는될수잇는대로 과실을 깨다른것갓치보혓다.

『나가잇서―』

성구는 힘업시나왓다 자기가잘못한것갓기도햇스나크지안혼일을 자기편이안됫다는사감으로 크게만드는 편즙국장역시 그리잘하는일갓지가안엇다 그러나 자기는아랫사람이다 식히는대로해야하며 말하는대로 드러야한다.

점심먹을생각은 아조업서지엿다. 편즙실에 드러가실음업시 안저잇스랴하니 장차엇지될짜하는 겁만이머리속에긋득햇다.

실직― 생각만해도무섭다

이제라도 도장을쯱을가하고생각해보앗다. 만약 여기서이기기만하면 도장안쯱은사람이 도태를당할것이분명하다. 더구나 국장이미워한자기다.

만약 지금국장이 내쫏긴다해도 오늘래일의문제가아닐것이니까 그사이에미운사람을 먼저내쫏을는지도모른다. 그러타면 아모래도 내쫏기고야말자기갓헛다. 차라리 눈을감고라도 도장을쯱어 국장의눈에 다시드는것이날것갓햇다.

그러나 자기여페서 고자질해서 매를맞게한뒤 고소해서웃는 여린애처럼 일을하면서도 빙글빙글웃는 그사람을볼째 성구는그러한생각이쑥드러갓다.

추한인간들갓햇다. 자기의지위를쎄기지안으려는 국장도더러워보엿스며 그수하에서 자기체면을유지해나가려는사람역시 가증스러웟다. 그런사람들에게 마음업는동의를한다는것이 자기로써도저히 할수잇는것갓지안으며만약직업이 무서워그런행동을한다면 자기는도로혀그이상더러운인간이될것갓헛다.

그는 종일자기혼자서싸윗다. 아닌게아니라 직업이라는것도 자기에게잇서서는귀중한것이엿스니까― 그직업을더크게생각하다가는 그러한자기를

욕해보기도햇다 그러나 도장쩍고십흔생각이 클째도 그는그사람에게가서 그 런이야기할용기가업슴으로퇴사할째까지 혼자지내다가나왓다.

【54회】 對面(一)

퇴근시간이되자 일분도지체하지안코 하숙으로도라왓다. 심산한마음을 동환이에게나 풀어보고십픈생각이컷기째문이다. 그러나하숙방에는 기다린 다고하든 동환이가잇지를안헛다. 물론동환이아버지도업섯다.

쓸쓸한방이엿다. 호라비냄새가 코를찌르는방에 드러가 서재라고하는방 에안저잇스랴고하니 너저분한책들도살난해보헛다.

한권한권이 저술가의머리를어즈럽게햇을것가트며 그만은책들이 자기를 향해무엇을가르커줄랴고 기다리는것가씨도해서 책을바라보는것쪼차실증이 낫다.

이러지도못하고 저러지도못하는 말하자면갈래길에서 헤매는 성구다. 마음의해결을좀더쉽게하고십프며 해결은못짓는다해도 설래이는 가슴을 안정식히기라도햇으면하고 바래게되엿다.

테이블에 이마를대도눈을감엇다. 그러나 생각하는것이실허젓다. 생각할수록조치안흔것만이 머리에써올라불쾌햇다.

그는 아랫방으로나려가누엇다. 누어서바람벽을보앗을째 죽어느러진사람처럼짜쑤로매달린 양복이쏘한 마음에들지안헛다.

『어데를갓을가?』

그는동환이를생각햇스나 자기가 그럿케외로울째 자기를기다려주지안코 어데로나간동환이가 원망스러웟다.

그는 이러낫다.

방안에 혼자백혀잇슬수가업서서 하숙을나서랴햇다.

그러나 갈데를생각하니아므데도업다. 동환이와가치나□만하면 갈곳업서 헤맬적이업지만 혼자서 나가랴고하니 차ㅅ집도 슬쓸해보히고 본정통도 무미해보엿다. 으슬으슬것고십지도안타.

어데를갈가하고 무심히주머니에 손을넛슬째 그는숙히의편지를 만젓다.

무심히쓰내여 무심히읽고나니 숙히가소개한 혜련이가생각낫다. 엇던여자일가? 어써케생겻는가?

한번차저가볼가 하고 숙히가 가르킨그의주소를보기까지했다. 그러나 보지도못한여자를 차저갈수가업다더구나 지금울적한마음을가지고 첫번보는여자를 대할수가잇는가?

맛난대도 별이야기가업슬것이고 위안바들재료도업다

숙히의이야기나듯고 그의결혼생활이나 안다면몰라도 지금의자기로써 숙히까지생각해서 괴롬을늘쿠기가실타

성구는 나갈것도 단념하고 다시의자에안젓다.

마즌편에걸린 가쑤부지속의 『잠자는아리안나의상(像)』이눈압헤보힌다. 피곤하게그러나 가진생각을다 가슴에 품은채 잠드러버린 반나체의색시가 오랫동안볼수가업다.

사진틀을쪠여 보히지안케뒤집어매달고십헛스나 그럴수도업서서 눈을짠데로돌리엿다.

『이러케도 서울이 좁은가―』 생각하고 갈수잇슬만한집을 다곱아보앗다.

『인걸이한테나갈가―』 생각을해보니 한집이갈만했다.

그러면서도

『이애는 어데갓슬가―』하고 동환이를 다시기다려보앗다.

자기마음을 붓잡지못하고 판단력을일엇기째문에 자기의몸역시 어데다둘지를몰나 멧번이나안젓다이러섯다하다가 맞맞내 동환이가오지안음으로 그는하숙방을나섯다

성구는 신교정으로발을옴기엿다. 무슨말이나 씨원히해주고 짜라서 이야기를잘밧어주는동모 인걸(仁傑)이를차저가는것이엿다. 동환이의고향사람이기째문에 자조맛나기도했고 가치노라서이제는 동환이의동몬지 성구의동몬지확실히모를만큼 세사람이 다친해버렷다.

언제나 쾌활한얼골을가지고잇슬뿐아니라 대학까지마춘지식에다가 지혜잇는머리까지가지고잇기째문에 실증날줄모르는동모엿다.

　그러나 옥인정(玉仁町)을지나 개천길을짜라가려고하니 갑작이실은생각
이낫다.

　인걸이는말이만타. 남의기분이 엇더한것을깁히생각지안코 자긔의의견부
터 말해노코야만다. 하고십흔말을다한뒤에야 상대자의감정을이해하려는것
이 성구에게는실엇다. 지금의자기감정을 말하고십지도안타.

　엇더케할가하고 길가에서망서릴째 성구를부르는소리가뒤에서낫다.

【55회】對面 (二)

　『권선생님아니세요?』들리는말이 여자의목소리엿다.

　『네―』하고 성구가 뒤를도라보앗슬째 붓그러운듯이고개를반쯤숙인여자
가 자기를부른 그자리에 그대로서잇섯다.

　자기를 부른여자라고생각하니 알듯도하고 어데서본듯도하나 누굴가하고
속으로짜지여보니 도모지 기억이나지안엇다.

　『전데요―』그여자는 성구를 확실아는모양이엿다그러나 기억나지안는여
자가『전데요―』하고 말한다해도생각날수가업는일이다

　성구는 기억을 더듬으며 고개를 기웃기웃하고 혼자생각햇다. 인사를하고지
내는 여자가잇다면 문학을하는여자들쑨이다. 그들의얼골을모를리는업다.

　『전 모르겟는데요―』성구는 일즉이무딘기억을 사죄하야하겟다는듯이 웃
서가며자기소개가잇기를기다렷다.

　『명심인데모르시겟서요?』

　여자는자기일홈을 남자아페서부르는것이 붓그러운지고개를 더숙이엿다.

　『아―김명심(金明心)―』성구는 일홈을듯고야 알어냇다. 그알어냄이 얼
마나반가운지 으슥하지도안흔길에서 고함을 칠정도엿다. 『명심이가 이러케
컷서? 난모르겟는데……』

　『아이 선생님도…』

　이럿케말하여 붓그러워하는모양을보니 옛날의명심이가아니다. 느리트렷
든머리가 트레머리로되엿고 싸마특특하든 얼골이훤해지여 이제는제법 어른

이다。비록 압치마를입고 고무신을신엇을망정 현대적여성의체격이 몸맵씨
에굿득차 잇섯다。

성구는 전가티 해라라거나 반말을하는것이 안될줄생각햇다。그새 누구의
귀부인이되엿을지도모른다。옛날에 명심이가 어리엿슬째자기가 글을가르
켜주엇다해도죽을째까지 선생과생도는아니니가……

『그래 댁이 여기 어데시요?』

『네— 바로 이골목으로 드러가요。어데가시든길인가요?』

『네— 좀놀러가든길인데…』

『왜 말슴을 그럿케하세요 전갓치하시지…』

『어른보구 그러야지요—』

성구는 자기도어색햇으나그럴수박게업섯다。

『제가 무슨어른이애요。』명심이는 다시붓그러운얼골을했다。그러나 조곰
뒤『밧부시지안커든 좀놀다가시지요—』하고 자기집으로드러가기를청햇다

『아니 조습니다』가도 괜치는안홀것이나 그래도자기남편과가티잇다면 재
미업스리라는생각에 머뭇거렷다。

『별일업스시거든 잠간 놀다가세요—』명심이는 짜라올사람이라는듯이 몬
저걸엇다。

성구는 가야할지 안가야할지를몰라 짜라가지는하면서도 마음은망서리
엿다。

별기색업시 인도하는것으로보아 가도상관업슬것갓기는하나 그래두 무미
해서

『언제 이리이사왓서요?』하고 물엇다。

성구가 전문학교 일학년째 명심이네집에서 가정교사로잇섯다 그째옥인
정이아니라 서대문쪽에살고잇섯다。

『벌서삼사년되엿서요』

『네—』

하고 그저짜라가기만할째명심이는

『여기가 저이집애요』

하고 기다리란말도업시 안으로드러가버렷다.

조곰잇스려니가 압치마를버슨명순이가 쒸여나오며어서드러오라는 말을 햇스며뒤이어명심이에 어머니가나와

『이게 얼마만이요!』

하며 써들석햇다.

성구는 간단한인사를치루고 방으로드러갓다. 녯날집보다는 몹시적은것이 첫눈에보혓다. 방이래야 안방하나와 건는방이잇슬쑨 그도그리커보이지가안엇다.

방안에는 딴사람도잇는것갓지도안케 조용햇다.

『아버지는 어데가섯나요』

방에드러안저 성구는 무섭게생기엇든 명심이아버지생각이나서 물어보앗다.

『벌서 사년전에 도라가섯는데요―』

명심이는 그동안이상한일도만헛다는듯이 웃엇다.

성구는 그말에생각이낫다 자기가 가정교사로 잇슬째부터 가운이기우러지어 자기를내내두지를못하엿다. 그러한 집안이 호주의사망으로 아주몰락되여버렷스며이제는 조고마한집에서 두식구만이 살고잇섯구나하는것을넝넉히짐작할수잇섯다.

【56회】 對面(三)

『그래 넌 어쩌케권선생을맛낫니?』 어머니도 몹시반가운 모양이엿다.

『반찬거리를 사러나가다가 맛낫지요 그랫드니 절모르시겟지!』

『참 저는 몰라봣습니다. 아주달러지엿서요. 』

『반갑소. 우리집엘 다오게되엇스니…』

『바로 이우에 동모가잇서 늘이리로 단넛는데 엇재서한번두 못봣슬가요?』

『저는 멋번봣서요 그래두 혹시저를모르면 어쩌케하실까구말을못드렷지』

『그래 넌뵙구두 인사를안햇단말가― 게집애두…… 그리구는 봣단말두아

니하구……』

명심이는 길에서보다는거니엿지만 붓그러워서 말한마디할적마다 고개를 숙이는것이 옛날의명심이를연상식히지안코 새로맛나보는여자가튼늣김을주엇다.

그째는 수집어는하면서도어린애엿다.

잘알지못하는공부를 몃번식되푸리해가르키다가끗끗내깨닷지를못하면 정신을채리라고 쑤중을한다. 그러면붓그러운긋테골을내고 쒸여나가는것이일수엿다.

어데로 산보를가자고 귀여워하면 도로혀아니꼬웁게생각하는째도잇섯다 말하자면 신경질이든명심이가 몃해를지나고난뒤 이제처음으로보니 아주짠 사람이되어버렷다.

『애― 넌나가서 빨리저녁이나지어올려라』

『네―』

명심이는 조곰도불만업시공순히대답하고는 치맛자락을감싸며나갓다.

『저는곳가겟습니다』

『별소릴다눈 그래이러케오래간만에오섯다 그냥도라가신단말이요―』

그래도 성구는미안한마음에몃번이나 사양을햇다 어쩌케지나는지도모르는집에서더구나 만혼변동이잇는집에서 밥을먹으며까지 오래안저잇슬것갓지가안엇다.

『이왕오섯스니 이야기라두하시다 가서야지―』명심이어머니는 나이가 그리먹지안엇기째문에 째로는쌱듯한경어를썻다. 그러나 자기쌀을생각하고 늙은이라는것을생각할째는 이도 아니고저도아닌말투를 석어가며썻다.

『그러키는합니다마는…』

성구는 그들의친절을 물리치기도안됫다.

『그새 명심이한테서 종종소식은들엇지! 그애가 권선생의소설을 읽엇단말두하구어데서 무얼하신단말두하구 그럴째마다한번보앗스면하는 생각을햇서요 그래요새는 엇던신문사에서일보신대든가?』

『네! 전두 주소나알엇스면한번찻어뵐걸― 알수가잇섯서야지요!』

『그러켓지! 말만이라두고맙소 그래두 우리집갓흔델 무엇하려차저오시겟소 이런꼴을하구사는데…』

『천만의말슴입니다. 누구는 별다르게사나요─』

명심이어머니는 갑작이무슨생각을햇는지말을 못하며훌적거리엿다.

『옛날이 생각나우. 우리집사랑양반이 권선생한테듯기실은소리두만이햇지. 성질이 그러케생긴걸 어찌하겟소─』

『별말슴을 다하십니다. 』

성구는 될수잇는대로 그를위로해주고십헛스나 무엇이라고 할말이생각나지안엇다. 그이는 성구를보자갑작이 옛날이 생각나며자기네가 비참하게된것을 재삼설어워하는모양이엿다. 그 뒤 재산이업서지고 사람이업서진것하며 설어운이야기를하나쌔지안코 이야기햇다.

명심이도중학박게졸업을식히지못햇스며 지금은명심이째문에 두생명이살어간다는말짜지하나 쩌리지안코말햇다 성구가 그집에잇는것이일년박게안되엿스나 식구적은집에서 집안처럼친해젓고 쏘성구를내보낼째도 달래서가아니라 자기네살림이점점줄어지기째문에 아싸웁게생각하면서도 할수업시나가달라고햇다. 그만큼정도드럿을쑨아니라 과거를잘알고잇는사람이라 자기의하소를능히풀수잇을만한사람이엿다

이야기를다듯고 성구는위로의말을햇다.

『세상이 어데잘되기만하나요 그러치만 명심이가커서이제는 밥버리까지하니 그걸깃버하시야지요─』

『게집애란것은 커서 시집이나가야하는게지. 글세그것을 돈버리로내보내는내마음이 좃켓나생각해보게 그애아버지만 살어게시다면야 도모지될말인가…』

성구는 잠잠햇다. 이런경우에는 이야기하는사람의 말을 끈허지지안케해주는 것이 예의에 맞는 일이다.

【57회】 對面(四)

이야기를듯고잇는사이에한번도방안에는 드러오지안코 부엌일만하고잇든 명심이는진지를지어 밥상을들고 드러왓다.

『찬이잇서야지요―』잇는힘다해서반찬을만들엇것만그래도 성구아페 상을 내놀째는 붓그러운모양이엿다.

『별말슴을 다하십니다. 공연히 페만끼치여 미안합니다』성구는 너무나 갑작이와서 수선을피운것만도 미안햇다. 더구나 상을살펴보니 하숙에서는 보지도못한음식이 쑥느러잇섯다. 한가지에마다 정성을드려 멧번식손질한 것이분명하다. 하숙에서주는김치는 항아리에서쯔내다 그대로노아주는것이 분명하게 열무대가리가 쌧죽쌧죽솟사오른다. 그러나명심이가 손질한김치 그릇은 보기만해도얌전하고먹음직햇다.

『변변치못해두좀자시게―』

명심이어머니는 상엽흐로닥아안지며 권하기를시작햇다 그리고는 자기가 말에실수를 너무하면서도 할수가업스니 용서하라는듯키

『말이이러케나와안됏네―』

『천만의말슴입니다. 나추어말슴하십시오。 그러서야 저두말슴드리기가 조치안습니가…』

『글새―그래두 그럴수가잇나?』

『온 별말슴을다하십니다. 작고그러시면 제가가지요』

『그럼 권선생말대로하세。 아닌게아니라권선생을생각만해두집안식구가 테서못견지겟서…』

성구는반가윗다. 진심으로자기를그만큼 생각해주는사람이 다시잇슬것갓 지안엇다 명심이의어머니가 과히늙은이는아니로되 그에게반말을밧는다고 해서 조금도불쾌하지가안엇다. 부모업시자라난몸이니 그리한명심의어머니 를 자기어머니로생각해보고십흔 마음이도로혀 가슴한모퉁이에이러낫다. 세살쩍에 어머니가죽엇고 열두살쩍에아버지가죽어 외로운생활을친척집에 서썩겨온성구라 지금은 나이 근삼십이되엿슬지라도 안락하고 평화스런가정

이 그럽지안을배가아니다.

『잡수세요―』

『자시게―』

밥상여페안진 모녀가쏙가티권햇다.

『네 먹겟습니다―』

성구는 수가락을들엇다. 혼자먹기가안되엿스나 여자들이라 가티들자는 말도할수업다. 성구는 밥한수까락을먹고반찬을 여러가지맛보앗다 배는부르면서도 처음보는요리가안먹기아까운것처럼 한가지쌔노치안코 맛을전부 보앗다. 십여년하숙생활만해온 그의입이되여서그런지 그릇을채우기위하야 건덕지보 다궁물만긋득하게담어논 하숙집음식보다 그맛이란별다른것가태 섯다. 별로돈을드리고희귀한음식을만든것은아니엿스나 그래도 음식의속알 만이 상에노인듯햇다.

성구는 명심이를 한번다시 처다보앗다.

취직을해서 어머니를봉양한다는말도듯기는햇지만 얌전하고 조밀한그가 갑작이밋음즉스러윗다.

『언제 음식하는걸다배윗소?』

『머할줄아나요―』

『상당한솜씨갓튼데요!』

『……』

명심이는 아모말도못하고 고개를숙이엿다 오래간만에 맛난사람이라고해서 그런지 직업여성답지안케 수집어햇다.

성구는아모것도 이저버리고 만족한마음에서 배껏음식을먹엇다. 붓그러울정도로 명심이어머니의친절이 고마윗고명심이역시 말못하는친절과깃버함이 그를즐겁게햇다.

전기불이 드러올째까지세사람이 돌러안저 시간가는줄을모르며 이야기햇다.

성구도 그 자리를 쩌나고십흔생각이업스리만큼 마음이편햇다.

그러나 첫번에너무오랫잇는것도 안되엇지만 어데가나 드러오지안흔 동환이도걱정되고해서그는 좁더안저잇다가가라는말을뿌리치고나왓다。

　그는 인걸이에게로갈생각은 조곰도아니하고 도로혀거기갓든것보다 멧배 나더재미를보앗다는듯이 바로하숙엘왓다。

　길을걸으면서도 그의머리에는 명심이가 써올랏지만 시름업시안즌 동환 이를볼째역시 명심의그림자가 눈압에 나타나는것가텃다。

【58회】 對面(五)

　『어대갓댓니?』

　『응―좀놀려―』

　『재미만히본모양이로구나』

　『재미는무슨재미』

　이런말을하는데도 동환이는 어덴가사색에 잠긴것가텃고 성구는만족한가 운데

　『넌어데갓댓니?』

　성구는 우서가며말햇다。

　동환이는 대답대신에 턱을들며 테블우를가르키엿다 성구도 보기는햇지 만 꼿병과꼿이 새로노혀잇섯다。

　『꼿을다―사올줄알구』

　『흥』

　동환이는 쓴우슴을웃섯다 말업는 쓴웃슴이나 성구에게는 심상치안케보 이엿다。

　『아버지는 가시엿니?』

　하고 말의순서를생각햇다

　『응 갓서』

　『왜올라오시엿대든?』

　『말마라――』

　이말을 내던지듯하고는동환이가 아랫방으로내려가누엇다 성구는 오란말

도업스나 싸라내러가 그이엽페누어무손말이 나오기를기다렷다.

『내여편내가 지이집에가잇지아엇니?』

『그래다시왓대든?』

『이번엔장인하구갓치와서 서울로보내달라구 야단친대나!』

『그래서 너의아버지가 오섯댓구나? 그래무어라구하시든?』

『다문 멋달이라두 갓치살다 내려보내라구 그래. 아모리 가티살지 못할사람이래도 결혼한뒤 칠팔년이 되도록 짠살림한번 못해 보앗스니 그소원이나 풀어주라구 그러겟지― 다들바보야! 한달아니 하론들 미운사람과가치사는 것이쉬운일이야? 가치잇스면 도로혀 더괴로울게아니야?』

『애정업는걸 빤히알면서도 가치살어나보겟다는건 무엘가? 부부가 동물과가치보히는모양이지?』

『글세나말이야!』 동환이는한숨을내쉬엇다.

『그러게 해주기만하면 그뒤에는 여기서해달라는대로 해주겟다나?』

『그걸 누가아니……』

그들은 한참동안말업시컴컴한천정만을 처다보앗다.

『엇젯든 너안해두 불상한여자다―』

『그야 말할것두업지! 그와이혼을한대두 나는아주이저버리지못할거야―죽을째까지 원망할혼이 내게부터잇슬것이니가 그러치만 어쩌케하니―그사람이불상하다고 나를희생식힐수가 잇나? 희생도 의지로할수잇는것이라면 해도괜치안켓지만 감정이 허락하야지―』

『그래 무어라구말햇니?』

『질대루 못하겟다구 그랫지 하루쌜리 이혼이나식혀달라구햇다!』

『너두 일평생 불행한사내로구나!』

성구는 동환이의마음을잘안다. 애정업는마누라를 미워하면서도 한번맺즌 운명을 깨끗이 씻지못할만큼 마음이약하다. 그러나 그러타고해서 운명을만족할수도업는 안타카움이잇다.

『불행하지―』동환이는 희망업시살다죽을사람처럼 기운업섯다.

『아버지는 무어라구그러시든?』

『무어라구 그리면 할수잇나? 모르겟다구 그러드군─』

동환이는 숨쉬기도답답한지 몸을들처모루누엇다.

성구는 더물어보지도안엇다. 물어보지안어도 다안다 동환의부모역시 그 부부가오래게속되지못할것쯤은짐작하여 동환의편이되고잇섯다. 자기들도 괴롭고 엇지할지를몰라 서울에왓든것쑨이엿슬게다. 그런것들을알쑨아니라 동환이의괴롬까지아는성구로써 짠말을한다면 결국동환이를 더괴롭히는것 박게안된다. 아버지를보내고 꼿을─ 더구나 한봉오리식만피는츄─립부를 사온동환이의마음을 더건드릴수가업섯다. 자기가 명심이를보고왓다고 재미잇는이야기를해주어 동환이의마음을 풀어주고십기는햇스나 분위기가 허락지안엇섯다. 자기가그날 신문사에서당한이야기로 방안공기를바수어보고 십혼생각도업지는안헛스나 그것은동환이의감정을 존중하지못하는것이다.

결국 이말도 저말도 쯔낼수가업는것이 성구의입장이엿다.

【59회】 對面(六)

그날밤 성구와 동환이는 밤늦게까지 찻집으로 도라단이엿다.

째로는 웃기도햇고 농담도햇으나 두사람을짜르는공기는 언제나 침울한 것이엿기째문에 성구는 종시 명심이에대한 이야기를못햇다

다음날 아침까지도 그분위기가 그대로남어잇섯다.

『별수잇니 될수만잇거든이제라두 편즙국장에게 곱게뵈라─』

전날밤에 신문사 이야기를들엇기째문에 가기실여하는성구에게 동환이가 말을쓰냇다. 암만생각하야 끈히지지안홀생각이며 더구나 그런것으로 성구 에게까지 침울하게 만드는것이 그리올은것가티 안타고생각하엿다

『글세! 그러기는해야되겟는데 그럴수가잇서야지─』

『못그럴게 어데잇니! 도장쯕으라고하든놈을 한잔먹이럼! 세상에서 정직 하게살아야 밥먹여주나!』

『그러키는하지만 이제 어쩌케그러니?』

『그래두 얼넝얼넝 해두어야되─ 오늘부터라도 일을 못하게되면 어쩌케

하니?』

성구는 엇지해야될지를몰랏다. 결국 자기자신을 이롭게하자고 하는일이나 그반대한것을 이재찬성해서 그편에 가담한다는것이 말로는 쉬울지모르나 막상 하자고하면 그리 쉬울지가안흘것갓다.

동환이역시 자기가 그런말을해도 막다른골목에 닥처노면 엇지할지모를게다. 그러타고 자기의위신만을보다가는 생명이위험하지안흔가?

『봐서하겟다—』 이런말을하며 성구는동환이와가티하숙을나왓다.

동환이는졸업한학교 연구생으로 매일나가기때문에하숙을쩌나는시간이 늘가탯다

『지아모리 훌륭하다는사람들이라두봐라. 저한테이롭기만하면 고개를넘실넘실숙이지안나! 그러치안쿠는안되는걸—뭐! 잘생각해서해』 동환이는 광화문통에서헤질째부터 당부했다

성구도 그러리라생각했다 그러나 신문사정문을드러설째부터 신문사가실허지며모든게귀찬엇다.

『무엇하자고 사는것인가? 먹자고사는것이라면 생각이라는것은 무엇째문에잇나? 다른것은 다못한다해도올타는것을 해보랴하고 올치안타는것을 그만두랴는그러한노력만이라도 잇서야하지안을가?』

이런생각이 이러나는 한편

『무슨큰일이랴? 대스럽지안흔일을 크게생각할것업시조토록하자—』하는 생각도들엇다.

그래서 책상에안젓슬째는 기회만잇는대로 자기마음이달러젓다는것을 보혀주랴했다. 그러나 결정되얏다면벌서결정되엿슬일이오 쑨만아니라 쓴오이보듯하는 어제그사람에게 자기가몬저무엇이라말을쯔낼수가업섯다.

『내가 잘못햇소』하고 사죄하기는참아못할것가텃다. 그러하고해서다른 사고적수단이 자기에게는잇지안타

종일토록 쯔릴가말가하면서도 혹시 오늘루사직명령이나린다면 엇지하나 하는겁을먹엇다. 그뒤를이어 설마 그들도 사람인데 하는생각과 그러타해도 쌘데 취직할수가업을라고— 하는 안심이 곳드러왓지만—

하여튼 퇴사할때까지 별일도업지만 아모말도못한채망서리며 묵묵히지냇다。그것을 도로혀 다행으로알고 압으로도무사햇스면하는마음에 퇴사시간이되자마자 모자를쓰고 문박을나서랴햇다

아조나서기전에 빈테블우에서 전화가울엇다。자기한테 오는것은아니겟지만 그래두혹시나하는마음에뒤로가서 전화를바덧다。잇다금식 글쓰는사람들한테서 전화가오기는하지만 원고를실러줄수업느냐 또는게재된원고의 원고료를 빨리줄수가업느냐는등 대답하기에유쾌한전화란 별반업섯다。그러면서도 어데서전화가오기만해도 자기에게온것이아닌가하고 기달러지는 것은 자기역시알수업는 야릇한마음이엿다。

『네—』하고수화기를뗄때

『학예붐니가?』하는 여자목소리가낫다。

『네그럿습니다』하고대답을하니

『미안하지만 권성구씨를좀대주세요—』하고잠시말을끈첫다

『누굴가? 아— 명심이로군』하고 그는자기의추측이확실한듯

『제가 성구올시다。명심씨입니까?』

하고물엇다。그러나명심이는 아니엿다。

숙히가소개한 혜련이라는여자다。

【60회】對面(七)

전화를밧고난 성구는썻든모자를 다시벗고 의자에안젓다。

혜련이가 곳신문사로온다고 햇기때문이엿다。

오래잇고십지안흔 불안한자리에 더구나보지도못한여자를 기다리고잇스랴니 마음이조급햇다 공연히 오래잇다가 편즙국장을맛나 오늘로 사를그만두라고하면엇지하나하는 불안까지생겻지만 그보다도 자기가차저가기전에 여자가몬저 차저오는것은무엇때문일가하는 이상한생각까지들엇다。

숙히가소개해주려고한것은 결국자기를두고한말이아닌가하고도 생각햇다。그러타면 숙히가적적해할자기마음을알고 위안바들길을가르켜줌이 고

맘기도햇스나 아직까지결혼못한남자에게 한번시집갓든여자를 소개한다는
것은 재미잇지안은일가티나종에는 불쾌까지햇다.

그것도 서로알고 애정이쓸홀수업게깁다면 별문제다

성구는 혼자서 별생각을다햇다. 그러다가는 알지도못하는일을가지고 쓸
데업는생각을하는 자기자신이웃으워지여 슬그머니웃기도햇다

그럴때 수부에서 손님이기다린다는전화를밧고 성구는 아래층으로 나려
갓다.

나려가보니 생각보다 젊어보히는여자가 기다리고잇엇다.

『저분이 권성구씨입니다』

서로보기는한면서도 말을못하고잇을 째수부에서일보는사람이 성구를 가
키며말햇다 그말에

『제가 권성구입니다 최선생님이십니까?』

하고 성구가 인사를햇다.

『네―최혜련입니다 바쑤신데 미안합니다』

『방금 나가려고하든길입니다 나가시지요』

하고 성구는혜련이와갓치신문사를나왔다.

『리선생(숙희)에게서 말슴은들엇습니다마는 좀밧버 차저가볍지를못햇습
니다』

『저두 곳 전화라도할랴고햇지만 그러케되지못해서 오늘이야 틈을내서 나
왓습니다』

성구는 처음보는여자라할지라도 그여자가 수집어하거나 붓그러워하는기
색이업슴을 대번에알엇다.

알지못하는남자에게 전화를걸고 차저오는것이라든가 차저와서도 인사를
서슴지안코 대담하게하는것들하며 더욱이 길거리에서도 자기에지지안으리
만큼 목소리를놉피여 이야기하는것은 명심이짜위에비하야 만혼경험을싼것
이 분명햇다.

전차길까지온성구는

『어데로가서 이야기나좀할가요』하고 발을멈추엇다 그래도 정처업시 걸을

수도업는일이며 처음맛난여자를자기하숙으로 끌고갈수도업서서 딴데로갈
생각을햇다.

『글세요—』 헤련이도곳헤여질생각은업는모양이엿다.

『찻집에나가실가요?』

『사람만흔데는 그만두겟습니다.』 처음맛나서도 헤련이는 자기의의사를
쑤렷하니표시햇다. 성구도 그러한태도에는

『조용합니다. 음악도 잇고 조치요—』하고 자기말을세워보려햇다.

『미안하지만 딴데로가시지요』 헤련이가 이러케까지말할때 성구는고집을
세우랴하지안엇다.

성구는 그를다리고 조용한식당으로갓다.

숙히의이야기도듯고 쏘헤련이의마음도알겸 시외로나갓스면 더욱조왓슬
것이나벌서 네시가지나 얼마안잇서어두워질 것이다. 할수업시식당에나가
서 저녁이나먹으며이야기를하랴햇지만 헤련이는 사람이만흔곳을 실허하기
때문에 식당가운데도 일홈업는 적은식당으로갓다.

식탁을가운데노코 마조안즌두사람은 한참동안말이업섯다. 헤련이는 할
말이잇으면서도 할지말지를 생각하는것처럼 고개를들엇다숙엿다햇스나 성
구는할말이업서서 무뢰하게안즌자리를 너무갓갑게 만들지안나하고 근심
을하는것가텃다. 한참뒤에야 성구가말을쓰냇다.

『리선생에게서 편지를밧고는 퍽뵙구싶엇서요. 굉장히조화하는분이 엇던
일가하구 궁금햇지요』

『저두 리선생이조타구 밤낫말하는분이 엇던분일가하구 여기오든날부터
생각햇습니다』

이런말을필두로해서 그들은 이야기를게속햇다. 이야기라는것은 결국 숙
히를중심으로 숙히의생활이라든가 숙히와헤련의친분이 얼마만하다는것들
이엿다.

【61회】對面(七)

간단한 저녁을마치고는두사람이 혀여젓다. 밤늣게까지 안저잇슬만한사이도 못되지마는 한사람이 가겟다고말할째 붓잡을 처지도못된다. 일즉드러가야하겟다고 헤런이가 말햇지만 성구는 네 그럿습니가하고 일즉헤지는것을 섭섭히역이지도안헛다.

다만 뒤에맛날기회를만들기위하야 서로주소만은 알리엿다.

성구가 집에도라오니 동환이는 벌서부터기다리고잇섯다.

『저녁먹엇니?』 이틀채나늣게드러가는것이 미안햇스나 미안하다는 평범한말을하기가실허 혹시자기를지다리기에 저녁도못먹지안헛나하고 성구가 물엇다.

『아직안먹엇겟니?』 동환이는밉다는듯이 성구를 흘겨보앗스나 남의마음을 알랴하지안는태도를 뉘우치듯

『무슨일이 잇엇니?』하고신문사의일을 물어보앗다.

『별일은 업섯서—』 우선이런대답을하고나서 동환이의흥미를 끌도록 말을 쓰내기시작햇다.

『오늘말이야— 엇든여자를맛낫다—』

『응—그래서 저녁두안먹구 도라단니는게로구나— 나는 공연히 짠걱정만햇지—』

『참 조흔 여자야— 난그런여자두잇나하구 여간놀래지를 안헛서— 상당하든데…』

『엇든여자를 보구와서 그러니?』

『숙히가 편지루소개한여자가잇지안니— 최혜런이라든가 그여자말이야— 오늘신문사로 차저왓드라 그런데 기막히겟지—』

『옛부단말이냐?』

『응 못생기지는안헛서 그래두 얼골보다도 내가말하는것은 그의성격이야—』

『소설재료가되든?』

『자— 식—』

동환이는 끗까지 큰흥미를 못가지는것갓헛다 그러나 성구는 헤련이를 본
대로 그인상을말햇다 인상이라는것은 그리조치도못한것이나 낫븐것도아니
엿다 그러타고해서 조치못하게생각한것까지 이야기를하지는안헛다 될수잇
는데까지 그녀자의성격이 보통여자와다르다는것 즉 첫번맛나는남자에게도
대담스럽게 말을건너나 그것이 절대로 천해보히거나 야비스러워보히지가안
허 날래 사괼수잇슬것갓다는이야기를 들리워주엇다.

『한번 결혼햇든 여자니가 그럴수가잇겟지—』 동환이는 그래도 호기심에
끌리지가 안는것갓헛다.

『아니야 사교술도잇는것갓지만 그러치두 안어— 퍽 솔직한맛이잇든
데……』

『홀짝반한모양이로구나 !』

동환이는 도로혀 놀리랴햇다.

『그러치는안타 네가 내마음을모르니까 그런소리를하누나—』

『그러케조혼여자에게 반하기로니 낫쏠게무어냐?』

『그런게아니야 ! 내한테는 짠여자가잇서—』

『이놈 요새막조혼모양이로구나 그래그런걸 숨기랴하니?』

『바로 어제부터생긴일이니까 이야기할새가업섯든탓이지』 성구는 어제저
녁 우연하게 명심이를 맛낫고 쏘그에대한인상이 조금도이저지지안엇다는것
을말햇다.

『가정교사노릇두 해볼만한데……나두어디 가정교사루나 소개해주렴—』

『너가튼놈은 그런것두 못해』

『왜?』

『네성질에 아니꼬운것을보구두 참을수잇슬것가트니? 수가틀니면 아버지
보구두 야단치는놈이……』

동환이는 할말이업다는듯이픽우섯다.

『아닌게아니라 연구실두그만두고십허죽겟서 연구실이아니라 조수실에잇
는셈이야 과장심부름두하지연구실정리두하지 엇던놈이 그노름을하니 연구

실에오는신문을 펼처논대루 집에오면 다음날은 그말라꿍이 과장이야단을치
지― 골치가아퍼죽지……』

『그래두 그런버릇은 곤치야해― 네가 아침이러나서 이부자리를 쏙쏙히개
본적이잇니? 방을쓰러본적은아마 네평생업슬라 그대신팔자야 조치―』

『그러키에 네가다해주지안니……』하고 동환이는 성구를탁치며 우서버리
엿다.

『사람구실을좀해――』 성구도 농담에서시작한말을 농담으로돌리고말엇
스나 투―즈한 동환이의성격은 조금고칠필요가잇다고생각햇다.

【62회】 對面(八)

성구를맛나보고 가희정하숙으로도라온 혜련이는책상압헤안저 책보를풀
엇스나책을읽기전에 손으로 이마를바친다음 무엇을생각햇다.

『무엇째문에차저갓댓나?』

그는 성구를왜맛낫는가하는 이유를 자기에게물엇다 그리고 나서는자기
에게대답할말을 여러가지로생각해보앗스나 친한동모 숙히의연인이엿다는
것과 쏘그사람이조혼사람이라고 하기에차저보앗다는이유박게 짠것이업는
것을늣기고 마음을찟찟히가지엿다.

혜련이가 환경에서벗서나다시 학생생활로 드러설째 그는 일절의공상을
버리고달큼한생활을 이저바리자는결심을했다. 지금보육학교선생인 성실이
의소개로 보육학교에입학햇다. 그의운동으로 월사금을 면제밧엇슬쑨아니
라 성실이와가티 한방에서 기침을 더부러한다. 성실이와는 중학째부터 너
나하지안홀만큼친하여왓지만 그래도 지금은 선생과생도다. 집에서는 아직
까지 동모로써지나고잇스나 아모래도성실이를 동모로만 역일수가업다 선생
이다. 그러타면생도로써의 의리를직혀주는것이 쏘한성실이의면목을보아주
는것이다.

월사금을 면제바들째도다음학기부터 성적이팔십점이상이되여야한다는
교장의말이잇섯슬쑨아니라 성실이가소개햇다는사람으로성적이남보다 써러

저서도안될일이다 더구나 입학한지 한달도못되여 남자를차저다니는것을 안 다면 말은아니한다해도 성실이가 조케생각할것은아니라고늣겨진다.

그러키째문에 숙히가맛나보라햇고 자기역시 별뜻업시맛나보고십든 성구 라할지라도 그는자기를 변명시키여야만 자기마음이 편햇든것이다.

그다음으로헤련이는 성구가 생각든째와꼭가티 조혼사람이라는것을생각 했다. 자기가 괴로워하면서도 숙히를원망하거나 또는숙히를괴롭히랴고 하 지안혼성구의마음을 그의얼골을봄으로 잘알수잇섯다.

숙히가행복스러운 가정을가지고 잘산다는말을할째 조곰섭섭해하는기색 이 잇섯스나

『숙히씨는 누구에게나 행복스럽게해줄것입니다. 참말리쏘—(영리)하니 까요—』하고 아직까지 숙히를칭찬하든말든 성구의마음을 쏠러볼수잇는것이 엿다.

『조혼사람도 잇군—』헤련이는 혼자감탄을하고나서 책을뒤적어리엿다. 그러나자기의마음을 채 정리하지못했는지손을움즉이지안코

『내가너무써들지안헛나?』

하는생각을다시해보앗다.

자기가생각하기에도 말이만흔것가텃고 또행동이 너무나자유스러운것가 텃다.

그러나 다시생각해볼째자기에게 잘못이잇슨것갓지안헛다.

이제맛나는남자를 처녀째처럼 순정으로 대할수도업는자기이지만 안즌자 리를거북스럽게 그럴필요도업다. 어쩌한남자이건 자유스럽게 대하지안는 곳에 의혹이라는것이잇스며 또한부자연스러운것이 웃어웁다.

자기가 남자를붓그러워할째도아닌듯했다.

남자건여자건 마음노코노는데 동모와가튼친숙미가잇서 도로혀짠사람의 의심을안사게될것갓다. 더구나무엇을숨기고 붓그러운척하는데에 결점이발 견되며 거기에서남자의호기심을사게도된다. 누구에게나 다조케마치숙히가 사람을대하듯 해로운점이업는한 꼭가티대해주는것이쏘한처세술이아닐가하 는생각이 드럿다.

　성구를 성구로생각하는한 그에게 자유스러운행동을취햇다는것은 더욱자기로써해야할태도인듯햇다.

　이러케자기를 변명해노코보니 마음이가벼워지는것갓트며 공부를해도 머리에드러올것가텃다.

　혜련이는 그날에배운것을 우선 복습하기로햇다

　아동심리(兒童心理)를쓰내여 뒤적어리엿스나 생각하려하지도안은 별별생각이머리에드러왓다는 나가곤햇다

　『성실이는어데를갓을가?』

　『연자는어써케지날가?』 아모연락도업슬쑨아니라 아니해도조흔생각들이함부로쒸여나왓다. 그러키째문에 한페이지의글을읽는데 남의멧배의힘이자기도모르게드럿다

【63회】 制服한學生(一)

　밤이깁흘째싸지 혜련이는 책과마조안저공부를 계속햇다. 쓴힘업시잡넘이드러오는것을 나먹은 학생에게반듯이잇슬것이나 잡넘을내쏫츠면서라도해야할공부를하고야 마는것은 혜련이의결심이구든탓일게다.

　말하자면 수물여섯에난중년과부다. 남이하는것은 무엇이나해보앗다. 자식싸지나서길러보앗다. 그러한사람이 책상에안저배흔것을복습하거나 내일배흘것을 예습하는것이란 그리쉬운일이아니다. 자기가공부만을전넘으로할만큼 환경이조흔것도아니다. 세속으로본다면 어머니노릇이나 잘하야할여자다.

　그러나 자기압페닥쳐올미래를생각아니할수는업는 혜련이가 한달도못된공부를힘들다고말할순들 잇슬것인가? 도로혀졸업을생각하면자기에게도 희망이잇는것갓고 죽을째까지의일이잇는것가터공부를조곰이라도 열심히하고십퍼젓다.

　열두시가 고요한공기를진동식히며 혜련이귀에 들려왓다.

　안방에서도 집주인들이잠든모양이다. 쥐죽은듯이고요하다. 전차길에서

도 먼가희정이기때문에 마즈막차가 카—부를도는소리도 들리지안는다.

헤련이는 자기시게를드러다보고 자정이된것을새삼스럽게늣겻다. 공부도 대강다햇스니 잠이나잘가— 하고방안을 둘러보앗다.

서울이칸방이과히넓지는안흐나 파리한마리업는방이 무척넓어보혓다.

『이애는어데를갓슬가?』적적한방에 혼자안즌자기를보니 갑작이 겁이나며 성실이가생각낫다.

저녁도안먹고 학교서바로나간채 자정이넘도록 안드러오는것이 슬그머니 걱정도된다. 구경을갓다고해도벌서 드러왓서야할것이며 누구를차저갓다해도 이러케늣게까지잇슬수는업다.

헤련이는 성실이가 갓슬만한데를 생각해보앗다. 그러나 헤련이가 알만한 집은 육학교 선생네집이잇슬쑨 그박게 성실이가친하다는사람을알지못한다. 알지못하는것이아니라 그박게는 갈곳이업는성실이다.

아모리 사제지간이라고해도 사생활을숨기며살지는안는다. 선생과생도라는 관념을업새기위하야 도로혀성실이가 자기말을먼저한다. 학교에서이러난일들— 말하자면 생도들에게 비밀로부칠것도 성실이는 서슴치안코 말하는째가잇다.

『참 이상하네 !』

헤련이는 혼자서 궁금히역엿다. 전부를다아는사람의일이 알수업다고 생각될째 궁금한마음은 더욱크다.

『무슨일이생겻나—』

헤련이는 그래도 드러오겟지하고 방을쓴다음 자리를깔엇다.

자리를 자기것까지 가즈런히깔고먼저자랴고하니 혼자서눕기가실타.

공부는 더하기가실코해서 자리엽헤안저잇스려니 옛날생각이 저절로낫다.

자리를깔고 드러오기를 기다리나 밤이밝어올째까지도 드러오지안튼 철식이—

하로도아니요 이틀도아닌 그러한생활을 더욱이 이역에서 맛보든 쓸쓸함이 지금 자기몸에 덥씨운것갓기도했다. 그러나 죽은지 일년이나지난철식이를생각하니 그사람도 가엽써보혓다. 아모리방탕한생활을 햇다해도 이제는

한덩어리의흙에서 지나는것이엇다.

『쓸데업는생각을쏘하눈―』

하고 그는 머리를흔들엇다 철식이의생각은 될수잇는대로 아니하겟다는 것이 혜련이의마음이다.

『잠이나자자―』 생각을업새기위하야 그는잠옷을가라입고 이불속에드러갓다。 그러나잠은오지안코 엽헤서 쌔근거리는소리만이 들리는것가텃다。

『연자는 지금 누구와가티잘가?』

사랑해주는사람도업는고장에서 어린것이 어쩌케지나고잇슬가! 얼마나 엄마를찻다가 잠이드럿슬가!

그러나 할머니한테 가잇다니 큰옵바네집에잇슬때보다는낫겟지―

이런생각을하면서도 그리운연자를 그대로생각하기에잠을 못이루엇다.

『내가 공부하는 학생인데……』 그는 마즈막으로 이생각을해서 잡념을 내쪼츠려햇다.

【64회】 制服한學生(二)

성실이는 새벽역에야들어왓다.

그러나늣게들어와서도 잠은못자는것이 분명햇다.

이리뒤채고 저리뒤채며째로는 한숨을무겁게쉬기까지하는것을 혜련이가 들엇다.

한숨소리를들을째마다 왜그럴가 생각햇슬쑨 혜련이는함숨소리를 들은척도안햇다.

아직까지 혜련이에게는괴로운일이잇다는것을 말하지안엇다 말하지못할비밀이잇다면 그편에서말할때까지지내버려두는것이 성실이를위한생각이다 함부로건드렷다가괴롬 더크게하거나 붓그러운마음을 주게한다면 두사람의 우정이 쌔질쑨이며하등리익이업슬것이 분명하엿다.

궁금한마음은컷스나 혜련이는 잠자는척하고 새벽까지 말을아니햇다

다섯시쯤해서 혜련이가옷을갈아입고 이러나니 그째야비로소 성실이는

잠이든모양이엿다.

입을반쯤열고 숨소리를힘들게냇다 잠도괴로운잠인모양이다.

헤련이는 부엌으로나가손을씻고 쌀을시첫다 될수잇는대로 성실이의잠을 깨우지안으려고 발소리를죽여가며 부엌일을햇다.

성실이가 힘들게잠을이룬것도 사실이지만 보통째라도잠잘시간까지는 깨우지안는것이 혜련이가 직히여할의리엿다.

가튼동모고 가티잠자는 두사람이지만 성실이는 돈버리하는사람이오 혜련이는그돈을쓰더쓰는사람이다. 아모리 너나하고지난다해도 헤련이는 혜련이대로 자기가할일은 해야한다.

성실이가업다면공부할쑴도못쑬자기다. 그러키째문에성실이와가티 자춰를하고잇스나 식사와세탁가튼것은 헤련이가 혼자마터하며 아모리밧분째라 할지라도 성실이의손을빌지안엇다.

성실이가 도와준다고해도 만치안흐니 컷치안타고구지혼자햇다.

혜련이는 그만큼 성실이를위햇다. 쏘한그것이 헤련이의 의무엿다.

쌀을씻서 남비에안친다음 헤련이는 반찬만들걱정을햇다.

사다논고기는잇지만 국을쓰린다든가 구어놋는다든지하는것은 그리구미를도두지못할것갓다. 밤늣게드러왓고 잠도 이제야들엇스니종일가르키랴면 무척곤하기도할것이다.

더구나 괴로운일이잇는것이니까 몸도축갓슬것이오밥맛도업슬게다. 좀더 구미를댕길것으로해야겟는데 사다는것으로는 특별난것이업다.

혜련이는할수업시 지갑을가지고 박그로나갓다.

신철외라고빗싸기는하지만외반찬을해주는것이 그중나을것갓햇기째문이다.

십전에 세개박게안주는오이를 가게에서사가지고 가만히 부엌으로드러갓다.

어느새째엿는지 성실이가문을열면서

『오늘아침은 네가이러나는걸 못보앗구나…』

하고 아모일도업는듯이 웃음을지엇다.

『밤늦게 드러왓니? 나는 네가오는줄도 모르구잣단다―』

헤련이도 천연스럽게 처다보며 말했다.

『엇든 동무네집에가서 작난을하다가 밤이 늦는줄두 몰랏구나 !』

다른때가트면 엇든동무네집에서 누구누구하고 엇든장난을 했다고 말햇을게다 헤련이는 조곰도 의심하는기색을 보이지안코

『왜 더자지』

하며 성실이말을 가장밋는듯이 말하얏다.

『그럿케 조룸이안오누니― 그래두 좀더 누어볼가― 아직 시간은 멀엇지―』

한마디식쩨여말하고는 문을닷고 자리속으로 드러갓다 한편에서 김이오르는 밥냄비를보며 반찬을만들고잇든헤련이가

『내가 쌔울째까지 마음노코 자라우―』했다.

『응!』소리가 나기는햇스나 매우 희미하게 들리엇다.

『무슨일이기에 잠도못자구괴로워할가?』

『무엇째문에 속일랴구 말을 쑤며댈가?』

헤련이는 혼자 생각을해보앗스나 도모지 알도리가업다.

아직까지 약혼말도업슬쑨아니라 연애하는남자가 잇다는말도 못드럿다.

학교에 무슨일이 잇나하고생각해보앗스나 그것은더욱 알수업는일이다.

【65회】制服한生徒(三)[6]

『성실이― 이러나 세수하라우―』 밥을다지여논뒤 헤련이가 깨웟다.

『응―』 성실이는 첫마디에 대답을하고 이러낫다.

헤련이는 자리를개며 그래도 걱정스러운듯이

『오늘은 곤해서 어쓰케가르키니?』

『못가르키면 너이들 더조화하지멀그래―』

---

[6] 이 소제목은 원래 '制服한學生'으로 돼야겠는데, 《만선일보》에서는 여기서부터 '制服한 生徒'로 고쳤다.

『그러키는하지 해두―』

『괸치안허―』

두사람은웃엇다.

그러나 혜련이는 몹시불쾌했다. 짠생각을 가지고도아닌척하는것과 눈치를채고도 모른척하는 두새가 무척 버긋나잇는것가티 늣기엇기때문이엇다. 뿐만아니라 만약에 자기가 성실이의돈으로 밥을먹지안코 그의은혜를지고잇지안는다면 어려워할것업시 무슨일이 생겻느냐고 뭇기라도햇슬게다. 그러나 말치안는것을 무를수도업다

할수잇나― 생각하고 자리를다갠다음 방을쓸고 걸네질까지햇다.

성실이가 세수를하고 머리를빗을쌔까지 혜련이는 밥상을 드려다노핫다.

『밥이나 만히먹어―』

『오늘은별하게구누나―』

『왜?』

『만히 먹으라구 그러지안으면 밥안먹든?』

『……』

혜련이는 우서넘기엿다. 도로혀 짠말을못하게 입을막는성실이에게 할말이업섯다.

성실이는 밥도적게먹엇다 그러면서도

『너 반찬만드는것은 어데서배웟니?』하고 말을 짠데루만돌리고 자기이야기를 용하게피햇다.

『배우야만들줄아나―』

『시집사리두안해보구 그런걸어쩌케아니?』

『그러기에 내가용치―』

『참―』

성실이는 수까락을노차 곳학교로갓다. 가티갈수도잇는것이지만 그래도 선생과학생이 밤낮가티다니는것은짠학생들에게도 조치안케뵈힐것가티 그들은서로짜로다니기로햇다.

성실이를보낸뒤 설거지를하고나서야 혜련이는화장을햇다.

화장을하노라고 체경을마조안저 성실이가쓰는 크림—과분을바를때 서글 푼생각이 가슴을치밀엇다.

성실이가 무슨일을감추고 이야기하지안는것은 자기를 갓갑게대해주지안 는것이라고 생각햇다.

돈업시 덕을보고잇는사람이라해서 들생각하며 동모로 역이지안는것갓기 도햇다

고싸운마음은 점점더서글푼생각을주엇다.

『공부도 쉬운것이 아니로구나—』하고 생각하게되니공연히 집으써나 멋업 시 날썬생각도낫다.

그러나 이년— 이년만참으면 어쩌케든지되겟지하는생각이들째 혜련이는 조곰기운을어덧다.

『연자를 생각하고 참자—』

자기마음이 약해질째마다 부르짓는말을 이날 쏘다시외이엿다.

『성실이도 낫분사람은 아니다. 말할수업는 괴롬이잇는게지—』하고 관대 한마음을가지게되엿다.

아모리 쏘깝게 생각해도 별수가업다. 그런마음을 가지는것이 자기의손해 며 싸라서 낙망의시초다.

혜련이는 싹생각을 아니하고 책보를쌋다.

나이든것이 책보를씨고 학교에단니는것이 남붓그럽기도하나 그래도 학 교에만 가면 자기와가튼 동모가잇슬쑨아니라 명량한 기분이돈다. 아직 나 어린학생들이 방금 중학을마추고 올라와 천진스럽게논다. 째로는 음악실에 서 피아노소리도나며 째로는 학교유치원애들의 곱다란노래도 드를수잇다.

여러학생이 책상에안저 선생의말을 열심히듯는것도 학교라는곳이아니면 볼수업는일이다. 그래서그런지 혜련이는 매일아침 학교로가는것이 쏘한낙 이아닐수업다 학교서맛나는동모들이란 각각 자기의쓰라린사정이잇겟지만 그래도 웃음과 재미잇는이야기를 주고밧기만한다. 모든것을 이즐수잇는 낙 원이다. 더구나 글을배흐면 배흐는것마다 유치원에서 필요한것이라생각되 는것이기째문에 공부에도 재미가잇다.

그는 발에힘을주고 제복을 휘날리며 학교로걸엇다.

【66회】 制服한生徒(四)

아침학교는 더구나명랑하다. 밤새헤여졋든동모들이맛나 모퉁이에서마다 쏘근거린다. 한마당을쓰는 유치원애들이 저이들끼리 쒸여다니기도햇스나 선생감일큰학생들과 술네잡기하는것은학교뜰아니고는볼수업는 천진그대로 엿다.

헤련이도 나이가비슷하고 과부인점에서도갓튼 인선이를맛나운동장한편 을차지하고잇섯다.

이학교는 다른보육학교와 달리 결혼한여자도입학식힌다는것이 특색이 다. 헤련이와한반에도 기혼자가 대여섯명되엇으나 그중에서도정인선(鄭仁 善)이라는여자가헤련이를 조와햇다. 인선이뿐아니라 헤련이도 그를조와햇 다. 입학하든째부터 우연히 한자리에안게되기도햇지만 헤련이는 보통여자 보다도 좀더 특색이잇는성격을 조와하기째문에인선이를곳동모로사괴엿다.

인선이는 첫눈에도 냉정해보혓다. 냉정하면서도 감성이싸르고 지혜가잇 어보이는것이 그쌰족한얼골에나타낫다. 자기의감정을 쉽게나타내지안으면 서도 속에는수만혼감정을품고잇는것가치도 보혓다.

『우리두 좀저러케놀아볼가?』 인선이가 운동장에서손벽을치며 노는학생 들을보고 말햇다.

『우리는 늙엇서―』 헤련이도 노는것이 조키는하나나설수가업는듯이 대답 햇다.

『늙기는 무에늙어― 한번쒸여봐―』 인선이는 헤련이의손목을 잡아쓸엇다.

『그만둬― 선생들이보면 어쩌케해―』

『운동장에서노는데 무에라구그래?』

『오늘은 구경이나하구 다음부터 우리두작난해―』

그들은 그대로서서 남들이 노는것만바라보고잇섯다. 한참동안 쒸여단니 는 학생들을보다가 인선이가 한사람을가르키며

『저애보라우。회초밧에안저잇는애가 잇지안어?』

『응— 혼자 도라안저잇는이말이야?』

『그래— 그애가말이야 혜련이를사랑한대—』

『나를사랑해?』

혜련이는 터문이가업다는듯이 그러나재미잇다는듯이 웃섯다。

『정말이야— 언니라구 불르구시퍼 죽겟대 나부든데—』

『나를사랑하는 사람이다잇구— 참 나두 행복스러운데!』

『행복스럽구말구 그애가쏘여간천진해야지— 이재열아홉살이래—』

『그만두어— 나가튼게 동성연애가다뭐야 것두 한참째는 해볼만한것이지 해두—』

『아주열심이래든데…』

『인선이나하지 열적어서두난못하겟서— 그저 동모로지나면몰라두!』

『혜련이두그래? 짠애들은 벌서부터야단들이야— 내한테두 편지가왓대나! 조곰한것들이대담하거든— 차라리 심심하면 낮잠을자지 게집애들끼리 그게 무슨즛이야 그러케 사랑이 그립거든— 진짜연인을만들게지! 난 학교에단닐래두 그게제일실허죽겟서!』

『전두 실흐면서 왜남보구는 하라구야단햇서?』

『마음을알랴구그랫지—』

『아주 싹쟁인데…』 혜련이는 인선이를 쏘집으랴고햇다 인선이는 아야—하고 조곰도망질을갓다 다시와서는

『우리언제 놀러 가지안홀래?』

『틈이잇섯야지—』

『일요일날—』

『그날은 빨래하야지—』

『오—라 조선생(성실) 빨래짜지하니짜… 그럼 학교에서 원족가는날 가티갈가—』

『언제쯤가기에?』

『교내음악회가 끚난뒤에야 간다구그러나부든데』

『응 그래? 헤련이는 참조켓서 선생하구가티잇서서 그런것두 남보다 몬저 알어서—』

인선이는 부러워서 그런말을한것도 아니엿지만 그말을듯고나니 혜련이는 실수한것을 생각햇다.

선생과가티잇다는것을 짠학생에게 알려주는것만해도 조치안혼일이다. 거기에다선생입에서 나오는말을 전체에게 발표하기전에 미리말하는것은 그것이 어쩐말이건 재미업는일이엿다

그러나 함부로말하는사람과달라 짠학생과는 잘어울리지도 안흐리만큼 말이업는인선이라는데에 조곰안심을햇다

【67회】 制服한生徒(五)

상학종이울엇다.

혜련이는 인선이와가티밀러드는 학생들틈에 끼이여 강당으로드러갓다. 선생들은 벌서압페 열을지여안저잇다 헤련이는 자리에안기전에우선 성실이를 선생들틈에서차저보랴햇다.

성실이는 교무선생여페안저잇섯다. 여전히 무엇을생각하는표정이엿다. 누구와가치 이야기하랴하지도안흐며 써드는학생들을 살피보랴하지도 안는다.

아모래도 무슨일이잇는모양이로군—하는 생각이들어 기운업는 그얼골이 불상하게도보혓다.

『조선생이 왜 풀이 죽엇니?』인선이도 전달리 힘업는성실이가 이상하게보인모양이다.

『글세 나두모르겟서—』

『너야 알겟지머?』

『내가 엇더케아니?』

『한집에 가치잇스면서두몰라?』

『가티잇스면 다아나?』혜련이는 그런말을 듯는것이그리조치가안엇다.

인선이가자기를질투하거나 부러워서그러는것은아니지만 그래도 성실이와 자기를 동모로취급하는그태도가 들조왓다. 물론성실이는 친한친구다. 그러나 학생들이 성실이의일이나 학교의일을자기에게물어보는것은 마치자기가 학생의스파이로잇기나한가하는 불쾌를주곤했다.

얼마전에 임시시험을한번치럿다.

임시시험이라는것도책에서 배혼것이아니라 학생들의실력을알기위하야 작문비슷한것을썻다. 그과목이 마침성실이가배워주는것이엿다.

상식시험인만큼 헤련이는 과히힘들지안케 누구보다도 빨리써서 몬저내노앗다. 그째만하드래도 좀더생각을해서 남보다몬저 쓰기는했지만 조곰나종에바치여야햇을 것이다. 아모생각업시 첫재로바친것이 말성이되여 학생들간에는 선생이 미리문제를가르켜준것이라고 수군거리엿다.

그뒤부터는 누구가뭇던간에 성실이나학교일을 말하자고하면 헤련이는피햇다. 피할때마다 그래도 마음속으로는 불쾌함이컷다. 자기를의심하는 뜻이라는생각이 언제나들엇기때문이다.

인선이는 비교적 그런말을적게물엇다. 헤련이가 자기의괴로운입장을 말한적도잇지만 인선이는 짠학생들과가티 입이가볍지 안혼탓이겟지.

그러나 한번모른다는것을 캐서뭇는것은 인선이역시자기에대하야 짠생각을가지고잇는것이아닐가— 하고 생각할수도잇섯다. 그러고보니 몬저 운동장에서한이야기도 새삼스럽게 후회가낫다.

학생들이 전부착석을하자 교장선생이 강단에나서서조회를지도했다.

엇든 여선생이 나와서 무엇이라고 훈화를햇다.

그러나 헤련이의귀에는아모것도 드러가지안헛다. 집에서는 자기대로 괴로움을 바드면서도 학교에오면 쏘 그반대의괴로움을바더야하는것이 자기다.

자기에게는 흐린점이업다 그러나 자기는 청백함을 말할도리도업다.

헤련이는 백여명의학생들을 한번둘러보앗다. 흰저고리에 깜정치마— 가슴한엽페는 푸르스럼한 교표— 이러한제복이 가즈런히안저잇다. 그러나 아모리삷혀보아야 자기가티 불운한사람은업는것갓텃다.

선생의 이야기를소곳히듯는 열성잇는 수만혼얼골들이 모다 희망과정열에 불타오르는것갓다. 현실에 만족하고 오로지 오늘의하로를 뜻잇게보내랴는것갓다.

엽페안즌 인선이도 불행한과거를가젓다.

그러나 지금에는 아모런책임이업다. 자기한몸만을위해살면 그뿐이다. 어린자식도업고 늙은부모도업다. 잇다해도 자기가책임을지지안흘게다.

다만 자기혼자만이 죽은달이다. 열도업고 빗도업다

그러면서도 남에게는 학생이란 아름다운일홈을듯고잇다.

그럴때 헤련이는 그러한자기를어머니라고부르는연자가 불상해보헛다.

『연자─』 그는 입속에서쌀의일홈을불넛다. 그러나그째 그의마음은다시 달러지엿다.

『나는 나만을위해 공부를하는사람이아니다─』

헤련이는 고개를 번적들엇다. 무슨말을하든 씃친지

『사람은 몹시적고 몹시약한물건이지만 뜻과 열과힘을합할때 여기에서 더 강한것은업습니다. 』

라고 이야기하는 선생의말이 들니엇다. 헤련이도그말을이여 혼자 부르지젓다

『생각을말자 나에게는 현실이잇슬뿐이다. 현실에게 충실아니할수업는 나다─』

【68회】 制服한生徒(六)

쓸데업는생각으로 자기를약하게해서는 안되겟다는마음이 그의가슴에굿게박혓다 괴롬이라는것을 늣긴것을크게생각하는데잇다 괴롬이란 생각할수록 더커지는것이다 그러한괴롬을 자기손으로만든다는것은 자기마음을약하게하는것이오 싸라자기압페노힌현실을 골란한길로만드는것박게업다.

누가무엇이라고 하든간에 자기는 그길을걸어갈사람이다.

공상도버리고 추억도잇고 잡념도내쫏츤뒤 현실적인현재를걸어가는것이

자기의운명이다。

혜련이는 가벼워진마음으로 그날공부를 마추엇다。

어느교실엘가거나 자기가 안질책상이 정해잇다。

어느선생이나 자기를학생으로대하여준다。

세상과다르다 안즐자리도업는세상— 모두가자기를정원하여주려는사회—

그러나 자기의존재를 어느교실에가나 쑤렷이나타낼수잇고 짯뜻한음성으로 『혜련이—』를 불러주는곳은 학교밧게업다 그는학교가 무한이아름답고 짯뜻함을늣겻다。

유회실에가서는 선생의피아노에마추어 적은새와갓치 춤도추엇다 녯날상해나 북경서추든 사교짠스와비교하면유치하고 춤갓지도안흐나 그는남보다도 날신하게몸을움직이며 쮜어단이엿다 춤이안이래도조타 어린애들만이하는 유회래도조타 학교에서배화주는것이오 쏘한 압흐로 써먹을공부다。 공부인한 열심을다햇다。

오후에는 오르간연습도햇다 아직까지만저도보지못햇든 풍금을도래미파소라시도부터시작하는것이니까 재미가잇슬리도업스며 쉬울리도업다 그러나그것을못하면 보모의자격이업다。 누구나 다 처음부터배워 음악가가되엿겟지하는마음으로 그것역시 열심히햇다。

마즈막으로 음악회연습짜지구경햇다。 멋칠남지안흔교내음악대회다。 상급학생들만이 출연하는것이지만 그래도 그들이연습하는것까지보고십흔것은 한해를몬저배흔상급생들의실력과 쏘그들이 어울리는분위기가 알고십헛기째문이엿슬게다。 자기도일년만지나면 그들과가티 될수잇슬가하는생각도 필시가슴한편에는 잇섯을 것이다。 구경하는학생이라고 멋사람이업섯다。 코—리스하는것을보며 한편여페 서잇스랴니까 누가 등을두다리는사람이잇섯다。

『혜련이?』

혜련이는 곳뒤를도라보앗스나 거기에는 성실이가 서잇섯다。

『왜?』 얼핏대답한것이집에서하든말투엿다。 성실이도 혜련아— 하고부르지를안코 혜련이— 하고불럿는데 자기는 왜— 하고 무른것이짠학생들에게

들리지나안엇나하야 혜련이는 얼골을붉히엿다.

『오늘두 저녁을못먹겟서. 내저녁은 그만둬—』

『그래요?』

『응—』

성실이는 곳 강당을나갓다.

어데를가느냐고라도 물어보고십헛스나 갑작이 넵을하며 말하기도 거북스러워 걸어가는 뒷모양만을 바라보앗다.

학교에 취직된지가 일년남짓박게안된다. 그새도 학생들은 대부분이 그리 조하하지를안는다. 나이가 어리여서그런지 아직 경험이업서 말을 재미잇게 하지못해그런지 엇잿든 성실이를조화하지안는것이 분명하다.

그런대다가 자기의 괴로움까지잇서 집에도 잘드러오지안흐니 엇지될랴고 그러는가하는 야릇한생각이들엇다.

학교에 오래잇슬생각이라면 좀더열심으로 학교일을보며 교수도 잘해야 할것이다.

교장과 학생마음에맛도록 해야할것이나 성실이는 그런것을 생각하는것 갓지도안타.

더구나 자기와 가장친하다는것을 생각할때 딴선생일보다더 걱정이되엿다.

혜련이는 집으로 도라왓다.

우선 복습을해볼랴고 책상압헤 안젓스나 글자가머리에 드러가지를안엇다. 성실이가 걱정스러운것도 걱정스럽거니와 성실이가 잘못되는날에는 자기역시 학교마저 못단니지안흘가하는 불길한생각이 들엇다.

그런생각을하니 몸에서 쪄를 아사낸듯이 힘이업섯다

『최선생님 게십니까?』

혜련이는 이마를 책상에 대고잇다가 자기를 부르는 소리에 깜짝놀라 정신을가다듬엇다.

쓸데업는생각을 쏘하느냐는듯이 혜련이는 머리를흔들고 문을 열엇다.

【69회】 制服한生徒(七)

뜻하지안엇든 성구가차저왓다.

『밧부십니가?』

『아니애요 이제 방금학교에서와서 그냥안저잇섯습니다. 어서드러오시지요』

성구는 방으로드러왓다.

『가치게시다는선생은 어데가섯습니까?』 성구는 주인업는방에나 드러온 것가치안기를주저햇다.

『네 볼일이 조곰잇서 나갓서요.』 헤련이는 방석을밀며 안즈라고권했다.

성구는 권하는대로안젓스나 친하지안흔사람이오 낫서른집이라 방안을한참도라보고나서야

『어제는 실례햇습니다』

『제가 실례햇지요 가서서 욕을만히하섯스리라고 생각햇습니다』

성구는 도로혀 헤련이보다 수집어보히는편이엿스나 헤련이의 거침업는 말에는 마음을감출수가업섯다. 업는말이라도 만들어가며 이야기하야햇다.

『천만의말슴입니다 아주놀랠만큼 칭찬햇습니다』

『숙히한태드를째는 몹시정직한줄알엇는데 거즛말을곳잘하시누만요—』

『거즛말이아님니다 잇는대루말슴드리는것입니다』

『그래서대면 고맙지마는그럴만한사람이못되는것이걱정입니다』

헤련이는 숙히에게서 귀에차도록 성구의 이야기를들엇다. 맛나기전부터도임이알어 친한사람가튼 늣김이잇엇기째문에 자연이 말을유창하게 하엿다.

『퍽 겸손하시군요?』

성구도 헤련이 못지안케 친숙한맛을 보여주엇다. 대담한성격이 비우에 잘맛지는안엇스나 그리 낫버보히지는안는다. 더구나 숙히가 조타고 소개를 햇을쑨아니라처음부터 이성이라는 호기심을 안가지엿기째문에 써릴것이업엇다. 만약 헤련이를 맛나기전에 명심이를 보지안엇다면 헤련이에대한관심

이 좀더 달럿을런지도모르며 싸라서 자기의말도 주의에주의를 거듭하엿슬
것이다.

헤련이는 친한동모에게나하듯이 그러나 여자라는것을 잇지안코

『제인상이 엇더세요? 솔직하게 말슴해주면 조켓는데요』

하고 물엇다. 사실헤련이는 처음보는남자에게 자기인상을 알고십헛다.
옛날에 호화롭게살든 그사치스러운점이 아직까지 첫눈에도 씨이는가 그러
치안흐면 보통여자가티 평범하게보이는가— 이런것들이 알고십다.

만약에 아직도 그런티가잇다면 될수잇는대로 고처버리겟다는 마음도 잇
지만 자기가 새사람이 되엿다는것을 남에게 듯고십허하는 마음도 잇섯슬것
이다.

『아직 모로겟습니다. 그러케 사귀여보고야 알수가잇나요?』

성구는 대답할수가업다. 조타거나 낫부다거나를 당자압헤서 말할수도업
는 것이 부드러운 그의 성격이지만 조흔것도 낫치간지러워말못하는것이 그
의약질이다.

『보기는햇겟지요? 보신대로 말슴해달라는데 그걸안해주세요』

『차차 말슴해드리겟습니다 그런데 오늘숙히씨한테서 편지가왓서요』성구
는 쌴말로돌리엇다. 말하기가힘든것을가지고 쓰느니보다는자기가 알랴는
일부터아는것이쏘한 현명햇다.

『무엇이라구 그랫서요? 참숙히처럼 마음이고흔이는업슬것갓어요. 한번
도 권선생을 낫부게말하지안흐며 아직까지 편지도하시니까요』헤련이는 숙
히가 성구에게 무엇이라고 편지한줄모른다. 자기도편지할테니차저보라고한
말은잇지만 숙히가 성구에게 엇던교섭을하고잇는것은 꿈에도알지못한다.

『별말은 업섯습니다마는』

성구는 심호흡을하듯이 한숨을죽여가며 후— 햇다.

『왜 갑작이 한숨까지쉬세요? 참들조흐시군……』

헤련이는 아직까지도 서로생각하는그들을 탄복하면서도 놀리는어투로말
햇다.

성구는 그런말은 들은척도아니하고

『최선생은 문학을어쩌케생각하십니까?』

『조치요. 권선생님이하시는데 낫부겟습니까 더구나 사람이 세상을살어가면서 한가지취미도업스면 안될것갓터요. 취미가운데도 마음을위로해주고 쏘생활을기름지게할것이 반듯이 잇서야할것가태요. 저도압흐로는 문학을좀읽어보고십흔 생각이잇습니다.』 헤련이는 그런문제를 아직까지 생각해보지못했다 그러나 당장에 질문을바드니 대답할만한생각은 써올랏다

【70회】 制服한生徒(八)

『내 잘알엇습니다. 제가문학을한대서가 아니라사람에게 취미라는것을 쌔서버린다면 참으로 무미간조한것가태요. 자기를 자위(自慰)하지안코야 어데서 락을구할수가잇겟습니까? 생각하면모두가 무의미한것이지만 자기를 즐겁게하는무엇이잇기째문에 사람은사는것가태요. 자기의생활을 낫나치 생각해보면 의미잇는것이하나두업지요. 자기를위해 참된생활하는것이 어데 잇습니까 먹기를위해사는지 살기를위해먹는지도 잘알기가힘든세상에서 자기를 깃부게한취미짜지업시한다면무엇째문에사는가하는 생각을할래기에 밥도못먹을것갓습니다.』

성구는 무슨이야기를할랴고햇는지 길다란말을두서업시햇다.

『저는 그러케까지 크게는 생각지못해요. 취미라는것이 잇스면 조켓다는 것쑨이며 취미가온데는 문학이조흐리라는생각을 가젓다는것입니다. 사람이 취미로만이야 살수가 잇나요?』

『글세올시다. 취미라는것은 해석하는데에 짜라다르겟지만 자기가하는사업에라도 취미를못늣긴다면 거기에 불만이라는것이짜르지안을까요! 한가지의불만이클째는 생에대한불만도생기는것이니까 취미업는 생활을 그대로영유하여야할째는 짠취미라도가저야하지안켓습니까?』

『그러키는 하겟지요—』 헤련이는 대답을못했다. 오른지글른지도확실히 모르지만글르다고한대야 성구를익일만한말이 생각나지안엇다.

『좌우간 압프로 문학을보시것다면 잇는책을 가지다드릴게요. 틈잇는대

로빌여보십시오』

성구도 이론을말하려온것이 아니다. 숙히편지에 혜련이를 걱정하며 학생
생활을 다시한다는것은 아모래도남자를 구하겟다는마음 일것이니까 조혼사
람에게 소개하라는말이잇섯다. 더구나 혜련이의 환경을 자서히써가며 지금
불행하기마지안타는말이잇는것을 볼째 성구는 일종의책임감가튼것을늣김
을늣것다.

집이잇스되 의지할데가업서서 쫏겨나다니다십히 서울로온 혜련이다. 환
경이야다르지만 부모업시길러낸자기마음에 쩔리는것이 잇섯다. 불행가온
데서 산것이자기다. 지금은 취직이되여 밥버리를하고잇지만 돈한푼업시 맨
주먹으로 전문학교까지졸업하든 옛날이옛날로 보혀지지가안헛다.

그동안에 맛본쓰라린경험을 다시생각지안어도 여자의몸으로 고학한다는
것이쓰라리라는것은 넉넉히짐작된다.

모든각오를세우고 공부를하겟다는 혜련이의마음이 쏘한어써리라는것을
알수잇다 숙히가 혜련에게 어린애잇다는것을 알리엿다면 성구는 더욱동정
햇을것이다.

그것을몰라도 자기의정성을다할만큼 혜련이에게는가치가잇다.

더구나 소개한사람이숙히다. 그래서그는 자기의친한친구들을 쏩아보앗
다.

첫재장가를안들엇고 쏘나이가 동갑쯤될사람을 한참동안생각해보앗으나
그런이가 별반업섯다. 장가를들엇다해도 상처를한사람이면괜치안겟지하고
다시쏘바보앗스나 그럴만한사람도업다. 잇기는 한두사람잇지만 너무나 생
활이골란하거나 그럿치안흐면 자기가 그리조와하지안는사람들이다.

동정해서 소개해주는사람에게 생활도변변치못할사람을말할수업다 자기
역시 빈곤하기는하지만 빈곤으로오는고민이 어썬것이라는것을쏘한잘알기
째문에 혜련이를 그런불행속에 너코십지가안헛다.

성구는 그만큼현실을생각한다. 그이역시 시달리며살어온사람이기째문에
현실을 무시하지못한다.

그러타면 소개할사람이도모지업나하고 동환이에게의논결물엇다.

『내한테소개하렴―』

농담비슷하엿스나 동환이의말에 성구는무릅을첫다.

등하불명이라고 동환이를 생각지못햇든것이 붓그럽기도햇다. 비록 결혼을햇스나 아모래도 이혼해야할안해다 그것뿐아니라 성구와가장친한동환이가 무한히괴로워하고잇다. 그를위로식히기위해서라도 엇던여자를소개하야할경우다. 그래서성구는 당장에 혜련이를차저왓고 쏘문학에대한취미를무럿다. 그것을알면 그뿐이다. 그다음에맛나서 인상을보아야하는것이니가―성구는이러서며밧버서 가야겟다는인사를하고는

『다음일요일 아침열시쯤해서 동대문에서 맛날수업슬가요?』하고물엇다.

『왜요?』

『산보하게―』

『오늘이 수요일이지요―』

혜련이도 날자를 쏩아보고는 승낙을햇다.

【71회】 制服한生徒(九)

성구를보내고난뒤 혜련이는 혼자안저 성구를생각햇다.

성실이가 드러오지안는다고하니 혼자먹을저녁을 부즈런히짓고도 십지안타.

무뢰한 저녁째이기째문에 갓치안젓든사람을생각히고이야기한것을 되푸리해보는것은 혜련이게잇서서 금할수업는일이엿다.

무엇째문에 왓댓을가?

하로전에 자기가 성구를차저갓다. 그째도 신통한이야기가업섯지만 오늘도 그리씨원한말이업섯다.

짠말을 하고십헛는데 수집은성격에 입을열지못하고도라가지나 안헛슬가?

왓든이유를 도모지알수가업다.

숙히에게서 편지가왓다고하나 대체그편지에는 무슨말이잇섯느가?

자기가 사랑하든사람을외롭게두기가안되여 자기를소개하지나안헛나?

이런생각을하니 숙히의편지는 필시자기를 동정하리만큼썻을것이오 성구는 자기를 쏘한 다르케생각하랴는마음이 갑작이생긴것이라고 미드워지엿다. 그러기째문에 저녁도먹기전에 자기를차저왓든것이며 와서도두사이에는 아모관게가업는말만을햇다. 그러나 써나갈째야 다음일요일맛나자는약속을 주엇다.

아마 성구가 차저온목적은 그말한마디를하고십흔데잇는것이겟지—

만일 일요일에맛난다고하면 그째는 무슨말을할가!

혜련이는 갑작이고개를흔들엇다.

내가 무슨생각을하나— 하고 자기를쑤지젓다. 그런눈치를 알엇다면 그즉시로 시간이업는것을 말하야할것이아닌가하고 다시 자기가 너무가볍게 한 약속을 뉘우첫다.

지금의자기로 남자를교제하며 거기에서향낙을구할수가잇는가—

망상가온데서도 가장큰망상이다. 학생생활을 무난히게속 하기만하는데도 너무나힘든다. 시간이업다. 짜라 그박게쓸정력이라고는조곰도업섯다.

상대가 아모리훌륭한 사람이라할지라도 지금만은허락할수가업다. 더구나남편이죽은지 일년남어박게되지안는몸이라. 벌서부터남의입에 곱지안흔말을 퍼치게한다면 자기의면목이 어쩌케될것인가.

혜련이는 엽서에라도 편지를쓸가햇다.

일요일은 사실보통날보다도밧부다. 밀린두사람의빨래를해야하며 목욕도 그날에야한다. 공부도해두어야 보통날 밧부지가안타.

이러한사연을 써볼가하고 엽서를 설합속에서 쯔내기까지햇스나 다시

『성구씨가 그런마음을먹엇슬가?』

하고 되처생각햇다. 엇전지 그런마음을 가젓다면낫쑨사람일것갓다. 왼일인지모르나 사랑못할사람을사랑하는것이 낫쑨것갓기도햇다.

그러나큼직하면서도 날카로운맛이업는코. 새까마면서도 독기와 아첨이업는눈. 사내답게 크기는하지만거즛과 과장이업는말소리. 무엇하나 흠잡고십흔데가업다.

대체 엇던사람일까하고깁히생각지안어도 확실히알수잇슬만큼 부드러운

성격이 그얼골에나타나잇다.

　미들만한사람이다. 의심을아니해도 조흘것갓다. 의심을한다는것은 결국 자긔를 쏨팽이로 만드는것갓기도햇다.

　『외로운사람이라고하니 위로해주려고 그러는것이지―』 이러한생각을하 니 서울온지 몃달동안에 산보라고 아직것한번못나가본자긔에게 조흔긔회갓 기도햇다.

　『토요일에 전부해두지』

　헤련이는 혼자ㅅ말을하고이러섯다.

　부엌에나가밥을지으면서도 성구와가티 산보갈것을생각하니 왼지모르게 마음이깁부둥햇다.

　성실이도업서 그러켓지만 식사를 아주간단하게필하고십흔생각만이들엇 다.

　한시간도못되여 저녁을먹기까지햇스나 설거질을하고 책상압헤안즈니 할 것이무엇일가― 하는생각이들엇다. 할 일이업는것만갓다. 잇기야 숙제도 잇고 복습예습이그대로남어잇스나 그것들이손에걸리지가안헛다. 내가 왜 이럴가하고생각하면 낫이조금붉어지고 다음일요일에 시간이잇느냐고뭇든 성구의얼골이써올낫다.

　헤련이는 주먹으로자긔이마를첫다. 쓸데업는생각을내쫏흘려고―

　그러나 밤이깁허 성실이가드러올째까지 그는한참도 공부를쏙쏙히못햇다.

【72회】 制服한生徒(十)

　다음날아침 성실이는학교갈생각을 통아니햇다. 헤련이보다도 이삼십분 몬저써나든그가화장을하고 책보를싼헤련이에게 잘갓다오란듯이 자기는 세 수도아니햇다.

　『왜그러니? 말좀해라』성실이의태도가심상치안키째문에헤련이는 걱정이 되여물엇다 세수도아니햇슬쑨아니라 헤친머리를빗지도안햇다 보기에도무 시무시하다 성실이에게처음보는일이엿다 보통째면이러나서 세수를하고 머리를빗은다음에야 조반을먹는다 그러나이날은 조반을 먹은뒤까지 병든사람 가튼얼골을하고잇섯다.

『내 다음에말할게! 전부다말하마 오늘은어서학교에 나갓다오라우』 성실 이는 말짜지달라젓다 자기가슴기는일이면 꼼작가티속이는것이성실이의능 난한일이엿다괴로우면도리혀 쾌활한말로듯는사람을 깃부게해주랴햇다 그 러나 지금에는 풀죽은말이자기속을 나타내고잇다.

『아무일이래두 학교는가야하지안니─』

헤련이는 성실이를혼자남겨두고가는것역시불안햇다.

『오늘은암만해두 못가겟서 몸이피곤해서 좀쉬어야지내걱정말구 빨리가서 공부나잘하라우』

『정말말좀하렴 안타가워견디겟니!』

『말못하는 내마음이 더안타갑단다 나를괴롭히지말구어서갓다오기나해라 내가너한테속일게무어잇겟니! 아모째라두이야기하기는하지만지금은용서해 다고!』

『그럼 나두고만두겟다』

두사람은 다가티 울랴고하는표정이엿다.

『헤련아! 너짜지 나를괴롭게해줄랴구그러니?』 드디여 성실이가울엇다.

『글세 말을좀해주려마. 속상해서살겟니? 대체무슨일이생겻니 응?』

성실이는 터지는가슴을그대로 내쏘드랴고 말을시작하랴햇다. 그러나 말 을하면 자기가더욱괴롭고 괴로울뿐이아니라 자기가 못낫다는것을알리워주 는것이실허 입을아무럿다. 언제부터라도헤련이에게만은 이야기를해주고십 헛다. 툭터러노코 의논을한다면 서로 씨원할는지도모르나 이째까지안한말 을 이제서야쓰내노코 눈물을서로주여짠대도 부질업는즛이다. 그것보다도 말못하는가장큰원인은 헤련이의괴로움을 지여주어야 한다는것이다.

성실이는 엇던남자를 사랑해왓다. 동경잇슬째부터사랑해왓고 결혼짜지 약속한남자다. 자기의사랑을밋엇고 남자의마음을밋은가온데서자기몸까지 밧치엿다. 그러나아모말도업든 그사내가 요사이에와서는결혼한여자가잇슴 을고백햇다.

알고보면 자긔와사랑을게속하든 작년가을에 결혼을햇고 그뒤도 역시자기를사랑하는척햇다.

만일그남자가 서울서살기만한다면 남자의입에서아니라도 그런것을벌서 알엇슬 것이다. 이째까지아모것도모르고 행복스러운꿈을꾸다가 그남자에게 그런말을듯고보니 기막히기짝이업다. 무엇보다도 남자에게속앗다는것이 원통햇다. 속인남자가미운것도사실이지만 남보다 만히 배흐고 좀더안다는자기로써 누구보다도 잘속아넘어갓다는것이 죽고십게압헛다.

그래서요지음 멋칠동안은 시골서올라온그사내를 공박이나해주고 욕이나 해주려나가잇섯다. 그것도씨원한것이 안임을알고잇스나 공부를한남자요 괴롬도가질수잇슬것이니까 말로나마복수를해보겟다는것이 그의뜻이엿다. 그러나 그이상짠길을취하야 사내를망신식힌다는것은 우선자기부터 망신을 해야한다

성실이는 단넘하기로햇다 그러자면 서울을쩌날수박게업다. 자기와가튼 여자로서교단에설수도업는일이지만 모두가자기를 경멸할것이실타

혜련이도사실을 전부안다면조화하지안을 것이다. 기껏해야동정을할 것이다. 그런것도사실은귀찬엇다. 아모래도서울을쩌나야겟다. 그러자면혜련의공부가문제엿다 공부식혀준다 올라오래노코는 한학기도못되야 그를돌려보내는것은 혜련이를괴롭게하는것도자기의마음이쏘한적지안케괴롭다.

자기의사정이야기를하랴면 이런것저런것 다하야하기째문에 혜련이와말하는것도이를무러가며 참어온것이다.

【73회】制服한生徒(十)[7]

혜련이는 그런것도모르고 학교에갓다 물론 괴롬이잇스리라는것은 짐작하지만어썬것이리라고 깁히짜질수는업섯다 그러케까지 말못할일이라면 학교에서 학생들이 환영치안는것이나아닐가하고생각햇다. 그러나 성실이는

7) 순서대로 하면 응당 '制服한生徒11'로 되어야 하는데, 연재할 때 '制服한生徒10'으로 오기를 하였다. 이에 따라 이하 모두 오기되었다.

자기에게 학생들의의견을 조곰도 드르랴하지안엇다 도로혀 자기보다도학생
들의태도를모르는것갓헛다

엇잿든 말못할것을 더캐뭇는것이 성실이를 괴롭히는것갓허서 학교에가
기는햇다.

학생들은 성실이가아니왓다고 조와햇다.

한시간이라도 노는것이조키는하겟지만 결석한선생을걱정하는학생이 매
우드물엇다.

『애들아― 선생님이 결석한게 그리조흐냐?』손벽을치고 책상을두둘기는
것이안되여 인선이가 써들엇다.

『참! 혜련언니가잇는데……』인선이와 혜련이는반에서 나이가 그중만타
불를때도 언니를부처말하는것이지만 성실이와 혜련이가한집에잇는것두몰
랏다는듯이히히거리는소리는 참아듯기실헛다 혜련이역시 자기가선생과갓
치잇는 학생이란 것을 가슴속에 색여두기째문에반동모들을 꾸짓는것갓터
그역조치안헛다.

왜 결석하섯느냐고 자기에게물어보는동모들도잇섯스나 혜련이는 모른다
는말도아니햇스며 그저묵묵히잇다가 학교를나왓다 조곰이라도쌜리가서 성
실이를 위로해주고십헛다.

불편해서 결석햇다는데도 함부로깁버하는것은 확실히 성실이를 모욕하
는것이다.

모욕밧는사람― 환경이불리한사람! 그것만으로도 혜련이는 성실이를안무
해주어야햇다.

발거름을쌜리해서 집에갓다. 될수잇는대로 안정한마음으로 성실이를맛
날생각에 기척업시 문을열엇다.

무엇을하고잇슬가― 누어서자지나안을가하고 마음속으로생각햇다.

그의태도에싸라 쾌활한말로 혹은가라안즌말로 이야기를쓰내겟다하며 거
러오든 그는 문을여는순간 꼼칠햇다.

성실이가 방안에잇지안타 그는 방안을둘러보앗스나사람이잇슬것갓지안
케 조용햇다. 퇴마루를보앗스나 그의구두도업다.

　몸이불편해서　학교까지결석한사람이　어데를갓슬까하고　저윽히놀랫스나
그래도한숨짓는얼골을　보는것보다는　안보는것이낫다.

　혜련이는　방으로들어가아모래도　이상하다는듯시　방안을휘둘러보앗다.
마치　냄새로　성실이를알어보겟다는것처럼!

　그러나　아모혼적도업섯다　언제까지잇다가　언제나갓는지　쏘는어데로갓는
지　도시알도리가업섯다. 도로혀　방안이허젓하면서도　빈듯한늣김이잇슬쑨
이엿다. 무엇이업서젓다하고　말할수는업스나　매일보든무엇이　보이지안는
것갓다.

　도리혀　자기의외로움으로　어제가신성구나왓스면　하는외진생각이들엇다.

　그러나　얼마안되여　책상우에노혀잇는　봉투를볼째혜련이의가슴은　서늘
햇다.

　최혜련전이라고섯고　조성실이란글자를　쏘박쏘박　박어쓴것이분명이성실
이의글씨다.

『가버리엿구나──』

　하는　직감이머리를　횡하니햇다.

　다만하나밧게　밋는사람이라고업는　그사람이　자기를모르게　써나버렷다는
것은노픈데서　자기를써러트리는것이상의타격을주엇다.

　안젓든자리가　패와저안즐곳이업는것가튼　망막한생각이들엇다.

　내용을　쓰더보기도전에성실이가원망스러웟다. 아모리괴로운일이잇다하
드래도　빈집에다　자기를두고　넓은서울에다　혼자내버린채　어데를갈수가잇슬
까하는　생각이들엇다.

　컴컴한밤　넓은집속에서무서워우는어린애가티　길수도움즉일수도업는　혜
련이엿다　기픈골자구니속의　어린풀은　그래도서잇는　쑤리를밋고바람에　함부
로나붓긴다. 혜련이는　무엇을밋고　서울살림을하야할가──

　그는　벙벙한가슴을가지고도　성실이의편지를　쯧기는햇다. 쯧는손이　못슬
조이를쎄저버리는것가티　힘이업섯지만──

【74회】 制服한生徒(十一)

헤련이는 성실이가노코간편지를읽기시작했다.

『헤련아─

내가 이러케도일즉이 비참한운명속에빠질줄은몰랏다. 너에게 비참하다는말을할수잇슬넌지 모르겟다마는 아마 너보다도내가 비참한지알수업다. 너는너를사랑하는남자와사랑을햇지─ 그러나 나는전혀사랑업는사람을 사랑햇다 그것을 알고사랑햇다면그야 별문제이겟지만 속아사랑햇다는것이 얼마나어리석은일이야? 무엇보다도 세상이붓그러워못살겟다. 한사내에게─ 그것이 다문한달동안이래도모르겟다마는 멧해를두고속아온나로써 무엇을 안다구 할수가잇겟니? 너에게이런말을 직접못하는내마음을알어다고─ 너는 무척섭섭히생각햇슬줄안다 마는 참아붓그러워 말할수가업섯다 나는너에게 할말이업다.

내자신이 학교선생생활을할수가업다. 너를위해서라도 나를속혀가며 멧해동안더잇고 싶다마는 내양심이 괴로워그럴수가업다. 윤리(倫理)니 심리(心理)니 나에게는너무나 괴로운학과다. 그래도이째까지 누구에게지리라고는생각지안엇든 내가사회에 투족한지 얼마가안되여참패하고말엇다.

여자라는것은 약한것이라고 재삼늣기여질쑨이다. 헤련아! 너만은 굿세여다고─

나는 너를 언제나 뇌리에 색이고잇다. 그만큼비참한현실을가지고도 쏘한현실을 잘요리해가는네가 무척존경스럽다.

나도 어데 굿센마음으로 살어보겟다. 어쩐방법으로 살쩌는모르겟다마는 남에게속지안코만은 살어보겟다.

자기의이익을위하야 남을속이는것은 보통인가부드라그러키에 내가속히엿고 쏘속은뒤에도 아모말을못한다.

너도 속지말고살어라. 압흐로전개될네생활에는 더욱이 거즛이만흐리라고 생각한다. 손톱만큼이라도속지말고살어라. 어데를가누나고는 뭇지마라.

어데루갈지는나두모르겟다 이꼴을하고 집에야갈수잇니! 내가안식할짱이

어데잇겟지!

 그러나 언제나 너를잇지안흐마 내가써난뒤 너는 당장에 곤란을늣기리라。그러나 굿센마음으로 참어다고— 어쩌케든지 해나갈수잇겟지—

 나도 힘써보기는하겟다 혜련아— 용서해주겟니? 너를붓잡고 이야기를한다면 내가눈물을흘리여야한다。너는괴로워하야한다。나는너를보아야하며 그래도 써나기는해야하지안켓니!

 한사내에게속고도 썬썬하게 울어서는 무엇하니? 왜 너까지 쏘괴로워하야하니… 용서해라。

 언제나맛날기회가잇스리라는것과 네가굿세게살어나갈것을밋으며이만쓴다。건강해라—

성 실 씀』

 다읽고나니 성실이의마음은 암즉했다 어덴가 남보다도 강한자존심을가지고잇는 그다。그가 괴로워함이 보통볼수잇는 감상적인것이 아니라 무엇보다도 자존심이허락지안는 분노에서오는것임도알수잇섯다。

 괴로워함이 당연하다。

 학교를그만두는것도 당연하다。서울을써나서 어데로거나 굿세게살려가는것역시 당연하다。

 약하게 울고만잇는것보다 멧배낫다 자기만이당하는일이아닌것을가지고 비관한다면 어리석은가온데도 가장 어리석은일이다。

 생각햇든것보다도 강한성실이에게 감탄했다。

 그러나 엇더케살어나갈가! 과연 굿센생활이잇슬가가 의문인동시에 자기는어쩌케될가하는 공포가 저윽이컷다。

 성실이를 무척원망할수야 업지만 서울에 혼자남은것만은사실이다。

 당장에 집세도주어야하며 쌀도사야산다。어쩌케 공부를계속할가!

 혜련이는 절망하지안을수업다 아는사람이라고 업슬뿐아니라 잇다해도 도와줄사람이업다。

 혜련이는 울지도못했다 너무나답답한가슴이 한숨쉴틈도업다。

 공부도 쑴이엿나— 하고머리를 써러트릴쑨이엿다。

【75회】 制服한生徒(十二)

그다음날도 쏘 그다음다음날도 헤련이는학교에갓다 성실이가 나갈째 사논쌀과나무로 얼마동안을살수잇섯기째문이다.

성실이는 쌀과나무쑌이아니라 집세까지 한달치를내주고갓다.

사는 날까지살며 공부하는날까지 해보겟다는것이 헤련이의마음이엿다 정— 하다가 못할째는 집으로 도라간다해도 살수잇는것도 미리내버리고 써난다는것은자기의결심이 적엇다는것을말해주는것갓터 쌀이 쩌러지는날까지 살기로햇다 그동안누구에게나 살길을무러보랴햇다 체면도 아모것도보잘 것업다 살기위하야 남의힘을구하는것은 당연한일이다 남의힘을 함부로구한다면모르지만 그러지는안홀자기다 일을해주고 보수를밧도록만해주면그쑌이다 무턱빌수도업스며 줄사람도업다

그사이에도 벌서 인선이와 짠동모들에게까지 가정교사를구해달라고 부탁햇다 구하면 잇겟지— 하는안심이저절로생기기도햇다.

더구나 인선이는 서울태생일쑌아니라 집안이만코상당한집들을 잘안다 그이만애써준다면 그런자리쯤은쉽사리구할수잇슬것갓헛다.

그만큼 말을널려낫기째문에 그는 전과다름업시 학교에단니엿다.

교내음악대회에도 구경을갓다. 교장선생이 헤련이에게 손님안내역을 맛기여서 명령을 어길수도업는일이지만 써드는데라고해서 써리지도안헛다.

남들은 노래에열중할수잇스리만큼 여유가잇는대 내운명은 엇지나될가하는근심과 짠선생들은 밧부게왓다갓다할쑌아니라 학교를위하야 애써일을하는데 성실이는 어데를갓슬가— 하는 궁금증과걱정이 이짜금식 이러낫슬쑌이엿다.

교복을입고 손에는 푸로그람을쥔다음 드러오는손님을안내하며 빈자리로 인도할째는 그러한생각도업서젓다 만흔사람들이 자기를처다본다 그눈들을 바더드리기에도 밧벗다 그러나 안내밧는사람이 조흔옷을입고 젊지안케 짜라올째는 간혹부러운생각이들엇다.

『이리로오십시오—』하면서도 옛날에 자기가안내밧든생각이낫다 철식이

와갓치어데를가나 귀부인의대접을밧엇다 극장엘가거나 딴스하려가거나 쏀
이들이 줄줄짜려단녓다 하지만 이제는자기와하둥상관업는손님을 그도공손
하게 안내하라햇다.

기막힌우슴을 혼자우스면서도 그일을긋까지 아니할수가잇는가! 자리가
거이찻고 막이열리게되엿슬째까지도 새손님을 인도햇다.

맨압헤는 빈자리가잇서강당가운데도 손님을인도할째다. 젊어보이는여자
인데아래위로 헤런이를살펴보다가는 무슨말을 할가말가하듯이입을벌리엿
다가 닷처벼린다.

『저기안즈십시오―』헤런이도 그여자가 수상하고쏘본기억도잇서 멧번쳐
다보앗스나 갑작이생각이안나 자리에안치고말엇다.

뒤로도라와서도 그의뒷모양을보며 기억을뒤지엿스나 잘써오르지안엇
다. 금비녀에 긴치마를 쓸게입엇다. 분명 부자집색시다.

그러케생각하니 더욱모를것갓다.

혹시 옛날동모가운데서그런집에시집간이가잇슬지아나하고 옛날동창들을
그려보앗다.

한참동안이나 생각을하니 비슷한사람의 얼골이 눈압헤보혓다.

『아모래도경옥이갓태!』이러케생각을하니 아까보든그색시가 틀림업는 동
창생가탓다.

『얌전하드니 시집도잘간게로군―』하고 헤런이는그여자의뒷모양을바라보
앗다.

막이열리고 개회사를 비롯하야 음악순서가 시작될째까지 동창생을 생각
햇다 반가운마음도컷지만 어쩐살림을할가하는호기심도낫다. 맛나볼가―
하는생각도하다가는 이꼴을뵈여무엇하게― 하는붓그러움도가젓다 자기결
혼을알엇다면 불명욕부터햇슬여자다. 아씨란별명을들을만큼 얌전햇든여자
라함부로맛나 자기의운명을 보혀주고십지도안엇다. 그러나돈잇는집며누리
라면 아는사람도상당하겟지―

가정교사를부탁해볼가― 하는생각이들자 부쩍맛나고십헛스며 그여자가
반가워보혓다.

그는 음악이 빨리끚나기를기다렷다.

【76회】 制服한生徒(十三)

밤열시씀지나서야 음악대회는 끗낫다。그러케 호평을바든것도못되나 보육학교학생으로만열린음악대회니만큼 악평을하는이도업섯다。강당을나서는 청중들이음악회에대해서 이러니저러니하고 말이만치안은것으로보아도 그저무난히지난모양이다

그가온데는 독창을무던이한학생도잇고 피아노독주를 쏲쏲히한이도잇다。그러나혜련이역시 그만한기술이라도 가지보앗스면하는 부러움을안가지엿다。

전문가들이안인만큼 특출하게 잘하지도못할쑨아니라 혜련이는 구경온손님가운데서 동창생을맛나보겟다는마음이 컷기째문이다。

만치안은손님들도 한시에 이르러서서 제각기몬저가랴고하니 들어올째보다혼잡하기짝이업섯다。혜련이는경옥이를노치지안흐려고 사람들틈에서움직이는 그를주의해보고만잇섯다。그도자기를차지랴고하는지 사람을밀면서도 눈을두리번거리엿다。

오분쯤지나니 경옥이는문엽까지왓다。혜련이는 사람들틈을피해서 그의여페까지갓다。

『저―경옥이아니오?』

『혜련이지?』경옥이는손을내밀엇다。

혜련이는 경옥이손을잡고 문박으로나가 교정에서말을쓰냇다。

『얼마만이야?』

『글세말이야― 혜련이는나를 곳아러보앗서? 난 한참생각하구나서야 알엇는데 구경하면서두 작구뒤를도라보앗지왜』

『나두 처음에는몰랏서! 이러케 구식부인으루채리엿스니 알수잇나……』

『난 혜련이가 이제학교에단닐줄을몰낫거든……』

『참 잘맛낫서! 가치서울살면서두 경옥이가 여기안왓드면 맛나지두못할쑌

햇지…』

『글세말이야! 난 성실이가이 학교에서 선생노릇한다기에 성실이를맛날가 햇드니 성실이는못보구 혜련이를맛낫구만! 참반가운데……』

혜련이는 그말에대답을못했다.

경옥이를맛난것은 반가움지만 성실이에대한이야기를 제입으로 쓰낼수가 업기째문이엇다.

『혜련이는 성실이를 매일맛나보겟구만?』 경옥이는종시뭇고야말엇다. 차라리뭇지안어주엇스면 조흐렷만경옥이로서는 당연히물을말이엿다.

혜련이는 그자리에서 긴말을아니하려고

『그럼 매일맛나지―』하고 거줏말을했다.

『그래두 우리동창생가운데서 성실이가 상당하게됏서!』 경옥이는 할말이 태산갓튼데도 무엇을먼저말하야조흘지모르는모양이엇다

『그래 동창생이선생됏는데 거기서배우는것이엇대?』

『좀안되기는햇서두 머엇던가 더조치……』

혜련이는 이말을하고 사방을도라보앗다. 아직짜지남어잇는 사람이라고는 자기네들박게업다.

『우리두 나가보지―』하고경옥이와 학교문을나섯다. 그리고는 짠말보다도 경옥이의 이야기를듯고십퍼

『그래 어린애는 멧치나되?』하고 길에서물엇다.

『둘이야― 혜련이는 결혼아니했나?』

경옥이는 혜련이의일을 잘모르는모양이다.

『응―』 혜련이는 시작만하면 길어질말은 쓰내기가실헛다.

『별수잇나! 아모래두 여자란 결혼하구 살림을해야지― 구태 결혼두안하구 이째짜지멀했서―』

『그저놀앗지! 그런데 애들은 뭐 사낸가?』

『사내하나 쌀하나야―』

『밧갓어른은 무어 하시구?』

『별루하는게업서― 집안살림두밧부니까… 오즉 일이만허야지― 시골두

왓다갓다하야지— 쏘 집안에잇서두 한시나 가만잇게되나! 그래 혜련이는 아직두 시집을안가랴구 학교엘 쏘댄녀?』

『가게되면 가는게지…』 혜련이는 경옥이가 달러진데 놀랏다. 말이만허젓다. 쏘한사람을대하는태도가 늙은이처럼능난햇다. 부자집에서 시달렷스니 주인마누라행세를 잘배워 그러키는하겟지만 엇전지 들조화보엿다.

『내 중매해줄가?』 경옥이는 신이나는모양이나 혜련이는

『글세―』하고 힘업는대답을햇다.

어느새 안국정까지왓다.

『집이 어디지? 한번놀러가서 이야기나할게―』

『우리집은 소적정이야― 의전병원위로첫골목인데 댓집지나면 그동리서제일큰집이니까 찾기쉬워― 한번 쏙 오라우― 오늘은 섭섭하게헤지는데……』

혜련이는 그와작별을하고자긔집으로 혼자걸엇다.

【78회】[8] 距里(二)

동대문압폐나리니 정한시간이 아직십분이나남엇다. 그래도 성구가 오지안헛슬가하고 사면을 둘러보앗스나 아직 보히지가안헛다.

혼자서서 오는전차마다눈을드러 나리는사람삷히기에 분주햇스나 아직 시간이남어잇기째문에 그리초조한빗은업섯다.

시계를 거듭보며 전차에 눈을쩨지안홀째는오분쯤지난뒤엿다.

혹시오지나안나? 하는생각이들기시작하자 공연히시게만 드려다보게되엿다.

사분―삼분―압프로 이분이남엇서도성구는 보히지가안헛다.

『이저버리지나안헛나?』

하고생각을하니 가슴이 허젓해지엿다.

---

8) 77회 '距里(一)'이 누락되었다. 그리고 《만선일보》에서 연재할 때 78회와 79회의 내용이 서로 바꿔었는데, 정리하면서 바로잡았다. 《만선일보》에서는 79회 꼬리에 이렇게 밝히고 있다. "昨日所發本小說七十八號는今七十九號와박귀엿삽기에訂正함"

사람을 오라고해노코 자기는아니온다면 엇써케할셈인가—

약속시간의 일분쯤지낫슬째는 자기가속은것가튼 야릇한생각까지들엇다.

혜련이는 숫재 울고십헛다.

자기를위하야 약속시간을직혀줄만큼 성의잇는 사람도업나하는생각이들어 쓸쓸함이 여간크지안헛기 째문이다.

그러나 성구는그럴사람갓지안헛다. 무슨일이잇거나 그러치안흐면 전차가늣거나해서 아직못온것이지 기다릴사람을 이저버릴만큼둔한한사람은아닌것갓텃다. 그래서 이왕기다리는것이니 십분만은 더기다려보랴고햇다

그러케생각을해서 그런지 성구가 지금전차를타고 허둥지둥하며싸르지못한 전차를탓하고잇는얼골이 눈압에보이는것갓다.

혜련이는 다시 시게를보앗다.

오분이지낫다.

그는 멀—리서부터오는전차를 바라보앗다. 거이거이 갓가워갈째 운전수대에선남자가 보인다.

성구 비슷하다.

빨리 다라와서 그사람의 몸이 완전히보힐수잇게되기를바랏다

쏘한 그사람이 성구이기를바랫다.

만약 그사람도 성구가아니라면 어써케하나— 하는겁이커질째 전차는 정류장에 머젓스며 그사내는 ㅆ ㅓ ㅇ충내리쒸엇다.

성구엿다. 이쪽저쪽을 살펴보는것이 자기를 찾는모양이엿다.

한참 써러진곳에 섯든혜련이는 그가차저볼째까지가만 내버려두기로햇다.

성구는 자기시게를 쓰내보고는 고개를 흔들엇스나 혜련이는 그것이 보기조왓다.

자기를 찾는사람! 그러면서도 시게를 의심하듯이 연방 시게를쓰내보는얼골—

혜련이는그얼골이듬직해보혓슬쑨아니라좀더애태윗다만나보고십흔마음에 그냥 그자리에서서 외면을했다.

오기는 왓슬텐데하고 연방 둘러보든성구는 동대문북쪽쑤리에 도라서잇

는 혜련이를 그째야발견하고 쮜여왔다.

『여기와 게시엿서요?』

『권선생님이십니까? 일즉오섯나요?』

『지금막왓습니다마는 어데게시가하구 한참두리번거리엿지요』 성구는 조금헐덕이엿다. 쮜여오기에 숨이차든모양이다.

『네— 미안합니다. 저는안오시는줄알구 가랴햇지요—』

『아이 참 미안합니다. 그럴일이잇서서조금느젓습니다. 그래도 과히늦지는안엇지요?』

『한십분 지낫슬까요? 그것쯤이야 보통이겟지만…』

『그러지마십시오 너무기다리시게해서 미안합니다』

혜련이는 우서보엿다. 기다린것만은 사실이지만 온것을보니 아모러치도 안타는듯이…

『조곰만더잇섯드면 제가선생님을 낫부게생각할쩐햇습니다. 마츰잘오섯기에다행이지—』

『욕을하십시오 얼마든지사양치안켓습니다』 성구도 긴장풀린우슴을우섯다. 그리고는 『이왕나왓스니 청냥리로산보나가시지요』하고 청냥리행전차정류장짜지걸엇다.

혜련이는말이조곰 이상스러웟스나 그대로짜라갓다

메칠전부터 약속해논산보인데 이왕왓스니 가자는말이무엇인가하고 이해하기가힘들엇다.

그러나사람만혼 전차간에서무를수도업고해서 그냥가기는하지만 그대신성구의얼골에서눈을쩨지안엇다. 성구눈치에서 그의기분을알고 마음을 살펴보겟다는것이엿다.

【79회】 距里(三)

성구가 약속을어긴데는자기의이유가잇섯다.

혜련이와약속을하고난이날까지 동환이에게는 아모말도아니햇다. 동환이를소개해주기위하야 만든약속이지만두사람에게 전혀자기마음을알리지안흐려햇기째문이다. 두사람이이보고 인상이조와교제를하게되면 자연히자기마음이알리여질것이다. 만약그러치가못해 교제가성립이안된다면 차라리이야기를아니한채 인사시키는것이 두사람에게 다조흔일이다. 더구나맛나게할쩨부터 그런의미로소개를한다면 부자연한데가잇슬쑨아니라 한편에서반대할는지도모른다. 그래서일요일마다학교에도안나가고쏘특별한일도업는것을 잘알기째문에 이날아침이야비로서어데산보가자는말을쓰낸다. 그말을하면서도 혜련이와맛나게해준다는말을 아니햇다

동환이는 학교에잇섯다. 문과선생들과함께 산보가기로결정해노앗기째문이엿다.

성구는 엔만만하면 거기를그만두고 자기와가티가자고쓸엇다.

동환이는 과장의말도잇고해서 안갈수가업다고 자기대로가버리엿다.

그러키째문에 성구는시간도느젓스며 혜련이를맛나

『이왕왓스니 가보자』는말도햇다.

자긔혼자서 혜련이와산보하는것은무의미햇다. 무의미하다는것보다도 자기의게획이째젓기째문에힘이업섯다 자기의쯧대로 안되엿슬쑨아니라 말할수업는제속을 혜련이가 알어주지못한것도안타가윗다.

성구에게잇서서 이날불쾌햇다.

이러한 성구의마음을모르는 혜련이인만큼 청냥리에서나려 임업시험장(林業試驗場)으로걸어갈째까지 얼골을숙이고 말도잘하지안는성구에게 의심을품을것은사실이다.

전차간에서도 성구는말을즐겨하지안엇다. 여기서 무슨말을하면 하관이상관에게대하듯 네그럿습니까 하고 놀래는표정을지울쑨이엇다.

약속을 먼저청햇고 쏘그약속대로 두사람이맛낫스면 유쾌하게이야기를하야할것이다.

무엇째문에 묵쑥한얼골을가지고 그럴가?하고 혜련이는혼자생각햇다.

한참동안걸으면서도 말이업다가 자기의머리뒤를 주먹으로치는것을본혜련이는하두보기가짝해

『기분낫부신일이잇서요?』하고 물엇다.

『미안합니다. 아모일도업서요—』 성구는 우슴을지여가며말하니 혜련이
는미안하다는쯧도알수업섯다.

『말슴하세요. 무슨일이게신다면 저는가겟습니다』

성구는 대답할말이업다. 만약자기의게획햇든것을말한다면 다음에소개할
째 자미가업다. 그대로 지나다가다음기회를기다릴수박게업다. 그러나 혜
련이에게는 미안햇다.

그래서

『오늘은 긴이야기를하랴고힛는데 다음에 하겟습니다—』하고 무슨쯧이잇
섯다는것만을알리엿다.

『무슨말슴이애요? 말슴하서요 어쩟습니가—』

혜련이는 성구가 이상햇다. 『할말이잇다면 못할것이무엇이며 못할말이
란 대체무엇입니가?』

『글세 압흐로 이야기할기회가잇지요 오늘은용서하십시오』

성구의말을째다를수가업다 말할째마다 괴로워함이 완연히보힌다.

무슨말일가? 하는궁금증이 속을안타갑게햇다.

그러나 끗까지 캐물을수도업다.

하기는 하야할말이면서도입으로 쓰내기가힘들말이얼마든지잇다. 더구나
성구와가튼사람으로써는 용기잇게말을쓰내지못할것도 사실이다.

숙히와그러케지나면서도헤지기전짜지는 사랑한다는말을 못해보앗다는성
구다.

그러케 말하기가힘든 이야기라면 더물을수도업고듯자고할수도업다. 자
기가성구를낫부게생각지안흘쑌아니라도로혀 쓸리는데가 잇지마는 사랑한
다는말을듯거나말하거나할자기가못된다.

『봄이 다됏습니다』 혜련이는 분위기가너무타분햇다. 째트리고 유쾌하게
놀기나하는수박게 짠도리가업는것을공곰히생각하고 이런말을쓰냇다.

【80회】 距離(四)

넓으면서도 깨끗한모새길을 두사람은 말업시걸엇다

길엽 논두덩에는 푸른풀이먹음즉하게 싹돗앗스며 적은개로흐르는물소리는 마시고십게 맑엇다.

함부로 섯스나 힘잇게솟은 소나무입도 퍼러케 살이지엿다.

『저것이 안즌뱅이 꼿치지요—』헤련이는 소나무밋테 자그마케핀안즌뱅이 꼿츠로가서 한쩡기를 쓰덧다.

『선생님 양복에 쪼즈십시오』하고는 성구에게 주엇다.

헤련이는 말업는분위기처럼 실흔것이업섯다. 어쩌한생각을가지고 잇드래도 놀째는 놀아야햇다. 자기도생각할랴면 얼마든지 생각할것이잇다. 그러나 남에게보히는것이실타. 짜라서성구가 괴로워하는것역시 짝해서 보기가힘든다.

확실히모르나 성구의침울이 자기에게 잇다는것을알째 더욱심했다.

『고맙습니다』성구는 꼿츨바덧다. 그러면서도 가슴은펴지못하는지 말이 어색햇다.

『그러시면 전가겟서요—』

헤련이를 화를내는것가티말햇다.

『왜그러십니가?』성구는놀래는표정이엿다.

『산보왓스면 재미잇게놀다가지요 왜 침울하게만게세요—』

『미안합니다. 안그러두룩노력하겟습니다.』

『말슴두 짝짝하게는 하시네』

성구는 아모래도 자유스러운말을할수가업섯다.

불쾌한생각이 아직짜지남어잇기는하지마는 첫번보힌기분을 갑작히 변할수도업섯다. 그러나 압흐로 언제라도 기회가올것이라는생각과 짝해하는 헤련이의마음에 미안하다는생각에 그는이제부터라도 기분을전환식히려고 햇다.

시험장을지나 동편으로올라가는 좁은길을걸을째 산속에문득무덤하나가

뵈엿다

성구는 조흔 찬스라고생각을하고 말을쓰냇다.

『남편되시는분이 생각히시겟군요?』

『왜요?』 얼투당투안은말에 혜련이는눈을번쩍쩟다.

『저무덤을보십시오 그이도저속에……』

혜련이는 가르키는 그무덤을보고

『참그러군요. 이제는 살도뼈도 흙으로되여버렷을겁니다. 그러나 생각하면 무엇합니가.』

『그래두 사람의미련이라는것이야 그런것입니가.』

『참 저는 너무생각을 아니하는가봐요. 낫부건조컨미련이라는 것은 잇슬텐데…』

남의듯기에는 조끔도 여자답지안흔말씨엿다. 죽은지일년남어박게안된남편을 벌서 이저버리엿다는게 될말이아니다. 그러나 혜련이는 말뿐 마음짜지는 그럿치가못햇다.

무덤을볼째 남편이그리웟다. 그와가티 살든째가 추억되엿다. 아모부자유업시산째다.

그러나 얼마아니되여 원망하는마음이이러낫다. 그로말미암아오늘의운명이잇지안은가!

『속으론굉장히생각하시면서도 그러시지안흐세요』

성구는 야유비슷이말을햇다.

『글세요. 그럴지두 모르지요』 혜련이는 그무덤으로갓다 그엽헤핀 꼿들을 쓰더무덤압페쏘자노며

『제남편무덤이라 생각하구 꼿을쏘잣스니 절을하십시오—』하고 농담하듯이 웃섯다.

『망령의말슴을 다하십니다.』

『어쩟습니가? 아모라구해도 죽은사람은 불상하니가 절을해두 괸치안치안허요—』

혜련이는 사실 죽은사람이 불상햇다.

죽은사람이라는것보다도철식이가불상했다 죽으면그뿐이다 아모것도업다。

자기안해라고하든사람까지 일년도못되여 이저버린다。

자기역시 이러다가죽으면 아모것하나남을것이 업슬것이다。

갑작이 혜련이는 쓸쓸해젓다。 자기가지금고생하는것도 결국에는 아모것도아니고말것을 그러는것이 아닐가 !

하염업는인생― 혜련이는 외로운마음을 것잡을수업다

『선생님―』 혜련이는 성구를불넛다 장마물에 쑥터지듯 가슴을헤치고야 건넬것갓튼그는 성구를불럿건만 자기의현재를 참아말할수는업다 결국말한다면 동정을구하는것박게안된다 동정을하리만큼 비굴해지고 십지도안헛스나 더욱이 누구에게고리타분한이야기를들려주고십지가안헛다。

무덤에서 길가를나와 다시것기시작할때짜지이번에 혜련이쪽에서 숙인얼골을 들지안앗다。

【81회】 距離(五)

두사람은 적은산을멧개나넘엇다。

나종에는 길을것는지 길도업는풀밧을것는지 방향업시 함부로걸엇다。

사람사는 적은동리가뵈이고 원산가는기차가 멀―리바라보일째까지 것다가

『여기서좀쉬여갈가요?』하고 성구가 먼저섯다。

『그럴가요?』 혜련이도 자기가온길을돌처보며 성구엽에섯다。

『오늘은 퍽우울하신모양이로군요?』 성구는 동행하는사람의우울을보기가 안됫는지 위안비슷한말을쓰냇다。

『공연히 그래저요! 저두모르게…』

『공연히 그럴수도잇기는하겟지만 무덤을보시고 생각난것이잇서 그럿켓지요―』

『글세요 그러키라도햇스면조켓습니다―』

혜련이는 무덤에서 엇던생각을 어든것만은사실이다。 그러나지금우울해하는것은죽은철식이가 불상하거나그가생각난다는데서오는것이아니라 하염

업는인생이라는것과 자기의생활을 늣기는데서온것이엿다.

이대로게속만된다면 자기는 학생생활도그만해야한다 그러케된다면 히망 업는불행속에서 보글보글쓸타가그대로죽어야한다.

죽으면아모것도업다. 그러나 산다고해도그리시원할것도업다. 그러나 산다고해도그리시원할것이무엇인가?

산사람가온데 행복스러운이가 얼마나되는가!

성실이갓치 크다란히망과포부를 가젓을사람도 일생에 낙인을찍어놧다

『선생님! 행복이라는것이 업스리라고 생각될때는 어쩌케해야할까요?』혜 련이는 성구의말이듯고십헛다. 자기의마음을 알리우고도십헛다.

『글세요!』성구는 혜련이가 어쩐것을 생각하고잇는지 약간짐작이되여 말을게속했다.

『완전한행복이 어쩐것일런지는 모르나 불행만을 크게생각할때는 모두가 불행으로만 해석될것갓터요 결국 행불행은 마음의상태여하에 달러지는것이니가요.

그러키때문에 사람의일생에는 행복이라는것이 한번이라도 잇슬줄압니다. 다만 한순간이나마 자기가 행복이라고 늣길수잇는 그때를 기다리여야지요.』

『저에게두 그런순간이잇슬것갓습니가?』

『글세요. 업스리라고야말할수업겟지요. 아직 젊으시니가……』

『젊은 사람에게는 그런희망이 전부잇슬가요?』

『업다면 젊은사람이아니겟지요. 무엇보다도 희망을 가질수잇는것이 젊은이의 특권이며 짜라 가지여야할요소이지요─』

『업스리라고 생각되는것도 잇스리라고밋어야 할가요─』

『말하자면 그러치요. 누구나다 짝한사정에서 마음이약해질때는 비관을 하게되는것입니다마는 타락한 생활에서 진실된인간을 발견할수잇겟습니가.』

『그러치만 생각과 마음이 쏘한다른째는 어쩌케합니가?』

『그것이 말하자면 고민이지요 모순이잇어야 발전이잇는것과마찬가지로

고민이잇어야 노력이라는것이쏘한잇겟지요 마음의균형— 그것이야물논힘
든것입니다마는…』

성구의말은 전부가 그럴듯했다. 그러나 말이올타고해서 그대로 실행될수
잇는것은아니다

『아이구— 모르겟읍니다』헤련이는 풀밧에안어버리엿다. 모든생각과 희
망을 내던저버리는듯한태도엿다.

성구도 짜라안으며

『실레지만 요새는 어쩌케지나십니가?』

하고물엇다. 그의과거는 숙히에게서 대개알엇지만 반듯이 궁핍하고 요즘
생활을 조곰도물어보지못한것이 헤련이에게미안했다. 가장 큰것을알려고
하지안는것은 거리를멀리하고 잇는표시다.

그러나 헤련이는 그말에 대답을엇지해야할지몰랏다.

조리잇게 사물을비판하는 성구다. 이야기를하면 반듯이 마음자리를 잡어
주랴고이야기해줄게다 그러나비애를 가지오고야말구지지한이야기뿐이다.
그것을말해서 들조혼인상을주고 십지안다. 말치안어도 대강은짐작할지모
른다. 그러나 자기입으로 그런이야기를말하고 십지가안타. 자존심도 숨어
잇기는하겟지만 곱게보히려는사람에게 쓸데업는지식을 너허주고 십지안은
그런심리도잇어 종시자기의현재를 말하지안엇다.

【82회】 距離(六)

성구는 저녁째까지 헤련이와산에서 지내다가도라왓다.

말을채하지안엇지만 헤련이의말에서 헤련이가얼마큼고민하는사람이라는
것만은알엇다 그러리라고 짐작도햇섯다.

어쩌케살어가고잇는지 확실한것은알지못하나 여자몸으로 고학을한다는
것만보아서도 여러가지생각이잇슬것은 분명하다.

그러나 산에서썩근진달래를절반갈러주며 집에갓다쏘자두라고하든 헤련
이의얼골은아모래도 이지(理知)를만히가진것이쏘한확실했다.

고민을가지고도 고민을그대로발표치안코 상대자의감정을알어주랴는것이
세련밧은녀자의행동이엿다.

그러나 자기감정을 숨기랴고 꼿을노누아주며웃든그얼골은 성구에게 더
욱비극으로보엿다.

집에도라와 언젠가동환이가사온꼿병에 진달래를쏘자노코도 성구는한참
동안이나 헤련이를생각햇다.

불행할사록 고결해보히는 감정이솟아올라 헤련이를더욱존경하고십허지
기도햇다.

꼿병을바라보며 의자에안저잇슬째 하숙주인이 문박게까지와서

『오늘 엇던여자가 처저왓습듸다―』하고 그가업섯든사이에생긴일을 보고
햇다

『엇던여자요?』

『요전에한번왓댓지요 왜?』

성구는 명심이가 왓든것이라고생각햇다.

자기를찻어왓든여자라면명심이박게 짠사람이업다.

『하―』

하고 성구는하로를잘못보냇구나하는 후회를그순간햇다.

명심이가왓다가 그냥도라갈째 얼마나실망을햇슬가?

일요일박게 노는날이업다 어데로산보를가랴면 한주일동안에 하로박게업
는날이다

그것도 그러려니와 종일토록 얼마나쓸쓸히지냇슬가하는생각이들어 명심
이가애처러웟다.

어써케지나겟다는 계획을 다쑤며가지고 왓다가 자기가업슬째 몹시쓸쓸
햇슬게다

공연히 청냥리엘갓댓군― 하는생각이 재삼들엇다. 그러나헤련이와 맛낫
든 것이 그러케도 무의미햇든가하는 마음의 한편에서 쑥올라오자 후회할것
도아니라는생각이이러낫다.

명심이는 오늘밤에라도다시맛날수잇는 사람이다. 헤련이는 언제나 위로

하고 언제나 가치할사람이 아니다。

될수잇는대로 잇는힘을나누어주어야할 귀한동모다。

명심이를 섭섭하게해준반대로 헤련이와가치 하로를 지냇다는것이 그리 잘못한일이라고 생각해서는안될것을 늣겻다。

더구나 헤련이는이성으로생각키우는 점이적엇다。만약성구가 이성이라 는데 홍미를가지고 헤련이를사괴엿다면 이날에 반듯이괴로워해야햇다。

그러나 첫번부터도 헤련이가 성구의눈에는 이성이라는홍미를끌지못한것 이 다행이엿다。

아직까지 낫부게생각지는 안치만 숙히와의 새가끈허지게된뒤로 성구는 남자에게능난한여자를 그리즐기지 안케되엿다。낫부게말하면요부가튼늣김 이잇서 도로혀진실된맛이업는것을늣겻다。

헤련이가 진실되지못하다는말은 성구로써할수업스나 그래도여자다운맛 이업다는생각은 얼마든지할수잇다。

모든것을다하는 헤련이— 그러나 불행속에잇는여자。아모것도모르며 순진속에서 희망을차지하고잇는명심이— 성구는 이두여자를 물그럼이생각 햇다。

하나는 여자동모— 하나는사랑하는여자—

두사람가운데 어느하나를 내버릴수도업다。거리(距離)만을 잘마초아 간 격잇게살수만잇다면 누구에게나 만족을가질수잇다。

성구는 저녁을먹엇다。그때까지도 동환이는도라오지안엇다。

왜이러케 느즐가? 하고걱정은하면서도 명심이를차저가야할생각에 옷을 입엇다。

빨리가서 맛나주지못한잘못을 사과해야할마음이조급햇다。그는 조이우에 『너를주기위해 진달래를썩거왓다。명심이에게다니올째까지 꼿과마조안 저 이야기나하고잇거라』라고 말을써서 테불우에노코 하숙을나섯다。

【83회】 距離(七)

혜련이는 몟을동안 알엇다. 학교에도못나가리만큼누어서 알은것은 아니지만 성구와가티산보갓든 그여독이 가슴속에서 써나지안어 괴로워햇다.

성구는 평생에 두번채사괴는남자다.

첫번은 철식이오 그다음이 성구다.

두남자의성격은 천양지판이다.

첫남자는 호걸답게 큰소리를하나 방탕하다. 생각이라는것보다도 순간을 향낙하기위해사는사람이다.

따라서 인간적인신뢰(信賴)가적다.

그러나 성구는 그와반대다. 생각하고 쏘생각한것을 함부로발표치도못하는 말하자면 온건한사내다.

정열이잇슬쑌아니라 인간미가 두터운예술갓다.

철식이와는 비교할수도업스리만큼 고결한사람갓다.

숙히가 사랑햇다는것이 거즛이아니다.

그러나 이러한생각들이 나서 성구를 놉픈자리에올려놀째마다 혜련이는 무엇째문에 성구를그리케싸지생각하나하고 자책햇다. 자책한다고해서 생각이쓴친다면 거야별문제이겟지만 그러치못한데에 혜련이의괴롬이잇섯다.

혜련이는 자기자신을 가장외로운째에잇기째문이라고해석햇다. 무엇을구하고십고 누구를 의지하고십혼 가장 약한째이기째문에 성구를 못이저하는것이라 생각햇스나 그런생각이 자기마음을 가볍게해주지는못햇다.

밥도 매씨 지여먹기가실엇다 아침밥이남엇으면 그것이적드래도 저녁싸지먹엇다

공부도 탐탁하게못햇다. 글이 머리에 드러가지안는것을 어쩌케하랴.

학교에가서도 정신이업이 안어잇섯다.

마즈막시간에 올간연습을 하고잇을째는 공연히 비곡을 을퍼보고 십어젓다.

그러나 이제 처음배흐는 솜씨라 하고십은것도 마음대로할수업으니싸 엽

에서연습하고잇는 인선이에게

『풍금은 왜일즉못배왓을가―』하고 탄식햇다.

『누가 이럴줄알엇댓나―』

인선이는 풍금하기가 실어그리는줄안모양이엿다.

헤런이는 자기의우울을아직까지 인선이에게 말하지 안엇으니 그의마음을알리도 업을것이다.

아모도알지못하는 외로운마음―

『트라이메라』나 『에레지』를 을프며 슬컨울고십엇다.

『인선이―』 그는 인선이를 부르고는 『오늘우리집에가서 놀지안을래?』하고청햇다.

『왜?』 인선이도 건반에서 손을쩨고 헤런이를보앗다.

『내이야기를좀할게 !』

『무슨이야기말이야?』

『하고십은 이야기를할게 들어주지안을래?』

『들어주지― 그래두 울지는말어야되―』

『옹―』 헤런이는 시간이될째까지 풍금을 치엿다. 악보를보고겨우단음니나치는 헤런인만큼 자기가내는소리도 자기가듯기실헛다. 좀더쌜리 종이울기를기다리엿스나기다리는시간은 쌜리가지도안헛다.

인선이는 열심히 악보를보아가면서 손고락을놀리엿다. 익숙하지못한곡조이면서도 짠생각을하면서 치는것갓치 처량히들리엿다. 그리케보아서그런지 인선이도 자기만큼이나 무엇을생각하는것갓다.

얼마뒤종이울리엿다.

『우리집에갈래?』 헤런이는 음악실에서나오며 다시 한번 짜지엿다. 아모래도자기의마음을 누구에게나마이야기하고야견딜것갓흘째 인선이면 괸치안켓지하는마음이들어 그를노치고십지가안헛다.

『내가 간다구그랫나 안간다구그랫나?』 인선이는자기가할말을 자기에게 다시물어보는듯이말햇다.

『그럼 쌜리가―』

혜련이는 압장을서서 학교를나섯다.

인선이도 혜련이의감정을 허트리트리지안흐려고 묵묵히뒤를싸랏다.

『조선생소식은잇니?』 길을걸으면서도 원수찌리가는것가튼기분을업새기
위하야 인선이가 말을쓰냇다.

『업서— 어데잇는지두 알수가업서—』

『참 이상한선생이지?』

『글세말이야! 나두그럴줄은 몰랏서—』

혜련이는 평범한얼골을만들엇다. 그러나 그러한화제에는 흥미가업는것
가티 긴말로 대답을하지안헛다.

다만 집에까지 쌜리가고십헛슬쑨이엿다.

【84회】 距離(八)

큰길을지나 가회정막바지길을걸을째 혜련이는 입을암으렷다. 압호로이
야기할말을 준비하는모양이엿다. 그러나 준비라는것도 여유가 잇슬째하는
말이다 혜련이에게는 이야기하겟다는생각이 이러날수록가슴이두군거릴쑨
이엿다.

말업시싸라가든 인선이는 혹시 자기사정이야기를하고가정교사를 성의잇
게구해달라는말이나하지안을가하는생각에 미리자기할말을해두랴햇다.

『것두구할랴니까 왜그리힘들던! 어제엇든집에서 구한다구하기에가보
앗드니 여자는실태나…… 그래두 얼마만두구보면 나서기야하겟지……』

아직까지도 그것이안잇다는 말을들을째 혜련이는안드른것만못하게 섭섭
하기는햇스나 그래도 자기는 그이상 중대하고 힘든문제를생각하고잇는터라
그리놀라지는안엇다.

『잇겟지! 작구 알어나보라구—』

『잇기야잇겟지 해두 쌜리되야안되! 참미안해죽겟서—』

『힘써두 안되는걸 어쩌케해 기다리야지—』

이러케말하는것을보니 혜련이가하겟다는이야기가 가정교사에대한것이아

님을알엇다.

인선이는 무슨말이나올랴나하고 궁금하면서도 재미잇게기다리며 혜련이
의집까지갓다.

혜련이는 방안에드러가서 책상압페안저서 한참잇다가야 말을쓰냇다. 매
우 정중한목소리엿다.

『인선이남편이 도라가신지는 멋해나됏서?』

『왜그래?』 심상치안는말에 인선이는 웃으며반문했다.

『글세말이야!』

『삼사년됏지―』

『그동안 짠남자를생각해본쩍은업어?』

『별걸다뭇네 빨리이얘기나하라우―』

『아니야! 대답을해야 이야기를할테야!』

『전혀 생각이업슬수야잇나― 해두생각할수가 업지―』

『왜못해?』

『못할이유야업지― 그래두 그사람이미안하지안어― 짠사람보기에도안됏
지만! 그사람이 아즉이저지고 내가서울을쩌난다면 나두다시결혼을하겟지만
아직까지는그럴수가업서―』

『그럼 짠데가서야 결혼을할래?』

『거야두구보아야알지― 왜그러는거야― 글세제말은아니하구』

혜련이는 그만큼듯고나서야 자기말을쓰냇다.

『나는 엇쩌케해야할지모르겟서 남편죽은지가 그리오래지는안엇서두 그
를못이저 짠남자를생각하지못할만큼 정이깁헛든것은아니야. 그래두 나는
어린애가잇거든! 어린것을생각하구 지금공부두하는것인데 이제 사랑을 할
수가잇슬까?』

『마음만이 허락한다 면야 할수잇는것이지! 또 그사람이 잘이해만해준다
면 도로혀 낫게될수도 잇지안허?』

『그사람이 애가잇는것을아는지 모르는지 그것도나는몰라. 그래두 그런
것을 이해할만하기는 한사람이야―』

『엇던사람인데? 퍽조켓구만! 그런걸이해해주는사람이쉬운가!』

『나는 그사람이 문제가되는게아니라 내가 사랑을해도괜치안홀까하는것
이알수업서서 그러는거야— 내가 서울로 올라올째까지 그런것은 생각지두
안헛거던— 내처지로 연애를할수가잇슬것가터? 어린애를길르고 늙은어머
니나모서야하는것이 나의운명인데말이야—』혜련이는 한숨을쉬엿다.

『왜못해? 성닙할수만잇는사랑이라면 해두괜치안허?』

『아니야! 나는 그런걸못할사람이야! 어린애에게 면목이업서— 집안사람
들에게는 무슨낫츠로 대하니? 일즉부터 단념을해야해— 연애라는것은 마음
의여유가잇고 꿈이라는것을가질수잇서야하거던! 나가튼사람에게는 도로혀
괴롬만이클쑨이야. 나는그새도 얼마나괴로워햇는지몰라. 아직까지 그사람
이 나를사랑하는지 확실히두모르면서 이럴째야 압프로어써켓니?』

혜련이는 곳대답을못햇다 연필을가지고 조이조각우에 아모뜻도업는글자
를 한참동안이나썻다.

【85회】距離(九)

한참잇다가야 혜련이는성구에대한이야기를쓰냇다. 엇더케알게되엿스며
멧번이나맛낫는데 성격이어쩌타는것까지될수잇는대로 자서하게말햇다. 그
리고는 지난일요일맛낫든이야기까지를하고

『그도 생각이잇는것만은사실이야. 그러치안허— 더구나 사랑하던사람을
일혼째지— 활발치못한성격에 생각을발표치못하니까 괴로울것도사실이지
— 그날 참짝해서못보겟더라. 언제이야기할날이잇겟다고만말하며아주답답
해하겟지! 나두 그사람만은 엇던지미더워진단말이야! 그러타구해서 내가어
쩌케 그를사랑할수가잇니? 너두생각해봐라. 』

『난모르겟다. 왜 사랑을못하니? 그런사람이라면 사랑할수가넉넉히잇지
안허! 혼자서 기르는것보다 두사람이기르면 더잘기를수가잇지안허』인선이
는 혜련이의마음을선동햇다. 나이아직젊엇고 싸라서여자몸으로 혼자살기
가 매우힘든세상이다.

환경이낫부기때문에 사랑해줄사람이업서걱정이지 사랑해주는사람만잇다면 빨리 그사랑을바더야한다. 만약그남자가못미들남자라면 도로혀불미듬가저올것이지만 그만큼미듬직한사내라면 주저할것이업다.

『너는 내마음을몰라서그래— 아모래두 난못할것가터—』헤련이는 작고자기를부정햇다. 부정하려고노력하는것은 결국자기마음이 너무갈래가지기때문이다.

자기가 공부하려온것이아니라좀더 충실한 어머니로써일생을바치려고 한것이다 그러나 성구를미들수업는마음은 자기의결심을 아서먹는다 그럴때는 자기가 무조건하고 고약한여자로 생각키운다 성구가 몬저사랑한다는말을해도 거절해야할 처지이면서 혼자괴로워하는것은 필시 자기가낫분여자이기때문인것갓다

그러나 성구를사랑하는여자라는것을생각할때만은 낫분것갓지도안타 행복스러워보힌다. 성구역시 행복스럽게해줄것갓다

무엇이낫분가?

그러나 안될말이다.

연자에게 죄를짓는일이다 연자에게까지 죄를짓고야어쩌케살것인가?

단한사람에게만 바치여야할정열을 짠사람에게 바친다는것은 구할수업는 죄를짓는것이다. 그러키때문에 헤련이는 말로라도 자기의마음을 부정아니할수업다.

『생각해봐라. 유치원보모생활을하며 혼자서산다고하면 월급은 얼마나 되구 또멋해나해먹을것갓트니! 기껏해야 설혼까지나할가? 그뒤는어쩌케 나니?』

인선이는 인선이로 의의견을 말치안을수업다.

아모리 현재의마음이굿다고하나 장래의일도 생각지안을수업는것이사람이다.

그러나 헤련이는

『압프로야어쩌케되든그때가서보아야할것이지— 그러타고해서미리부터 겁을먹으면어쩌케해—』하고 인선이말에 반대를햇다. 자기역시 인선이말에

썰리우는곳이업지는안타. 아모리유치원이만타해도 늙은보모를그대로 쓰지는안홀 것이다. 그러타면 차라리 일즉부터 각오를하는것이 상책일것갓기도하지만 그럿타고해서 인선이의말을 올타고긍정하고십지는안헛다.

『그럼생각대로하렴우나─』인선이는 강경한의지에 더할말이업는모양이다.

『어써케할가?』헤련이는이째까지 무슨말을햇는지 전부 이저버린것처럼 다시물엇다.

말로는 큰소리를햇지만 마음속에서는 결말을못진모양이다.

『어써케하다니! 사랑을할수업스면 못하는게아니야─』인선이는 자기의견이 조곰도통하지못한데 불쾌한것처럼 톡쏘앗다.

『그럼 단렴해야겟지?』사실 헤련이의마음은 엇던사람이 명령적으로 아니하면 안된다는말을 해주엇스면하고바래엿다. 자기로결정할수업는일을피동적으로나마해보겟다는 약한마음일것이다.

『내가아나…』

헤련이는 무성의한인선이의말을 나무럼햇다. 엇절줄몰라하는동모에게 『내가아나…』하는싸위의대답은 참으로비위에맛지안엇다. 그만큼헤련이는 자기본위로만생각을하게되엿다. 동모가충고해주든말은다잇고 마즈막한마디에 나무럼을할만큼 자기생각에몰두햇다.

『고맙다. 되는대루하지』말과는 아조반대의외진마음을 가지고 다시자기이야기를아니하려하는헤련이의말이엿다.

【87회】[9] 距離(十一)

『오늘두 혼자게십니짜?』

성구는 이날의공긔를 움직이야할책임이잇기째문에화제를연다라쓰내야햇다 청냥리가는날 자기의게획이째진뒤 처음으로 동환이를소개식히는날이다. 두사람을 자연스럽게 교제식혀주어야하는것이 그의의무엿다.

『제가 말슴드리지안엇댓나요?』

─────────────
9) 86회가 누락되었다.

『무엇말슴입니까?』

『벌서부터 혼자잇습니다. 갓티잇든선생은 사정으로 딴데를갓서요―』

『그럿습니가? 함부로 놀러와도 괴지안켓군요―』

『언제는 오실수 업섯나요?』

『그래두…』

『혼자잇기때문에 여간쓸쓸하지안어요. 한번쯤놀러오실줄알엇지요. 얼마나기다렷는지 아십니까?』헤련이는말을 툭툭함부로햇다. 그편이 자기에게는낫기때문이엿다. 꽁하니안저서 할말아니할말을가린다면 도로혀 생각이깁허지고 자기속이 쏘한얼골에라도 나타날것이라 더구나 낫선사람압헤서 그런얼골을만들고 십지가안엇다.

『미안합니다. 올라는생각은 벌서부터잇섯지만 자연히그러케되엿습니다. 다음부터는 자주놀러오겟습니다. 아마 자주오면성가시다구하실걸요?』

『좀자주오서요. 참 엇든째는쓸쓸해죽겟서요― 동모라고 하나잇나요―』

성구는 밧어줄말이생각나지안엇다. 이애기는 헤련이를 짜를수가업섯다. 그러타고해서 그대로잇기도 안되여 한참뒤에는동환이에게 후원을청하듯말햇다.

『자네두이애기좀하게―』

『할말이잇다―』 동환이는수집은처녀가 첫번보는남자를대한듯 말도변변히못햇다.

『재미잇는이애기를 좀해주십시오』 헤련이는 첫번차저온사람을 무미하게 대접할수가업서서 자기도말을부치엿다.

『할줄모릅니다』동환이는겨우헤련이의얼골을보며 대답햇스나 여간어색해보히지가 안엇다.

그동안 그는헤련이의얼골을혼자처다보기는햇다. 그러나쩟쩟이 마조처다보기는이것이처음이엿기때문에 사교에익숙한헤련이를 당할수가업섯다. 더구나 성구가헤련이에게소개해주는뜻을 짐작하기때문에 가슴은썰리엿다 성구가 직접엇든의미로소개한다는말을아니햇서도 숙히의편지를보면 잘알수잇다. 아직까지 연애라고못해보앗고 여자의교제가업는만큼그는 이러한경우에 어쩌케하야할지를몰랐다.

말을해야할지 아니해야할지도모른다. 갑갑해서 말을해볼까하는생각이 들어도무슨말을할가하는것이 또한큰문제엿다 쓸데업는말은될수잇는대로믄 고십코 이론갓치 힘든말은 검방저뵈여 하기가실타. 처음보는사람의사생활을물을수도업고 자기의생활을말할수도업다.

그러키째문에 자기가말하여야할차례가오면목이썰리고 할말이업서진다.

썰리는말소리를가지고 이얘기에참여한다는것도 우스워 숫제말을피했다.

『차차보시면 아시겟지만조흔사람입니다. 소설은 아조촉망을밧고 잇슴니다』

성구는 어색한 동환이의 표정을 가려주랴고말을쓰냇다.

『네 그러십니까? 틈만잇스면 저도읽어보겟습니다』

혜련이는 아조평범하게댓구를낫다. 동환이에게는조곰도흥미가 업다는듯히! 혜련이는 성구에게만 정신이잇을뿐아니라 첫눈에든 동환이의표정이 그리신통치못했다.

문학하는사람이되여 그럴는지도모르지만 몸이너무나 약해보엿다. 살업는얼골에는 뼈만이 앙상하걋남은것갓다 쉬염은 언제나싹것는지 얼마되지도 안는 노란털이 깨끗지안흔인상까지주엇다.

무슨뜻으로 대리고왓는지는모르나 대스럽게보히지가 안은것만은사실이엇다. 더구나 너무나 부자유스럽게안저잇는것은 보기에도 송구스러울만큼 어색했다.

그만큼 인상이조치못한만치 호기심도업슬것이며 동환이에대한이야기도 쪽쪽끈허젓다.

성구는 노골적으로나타나지는안치만은 혜련이의태도가짐작됨으로 은근히걱정했다. 언제나— 그러한동환이를 타일너줄수업는자기다. 혜련이를차저볼째도 될수만잇스면 면도라도하기를바랫다. 자기는 몸에대한것을무관심한다고 옷이나 얼골을함부로가지지만 그것을조와할사람은별반업슬 것이다. 그러나혜련이마음에 낫분인상을주지안토록하기위해서 그는다시말을쓰냇다.

【88회】 距離(十二)

『언젠가 저더러 최선생님의 인상을말하라구하섯지요?』

『네— 오늘 말슴해주시겟서요?』

『글세요. 』

『조곰도숨김업시 말슴해서들일테야요. 』

『함부로쑤며말하는것처럼실은건업습니다. 』

『그럼요. 이왕말할바에야 무엇째문에 거즛말을합니쌔』

『엇째서요?』 헤련이는 아모러치도안케 듯는것처럼얼골에웃슴을씌윗다. 그러나자기를 어쩌케보앗는가하는것으로 성구의마음을 끌수잇는것이기째문에 속으로만은 잠시긴장했다.

『저는 최선생을 보기전짜지 여간사치하지안흘줄알엇서요. 』

『왜요?』

『그러케생각되두만요—』

『그래보시니까 어쩌습니쌔?』

『아주 달럿서요. 교복이돼서그런지 여간 검소해보히지가안헛지요. 바른대로말이지 모양이나내고 단장이나열심히하는녀자라면 도모지상종두아니하려햇서요. 옷에나 몸에 지배를바더서 치장하기에 시간과정력을드리는것을보면참구역질이나요. 잇는그대로 수수하게사는것이 조치안어요—』 성구는 헤련이의 인상을말하면서 동환이를덥퍼주랴했다.

헤련이는 좌우간자기를조케보앗다는것이조왓다.

『얼마전짜지는 참으로화려햇지요. 그러나 그런생활도 환경이 그럴째 하는것이지아모째나 하나요 생활이 그러면 사치스럽게쑤미는것도 당연 하지만인간의초보를거를째한번그래보는것이지요』

동환이는 그들의말을들으면서도 아모러치안케생각했다. 그것이 헤련이에대한인상일쑨아니라 헤련이가그런것을 잘이해한다는데 이상스런생각을가질필요도업다. 자기가 루—츠하게몸을가지고잇지만 자기가불쾌하게역인다면 그러지안을넌지도모른다. 그만큼 그는무관심할쑨아니라 짠사람이 자기에대한인상이 그리낫부리라고 생각지도안는다.

『그다음에는요?』 혜련이는 그이상 짠이야기를못고십헛다.

『글세요―』 성구는 한참동안 무엇을생각하다가 『퍽칭찬햇습니다.』

『무엇을요?』

『그만큼 복잡한과거를가지고도 공부를열심히하시니까요―』

『네……그다음에는?』

『그다음에는모르겟습니다』

혜련이는섭섭햇다. 아모나 해줄수잇는이야기다. 칭찬도 평범한것이지만 칭찬하는말도 너무나평범하다. 자세한관찰을아니햇고 따라서 성구만이 말해줄이야기가전혀업다.

좀더 친밀한맛이잇고 좀더호기심으로본이야기가 듯고십펏다.

『칭찬해주서서고맙습니다』

혜련이는그만두라는듯이 인사를햇다

『천만의말슴입니다』

하고 성구는 실업는말을 햇다는것처럼 웃엇으나 말을 쪽짤으기가안되여

『박선생 인상은 어쩌습니가?』

하고 물엇다.

혜련이와 동환이는 그말에 꼭가티성구를 바라보앗다. 어쩌케 하는말이냐는듯이……

성구는 처다보는 얼골에 무안햇다. 동환이를 더리고온쯧이 너무나 노골적으로 나타난데 얼골을붉히엿다.

그는 자기의표정과 두사람의 낫색을 도리키기위하야 곳 짠말을집어냇다.

『최선생님! 둘러리서주시지못하겟습니가? 제가이제 결혼할텐데……』

『네?』

혜련이는 고함에가까운소리로 웨치는지 물어보는지 좌우간 아주놀래는 표정을 햇다.

『얼마안잇다가 결혼을할것갓습니다. 둘러리감을 지금부터 골으는데요! 조곰 수고해주시겟서요?』

『정말이얘요?』이말까지도 혜련이는 놀래여서햇다. 그러나 성구의말이거 즛이아니라는 생각이들엇슬째

『언제하세요? 서드리구말구요』하고조곰힘업는어조를쓰냇다.

『아직날자는 결정아니햇슈다. 쉬되겟지요?』

『엇든분이십니까?』

『전에가정교사로 잇슬째가르키든학생인데 학생하구 결혼을하게되지요―』

『그이는행복스러울것입니다』혜련이는 사람압페서자기의속을나타내지안 흐려고한결심을 이저버렷다. 성구의 얼골을 짠히처다보면서도까스마립한 눈에힘을일엇다.

【89회】 嘆息(一)

혜련이의집을나와서 하숙으로도라오니 밤열한시가지냇다.

『술집에나갓다오자―』

하숙에드러서자 동환이가 성구를끌엇다.

『느젓는데 자지― 일즉자야 내일무엇을 쏘하지안허―』

성구는 내일일을생각햇다 잠을못자면 그다음날 일도 잘못할쑨아니라 글 도쓰지를 못한다. 엇던잡지사에서 수필써달라는부탁을바더 내일까지는 써 야하게됏다.

『하로쓸느즈면 어쩌냐? 나두쓸게막밀리엿다. 가서한잔만먹고오자―』

사실 동환이가 더밧벗다. 성구는수필을써야하지만 동환이는 짠잡지사의 소설을 부탁바덧다. 아직초고도못해노앗는데 기일은 거이됏다 그러나 그대 로잠을자기가실흔것을 엇지할도리가업다.

『왜 못견디겟니?』

성구는웃으며 할수업시동환이를짜라섯다.

『흥―』

동환이는 의미깁게코ㅅ소리를냇다.

『엇쩌튼?』

성구가 혜련이의인상을무르니까

『그이가 널조화한것가터구나―』

『무슨소린지모르겟네―』

『그럼 네결혼말을듯고 왜 놀래니?』

『벌서 질툰가―』

성구는놀랫다. 혜련이가놀래하든표정이 새삼스럽게쩌오르기도햇지만 벌서부터자기를의심할만큼 동환이의마음이 움즉여젓다는것이 놀랠만햇다.

『아니야― 널조화하든여자를 내가어쩌케사괴니?』

『쓸데업는소리는 그만둬라 그가 날조화햇슬까닭도업지만 난 벌서명심이와결혼하게까지되지안엇니?』

성구는 그새도 명심이를 몃번이나맛낫다. 성구가첫번부터 명심이를조와한것과마찬가지로 명심이역시 그러햇스며 간졸한식구에 외롬을 늣긴명심이어머니가 더심햇다. 만약 성구가실타햇드래도 쩌다맥길정도로 성구를조와햇다. 그래서 얼마안잇다가 결혼식까지로된것이다.

『사람은 조혼데!』 동환이는 혼자말비슷이 수군거렷다.

『조흐면되얏지 멀그러냐』

『눈이조혼대다가 성격이되얏거든― 너두내성격과비슷하기는하지만 나는 그런성격이 마음에들어― 남자를 쓸고나갈수잇슬만한 여자!』

동환이는 성구와마찬가지로 성격이 소극적이다. 말하자면 선량한편이다. 그러면서도 동환이는 성구와달리 쾌활하고 용단력잇는여자를 즐겨한다. 왜냐하면그의본마누라가 너무나무기력하기 째문에―. 쌀리는것이만흐니까 그러키는하겟지만동환이의본처는 막대기와가치 자기의견을가지지도 못하며의견이잇다해도 말을못한다. 만약 정업는처가 제로라하고 쩌들기나햇다면 실증이 더햇슬넌지도모르지만 그래도 동환이는 그것을 속으로 실허햇다.

아모리 남편과안해라할지라도 안해는 남편을 조력해주어야한다. 예술적인의미는 둘재로하고라도 약한자기를 붓도두어줄만한아량이 잇서야햇다.

동환이는 언제나 그것을 바랫다. 평생살어가는 동안 자기를 붓도두어주고 부축해주며 째로는 끌고나갈만큼 친절한사람이 잇기를바랫다. 그러나 그바람이란동모에서도 구할수업는것이요 부모에게서도 구할수업다. 다만 구할수잇는곳은 자긔와가티 일생을살어줄 이성에서쁜이엇다. 말하자면 본 마누라에서어든 반발심이가튼여자에게로 써러진것이다 성구도 그러한 동환이의마음을 대강안다. 알기는 알엇스나 혜련이를 소개해줄때 그런것을 생각지못햇섯다. 못생각햇든것이라도 바로마자드러간것이긧버

『더구나 과거경험이 만흔사람이돼서 상당할걸―』

하고 일층더 자랑했다.

『그래도 내한텐 조곰도열심이 업는것가튼데…』

동환이는 그것을 아모래도 이즐수업는모양이엿다.

『쓸데업는말을 쏘하네』

성구는 덥허노코 그럴리업스리라는 말을햇다. 생각하면 자기가 결혼한다는말을할때 쌈쪽놀래는 혜련이에표정과 모든화제를 자기에게만 향해하고 동환이를돌려보지도안튼 태도가 이상하지 안은것은안이지만…

【90회】 嘆息(二)

동환이와 성구는 선술집으로드러섯다.

매화와 옥도가

『어서 오십시오―』하고합창하듯 인사를햇다. 동환이는 드러서자마자

『두분손님 약주노세오―』

하고는 매화가가저올 소독저를기다릴것도업시 자기가집어 두가지로쩌젓다.

술은안먹엇스되 임이취한것가티보엿다.

『복상이 오늘은 취하신게다』매화가 여프로오며 농을부치랴한다.

『그래 취햇다. 취햇서…』

동환이는 매화가 귀치안엇다 순간적으로나마 만나면웃고 이야기하든재미를 전부이지버린모양이엿다. 그의가슴은 혜련이를보고온뒤로 긴장과홍

분에사로잡혓다. 참뜻으로 여자를사괴보지못한 무경험자가되여그런지 수
선한마음이설네이기만햇다.

『공연히 짝짝거리시네』

핀잔을마즌매화는 힐죽햇다 동환이말고도 짠손님이와잇다. 허나일부러
동환이에게 와서 친절하게하는것은 좀더친숙하고 달리보는데가잇기째문이
다. 매화는 짠손님에게가서 동환이에게대하는이상의애교를부리며 함부로
짓거리엿다.

동환이는 아니꼽기는햇스나 못본척하고 술한잔을드리키엿다.

『가세―』그는 성구를다시끌엇다.

끌고왓다끌고가는것이 마치 제동생에게하는것갓헛다

『가세―』성구는 아모반대업시 짜라나왓다. 함부로건드릴수도 업는것이
동환이의심정임을 잘알기째문이엿다. 한골수로정신이쌧것을째 그의우것은
대부분이 감정을상하게하기쉬우니가!

집싸지왓을째도 성구는 몬저말을 쓰내지안엇다.

자리에누어서 담배를피울째 동환이가 말을하지안엇다면 집안싸홈이잇은
부부처럼말도업이잠잣을게다.

『네가 내이야기두햇니?』

『아니햇서아마 맛나기전짜지는 내가 누구하고갓치잇는지도 몰랏을걸―』

『왜 말하지안엇니?』

『그럴기회도업엇지만 너를소개하겟다는생각이들째는 그런말을 할수가업
구나…』

『그럼 나에대한예비지식이 조곰도업는사람을맛나는것이조탄말가?』

동환이는 혜련이가 자기를 얼마나알고잇는지가궁금해서 말을쓰냇다. 자
기는 혜련이를 그사람됨은모르되 과거경험은 성구만큼안다. 그러키째문에
그에대한흥미가 더잇다. 그러나 혜련이가 자기를아는가모르는가도 알어야
할것갓헛다. 그러다가 성구가 아모말도아니햇다는말을들으니 엇전지 나무
램하고십흔 생각까지들며 이날 자기에게 불친절한것도 자기를 전혀모르는
데잇지안는가하는 생각이 솟아올랏다

『나는 도로혀 그편이조흘것갓헛서. 너는이왕아는것이니까할수업지만 헤련씨만이라도 아모것도모르는 미지수(未知數)속에서보담 더큰만족을엇게하고십엇든! 사실은 너모도르게 그를소개하려햇다. 얼마전일요일에말이야내가갓치산보가자고하지안튼― 그날헤련이와맛나기로햇기때문에 너를데리고가려햇든거야―』성구는 자기로써가진 진심을 변명햇다.

그러나 동환이는

『흥―』하고 고맙다는말도 쓰다는말도아니하고 담배연기만 천정을향해쑴엇다.

성구는 자기가 잘못햇나 하고

『그럼 내가 한번 말해볼가?』하고물엇다. 동환이가 그리쉽게 자기를오해하거나 낫부게 생각할사람은아니지만 그래도 이런경우는 어리만저줄수잇는데까지 위무해주어야하는것이 성구의의무갓헛다.

『그만두어! 언제한번맛나거든내가 전부이야기하겟다. 아직까지 이혼을못한 안해가잇다는것까지 말을해두어야해! 응― 너두기회잇는썻 잘말해두렴』

『그래 말을하지― 아모째라도 말을해야할것이니가…』

『그럼 언제만나겟니?』

『내일루라두 가보지―』

『그럼 모래저녁째쯤 나두맛나게해줘―』

『혼자서맛나게해줄가?』

『글세! 너무일르지안어…』

『일흘게어데잇니? 지금나이가 멧살식먹은 사람들이라구―』

『글세―』혼자서 맛난다고하니 동환이는가슴이 자못썰리엿다.

【91회】 嘆息(三)

성구와동환이가왓다간뒤헤련이는 잠을못이루엇다.

허젓한가슴에 서글푼생각이치밀어 거기에다 자기자신을쑤지람하는마음까지이러나 엇절줄을 몰랏다。

　뜻도안둔 사람을가지고자기를사랑한다는생각을하게되여 사랑이라는것을 아직생각지안어야할자기로써 가슴을두근거리게햇다。

　생각하면 붓그럽기도하나 자기가 가벼웟든째문인듯도십헛다。그쑨아니 라 임이 연자에게지은죄는 숨길수가업시되고마럿다。

　자기의감정을 숨김업시말한인선이는 무슨낫츠로볼것인가?

　헤런이는 안타가웟다。

　어쩌케해서든지 자기마음을풀어볼도리가업다 잘못인줄알면서도 가젓든 감정이고보니 자기로써도 변명할말이업다。

　그는 이불속에서 몸을뒤집으며 부질업는자기와 자기의운명을탓햇스나 씨원한생각이라곤 조곰도 써오르지안헛다。

　『죽어버릴가?』 이런생각도안드는것이아니엿다 해결지을수업는운명을가 지고 죽을째까지 빠닥빠닥애만쓴다고한다면 지금죽는것이 그리어리석은듯 일것갓지도안타더욱이 자신을속이고 감정세게에서살랴든자기를 책망하기 위하야는 죽엄이깨끗하게 보히기까지했다。

　그러나 죽는다는것은 노력이아니다 삶이 어쩌한것이든간에 사람이란 노 력을가지여야한다。노력이하는것이 즉사람이다。노력을반역하는 죽엄이 신통치도안을쑨아니라 자기의운명을 아조해결하는것도못된다。비록자기는 죽으나 자기의피로된 연자는그대로남어잇다。자기의연장인 연자의운명이 계속되는한 자기는자기의운명을 내버리지못하는사람이다。

　『살자—』하고 헤런이는이불을뒤채고 몸을꼼틀거리엿다。

　비록 어쩌한생각을 가저보앗드라하드래도 그것이생각으로씃첫슬째 죄가 될것은업다。

　성구도 자기가품엇든마음을몰을것이며 연자역시꿈에도생각못할일이다。 그것을가지고 괴로워한다는것은 자기를퇴보하는것밧게 될것이업다。

　그러나 성구의얼골이 그의눈에서 사라지지안는것만은 자기뜻으로도 엇 지기가힘들엇다。짠여자와 결혼까지하게되엿고 자기를다른의미로생각해줄 넘려도 업는그이지만 그래도 성구는낫부다고 원망할수가업다。

엇더케보나 밋음즉해보히기만했다.

오직음성이라든가 듬직해보히는우슴이라든가 무엇이든지 못맛당한것이
업다. 일평생 몸을바치여도 부족함이업슬사내다. 그사내를 자기가사랑할
수업다는것이 자연히서글펏다. 만약 숙히가 좀더일즉 자기를소개햇더면—
하는생각도낫다.

이런생각이 자기도모르게 새여들엇슬째 어데선지 한시치는시게소리가
귀에들려왓다.

『자자—』하는생각과 『쏘쓸데업는생각을햇구나—』하는생각이동시에들어
이불로 얼골을가리엿다.

『다시는 사랑도 아니해야한다—』

하고 속으로생각하며 잠을청햇스나 이불속이답답할쑨 좀처럼 잠이 오지
안엇다.

이불을들치고이러나 전등불을썻다. 컴컴하면잠이올상십헛기째문에—

『하나、 둘、 셋、』하고 정신을 통일식히기위하야 숫자를외여보앗다. 그도
오십이상을셀수업서 눈을힘주어감고 낫에보든하늘과구름을생각햇다.

그러나 순식간에구름이 사라지고 하늘도업서진다. 대신 온갓생각이경쟁
을하듯 눈압페버러진다.

연자 어머니 옵바들 성실이 경옥이 성구 동환이—

『참 동환이란사람은 무엇째문에왓댓을가?』

하는 생각도들엇다.

말도못하고 얼골을붉히고잇든것으로 보아 친한동모를무심히짜라 왓든것
만갓지는안엇다. 어쩌한생각을가진사람이라해도 자기가두번다시는 연애에
쌔지지안흐리라는생각을하고난뒤이니가겁나는것이 업지만 그래도그의속을
알고십픈 호기심이업지는안헛다. 그래서 동환이가 집에드러올째부터 문박
을나설째까지 가지든태도를 도리켜보앗다.

그러나 생각도부질업은것이엿다 씃도업는생각— 씃틀마금지으랴하지도
안는생각들이니까— 그대신 부질업은생각째문에 잠만을잘수업섯다.

【92회】 嘆息(四)

잠을못잔탓인지 아침에이러나 밥을지으려 부엌엘나가니 정신이횡하고 무엇을 몬저하야할지를몰랏다. 아침과저녁마다 매일하는일이지만 손이잘 가닷지가안흐며서툴어전것가텃다.

혜련이는 몬저숫불부터피워야하는것이 밥짓는순서인것을이저버리고 쌀 항아리부터열어보앗다. 쌀이잇는가업는가 삷혀보기위해서 그런것도아니 다. 박아지를들고쌀부터씨처노아야할것처럼생각햇기째문이엿다. 그째 혜 련이는놀랫다. 누가도적질해간것도아니고 쏘몃칠만에 처음보는쌀항아리도 아니지만밋바닥에부튼쌀이 너무나적다는것을 새삼스레 늣겻기째문이다. 그는손을항아리속에너허 쌀기피가 얼마나되는가를 삷혀보앗다.

두씨나 세씨박게 더못먹겟다. 아모리조곰식먹는다해도 이틀이상 도저히 먹을수가 업다.

그는 연다라 부엌전부를 조사햇다. 숫도 돈으로치면 십전어치나 남엇슬 가말가하고 간장도 정종병의반이상이 골앗다. 반찬감이라고는 별반남은것 이업다.

혜련이는 우쭛허니서서부엌까지 동전일푼어치도 드러다주지못한부엌에 나츨대할면목이업는듯햇스나 그래도 먹을것이라고 요것박게업나 하는생각 을하니 밥짓는부엌이 너무나쓸쓸하게보엿다.

빈약한부엌이다. 그릇이래야 두사람만이 사용할수잇는 공기두개와 접시 몃개가 동그라케 잇슬쑨 아모것도업다.

여자의자랑은 부엌이라고 하지만 혜련이는 그러한부엌마저 부지해나갈 수업는 처지다.

혜련이는 시름업시 방안으로 드러갓다.

밥지을생각도업다. 고것밧게안남은쌀을 배속에 집어널 용기도업섯지만 그쌀이 다업서질째까지 자기는 엇지될가하는생각이 더욱 컷다.

『정말 학교를 그만두어야하는가?』

맨먼첨생각나는것이 학교못다닐 걱정이엿다. 이째까지 자기의 유일한히망으로 삼엇고 괴로운가온데서도낙으로삼든공부가 자기와는상관이업서진다는것이 가장설엇다. 자기아닌 짠생도들은 그대로 매일통학할것이며재미잇게 공부를하리라고 생각하니 공부못할자기가 원통도하고 기맥히기도햇다.

만약 공부를 그만두게된다면 다시 청진으로가야한다. 지옥과가튼 청진이다.

그곳으로간다면 자기가평생을 괴롬에서 썩을것이며 짜라 연자가 예측할수업는 불행에 짜지게될것이분명하다.

죽어도 청진으로는 가고십지가안타.

사람이사는동안 자유라는것이잇고 자기활동이잇서야 산다는말을 할 수가잇다. 이런일에나 저런일에나 말한마듸를못하며 산다는것은사는것이아니라 썩는 것이다. 사람의줏을 못하는것은둘채로 아모희망이업고 광명이업는 청진살림을 다시맛보겟다는것은살이잇는헤련이로써도저히할수업는일이엿다.

『돈이나좀보내달랠가?』헤련이는 연자양육비드오는돈을생각햇다. 다른돈이야달낼엄도못할것이지만 그돈만은얼마큼 달낼수가잇슬것갓다 우선 당분간이라도 호구를 해가며 공부할궁리를해야할것가튼마음이 간절햇기쌔문이다.

그러나 그생각은 오분도 못되여 꿋허버리엿다.

차라리 공부를그만두는한이잇드래도 그돈을보내란말을 자기입으로할수업섯다. 큰옵바가 그돈을바르랴고평양으로왓다갓다할째 기를쓰고 반대한이가 자기다. 엇던일이잇다하드라도 철식이 부모에게 달려살거나 쏘는 조치안흔인상을 다시주고십지가안엇다. 그러튼자기가이제와서 큰옵바에게 그돈을부처달란말을 참어할수가잇는가 그이상 더비굴하고더러운짓은업슬것이다. 짠곳에가서 비럭질을해먹는다해도 그돈을 쓸수가업다.

『그러면 어써케할가?』헤련이는 혼자생각햇다.

갈데도업고 말할데도업다

성실이만 그래도잇다면— 하는 부질업은생각이드니 성실이를 그러케만든남자가 원망스럽다. 이자의운명을 마터가지고 잇스면서도 그를 불행하게만

드러주는 지쑤진남자가 미워도지엇다. 그러나 쓸데업는생각이다. 남을미
워하고 저주한들 자기에게 이로울것이무엇인가―.

혜련이는 방안을 휘돌아보앗다. 혹시나 갈데가업나 쏘는 아는사람이업나
하고무엇을 찻듯이―.

【93회】 嘆息(五)

엇잿든 학교에는가야햇다 집에안저 자애를쓴다햇자될일이아니고 해결지
을수잇는일이못된다.

조반을먹지못한채 기운업는몸이나 책보를끼고 학교엘갓다.

교실에가서도 책상에안저 멍― 하니 무엇을생각히고잇섯스나 그는 마음
을도리키여 인선이를차젓다.

인선이는 교정한모퉁이에 서서 책을읽고잇섯다.

『인선아―』하고 우선인사를주고바든다음 혜련이는말을쓰냇다. 『거희망
이업니?』

『글세말이야 것두 전에는 퍽만흔것갓드니 구할라구나서니 좀체업거든 참
야단낫구나 짠데두업든?』

인선이는 혜련이의사정을 대강알기때문에 짝한얼골을햇다.

『짠데야 잇슬데가잇니? 학교를그만두어야할가봐』

『그만두면 어쩌케하니?』

『그럼 어쩌케할도리가잇니? 나가튼것이 공부할자격이되나』

혜련이는 기운이업섯다. 그러타고해서 인선이로서도 힘을도두어줄말이
업섯다. 자기역시 아는것을차저보랴 햇스나 가정교사하나도 마음대로 너어
줄수업는자기다.

『그래두 좀더기달려보아야하지안니 아모째라도 생기기는하겟지―』

이러한 막연한말박에 인선이도 책임질말을못햇다.

그런말을하는것도혜련이가☐☐☐☐ ☐☐☐ ☐☐☐☐10)

---

10) 여기서 약 10여자가 흐려서 알아볼 수 없게 되었다.

학교에가면 혹시나 인선이한테서 씨원한말을들을가하여왓든것이 이제는 그역시히망업는일이되엿다. 무슨말을더하랴? 그러타고해서아침도못먹고온 자기의사정을말하기도실타 만약 이삼일래로라도 무슨일이잇슬런지모르겟 다는말을해준다면 그시일을 축소식히기위해서라도자기의사정을 간곡히말 할수잇다

그러나 이제그런말을한댓자 하등의소용이업슬쑨아니라 동정이나구하는 것갓치보힐것쑨이다.

종이첫다 조회시간에도드러가기는햇다.

교수시간에도 교실에안기는햇으나 헤련이는 고개도 들지안헛다.

내일로라도 쏫겨나가야할자기다 지금까지 자기자리라고안젓든책상도 내 일부터는 짠사람이안저야한다 세상에도 학교에도 자기가안즐자리는업다.

다른학생들은 자기자리를 잡고 그자리의쑤리를 깁게박기위하야 공부를 열심히한다.

작난하는학생도잇스나 그들은 남은정력을내버리지못해그러는것일게다.

헤련이는 선생의이야기도 못들엇다 쐬—하고 물밀리는듯한소리가 귀를 어즈럽게까지햇다 종소리가나고선생이나가니 그도책을덥헛스나 어데까지 배윗는지도모른다.

남들은 운동장으로나가나 그는 혼자서 책상에안즌채 머리를 책상에대고 묵상하는사람갓치 묵묵히잇섯다.

그쌔 학교급사가와서 헤련이를 찻으며 교장실로 오란말을햇다.

【94회】 嘆息(六)

무엇쌔문에 교장이자기를부를가하고 헤련이는여러가지로생각했다. 성실 이와가티잇는것도알고 쏘자기사정이 빈궁하다는것까지잘아는교장이다. 성 실이가간뒤혼자서힘들게지날것을짐작하고 무슨 조흔말이나해줄랴는가! 그 러치안으면 아모래도못단닐학교를 하로쌜리그만두라고할랴는가! 성실이에 대한이야기를뭇지나안을래나! 이런생각저런생각을하면서 교장실로것고잇스

려니 자기가일직암치 교장을찾고모든이야기를아니한것이 후회나기도햇다.

교장선생인만큼 사회적으로도 아는사람이만을것이니까 말만햇다면 자기를위하야 힘써주엇슬런지도모른다

그러나 임이느젓다. 느진것을한탄해도소용이업다.

교장실까지온헤련이는 가슴을쩔엇다. 무슨일인지궁금도햇스나 교장실에 불리운다는것만도 이상하게늣겨젓다 문을두들기기가 매우힘드럿다.

그래서자기만이 겨우드를수잇슬만큼 조고마한소리를냇다.

안에서 드러오라는말이잇슬리업다. 그는 조곰힘을주어 크게두둘기고는 조곰만스윗지를움직이여 큰기계를움지이게할째와가튼긴장을 온몸에가지엇다.

『데―』하고 안에서는교장선생의목소리가들려가왓다

헤련이는 문을열고『아모케나되렴』하는 생각으로 얼골도그리붉히지안코 교장압페거러갓다.

그압페가서 절을한다음에는 될수잇는대로정신을차리랴햇다. 처음드러와 보는교장실이 어마어마하기는햇다. 과이좁지도안은방에 교장선생이 혼자 안저잇고 쏘그압페혼자서잇는여학생이 그리자연스럽지가못한태도갓엇다

무슨일이그리밧분지 손을쉬지못하고 서류를이리저리뒤채는 교장이심상한말을할것갓지도안타.

그러나 가슴을쩔필요도업고 자기가 학교에지은죄가잇서 숨길일도업다.

대범한얼골을가지고 말이잇기를 기다리고잇스려니

『조선생(성실) 소식을 알어?』하고 교장이 헤련이를 한번처다보고는 다시 서류로눈을옴기며물엇다

『도모지 모릅니다. 』

헤련이는 정확하게 대답을햇다. 성실이가 조치못한일로 학교를그만둔이상 그에대한것을 어물어물 대답하는것이 누구에게나 조치못할것갓헛기째문이엿다.

교장은 그말을듯고야 손을쉬고 헤련이를 정면으로보며말햇다.

『그럼 요새는 어쩌케지내나? 조선생에게서들으니집안이 학비를 대줄만

하지가 안타든데……』

헤련이는 교장이 자기를부른것이 거기에잇는줄을알고 이기회에 자기사
정을이야기하려햇다.

『네. 조선생이 어데로가신뒤 이째까지 혼자서지냇습니다. 그동안 동모
들을 통해서 가정교사로라도드러갈랴고햇스나 쯧대로되지가안허 아직그대
로 지내고잇습니다. 그냥 이러케 지내다가는 학교에도 못단일것갓허요. 선
생님께서 좀 힘써주실수 업스실가요?』

『글세— 나가 무슨힘이잇서야지! 거 참 안됏구만!』

교장은 말을쓴코 한참동안잇드니 잔기침을 두어번한뒤에 다시게속햇다.

『사정이그러타면 공부를게속할수업겟구만! 더구나 여자의몸으로 엇지고
학인들 마음대로할수잇나!』

『참속상해죽겟서요. 어쩌케해야할지 알수가업습니다. 교장선생님께서
조흔데하나구해주실수업슬가요?』

『내가 그런걸아나! 구하기두힘들지만 내생각가터서는헤련이가 그대로게
속할것갓지가못한데—. 것두자기집이라든가 자기친척이 서울에잇다면몰
라. 왼몸으루 아직두이년이나 남은공부를할수잇슬것가터? 우리학교에서두
될수만 잇스면 그런학생을밧지안흐려구해! 물논헤련이야 안그러켓지만 학
교서 문제만이러난다면 그것은고학한다는 학생들에게서쑥이러나거든— 학
교일홈을 더럽히는것두 그들이구. 거야 사정이쌱하니가 유혹도밧게되고 낙
망도하게되니가 자연그러치만 자우간 귀치안허—. 헤련이야 안그럴줄알지
만 이년동안에 무슨일이생길지누가아나! 차라리공부를그만두구 집에가잇는
것이엇대?』

교장은 헤련이를생각해서말해준것처럼 미소를약간쯰윗다.

【96회】[11] 嘆息（八）

헤련이를내보낸뒤 교장은 헤련이가 어쩐남자와 가티다니는것을 보앗다

---

11) 95회가 누락되었다.

는선생에게좀더자세하게물엇다. 그러나 혜련이의품행이 어떤지를자세히모르는한그남자에 대한것을 더조사하기전에는 혜련이를 부량학생으로만취급하기는 곤난하다. 만약혜련이가 이학년쯤만된다면 그의소행을 대부분즘작할수도 잇는것이며 풍설도잇슬것이나 그러치못한당사자를조사하는 길박게짠도리가업다 확신하게알지를못하기째문에 교장도 혜련이를불러다가그 사건을먼지뭇지못했다. 차라리 학비곤란으로 계속할가능성이업다면 자원해서퇴학을식히는편이날것갓기째문에 짠남자와 산보다닌다는일을 처음부터 들추어내질안엇은것이다.

교장은 머리를흔들며 처치에곤란함을늣겻다.

혜련이도 짠남자와산보갓든것을 시인하엿스니 보고한선생의말은의심업다. 그러나두사람의관게를 확실히아는이가업는동안 혜련이를퇴학식힐수는 업다. 그러타고해서 그냥내버려둘수는업고.

그는 일학년단임선생을불럿다. 단임선생에게 혜련이의품행을조사하라는 수박게짠길이업기째문이엇다.

『내한테 대답하는것을보니 여간대단한여자가아닙듸다. 좀자세하게 조사를해보십시오。』

부정한학생을발견하려는교장실이 약간어수선할째 혜련이는 학교를나왓다.

아침부터 공부할기분이나지안엇지만 교장에게 그런말을듯고나니 세상이엇지생겻는지를 알수업슬만큼 정신이아찔했다

교장선생이라고하면 학생을동정해줄것이라고밋엇든마음이 감격이 문허지는동시 성구와가티단닌것까지 오해를해서 퇴학을식히랴는 것은 혜련이로써 견질수업는 괴로움이엿다.

자기가생각하고 행동하는것은 자기생의건설을위하야 참뜻에서나오는 것이다. 삶을작난으로 역이지를안는다. 그리한자기도 남에게 오해를삿다는 것은 자기의자신에게붓그러운치욕이엿다.

이왕학교에는못단니게된것이지만 어떠케서든지 학교의오해만은 푸러노코십헛다

몬저 성구를 신문사로차저가 자서한이야기를한다음 학교까지갓치와 교장에게변명해달랫가하고생각했다. 그러나 그것은 너무나 철업는일갓다. 남의일을하고잇는사람에게 써들석한이야기를 해주고 또그에게괴롬을기치는것은 자기만은 자기만을생각하는일이다.

『밤에하숙으로차저가 어쩌케해야조홀가를 의논하지―』하고혜련이는 짠길을걸엇다.

어데를갈가?

서울이넓은곳이지만 가랴 고하니 갈곳이하나도업다 거리로 부터헤맬수는업고 그리라고해서 자기집으로가혼자안저잇슬수도업다. 답답한가슴을 풀지는못해도 잠시이즐수잇는곳이라도잇스면했다.

얼키고 얼킨가슴은 무엇째문에 답답한지도모르겟다 무엇이 더붉하고 무엇이더괴로운지도 째질수업다. 숨쉬기가답답한가슴속에는 무엇이 걸린것만갓엇다.

『나가튼사람도쏘잇슬가?』

이런생각을하며 거리에지나단니는사람들을보니 모두가 활기잇고 화색이도는얼골을갓치보혓다.

『만약 세상사람들이 전부나갓다면무엇째문에 살랴고들할가?』

『나갓치 안살수도업으니가 사는것일가?』

혜련이는 지향업는길을걸으며생각을 끈치지안엇다. 그러나생각이라는것도 완전한정신상태에서 기억력을가추어야 나중에무엇을생각는지를 알수잇다. 무엇을생각한다하고 그냥걸어가다가대체무엇을생각햇나하고 자기를 도라볼째 혜련이는무엇을생각햇는지 하나도몰랏다 눈물도나오지안엇다. 차라리 울수라도잇다면 마음이씨원해질넌지도모른다.

어쩌케 쏘는얼마나걸엇는지 안국동에거리까지왓다.

동쪽으로 가면 자기집으로가는길이오 서편으로가면총독부를지나 효자정으로가는길이다. 남쪽길은 자기가걸어온 종로통까지가는데요 북쪽길은 화동으로올라가는가장적은길이다.

『어느길로갈가?』

어데로도가고십지안타. 더욱이 집에는가고십지가안타. 화동길은 너무좁고종로로가는길은 임이지나왓고갈길이라고는 총독부로 통한길쑨이다. 그는 그리로걸엇다.

한참동안거르랴니 의진병원에 경옥이가 산다는것이생각낫다. 엇든집이요 누구든간에 얼마동안휘식할곳만잇다면가고십은 헤련이의마음이엿다.

【97회】 嘆息(九)

쓰지안코도 이만하게산다는듯이 얼골에웃음을찌윗다.

『별소릴다하네. 여기서더잘체려노쿠살사람이얼마나되? 참재미잇겟는데…』

『재미래야 별거잇나— 그저그러치. 그래두 나는 이러케사는것이조흘것가터! 공연히 엇쩌구엇쩌구 쩌든대두 결국 지혼자고생하며 먹을것먹지도못하구살지안허— 아모래두 여자란 남자를모시구살어야하는것인데 일즉부터 조혼남자를골라 재미잇게사는것이조치안허— 헤련이두쌀리 시집이나가라구— 이제공부를 시작해서는 무엇하는거야! 정말 그새 결혼을아니햇어?』

『아니 햇기에 아니햇다지그럼 산남편을 엇재 업다구그럴가?』 헤련이는 거즛말을햇다. 발은말을 해주고십픈생각도잇지마는 그말을쓰내면 자기이야기가너무길어질것갓다.

『그럼그새 무엇햇서?』

『그저 놀앗지—』

『그럴리가잇나— 사람이 어쩌케 멧해동안이나 그저놀구잇서— 어데 취직하구잇섯서? 정말이야 좀쪽쪽히 이야기해줘—』

경옥이는 큰일을의논할쌔처럼 치마자락을감싸며 헤련이에게 밧투안젓다.

『정말이야— 집에서 놀구잇섯서—』

『그래? 그럼 내가 조혼데하나 소개해줄게. 소용잇나— 학교는 단녀서무엇해— 헤련이두 한시밧비결혼이나하구 재미를보며살라구. 사내업시 무슨

재미가잇니? 요전에 헤런이를보구온뒤 우리박갓양반한테헤런이 이야기를
햇드니말이야 참조흔사람이하나잇대. 돈이 오륙십만원은되구 거기다 본처
가얼마전에죽엇대. 과부라두조타구그런대니 헤런이야 얼마나조와할거야』
　경옥이는 신이나서 이야기를햇다.
　얼마전학교에서 교내음악대회째 경옥이를 멧해만에처음보앗다. 그때의
인상이 그리조치가못햇지만 그러한사람을맛나는것이도로혀 자기에게는 조
흘듯십헛다. 자기가 존경할수잇고 미들수잇는사람이라면 지금의심경을말
치안코는 견딜수가업슬것갓다. 결국자기의괴롬이 터저나올쑨 홍분한신경
에 소득이업슬것이분명하다.
　헤런이는 그때가르켜준길을생각하며 경옥이네집을차젓다.
　경옥이말과가티 그부근에서는 제일큰집이엇다.
　대문안에드러서서
　『여보세요―』하고 불으니까 젊은여자가나오며
　『누구를차즈세요?』하고물엇다.
　『경옥씨게세요?』 헤런이는 무엇이라고물러야할지가 생각나지안허 일홈
을댓다.
　『누구요?』 식몬지 침몬지 젊은여자는 처음듯는말인것처럼 되물엇다.
　헤런이는 잘못차저오지나안엇나하고 문패의번지를다시삷혀본뒤
　『이댁 부인안게세요?』하고 물엇다.
　『네 아씨말슴이세요』그때야알어들엇는지 식모는안으로 쒸여드러갓다.
　얼마동안 박게서혼자기다리고잇스려니 경옥이가반갑게나오며
　『이게웬일이야―』하고 헤런이의손목을잡엇다.
　『잘잇서서? 애들두잘자라구?』 헤런이는 될수잇는대로 안정한마음을 가
지랴햇다.
　『그럼 잘잇구말구！ 자― 어서드러와. 그러치안어두한번차저올텐데 안온
다구궁금히생각햇지― 집은 추해두어서드러가 !』
　경옥이는 헤런이를끌엇다. 헤런이는 수다스런말에 다시불쾌를늣겻지만
그래도크게생각할필요가업는것이라고쓰는대로짜라드러갓다.

집은훌륭햇다. 대궐갓튼마루라든가 넓다란뜰이 서울서보기두문집이다.

대여섯간이넘을안방에드러가니 진주박힌의롱이며 전기축음기등할것업시 방안이훤해보엿다.

『참잘사누만?』 헤련이는처음부터 자기와관게업는이야기만을쓰내랴햇다. 생활과생각이다른사람에게 자기의마음을말한다는것은결국자긔가 어리석은사람박게될것이업다 쑨만아니라 자기속에드러잇는괴롬을 아모것도몰라줄사람에게맨먼첨 터러놋는다는것은괴로움을 너무나 가볍게취급하는 것이다. 그래서 경옥이의 살님에대한이야기를쓰냇다.

『무어그러치。 어데 애들을 둘씩이나 더리구살림이나 할수잇어야지。 그저되는대루살어。 너무숭이나보지말어—』 경옥이는 혼자말햇다.

【98회】 嘆息(十)

헤련이는 경옥이의말을전부 귀넘어로들엇다. 자기는돈을바래고 두번다시 결혼할사람도아니지만 이제결혼이라는것을생각할 여유도업다. 아모리 궁하게지난다고할지라도 자기라는것이조곰도업는 경옥이와가튼살림이실키도하다. 한번 경험한바도잇지만 지금눈압페 경옥이를다시보고잇다. 그의 즐거움이라든가 그의생활이라든가하나도마음에들지안엇다. 현실에 만족할쑨아니라 사람의행복의전부가 아닐것을가지고 자기만이 가장잘사는것처럼 가진수단을써가며 자랑하는그생활이 구역질날만한정도엿다. 그러나 그러타고해서 경옥이를 조곰이라도섭섭하게해줄수가업서서

『내가 그런팔자를가지고낫나! 결혼은 조곰더잇다가할테야』하고 듯기조케 말햇다.

『팔자가 어데잇서! 조혼자리를노치지안는게 상수지。 뒤에결혼하면 그보다난데가잇슬것가터 아직나이두 그리만치안해 그리구 본처가난애두 둘박게업대나。 나두처음에는 총각아니문 결혼안한다구쌛댓지만 별수업드라。 지금나만큼재미잇게사는사람인들 얼마잇든! 나이좀든사람하구결혼하는게 귀염밧구 도로혀조화요—』

『글세 결혼하는데야 아모사람이나 거이마찬가지겟지 그래두 하는공부나마 추어야지』 혜련이는 공부도그만두게되여스되 거절할말이 그것박게업섯다.

『참모르겟네. 공부라는것은 무엇때문에 하는거야— 잘살자구하는거지— 여자잘살래문 조흔남자를 구하는것박게 딴길이무어야? 그러지말구 잘생각 해서말하라우 나두 힘을다해서 해볼테니……』

『고마워— 그럼내가 좀더생각해서 말할게—』

경옥이는 자기말이 익인것을늣기고 그말을 길게하지안헛다.

식모를불러 먹을것을좀가저오라고 식힌다음 축음기를 틀엇다.

『이런것들어봣서?』경옥이는 레코— 드를걸며 자기의취미가 어썬것인가 보라는듯키웃섯다.

레코— 드는 단가(短歌)엿다. 혜련이가 이째까지 한번도 자미잇게들어보 지못한 조선음악이다. 조선음악에대한 교양이업고 취미를못가지여그런지 혜련이는 경옥이가 몹시 저열해보혓다.

아마 남편이 조화하는소리겟지. 그러타고 음악까지도 그를싸라 조화한다 는것은너무나 비현대적이다. 경옥이의태도는 둘재로 상가집에서 써드는네 편네말소리가티 혜련이는 그음악이듯기실헛다. 좀더 조용하고마음을 가라 안케할 음악이아닌다음 음악도실허젓다.

『경옥이— 우리 음악은그만두고 이야기나해—』혜련이는 레코— 드를 그 만두게햇다.

『왜? 소리나좀듯다가 쏘이야기를하지—』

『난 곳가야겟스니가 말이야—』

『빨리가서 무엇을할테야— 오늘은 우리집박갓양반두나가시구 마음대루 놀수잇는데뭐—』

『그래두가야지—』

경옥이는 할수업시 축음기를멈추엇다.

그러나 혜련이는 그대신 말할이야기를 생각해야햇다.

『결혼은언제햇서?』

『졸업하든그다음해햇서—』

『짠동모들은 어쩌케들됏는지?』

『글세 나는서울서 내내살면서두 잘몰라 시집살림을하게되니 어데마음대루 나갈순들잇어야지―』

그럴때식모가차에다 과자쟁반을들고드러왓다.

차곱부를들어 혜련이와압과자기압에노튼 경옥이는 차를드려다보고 갑작이 얼골을붉히며 식모에게 큰소리를햇다.

『이게무슨차야?』

『보리차입니다』

『누쌀봐라 누가보리차쓰려오랫서? 빨리가서 코―히차가저와 이게 언제나좀 눈치가생길내는지 참속상해죽겟군―』

식모는 차그릇을들고 부억으로갓다

혜련이는 식모를보기가무안햇스나 그것보다도 함부로사람을욕하는경옥이가 들조앗다 남의안해가되엿다는점에서만 행복을늣기는사람으로써 자기밋에잇는사람을 그리케 모질게 구러야하는가?

한편으로종이면서도짠편으로사람을종으로만드는데만족을해야하는가―혜련이는 경옥이네집을나설때까지 무엇하나 유쾌하다고본것이업을만큼 내내 불쾌하게지냇다.

【99회】12) 嘆息(十一)

혜련이는 끗끗내 자기의 이야기를 한마디도입박게내지안코 경옥이네집을나왓다

도로혀 불상한여자로구나하는생각을갓고 자기를위로햇다.

무엇을비관하거나 무엇을정당하게생각할려는 마음이업시 그저 자기생활만을표준삼어살어나가는 말하자면 무지한생활보다는 괴롭고힘든점이잇다

---

12) ≪만선일보≫에서는 연재를 하면서 98회로 오기를 하였는데, 정리를 하면서 그 순서를 바로잡았다. 소제목 '歎息'의 순서도 10으로 오기를 했는데, 정리하면서 11로 고쳤다. 이하 모두 그렇게 하였다.

할지라도 자기의생활이가치잇서보히엿다.

엇전지 경옥이를 경멸하고십흔마음이생기엇다.

사람은 볼것도업시돈잇는남자와 결혼하여야한다는말도실엇지만은 모든 것이비열해보이기만하며 공부햇다는 여자로서의면목을 조곰도차저볼길이 업는것이 또한분하기도했다.

공부를 하고십허하는마음은 조선여자가전부가지고잇슬 것이다. 공부해 가지고 결국 자기의인생관을 그러케 만드는데끗맷는다면 공부하는여자들이 얼마나가이업는 일인가? 자기도 중학교를졸업할째 경옥이와비슷한생각을 가지엇다. 그러다가 이제야 정신을차린셈이다.

만약 조선여자가전부 자기와가튼경험을밧고야 정신을가다듬는다면 엇지 될가?

혜련이는 집으로갓다.

갈데도업지만 어수선한마음을가지고 더도라단니기가실헛다.

집에드러서니 청진 명애에게서 편지가왓다.

엽서에 간단한말로 연자의병을썻다.

너머지여다친발이 쎄엿는지 아직 새근거린다고해서 고약을부친다는말이 엿다. 그러나 곳날것갓다는말이뒤에씨워잇섯다.

혜련이는 엽서를책상함에너코 곳나켓지— 하는안심을가지엿다.

지금의자기로써연자의적은병까지근심할처지가못된다 만약에 죽을병에나 걸리엇다면 그는모를일이다.

『어쩌케하나?』 혜련이는 자기의생각을 정리하려햇다 지금 함부로 고민이 나하고 괴로워한댓자 아모쓸데가업다 생각할사록 마음이번거로워지며 혼란 해진다. 하로를살엇지만 또한씨원한것도 업스나 쌜리 마음을잡고가야할길 을것는것이 상책이다 누구에게 말할데도업고 말을들어줄만큼 넝넉한사람도 업다.

경옥이네집에서 차와과자를좀먹엇지만 아침과점심을 못먹은배가 무던히 출출하다 얼마안잇서서 배곱혼경□가죽을데까지이를것이다 굶어죽기전에 무슨일을내야할것이다 그러나 자기가걸을길을 하나도보히지안는다 갈길도업지마는 갈만한길은전부막혀버렸다.

학교는임이 단렴해야할것이니 더생각할 필요도업지마는 연자가잇고 밥술이나어더먹을수잇는 청진역시갈수가업다. 그리로가서 일생을썩힐바에는 경옥이가 권하는결혼을 하는것이날것이다.

뜻업시 불행하게 살바에는 경제적으로 자유스러운곳엘가는것이 편할것이다.

그러나 혜련이는 그러한결혼을 도저히 할수업다. 만약에 경옥이가티 자기를 이저버리고 그생활에 만족할수잇다면 차라리 행복을 늣기면서 살수잇슬 것이다. 그러나 혜련이는 자기를속히고 남자의비유를마칠만큼 어리석지가못하다. 돈에 애정이생길수도업지마는 애정업는 이중생활을 쑤밀수가업다. 그런결혼을한대도 결국은 남자도 불행하게될것이고 자기도불행할뿐이다.

경험이업다면몰라도 보담 이상의쓰라린맛을본 혜련이로서 그런생활속에 드러간다고해도 비극만크게만들것이다.

그러케생각을하니 어썬환경속에서도 만족할수잇는말하자면 순진스런마음이 그리윗다. 경옥이가 밉지마는그가 부럽다.

경옥이는 본래부터 낫분녀자가아니다. 자기의행복을 싸놀데가 그곳뿐이라고 생각햇슬뿐이다. 그러나 혜련이는 자기의행복을싸놀자리가 도모지업는것이라고 생각되엿다. 경옥이이상의 노력으로 그자리를구햇다.

만히차저보앗고 힘써차저보앗스나 결국에는 남이설수잇는곳에도 서지를못햇다

『좀타락해볼가?』 혜련이는술집여급을생각해보앗다. 그것만은 자기로써 할수잇는것갓치생각키윗다 노래갓은것이야 유행가이니 들으면 알수잇는것이고—

그것도 엔만큼만일홈이난다면 수입이상당해진다고한다.

직업이 신성하다고들써드는세상에서 그것이라도 해볼가? 아모리 그런사회에서라도몸만잘가지고잇스면 완전히 타락하지는안을것이겟지—

【100회】嘆息(十二)

아모데로도 갈수업는 혜련이게 오즉하나남은길은화류게로 드러가는것박게업섯다 아모리생각하야 가서부터잇슬만한곳이업다 뭇사내에게 가진교태를부려가면서도 자기체신을잘가지고 돈만번다면 자기를속히고 불행속에서 우는것보다날것갓다

번돈을가지고 연자를기르고 공부를식히면그쑨이아닌가 !

그러나 그돈!

아모리 연자의교육이필요하다고하다해도 불순하게엇은것으로 교육을식힐수가잇는가?

그돈으로식힌교육이 그닥지 아름다울것이어데잇는가

교육을더럽히고 연자를불결하게하는도이다.

차라리 무지한연자를만들어 자기이상의고통을남기는한이잇더라도 그돈으로 교육을식힐수는업다.

혜련이는 고개를흔들어봣다.

그러나 그에게 부정(否定)이라는것박게 긍정(肯定)이라는것이업다.

긍정할것업시사는생활처럼비극이다시 어데잇슬것인가

그러타고 해서 죽을수도업다 즉 그는 연자를생각하는한 죽엄까지도 긍정할수가업섯다.

그는갑작이 아버지를생각햇다 아버지가 그리워진다 아버지만살어잇다면 자기가 이런경우를당하고잇슬째 원조를구할수잇슬것이다 살어만잇다면 무슨장사든 돈버리를햇슬것이오 싸라 불상한 쌸을구해줄것이나 임이죽은지오래다.

『엇지하나?』할수업슬째마다 이런부르지즘을연발아니할수업다. 그러케 부르지즐째마다 쏘한배가곱프다.

『왜 먹어야사는가? 먹지안코살게되엿다면 사람이얼마나 아름답게살까?』

아모리탄식하여도 그는자기의현실을 움직일수가업섯다.

『혜련이―』누가불럿다.

혜련이는 몸을움즉이지도안코 물엇다.

『누구요?』

『나야!』하고 방안으로드러오는이는 인선이엿다.

『왜 일즉왓서?』

혜련이는 될수잇는대로대답을피하려햇스나 불외에

『난 학교그만둘래―』하고 말해버렷다.

『글세 왜그런생각을해! 나두 이상하게생각하구 학교에서바로왓지만 참을
수 잇슬때까지 참어야하지안어―』인선이는 혜련이에게 타일르듯이말했다.

『먹지두못하구야 학교에는엇지단겨―』혜련이는 자기사정을 어느정도까
지말하면서도 완전히몰라주는인선이가원망스러윗다.

참고기다리고십흔생각이야 인선이이상이다. 그러나 참을수업는 짝한사
정을엇지랴! 혜련이는 머리를책상에대고울엇다. 터치랴든가슴이 인선이
말에 터지고야말엇다

『그래? 그럼 일즉 말하지― 그런줄이야알엇나!』인선이는 혜련이를위로
하랴 하지안코 부억으로나갓다.

아모것도업시 헝헝빈부억을 제눈으로보고드러와서야

『혜련이―』하고 눈물을흘렷다.

먹을것도업시 학교에다니는 혜련이의마음이 어쩌햇슬가하고생각하니 눈
물이저절로흘렀다.

그들은 말업시 한참동안이나 울엇다. 울다가 몬저고개를든 혜련이가

『걱정말어― 학교에 안다니여도 살길이잇겟지― 인선이까지 괴롭게해서
미안해―』하고 눈물을씨섯다.

『혜련이―』인선이도 눈물을닥그며

『용서해! 내가좀더 성의잇게 힘썻다면 혜련이를이러케까지만들지안헛슬
는지도모를거야! 학교그만둘생각은말구 내하라는대루만해! 되겟지!』하고
다시울먹울먹했다.

『아니야― 아모래두 학교에는 못다니겟서. 학교못다닌다구해서 죽으란
법은업슬테니까 걱정은말어!』

『글세 그런말은 말라니까 내가 혜련이의 마음을알어!』

인선이는 얼마큼 혜련이를 위로하고 격려식히다가 나가버리엿다. 우선
혜련이에게 먹을것을주어야햇기때문이다

집에가는길에서 중국요리를식혀 보냇고 집에가서는 쌀한말을 사람식혀
보냇다.

後 篇

【一회】 이제까지의이야기 (前編槪略)

사랑의도피로북경까지갓든 혜련이는 어린쌀연자를선물로 남편이죽은 북
경을쩌나낫다.

사랑보다도 허영이매저준결혼이엿기때문에 죽은남편에대한미련이 길지
가안엇스며

도로혀 그를게기로 자기생활의태도를 새로가지게되엿다. 죽은남편의 본
처가잇으니

시집에서살수업기도 햇지만본가인청진으로가서 연자를행복된인간으로
만들기에 전념을다하기로햇다

그러나 본가에는 부모를섬기지도안을쑨더러 혜련의시가가 부유함을이용
하야연자의부양료를 청구하고 매달몃십원식을쌔서 먹으랴는금전의노예인
인정업는 옵바가잇다.

연자의부양료나 연자를위해서는 일푼도쓸수가업다.

자기의가장귀중한존재인연자를 한사람의 인간으로만들기위하야는 오로
지 자긔가직업을가저야하는 길박게업다.

넷날의동창생이요 지금은성모보육학교의 선생노릇을하고잇는성실이를
의지하야 그학교에 입학한것은 자기의생활을자기손으로 경영하야 인간생활
을 해보겠다는아름다운마음씨엿다

서울에가자 청진동모숙희의소개로 성구라는소설가를알게된다. 마음씨고
흔 성구엿다. 희망을 갓고 공부를한다고해도 자기돈이업시학교를 단니는몸
이니 세파에부닥치는 몸과마음을 성구에게서 위안밧고십흔생각이자기의 지
성(知性)을쩌나나오는감정이다

그러나 옛날의여자 숙희를통하야 소개밧는성구는어데까지나 동모라는관
념에서 일보도쩌나지를안엇고 짜라자기의가장친한동환이란 사람을소개한다

헤련이는 자기가 연애를 꿈꿀만한여자가못됨을생각한다 연자를길르기위
한현실생활이자기의전부라는것을깨닷는다

성실이의 퇴직으로 학비보조자는 그만업서지고말엇다

엇드쎄하면 공부를게속할수잇슬가 공부를해야만연자를기를수잇을가 여
자의살길이어디에잇는것인가

그러나 한반동모의알선으로 공부만은 게속할희망이생기엿다 그대신 다
만하나박게업는연자가 병이들엇다는편지가왓다

엇든일이잇든간에 낙망을아니해야 할 것이다— 라고생각을하니 우선교장
의오해를풀어야할것이급했다.

학교야단니든말든 사람의오해를사서 손고락질밧는것만은 한시밧비고치
여노하야햇다.

『성구씨한테가볼가—』하고박을내다밧다. 벌서저녁째가지나 어득어득하다

신문사에서 도라왓슬째가 오랠게다 가서자서한말을하고 일을잘처리하도
록이야기하자— 하고 문박게나서랴할쌔

『최선생게십니가?』하고성구가 나타낫다. 헤련이는째마츰잘왓다고생각
한뒤

『그러치안허도 선생님을차저가랴하맷는데 잘오섯습니다 쌀리드러오십시
오』하고드러오기를 청햇다.

『그러세요?』하고 성구는우선드러와안즌다음

『무슨일째문에요?』하고물엇다.

『쪽무슨일이잇서야 선생님을 차저가나요? 선생님은 무슨일째문에오섯습

니가?』

헤련이는 농담갓치말을쓰내며 얼골에웃음까지씌엿다.

『저야 그저놀려왓습니다마는……』성구도 딴의미가업다는듯이 웃어버렷엿다.

『선생님은 저한테 놀러오시구 저는선생님한테 놀려가지못한단말슴이지요? 좀심하신것갓튼데요─』

『천만의말슴입니다 압흐로는 종종놀러오시기를 바랍니다』

『업질러 절밧기지요 안가겟습니다』

『별말슴을다하시네 제가잘못한가봄니다마는 정말좀놀러오십시오。』

『안가요─』

『그럼 저도 아니오겟습니다』

물논 말이 농조이나 그래도

『선생님은 아마 사내가아니신가부지요?』

하고 빈중댓다.

『엇재서요?』성구는 농담을 그대로게속할셈이다.

『그만둡시다 어린애들싸움가튼데요』헤련이는 쾌활한웃슴을웃고나서 표정을고친다음 화제를도리키엿다즉교장에게서밧은 오해를이야기하기시작햇든것이다 한참동안사실그대로 설명하다가

『그게바로 오늘이엿담니다 기가맥힐일이아니야요?』

하고 원통하다는듯이 말을막엇다.

『참 귀신몰래죽지두못한다드니 그걸 누가보앗슬까요?』성구는 무엇보다도 자기네가 산보갓든것을 선생이보앗다는것이 이상스러웟다.

『글세말이야요。 어데서보앗는지모르겟서요。』

『보앗다하기로니 젊은남녀가갓치단니는것을 전부연애라고만할수야잇서요。 상식이업서도 분수가잇지─』

성구는 의심산일도잇지만이런기회에 자기와헤련이의관게를 헤련이의입으로듯고십헛기째문이다

【二회】

『그러키에 저두 흥분햇서요. 그래서 어쩌케해서든지 그오해만을풀어 노토록하랴고 오늘밤에 선생님을차지가fi든것입니다』

성구는 이말을확실히들엇다 그리고헤련이역시 딴마음을먹고잇지안흠을 분명히알엇다.

오해라는것이 불명예스러울쑨아니라 학생이 교장에게 그런의심을 밧는 것은 직접으로 손해를 밧는다.

그러나상대자가 조와하는사람일경우에는 그런의심을심상히역이고 의심하는사람을 경멸하려는태도를 가지게된다 그런데 헤련이는 오해바든것만을 중대시한다.

『그럼 제가 교장을차저가 변명해드릴가요?』

성구는 헤련이를위하야 열심인것처럼말햇다.

『글세요. 어쩌케하는것이 조흘지모르겟서요. 권선생님이 교장을차저간다면 또 교장이저를 어쩌케생각하는지도모르겟고―』

『어쩌케 하여야할지 말슴하세요. 최선생이말슴하는대로 해드릴게요― 청천백일가튼 사이인데 주저할게잇습니까?』

『선생님은 어쩌케하는것이 조흘것가터요?』

『제가암니가!』

『아이 속상해죽겟네. 』

헤련이는 성구를원망하는드시 약간흘겨보앗다.

『내일도 아닌데 제가어쩌케알어요? 참기막히는일이로군』

성구는 속상해하는것이 보기조혼지 놀려먹으랴햇다.

『그럼 내일이라두 교장한테가서 자서하게설명해주서요―. 』

헤련이는 그문제를가지고 오래 이야기하고십지가안엇다.

『그럼그러지요 거야 힘들겟서요 그런데 그대신내청을 하나들어주서야 합니다』

성구는 빙그레웃는것이 힘든문제를 쓰내랴는듯햇다.

『무슨말슴이야요?』

『언제한번 다시 산보를가십시다』

『한번갓든 산보가 말성인데 다시갈수가잇서요?』

『그게 무슨문제입니가? 그래 학생은 남자와 사괴지도 말라는법이 어데잇서요 내일 교장을맛나거든 설교를좀 해주어야겟군요』

『그래도 저는 쌴학생과다르지안어요?』

『아―벌서 위험한학생이라고 주목을 밧으시는모양이로군요―』

『글세 차라리 그랫으면조키는하겟는데……』

『그만 두십시오 벌서 이게생기신게로군?』

성구는 색기손고락을 내밀엇다.

『선생님은 저를 그러케아르세요?』

이말에는 성구도 할말이 업섯다. 농담비슷하게나온말이 혜련이에게 참으로 드러간모양이다 그럼으로

『그럴는지도 모르겟서요. 사람의일을 알수잇나요』

하고 끗짜지 농담으로돌리랴했다.

『한강으로 나가야겟군요. 권선생님만은 사람을 잘보실줄 알엇는데……』

『전차갑 드릴가요?』

혜련이는 그이상더 농담을게속하지안엇다. 만약성구를밋을만한사람으로 사괴랴한다면 아모째라도 자기의사정을이야기하여야 할것이다 각기의환경을모르고 맛난다면그맛남이란 하등의의미가업다 위로를밧거나 격려를바드랴면 아모케도서로의사정을잘알아야한다 더욱이나 성구는 동모라는선을넘어참마음으로 의지하려는사람이다.

『선생님―』 혜련이는 목소리를가다드마

『제가그러케 낫분녀자로보히여요?』하고 물엇다.

『무슨말슴을 갑작이그러케 하십니가?』 갑작이 정색한혜련이의말에 성구는당황해햇다.

『제가 남과다르다는것은제가남가티 공부를이유잇게 하지못한다는것입니다 여유업는녀학생은 유혹에싸지기가쉽다고해서 저를주의해보는것이며 이

번사건도 그런점에서 생겨난것이라고생각합니다 제가엇더케지나는지 혹시 아실지도 모르겟습니다만은……』 헤런이는이러케말을쓰내가지고 요사히지 난경험싸지 쑥설명햇다.

【三회】

한참동안이나 이야기를한 헤런이는

『그러한 저로써 연애가다 무엇입니싸? 남이 붓그러워서도 못할일이지요』 하고 말은 막엇다.

『네 미안합니다 저도 대강짐작을햇습니다만은 사정이 그러신줄을 몰랏지요』

『그러치만 곳 일이펴질것가트니가 염여는말어주십시오』

『네 염려싸지 할수는업습니다 사실은 저도 실업자이니싸요』

『네? 그게 무슨말슴입니가?』

헤런이는 처음듯는 말임에 놀랏다.

『오늘부터 실직입니다 신문사를 그만두엇서요』

『왜요?』

『놀구가십허서요』

성구는 쓴우슴을웃엇다. 자기로보아 적지안케 큰일이지만 자서한것을 설명하리만큼 마음이 가볍지가안헛기째문에 성구는 그런말을 헤런이에게 아니하려햇다. 전부터 해고될 예감이 잇서왓든것이나 그사이주필과 편집국장의 화의로얼마동안 잠잠하기에 무사할줄만 알엇든것이다. 그러다가 마츰내 편즙국장의마음이 조케돌지를못하야 면직을당하고보니 엇전셈인지를 모를쑨아니라 탐탁치안은말을 누구에게나 하고십지안앗다. 실상은 울적한마음을 풀기위하야 명심이한테쯤가야할것이나 초조한얼골을보히기가 실홀쑨아니라 지저분한이야기에 과분한 동정을 밧기가실허 동환이의 부탁도잇고해서겸사겸사로 헤런이를차저왓든것이다.

헤런이는 부모도업고아모것도업는 성구가갑작이신문사를그만두엇다는것

이 아모래도 무슨곡절을가진것이라 생각하야

『자서히아르켜주실수는 업슬가요?』하고 간곡히물엇다

『자서하게말하자면 면직을당햇습니다 그이상더말해무엇합니가—』

헤련이는 참아 그이상더 뭇지를못하고 성구의얼골만을삷혀보앗다.

성구는 그말만을하고그만두는것이 너무무책임한것가티늣것는지

『세상에서는 자기를보호하기위하야쓰는수단을 전부 정당하다고보는것갓습니다 비굴하고 잔인한행동이지만그것이 자기의감정이라도 즐겁게하는한 사람들을자기의지위를 함부로내흔들어보아야하는모양이야요 사회가주는지위가 너무적어 거기서한거름도써날수업는 나가튼인간들은 또한할수업는일이지만…』

『무슨일입니가? 쪽쪽히말슴해주서요—』 헤련이는 답답한마음이생겻다 자기역시굼을걱정을하야할사람이지만짝한사정에잇는성구를 거트로만알고 십지가안엇다.

『자기편이안돼ㅅ다구 편집국장이 내쪼찻답니다!』 성구는다리를길게쩌치고 괴로운 몸을펴는드시 다리를툭툭첫다.

『자— 그이야기는 그만둡시다』

『그럼엇쓰케하세요?』 헤련이는 그뒤가걱정되엿다

『어쩌케든지 살도리가잇겟지요. 내가 악하지안코 그러케못나지안엇다면 무슨일이생기지안켓습니가?』

『그러키는하지요 선생님만해가지고 살지못해걱정되겟습니가!』

『천만의말슴입니다 그이야기는그만두자니까요 그런데아까말하든산보는 가실테요 안가실테요?』

『글세 생각해보세요. 갈수가잇슬것갓습니까?』

『아니 가실생각이업단말슴입니까? 그러치안으면 가실생각은잇는데 남의 눈이 무섭단말슴입니가?』 성구는자기누이동생이나대하듯얼러댓다.

『가고십지 안을기야업지요 그러치만……』

『네알게습니다. 그러케 마음이약하신줄은 이제야알엇습니다. 그러시다면 더긴말은아니하겟습니다만남의눈을쩌리여 하고십흔일을못할만큼 어리

석어서야엇지합니까?』

　헤런이는 조곰안타가윗다 자기가비굴하겟살지안으랴하고 겁을집어먹어
하고십흔일도못하게 자유를일코십지안치만 근신하야할처지다。물론연애쯤
하는것으로　퇴학을식힐만큼　중등정도의학교도아니다。연애를해도괜치안
타。그러나　짠학생과구별되여　주의를밧는만큼 근신할필요가잇다。더구나
성구를맛난다면 산보아니래도 집에서얼마든지맛날수잇다

　『어리석다고보서도 할수업습니다마는 저를이해하랴고하시는태도가 안보
히는것이섭섭한데요―』

【四회】 幻滅(一)

　『이해를아니하랴는것은아닙니다。저는 성의와정열을 중요시하기째문에
조고마한장해를 무서워하는것이 무턱대고실어하기째문이지요―』

　『글세요。자기를 잇어버리면서짜지 정열을 살릴수가잇을가요?』

　『거야힘들지요 그러치만 그것을 바랠수도 업어서야 엇지살겟서요?』

　헤런이는 성구가 자긔와 얼마나다른사람인가 하는것을생각했다。자기역
시 정열을못가거나 정열을 미워하는사람이 아니다。그러나 그것을 살릴수
업이 살아가야하는사람이다。그에게는 정열이라는것보다도 산다는것이 더
중요하다。쓰라리기는하지만

　살기를위하야서는 정열을 희생식히여야한다。헤런이가 성구를 못잇고 밤
낫그리워한다면 헤런이는 결국 부질업은사람이된다。사랑해서안될자기환
경을 둘채로하고라도

　결과업을사랑을 혼자게속하는것이 무삼의미가 잇을것인가? 정열을사랑
할래야 사랑할수도 업는세상이아닌가 !

　『안될것을 바래서무엇합니까? 도로혀 정력이나소비되지……』

　헤런이는 성구의생각이 너무나 꿈에갓가운것가태서반대를햇다。

　『그래최선생은 안되리라는것을 조곰도 바래지안습니까? 쏘 되고안된다
는것을무엇으로 결정지을수가잇음니까?』

성구는 큰일은아니라는듯이 벙글벙글웃어가며말했다.

혜련이는 대답하기가곤란했다. 정도의문제가부틀는지는모르지만 혜련이 의역시안될일을 아주이저버리지를못한다. 그러나 그를 아조내버리기가실 허 친한동모라는태도로 다시사괴고잇다. 보면잇부고 안보면섭섭한생각이 그의가슴속에는 아직도남어잇다. 쌘여자와 약혼짜지한 남자를 생각하야 어 들것이 아모것도업지만 그래도 쌔로생각남을 엇지랴―

『선생님은 너무꿈속에서사는것갓트니짜 하는말이지요―』혜련이는 이런 말로 들릴수박게업섯다.

『그래 최선생은 꿈속에서 살지안는다는 말이지요?』

『그럼요―』혜련이는 능큼대답했다.

『어데짜지가꿈이고 어데짜지가현실이라는것을 좀가르켜주섯다면 조켓는 데요―』

『그것은 자기가 세상을살어가는태도에달러지는것이며 자기생활을 밋고 못밋는데짜를것이니가 선생님이 혼자생각해보십시요』혜련이는 용감하게도 성구를 쑤지람하듯이말했다. 말을해노코보니 조곰미안한생각도들어다시

『집으로 놀러와주세요. 압호로는 산보가자는말을아니하기로약속합시다』 하고 거이잇을만하게된말을쓰냇다

『네 알겠습니다. 그러나한번만 내말을들어주십시요 다시는 청하지안을 테니가―』

성구는 긋내 고집을세웟다

『왜그러세요?』과히필요업는일을 부디하고야말랴는성구의뜻이수상해서 혜련이가 물으니짜

『동환씨인상이 어쩌습니가?』하고 성구는쑹단지가튼말을쓰냇다. 혜련이 는 직감했다. 성구가산보가자는뜻도 거기에잇는것을알고

『그리조흔줄모르겟서요 펵 다라시(ダラシ)가업는것가치보입디다.』하 고 솔직한말로일축해버렷다.

『글세요 좀 그런점은잇지만 사람을 외모로만보아서야 됩니짜?』

『참미안합니다. 권선생님과 친한동모시라는데…… 그래두 인상이라는것

은첫눈에본늣김이아니야요 한번보고 마음이야알수잇습니까?』

　『누구든지 첫번보고 조타는이는업습니다. 그러나여러번사괴보고 낫부다는이도업지요』

　『권선생님의동모니가 물론조혼사람이겟지요』 동환이가 인상은낫버도 그리낫분 사람이 아닐것은 혜련이도짐작했다. 그러나자기의입으로 동환이를 조케말하고십은생각이전혀업섯다.

　『그러시지말고 동환이에대한것을 잘말슴해보십시요 저도할말이잇스니가요』

　성구는 혜련이를차저온목적이 동환이와교제식혀주기위한데잇섯다. 그만큼 그는 신중한태도로 이야기를쯔냇다.

【五회】 幻滅(二)

　『몬저말슴하세요. 그러면저두말슴드릴게…』

　혜련이는 책임질말을하고십지안어 몬저말하기를피했다.

　『그럼 제가말하지요』 성구는 몬저말하는것이 유리할것갓헛다. 만약 혜련이가조치안케만 말한다면 이야기를 쯔내지도못할는지모르겟스니까—『동환씨는 나와가장친한동모인데 물론사람이조흘쑨아니라 재간도잇습니다. 그의소설은 예지가잇고 아주 아름답게흘러나가지요. 무척 촉망을밧고잇습니다. 그런데펵고적한사람이에요.

　안해라고잇기는하지만 그의부모들까지 실여하기쌔문에 결국은 가티살수도업는 형편입니다. 그래서 최선생두 외로운사람이고하니까사괴면 서로위로하고 위로밧을줄아는데요—』

　『네 고맙습니다』이말박게혜련이는 짠말을못했다. 그만큼 성구가하는말을 짝잘를수도업슬쑨아니라 조타그르단말을할수가업다. 아직까지 동환이를 잘알지도못하지만결혼을 전제로한교제를 할수잇슬는지도 모른다.

　『그러시지말고 교제를해보십시오. 나는이러케해라저러케해라하고 말하지안습니다. 사괴보고 그뒤엇더케든지하는것이 조치안습니까?』

『그래두저는 결혼을 생각지못해봣는데요―』

헤련이는 될수잇는대로거절하랴했다.

동환이가 첫인상이 낫불쑨아니라 자기가 결혼할처지도못된다.

『누가 결혼하라고 말햇서요― 사회에서는될수잇는대로 여러사람을알어두는것이 조치안습니가? 그런의미로라도 사괴두시라는게지요―』

『네 그러지요―』헤련이는성구의열정을 저버릴수가업섯다 결국헤련이자신을위해생각해주는 말인데 그것을 그자리에서 거절한다는것은 너무나 몰인정한일이다 동환이를 사귄다고해서꼭결혼을하야된다는 법도업슬것이니가 성구를섭섭하게만은하고십지안엇다.

『그럼 모레밤 일곱시에화신압헤서 기다리겟습니다』성구는 좀시원한모양인지성공한것가튼 웃슴을우섯다.

『참 그것만은 알어주시야하겟는데……』

『밤인데엇대요!』

『그래두……』

『그럼 나두 학교에차저가지안켓습니다―』

『그것은 마음대로하세요』

이런말을 주고밧고할째다 문박게서 여자의기침소리가나며

『헤련이잇서?』하고물엇다

헤련이는 쌈작놀래여성구의얼골보고는 할수업는일이지하고 단렴한듯이 문을열엇다.

『선생님이세요? 드러오세요』하고 어색한 인사를하자

『손님이게신가?』하고톳마루싸지올라선여선생이 방안을기하고 드러다보앗다

성구는입장이곤란해진 것을 늣기고어색하게안저잇스려니

『실례합니다―』하고 여자선생이드러왓다.

헤련이는 자기반담임선생이 밤늣게 자기를차저온것이 이상스러워 곰곰이생각했다 그러나 교장선생이말한그사건박게 차저올싸닭이 업스리라고생각을하자 선생이성구를 이상하게바라보며방에안자 단도직입적으로 이야기

를쓰냇다。

『선생님 오늘 교장선생님에게말슴드르섯서요 저를여간 의심하는것갓치가안어요—』

『의심하는것은 아니겟지— 어쩐선생이 그런말을하니가 아마혜련이에게 이야기를하겟지—』선생은 자기도 그런일을알고잇다는것을 숨김업시 더듬지안코 자기의견을말햇다。

『그래서 저는 오해를풀랴고 그날갓치산보갓든분을오라고 그랫서요。 저분이그이인데 내일 교자선생님께 가시기로햇습니다』헤련이는 성구를가르키엿다。

성구는 그째 선생이라는여자에게인사를하고 자기가할수잇는변명을 전부다햇다

『그러케학생들을 잘오해한다면 학생들이 마음노코 공부나할수잇슬가요? 내일가서 교장선생께말하겟습니다마는 혜련씨갓튼굿고착실한학생도 업슬겝니다』

성구는 꺼릴것이업기째문에 하고십픈말을다햇다。

『그러케생각하신다면 이편의오해입니다 교장선생님께가실것도업지요 제가자세한것을말슴드리겟습니다 제가온것은 그일이잇슨뒤 헤련이가 조퇴를햇스니가 그게걱정스러워 어대갓다오든길에 잠간들럿지요 헤련이도 짠생각말고 공부를잘해—』

『네그러겟습니다』혜련이는 도로혀간단하게된것을 속으로깃버햇다 그러나 선생과성구가갓치나갈째 『모래—』하고 선생못듯게속삭인성구의말을 반대할수가업어고개를 긋덕해준것이 밤새썻쩨름하게남엇다。

만약 산보를 나갓다가쏘발견되면 엇지할가 하는불길한생각이 돌앗기째문이엿다。

【六回】 幻滅(三)

성구는 혜련이를맛나보고온즉시로 동환이에게 단녀온보고를햇다。

혜련이가 당하고잇는환경이 말할수업시 비참한것그리고는 자기가치 청량리산보갓든것이 학교에서문제되잇다는이야기를자서히설명햇다. 그날밤에 째마춤혜련이의 단임선생이차저와 즉석에서 요해를풀게햇다는것까지 하나째노치안엇다.

그쑨아니라 혜련이가 자기를꿈속에서 산다고비란을하며 꿈과현실의구별을말하든이야기까지 그대로전햇다 그러나혜련이의 동환이에대한인상만은 숨기엇다. 드러야 불쾌할것을 말하야 소용이업슬것갓기째문에―. 다만 모래저녁에 화신압페서맛나기로약속햇다는것으로혜련이의호감이어써타는것을알리랴햇다.

『일곱시에 맛나기로햇스니가 시간을잘직혀―』

혜련이와 약속하기로동환이와둘이서만맛나라는것이아니엿다. 말은짜지지안엇지만 셋이서 맛날것갓치 약속을햇다. 그러나 동환니에게는 둘이서만낫나기로 약속한것처럼말하는것이 더욱효과적일것갓어 그러케말햇다.

동환이가 혜련이를생각하는것은 혜련이로써 상상할수도업는정도다. 생각하는것을전부말하지안치만 열심으로 글을쓰고잇는이라생각할째도 동환니는 혜련이의말을성구에게물엇다.

그러한동환이인만큼 혜련이가 동환이를대하는태도가 냉정하다고하는것을알쌔 동환이의실망은 무척클 것이다. 성구는그것이보기실엇다. 자기입에서나온말로 동환이가 괴로워해야한다는것은 참아못할줏이다. 그만큼 성구의성격은 약하다. 그러키째문에 약속도 혜련이가찬성해서한것처럼말을해준것이다.

동환이는 약속한날 학교를그만두엇다. 학교에를가야 일도못할것이며 책도읽을수가업다. 더구나 연구생이란것은 매일나가지안어도 구속이 별반업다.

그래서 할일업는성구와가치 거리로얼마쯤도라단엇다 성구역시 신문사를그만둔뒤로 마음이살난하며 압프로 어써케살가하는 걱정이큼으로 집안에부터잇고십지가안어 동환니를싸라단니엇다.

가치것기는걸으면서도 두사람은 서로침울해햇다. 성구는성구대로 말하고십지안흔 마음의피로를늣겻다. 직업을일헛다는데서 모든생각을 처음부터 새로시작해야될듯한 막연한실망이가슴에서 사라지지가안헛다.

그러타고해서 기운업는소리를 동환이에게들려주고십지가안헛다. 다시취직이되겟지하는안심을 혼자가지면서도 말만나오면 편즙국장에대한불평이 쏘다지는 그러한 재미업는 이야기를피햇다.

동환이는 그가슴이헤련이로 듬뿍찻다.

헤련이에대한이야기로말하고십프며 자기보다 더잘아는성구에게 그에대한것을아는대로 하나쌔노치안코 듯고십헛스나 나의 삼십이나거이된사람으로 염치업시그러는것이 주체업서보히기째문에하고십흔말도아니햇다.

길을것는동안 두사람은 서로상관업는짠속게에서 헤매엿다. 서로헤매는 짠속게를 서로알고서로방해하지안는곳에 쏘한 두사람의 우정이잇는것이다. 서로이해를하고 서로의감정을존경할줄모른다면 우정이란것은성립할수업다.

그들은 종로까지나와 거기서다시남대문통을향해걸엇다.

초여름의 패이부면트는정갈해보히며 가벼워헛다. 눈을패의부멘트에두고 무이식적으로 발을마추어것는 두사람의다리는 기계적으로움즉이는것갓엇스나 그래도산듯한기운이잇서보헛다. 동환이와성구가 서로집혼생각에 잠겨잇다할지라도 그들에게는 절망이업다. 성구의생각이 조곰침울하기는하나 그이 역시 속마음에는 자기를사랑해주는 명심이가 잇다는생각에 든든한 마음을가지고잇다. 동환이야 물논깁은생각속에 달콤한꿈이 긋득차잇는것이지만—

성구와동환이는 황금정입구에서 명치정으로드러가는 좁은골목길을걸엇다.

서울안에서 안락한의자와시간의자유를주는곳은 오직차ㅅ집뿐이다.

【七회】13) 幻滅(四)

차ㅅ방 스페시알룸에안즌두사람은 우선담배를피여물엇다 담배와이야기하는것갓치 그들은 제각기쁨은연기를바라보고잇섯다。 한참잇다가야 성구가

『언제나 취직이될가?』하고 자기의걱정을쓰냇다 무엇보다도 실직해잇는동안먹을것이문제이기째문에 그것이 마음에서써나지를안엇기째문이다。

『싼신문사에 운동을해보렴! 되겟지 아모째라두』얼는드르면 성의업는말갓게동환이가대답했다。

『그새는어써케지나니?』 물론 자기가실업하고잇는동안 동환이가 생활비를대줄것은 짐작하고잇지만 그래도 성구로써 걱정아니할수업는일이다。

『별걱정을다하고잇네 우리집이 파산당한다면 몰라도………』

『그래두……』

『쓸데업는소리는 그만두고 내일부터라두 차저갈사람들이나 생각해둬—』
동환이는 미안해하는성구를 도로혀나무럼하는빗치엿다。

성구도 동환이가 그러케까지말하는이상 더이야기한다면 그를적게생각하는것갓치보힐가두려워

『누구를 만나보는것이 나흘가?』하고 짠말을쓰냇다。

『짠사람이야 아는이가업스니가 우선학예부장을 차저보아지 ×신문사의김원필×신문사의리형만이가튼이들을 차저보렴—』

『그럼 내일부터 운동을해보야겟군……』

성구는 동환이의심경을생각하고 자기만의이야기를이상더할수업다。 그박게는자연 헤런니의이야기를하여할것이나 자기가몬첨그이야기를 쓰내기는 쏘한거북햇다。 그래서 한참동안은 다시침묵속에서 울려나오는 축음기소리나듯고잇섯다。

『학비가골란하다면 어써케공부를하니?』

---

13) 이야기의 흐름으로 보아 후편 [7회]와 [8회]가 서로 바뀌어 연재되었는데, 이번에 정리하면서 바로잡았다。

　　동환이는 가슴속에서 뱅뱅돌든생각을 쓰내지안코못견질지경인모양이엿다。 대사를의논하듯이 신중한얼골로물엇다。

　　『걱정을말라고 그러는것을보니 무슨수가 생기기는하는모양이지! 내가 도을수업는처지니가 더불어보지도 안엇거만 !』

　　『그만큼 생활력이강한모양이지! 나이가 그러케들고도 혼자서공부를 해나갈냐는 생각이들가?』

　　동환이는 자기가 성구이상으로 잘아는듯이 감탄하며말햇다。

　　『그래두 밥을굶을지경까지당해밧나부드라 고생이심한가봐。 오늘저녁맛나거든 자서한이야기를 하구좀도와줘라。 돈으로마음살래는 그런수단을 쓸수가잇단말가? 만약 두사람의사이가 친밀해지여서로돕는생각에서 그런일을한다면모르지만 잘알지도못하는사이에 돈을준다거나 그런일을해봐라。 그것은 책임관렴을 가지게 하야 교제를더욱 구속식히는것이되고 말게다』

　　『거야 그러키는하지만…』

　　『그러쿠말구。 돈갓치 사람의 관게를 좁게만들고 더럽게 운전하는것은 업서— 내가 생각하는것은 그의 구든의지야。 구든마음을 감탄하는것이지 동정하는데서 나오는말도아니다。 이두 그에게 말할째 나의경제적 조건을말치말아。 말한대도 그리부자가못되니가 걱정은업지만……』

　　동환이는 사실 혜련이를 생각한다。 생각할쑨아니라모든일을 알랴고한다。 그러나 그의곤궁한환경을 리용하야 될수잇는대로 속히 마음을 쓸기위한 야비한수단을 쓰랴는생각이 추호도업다。

　　그는 사랑이라는것을 진심에서나오는 정열이아니면 안된다고 생각하고 잇기째문이다。

　　성구도 그말에는 동감이기째문에 짠말을아니햇다 혜련이가 몬저 동정을 구하지안흐며 쏘혼자서도 처리해나갈수잇는동안 여기서동정하는것가티 보힌다면 반듯이 오해살것이 분명햇다

　　한가지말이 쓰지면 준비햇든것이쯘허진듯 말은 그이상더나가지못햇다。

　　말업시 너무오래잇기도안되여 성구가

　　『어데갈데잇니?』하고몬저이러섯다。

『글세— 너는어데루 가겟니?』동환이도 이러섯다.

『집에가서이력서나쓸가……』

『그럼난짠데좀가겟다—』

『오늘밤에재미만히봐라—』

동환이는 대답대신에웃섯다. 자기도 밤에이러날일을 궁금하게기대하는 표정이 노골적으로나타낫다.

『참— 수염이나 좀싹고가렴아』성구는 어썬방식으로표현할지모르든말을 우슴으로이야기하야 조곰주의해주기를바랫다.

【八회】幻滅(五)

차ㅅ집에서 서로헤진뒤동환이는 전차를타고 효자정으로갓다. 어수선한 마음을가지고 한곳에 오래잇슬수도업기쌔문에 동모를차저가시간이나 보내고십흔생각이잇엇기쌔문이엿다.

효자정종점에서나리여 신교정으로한참이나 드러가며 그는 혼자생각햇다.

『이야기해도관치안을가?』

『참고될 이야기를 해줄지도아나……』

동환이는 맹아학교를지나가 수양버들이바로 대문박에선집짜지가서

『인걸이—』하고불럿다.

크지안으나 안윽한 이층집이 조용하다.

『인걸씨게십니짜?』

동환이는 존경사를부치여다시 불럿다.

그쌔야 삼십이좀 넘어보히는 중년신사가 대문을열고나와

『동환인가?』

하고 마저드렷다

엇전지 마지하는태도가전과달러 그리 반가운줄을모르는것갓헛스나 이왕 온길이니 동환이는 그저짜라드러갓다.

이충 인걸이방으로드러가니 어린애들이왓다갓다하고잇슬뿐아니라 한편 엽페는그의부인과 젓먹이 어린애까지잇다.

『안녕하십니싸?』하고 인걸이부인에게인사를햇슬째그도

『박선생님오세요?』하고저윽이반가운표정을햇스나 어덴지 숨어잇는노기 는 동환이에게 어쩐직감을주엇다

『부부싸흠을한모양이로군』

동환이는 잘못온것갓튼늣김을가지엿다.

감정이낫불째사람이오면반가운줄을모를뿐아니라 차저간사람도 불유쾌하 게지낸다

그러나 그대신그들의속마음을모르는것가티잇다가오는것이 현명한줏일것 가터

『오늘은 참날이조혼데요푸른하날에 딩굴고십구만— 어데산보들이나 안 가세요—』

『참조혼날인데— 그래두너무날이조흐면 도리혀산보가 무의미해지는거야 산보갓다가 비라도마저야 재미가잇지 !』인걸이는 아모일도업섯다는듯이 가블가블 말을햇다.

『쏘야만적취미가나오눈』동환이가 웃으며말햇다.

『야만? 사람이 문화해갈사록야만을그리워하는줄모르는게구나 ! 소박하고 자연미잇는야만이 조혼게야— 야만적취미가 점점커지는것을 두고보아라. 』

『그래두 이갓튼야만은 너무원시적에갓가워 현대미가업슬틀렷다』

그들은 다갓치우서버렷다

인걸이는 말이웃난다음겨우기어단니는 어린애를붓잡고 볼기를쓰러주며

『이자식무얼먹어?』하고어린애입에서 조이조박을집어낸다. 기는애를 방 바닥에노코는다시 토들토들걸어가장문에서 문을못열어하는 맛아들쎄로갓 다.

『이자식 무엇을하려구그래 !』

『압바—』어린애는말을못하고손과몸으로 문열어달라는신용을햇다.

인걸이는 문을 위로열어주엇다. 그러니가 애는 다시 다르랴고 팔을쌥고

애를쓴다。 청대로달어주니 쏘다시 열어달라고한다

인걸이는 애심부름을 조곰도 쓰게역이지안코 잘바더준다。 그도 하두슷이 업스니가 한참잇다가는

『이자식— 심술쟁이—』하고어린애뺨을 가볍게 두둘기고는 방안에매달어논 그네에안치윗다。

애들을 무척사랑한다。 젊은사람이 무얼그러나 하리만큼 애를귀여워하는 것가티 보혓다。

『난가겟네—』동환이는 그만큼자유스런분위기에 잇는것을 다행으로역엿다。 인걸이의성격이 남압해서 자기의감정을 그대로나타내지안흔것이나 그래도 오래잇스면 감초고잇는감정이 폭발될는지도모른다。 무사할째가는것이날것갓탓다。

『그리케가실것을 무엇하려오섯대슬가?』

인걸이부인은 로골적으로나무램하는것으로 친숙미를보혀주엇다。 그이역시 대학을졸업한여자로 남의감정을잘알뿐아니라 제속만을 생각할만큼 경박하지가안타 도로혀 진중미가잇스며 거기에다 어진맛이잇다。

동환이는 대답에궁햇다。 그러케 빨리가려고온것도아니엿기째문에 변명할수도업다。

【九회】 幻滅(六)

가야겟다는이유를 짜져말할수업지만 드러올째의눈치로보아 인걸이부부가 서로조치안헛든것이 분명하며 짜라 자기를중심삼어 각기 이야기를햇다할지라도 그들의정신의 전부가 자기에게 기우러지지안헛다는것을그들의태도로 늣길수잇는동환이는

『가보지요—』

하고 이러섯다。

지금의 자기는무엇보다도 자기를크게생각해줄사람이필요햇다。 멧시간뒤에맛날헤련이로말마암아 물거품처럼써오르는마음을 어쩌케해서나 까라안

혀줄사람이 필요햇다.

『급하시기는하네—』

영순(인걸이의안해)이는 급히가랴는동환이를 미심하게 생각하며말햇스나. 그래도어덴가 자기가가는것을 그리 대스럽게생각지안는것이분명히보혓다.

『어데루갈래?』

인걸이는 가지말라는말을아니하고 가는것을임이로하랴는듯이갈곳만을물엇다.

『종로까지 가보겟다』

어데로든지가야할것가튼동환이는 인걸이의말을 반갑게생각하고 서슴치안는대답을주엇다

『저놈과자를사오야지—』

인걸이는 영순이를향해 방바닥에서장난하는 어린애를 가르키며말햇다. 그리고는 옷을가라입고 동환이보다도 압서서 문박글나섯다.

『그럼 쏘오세요—』

영순이는 어린애를안고 대문에까지나와서 친절한말로 인사를햇스나 자기남편에게는 이러타는말한마디가업섯다.

무슨일로 의견이충돌되면세상업서도 몬저말을안쓰내는것이 영순이의 성격이엿다 손님이왓슬째 손님과는 이야기를주고밧어야하는 것이 그의 교양잇는텃이지만 첫번온손님으로는 늦길수도업스리만큼 자유스럽게 이야기를하면서도 자기남편과는말을하지안는것이 그의신경질일는지도모른다.

『다른데 좀들릴지도 모르겟소—』 그대신 인걸이는 자기네의감정을 될수잇는대로 동환이에게안뵈랴고 영순이에게 말을그니여다.

영순이는 눈초리를날카롭게해가지고 인걸이를바라보고말햇다. 아마 보는것이그의항의이며 쏘한필요업는말을한다는 경멸인지도모른다

동환이는 영순이에게 안녕히게십시오— 하는인사를하고는 도망질치듯 한참걸엇 인걸이네집이 보이지안홀째까지 인걸이와 말도아니햇다.

부부가 짝을지여 살림하는집안에 의견충돌이업슬배 아니며 인걸이네부

부가 각금싸흐는것을 동환이가모르는배아니나 그래도 이닐의 동환이는 그러한흐린분위기가 몹시실헛다. 자기의마음이 명랑한것을바라며 어데서든지 자기의심경을 토로하고십기만해서그런지 인걸이내살림이 너무나우울해보엿다.

다가티 대학을나온사람들인만큼 서로이해성이깁고짜라오래동안 연애를하다가결혼한사이라 애정도비할데업시 크리라는것이 동환이의관찰이엿다.

무엇보다도 자기의부부가 너무나 이해성업는데에서결렬이 생긴것이라 밋는만츰 인걸이네가튼 집안에는 조곰의 불화도엽서야 할것이 동환이의경험이준 직감적결논이엿을넌지도모른다. 불화가 잇다해도 그것이 영구적이거나 쏘는 그리 대스러운것이여서는 안되리라생각해지엿다.

엇잿든 인걸이의집을나와 탁한공기에 사로잡히지가안코 말업는 거리 말업는 자연을 자기의대상으로 삼을수잇는것이 자유스러윗다.

『무슨일이 생겻니? 쏘소설을 구상하느라고 학교에도안나가고 초조해서다니는게로구나―』

전차길로 걸어나올째 인걸이가 먼저말을쓰냇다. 말이좀 만타고할가 쏘는 남의눈치를 잘채인다고 할가 인걸이는 동환이의 태도를보고 그냥두지를 안엇든것이다.

속으로야 동환이가 자기네 부부사히를 눈치채고거기에대한생각을 계속하는것가튼 말하자면 켕기는듯한 늣김이잇서 그러한 분위기를 업세랴고한것이겟지만― 동환이는

『어쩌케그리용하게아니?』

하고 인걸이의 뒤집어업는말을 그대로 바더주엇다

자기가 소설을쓰랴고할째 그구상이힘들어 학교엘안나가고 인걸이를 차저갓든째도 사실잇섯으니가……

『내눈이야 속일수잇나… 벌서 얼골에 쌘히나타난것을…』

인걸이는 동환이에 억개를툭치며 호걸다운 우숨을웃엇다.

『그러케 뵈여?』

동환이는 인걸이의말을긍정해주엇다. 지금의 자기로서 인걸이에게 자서

한감정을 말하고십지가 안엇기째문이엿다.

【十회】 幻滅(七)

그들은 전차길까지나오도록 서로이야기를햇스나각기자기네의 감정을한
마디로실토하지안엇다.

만약 인걸이가 좀더진실되게 이야기를해주엇다면동환이는길거리에서나
마 자기의마음을비치엿을넌지모른다. 허나 인걸이는 쩐히봐는 자기속을 감
초랴고하는것이 어데까지나 분명햇다. 자기가 집을나와 동환이를짜라오는
것도 특별히볼일이잇서서가아니라 우울한마음을둘러보기위한것이엿다 인
걸이는 조곰도 그런빗을보히랴하지안엇다.

동환이는 자기에게 진실을 아까워하는 인걸이에게 자기역시 진실로써대
하기가실허 종로엇든다과점(茶菓店)에드러갈째쯤임업시이야기하는 인걸이
의(말)을말귀넘거듯기만했다.

『성구는 요새 어쩌케지나는가―』

『요새문단은 모방을해도푼수가업시하두만 한권쯤읽은사람의글을 짜라가
랴고들하두만…』

인걸이는 쉴새업시 말을쓰냇다. 그말들이 동환이로서 대답해줄 가치가녕
넉히 잇는것들이엿다. 성구만하드래도 약혼햇다는사실과 실직되엿다는일
을 점처가지고잇스며 줏대가업시 어제쓰든필치를 오늘에버리고 새것을써보
겟다는 쓸데업는유희가 유행되는문단역시 동환이로써 이야기하고십은화제
다. 그러나 그말하는주인공이무엇보다도 참된마음을 보혀주지안는한 그대
화에성의가나지안엇다.

동환이는 그만큼참된마음을숨기려고하는 교제를실어햇다.

이야기를 줄이여끈임업에한대자 그것이 인걸이자신에대한것이안인이상
동환이는 그의말이 듯기실엇다. 속에는 짠걱정이 잇으면서도 업는척하려는
것이 미워지기까지햇다.

『이집은 길거리가 되어서 너무산만한데…』 인걸이는 자기가 쓸고드러온

캔디—룸에대해서 다시말을쓰냇다.

『누가 여길오자고 그랫니?』

동환이는 밉살스러운 감정을 감출수가업서서 한마디팅기엿다.

『그래두 산만한데서 고적을찾어야 그고적이순수한것이야 !』

『왜 너두 고적을조화하니?』 외면으로 경쾌한듯한 사람에게 고적이생기면 그것이 평상우울한사람의 몃배나 무거운것임을 동환이가알고잇지만 한번 하나쑤를해본것이다.

『고적이란 너갓은 문학청년에게나 잇는것이지나갓은 어른에게두 잇는줄 아니? 잇다면 감상(感想)을쩌난 말하자면 철학적의사색이지 !』

『그래 철학적사색을하려고 짜흠한안해를 쩌나거리로나왓구나—』 동환이 는 그런기회를 기다려든것처럼 황급히 반문햇다.

『누가 싸윗대요? 자식』

하고 인걸이는 어울르지안는웃음을웃엇다.

『그럼 과자를사가지고 쌜리도라가렴—』

동환이는 엽페안즌사람들을돌아보며 자기말이 짠사람들에게는 안들리리 라고주의해가며말을햇다.

『이짜금 싸흠두하야 하리아이(張合)가잇지 !』

인걸이는 쓸데업는 변명을해야 별필요가업슬쑨아니라 더속일수도 업는 것을알엇는지 실토를하기시작햇다

『누가 싸혼것이 낫부다구나하니? 공연히 자기를속혀가며 잔소리를하니 가하는말이지…』

『그러나 우리싸흠은 보통싸흠과다르다. 너무나 순정을가지고 서로를너 무애씨기째문에 자기가자기자신을 들사랑할째 짠편에서항의를하게되는거 야. 그러키째문에 싸흠이아니라 서로반성할기회를 만들어주는것이지……』

동환이는 이말짜지반박해주고 십지안헛다. 낫부게말한다면 그런것이결 국부부싸흠이다. 허나 인걸이네부부로볼째 그의표현이적당할넌지도모른 다. 인걸이가 부정한행동을아니하고 짜라 경제적고통을밧는것도 아니니 저 속한 불화라할수도업는것이며 인걸이처역시 교양잇고온후한사람이라 무지

한앙탈을쓸여자도아니다。그래서

『그게 너이들의 조혼점이지…』하고는 인걸이의이야기를 더들으랴하지안헛다。그만큼만들엇스면 얄밉다고할만한감정이 풀리엿슬뿐아니라 자기의마음을 싼것에뺏기고십지가안헛다。좀더혜련이에대한 생각에 충실하고시프며 설네이는가슴을 함부로 방임해두고십헛다。

【十一회】幻滅(八)

주문햇든 코―히가 테블우에노헛고 어느새 그공부가 슬푼소리를내며 동환이의손작난감이 되엿슬때그는 드디여 자기말을 쓰냇다。

『내가 연애를할수 잇겟니?』

인걸이는 재빠르게 그말을밧어

『응― 네가 연애를하누라고 우리집에도 아니오겟구나……그런냄새가 나기는하드라 !』

『벌서한다고는 말할수업는데 해볼생각이잇서서하는말이야 !』

『어데말을해봐라 상대는잇든여잔데…… 너가튼 감상가야 아직두연애라넉넉히하지 왜못하나…… 우리가튼사람이야 그런감정을가질수업으니가못하지만』

『그런 쓸데업는소리는말우 나는 유희감정을가지구하는말이아니다。』

『글세 말해보라니가 역시문학소녀가?』

『내가 어린여학생하구 연애할수잇슬듯하니? 문학하구는 거리가먼 나만은보육학교생도다』

『조쿠나。잘생겻니? 대체누가소개한것이냐?』

동환이는 그말에만은 대답지안헛다。누구나보고 잘생겻다고 칭찬할만한미인이아닌것도사실이지만 혜련이를두고 밉다곱다평하기가실헛다。

『죄우간 내가 연애를할수가잇겟는가를 말해보아 !』

『글세― 너는 감정에 너무나치우치는사람이니가엇덜지모르겟다。지금의너가튼나이를가지구연애를하려면 반이상이 유희적이야하고 반이상이 야수적이야하는게야 !』

『그게 무슨연애야? 여자를존중치안는데 참사랑이엇슬수잇니? 연애는맹목적인정열을 가지야한다는말이 가장적중해!』

『네가 맹목적인 정열을가질상십프냐? 현실을알고 싸라현실에서사는사람이맹목적 정열을가지랴고하는데 고통이오고못가질것을구하랴다 못구하는데파탄과 고민이 오는것이거든… 그래 여자는 성적이엇더하냐?』

『아주 리지적이야. 현실적이면서도 퍽용단적성격을가젓서— 말하자면 나하고 반대의성격이지—』

『재미잇구나— 좌우간 한번해봐라—』

동환이는 어쩌케알고 멧번맛낫다는이야기까지햇다. 처음 인걸이에게 말을쓰낼째는 무슨의견이나 들으랴고한것이나 인걸이가해주는말은한마디도 그럴듯하게듯지안헛다. 자기의생각그대로 헤련이를 그려보앗으며 자기가 하고 실튼말만을 인걸이에게들리워주엇다. 냉정하게생각하면 인걸이의 말도 그럴듯한것이겟지만 불순한 말이 헤련이를 더럽히고자기마음을 용납지안엇다.

즉 그는 넘치는감정을인걸이라는 상대에게 그저소모해본것박에 지나지안엇다

인걸이는 화제가 자미잇을쑨아니라 대스럽지는 안흔일이지만마누라와자미롭지못한일이잇는뒤라 동환이의 상대가 잘되여주엇다.

그들은 저녁까지 가티먹으면서 전기불이 올째까지 동환이의이야기와 나아가서는 성구의약혼한이야기 그의실직에대한것 또는 헤련이의 과거까지도 아는범위까지말햇다. 본정M백화점식당에서 저녁을먹은뒤 동환이는 시게를보고 인걸이와헤지엿으나 밤에 헤련이를 맛난다는것만은 말치안엇다

인걸이가 자기를방해할것도아니고 맛나기도전에 미리말한댓자 그것이 흥조가되여 못맛날것도 아니지만 그래도 그것만은 숨기고십헛다.

성구가아는것은 할수업는일이지만 세상아모에게도알리지안코 헤련이를 맛나고십픈 야릇한생각이 그에게는 남몰래 자랑하고십픈소극적성격에서오는 것이엿슬넌지도모른다.

아직싸지약속한시간이되자면이십분이나니엇다. 인걸이를쩌날째는너무
느즌듯하야

다음에다시맛나자는말도쏙쏙히못햇지만 아모리천천히걸어야 본정에서
종로싸지 십분이상이 걸리지안을것이다. 남어지시간을 엇지하나? 사람만
히단니는길거리에서

기다린다는것이 얼마나힘들것인가 !

만약헤련이가 조곰늦기라도하면엇지하나 !

그는 발을 느리게옴기엇다. 그러나 헤련이가 몬저와서기다린다면… 하는
생각이 자기도모르게 그의발을싸르게햇다.

【十二회】 幻滅(九)

동환이가 화신앞싸지와서 백화점 정면에걸린 전기시게를바라보니 아직
십삼분이남엇다. 천천히걸엇다 빨리걸엇다하면서왓지만 그래도 칠분박게
안걸린모양이엿다.

그는 시간이 멀엇다는생각을 하면서도 그래도 젊은여자가보히면 그가 헤
련이나아닌가하고 자서히바라보앗다.

기다린전차가 지나갈째마다 마즌편길이 가리워지면 그는 그전차가 너무
나느리다고 쏘는 웬전차가 그리 자조단니는가하고 전차를나무래도햇다. 만
약 전차에가리여 찾지를못하고 그대로 도라가면어쩌케하나 하는겁이 들엇
기째문이엇다.

그는 조급한마음을가진채 몸을한곳에두지못하고 십분동안이나 전차정류
장에서왓다갓다햇다.

혹시 온사람을 자기의부주의로해서 못맛나지나 안흘가하고 젊은여자만
지나가면 그리로 눈초리를보내여 헤련이가아님을밝힌다음에야 짠데로 눈을
옴기고햇다. 약속시간이 거의다되엿슬째도 헤련이의얼골이나타나지안흠에
벌서 속으로는 그가아니오는사람이나 아닌가하는 낙망과가티 성구가의심스
럽기도햇다. 한편에는 말도아니하고 자기만 기다리게하지안헛나하는 그러

한 온당치안흔생각이 업슬수도업는 일이엿다.

그럴째 안국동으로 혜련이비슷한여자가 거러오는것을보고 그는 정신을 그리로집중하야 점점갓가워오는 그여자의모습을의심나지안홀정도까지바라보고야겨우한숨을내쉬엿다.

쏘차가서 인사를해야하나? 그러치안흐면 천연스럽게서잇다가 그가몬저인사할째까지기다려야하나… 그는 혼자망서리엿다. 성구를의심하든생각도 아모것도업서지고 혜련이가 참으로왓다는 깃붐과 그를 어쩌케하여야 하는가하는 자긔의태도결정이 그의가슴을 꼭차게했다.

그는 혜련이를 눈으로직히면서도 그에게가서 몬저인사를아니하기로햇다.

너무나 성급한 자기를보혀주는것이 도로혀붓그러운노릇이엿기째문이다.

혜련이는 화신압헤까지와서 자기사방을 주의깁게둘러보고는 전차정류장으로시선을 보내여 사람을찾는눈치가 분명했다.

동환이는 그러한혜련이를보자 도로혀눈을 다른데로 향하고 혜련이를 못본척햇다. 그러케 조곰잇노라니혜련이가 엽헤와서

『박선생님아니세요?』하고 조곰도 서슴지안코물엇다.

『네! 최선생님이십니까?』 동환이도 넌즛이인사를하니 혜련이는대답대신에

『권선생님 못보섯서요?』하고 마치성구만을맛나려고온것가티물엇다.

동환이는 가슴이 철컥나려안젓다. 이째까지 혜련이만을기다리든마음이 너무나섭섭햇기째문이엿다. 그말한마디가 즉혜련이가 자기만을 맛나려고온것이 아니라는것을 넝녁히알수잇지안혼가—

그래도

『네 못보앗습니다』

하고 갈테면가라는듯키무긔력한표정을지엿다.

『그럼 안오시는가…』

혜련이는 일이어쩌케된것이라는것을눈치채고 경솔한태도를 버리랴고 혼자말비슷이중얼거리고는

『저는 권선생님과갓치 오실줄알엇서요—』

하고 말을돌리엿다

바른대로말하면 성구가아니왓다는것을알자동환이와는 인사말도할필요가
업시 그냥도라가고십픈것이 혜련이의마음이엿다 그리오고십지도안흔길—
학교교장이 어물어물하면서 다음부터는 그런소문도업게 공부나잘하라고한
말이 결국혜련이의죄가업다는것을 말해준것이다 그래도 그런말을한번드른
이상 참으로 두번다시교장에게불리여가거나 싼선생에게 의심바들일을 아니
하고십픈마음에 성구와가치나마 남자와더부러 길을것고십지가안헛다. 집
을써나 거리로나올째도 그날교장실에다시드러갓든일이생각낫스며 이날밤
역시 엇든선생에게발각되지나 안을가하는겁이컷든것이엿다. 그러나성구와
약속한것을엇지하랴。

그약속이 자기가깁부게승낙한것이아니지만 그래도성구가써나갈째 약속
한것처럼말하고갓스니 반듯이 그가나왓슬것이오 쏘나왓다하면 공연히 기다
리다가 헛물켜고 도라갈것이 마음에안되여 그자리에서 헤지는한이잇더라해
도 나오기는나와야햇다

【十三回】 幻滅(十)

『미안합니다—』 동환이는더할말이업서서 이한마디로자기마음의 전부를
표현햇다. 하기야 그말이 자기에게는 가장섭섭하다는 표현이엿슬것이니까
혜련이의 귀에도 비할데업는 실망에서 나오는말이라고 들릴수박게업섯다
참으로 동환이의미안하다는 말가온데는 자기가말할수업시 가업게되엿다는
탄식이숨어잇섯다. 비록성구와(어)더한약속을햇든간에 그래도서로 인사를
주고밧을만한사이에 성구가아니왓느냐는것을듯고 낫빗을고치는것은동환이
로써 모욕을당한것처럼늣기지안흘수가업섯다 그러나 자기의고행(苦行)을
다른말로는 표시할수가 업섯든것이다.

혜련이는 그말을듯자조곰낫색을 붉히엿다. 자기의감정을 잇는그대로 발
표한것이엇지만 비장한어조로말을하고는 엇지할지를몰라 고개를숙인채 구
두발로 드된쌍을뜻업시밟으며 묵묵히나려보는 동환이의태도가몹시측은해
보혓다. 자기의부주의를스사로 책하게도 되며짜라서 그의기분을 얼어만저

주어야할 책임감도 드는듯햇다.

아모리 동환이 혼자서만이 나오리라는생각을 아니햇다하드래도 동환이에게는그런낫을 보히지안헛서야햇을것이 올흔것이라고 생각키웟다. 더구나 약속한 성구가아니오고 동환이만을보냇을째 그들의생각이 어써한것이엿슬가!

『미안합니다. 권선생을 맛나 할말이 잇섯기 째문에……』

『천만에 말슴입니다. 저는아모러치도 안습니다』

동환이는 될수잇는대로나무램하는빗츨 안보히랴햇다 나무램이아니라 자기마음의동요를 보히지안흐려햇다. 그러나 숨길수업는 우울은감출수가업섯다.

『어데루 걸을가요?』

헤련이는 쌕한자리를 그대로 오래쓸기가십지안허이런말을 툭햇다.

『네―』

동환이는 그말도 반가운줄을 몰으겟다는듯이 코쌔운소처럼 그러나 첫말에헤련이의 뒤를짜랏다.

어데를가는지도모른다. 그러타고 어데를가자느냐고물어볼 기력조차업섯다. 그저자기가 불상만해보혓다.

될수잇는대로 사람의눈을피하기위하야 종로뒷골목으로 걸어가든 헤련이는 너무나 기운업는 사나히의발이 보기가안되여

『어데로갈가요?』

하고 몬저물엇다. 가기야어데를가랴? 될수만 잇스면 당장에 자기집으로 도라가고십흘쌘이엿다.

『글세요!』

동환이는 자기에게 아모런 의사가업다는듯시 헤련이와 거리를 멀즉히두고대답아닌말을 건니엿다.

『기분이 낫부세요?』

헤련이는 관계가 깁지안흔사람이지만 성구의 가장친한동모라는생각과 쏘는자기가 침울하게 산다할지라도 자기쌔문에 남까지 침울하게만드는것

이 올치안타는마음에서 동환이의마음만은 풀어주고야 도라가랴고말을시작
했다.

『저는 원채 성격이못되여서 속에잇는것을 조곰도숨기지못합니다. 거야
생판 모르는사람이라면 저도그맛한주의를하는것이지만 박선생님은 맛나기
전부터권선생님에게 만혼이야기를드럿고 쏘권선생님과 제일친하시다는말
에벌서부터친한듯한늣김이잇어서 그런것입니다. 너무 노엽게생각하시면 제
가면목이잇습니까?』

동환이는 이말을듯자 조곰마음이풀리엿다. 풀리엿다기보다도 그만큼 그
만큼생각해줌에도불구하고 그대로 쏘갑게역이고만잇는것이도로혀안되여 자
기도자기마음을풀어보랴애썻다.

『관치안습니다. 다르케생각지마십시오―』

그러나 이이상더길게말을할수가업엇다. 너무날래마음을달르게보힐수가
업섯다.

『저는요새 너무생각을만히하고잇기째문에 말하자면신경질에 걸리지안엇
는지도 모르겟서요― 용서하십시오―』

『천만의말슙입니다』

동환이의마음은 점점퍼지엿다. 혜련의 말이 무던히참되엿다. 자기의 사
정을고백하며 자기마음을 풀어주랴는것이 몹시 고마웟다 그쑨아니라 짐작
할수잇는혜련이의환경이 가슴속에써오르기까지햇다.

『낫분줄알면서도 누구에게나 조치안은말만은 해주고십퍼요―』혜련이는
필요업는말까지도 털어노핫다 그러나 그래야 동환이가자긔에게 대한감정을
도로가질수잇으리라는것을 잇저버리지안엇다.

그들은 얼마동안걸엇다. 어느새 수표교다리를지낫고에지정(禮智町)까지
왓다.

【十四회】幻滅(十一)

동환이는 혜련이에게만말을하게하고 자기는 무쑥쑥한태도를가진채 듯고

만잇는것이안되여 자기역시무슨말이건 이야기를하고십어젓다 하로종일 연구실에도안나가며 혜련이를맛난뒤할이야기를생각해본자기엿다.

그러나장소를 변경시키지안코는 말을쓰넬수가업섯다 혜련이에게대해서 말할수업는고적을가젓든것이 길거리에서엿다. 조곰걸엇다고할지라도 가튼 별을바라볼수잇는 거이가튼길거리에서 달라진표정을보히고십흔기분이 도모지나지안엇다.

『어데루가 좀안즐까요?』

그는 미리부터생각해두엇든 가장조용하고 가장의짜로써러진 차ㅅ집을연상하며말햇다 아는사람들이안다니는 찻집에가서 코―히나노코 레코―드를 듯는다면 자유스럽게 이야기할수잇슬것갓엇기째문이엿다.

『글세요 어데루갈까요?』

아는데로간다는데는 극히반대다. 그러나장소를말한뒤에야조건을들어 반대할수가잇슬것가티 우선동환이의의견을물엇다.

『조용한 찻집으로가지요』

『그런곳엔 그만두십시다. 사람잇는데는 좀가고십지가안어요』 혜련이는 그러한데서 아는사람을맛난다면덧속에쥐가티 옴짝못할것이실헛다.

『그럼 어데루갈가요?』동환이가 되려물엇다.

『그냥 것지요 뭐―』

동환이는 말을쓰내기위해서라도 방안에드러가고십헛다. 그래서 혜련이가 어쩌한점으로든지 반대할수업는장소를 한참생각햇다. 차ㅅ집이아니면 음식점― 그러나 그곳역시 적당치가안타 고급료리집으로가면 아조조용할것이나 그런곳에는 더욱반대할 것이다. 돈이만히드는것도 그리달가워할것갓지가안엇다.

『중국요리집으로갈까요!』 이의견이 가장적당한것갓헛다. 그런곳에서야 아는사람을맛날리가업슬것이며 쏘한그리천한곳도아니다.

혜련이는

『안저서무엇해요―그냥걸으며이야기하시는게조치안슴니가?』하고 반대해보앗스나

『무엇때문에 안가시겟다고그러십니까? 음식을먹기위해서가는것도아닌 데……』

라고하는말에『그래두……』라는말로 고집을한번더세워보다가『미안합니 다—』하고 자기집으로 다름질하듯무턱걸어가는바람에

『쌔끗한중국요리집도 잇나요?』하고 동환이의의견을승락해버리엿다. 만 약 동환이가 자기때문에 울적해하는것을 목전에만보지안헛대도 이러케 자 기의사를죽일필요가업섯다. 성구가 동환이에게 안해가잇스나 아모래도 헤 여질부부라는말을하며 사괴보라는 이야기를햇스니 동환이가 자기에대한마 음을 어쩌케가지고잇는지도모를뿐아니라 첫인상이그리탐탁치못햇기때문에 그와쌘히마조안는것이 그리달갑지안헛다.

그러나 이날만은 엇질수가업섯다 동환이가안내하는대로 황금정길엽 으 슥한중국요리집으로 싸지드러갓다.

드러가서 식탁을대하고마조얼골을바라보니 공연히드러왓다는생각이 근 거업서이러낫다.

쌔끗지도못한 곱부를들고와서 부시지도 안흔채차를부어주는 급사도그러 커니와 인적업는방에서 남자와단둘이안어잇다는것이 마음에쎄름직했다

누가드러와 이런곳에 왜왓느냐고 쑤지람할것갓은초조가 쏘한생기엿다

이러케 애시 마음부터들지안는곳에 할수업시 안저잇는데도 동환이는 그 반대로 전과달리 대담한태도를취한다 급사에게도 무엇이맛잇느냐쏘는 어느 것이 날래되느냐는등 아조능난한태도를보혓다.

동환이가 울적해할때는자기가 잘못햇다는 생각이잇어서그랫는지 그에대 한 짠생각이 별반업엇지만 이제그반대로 자기가 침울해지고보니 동환이의 태도가하나하나씩 비위에맛지안는것갓엇다.

자기가 친절을보혀줄때는 아모런생각이 업엇지만써꾸로 동환이가 자기 에게친절을보혀주랴할때는 그친절의의미를발히랴는 생각도들엇다.

『무엇때문에 나를쓸고이곳에 왓을가?』

『엇재서 성구씨와 갓치오지를안엇을가?』

『성구씨가안온것을 놀래할때 갑적이섭섭한 표정을보힌것은 무슨째문일

가?』

이런생각을하니 동환이를시비하랴는것은 아니지만그래도 그의속마음을 확실히늣길수가잇섯다.

【十二회】14) 幻滅 (十二)

헤련이는 그것이실헛다.

상대자의견을물어보지도안코 혼자궁리를해가지고는이런게획을쑤몃다는 것이—

자기는 남자를이성으로사귈수업는형편이다. 형편이라기보다도 자기마음 이 그런것을 도저히허락지안는다. 이성에게서행복을차겟다는것은허잘것업 는꿈일쑨아니라자기에게는죄악갓튼무서운것이다 세상에서다만한아쑨이남 은쌀연자에대한면목과의리가업서지고마는그러한죄악을엇지자기손으로 지 울수잇슬것인가— 그러나 동환이는 아모도업는방에 한여자가마조안저 갓튼 공기를마시고잇다는것이 몹시만족한모양이엿다

『공부하시는자미가 엇더하십니가?』하고 낫부게말하면주제넘은태도로말 을햇다

『그저그러치요—』헤련이는달게대답을아니햇다.

『저는퍽 감사햇습니다. 지금공부를다시시작한신다는것이퍽힘든일갓터 요—』

『아모째라도 자기가 필요를늣겨하는데야감심하실게잇습니싸?』

『그럴가요?』동환이는 이말을 조곰도 쌴의미를가지고하지안엇다. 다시더 물어볼말이업섯기째문에 그러케해둔것이엿다. 그러나 헤련이는 아조다른 쯧으로 해석해버리고말엇다. 즉자기의말을 의심하거나 조롱하는것으로들 엇다.

나이든여자로 더욱이 시집갓든 과부도이제공부를시작한것이 도대처 엇

---

14) 소설의 내용은 그대로 이어지고 있는데, 응당 15회로 되어야 할 것을 12회로 오기하고 있 다. 그 아래의 회수가 모두 그에 따르고 있기에 오기된 그대로 내버려둔다.

드한필요에서나온것이냐고 반문하는것갓을뿐아니라

아모리 네말이그럴듯하다해도 다알고잇다는것갓치들리엿다.

숙히도 자기가 공부할때 서울가서 맛당한남자를맛나 재혼하라는 뜻의말을햇다. 그째는 자기도 그말을나무램아니하리만큼 거기에대한마음도 업지안엇지만 지금에 그와갓은말을듯는것은 자기를모욕하는것이라고박에 더해석이되지안엇다. 그말이쌴사람의입에서 나왓다해도 조곰나을지모른다 쌴생각을둔동환이가 그런말을햇다는데은 참을수업는분노가 솟아올랏다.

『몰라주는 사람에게야할수업지요ー』하기야 좀더씨원할말을하고 십엇으나 그래도자기체면도보아 이러케말을하고말엇다.

동환이는 쏭쌴지갓은말에대체무슨말을 하는가하고의심을햇으나 자기가 혜련니의사정을 조곰도모른다는뜻으로해석하야

『성구군에게들어 저도대강은짐작합니다』하고 부언을부치엿다.

혜련이는 그말이 더욱실헛다. 무엇이든간에 자기에대한것을 안다는것이 불쾌햇다.

자기의일을 무엇째문에알엇으며 알엇으면 왜 안다는말을하는것인가

혜련이는 동환이의 얼골을 처다보앗다. 미운사람을 눈으로 힐난하는의미엿다.

동환이의얼골에 그리악의가잇는것은 아니엿지만 생기가업는살색이며 빈약해보히는 모습이어덴가 부족한점을 늣기게했다. 더구나만치안흔수염을 쌱지안허 좀먹은머리갓치 징그러운맛을주엇고 부러진안경다리를 세비로양복에 어울리지안케실오리로매여진것은 너무나미관을무시하는것가튼 말하자면 자기몸하나도 거니지못하는 불쾌를주엇다.

조치안케보아서그런지 무엇하나 맛당해보히는것이업섯다 그러니자기가 안즌자리가 점점실허질뿐아니라 자기의 감정까지 침침해지는것이자연한노릇이엇을게다.

혜련이는 갑잭이 우울해지엿다.

무엇째문에 동환이희망을거역지못하고 이러한곳까지 싸라왓스며 무엇이겁나이째까지 쓸데업는말을 주어섬기여동환이의마음을 가라안치야애썻

든가?

자기가 너무나 약하여부질업슨일을햇다하고 생각하니 동환이보다도 자기가미워지엿다 아모래도 자기는여자다 여자의몸으로 항상자기신변을 삼가야하는것이 가장큰직책이다. 주책업시남의감정을안무해주랴다가 도로혀 자기가괴롬을당해보는것은 맛당한보수이리라. 어러케도생각하니 동환이의 말을들어주고 그가하자는대로 요리집까지와서 안즌것이압흐로 엇더한일을 이러키게할는지 쏘는그로서 동환이가 자기를 어쩌케생각할는지가 몹시의심스러윗스며겁이낫다.

그는 겨우 공부를게속하게쯤 가정교사자리가낫다는인선이의말을연상햇다 다른사람의힘을엇어가면서까지공부를해보겟다는자기가 비록마음에업지만 사내와갓치 마주안저서 이런생각 저런생각한다는것부터 맛당치가 안어 뵈엿다.

【13회】 幻滅(十三)

혜련이는 울고십헛다. 자책에서나오는 괴로움이 그의머리를 어질러노케 햇스며 하소할수업는분노가 안타가히 몸을소슬케햇다.

음식이드러왓슬째 혜련이는 소독저를쩌저노핫슬쑨그도 동환이의권에못익이여쩌젓지만 저짜락질은 한번도아니햇다. 동환이도 식욕이나지안는지 제적제적거릴쑨 그리음식을입에넛는것가티안헛지만 그래도 혜련이에게는 쓴힘업시 권햇다.

『못먹겟습니다』라는단한마디말을 세네번 되푸리하며 종시 저짜락을들지안은혜련이는 째로동환이의 얼골을처다볼쑨이엿다.

자기를 미워하는동시 세상사람이면 누구나나를물론하고 미워하고십흔충동이컷기째문에 쑤러저라하고보앗다.

엇던째문인지는모르고 자기를 정시해보는 혜련이의눈초리와 부디치기가 안되엿는지 말업시 쏘는무뢰한자리가 적적해서그런지 동환이는 얼골을숙이고 담배만피우고잇섯다.

종시 입에서 끈칠줄모르는연기가 푹푹하고 소리를내듯이 뭉게뭉게 방안으로 올라흐러지는것을보자 혜련이는 그도미워젓다.

무슨돈이만허 돈을연기신날러보낼가! 남는것도업고로통한맛도업는그연기를!

혜련이는 담배를쌔서 문박으로내던지고도십헛스나묵묵히안저 눈을점벅점벅하는동환이의태도가 그런용기를도로혀죽이게햇다.

성구와가티 악의가업는사람이다.

거기에다 수집음까지잇는사람이다.

아모리인상이낫부다고하더래도 그사람을모욕하고 그사람을괴롭게한다는 것은결국자기가경박하다는것을 보혀주는것박게 아모것도업을것이며 싸라서 그러케함으로 자기에게도마음이익이란 조곰도업슬것이다.

혜련이는 동환이를아니보기로햇다.

안보고안미워하는것이 도로혀 자기마음을 안정식힐방편일것갓태서—

그째동환이가 다시말을쓰냇다.

『왜안잡수십니가?』

물어보는말이 먹으라는말보다도 은근햇다 안먹는것도자기의책임인것갓치 미안해하는얼골이라든가 제발방안분위기를 달리만드러달라는듯한 어리어리한태도가 새쌜간진심을가진 어질고온순한사람갓치보혓다.

혜련이는 『네—』하고 이째까지입에대보지안은 덴부라를 한저까락집어먹엇다. 자기가 동환이에대해서 너무무심햇다는것이 죄스럽게생각키운때문이엿다

싸지고본다면 더냉정하야할것이며 죄스럽게 까지생각할필요가업을것이지만 자기가몬저말을쓰내지안은한말한마디 자유스럽게못하는동환이가측은해보혓다 그것이아마도 혜련이자신이못가질것으로역이는 감정의세게일넌지도모른다.

도로혀 동환이가 저까락질을아니하는데도 혜련이가 요리를 일심으로먹고 잇다는것은동환이의마음의어쓴부분과자기마음이 합치되는점에서 동환이의외로움을동정하는쏫일넌지도모른다.

웬일인지모르게 고적해보히는환이와세상에서 왜틀나게외로운자긔가외롭다는등그점에서 공통되는것가틋늣겻다면 그것은 동환이를동정하는것보다 자기자신을좀더 불상히역이는것일지도모르지만

『박선생님―가십시다―』

얼마쯤 음식을먹다가 혜련이는 동환이를 처다보며말햇다. 그자리가 괴로운모양이엿다.

『네 가십시다』

동환이는 명령이나릴것을기다리고잇든 하졸처럼 그러나 규측적인 용긔만은업시 얼핏대답을하고는 몬저이러섯다.

그들은 황금정 전차길까지 말업시걸엇다.

『어데루 갈가요?』

『집으로 가지요―』

혜련이는 집으로 도라가야하겟다고 생각햇스나 그래도 꼭가야할일은 업는것가틋늣겻다.

동환이는 다시어데로가자고 꾀이지를못햇스나 말업시 창공의둥근달을 바라보는얼골에는 아모래도 어데루 것고십다는 의사가나타낫다.

혜련이도 동환이의 고개를짜라 거이반사적으로 밤한울을처다보앗다. 서울온뒤로 달을보지못햇고 달이밝으리라는생각도못햇든 그가쌘적이는 적은 별을비춰여더욱윤택케하는 둥근달을 처다볼재 비로소 자기에게도 과거와 기억이잇는사람이된듯한 말할수업는 정서가쩌올랏다 쓸쓸해보이는달은자기와가티 과거만을 가지고 이제는 밤한울만을 어린별들과 갓치걸어가야하는자기의비감함을말하는것갓엇다.

『남산에나 올라갈까요?』

『늦지안엇을가요?』 혜련이는 동환이의말이 반가윗다 어데르든지 걸으면 서달을좀더갓가히하고 십엇든짜닭이엿다

【14회】 幻滅(十四)

혜련이는 남산에오를째까지 누구를맛나면 엇지하나하는겁도 들가젓스며 동환이에게대해서는 엇드한주의를해야되겟다는 생각도업서버리고 자기의 과거생활을쑥느러노앗다 엇든편으로보아 그런이야기가 동환이에게환멸을 줄것이라는생각도 업지는안엇지만 무엇보다도자기의과거를 회상해보고십 다는 달(月)의충동이 더욱컷을게다. 그래서 자기의녯날이 물질적으로보아 지금과 극반대의 호화로운생활이엿다는것과 지금의학생생활을 그째는 꿈도 못쑤엇다는 말하자면 자기의역사를 대충말햇다. 그러나 어느생활이 더행복 스럽다는것과 어느생활이 더불행하다는것을 말치안엇다. 언제부터 언제까 지 불행속에서 사는것갓다는 주관을가지고 이야기를계속햇다.

동환이도 그뒤를니여 자기의 과거를말햇다. 중학을졸업한뒤 얼마동안 사 상운동을하다가 멧햇만에 집에도라가서 너무나아들에대한 기대와 걱정을크 게가지고잇는 부모네에게 얼골들면목이업서서 무엇이나 그들의 견을쏫기로 하야 얼골도못본녀자와 결혼을햇고 짜라 남의자식에비하야 아버지로의 우 월감을가지랴는 그들의소원을 풀어주기위해 전문학교까지 졸업햇다는것을 말햇다.

혜련이는 동환이에말에도흥미를느껏다.

그역 수난속에서 살엇다 더구나희비극을 유약나 한성격과 부모의대한 의 리를직히엿다는 아름다운 마음에서나온것들이다.

그러나 듯는것보다도 무엇이나 들리워주고십흔것이 혜련이의마음이엿다.

전남편에게 자기가정성을 다못햇다는 말이며 그러키째문에 그가불상햇 다는 말하자면 자기의기억가운데서만 이해할수잇는말까지햇다

『저는 다시결혼한다해도남자를행복스럽게못할것가태요 남자가 안해를위 하여서만살수업는것을알면서도 저는결혼이라는굴레벗고그굴레에 벗어나지 안을정도까지 안해를써난개인행동을함부로해서귄치안타는특권을 남자들이 자랑하는것을외 반대하지아니할수업거든요! 그것이저의불행인줄압니다만 은 알면서도 그런생각을버리지못햇기째문에 그이(남편)나제가쏙가티 불행

햇지요!』

이런말을 자기가전남편 철식이에대한미련에서나온것일것이나 그런말을 할때는자기가그만큼 재혼을못할녀자라는것을 동환이에게알리랴고했다.

숨사이로— 달빗에생전처음소나무그림자를밟으며 헤련이는맷해전의세게에서 헤매고잇섯다.

동환이는 묵묵히듯기만하며걸엇스나 그는헤련이의이야기를 두번세번씩 그뜻을뇌리에새겨두리만큼 명심했다. 소설쓰는사람인지라말하는녀주인공의심리까지를해부해보앗다.

자기의결혼생활을 아름답게역이지안으나 남편에대한 미안함을가지는것을 그래도 그결혼에 미련을가지는것이며 과거결혼생활에 비최여 압흐로는 다시 결혼못하겟다고하는말은 결국좀더행복스러운가정을꿈꾸는내적요구에서나오는것이라해석했다.

그래서그런지 두사람이각기하는말과 듯는말에도취가되여 서울장안의전기불을한눈으로 바라볼수잇슬곳까지이르러서도 이야기를중단시키지안엇다.

『어이—』그째 어데선가 누구를부르는소리가낫다. 허나 헤련이는 그소리도못듯고

『그래도 죽은시체를가지고 조선으로도라올째만은 너무심하게해주엇다는 생각이듭디다』하고 이야기를 계속할지음 구두발소리가들릴만큼 갓가운데서

『어—이』하는소리가 그들을향해서 들리여왓다.

헤련이와동환이는 꼭가티 발거름을멈추고 뒤를도라다보앗다.

확실히 뒤에서는 사람의그림자가보히며 그그림자는 자기들을바라보고오는것이분명햇다.

누구를찻는가하고 헤련이와동환이가 자기부근에 짠사람이잇는가를 한번살펴볼째

『기다리고잇서—』하는말이자기들에게하는말이 분명햇다. 구두소리와 칼소리— 그것은 남산을순시하는경관이엿다.

그들은 잘못왓구나하는생각을가지자 얼골에 소름이끼치는것을늣기엿다.

『파출소로가요』 엽에까지와서 두사람의얼골을 둘러보든경관은 딴말할필
요가업다는듯이 압서서걸엇다.

【15회】 幻滅(十五)

파출소까지드러간뒤 혜련이가학생이고 동환이가 전문학교연구생이라는
것을 알자 경관은 날카로운눈으로 힐책하기를시작햇다.

『여기가 연애하라고 만드러논곳인줄알어? 나이가엔만큼드럿스니 연애도
할째라는것은짐작하나 집에서보내주는돈으로 공부를합내고 이런데를 도
라단니기만한다면 그래 부모에대해서 붓그럽지가안나말이야! 쏘연애를하랴
거든 집에서할것이지 밤을타서 이런데루 여자를 끌고단녀!』

번가라가며 책망을햇다. 여페둘려선 딴경관들은 구경감을바라보는것가
튼 태도와 고소하게역이는표정으로 싱글싱글우섯다.

혜련이는 말할수업시붓그러윗다. 더구나두사람은 쏙연애를하는것이라고
단정한뒤 타일러주는말이억울하기도햇다.

『나이들어 공부를시작햇스니 아모리여자라해도 자기가 학생이라는것은
알겟지 !』

누구보다도 여자의잘못이라는듯키 경관은 혜련이를 일층더책햇다.

『요새 여학생들은 공부보다는 □15) 모양이지—그래 멧번이나 남산엘 갓
치 산보햇서?』

혜련이는 대답을못햇다. 너무나기막히여 가슴이답답해숨도갑벗다. 연애
를하는것도아니며 연애를하기위하야 산보를하는것도아니다. 생각하면 동
환이가원망스러울뿐이엿다.

『생각해봐— 학생의 신분으로 연애하노라고 산보를단니다가 경관에붓들
리여 이런책망을 듯는것이 그래육쾌한일이야 !』

혜련이는 대답대신에 눈물을흘리엿다. 사람들이자기에게 시선을집중시
키고잇는것을알지만 저혼자쏘다지는 눈물을것잡을수가업섯다 학생— 자기

---

15) 여기서 몇 글자 누락되었음.

와가티 남다른학생으로 공부를안하고 남자와산보를단니며 싸라과거의쓸데
업는생각을 센치멘탈하게생각하든자기가 몹시도후회낫기때문이엿다.

   못할즛을했다. 경관에게충고를밧든만한자기다. 남에게 경고(警告)와 책
망을바더야할만큼되엿든가하는생각과 안바더도괸치안홀일을당하는구나하
는 착잡한생각까지도 것잡을수업시 가슴을어질게했다. 더욱히경관의말이
함부로하는것이아니라 어덴가 부드러운맛이잇서반성을하게함으로 헤련이
는 괴로왓다.

   『울기까지 할펼요는업서― 물론 말듣는것이실켓지― 말하는나도 남이조
와하는것을낫부라고 말하는것이실허― 하지만여학생들이나남학생이 전부
연애나하고단니게된다면 엇지겟느냐말이야―』

   경관은 다시발견되면 학교에보고해서 퇴학식히도록 하겟다는말과 쏘는
동환이에게 공부나하야될 여학생들을쏘이여 산보나단니면못쓴다는설유를
하야 그들을그대로내보내주엇다.

   헤련이는 눈물을쓴코 박그로나왓스나 머리를들지못햇다 하늘에쓴 달과
별이나 길엽페션 소나무에게까지도 얼골들면목이엿스며 붓그러웟다.

   동환이역시 봉변을당한것이니 전부자기의 책임가치늣기여『미안합니다』
라는말한마디외에는 아모말도못했다

   누구를탓할것이야업지만자기의운이 너무나불길한것가틀쑌아니라 다시두
번 입박게내고도십지안흔일이 죽고십게분하기도햇다. 압흐로헤련니와의관
게가 어써케되리라는것을 예상할여유도업시 억울하고분하고 안타가운생각
만이 가슴에그득찻다.

   (우슨일이람―)동환이는혼자 중얼거리며 자기의머리털을쓰덧다. 헤련이
와가치울수는업지만 어데로 쑥드러갓스면조흘상십헛다.

   너무나 비참하고 불상한 자기의존재가 두번다시 헤련니에게 연상될가두
렵기까지했다.

   차라리 헤련니를 두번다시맛나지안는것이 자기의위신으로보아 날것갓치
늣겨젓다

   헤련이역시 동환니와 두번다시 마조안지안허지기를바랫다.

동환이때문이엿다는 적은생각은 전혀업서지엿지만그래도 동환이에대해 조흔인상을조곰도가질수가업섯다。

영원히 맛나지안어야할사람이다。

【16회】幻滅(十六)

철이 예전보다늣저그런지 못견지게까지덥지는안컷만각학교에서는 방학식을햇고시골에고향을둔학생들은 집에도라가기에밧벗다。

혜련이녀학교에서도 방학식을거행햇스며 다른학생들에게지지안흘만큼밧부게 혜련이도 방학하는날로 짐을쑤리엿다。

짐이래야 별로만흔것도아니지만 방학동안에 빨러서지여노을옷가지와 책들을싸는데도 마음이밧버서그런지 혜련이는 혼자서 서둘엇다

사실 그는 마음이밧벗다

성구도 맛나기로약속을햇스며 가정교사로 매일다니든집에도 인사씀은가랴햇다

벌서 오정이훨신지낫스니짐을다싸고 그들을맛난뒤저녁아홉시차로써나기도 밧부려니와 그사이에 거리로나가서 연자의선물도 조곰사야햇다 그쁜아니라 서울을써나 고향까지가는도중 맛나볼사람이만흐며 그들이모두 보고십픈동모라는데에한시빨리써나고십픈생각도드럿다 그들이맛나고십픈것도얼마전부터 기다리든일이야기다리든일이지만 몃달전부터발병으로알는다는연자가 더욱보고십퍼 마음이급햇다。

이런일 저런일할것업시짐을싸는그의손을 감옥에서출옥하는사람이 자기옷을밧어쑤리는때이상으로 썰엇다。

큼직한가죽가방에 굿득차도록 짐을접어너코난뒤에도 그는 무엇을이즌듯한생각에 자기방안을 둘러보앗다。혼자잇는방안에 걸어노앗든의복을 하나빼지안코 전부거더치운뒤라 너무나 허젓하게보엿다。

인선이가 가정교사자리를 엇어준뒤로 멧달동안이나사괴난방이기때문에 그방을비여두고 한달너머나 써나잇슬생각을하니 그동안 하숙주인이 방을어

써케쓸가하는 궁금증도 생기기는햇지만주인이드러와보고 방을어지럽게썻다고 비방이나하지안을가하는생각에 조이한조박도 남어잇지안케 방을쓸엇지만 방을쓸면서도 방학동안필요한것이 더업나하고생각햇다

그러나 연자줄작난감이나사서너면 그뿐이라는생각박게 별다른생각이안날째 헤련이는 시게를드려다보앗다

벌서한시엿다. 성구가올째가거이되엿다. 쌈을씻기위해서 찬물에세수를햇다.

수건에 물을챙기여가지고 방으로드러와서는 입엇든적삼을벗고 팔과겨드랑이까지닥것다.

덥기도 더우려니와 몸에서나는쌈내를업새랴고하는때문이엇다. 자기가 비록빈곤한생활을하지만 남에게 추하게보히지안흐리만큼 몸간수만은하고야 견디는성질이다.

아모리 자기집을차저올만큼 친한사람이거나 동성동모와가티 허물업게지나는성구일망정 자기가보기실흔꼴을 그에게보혀주고십지안엇다.

혹시옷을벗고잇는사이에성구가오지안흘가하고밧비수건질을햇스나그새 성구는보히지가안엇다. 그는새적삼을입고 양말짜지신혼뒤에는 다시조고마한 거울을마조안저 화장을시작햇다.

멧달만에 고향가는여학생이니만큼 좀더모양을내고십흔생각도업지안헛슬것이나 그는 그런생각보다도 화장아니한 늙은얼골이 보기실치안흘정도로 크림우에분을발럿고 쌀라 눈에보히지안을만큼 구지베니를칠햇다

아닌게아니라 분칠아니한 그의얼골은 자기눈으로보기에도 늙엇다. 스물여섯박게안된여자의얼골이 삼십도넘어보인다. 원체 수물안팍인처녀틈에기여 학교엘단기기째문이여서그런지 늙어보이는얼골이 남붓그럽기도하며 쏘그런얼골을연상할째마다

자기가 나이들엇다는것을새삼스럽게늣기게되는것이실허 그는아모리밧분일이잇다할지라도 화장만은 정성으로해왓다.

아직분갑도치우지못하고거울을보고 머리에빗질을할째

『최선생님게십니까?』하는성구의말이들리엿다.

혜련이는쌘연히알면서도

『누구십니가?』하고 빗질을하며 물어보니

『알만한사람입니다―』하고성구가 툇마루위로올라왓다.

『모양을상당히내시누먼』

『그래야 잇버지지요―』

『시집도못갈색시가 잇버서는무엇하노―』

성구는 반말지거리로 농담을하며 드러오라는말도하기전에 선듯방에들러안젓다.

【17회】幻滅(十七)

『권선생님부인은 화장도아니합니가?』

혜련이는 지지안켓다는듯이 댓구를하며 빗질하든손을멈추지안헛다.

『왜 안해요― 남편잇는색시야 조곰이라도곱게보히랴하니까 화장하는것이당연하지요―』

성구는거짓말을했다.

비록지나가는농담이지만 숙히를통하야 알게된동기가혜련이의 결혼중심이엿기때문에 아조단렴한듯이 결혼을반대해오는혜련이를맛날째마다 그점에대한 빈중거리는말이자연히나왓다.

한달전에 명심이와결혼까지도햇스니 이제는마누라라고해도괸치안흐나 그의마누라라는 화장을즐기지안는여자다. 몰락한집안에서 애씰줄만알며자라난여자가되여그런지 돈을몹시애끼며 서울태성이라고 할지라도결혼뒤에는 크림쯤은 발는다할지라도 분도발르기를실허하리만큼질소하다.

그러나 결혼을반대하는여자에게는엇드한이야기로든지 결혼에대한 홍미를 쓸도록하야된다는선닙주견이 잇기때문에 그런것까지도속히엿다.

『곱게보힐데가 업는데도화장은해야하는것이 여자의운명이니가 나야할수업시하지요』

혜련이는 조곰도짠사람을부러워하지안코 아조단렴하고 달관한태도로말했다.

『그 운명이라는게 최선생에게만 한한것이 아닐넌지요?』

성구는 어데까지든지 자기의태도를버리지 안헛다.

『그러타고 해도 할수업지요—』

『그야 할수업는노릇이지요 자기가 자기의운명을 그러케만드러놋는데대해서야 누구를탓할수도업는것이니가! 그러나 나는 암만해두 최선생의마음을모르겟습니다. 아모리 어린애에대한책임이잇다할지라고그런것까지이해하고 쏘이해할수잇는남자가잇다면 구타여 쓸데업는관렴에쌔저 자기를불행하게할필요가어데잇는가? 물론 그런사람도 만나기가힘든노릇이고 모성애를가진 어머니로써 자식에대한 그만한의리를 가지는것역시 당연한일이지만 그러타고해서 자기의환경도생각은해야하지안허요?』성구는 헤련이를 맛날쌔마다 동환이에대한미안한생각도들엇지만 헤련이가 마음을달리가지게된것이 학교에입학한뒤의 일인것을알기때문에 기회만잇는대로 이러한말을 멧번이고 되푸리한바잇섯다. 언젠가 헤련이와남산공원엘갓다가 봉변을당한뒤 아직까지 동환이는 헤련이를차저가지안엇스나 그래도 말업는동환이의 헤련이를생각하는마음은 성구로써 잘알고잇다. 잇다금식 하는말이 이저버린사람을 무엇때문에생각하는지모르겟다고 한탄비슷한 한숨을내쉬기도할쏜아니라 오늘은 성모보육학교학생들을길에서보앗는데 헤련씨도잘잇는지하며 은근히 헤련이의말을물어보는기미가 아직까지 헤련이를 상당히생각하고잇슴이분명햇다. 지금동환이와가치잇지안코 명식이네집에서 기거를하기때문에매일가치그의감정을알수가업스나성구는동환이를맛날쌔마다 다시 헤련이에대한말이나오지나안나하고 미안한마음에 도로허 겁을집어먹는쌔도잇섯다. 그러나 헤련이는벌서그런말이나오기만하면 동환이의이야기를 가슴에품고하는말이라는것을 알고잇다.

『고맙습니다. 그러나 감점과의지가 다가티허락지안는것을 엇지합니까? 나도 쌔로 자신도모를고적을늣기고 울적해할때는 알지못하는무엇을 그리워하는것갓기도하나 대체무엇을 그리는가하고 생각하게될때는 그런생각이도 망가니까요— 참으로 내가불상한줄을알면서도 할수업서요』

『네네 잘알엇습니다. 그만두십시다』

성구는 더이야기할필요가 업는듯이 말을막고는 지나가는이야기로 해둔다는듯이 한마디더붓치엇다.

『동환이가 문안합디다』

그러나 이말을 동환이에게부탁바든것도아니오 그의입에서들은것도아니다. 한번헤련이의반영을 다시들어보겟다는쯧이엇다. 헤련이를맛나려오기전에 동환이를맛나헤련이가방학하고 청진으로간다는말까지 해주기는햇스나 동환이는 그저들을쑌아모말도업섯든것이다.

『참 나두 문안한다구 전해주십시오 그의한테는미안한생각이 여간크지안어요』

『미안한생각이잇거든 직접말하세요 내가 무슨배달분줄 아시는모양이지……』

『실커든 그만두세요 누가머 그리안타갑게 부탁이나하나요 말은자기가몬저 쓰내구서……』

【18회】 幻滅(十八)

성구는 증시 말로해서못견지고말엇다.

동환이에대해서 자기가가지는 의리만으로써는 헤련이를 설복식힐수가 도저히 업섯다.

남산사건이래로 동환이를 절대안맛나겟다는 헤련이를 쑤중하고 동환이를 좀더추기여주고십기는햇스나 임이 (도)라올수업게 기우러진마음에 그런 말이 도로혀 악과를 낼것갓기도하며 쏘 자기위신을보아서도 실타고언명한 것을 되푸리할수가업섯다

그쑌아니라 생각할여유도 업시 마음을 함부로 내쏫는사람에게 말이 그리 필요치안흘것갓텃다 그래서

『밤차가 아홉시 멧분인지요』하고 말을쌴데로 돌리고말엇다.

『아홉시 이십분이든가요! 그러나 정거장에는 안나오서도 조흡니다. 신혼

살림에 작고 나단니시여서되나요—』

『천만의 말슴입니다。』 성구는 자기도모르게 이런대답을햇스나 말을하고 생각해보니 너무 점잔흔것가터서

『참 오늘밤엔 마누라하구 물건사러가기로 햇기때문에 못나갈지도 모르겟습니다』하고 시침이를 쎗다

『참이얘요。나오시지 말으세요 저때문에 두분이재미를 못보시면 됩니까?』 혜련이는 화장도구를 거두어 도랑크에너면서 몹시점잔케말햇다。

사양이라든가 필요업는체면가튼것은 두사람에게서업서지리만큼 친해젓다。그런사이가되여 그런지 혜련이의말은 도로혀어색하게들리여

『그러케까지 염려를안하시면 어쩌세요?』하고 성구가물엇다。

『염려가 아니라 참말입니다』 혜련니의얼골에는 엄숙한표정이돌앗다。엄숙이라기보다침울한 기색이엿다。자기가 가장친하다고 밋는성구가 자기이외의 여자와 결혼을하엿고 그여자를 자기보다 더생각할것이 분명하다는생각이 떠올랏기때문이다。

지금의자기가 성구에게서 자기만이늣길수잇는체취(體臭)를 밧겟다는 마음을가질수업고 그가짠여자와 결혼햇다고해서 원망할만큼그러케 실명할것도 아니지만 그래도 마음으로 밋을수잇은오직하나인 성구를짠여자의남편으로만 생각하기는가슴한편 섭섭한것이 잇엇든것이다。자기스사로생각해도 부질업은일이오 붓그러운것이나 아직까지 그런생각을 완전히내버릴수업는것은 자기로써도 엇질수업는일이엿다。

마음의 전부를바치는사람이 상대자에게서 밧는것이그의일부분박게 안된다는것을늣길때 자연히이러나는불복일넌지도모른다。

아모리성구가 밋음직하고 그가 자기에게 진실을다해준다해도 그것이 자기의안해를위해주는것과 도저히비교할바가 못될 것이다。그래서그런지

『선생들이 나올는지도모르니가 그만두세요—』하고 다시 성구의전송을 거절하는그의마음은 몹시적적햇다

『참 그러키는 하겟구만요 만약 최선생에게 불리하다면 도로혀안나가는것의조홀테니가…』 성구는혜련이의말이 자기의전송을 참으로거절하는것가튼

태도에 정거장까지나가랴든마음을 약간돌리엿다。

자기가 마누라와약속한일이잇다는것도 빈중거리여보자는말에지나지안흘
쑌이며그리대스럽지는안흔 일이지만 혼자써나는 헤련이를 정거장까지 바래
주겟다는것이그의첫뜻이엿다。 그러나 정말 나오는것을 써린다면 안나가는
것이 헤련이를위하는것갓기도햇다。

허나 헤련이로써는 그러케쉽사리 자기의말을들어주는것이 자기의마음을
더압푸게했다。 그러리라는생각이 들어마즐쑌아니라 성구의마음이 미리부
터정거장에까지 나와줄성의가 업섯다는것처럼 생각키윗다。

『미안합니다。 너무 비웃지는마세요―』 그래도헤련이는 자기의섭섭한마
음을 그대로 표시하고십지가안허 성구를 거절한말에대해서 도로혀용서를청
햇다。

『천만의말슴입니다』

『편지나 종종해주세요! 것도 밧부시거든 그만두시고―』하고난뒤에 생각
하니 잘못한것갓트나 헤련이의입에서는 이런말이 저절로나왓다。

『네 하지요』조곰 이상한말이 귀에거슬리엿스나 성구는 조곰도쌴의미로
해석하지안흐려했다。 그러나 마음에업는말을 하는헤련이는 성구의몸을 쥐
여흔들며 엇재 사람의눈치를모르느냐고 고함을질러주고십혼충동을밧고잇
섯다。

【19회】幻滅(十九)

성구를보내고난뒤 헤련이는 아모데도 움즈거리기가 실헛다。 비할데업는
고적과 마음의공허가 그러키도햇지만 생각을하니 자기감정이 너무나 무질
서한것이엿다。 쓸데업는생각과 무리한회망이 자기를 철업는어린애로 만든
것갓기도하며 안가저야될마음을 쏘한번가진것이죄를진것가텃다。

사람이가진성의를 전부바랜다는것은 분명무리한일이다。 자기역시 성구
를대할째 자기의자존심을일흔것을 언제나경게하고잇다。 말의실수가잇서
자기만이 쌔로생각하는마음을 나타내지안흐려는노력이 즉그것이다。 지금

헤런이가 성구를사랑한다는말로 표현할만큼 그러케생각하는것은아니지만 얼마전까지 그에갓가운감정을가젓고 아직까지 째로는 그와비슷한충동을밧는것이 사실이라고할수잇지만 그는이째까지 그러한눈치를 조곰도보히지안헛다. 성구역시그러할것이분명하다. 상대자에게싸라 성의라는것이 달러질 쑨아니라 성의의표현이 쏘한다르다.

성구는 자기의안해에게주는성의와 동모인자기에게주는성의를 구별하고 잇슬것이분명하다. 그것은 성구가낫버서그런것이아니라 성구의리가올키째문일 것이다. 만약성의의남용이라든가 탈선이생길째 세상의질서는 어즈러워질것이아닌가?

그러나 헤런이는 안해면안해 동모면동모하고 이러케 선을긋고 구별지여야한다는것이 아모래도섭섭햇든것이다.

『가보자―』그는싯업는생각을버리기위하야 이러섯다

아모래도 가서인사는해야할데를 쌜리다녀오고십헛다 하로에두시간식 어린이들을 가르켜주고 밥갑슬바더오는것이 자기에게업서서안될것이엿만 그래도시골간다는인사를가는것은 마지못해억지로가는것이엿다.

하숙집인게동에서 재동으로가는길이 멀지는안치만방안에서금방자기를 도마우에올러노코 이리치고저리치며 괴로워하든차라 가면간다고 오면온다고 인사를단겨야하는자기의신세가 더욱고달픈것갓햇다. 자기의환경을비관하지안코 지내랴는그이엿고가정교사나마 어들수잇서공부를게속하는것이 자기로써 천만번감사해야할것으로생각해왓지만 지금의마음에는감정의세게로찻기째문이엿다.

『그저오늘밤차로 써나가보겟서요―』헤런이는 매일가르키는 어린애어머니를맛난뒤 방에드러가지도안코 마루에걸치안진채말햇다.

『좀더놀다가시지안쿠!』벌서얼마전부터 써난다는말은들엇지만 주인마누라는인사채림으로 한마디권유를햇다

『어머니가 쌜리오라구하시닛가 갓다쌜리와도 곳가야할것가터요―』헤런이는 이집에서 자기에게 어린애가잇다는것을 말하지안엇다 쓸데업는것을 알라지안으랴고 자기가결혼햇다는 말싸지숨기고잇다. 그러키째문에 고향

간다는 이유도 어머니에게핑게댈수박게업는것이엿다.

『그래두 애들하구 피서라두갓다갓스면 조흘걸요』

『오다가들려 갓치오지요』 그들의피서지가 원산에잇다는말은 들엇고 이번 여름에도 그리로간다는말은멧번이나들엇기째문에 혜련이는자기의출발은 지연식히지안케하기위하야 예방선을 막은것이다.

『갓다가얼마안잇서 도라올것이니까 오실째는 들리실게업슬쎔니다』주인 집마누라는 쏘한자기의예방을막엇다. 이째까지 여자가정교사를둔집안에 서 문제가이러나지안엇다는말을 그리듯지못한지라 언제나 자기의남편과 혜 련이의교제를 경계하고 감시하려는 마누라다. 돈은조곰더드는지모르지만 혜련이를 자기집에두지안코 가르킬째만보게하는것도 실은 그런마음에서게 획한일이엿스며 그런덕분인지는몰라도 아직까지 그의눈압페서 자기남편과 혜련이가 교제를하는것갓지는안엇다.

이번역시 어린애들이피서지로간다면 자기남편이더리고갈것이다 거기에 서 젊은여자와맛날수잇는기회를 만들어준다는것은 자기로써허락할수업는 일이다.

『언제쯤 도라오는데요?』 혜련이는 그럿습니짜하고대답하기가안되여 물 어볼째박게나갓든 집주인이 기침을하며드러왓다.

멧번인사는햇지만 인상이 낫부리만큼 돈냄새를안피우는 중년신사다.

【20회】 幻滅(二十)

『오늘가신다지요?』 주인은드러오자마자 혜련이를보고말을쓰냇다.

『네』 혜련이는 인사를표하기위하야 이러서서 대답을햇다.

『애들을더리구 더우신대고생하셧슴니다 별일만업다면 변변치는안치만 우리별장으로가서 한여름지나시지요 애들하구괴로우시기는하겟지만…』인 사말로 그저해두는말갓기는하지만 혜련이가 이말에

『어머니가 작구 쌜리오라고만하시여 우선 가보기는 하야할것갓슴니다—』 하고 사양을하자마자주인마누라가그말이써러지기도전에

『그럼요 늙은부모의마음을깃부게 해드려야지 우리욕심만채려서야되나요 — 얼마나기다리실라구…』하고아조 혜련이의 편을들어주는것갓흔이 이상한 늣김을주엇다.

『다른데가서 바람이나쏘여보는것도 조치안허요?』

주인사내가 한번다시 이런말을하자

『남의마음도 모르시고 왜작고그러십니가?』하고 마누라가자기남편을 못 맛당이역이엿다.

혜련이는 도로혀 주인마누라말이고마웟다 주인이고집을세워가지고 꼭 피서지에가야만할것갓치말한다면다음학기에도 될수잇으면 졸업할째까지라도 그집에잇스며 학비를 보태써야할자기로 거절하기가 골난할게다

의심밧을일을한것도업고아직까지는 그리의심하는표정도업스나 어느정도까지 자기를경계하야 주인사내와교제할기회를안주랴하는것은혜련이에게 유리한일이다.

설사주인이 자기를 유혹하랴한대도 너머갈자기가아닐뿐아니라 그가 어쯘마음을가지고잇는지도 모르는일이라 미리걱정할것까지는업지만 주인마누리의 의심을안혼것만은 사실이엿다.

무엇무엇보다도 주인마누라의말로 자기가 피서지에안가도 관치안을것갓튼생각이들어

『멧달전부터 어머니가 방학만을 기다리신것갓트닛가 가보아야겟서요—』하고주인은 마누라의조언(助言)을기다리엿다.

『그러시겟지요 늙은부모가 타향에자식을보내구안걱정하겟어요』

혜련이의마음을잘안다는듯이극력 편이되여주엇다.

『그러시다면 할수업는일이지만 어린애들도 선생님하구 갓치갓스면 하구 바래든데요—』

『미안합니다. 언제까지나 게실지 올째나들려 갓치놀지요』혜련이는 거절하는의미로 이러케말햇다.

『애들이 개학할째까지는잇슬테니가 그럼오시다가나 들려주십시요. 애들에게너무고맙게해주시여 그놈들이 선생님하고 가치가자고들야단하는성화

에못견지겟서요』

　피서이야기를　그럭저럭끗내고나니　쓸데업는일에속을쏜듯한생각이나서 한시밧비 그집을쩌나고십헛다 이제 백화점에가서 연자에게줄물건이나사면 할일이라곤업다。

　네시가겨우지낫스니 아홉시까지지날일도걱정은걱정이지만 공연이마음이 밧버지여

『이제는가보겟습니다』하고쩌나랴하니

『무어좀 잡숫기라도하고가시야지―』하고 주인이자기마누라에게『아모것 이라도 좀내오구려』한다。

『무어벤벤한게잇서야지―』하고 마누라가 방안으로드러갈째

『이제는 흠업시지나는분인데 아모것이면엇대』하고인사성업는 마누라를 쑤중하는듯한주인은 자기도무엇을사려가는지 박그로나간다。

　음식을먹게되면 자연히오래안저잇서야할것이실허 나가는것을만류햇스나 주인은 엇전지 천천히대접해햐할것처럼 헤련이의말을 막우막어버리엿다。

　헤련이는 자기의위치가우서운것갓헛다 눈치를보아도주인이 자기에게친 절히해주는것을 실허하는것이분명한데도 그러타고해서 친절을안밧을수도 업는일이다。 그러고보니 그부부네사이에서자기가 싸흠을매저주는사람갓기 도하며 쏘 압흐로도 두사이에씨여 엇던문제를 이르킬것갓튼예감이 들엇든 것이다。

　박게나갓든 남자주인이과일이며 중국요리까지 듬뿍주문식혀온것을 먹다 남은것갓튼 과자접시를들고나온안주인이 입으로는 아무말도하니하엿스나 쑤빗한얼골이맛당치못해하는것이 확실햇다。

【21회】幻滅(二十一)

　헤련이의집에서나온성구는 집에드러가기가실허 거리를헤매엿다。 집에간 다해도 명심이가 일하려가고업슬쑨아니라마누라가 돈버러나간뒤 방안에우 독허니안저잇는꼴을 장모에게보히기가실허 될수만잇스면 집에부터잇지안

는버릇을가지고잇다.

신문사에서나온뒤 얼마되지안허 결혼햇기째문에 처음에는 미안한생각도 그리업섯고 짜는 자기에게도 히망이잇섯기째문에 마누라가 번돈으로 밥을 엇어먹는것이 그리 면적어보히지가 안엇스나 날이지날사록 취직하랴애쓰면 서도 뜻대로안되는 자기가 장모에게 너무나무능해보히리라는것을늣겨지여 요사이는 취직운동을 구변으로 늘박게서지냇다.

남보다 기능이업는것도아니오 신문사에 대해서는무경험자도아니지만신 문사취직이도모지 뜻대로 안될뿐아니라 짠회사에도 가능이전혀보히지안엇 다. 처음에는자기의취미에마추어 신문사로만드러가랴고햇스나 그것이 쉽 게되지안을째 그는어쩐곳에라도드러가랴고 이력서를 수업시섯다.

될듯하다가도 문과출신이라해서 안써주는회사도잇스며 아모것도가리지 안흐나자리가업서서못써준다는회사도잇서 말하자면

성구에게 실망만을주는이야기뿐이 매일매일 귀에드러왓다.

결혼초부터 마누라를고생식히고 무직으로노는것이말할수업게 미안해서 마음으로초조하게 지내기 째문인지 자기의 운명을 탓하게도되고 자기만이 불운에 싸진것가튼 생각도가지게되엿다. 마누라인 명심이는 그러한성구를 위로하고 그리걱정을안식히도록 친절을더해주나 성구에게는 그것이 비할데 업고마우면서도 한편붓그러윗다.

그래서 하로종일도라단니다가 집에드러가서 명심이를만난다치면 우선자 기가이력서내논것을말하고 짜라히망이 멧파—센트쯤잇다는것까지이야기하 야 마누라의마음을 얼어만저주는것이다.

이날도여전히 아침밥을먹고 일하려는 명심이와가티 집을나왓스나 오전 에 엇든잡지사에가서 시간을보내다가 오후에는 헤련이를맛나고말엇스니 오 늘지난일을 보고할도리가업다 다만한마디라도 취직에대한이야기를 말할곳 이잇다면 그것이 보고감이 넉넉히되엿고 쏘얼마안되는것이지만 원고료밧을 수잇는 원고를조곰썻다면 그역 이야기쩌리가되여왓스나 이날만은 그야말로 소득업는생각을해버린것가티 누구를맛나거나 자기의걱정을 말하고십헛다.

허나 헤련이를맛난뒤라그의인간적고독을 다시한번보고 어덴지모르게 불

행한것만가튼것을늣길째 자기의고통을생각하고십흔생각이적어지엿다.

헤련이만큼 고통을늣기는사람도업을것갓다. 자기가결혼을 권하고잇기는 하지만그실 당자되여본다면 그것이 쉽지가안을일이다. 어린애에대한 의리가 잠복하야 어데까지나 그의감정을억누르고잇다. 자기개인에대한행복을 가추랴는이상도업지는 안흔것이나 어린애가그이상지워준다. 쩐히 자기의불행이죽을째까지 계속할줄알면서도 새로운생활을못가지는 헤련이가 불상해보히기마지안엇다. 그러한헤련이에게비하면 취직못해고통밧는자기마음쯤은 아모것도안인것갓다. 하기야그러키째문에헤련이에게는 자기의이야기를될수록 피해오기도하는것이지만………

헤련이에대한생각으로 가슴이긋득찬성구는 자기도모르게 동환이의하숙을차저갓다. 동환이를맛난대야 헤련이의이야기를 차마할수도업는것이지만 그래도동환이만이 헤련이를아러줄것가튼마음에서 그저가보고십헛다.

동환이는 집에잇섯다. 톨쓰토이전집을 펼치고 놋―트까지해가며 책읽기에정신을일코잇섯스나 성구가드러오자잘왓다는듯이 책을덥고 담배를피여물엇다.

『더운데 무슨공부를그러케하니?』

『할게잇나 갈데두업구―』

『할게업거든 시골루라두가서 마누라하구지나럼―』

『쓸데업는소릴낭 그만두어그러치안허두 서울을쩌나 씨원한바람을쏘이고십기는한데 어데갈데가잇서야지―』

『해수욕이라도가럼―』

『사람만흔곳을 실허―』

『그럼갈데가잇나 !』

『네말과가티 오늘저녁차로 집에나갓다올가하구 담판두할겸―』

이말을들은성구의마음은덜컥주저안젓다.

이상한우연이지만헤련이가써나는차에동환이도가티타게되엿다는 것이다. 남산사건이래한번도맛나지안헛고 아직까지도맛나기를 기피하는두사람이정거장에서맛나면 엇지할가하는겁이 얼핏드럿기째문이엿다.

【22회】 幻滅 (二十二)

그러나 할수업는일이엿다 서울에염증나슬것도사실이고 쏘무엇을생각한
뒤는 그당장에행치우고야마는 동환이니 가지말랄수도업고 쏘헤련이가 그차
에집으로가니가 너는 다음차로가라고 말할수도업는 형편이다 그러타고해서
다른말을쑤미여 그차에못가게할만큼 성구는 교활하지도못하다。

헤련이의일은 조곰도모르고 자기의감정이 서울에잇슬수가업서서써난다
는 동환이에게 헤련이와맛날것이라는말을해서 가슴을 두군거리게할수도
업섯다 하기야 아모말도아니햇다가 정거장에서 두사람이맛나게될때그째의
동환이는 지금그사실을나는것보다 멧배나 더당황해할것이냐 다문멧시간이
나마 그것은뒷일이라 무엇보다도 당장에 동환이를 동요식히기가힘들엇든
것이다。

그래서 성구는 동환이가하는대로 내버러둘쑨아니라 언제나벗어노앗는지
습기까지지도는듯한 내복들을주어동환이가싸는짐을 손도개까지해주엇다。
(언제부터생각햇는지 시골간다는말을하자동환이는 짐을싸기시작햇다)

돈이업서서 세탁을아니한것도 아니럿만무엇에나 등한시하는동환이라 옷
들을너혼트렁크가 코푼지리가미를굿득집어너혼것처럼 지저분하다。그것을
본성구는 폭풍을눈압헤본선부가티 초조한마음을가라안치기위해서。

『너는 아무래도 차근차근한색씨를어더서 네뒤를짜라단니며 무엇이던지
손질해주도록하여야겟다』

하고 농담을부치엿다。

『흥! 다음학기부터 색씨를더리고와서 살림의해볼가!』

『참! 다음학기부터라도 그래라。그러면 얼마나조켓니? 아모래도 괴롬업
시못사는세상이라면 한사람을 행복스럽게해주기위한 그러한괴롬을 밧는다
는 것이 조금이나마 의의(意義)가잇슬게다』

성구는 안해를가지고잇는 동환이에게 독신자를대하는듯한태도를가지여
섯다。동환이에게 안해가잇는것을전제로하고말한다면 그는괴로워햇스니
싸…。그러나 그말이 비록 엇더케 할수업는 괴롬속에서 농담비슷이 비더아

나온말이지만 동환이입에서 그의마누라 이야기가나왓슬째 성구는 그의안해
에대한미안한생각이갑작이들엇스며 싸라 동환이의고민을 자기가만드러준
듯한 생각에서 하로밧비 그수단이 비록 동환이자신에게는괴로운것이라할지
라도 책령비슷한 감정이 동환이에게오기를바래젓든것이다.

동환이는픽하고한번웃섯다

『무엇째문에 한사람을행복스럽게해주랴고 내일생이 불행해지여야할가?』

동환이의반문하는태도에는 조롱과 허무적기분이숨어잇는듯햇다.

『무엇째문이라기보다도 특히무엇을생각하고 무엇을바래는 그러한사람에
게는 괴롬이라는게잇지안을수업지안니? 만약 네나내가괴롬을피하고살수업
는사람이라면 그것이 자기자신을 위한괴롬을 조곰쩌나서다문한사람일망정
남을위하야 괴로워한다는것이 얼마나 조혼것이냐말이다』

성구는 될수잇는대로 진실한충고를 들려주랴햇다.

『그럼 너에게도 괴롬이잇는줄은안다만은 나와가튼 환경에잇슬째도 그런
말을 할수잇슬것가트냐? 나와관게가멀고 쏘머러야할사람을위해 말하자면
히생이라는것을 할수잇느냐말이다. 그러한인간을 다문일푼동안이나마 생
각해보는것도 불쾌한데…』

『그야 그러키도 하겟지만 마음에업는위대한일을하랴고하는데 인간의가
치가잇지안홀가?』

『쓸데업는소리를마라 세상에 자기마음업는일을해논사람이어데잇니? 예
수도못박혀죽을째는 그래도 자기의명예를생각하고 유쾌해햇을게다. 』

『유쾌햇겟지! 죽는것이무척괴로웟지만 자기의일이 크고 올흔줄알엇기째
문에 죽엄도 유쾌히생각햇슬게야! 무엇이나 남을위해하는일에는 그래도 자
기를 만족식힐수가잇지안흘가생각되드라. 봐라 지금우리가무엇을바래겟
니? 쏘는무엇을해보겟다하겟니? 자기를만족식힐수는 도모지업슬게아니냐?
행동으로나말로나… 그런데서 자기혼자만이 고민을하고 애써야 무슨수가
나느냐말이다. 차라리 자기와가티불상한 다문한사람의 인간을위해서라도
자기자신을 생각하는만큼 한번생각해봄이 사람의가장아름다운 본능 즉역사
가잇슨뒤로부터 역사가 끈허질째까지 계속할 인간애의 발로가아닐가? 그리

고 한가지만이라도 남을위해 일을할째는 자기만족을 늣길수가잇스니가……』

성구는 이말이 참으로자기마음에서나오는 말인동시에 동환이와헤련이의 사이가 이대로쯔치는한동환이를위해서도 그길박게업다고생각햇지만 동환이는 조곰도 움즉이는 빗치보히지안헛다

【23회】16) 幻滅(二十三)

식당에서나와 본정을조곰걸은뒤 동환이와성구는 정거장으로나왓다.

성구는 헤련이와맛날장면이 싹해서 역싸지는안나가고십헛스나 갓치저녁싸지먹고 그럴수가업서서 그대로 나왓다.

나오고나니 헤련이가 참으로이차에가는가하는것을확실히알고십픈마음이이러나 대합실을차저보고십헛스나동환이에게 한마디도말치안은일을 눈치채일가두러워 아모일도업다는듯이 그저 동환이를싸라 이등대합실로드러갓다.

그러나 거기서그러케맛나리라는생각만은 좀체못하엿슬게다 문으로드러서자 헤련이를 싹맛낫고 쏘혀를쌜만큼 놀랜성구는 엇절줄모르게 당황햇다.

사람이만허 안즐자리가업기쌔문에 거기에서잇는것이겟지만 엇저면 일이이러케 되는가하고 누구를원망이라고도하고십헛다.

허나 할수업는일이다.

자기도 나왓다는 인사로 고개를싯덕하고 무의미한웃음을 웃지안흘수업다.

그리고나서는 동환이의태도에대해서 주의를해보앗다 동환이는 엇질줄을모르는모양이엿다 인사를해야할지 아니해야할지를모른다는것보다도 너무 나우연한일에 당황해할쑌이라는듯이 얼골을 붉히엿다 멋보도안되는곳에서 잇는헤련이를 안본척할수도업는지 모자를벗서 인사를한다.

만약헤련이의손에 도랑크만이잇섯다면 자기를전송하려나온것처럼 생각햇슬넌지도모르나 어데를간다면하필 자기와가치기차를타게되엿는가하는 생각싸지만은동환이(기)도햇다.

---

16) 순서대로 하면 23회로, 소제목의 번호도 23으로 되어야 하는데, 연재할 때 모두 24로 오기를 하였다. 이번에 정리를 하면서 바로잡았다.

혜련이도 고개를숙이고인사를햇다. 그의얼골에도 엄격한선생을맛난듯한 어리어리한표정이나타낫다.

그러나 두사람은 누가먼저 이야기를쓰낼것갓지가안엇다.

『오늘 집으로가십니까?』

성구는 팽창한공기가 너무나무거운것갓허 혜련이에게 말을건늬엿스나 그것은 동환이에게 이상한생각을주저안키위해 거즛을꾸미엿다. 만약 혜련이가 이차에간다는것을알고 동환이를맛낫다면 간단이나마 그것을알리여야만햇슬것이 우정이기때문이다.

『네— 이차로 집에 가겟습니다』

혜련이도 눈치를채엿는지 그전에 아모말도업섯든것처럼대답을햇다

『박선생두 이차로 고향가시는데 그럼가치 가시지요—』

성구는 될수잇는대로 두사람의사히가 완화되기를바랫다. 아모말도업시 싸흠하랴는 수탉갓치 맛서고잇는것이 민망스러윗든것이다.

『참잘되엿군요— 그럼 가치가십시다』

혜련이는 이것이 성구의 꾸민연극이라고 생각해보앗스나 다른기색업시 동환이에게말햇다.

『네—』동환이는 극히간단하게대답을햇슬쌘 자기의의사를 조금도발표못햇다.

『어데쌔지가시지요?』

하고 혜련이가뭇는말에도

『철원입니다』

하는말을 겨우햇슬쌘이다. 혜련이를보자 문득남산에서 당한일이생각키워 참아고개를들수가업슬만큼 붓그러윗다. 그붓그럼과그래도 실치만은 안은묘한감정에서동환이는 자기정신을 차리랴고 애썻슬게다.

『얼마멀지는안흐시군요?』

혜련이는조곰도 다른빗츨안보엿다. 싼늣김이업다는것을보히랴하는째문일게다.

『네—』

　　동환이는 사람만흔곳에서말을건니는것이 한편깃부기도 햇으나 대답하는
것이 거북스러워차라리 차간으로나쌀리드러갓으면하고바랫다.

　　이왕이러케되엿스나 가튼차에 갓치안저갈것은 쌘한일이다. 두사람이가
치안게만된다면 할수업시이야기가나올것이니짜 그째는 무엇이나 생각해오
든것을 말하리라고마음먹엇다. 그러키째문에 미리부터 헤련이가 쓸데업는
말을 작고쓰낸다면그째에자기가할말이업서지지안흘가하는생각도들엇다 이
런생각 저런생각을하면서도일이너무나 우연하게생기엿고 그우연째문에 아
조맛날수업슬듯하든 헤련이를맛나 다소간이나마 자기의뜻을말할수잇다는
것을 생각할째 우연에대한감사를 힘썻하고십헛다. 더구나성구의 쑤민일이
라면 그우정에머리를숙이여야할것갓헛다.

　　동환이가 이런생각을하는동안 성구는헤련이와숙희에게문안해달라는말이
며 청진바다에게도 인사를전하라고 우서가며말햇다.

　　마음이 어쩐지는몰라도헤련이는

　　『아직도못이저서……』

　　하며 웃음으로 성구의말을대해준다.

　　이럴째 청진행열차가 쩌나게되엇다는 아나운사의말이대합실에 울려나
왓다.

【24회】幻滅(二十四)

　　청진행열차가 경성역을쩌날째짜지 헤련이는 대부분 성구와이야기를주고
밧엇다.

　　더구나 헤련이가 가정교사로잇는집주인이라는자짜지듯기실혼말을 덜어
노앗다. 동환이는 묵묵히 그들의이야기를듯기만해야하는 것이 그들에게 제
외된듯한늣김의잇서 기적소리나는것을 힘들게기다리고잇섯지만 기차가 움
즉이기시작할째 성구를이별하는늣김은 조곰도업고두사람만이 안즐수잇는것
이깃부다는것을늣기고 이런기회도올수잇섯든가하는듯이 가슴을설레엿다.

　　더구나 헤련이가 사람만흔곳에서도 남자처럼 수집음업시 성구엿이야기

를하며 우슴이나올째는 함부로웃기도하고 숙히의말이나올째는 막놀려도주
는것이 외그런지 보기에면구스러워 성구와빨리헤지기를속으로 바래기까지
햇스나 용산을지나 한강을써고청량리싸지다다르니 차간에아모리만흔사람
이 잇다할지라도 혜련이를아는사람이라고는 자기박게업다는생각이들며 한
편 무슨말이라도 걸니여야할 의무감이이러나가슴은 더욱 울넝거리엿다 그
러나 인사는 정식으로해야될것가터 우선

『참 전번에는 너무나실례를해서 면목이업습니다』하고 말하자면 용서를청
햇다

『천만의 말슴입니다 선생님의책임만되는가요―』혜련이는 천연스럽게 대
답을햇다.

물논 그째 동환니의대한인상을 더낫부게가젓든것만은 사실이나 그러타
고해서 그것이 동환이를 맞나지도안을원인의전부는 못되엿다.

즉 첫번부터 인상이조치못하고 마음이끌리지안튼구실이 부치기조흔 그
사실에 표면화햇을여릅이엿지 혜련이가 동환이를 맞나지안는 이유는못된다

『우연이 조혼째도 잇지만 너무잔일할째도 잇는것갓아요나』동환니의말에

『그럼요― 하지만 우연이라는게업스면 사람에게 긴장사업슬것갓아요』하
고혜련이가 다시대답을햇다.

『자우간 우연은 조흔것갓습니다. 오늘의 우연이업섯다면 그래의이야기
를 다시말해볼기회가 전혀업섯슴을년지도모르지요』

『그러치요―』이말에는 혜련이도 힘이업섯다.

그이야기를한게단으로해서 동환이와의새가 새롭게될것갓흔 두려움이 숨
기엿기대문이다. 짜지고본다면 그리두려워할것업다 사람으로써 그리낫부
지가안을쑨아니라 자기로써는 능히존경할수잇을만한사람이다. 학력도 기
능도 훌륭하다. 그러나 마음이 솔리지안는것만은 자기의생각으로 엇질수가
업는일이엿다.

동환이는 거기에대한이야기를더해서 낫분인상을 거듭하고십지가안허 양
해를엇은정도로 그만끈치고 짠말을쓰내랴햇다.

무슨말을해야할가하고 한참동안생각을하엿스나 사람들이 보고듯는곳이

라 그동안 자기생각하고잇든마음은말할수업고 두사람이 다아는 사실 즉성
구에대한이야기가 아니면 짠말이업슬것처럼늣기여

『이번가시면 숙희씨도 맛나보시겟군요?』하고말을끄낸다.

『내 가다가 원산에 들려 엇든동모를맛나보고는 함흥에 나리여 숙히를맛
나려고합니다』 필요는 업지만 자기가얼마전부터 생각해오든 일이기때문에
혜련이는 원산에옛날동모 성실이가잇다는것까지말햇다.

『숙희씨는 잘게신가요?』

『언제맛나보섯나요?』

『아직보지는 못햇습니다마는 성구를통해잘알고잇습니다』

『참 그러시겟군요 살림을 참잘한대나봐요—』

『성구결혼식째 축전까지햇더군요— 저는퍽감탄햇습니다』

『그런점을 저는 퍽존경합니다. 짠남자와결혼을햇다고해서 조화하는남자
를아조이저버린다는것은 너무나 평범하지안허요?』

『갓치결합하지못하고도 서로존경하는두사람의마음을 저는꼭갓치존경합
니다. 그런사람이잇다면 구타여결혼이라는것을 바래지안허도조흘것갓터
요. 자기를이해하고 자기를존경해주며 자기를붓도두어줄만한사람을구한다
는것이 여간힘들지안어야지요』

동환이는 그러한사람이자기에게도 필요하다는뜻으로말햇다.

『그러나 결혼이아닌다음에는 선생님이말슴한 그러한 조건을 영구히가질
수는업지안흘까요?』 헤련이는 이런말로 동환이의공상을부정하려햇다. 그
것은 동환이가자기를두고 엇든생각을한다면 그생각을업새주랴는 방비선이
엿다.

『물론 그럿키도하겟지요』

이런말을주고밧는동안 기차는어둠속을쑬코 기적소리와함께 모질게다라
나고잇섯다.

【25회】 幻滅(二十五)

경성역에서 철원까지두어시간넘어를 혜련이와가티이야기함으로써 긴장된마음을가진채왓지만 동환이는 혜련이의마음을 눈치챈다음부터될수잇는 대로 자기의마음을보히랴하지안엇다. 만약 그런말을햇다가 마음에들지안는말을듯는다면 그뒤에올괴로움이견질수업슬것갓기째문이엿다.

두려웟다. 혜련이를 맛날수업든 멧달동안의괴로움도 컷지만 그이상 큰타격을혜련이입에서 나오는말한마듸로 밧는다는것은참으로 무서운일이엿다.

그래서 철원역을나릴째두사람의이별은 남의눈으로보기에 아조평범햇다.

잘아는사람이 잠간헤여지는것처럼 그들의인사는 간단햇다.

그러나 차에서나리여 읍으로드러갈째 동환이는 멀리사라지는 기차소리를드르며혼자 깁은생각에빠지엇다

혜련이를쩌나는 고적이 온몸을 엄습하는한편 압흐로 혜련이와 전개될관게가 몹시안타가웟다

압흐로 맛날수잇는기회는 이번의우연으로만들어논것갓기는하나 쩌리낌업시 이야기하면서도 자기의마음이조곰도변하지안엇다는것을 언제나 암시하려는혜련이가용니히 자기를 갓갑게해줄것갓지가안타.

그러케생각되기는하면서도 째로는 자기를 낫부지안케 생각할뿐아니라 칭찬하든말까지하든것이기억나 혜련이에대한미련은 (버릴)수가업다 혜련이가하든말을 한마듸한마듸씩 생각하며 심상하게 한말에도 엇든 의미를부치여 자기가조(을)대로 해석하려는것은 아모래도 혜련이를 못잇는마음이리라 하엿다

동환이는 혜련이가가는곳까지 언제나 짜라가고십흔 생각이들엇다. 자기가가는곳은 외로운곳 누구하나 자기를깃부게 해주지못하는곳이다.

어쩌케해서던지 갓가히하지못하도록 머리를써야만할안해가 그래도 안해노라고 자기를마지해줄것이나 그것은가장괴로운 일에지나지못하며 어머니나아버지가진심으로 자기를생각해준다할지라도 그역어린애처럼 만족해할수업는사랑이다. 만약혜련이가 밋부게만해준다면그와가티어델가서 엇든고

생을 한다해도 그것이얼마나행복스러운길이랴?

동환이는무엇째문에 고향이라고차저가는지가 몰을일이엿다.

안가면안될일이엿는가?

생각하면 발을돌러치고십다 어데를가든 마음의자유나마가저야살것갓다. 집에가면 안해를미워해야하고 쑨만아니라 미워하는것을나타냄으로 자기에대한애착을업새도록하기위하야 한시라도 마음을놀수가업다.

업서도조을일이다. 남보다 한가지더괴로워야할일이 어데잇는가!

그러나 안갈수도업다. 서울에는염증이낫고 싼데는발드러놀대가업다.

가서 미워할사람을 힘썻미워해보자.

미음을바드려고나온사람이나 미워해야할운명을가진사람이나 그불운함이 꼭가틀것이나 그러타고해서 타협못할운명을 비관할필요가업다 꼭가티싸워 승부를결정하여야할것이 사랑을구하는안해나 사랑을거부하는자기의책임이며 쏘한의무다.

사랑을쏫싸지구하는것이나 그것을거절하는것이 엇던점에서 다르다고할수잇으며 더욱이 사랑이아니라 안해라는 법률적권리를가지랴는 절늠바리가 튼부부를 유지하는데서만족하랴는 너무나봉건적인사랑에서 반기를드는것이 무에그리 죄악인들될것인가―

쏫싸지 안해를미워한다면 그가비참한운명에서 불행해질것만은사실이나 그러타고해서 그대로지난다고하면두사람이 꼭가치 불행해질게다차라리 한사람만이 불행해진다면 한사람이 행복스러울지도 모르는 것이니가 한 사람만이라도 구할수잇는길을 취한다는것이 현명하다고 자처하는 인간의자연스런행동일게다.

동환이는 언제나 고향갈때마다 들리는 여관에드러갓다. 읍에서도 이삼십 리드러가야하는 시골집에갈랴면 자동차를 타야 하는것인데 아침한번박게안 가는 그자동차를 타기위해서는 언제나 밤차에나리여 하로밤을 묵어야햇든 것이다.

여관에드러 세수를하고난뒤 곳자리에누엇다. 그러나 좀체 잠이아니 올쑨 아니라 아직짜지 기차간에 안저잇슬 혜련이가 생각나며 그가 지금 무엇을생각하고잇슬가 하는것짜지 생각나서 눈을쯤벅거릴쑨이엿다。

【26회】 幻滅(二十六)

다음날아침 동환이는 자동차로고향집에짜지이르럿다

동리압을지나가는 자동차이기째문에 거이집아페짜지가서 나릴수가잇슴으로 자기가 자동차에서나리는것을 바로보기만하는날에는 쮜여나와 마중해줄수가 넉넉히 잇게쯤되엿다。 이날도 어데서보앗는지 신을짜쑤로다십이 어머니가 밧비쮜여나오며 동환이가든짐을 바더들엇다。

『엇저면편지도업시오니?』

『………』

『너의아버지는 농장에나가섯나부다 부디오늘 볼일이잇다구나가드니 네가오는것을 못볼라구 그랫나』

『………』

동환이는 처음에 모자를벗고 묵례를한뒤 아모말도아니햇다。

아버지가 잇고업는게자기의마음을 조곰도 움즉이지안엇스며 어머니가깃버하는깃붐이 자기와 아모상관도업는것잣엇다。

어머니는 제자식이라고맛나는것을깃겨할지모르나 자기는 내어머니라고해서깃버해야할것이 아모것도업는것갓다。

그는어머니를짜라 마당에짜지드러섯다。 그째짜지어머니는잠시도입을쉬지안코 동환이가지낸일을물엇다。

언제방학을햇느냐 돈이모자르지안헛냐 빨래할것은 전부가져왓느냐 하는등대단하기도 씨쯔러운것을 작고물어맷다。

평안도에서자라난성격이라 괄괄하기짝이업스며짜라자기가먹은생각을 그리못감추는어머니다。

절반이상을 대답업시 듯기만하고거러올째 마당한구석에서 손쏘락을물고잇는은희가보인다。 서울서 아버지가온다는말을듯고 쮜여나오기는햇으나 언제나 손님가티왓다 손님가티가버리는아버지가 붓그러운지 말을못쓰내고

수집어한다.

다섯살낫지만 일여덟살난게집애만큼큰것이 남의집에오는손님바라보듯 자기를대하는것이 벌서부터 자기어머니의우울한성격을 본밧은것이아닌가 하는생각에 죄업는것이불상해지며 손목이라도잡으려할째

『게집애야— 아버지보고인사도아니하니?』하고 동환이어머니가 싸릴듯이 은희를욕한다. 그래도 몸을움즉이지못하는것이 측은해보혀

『은희잘잇섯니?』하고동환이는 어린애머리를 만저주엇다.

이째싸지 귀엽다는말을못해보앗지만 저것도 제어머니처럼 지각이업고 불행해질것인가하는생각에 측은해보혓든것이다.

그래도 은희는 입에서손고락을못쩨고 동환이의얼골을 바라볼쑨이엿다.

말똥말똥한 은희의눈을보자 동환이는 갑작이 자기를미워하는생각을이르 켯다. 즉 쏙쏙하게살어잇는생명이 자기와자기의안해사이에서생겨낫다는 이유로해서 사랑아니하려고 햇다는것은 그리올흔일이라늣겨지지안헛기째 문이다

그는 쏜말을한마디도아니하고 그냥집안엘드러갓다

『애— 가서 세수물이나 길어오너라。』대문안엘드러서자 어머니가 며느 리에게 대령하는말이엿다

그말이 무척거세기햇스나 그말을듯고 재싸르게 마누라가 박그로나오면 서엇지하나하는겁을먹고 쌜리방으로드러가려니 어머니가 다시

『애안에업니? 갑작이 죽엇나—』하고 고함을질른(다) 그(말)에야

『네』하는대답이잇섯스나 며누리는 자기남편이 방안에 드러가기를기다리 고잇섯는지 동환이가 방에드러간뒤에야 부약에서

물동이를씨고나왓다

그래도 남편이왓다고 적삼을가라입엇는지 박으로나가는안해의옷이 쌔끗 햇다

객지서나가잇스면서도 평생 편지한번아니해주고 멧달만에맛난다해도 들 려주는말이 보기실타는것쑨이니 남편이이온다고해서 마중나가 인사도할수 업는것이지만 남편을피하듯 박그로쮜여나가는꼴이 마누라갓은늣김을일어

나게하지안엇다.

집에오자마자 불쾌한것만을본동환이가 방안에드러가 옷을벗고 잇슬째그의어머니가엽페와서

『이번나려온김에 무슨죳판을내자. 네가 서울엘더리고가든지 과것을아주보내든지 무슨수를내야지 저쓸을못보겟다. 한시라도 마음이편안하야지밤낫 눈써슬너올라견지겟니─』하며마누라에대한 트집을쏫내기시작햇다.

【27회】 며누리(一)

저녁밥을먹을째는 동환이아버지도 밥상을밧고 잇섯다. 그사이에 농장에서 도라왓든것이다.

아버지 어머니 그리고는 동생하나와 동환이자기만이 한방에서 밥을먹고 그의처와은희만은 건는방에서 짜로먹는모양이엿다.

시골 지주(地主)의집이라 넓은집터에집을지어 안방과 건는방사이에는 상당한거리가잇서 각방에서 하는말이 짠방에 잘들리지도안치만 어머니는 건는방에서도 좀드르라는듯이 일부러 큰소리를내여가면서 말을시작햇다

『여보시오 아짜 동환이에게도 이야기를햇지만 이럴것이아니라 어써케든지 결말을내야 하지안켓소? 시에미가 보기실흔며누리를 엇지더리고 살겟소?』

동환이의어머니는 조곰도자기생각을 숨기지안헛다. 날이지날사록 마음에맛지안코 미워만보히는 며누리가 하로쌜리사라지기를 바라는것이 그의마음이엿다.

자기는 여자라고 하지만 무슨일에나 주장해서 나서는성질이라 어느정도까지차분해서 활달치못한 며누리의성격과는 극반대이엿다. 더구나 남편에게서바든 학대로 밤낫찡그린 얼골을해가지고잇는것이 미운눈으로볼째 더욱 미워지엿다. 쑨만아니라 자기집은 하로하로 흥해나가고잇다. 멧천석을하는것이야 못되지만 맛아들하나를공부식히면서도해마다 쌍을조곰식사드린다. 그러나 며누리의본가집으로말하자면해마다빗만늘어가 먹을것이업서

쩔쩔맨다는말이 언제나들려온다. 그러니쌀한알도오는것은업시주게되고자기네가 감자알이라도 보내고보니 사돈에대한 염증까지 생기는데다가 자기아들은전문학교졸업생이오 쏘소설을잘써서 그일흠을모르는이가 별반업다고한다. 이런여러가지이유로 어머니는 며누리를 눈의티처럼 생각하게되엿고 미워하는마음을가지게되니 무엇하나 맛당해보히지안엇든것이다.

그러나 아버지는 진중한어조로

『쪽가튼 말을 매일하기가 면구스럽지안소? 집안에잇는개에게도 그러케괄세는 못할것각구만! 동환이가집에온날루 그런말을쓰내서 집안을 쏘야단스럽게만들게 어데잇담 !』하고혀를맷번첫다. 아버지도 동환이가 실혀하는것쯤은잘안다. 꼿내부부가 잘살것이라고 꼭밋고 아들을억눌흐라고대들지도 안치만 며누리사랑시아버지란말이잇서그런지 며누리의정면공격을 즐겨하지안엇다.

『무슨말슴인지 모르겟네. 집안에 원수가드러잇는데도 가만잇서요』어머니는 자기남편에게 해보자는듯이 큰소리로써들엇다.

『누가 가만잇스래! 말을해두 좀친절히하란말야! 밥을먹으면서 이게웬일일싸……』

이말에 며누리에대한이야기는 중단해버리엇다.

그러나 듯기만하고 잇든 동환이는 적극적으로며누리를 미워하는어머니의 마음을생각햇다.

결혼할때는 어머니가주장해서 마저드린며누리다. 동환이는 얼골도못보앗다. 어머니가혼자사돈집엘왓다갓다하며 연방 얌전한색시라는말을해서아버지의마음을 삿으며 아들의허락을바덧든것이다. 그때의 동환이야새로운생활 즉사회와쩌나 혼자서살수잇는 생활을만들고 될수잇으면 부모의말을들어 그들을 안심식히겟다는생각이엿스니까 결혼의상대자가 그리 문제되지안헛다. 아모런여자와라도 연을맷고부부라는일흠을 가진다면 살리라햇든것이다.

그러나 오늘에와서는 두사람이 다한여자를미워한다 자기야 피동적으로어든마누라니 미워한다해도 무리가업다할수잇슬런지모르나주장해서 엇어다맛긴 어머니가 극력실허한다는것은 웃어운일이다.

【28회】 며누리(二)

하기야 아들이실허한다는것을밋고한층더할지는 모르지만 그러타해도 어머니는 며누리를 학대할 귈리가업다.

『어머니가 잇어준마누라니 어머니가마음대로 하시구려―』

이런말이 동환이입에서 어물거리엿스나 입박게는내지안헛다. 자기가실허한다할지라도 압뒤가맛지안는 어머니가맛당치안헛든까닭이다 밥상을내가고 무미하게안저 서울서온 아들의이야기를들어보고십퍼할째도 동환이는 아모말도아니햇다.

집이라고 찾어오면서도 먹을것하나사오지안혼 동환인만큼 부모와주고바는말에 취미를못늣길것이분명하다.

그는짠방에가서 책이라도읽으며 혼자생각할시간을가지려햇다. 그러나 짠방이라 결국 자기마누라가잇는방이다. 그방에는 벌서부터드러가고십은 생각이업지만 아직짜지부부라는명칭을가젓스니안드러갈수도업는방이다.

마누라방에드러간 동환이는 우선 옷을벗고 방바닥에누엇다.

마누라는 설거질을하려고 부엌에나갓고 방안에는 쌀 은희만이 아랫목에 안저서동환이의 동정을슬피고잇다.

동환이는 한참동안 은희를바라보다가

『은희야! 이리오너라』하고손을내밀엇다. 혹시자기를불러주지나안나하고 기다리든것처럼 은희는 붓그러워하면서도 자기아버지에게걸어온다.

『내가 누구냐?』 동환이는이런말을몬저물엇다.

동환이여페까지와서 무서운선생아페안듯 쭈러안즌은희는 붓그럽기도하지만 그런것쯤은 안다는듯이 대답을아니햇다.

『너 어머니가 고흐니 미우니?』

『……』

『할머니가 곱든 밉든?』

『……』

『아버지가 보구십든?』

『……』

동환이는 자기어머니의적극적인태도에 반발을늣겨그런지 아조어진태도로물엇다 그러나 겁을먹은은희는 대답을못햇다.

『은희야 대답을 아니하겟니?』대답업는딸에게 조꼼큰소리로말햇다.

그째야 은희는 겁을먹어 몸을 움직거리며 입을열엇다.

『아버지두 날 째리겟소』

동환이는대답대신에은희의 얼골을 묵묵히바라보앗다.

동내서 쏙쏙하다고 칭찬이 잇는게집애다.

무엇이나한번만가르켜주면 깁히서서리질안흐며 눈치가 쌜라 어른갓치 경우가밝은애다.

말하자면 부모를잘맛나지못해그러치 몹시귀염을바들것이나 며누리미워하는할머니겻테서 할머니의미음과남편이실허하는 어머니품에서 어머니의 미음을 독차지하고잇은 적은것이 불상해보혓다.

자기역시 귀애하지를안엇지만 맛나는즉시로 싸리지안켓느냐고뭇는어린 것이 얼마나매를마젓기에 그럴것인가? 아버지를맛나서도 재롱을못부리고 매마즌설음을하소도못하는게집애다.

동환이는 어린 은희의얼골에서 관상쟁이처럼 그이일생에이러날비극을 눈으로보앗다.

아모래도 비극적인존재다

동환이는 은희를 쑤러저라하고본다.

진정으로 의지할사람이업고 인정이라는것을밧지못하며자라는것이 일생을 인생에대한원한으로 지낼것갓다 정당한길을못것는사람처럼불행할게 어데잇슬것인가 아버지와 어머니를싸라 그러한길을것는것이 그들의피로된 자식에게 항용잇슬일이나쌈아득한눈동자와 어데를보나멀컹한데가업시 싼 싼하게생긴 은희의쏙쏙한얼골이 벌서부터 불행을 감추고잇다는것이 동환이 의눈으로 참아보기가안됏다.

『은희야! 어머니가 너를막 째려주던?』

동환이는 은희를달래주고십허젓다.

그러나 은희는대답이업다 대답을하야 아버지가 어머니를 욕해줄것가튼 겁이든 모양이다.

『아버지두 무서우니?』

자기는무섭지안다는것을보혀주랴고 이런말을햇스나은희는 그말이 올타는것처럼대답햇다.

『작구째리지만말어요 동리사람들두 내가 불상하다구 그러든데…』

『응— 아버지는널째리지안으마! 엡분은희를 왜째려! 오늘밤은 아버지하구 자자—』

동환이는 은희를끌어 자기엽폐누이엿다.

『아버지—』

은희는 동환이의태도가겁을안먹어도 괜치안은것이라고보고 안심을하엿는지 아버지를부른다음

『할머니두 작구 째리기만해요』

하고 애원을햇다. 그말에는동환이가대답을못햇다.

어린것에게 누가낫부고누가올타는 판단을 너허줄수도업는것이지만 은희의말로 자기어머니가 며누리에대한 학대를 얼마나심하게한다는것을 새삼스럽게 늣기엿다 자기가미워한다는것과 남이미워한다는것이 별반다를것이업지만 그래도 남이 자기마누라를 학대한다는것은 이상한감정을 일으키게햇다 대답은업스나 무서운얼골이 아니기째문인지 은희는다시 말을햇다.

『아버지! 난 내일부터 아버지하구 단일테야! 우리 강에나가 목욕두해요응』

어린것이 몹시사람을 그리워하는 모양이다.

『그래라—』

하고 동환이가대답을할째 설거질을마춘안해가 방안으로드러왔다.

【29회】 며누리(三)

얼골을숙이고 드러온마누라는 동환이의눈치를살피기만하면서 오래간만에맛나는인사도못햇다.

『잘잇섯소?』 동환이는 한방에잇는사람도 말도아니할수업서 먼저말을끄내기는햇스나 조곰도반가워하는어투는아니엿다.

사실은 목전에나타난안해의얼골을보자 지긋지긋한생각이드럿든것이다. 염치도업고 자존심도업는마누라가인간으로 모자라보일쑨아니라 저것이멋사람을 불행하게하고잇지하는 악심이들엇다.

그러나 안해는 동환이를 무서워하면서 기가죽은목소리로

『네—』하고 대답을하고는 아랫목으로가서 허리를굽혀 방바닥을바라보며안젓다.

동환이는 짠말을아니햇다

말을한다면 결국미워하는뜻이나올것이며 그러케하자면시초부터 싸움조로나와야한다. 아무리밉다할지라도그러기가실엇다. 첫재 자기마음을 어지럽게하고십지안엇고 둘재로는마누라를눈압헤서 괴롭게하고십지안엇다.

이째까지 혜련이로말미아마 바든마음의타격을 진정식히지못해오다가 이번우연하게도 가튼차를타고오며다시 마음의흥분을어덧다.

말하자면 마음이몹시피곤한째다. 피곤한마음을 더욱괴롭히기가실흘쑨아니라 마누라역시 그만큼 경멸과학대를밧엇스면 무던하다.

그만큼 못바들대우를바드면서도 자존심을못가지는사람에게 쪽가튼말을되푸리한댓자 그것은결국 말하는자기의손해다. 쑨만아니라 마누라노릇 안해노릇도못하게될것이분명한노릇이라면 긴말을하는것이 도로혀잔말이되며 말하는사람의권위를업새는것이될것이다.

안해는 그래도 무슨말이나마 반가운말이잇기를기다리는지 몸을움즉이지안코 옷에부튼실밥을집어 이리저리쏘고잇다.

동환이는 은히하고도말을아니햇다.

안해가업슬째는 은희의마음과 자기의기분이 맛는것가터 은희의말을듯기만하는것도 불쾌하지는안엇지만 안해가드러온뒤는 은희도 간을옴츠리엇는 지 고양의압헤쥐처럼 몸을적게하고 이야기를아니햇슬쁜아니라 동환이역시 마누라아페서 이야기할생각이나지안엇다.

무슨죄를 지은것갓다. 기가피지지안는것이불쾌할쁜아니라몸도피곤함을 늣겻다. 차라리잠을자고십헛다

그러나 그방에서는잘수업섯다. 거리를두고 써러저안저잇스면서도 호흡 이안맛고 기분이이상하는판에 살기운을마트며 한이불속에서 그얼골을바라 볼수잇슬것인가?

『은희야 오늘은 아버지하고 저방에가서자자—』 이런말을아니하고라도 은 희를더리고 나갈수 잇는것이지만 저녁을먹자 건는방으로드러온자기를 행여 나 그방에서잘것이라생각햇슬것가터 동환이는 안해에게드러보라는뜻으로 말을하고이러섯다.

은희는 엇지해야조홀는지 모르는듯시 엄마와아버지의 얼골을 번가라보 다가 손목쓰는 아버지에게쌀리워이러섯다.

『이년아! 넌 어델가니?』

동환이에게는 아모말도못하고 쓸니워가는 은희에게만 독기잇는말을쏘는 안해의 얼골이 썩은닭알색으로파래졋다.

동환이는 안해의얼골을보고는 엇든마음을가젓스리라는것쯤은생각햇스나 아모리 기맥힌다할지라도 그것은할수업는일이아니냐 하는듯이 은희의손목 을잡고 그대로문박글나서랴햇다.

『이년아!』 어느샌가 안해가달려와 은희를쓸어단니여다가 볼기를 소리나 게짜린다. 남편에대한원한을 쌀에게풀어보는것일게다.

【30회】 며누리(四)

『동환아 좀생각을해봐라! 은희엄마도사람이고 너도사람이지 사람이사람 을기리는게 무어그리 죄가되겟니? 멧달만에맛난사람을 이야기한마디도 아 니해주고이러케 쌘방에온다면그래마음이조흘상십흐냐? 아직짜지는 그래도

네안해다 압으로 더리고살고안사는것은 나도무엇이라고말하지안치만 아직 썻안해로잇고 쏘너를바라고이째까지 우리집에서 가진고생도다하는게아니 냐? 안사는날은 안산다고해도 사는날까지는그러지말고 건너가보아라』은희 를더리고 안방으로건너온동환이에게 아버지가 간곡한말을쓰냇다.

『더운여름에 한방에서어쩌케자겟소 공연히그런소릴하시네。』 어머니는 아들의편이되엿다.

『당신도 너무그러지마오。 즘생에게도 그러지못할텐데 집에서그러케고생 하는 사람을 조곰이라도 생각해주어야지…』

아닌게아니라 몹시고생하는 사람이다. 토지를소작인에게주고도 사람을 사서 집에서 농사를짓는다 가진구박을밧어가면서도 일꾼의밥을짓고 집안살 림을 도마터가는이가 그며누리다.

『어데가면 그만한일아니하고밥을어더먹을텐가 !』

말이 자기부부두사람의언쟁처럼되고보니말쓰낸의미가업는지아버지는동 환이를보고

『이혼을할래거든 하로쌜리 해라 원수처럼생각하는사람을 집안에두고 살 수잇겟니 나두 편치안허못견디겟다. 그러나 이혼하는날까지는 면목을보아 서라도 사람의 대접을해주어라』하고 명령처럼말했다.

동환이는 무엇이라대답할수가업섯다. 어머니보다는 아버지가 편벽됨이 업고쏘누구에게나 이해를가지고대하려는마음이 몹시너그럽다. 말이그르지 도안흐며 한마디한마디가 뼈에사모치는것갓다

동환이는 자기가 경박함을늣기엿다.

사람을미워하고 경멸하는것이엇질수업는일일넌지는몰라도 그것이 자랑 써리는못될것갓다. 자랑거리가못되는것을가지고 짠사람에게까지 써들석하 게하고 쏘괴롭게한다는것은 너무나좁은마음의 소치다 그래도문학은한다고 하며 남의감정(과) 마음의물결을안다고하며 쏘는알랴고애쓰는자기로써 그 리찬성할일이못된다.

어머니는 어데까지나 자기편이되여 며누리학대에이를갈며덤비나 도리혀 그말에는 진실미가업는것갓터반감을사게되엿다. 아버지의말로보아서도 이

혼하게될 것은 기정사실이다. 기정사실을가지고도 야단치는것이 어리석을
일이아닐넌지.

동환이는 은희를더리고다시 건는방엘갓다.

나왓든방으로다시드러갈째 혹시정욕을참지못하는것이라 오해를밧들것가
튼늣김이잇서 약간불쾌하기는햇스나 내논발을다시돌릴수도업다.

마누라는 울고잇든모양이다. 눈알이불것고 나오는콧물을 훌적훌적 드러
마신다.

만약 헤련이가 이런경우를당햇다면 울고잇슬게아니라 남편을붓잡고 시
비를가리랴할것이며 시비를가리지못할째는 퇴각으로써나마남편을 경멸할
것이다.

동환이는 시름업시 안저잇는 마누라얼골에서 헤련이를 그리여본다.

엇더한고민이잇서 말도못하고 안저잇다면 감각이쌔른 헤련이는 벌서자
기의마음을알고 엇던수단으로써던지 위로해줄것이다.

짜뜻한음성! 그것이 귀에들리는듯했다. 그음성이란 동환이가 문학에서구
하랴는 아름다운것일넌지도모른다. 소설을 쓰고십허하고 소설을써야 자기
가 살것가튼마음도 역시 문학에서나마자기가구할수업는 아름다운것을 창조
하고 짜라 문학적인것을 현실적인자기에게쓰러오고십혼 째문이아닐가!

동환이는 자리를쌀랴고햇다.

몸과마음이 피곤해서 생각도 줄기를차즐수가업다.

그러나 마누라가 동환이보다 손을쌜리써서 동환이의자리를 아랫목에싼
다. 그리고는 거기에대여 자기의자리를싸는모양이다.

동환이는 자기자리를쓸어다 웃목에펴고십혼 생각이 붓적들엇스나 쏘다
시 그러고십지가안엇다. 한사람을괴롭히랴면 먼저 자기가 그만한괴롬을 맛
보아야하는것이니싸—

더욱이 엽자리를하고라도 자기가직혀야할 절제는 넉넉히 직힐수가잇슬
것갓헛다

그인들 오작분하랴? 쌀자식마저 자기를실타는 동환이에게간다. 자기와
한방에서 자기가실어 쌴방에가는남편을 은희란년은 왜싸라간단말인가?

독오른뱀처럼 살기가등등했다.

동환이는 안해의태도에화를내고 어데라도한개째려주고십흔생각이낫스나 성낸뱀의대가리를톡톡치여 못살만큼 안탑갑게해주고십흔잔인성이이러나

『은희는 오늘밤 나와잔다구그랫지?』하고 다시은희를쓸엇다.

『이년 가기만햇다바라』안해는 뒤에서으르렁거리엿스나 동환이는 은희를 쌔서안고 안방으로건너왓다.

【31회】 며누리(五)

다음날아침 동환이는 책을씨고 동네박글나갓다.

집안에안저잇기는 마음이답답하고 마을을가기에는발이 내밀어지지안헛다。

아버지는 말이업는사람이라 반가운아들을맛낫서도재미잇게이야기할줄을 모른다

하기야 동환이하나를바라보고 낙을삼는아버지다。 누구에게나 자기아들이 전문학교졸업햇다는것을 자랑하며 째로는 자기도 아들이지은소설을읽고 그이야기를쏘한 농부들에게 이야기해주는사람이다。

그러나 아들을대하게되면 별반이야기를아니하는것이 그의습성이엿다。 집안일— 특히 유산을상속바들 맛아들이지만 재산에대한것도 알리지를안코 잇다。

아버지는 그러하고 어머니는 그대신 너무말이만허 동환이에게는 모두 이 야기의상대가안되엿다。

더구나 마누라에대한것을 더생각지안코십흔생각이나서 될수만잇스면그 가안뵈는곳에 가고십엇다。

집을나간다면 갈데라고는 업다。 밤낫 고향을써나서사는만큼 친한동모도 업슬쑨아니라 한참농사째에 한가히노는사람도업다。

풀밧헤누어 책이나읽고십허지여 적은냇물을씨고 동그러케솟은 마을압 적은산엘올라갓다。

우선 작으마한동리를 둘러보고 소복이안저잇는 초가집들을 묵묵히바라
보앗다 적은집이나마 그곳에서 잡념을안가지고 하로의노동과 하로밤의 안
식을즐기는 농부들이 한편부럽기도하며 한편불상해도보혓다.

그사람들에게는 생활에 대한 물질적인요구가잇슬것은 사실이나 그것은
자기의생각과 아주다른것이다. 말하자면 조곰 단순한것갓다.

단순한것이 조흔것인지 복잡한것이올흔지 또는 누가단순하고 누가복잡
한지도모르지만 그들은 자기만족이 잇슬수잇고 체험이라는것을 쉽게가질수
잇는것이니까 부러워보힌다.

그러나 인생이란 언제나 새로운욕망을가지랴하며 그것때문에 고민이라
는것이운명처럼 인간에게따라단닌다 그러타면 새로운욕망을가지야하는것
이 발전잇는인간에게 반드시잇서야할것과마찬가지로 좀더큰욕망을가지랴
는사람에게는 보담더큰고민이잇서야할것이며 큰고민을 가지는사람일사록
가치가잇슬것이아닐가?

동환이는 좀더고민하고십다.

들고온 도스토엡스키의지하실의수기(地下室의手記)를 끄집어내여 소설
의주인공가튼분위기속에드러가랴하는동환이마음은 고민을레찬하고십헛든
것이다.

그러나 글자가눈에잘보히지안엇다.

무엇을쓰고십다. 조이를가저왓다면 헤련이에게 편지라도쓰고십다.

무엇이나마 자기마음을발표하고십은생각이 이러낫지만 헤련이의주소도
몰을쑨아니라 가지고온조이도업다.

풀우에누어 하늘을처다본다.

먹고십게맑은하늘이 도로혀 의지할데가 업는것가터 모진바람이 새까만
구름이라도 만들러주엇스면 조홀것갓다.

(나의 괴롬이란 대체얼마나 큰것인가?)

그는 혼자생각했다.

(사람을 사랑하려는것과사람을 미워하려는 생각에서 더큰것이 쏘잇슬
가?)

(사랑도아니하고 미워도아니하고는 살수가업슬가?)

그러나 자기는 사랑이라는 아름다운감정을 부정하고 살수가업슬것갓다.

사람이 행복스럽다는것은 결국 아름다운감정이 잇기째문이다.

지금 안해를미워하고 부모와도 소격하게지나는것은 그아름다운감정을 갈망하는 반동이다.

동환이는 이러나안젓다. 자기가 현재 요구하는것은 마음으로 생각해내려 온것이아니라 육체적으로 자연히 생긴것이다.

생각할 필요도업다.

맑은물이마음에드러와 가늘게흐르는 적은 시냇물을 바라보노라니 저편 에서 산쪽을향해 마누라가 무엇을 이고오는것이 흐릿하게보인다 오늘도사 람을사서 논일을한단말을들엇스니 일쭌점심을이고 들로가는모양이엿다.

머리에 큰광주리를이고한손으로 은희의손목을쓸고온다.

시집살림을하면서도 안해의대우를조곰도못밧는 그가 며누리의책임은 다 하햐하는 모양이다.

그는 동환늬의안해가아니라 시어머니의며누리다 어제밤도 안해가밧을대 우를못밧엇다.

『여보―』 그가 산밋해짜지왓슬째 동환이는 안해를 불럿다 조용한곳에서 무엇이나안해의 이야기를듯고십헛기째문이엿다.

【32회】 며누리(六)

머리우에이엇든 밥광주리를 나려노아주고 자기엽헤 안기를청한 동환이는 『고생스럽지안소?』하고우선마누라의마음을 알어보랴햇다.

『고생스러울게야잇나요!』 대답아니할수업는것이기째문에 겨우입을여는 것가티 간단히말을매엇다

『밤낫 그러케일을하니까힘들지안허요?』

『힘들어도 할수업지요』

『할수업슬게어데잇소. 재미도업는살림에 고생짜지하며 시집사리를해서

무엇해. 재미나고 마음맛는 시집사리도 얼마든지잇슬텐데……』

『………』안해는 대답을아니햇다.

『그러치안허?』동환이는 대답을재촉햇다.

『이제야 할수업지요』가티안저서도 짠방향을바라보며잇기째문에 동환이에게는안해의얼골이 보이지안엇스며 다만쩔려나오는목소리로 그의마음이 어쩌타는것을알수잇섯다.

『그게틀렷다는게야. 할수업다는게말이되나. 제발제손을가지구 왜 할수업시남에게 매워살어. 시어머니도 조화하지안코 남편도 조화하지안코 남편도남편갓지안혼시집살림을 누가 해야된다구그래?』

『………』

『웅?』

『………』

『대답해봐—』

『………』

안해는 종시대답을아니햇다. 하지만 눈물을흘리는얼골이 동환이의말을 찬성하지못한다는것을 넉넉이 의미햇다

『울지마라. 아직도 나이젊은사람이 어데를가던 행복스러운살림을못할것 가터? 지금보다 더힘든살림은 짠데간대도 별반업슬것이고 그것도 마음만맛는사람과가치잇다면 힘든줄도 모르는것이아니야. 나는당신을미워하고 욕하고십지가안허. 그러나내가당신과 가티살수업다는것은알어주어야지. 내가잘나고 당신이못낫기째문이아니라 본래부터당신과나와는 마음이맛지를안허 마음안맛는부부가 백년을살면무엇해—』동환이는 말을쓰낸김에하고십은말을다햇다.

『마음대로하세요.』안해는 그대답이 동환이를 만족식혀줄 가장조혼대답인줄아는모양인지 그리서슴지안코말햇다.

『마음대루하라니?』

『아모케나하세요. 제상관하실게잇서요—』

아모리이야기를해야 그이상짠말을못할안해다

『당신도 딱한사람이오。자기의몸을 너무적게보는것도불행중 큰불행이니
까…』

『할수업지요』

그의안해에게는 할수업다는말박게 딴말이잇슬리업다 한번몸을밧친남편
에게 미음을밧는다해도 미음보다는생명이놉다.

목숨을가티한남편이 한째 실타고한다해서 그남편을써난다는것은 도저히
잇슬수업는일이다.

『흥―』동환이는 기가막히여코우슴을지엇다 리론으로라도 납득식히려든
것이 도리혀 단념하는수박게업다는마음에업는말을듯는것이 불쾌하면서도
우울햇다.

『제생각을말고 마음대로하세요 저는 아모래도조화요』안해는 자기때문에
동환이가 괴로워한다는것이미안햇든모양이다.

『그만둬―』동환이는 말을할사록 자기만속탈것이분명해서 그이상더말치
안으려햇다

두사람의말이 심상치안타는것을안은희가 엽에서 어머니의손목을끌며

『느즈문어쩌케해?』하고빨리가기를재촉햇다.

『넌나하구 여기잇자―』동환이가 은희에게말햇다.

『엄마가 무서워혼자는못가요』아버지가무섭다는말은참아못하고 은희는
이런핑게를 햇다.

『그럼가티가라』

동환이가 할말도업다는듯이 책을펴고 풀밧테누울때 안해는 불러주는소
리만도반가워 산에까지올라왓다 결국은 그런말박게못드른것이마음에차지
안는지

『그럼어쩌케하랍니까?』하고 되려물엇다.

『마음대루 하구려―』

『그러시질말구 정밉거든절죽여주세요 저만죽으면아모일도 업지안허요―』

『잔소리말구 빨리 가기나해―』

안해는 광주리를이고 걸어가기를시작햇다.

어린은희는 힐긋힐긋뒤를도라보며 어머니엽헤부터짜라가고잇다.

동환이는 책으로 얼골을가리고 하늘을향해 사지를 써치엿다.

【33회】 운명의악희(一)

기차에서 동환이를 이별한혜련이는 그날밤 한시쯤해서 원산에나려 성실이를 맛낫다.

한학기전에 아모도모르게 학교를그만두고 어데로갓는지도모르게업서젓든그가 한달전쯤해서 원산에잇스면서 유치원일을본다는편지를햇섯다.

그동안 편지로서 성실이가밧은고통과 현재의심경을 대강알기는햇스나 그래도보육학교선생을그만두고 유치원선생이되리만큼괴로웟든그의마음을 좀더알고십흔생각이잇서 얼마전부터 성실이를맛나리라고 고대햇든차다

그들은 중학교째부터 친한사이엿섯고 혜련이가 보육학교에입학한뒤에도 한집에서자취하며 지냇지만 서로헤여지엿다가기약지못햇든곳에서 서로맛나게될째몹시반가윗다.

혜련이가 원산에나린것이 밤중이엿으나 그들은 서로 자기가지난일을 이야기하기에 밤인것도이저버리엿다.

『내가 서울을쩌날째 네한테는 편지한장만써노코아모말도아니햇지—』그들은 저마다 동모의 이야기를몬저들으랴햇으나 혜련이의고집으로 성실이가 몬저이야기를쓰내고야말엇다

『그째 나는 죽고십흐리만큼 괴로워단다 네한테만은 그런이야기를하고십헛으나 원체 말이라는것이 실허저서 입을벌리고십지가안터구나』이러한선두로 성실이는 의심이라는것을 모르고 마음전부를 기우리여 사랑하든사람이 자기를벌서부터배반하고잇다가 딴여자와결혼을하고도 능그럽게 자기를 차저왓다는이야기 거기에다 일년남짓하게밧게안된학교에서는 학생들이 조화하지안는기색이고 그래서 자기는 세상에서 버림바든것만가터 전부를버린다해도 자기가기우리엿든 진심을도로찾기위하야 남자에게복수를주기위한 결심으로 우선그남자가사는곳에서 멀지안은 원산에까지왓다는것을말햇다

이짜지말하고는 그째의자기가 우서윗다는듯이 성실이는 혼자웃으면서 말을다시게속햇다. 즉그런맘을가지고 어쩌케하면 씨원한복수가될가하고 여러가지로궁리하엿스나 돈도업고 쏘여자의몸이라 자유스런 행동도 취할수 가업서서 결국은 직접그남자를차저가 그집안이나마뒤집허노랴햇다는것과 그런생각을한뒤에 함흥짜지갈랴고하기는햇으나 정작가랴고하니 자기가 너무적은사람인것가튼생각이들어 그것도그만두고 이제는 유치원선생노릇이 나하며 마음편히 지낸다는 이야기를햇다.

『엇더케해서 그러케까지 굿게먹엇든마음을 사라트럿니?』헤련이가 이런 말을안물을수업섯다.

『복수를하면 그게 얼마나큰것이며 설사큰복수를햇댓자 내게씨원할게어 데잇겟니 그러자면 자연 내얼골부터더럽히구드러가야 하지안켓니? 나는생각을고치엿단다. 여자는여자라는것을 이저서안된다고그래서 이왕왓든김이니 직업이라도엇어서 하로하로살어가다가 조혼사람이나맛나면결혼이라도 할낸다 웃기는왜? 여자가 혼자서 산다면 얼마나 살것가트니? 직업을가진대도 삼십짜지야삼십넘은 여자를 누가써줄듯십프니 삼십지난뒤부터 죽을쌔짜지는무엇을먹구 무엇을바라구산다는말이냐 너두생각해봐라』

말이야 그럴듯도햇지만 너무나변한 성실이의마음이 헤련이를놀래게햇다 그러케쉽사리고민을 이질수가잇스며 자존심을업샐수업슬가 ! 더구나 철면피의남자는엇든작자일가

『그래 그남자가함흥에아직도잇니?』

『잇구말구 요새는 쌔로가―로 돈버리를하면서기생오입을한대나부드라 대학을졸업햇다는게―』

『그사나의일홈은무에가』헤련이는 공연히알고십헛다알어야 쓸데도업는 것이지만―

『그까지썬알어 무엇하니? 말해도모를사람일걸―』

『그래두―』

『송수만이래나―』성실이는아주이저버린사람이란듯이 긴장업는말로대답 햇다

『송수만?』헤련이는 그남자의일흠을불르고 놀래는표정을햇다

『왜그러니? 너두 아는사람이가?』

『아니야—』헤련이는 참아 말을못햇다

자기와친하고 자기가존경하는동모 숙희의남편이라는말을 참아엇지하랴!

이러케두사람은그밤을꼼박새우고그다음날저녁째까지헤련이가지나든이야기를쏘한주고밧엇다 헤련이는 청진가서연자를보고십흔 생각도급햇지만 먼저숙희의생활을알고십은생각이치밀어서서울갈째다시들리겟다는 약속을 한뒤저녁차로 함홍으로써나앗다.

【34회】운명의악희(二)

함홍에서는 헤련이가 자기지난이야기를 몬저쓰냇다 성실이에게서들은말이잇서그러케생각이되여 그런지는몰라도 전과가티안케 자기에게까지대우가달은 수만이가 이상스럽기도햇지만 쾌활하고 친절함을뵈여주랴는 숙희역시 어덴가 침울해진것가탓다.

그래서 참아 숙희더러몬저이야기를하라고할수가업서서 엇든동모가쩌난뒤 밥을굶게까지되엿든이야기 성구를알게되여 지금은 아주조흔동모가되엿스며 그의소개로알게된동환이가 아직것자기를 사랑한다는이야기 쏘는 이번 오든길에 동환이와가치 철원까지왓다는것을자서하게말햇다

헤련이가멧달동안지난이야기를 자서히듯고나서

『고생은 햇서두 재미는만히봣구만—』하고 헤련이를 처다보앗다.

『조키는 무에조화 남속쓴줄을몰으고—』헤련이는 빈증거리는것가튼숙희를 쏘집어주랴고 손을내밀엇스나풀한새홋이불이 왈그락하고소리를냄으로 다시손을거더드린뒤

『그러는게 아니야 그런데 오늘밤은 내가 송선생자리를차지해서 미안한걸』하고 곤하겟다하야 정거장에서드러오자마자 이불을쌀고 헤련이와가티 누운것을 이제야 미안하게 생각한듯이말햇다.

『그런소릴할테면 쌀리가요—』숙히는 자리에서이러나안저 헤련이가덥흔

홋이불을들어제치엿다.

『그럼안그럴게—』

『그런대면 내가용서를 하지』숙희는 다시이불속에 누어 헤련이를마조보며『서울서그만큼재미를보앗스면 한턱내야지—』하고 빙글빙글웃섯다

『한턱은 무엇째문에 내라구야단일가』

『권선생하구 그만큼친하며박선생하구는 연애까지하니 한턱내야 하지안허?』

『아 참 권선생 이야기를 안해드리여 미안합니다 언제나맛나기만하면 숙희이야기를햇구 이번올째는정거장에서도 문안해달라구 그러든걸—』

숙희는 헤련이를툭치고입을막는 시늉을하며 『쉬—』햇다

이러케 밤늣게까지 두사람은 이야기를재미잇게햇다

그러나 이야기란 헤련이가지나든 서울일을 자서하게말한데쯔치엿고 숙희의이야기는 한마디도못들엇다

숙희의이야기가 퍽듯고십헛고 성실이를그러케까지괴롭게한 남편의일을 어느정도까지알며 알엇다면안뒤의 마음이 엇드햇섯다는것을알고십헛스나 참아그런것을물어볼수가업섯다 숙희의눈치로보아 결혼당초의태도와조곰달리 혼자만이 숨긴생각을가지고잇는것가터스나 헤련이는 구태여 그것을 듯지안어도 잘알수잇는일이라 자기가지난일만을 하나째지안코 주어섬기엿다

다음날아침까지도 헤련이는 동환이와 남산에갓다봉변당햇든이야기라든가 그이에게는 엇재서그런지 마음이움즉이지안는다는것이며상대자가 엇던 사람이든 자기는 죽을째까지 재혼을못하리라는것까지 무엇하나째노치안코 이야기를햇다.

조반을먹은뒤 숙희의남편이 밧분일이잇다하고 곳나가버리엿기째문 헤련이는성구에게도 말치못햇든여러가지늣김을이야기햇다 그것이 헤련이에게는 씨원햇다.

밋을수잇는동모— 흠업는동성동모에게 혼자만 괴로워하든것을툭터러노코 이야기할수잇다는 것이— 사실 성구와그만큼친하다해도 그가남자라는점에서 못할말도잇섯고 동환이와가장친한사람이라는데서 말을못한것이적지

안헛다.

더할말이업다고생각할째까지 이야기를해논헤련이는그래도 숙희의일이궁금해서

『내이얘기는그만하구 숙히두 그새본재미를좀이얘기해요』하고 말문이를텃다

『아직신혼이구 별일두업스니까 헤련이가 경험해보앗스니 알겟지만 그저그러치 별일이잇나─』숙히는 이야기를 써리는모양이다.

『그래두 재미를보앗스면 이야기가잇겟지─』

『이얘기야만치 헤련이에게 결혼을권할만큼 재미본이야기두잇지만 헤련이의이야기를들으니 마음이 산난해지는것가터』

종시 자기말을아니햇다.

『손선생님은 퍽밧부신모양이로구만 손님이왓는데두 말한마디하시지안쿠 나가버리구……』헤련이는 자기가 섭섭했다는것을 말함으로써 그의남편을 화제에올려노햇다.

【35회】 운명의악회(三)

헤련이는 숙희네집에서도 하로밤을지난뒤 다음날 오후에 함홍을쩌나닷.

분명 무슨일이 잇스련만 아모러치도안케 재미를본다는것은 결국숙희가 옛날보다 달러지엿다는것을 늣기게할짜름이며 짜라 분명히 아는일을 쯧까지 숨기랴는태도가 자기를속히랴고하는것이라 생각아니할수 업는것이니가 더오래잇슬 마음도나지안헛다. 하기야 연자를보고 십픈마음이급해 아모래도 이날은 쩌나랴고햇든것이지만 숙희에대한 섭섭한마음을가지고 쩌나랴니 가슴이 이상하게도 술넝거리엿다.

기차에몸을실고도 헤련이는 숙희에대한생각을 잠시 이저버리지못햇다. 이째까지 자기가 괴로운길을 걸엇고 현재도 수란의길우에서잇것만 동모에게까지 멀리함을 바든것가튼 늣김이 이러나 견댈수가업섯다.

괴로운사람은 어데까지나 괴로워야하는 것이라하지만 그래 마음의동모

까지도가질수가업는가하고 생각하니 갑작이 더외로워지엿다. 동편바다기
슬 모래바테는지금이한참이라고 해당화가만발해잇다.

바로 자기가탄기차가 붉은꼿츨밟으며 다라나는것처럼 눈압페보힌다. 가
시만흔꼿.

사람도업는 고적한해변에서 일생을보내는 불운한꼿치다. 그러나 누구나
그꼿츨아름답다한다. 남자들이지은말이겟지만 여자를 꼿츠로비하는것이 이
런해당화를보고 하는말이아닐넌지…! 그러나 해당화는 얼마나쓸쓸할가—.

혜련이는 먼바리 바다를 내다보며 외로움속에잠겨잇섯스나 그는마음을
도리키랴햇다.

숙희가 그랫다는것은 자기의괴로움이잇스니까 그괴로움을 터치지안흐려
는생각때문이엿슬게다라고 달리생각을햇다 속상하게생각을한댓자 자기에
게 이로울것이 무엇인가— 더욱괴로울것이오 괴로움을 일부러만드는것박게
되지를안는다.

혜련이는 숙희를 동정함으로써 마음을 편히가지려햇다. 그러나 그런생
각이들때는 숙희가 불상해보혓고 결혼이라는것이 쏘한불결한화상처럼써오
랏다.

숙희가 자기남편의일을몰을리업다. 알면서도모른척하고 불행하면서도 행
복스러운것처럼꾸미랴는것이 한편숙희의훌륭한 성격이지만그래도 결혼생
활이라는것이그래야만하는가하는 환멸만은 늣기지안홀수업섯다 물논숙희
는 누구에게나 현명하다고 칭찬을밧을 것이다. 방탕성잇는남편을 한길가티
섬기는그가 얌전하다는 말도드를것이다.

그러나 얌전하다는말을듯기위하야 자기자신을속히여도조흘가! 자기를꾸
미여가며 산다는것은 결국자기를속히는것이니까.

혜련이는 한참동안 바다우의범선을세여보앗다. 물결속에 잠기엿다가는
바다우로 기여나오는 흰돗을 위험위험하게바라보앗다. 생각을 그만두랴는
째문이엿다.

무엇이나 생각을깁히할필요가업섯다 그러나 범선을하나 둘하고 세는동
안 결혼이라는것은 결국자기를속힌다음 자기를속힌것과꼭가치 상대방을속

히며사는것이아닐가— 쏘는 남보다도 속이는수단이 능난할수록결혼생활을 잘운전한다고하는것이아닐가 하는생각이들며 결혼에대한증오가 물결처럼 밀려나왓다.

(무엇째문에 결혼을해야하는가?)

이런생각도 해보앗스나성실이말과갓치 여자가 죽을째까지 혼자서는 살어갈수가업는것이니가결혼을해야지하는대답을혼자해버리엇다.

그러나 혼자살지를못해결국먹을것이업기째문에 결혼을한다는것은결국자기를속히고상대방을속힌다는것외에아모것도업다

청진역에나릴째까지 혜련이는혼자서 이런생각을햇다가는물결처럼지워버리고 짠생각을햇다가는 물결처럼지워버리고 짠생각을다시 쓰냇다가는 구름갓치 사라처버리며 자기마음을 것잡지못햇다

정거장엘나리니 명애의반가운얼골이 첫눈에보혓다.

아직 결혼이라는것을모르는 명애가 성스러워보히고 깨끗한것갓은 늣김에반가움은일층더햇다.

옵바나 올케나 적지안치만그들이 정거장에까지나왓슬리업슬것이기째문에 그들을찾어볼것도업이 명애와쎠스를탓다.

『얼마나 고생을햇서?』진심에서나오는말을 명애가 인사대신물엇다.

『조곰햇지—』혜련이는 대답을간단히해두고우선연자의 일이궁금해 『연자의발은좀어썬가?』하고물엇다.

『글세!』명애는 대답을씨원히못햇다.

『병원엔 자주단엿나?』

『가보면알겟지—』명애가 대답을쩌리는것이 혜련이의 가슴을 덜컥나려안게햇다필시무슨일이잇는 모양이다 흔들고까불며 바다를씨고 다라나는쎠스가 몹시느리여가만히안저잇슬수가업스리만큼 혜련이의마음은 갑작이불안해지엿다

【36회】 운명의악희(四)

발병이라니까 속병과달라 그리두려워할것이업다고 이째까지 심상히역여왔지만확실한대답을 아니하려는 명애의 어색한태도를보자 속병을가지고 놀래지안케하기위하야 이째까지 자기를속이지나안엇나하는 생각이들어 혜련이의마음은 몹시초조했다.

집에 도라가는도중이급해서 확실히짜지여 알고십혼생각도들기는햇스나 정말명애가이째까지 자기를 속이엇든것이 사실이라면 어쩌케하나하는 겁이드러 되려 뭇지도못햇다. 다만 연자를 눈으로보면 모든일을 알수잇스리라는 조급증에서 쩌스가 좀더쌜리가주기만 바랫슬쑨이엿다.

정류장에서나리여 낫익은거리를걸을째 얼마동안보지못햇든 반가움이 응당잇슬것이며 자기가업는새 얼마나 달러지엇나하고 거리를둘러볼것이 고향에도라온사람의 마음일것이나 혜련이는 길엽헤집과 거리를지나다니는사람은 들쩌보지도 못하고 허둥지둥 것기만햇다. 명애가엽페서 것고잇스나 실은 명애까지도이지버릴정도엿다.

집에들어설째도 가족들에게 인사할생각은업시 연자만차저내랴고햇다. 마츰 늙은어머니와 연자만이 방안에잇는것을본 혜련이는 어머니에게 인사도아니하고인차엽흐로가서

『어데가 압흐니?』

하고 우선쓰러안엇다.

어린것이 그동안 엄마를 쩌나 얼마나 웨로웟슬가하는 생각이 가슴을치밀어 병에대한것을 이저버린드시 압흐라고 연자를힘주어 쩌안엇다. 연자를쩌나 멧달동안이나잇다온것도연자를위하기째문이지만 그래도엄마가몹슨사람이되여어린것을내버럿든것가티생각되여 눈물이나오랴햇다.

혜련이가 일헛든정신을차즌것처럼 연자의얼골을힘잇게보기를한참하엿다 몹시상한얼골! 핏기가업고 창백하다.

『엄마!』그래도 연자는엄마를맛난깃붐이 몹시컷던모양이다. 다른말을못하고힘업는소리로 엄마를부르를마음이 이째까지자기를 얼마나기다렷든것

일가!

『엄마가납분년이지?』헤련이는 흐르는눈물을참지못했다.

『엄마— 서울서무엇사왓수?』연자는 이때까지 엄마가 무엇을사가지고온 다는말을얼마나들엇는지 어린애닯은소리를한다.

『응 만이사왓다』달래기위하야 이런말을 하기는햇스나 넉넉지못한돈으로 연자의작난깜도 마음대로못사온것이 새삼스럽게위로욋다.

그러다가 연자의병이 어쩌는가생각이나서

『어데가압헛니?』하고 조곰안정된목소리로물엇다.

『여기!』하고 연자는자기의바른다리를 손고락으로가르켯다.

헤련이는 압흐다는다리를 만저보앗다. 그리고는헌겁으로 멧불동여맨발 을풀고 알□자리를보랴햇스나 그래도 들은바와가티 속병이아니라는것이 약 간 마음을놋케햇다.

그러나 이때까지 아모말도아니하고 눈물만흘리고잇든늙은어머니가

『천천히풀어보렴』하고 풀기를말린다.

그런다고해서 보고십흔것을참을수업는헤련이나 고름이뭇고 째가무더 냄 새나는 헌겁을 풀기시작했다.

『엄마 압허』그것을풀때마다 얼마나압헛댓는지 오래간만에 맛난어머니가 병을보랴고하는데도 연자는발을 움칫하고쌔려햇다.

『괸치안타』헤련이는 연자를달래가며 압흔자리를씃는다.

엽페잇든 어머니와명애가 눈을돌린다.

참아 눈으로볼수업는 것이 나타나는모양이다. 헤련이는 헌겁을한겹두겹 풀째마다 가슴이조리여왓다 상처에석거나온피와고름이 점점무섭게보힌 다. 헌겁이이럴째 속은어쩌할가하는두려움이 그의손을쩔리게까지햇다

헌겁을풀고 살이불그스럼하게 드러난상처를볼째 헤련이는 기절할것처럼 정신이앗질햇다.

돈짝보다도넓은자위에 불근살이들어낫다.

이러케될째 어린것이 얼마나압헛을가? 그래서명애도 병상을말치안엇든 것이로구나! 더구나 감은헌겁을보니 병원에도가보지안은것이분명하다.

『왜 병원에두안단닐가』헤련이는 누구에겐지모를원망과한탄이석긴 어조로말을 했다.

『집에서 고약만썼단다。』어머니가 이런대답을햇스나 헤련이는 그런것을 들으랴하지도안코 압흔자리를 만저봤다.

『엄마는압흐게하지말어—』연자는 이런말을하다가 그래도 손고락으로 눌러보는 압흠에『엄마—』를 연방부르는것이엿다.

【36회】[17] 운명의악희 (四)

급한대로햇다면 당장에병원으로갓슬것이나 이미밤도느젓고 증상이그만해지고달포나쓰으럿다니 너무급하게구는것이이째까지 간호해준어머니와 쏘는명애에게까지도미안스러울쑨아니라 하로밤을지나는사이에 별이상은업슬것가터서다음날아침까지 기다리엇다

사실은 그날밤을기다리기가 여간힘들지안엇다. 어머니말에의하면 언제인가한번병원엘가보고 그뒤에는한의에게 두어번가뵈엿슬쑨 약도별반쓰지안엇다한다.

만약자기째문이엿다면 엇더케해서던지 고치여노앗슬것이라고생각하니 원체돈에눈이어두운옵바네가병원에안보낸것은 결국돈이들기째문이엿슬것이나 연자부양노로 매달얼마식바더먹는게잇지안은가? 그돈을조곰만이라도 썻다고하면 연자의병이곳낫슬것이며 이째까지고통은안바더도조혼것이다.

쒸여다니다가 너머진것이 병의원인이라고하니 손만쌜리썻다면 아직까지 쓸리가업슬게다.

헤련이는 그러한울분을가지고도 옵빠아페서는될수잇는대로 말을쓰내지안흐랴햇다. 말을한댓짜 상대편에서는무엇이라고하든지 이미평게를생각해노앗슬것이며 되지안은평게를들을째 도로혀 자기가더욱애타슬것이 지난경험으로보아 넉넉히알수잇기째문이다.

---

17) 원래는 이것이 37회로, 소제목의 번호도 5로 되어야 하는데, 아래에 모두 그렇게 오기를 하여 순서를 잡았기에 그대로 둔다.

혜련이는 그래 연자가 얼마나압헛슬가하는것을생각할째 쏘는빨리 아침이되여 병원에갈생각을할째 도시잠이안왓다.

지금누운곳은 옵빠네방과조곰써러지여 눈압페그들이 보히지안는다. 그러나 돈과인정(人情)을 너무나심하게 갈러노코 인정가튼것은 세상에나올째부터못가젓다는것처럼 그것을태연히 확대하는꼴이 비위에거슬리여 무엇때문에 옵빠를옵바라부르고 못미더차저단니나하는것을혼자분하게생각햇다.

말하자면 인간성을일흔인간이 불상한것이지만 불상하다는것보다도 몬저미웟다 사람이 행복스럽게살기란몹시힘든세상이다. 그세상에서인간의아름다운점을 그대로가지기란 여간힘들지가안타 그래서부량한사람상궤(常軌)에서써나가는사람이 점점성을일코 신(神)이 인간을경게식히기위하야만든 돈에온정신을기우린다는것은 세상에서사는 인류전체의불명예다.

가튼인간으로 넉넉히미워할만한일이다.

연자는그래도 잠을이루엇고 잠자는숨소리를 쌔근쌔근하고 코로내쉼엇다.

혜련이는 그것의코에서나오는바람을 입으로 생키고십흐리만큼 가여워보혓다. 그래서 잠이쌔지안을정도로 잠잠한이마에 입을대 머리를쓰다듬어주엇다.

혜련이 바로우에누어 잠이들줄만알엇든어머니가 혜련이모자 머리우로와안젓다

『어머니는 왜안주무세요?』

『잠이안오누나 !』

『빨리주무세요—』혜련이는 어머니의얼골을보고십지가안엇다. 어린것과 꼭가티 부족한인간에게 학대를밧는 쏘하나의얼골이 보기가괴롭다

『혜련아—』그래도 어머니는 말을쓰냇다.

별르고별르다 하는말인것갓다 『너 공부를그만두고 빨리시집이나가거라 젊은게 혼자지나기두힘들지만 어린것을봐서라두 이집을써나라』

간곡한어머니의말에 혜련니는 대답을못했다. 어데로시집을간다하면 더리고온자식을 누가귀애해주나요하고 알어들을수잇는말로 반대를할수도잇는것이나 몸에저리엿고 가슴에엉키여두엇든어머니의 진실한말인것일뿐아

니라 연자가얼마나고생햇다는것을 알려주는말이라 올코그릇고간에 대답을
할수가업섯다.

『서울서 신랑감을보지못햇니?』

『……』

『네가 어데가서 연자와가티 밥이나굶지안쿠산단말을들엇스면 나는 당장
에죽어두 마음이노히겟다』

혜련이는 이런말하는어머니의마음을 잘알수잇섯다. 그러나 자기는 어머
니가말해주는방법으로 살어갈수는 업는사람이다.

『어머니 우리내일 이야기하고 이제는잡시다』 혜련이는 어머니를 자리에
눗게했다.

어머니와가티이야기한다는것은 너무나 두려운일이다 갓가히해줌이반가
우나 너무나갓갑게와서 숨도못쉬게하는것갓다. 그대신 애처럽게도혼자서
압흠을참고 견지온연자가더욱 불상하게만보힌다.

【37회】운명의악희(五)

다음날아침 조반도 먹는듯마는듯하고 혜련이는 연자와가티 청진에제일
크다는 공의(公醫)에게로 떠나랴했다

『그만두기나해라 무슨큰병이라구 야단스럽게그러냐? 병원두그러치— 신
의(新醫)보다도 한의가 밋듬직하지 그래칼로함부루 살을쩟는게 조탄말가?
요전에본의생도지금쓰는초약으로 멧달만고치면 꼭낫는대드라』 새벽부터드
는혜련이가 아모래도 성의업는자기를 나무램하는것가치보엿든지 큰옵바가
혜련이를말리엿다

『큰병은아니지만 자욱이 너머크니가 약이라도 발러줄라고그러지요』 혜련
이는듯기조흔말로 자기의견을 주장했다 사실큰병이라고는생각지안는다 큰
병도안닌것을 멧달이나쓸며 어린것을 압흐게햇다는것이기막혓든것이다

『짠약을쓰면 더화가나서애만골타라 낸들너만못해서 병원엘 안보냇겟니?
공연히 애만달련식히지말구 내버려두어라』

옵바는 자기면목을보아 어데까지나 반대를햇다

『가서 붕대라도 가러주어야겟서요 너무더러워볼수가잇서요』 그맛한돈은 내게도잇스니 걱정을말라고 한마디해주고십헛지만 혜련이는 그런댓자 이로 울것이업슬것이분명하기때문에 조토록말을해노코는 연자를안고 박그로나 왓다 나올째도 신의는 적은병을가지고 씀직한말을하기조화하니가쓸데업는 말을고지듯지말라고옵바가 당부하듯말햇다

적은골목으로해서 큰길가로가슬째 명애가 혜련이압페나타나다

『벌서가나──』하고 자기가 늦엇다는것을 사죄하듯이말햇다。

『한시라두쌜리가야지! 명애는 일부러안가구 멋하려와?』

『오늘이 일효일인줄도 모르나?』

혜련이는 명애의말에 놀랫다 만약일효일이라면병원에서도 쉬지를안흘가 하는겁이들엇기때문이엿다。

『그러면 공연히 나오지안헛나?』

『왜?』

『병원에서도 쉬는 날이아니야?』

『노는병원두잇겟지만 일요일이라구 어데서나다노나。』

명애는 혜련이가 일요일도모르고쏘일요일래서 병원이 다노는것으로생각 하는것이이상햇다。 만약 다른일째문이라면 농담이라도해주고십헛슬게나 문제가연자의병째문이라어데까지나 모르는 것을 타일러주듯말햇다。

『그럼 공의(公醫)두 놀지안흘가?』 공의래야 특별히 신통한것도업지만 그 래도공의인이상 그가 가장미덤즉해서 혜련이는쏙 시골여자가티 걱정을 해 가며물엇다

『아마 그병원두 놀지는안켓지만일즉부터는 시작하지안을게야──』

『그럼 어델갈가?』

『의과루괜치안타는 ××병원엘가지 공의두 그이보다낫단말업두만……』

혜련이는 연자를업은채 ××병원을향해걸엇다 가서더커지지안흘병인가를 알고 십다는것보다도 하로속히상한자리를 고처주고 연자를압흐지안토록 만 드러주겟다는것이 그의가슴을채윗다 그와동시에 어린연자의병을 어써케해

서라도 고처줄생각을아니하고 도로혀병원에가는자기를 탓하듯이말하는옵바가미운생각이들어 갓치는 명애와는 말한마디할 생각도못했다.

세관압홀지나 서쪽으로뚤닌 큰길을걸을때 엔만만하면 청진서 제일번화하다는 거리를 한번이라도 거들써보아할게지만 혜련이는 지금 어데를것고잇는지도모르는듯이 마음속의생각이외에는 조곰도주의를주지안헛다

명애는 조곰 섭섭햇슬게다 물논 혜련이가 연자의병째문에 그러는것이라는것쯤은이해할수잇스나 그래도 청진에남은동모가온데서 하나박게업는자기다 멧달동안이나헤여지엿다맛낫스니 그새어써케지냇느냐는말한마디라도물어줄줄알엇다 사실은 자기도 하고십픈말이잇섯지만 혜련이가 공부하든이야기가 무척듯고십펏든것이다 반듯이 들을말이잇슬것이다 돈한푼안가저다쓰며 공부하는그생활이— 그것도 그러니와 속트고말할수잇는 동모를맛낫다고하는데도 말한마디 주고밧지못하는것이 설엇다 혜련이와자기가 너무나멀어진듯도햇다 그러타고해서 이야기를 몬저쯔낼수도 업는일이라 그대로 쌰라가기만햇다.

【38회】 운명의악희(六)

병원엘드러서니 아직 의사가 나와잇지는안헛다. 그러나 뒷방에서사는 의사라 환자가왓다는말을듣고곳나왓다。 보니아직세수도안한모양이엿다。

『미안하지만 이애다리를좀보아주세요』 혜련이는 연자의다리를 안즌의자에서내밀랴고햇다。

『네 그럿습니가? 이리로오시지요』

의사는진찰실로 안내햇다。

혜련이는 응접실에서 병을뵈이려든것도 과히 붓그러워하지안코 곳의사의뒤를쌰랏다。 의사압폐연자를안치운뒤

『제가 업는동안 구식부모가 심상하게만생각하구병원엘보내지안허 상한자리가몹시더러워젓습니다』하고 혜련이는 무엇보다도 붕대도업시 더러운헌겁으로 처맨것이붓그러워 그것을변명햇다。

의사는 아모대답도업시손고락쓰트로 헌겁을풀엇다. 다푼뒤에는 옥시풀로 상한자리를씻고손고락으로 사방을 눌러본다.

얼마나아푼지 연자가발버둥을치며 우는바람에 혜련이와 명애는양다리를 한편식마타 꼭쥐엿다.

『응— 용타. 울지마라—』의사는 연자를달래노라고부드러웁게 말햇스나 조곰도 어린애가 압흐리라는것을생각지안코서 함부로손질하는듯함이 인정머리업서보히엿다. 애가울지안케만해서야 진찰이 안될것쯤은 상식으로도 알수잇는것이지만 자기딸이압허하는것을 볼째는의사도인정이좀잇섯으면하는생각이 안들수업섯다.

의사는 고름나는구녕을탈첫다. 어린애는 죽는다고벼락을첫스나 의사는 죽어라하는듯이 힘썻탈처 고름이나오는것을보고야 손을뗏다.

연자가 우는동안 의사는 병난발만을드려다볼쑨 아모말도아니햇다.

혜련이와명애가 연자를달래논뒤에야

『이제는 다햇다. 압흐지안타—』하고 의례하는말인것처럼 다시한마디를 한다음 연자의발에손을댓다.

혜련이는 다시속이뜻금햇스나 말대로외면만을 가만가만 만저보는데 조곰안심을햇다.

세손고락을합해 상처를가볍게 멋차레나 눌러보든의사는 혜련이의 얼골을처다보며 심상치안흔듯한얼골로물엇다.

『언제부터 압흐기시작햇습니가?』

『서너달되엿습니다.』혜련이는 아직도 젊어보히는 의사를 싼히바라보며 대답햇다. 그뒤를이여 명애가동모와놀다가 너머지여 그러케되엿다는 이야기를설명햇다

『고름은 언제부터나기시작햇습니가?』의사는 죄수에게 심문하는 재판장가치 무쑥쑥하게물엇다.

『얼마안되엿서요』명애가혜련이보다 몬저대답햇다.

의사는 말을듯는지마는지하고 물쓰럼이 안저잇다가

『나는 고치지 못하겟습니다』하고 아주냉정하게 말해버렷다

【39회】 운명의악희(七)

혜련이는 밋음직하지안키는하나 못곤치겟다는말에 놀래여

『왜요?』

하고 물엇다.

『다리를 잘으는수박게업습니다』

『무슨병이기에요?』

『고름이 뼈속에 들엇습니다』

혜련이는 놀랫다. 의사의 말이 밋고십지는안치만 다리를 잘러야한다는말이 너무나 기막헛다.

씀직한말이다. 죽을병이라는말보다도 더무서운 말을 의사는 천연히한다.

다리를짜르다니……듯기만해도 무시무시하다. 연자가 한다리를짜르고 남어지한다리로 참새가튼 쌍충거리며 것는것을 눈으로보는듯햇다 하나님의 작난이 너무나심하다 혜련이는 생각만도 계속할수가업서서

『참말입니까?』

하고 물엇다.

『아모약도 쓰지를안엇스면 고름이 벼에까지 드러가지안엇을터인데 여기부첫든 한약이 고롬을 스며드러가게햇습니다. 뼈속에든고름을 빼는수가잇나요』

혜련이는 기막힌생각에엇질줄을몰랏다. 세상이 노래지는것가트며 하늘이 빙빙도는것갓헛다.

의사의말이 전혀 모르는소리라고 생각할수도업다. 돈을 애끼노라고 한약도조타는것을 썻슬리업스니 의사의말이 그럴듯도하다.

그러나 절름다리라니 !

어미도업시 혼자가엽게알튼것이 불상해서 조급히더리고왓든 연자의병이 그리중할줄이야 누가 꿈인들꾸엇스랴……

혜련이와명애는 의사의말을밋을수가업서서 첫번부터가려든 공의에게까지갓다.

짐짓이크고 가온대구녕에서 고름이나온다기로니 다리를짤러야할법이어
데잇는가

큰옵바의말과가티 적은병을가지고 끔직하게말하기조화하는째문이나 아
닐가

이런째는 큰옵바의입에서 나오는말도 밋고십헛다.

엇잿든 연자의발목을짤러야한다는것은 애당초부터생각할수도업는일이
엿다.

그러나 공의역시 꼭가튼말을물어본뒤 골막염(骨膜炎)이란병을말햇다.
고치기가힘드는것은고사하고 오래둘사루 위로치밀어올으기째문에 이왕짜
를것이니 하로밧비짤러버려야한다고한다

좀도 씨원한소리를 드르려고햇든것이나 무엇이라고 입을벌릴수업다.

확실히 그럿습니가? 하고짜저보고십흔생각도잇으나의사를무시하는말은
할수업고 그러타고해서 제욕심만을가지고 전혀 안밋어버린다는것은 자기의
상식이 허락지안헛다. 아모리 안밋고십흔 일이지만 두의사가 그래도 청진
에서는 대표될만한두사람이 꼭가튼말을한다는 것은 아모래도 엇더한 근거
가잇기째문일 것이다. 근거가잇는것을 안밋어버린다는것은어리석은것박게
안된다. 그러타고해서 고분고분밋어버리고 의사의말대로 속히자른다는말
은 할 수가업엇다. 어쩌든지 병에대한것은 확실이알려고 골막염이라는것이
대체엇든것인가를물엇다

『네 골막염이라는것을 쉽게말하자면 낫분균이 쎄를침범해서 작고썩게한
다는것입니다 지금어린애의 발목쎄가 조곰썩엇습니다 엑스광선을비쵀여보
아야얼마나썩엇는지 확실히알수잇습니다마는 썩기시작한것은 분명합니다
그것을 그대로둔다면 점점썩어올라가 발목만잘러도괸치안흘것을 다리전부
를 짤르게될지도모르게됩니다』 의사는 치료방법은 신통한것이업다는듯이
짤러야한다는것을 쏘다시설명햇다

『썩은쎄만을 수술로 글거낼수는업는가요?』

혜련이는 완강한의사에게 무엇이라말행야조흘지몰랏스나 짜르지만안코
고칠도리가업느냐는듯이물엇다

『살과가지안흔 쎼를엇지그럴수가잇나요? 더구나썩은자리가 쎼의새인데 거길글거내면 맛부텃든것이제갈래로 나니가결국마찬가지아닙니가— 엇잿든 싸르지안코는별도리가업겟습니다』 헤련이와명애는 연자를업고 병원을 나섯다

아모리의사의말이 귀신처럼 신통하다할지라도 당장에애를맛길수가업다

그들은 송장을업은 사람처럼 무시무시한생각과 온갓슬픔을품고 걸엇다

연자의병명— 그것은 확실히연자의사형선고나 마찬가지엿다

헤련이는 연자를업고 명애네집으로 드러갓다. 연자의병을 이처럼만들어 노흔 큰옵바네집엘 드러가고십지도 안헛지만 그래도 무(엇)이라고 지저버릴그들과 상대하고십지가안헛다.

반듯이 의사의말을밋지말라고 할게다. 한약을쓰면꼭낫는다고 천연스럽게말할것이분명하다.

그들에게잇서서는 연자가 죽는다해도 그리원통할것도업슬노릇이지만 참말로 신의사말을 밋지안홀지도모른다.

보기에조고마한구녕박게업는상처다. 그것을짤러야한다는것을 신의를밋는 자기로써도 의아하게생각하는중이다.

좌우간 옵바에겐 다시두번 발을드려노코 십지가 안홀쑨아니라 이러쿵저러쿵 말할것이 씨크러윗다.

명애가 자기자리를 깔어서 연자를눕힌뒤

『진작 병원엘단니엿으면이런일은업지…』

하고 한탄하듯이 헤련이를위로하려햇다.

『……』

『내가 멧번을말햇게— 병원엘 더리구가자구 이제는 그보다더큰병원두업구 어쩌케하나…』명애는 갓치걱정하는말박게 짠말을할수가업섯다. 그러나 헤련이는그말도들엇는지말엇는지 반정신이나간사람처럼 멍하니안저잇섯다. 명애는다시말을쯔낼수도업서 헤련이의눈치만보고잇스려니 그의얼골에서 눈물이방바닥에 써러지고잇섯다.

『아모래도 이애다리를 짤러야한다면 갓치죽어버리야하겟어…』

【40회】 지렘마(一)

방학이 열흘이상이나남엇지만 혜련이는 서울을향해써낫다 바다ㅅ바람이 씨원하다할지라도 가시방석에안즌듯이 불안한마음은하로도 오래잇지를못하게했다 청진이 자기에게 행운을 준기억이업지만 그래도 작년여름에는 숙회를맛나 재미를보앗다 금년에는 명애가남어잇다할지라도 언제나연자의병을싸고도는쓰라린생각째문에 두사람의이야기가 그리 재미나는대목을 못보혀주엇다

명애가 늙은처녀로 결혼해야할걱정을 은근히 말햇지만 혜련이에게는 그리홍미잇게들리지가안엇다 결혼이란것은 한사람의불행이 짠사람의불행과 합해지는것이라고 생각해지여 명애가 결혼못하는것이 동정되지가안엇다 자기도 결혼만을아니했다면 오늘날의불행이업섯슬는지도모를것이엿스니가 그뿐아니라 결혼이란것이 너무나 육체적인것가치늣겨지여 그것을 찬성할생각이나지안엇다 숙회의례를들어본대도숙회가 자기결혼을생활에서 정신적만족을늣기는것갓지못하다 부부의관계를위지하는데 기교(技巧)를가(젓)다는것은결국 숙회가 자기생활을 만족못한다는쯧이다 비단숙회뿐아니라 결혼생활에서 행복을누리고잇는사람이 멧치나되는가

도대체 연자의병이외의짠생각을못하는혜련이지만 명애에게는 너무나 냉정하게대해준것이 자기로도늣길만한정도엿다.

청진을 써나려할째 생각을하니 알지모를지는 모르지만 자기가서울서지나든이야기를 조곰도들려주지안혼것이미안스러웟다. 지나가는이야기로 공부하든이야기와 학교에대한것은 대강말햇지만 동환이에대한사실은 조곰도 입박게내지를안헛다. 명애에게는 무엇보다도 그이야기가 듯고십헛슬넌지도모른다. 명애는 둘채로자기역시 그런이야기를 말하는것이명애를 친하게밋는 표시일것을생각햇다. 그래서 써나기전에 동환이와알게된동기며 얼마동안은조곰도안맛낫스나 방학을하고올째 기차간에서맛나 아직까지도자기를생각하고잇는눈치가잇더란것까지 이야기해주랴했다 나아가서는 압흐로 엇든이야기가잇슬넌지도모를일이지만 자기는 어써케해서든지 그를 단념하

도록만드러노켓다는결심까지보혀주고십헛다. 만약에 이상한풍설이돈대도 명애에게게만은 오해를사지안토록 미리방비해노며 싸라 자기의결혼태도를보 혀주려햇든것이다.

그러나 써나는날까지 혜련이는 종시그런이야기를쓰내지는못했다. 그동 안멋번이나맛낫지만 자기가무지한옵바째문에 속이상해잇슬째거나 연자가 정말다리를짤러야하는가하고 눈물을흘리며걱정할째에 명애를맛나섯기째문 에 그런말을할생각을 좀처럼머리에 써오르지가안헛다.

그가 청진서보낸하로라는것은 무한히 괴로운것이엿다。

모두들 짤러야한다니 병원엘 다시갈수도업고 하로가지날사록 뼈가 점점 더썩는다니 그대로잇슬수도업고

『어쩌케하니?』하고 어머니가 걱정을해주어도 그것이걱정에쓰치고 마는 것이니만큼 마음은 무거워질쑨이다

『청진서못곳치는걸 서울서고칠가―』옵바는 미리부터 돈안줄게획으로 이 런말을한다. 고치지도못할것을돈만써서무엇하느냐는말이엿다

그럴째에는 연자부양료나내라고 시비를싸지고십헛스나 자기속만 더탈것 이니참어야한다는생각에 부럭부럭이러나는화를나려누루는것역시 쉽지가안 엇다 사실엔만하다면 죽어도 간섭아니하겟다든 연자의부양료라도 쓰고십헛 다 무슨돈이건 연자를 병신만안되게쓰는데는 부(쑤)럽지안홀것갓헛다 그러 나 옵바는 언제나 자기를 철모르는애처럼 눌러버리엿다 말을해야 조곰도 알 어줄만한 인품이못된다.

그러타고해서 연자를세월가는대로 그냥내버려둘수는 업다 어쩌케해서든 지 서울로대려다가 유명한의사― 밋을만한병원엘가서 진찰을밧고 수술을해 주고십헛다.

엇전지 서울만가면 발을짤느지안크도 고칠수잇슬것갓튼늣김이들엇다 그 래서서울로써나기는햇스나 어쩌케해서 연자를더려올수잇슬가하는것은 쏘 한 새로운걱정이 아닐수업섯다.

【42회】18) 지렘마(三)

헤련이가 석와사까지가서 그들을 맛날슬때 어린애들은 물논 애들부친까지 반갑게마지해주엇다.

『나는 안들리실줄 알엇댓습니다』 종태는 몹시 기달럿든것처럼 말했다.

『학생들이 보고십퍼 그냥지나갈수가 잇서야지요—』 헤련이도 반가워하는 태도로 이야기를햇다. 어린애들의 손목을잡고는 『해수욕을해서 얼골 싸마케 탓구만……』 하고 천연스럽게 인사를채렷다.

『무척탓지요? 원산서는 밤낮 바다에서 살엇스니까요—』 종태는 자기얼골도보아달라는듯이 손으로 이마를쓸엇다. 맛쌀이 열살 맛아들이 여덜살이나 낫스나 종태는 그리 늙어보히지가 안헛스며 그의직업이 쏘한 상업인만큼 어조도 젊잔흔것이아니엿다. 외교를중심으로하는 엇든무역회사의 상무라 말하는태도역시 아주능난해보혓다. 헤련이는 이째까지 그와교재할기회가업섯지만사괴여두어야할 필요를늣겻기째문에 그에게 지지안흘생각으로

『남자어른은 얼골이 좀타야 건강해보이지 안습니까. 픽조화보이시는데요』 헤련이는 쾌활하게 웃기까지했다.

『천만의 말슴입니다. 』 종태역시 웃슴으로 대답을햇스나 그웃슴이 일부러만든것과달리 아주자연스러웟다

돈이잇다고해서 남을(쌀)보는눈치가잇다든지 지위가놉다해서 거만해보힌다는가 쏘는 젊은여자니 마음을살려고 태도를 쑤민다든가 하는기색이 보히지안헛다

쾌활하고 자미잇는사람으로보혓다.

이째까지자기역시 남자와의 교제를 삼가랴햇고 그의마누라역시 자기를 경개하엿기째문에 종태를 사괴지못햇지만 사괴두어도 해롭지는안을사람가티늣것다.

『애들을더리시구 약물이나잡수려가시지요』 종태는친절하며서도 범연한 듯이 어린애들을 불르며 『너이들선생님모시구 약터에나갓다오렴。』 하고 헤

---

18) 41회가 누락되었다.

런이를본다.

헤련이는 속으로 엇재가티가자는말을아니할가하고 그인품에 감탄하면서도

『서울엘가보야지요—』하고 사양을햇다.

『서울엔 오늘루가신단말슴입니까? 아니 아직개학도 아니햇을게고 가면 더위에쌈만홀리실텐데 무어그리밧부게가시랍니까. 여기는 바람이씨원하겟다 어린애들도 갓갑해서 야단들치는데 얼마동안게시다까 가티가시지요. 이여관엔 방도만흐니까 이런데까지와서 수도하시라고하기는 미안하지만 저것들을더리구 좀동모해주십시오』

이러자 어린애들이

『선생님 우리하고 가티가요—』하고 헤련이에게로달려들엇다.

헤련이는 고집이랄것도업지만 구디가야겟다고한 자기말을 내세울이유가 업다. 가야만할일이업스니까. 물론 종태에게 희망을안둔다면한시밧비가야할것이지만

그러나 너무쉽사리자기말을바꾸는것이안되여

『그래도 가야지요—』

『무슨일이 특별히잇는지모르겟습니다마는 얼마동안 애들동모해주십시오 애들아 곱부를가지구 선생님과가치가라!』

이런째 헤련이는 연자의말을쯔내랴햇다 기실은서울에가서 돈을변통해야 되겟습니다하고 사실을말하면 자기가 손선해서엇던의견을말하겟지하는 생각이들엇기째문이엿다

입에서 그말이 빙글빙글돌앗스나 참아입박게는쯔내지못햇다

말로야 돈을변통하는것이니까 누구의동정을바래서서울엘간다는뜻이 안될지모르지만 종태는 동정을비는것가치해석할지모른다 웨냐하면돈잇는사람에게 돈업는사정을말한다는것은 언제나구걸하는의미가되는것이니까!

더구나 아직싸지 그리친하지도못한사이에 연자이야기를쯔낸다면 자긔반생에대한것을 전부말해야한다는것이실헛다

『쌜리가세요—』 종태의맛쌀이 곱부를들고와서 헤련이의손목을잡어쓸엇다.

『가면 어쩌케해―』하고 혜련이는 약간당황해보히는태도를보이면서도 이
러섯다.

『걱정마십시오 이여관엔빈방도만탑니다』

혜련이는 종태의말이 조곰이상하게들리엿다 자기가 방이업서걱정이되거
나 종태를못밋우어 그의마음을의심하지도안컷만 종태가 먼저 그런생각을한
다는것은 웬일일까―

종태마누라가 언제나자기를경게하는것도 남편이미들수업기째문이아니엿
슬가하고 생각하니 갑작히 그곳을써나고십헛다.

그러나 자기에게는 그런것과거리가먼짠생각이잇다 아모것도 모르는척하
고 애들과약터에올라갓다.

【43회】 지렘마(四)

그날밤 혜련이는 종태와 한방에안저 여러가지이야기를주고밧엇다

이야기래야 별로신통한것은업지만 개인에게관게되지안은것 말하자면 요
새의청진은 얼마나 달러지엿드라는위의것을 말햇다

하기야

『공부도 자유스럽게못하니 얼마나쌕하게지남니가? 가정교사라고 모서다
노코 한달에얼마식드린다는것이엇든째는 민망스럽슴니다』엇든말위에 이런
이야기를 쓰낸일도잇지만 혜련이는 될수잇는대로그말의대답을피하고 화제
를돌리엿다

『그러키애써공부해서는무엇하십니가? 물론공부하시는것은조치만 사회가
어데여자를 그러케써주어야지요』

혜련이는 이런말이나올째 정색한태도로자기의 사정을말할가도햇다

그러나 시기상조라생각햇다

첫재 종태가 자기를상대로 간격업는말을하는것도아직까지 돈갑으로 일
을해준다는관렴이 잇기째문일게요 둘재로는 자기가학문에대한열정을 가진
줄알고잇기째문일게다 그런데에다 공으로무엇을구하는 비굴한빗을보힌다

든가 공부가 밥버리를위한것이라는것을말한다면지금과가튼대우를아니해줄
게 쩐한일이엿다 게다가주제보다도 바램업는욕망을가젓다고 경멸바들것이
실헛다

더구나 별다른눈치가안보히지만 친절한것만은사실이다

석왕사에서 구하기힘든과일이라든가 둘이서먹기에는보기에도 만흔만큼
듬벅사온 과자라든가 무엇하나후하지안흔것이업섯다.

물논 돈잇는사람이 손님을대접하는방법일는지모르나 헤련이에게는 지나
치는친절가치늣겨지엿다.

무엇째문에 친절히해줄가 하고 생각하니아모래도 자기가젊은여자라는데
그원인이잇슴즉햇다.

그러타. 이성이라는것은짠생각업시 교제를할때에도 서로호기심을늣기고
싸라상대편의호감을사려는것이 본능이다. 그호감을사려는정도가 커질째
문제는크게생긴다. 만약종태가 평범한마음을가지고 자기를대하고잇다해도
어쩌한째 마음의변화가생길지모른다 더구나자기가 무엇을요구하고 쏘그가
요구를 들어줄째그는 자기와쎌수업는관게가잇는 것처럼 늣길는지모른다.

즉 헤련이를 어느정도까지 자기미테잇는사람이라생각할것이고 싸라 헤
련이의 생활전부를알고 거기에대한 간섭까지하랴고할는지도모른다.

헤련이는 이런생각 저런생각을다해본뒤 결국은아모말도안키로 햇든 것
이다. 싸라오래안저잇서야 별로 신통한이야기도 업슬것가터자기방으로가
서 자랴했다.

『그런데 참 들어볼말이하나잇습니다』

움짓움짓하는눈치를 보앗든지 헤련이를 이러나지못하게 종태가말을쓰냇
다. 『우리집에 매일단니시니가 잘아시겟지만 내처가어쩌습니가?』

『어쩌타니요?』 헤련이는육감이움즉이여 자기도모르게 얼골을약간붉히
엿다.

『즉 어린애들을교육식히는데 그성격이 낫분영향을주지안흘가요?』

『어째서그리서요 그만큼쏙쏙하신분이 얼마나되나요— 저는 살림잘하시
구 모든법절이 분명한데 매일 감탄을합니다. 우리갓튼것야 천번죽으면 그

의엽에 나갈수잇습니가』헤련이는짠말을쓰내지못하도록 방비선까지첫다 그
리고나서는말할기회가잇다는것이 잘못이라고생각하야 곤하다는핑게로 자
기방엘 쒸여왓다.

방안에가만히안저생각을하니 종태역시 동모처럼 밋을사람이못되는것이
확실햇다

두사람이안즐수잇는 첫기회에 자기마누라의슝을보랴는것은 마루라와의
정이업다는것을말하려는것일게다 헤련이는 소름이씨치는것을늣겻다 그러
한사람을 밋음즉하게보앗고 짜라 자기의사정까지말하랴고햇든것이 무서윗
다 그러고보니 설사여유가업다할지라도 성구가몹시그리윗다 그러한사람이
쏘다시업슬듯한생각이들자 한시밧비맛나 모든것을말하고십다 그만은 잡념
도안가질것이오 쏘엇더한말을해도경멸하는태도를안가질것이다

짜라 자기로써도 붓그러울게업다 일이되든안되든속이씨원히말하고십고
그의의견을 듣고십엇다.

【44회】 딜렘마(五)

다음날아침 헤련이는석왕사를쩌낫다.

단속문(斷俗門)을지나 약물터로올라가는길이 눈에서 사라지지가안으며
짜라좀더한가한몸이되엿다면 다문몃칠이라도 놀고십은생각도업지는안헛지
만 그것보다도하로를더잇는것이 불안해 못견질지경이엿다.

종태의태도역시 마음에들지안엇고 그에게무엇을구해본다는것도 쓸데업
는망상에지나지안는것이라 생각햇지만 그외애들이볼수업는것도 쏘한 한원
인이엿다.

나이도 비록다르지만 몸이성하고 원기가든든해지인덕으로 산으로 함부
로쒸여단니는모양이 참아볼수업섯다 연자도병만업다면 동모들과 손목을잡
고 무서울것업시쒸며놀것이다 그러나남달리 자리에두러누어 눈만말동말동
하고 잇슬것을생각하니자유스럽게 덤비는애들을그대로볼수가 업섯다。

『가서 무슨볼일이잇슬것갓지도안혼데 그리급히가실게 어데잇서요—』하

고종태가붓들랴햇스나 헤련이는

『옷을 하나도 짓지못햇서요 개학하기전에 옷이나지여노야지요─』하고핑게를댓다 하기야집에서 새로지여올랴든옷을 겨오쌀기나해서고 그대로가저오는 것이 사실이지만 서울서 그런일을할수가도저히업슬게다.

『집에서는 무얼햇서요?』

『동모들과놀래기에 할수가잇서야지요─』

헤련이는 조곰도 자기마음을빗최지안코 석왕사를써낫다.

그러나 쏘한사람을 단념하고나니 몹시고적햇다. 꼭되리라고 바랫든것은 아니지만 그래도 희망은줄어지고 낙망은커지는것이 적적햇다.

서울간대야 기쩟성구는맛나는것이지만 자기취직도못해걱정하는사람의 무슨능력이잇슬가하고 생각하니 막연히 그와의논해보겟다든생각도 부질업는줏갓헛다.

더구나 성구는 임이한여자의 남편이다.

아모리친하다할지라도 성구로써는 자기마누라와 헤련이를 구별할것이고 싸라 세상누구에게든지 마누라이상의 성의를가지지못할 것이다. 아모래도 자기몸가티 생각하고 제몸처럼 흠업는것은 다만부부다.

헤련이는 우울에잠기엿다 누구들간에 자기자신처럼밋고 의지할사람이 그리워진다. 자기와가티걱정해주고 자기처럼괴로워 해줄사람이 꼭한사람 잇섯스면 햇다.

그쌔 얼핏 동환이가 머리에써올랏다.

방학하고 집에도라갈째 기차간에서맛낫든 동환이─ 그는 자기를위하야 진심을다해줄것이오 자기를 제몸가치 생각해줄것갓헛다.

그러한 동환이를 왜냉정하게대해주엇든가하고 후회도해보앗다. 평범한 사람의눈으로볼째 부족한것도 업지는안흘것이나 인간적인 좀더놉픈눈으로 볼째 조곰도부족함이업는사람이다. 자기가 그와가튼사람의 사랑을 밧는다는것은 몸에넘치는일이다.

당장에 그를차저가 품에안기고십헛다.

그만큼 자기를생각하면서도 노골적으로 자기의 의사를 표현치안흘쑨아니라 방학동안에 편지를할수가잇슬것이지만 그런것도취하지안는다 결코성구만 못하지도안타.

그러나 사랑! 하고 생각을하니 동환이를 멀리쏫고시퍼지엿다. 하필동환이라고해서 그런것이아니라 사랑의상대로나타난남자가 동환이한사람쑨이기째문이다.

사랑을 꿈꿀만큼 여유가잇는사람도 아닐쑨아니라 사랑을 반듯이 행복스러운것만으로 생각지못하는 혜련이다. 그러한자기에게 마음을 유혹하고 현실을이저버리게하랴는사랑이 동환이에게부터잇다면 동환이를원망해도할수업는일이다.

(내가정열을일허버렷나?) 그는혼자생각했다.

그러나 정열을일혼것은아니다. 정열을일헛다는것은마음이 허락지안는다.

마음이 허락지안는다고해서 정열을가지고잇다는것이 글혼지는모르지만 쑤리채쎄버릴수도업는물건이다 허나 자기가 외로운사람인것만은 숨길수업다. 몹시외롭고 마음이외롭다.

【45회】 딜렘마(六)

아침을먹고 명심이를회사로보낸뒤 자기도책보를싸들고나가랴할째 성구는엽서한장을밧엇다.

대문안에서밧은채 그자리에서 겻봉과손안을읽고난성구는 고개를설레설레흔들고 빙긋이우섯다.

방학동안 편지한장안보내슬쑨아니라 자기편지의회답도잘러먹은혜련이가 서울에도착되자 자기를기다린다는엽서를보냇다는것이 수상스러윗기째문이엿다.

다른말은업고 그저맛나야되겟다는말만을쓴것과 쏘개학이아직도 일주일이상남엇는데 벌서올나왓다는사실이멧칠전 그이역 개학이멀엇는데도일즉올나온 동환이와관련된일이잇는것갓했다. 편지업는것도 둘의관계가깁허진째문이아닐가하는생각이 퍼듯들자 방학을하고고향엘갈째가티맛나서 엇든이약이를햇슬가하는생각이궁금하기도했다.

자기가그만큼애썻는데 나종에와서는 결국자기를싸돌린것가튼늣김이나서 맛난뒤에도 아모런이야기를하지안은동환이나 편지한장아니해준혜련이를 나무럼비스시쑤중해주고십흔생각이들엇스나 그래도걱정하든일이 뜻대로되엿다는것이깁버 한시밧비그들을맛나보고십헛다.

성구는쌋든책보를 방안에그대로노아두고집을나섯다. 엇전지 도서관을향해걸어갈째보다 걸음이가벼운것가트며마음역시 전달리청쾌한것갓했다.

하기야 책보를씨고 매일도서관에단닌다는것이 무엇을 연구해보겟다는 연구적인마음째문이아니라 할것이업스니 괴로운하로를책속에서이저보자는 심산이기째문에비록 자기가조화하는 독서라할지라도 그것이 권태를가저왓든것만은사실이엿다.

권태를늣긴다는것보다도세식구의생활을 안해한사람에게맛기고 자기는생산(生産)이업는채 놀기만하고잇다는생각이 머리속에쑤리를박어 책을읽는다해도 머리에드러오지가안흘뿐아니라 언제나자기의무능이 써올라 독서가 그에게 우울을주는째도 잇섯다. 할일이업서 책을읽은자기신세다 그런만큼 아침만되면 남과가티책보를씨고 거리로나서지만 일하러 가는사람과 일이업시 도서관에가는자기가비교되여 늘상 아침을 비관하게되엿다 만야게 먹을 것이잇서 예술에충실한것이라면 거기서더한일이업슬것이오 쏘자기가 쓰는 글이 전부돈이되여 생활비라도나온다면 어느정도의안도를가저올것이나 아직짜지도 신인이라는간판이 그의글을 사주지안는다.

성구는 누구를맛나든간에

『요새 어쩌케지내나?』하고물으면

『도서관에서세월을보내네』

『팔자조쿠먼!』

『할수업서서 책이나보네』하고 대답한다.

할일이업서하는문학이 얼마큼신통할는지도모르지만 그런마음을가진만큼 조고마한 일만잇서도 도서관을 그만두는것이 예사엿다

성구는 혜련이를차저 그의하숙으로갓다.

　아홉시나 거이되엿지만여자혼자잇는집을방문하는데너무 일느지안나하고
짠데로들러갈가하는생각을햇스나갈데도업다.

　더구나 한시밧비맛나 그새지낸이야기를듯고십프며자기로써도 히야까시
를해주고십허견딜수가업섯다. 그러케도 연애를부정하든혜련이가 엇든얼골
을하고잇나 하는것도십픈일이다.

　혜련이의 하숙집엘드러가 그의방압페 여자신발이노혀잇는것을본다음

　『게심니까?』하고 점잔케 물엇다. 남들이 볼지도모르는일이지만 첫번부
터 실업서서는안되는것이니가

　『네―』하고 냉큼 문을연 혜련이가 언제나와갓치 명랑하게『엽서를보시고
오세요? 참짜르네―』하며 인사말도이저버리엿다.

　『엽서는 무슨엽서를보냇서요?』성구도 인사할생각은아니하고 혜련이의
눈치를보랴햇다.

　『자우간드러오세요』혜련이는성구를방안에 드러오게한뒤 말을이엇다『어
제저녁에한편지가 벌서들어갓을가요?』

　『편지안햇다고 나무램할가바 미리 방패쓰는겝니가?』

　『그럼어쩌케 내가온줄알고 왓서요?』

　『벌서본사람이 잇거든요그러키에 나는속일수가업답니다』

　그들의이야기는 명랑햇다

【46회】 딜렘마(七)

　『그런데 그동안 청진엘잇지안헛슴니가?』

　성구는 이여말을쓰냇다.

　『왜요? 내내다가왓는데요―』

　『아니 내편지를 모밧지나안헛나해서……』

　『미안합니다. 회답도 못드러서― 려서나 그맛한사정이잇섯대도 그런말
슴을하실거요?』

　『나가튼 둔감한사람이 그런걸아나요?』

『왜 그러십니가?』

『조혼일이잇섯스면 자기네가조왓지 나야알수나잇나요? 엽서라도 해주엇다면 알려드리는것은 둘채로 축전을처드리지요』

헤련이는 무슨소린지를알수업섯다.

『그게 무슨말슴입니가?』

『공연히그러시누만요 한턱내라구할가바그러서요?』

『참말이야요 무슨말을 들으셋서요?』

『그럼 개학이 아직도멀엇는데 무엇째문에 벌서왓습니가?』

이말에 헤련이는 성구가 쓸데업는 취측을하고잇다는것이 짐작되엿다.

『무슨말인지 쏙쏙히해보세요 남자가엇저면 그리몽하세요?』

성구는 벙글벙글 웃스면서

『바다를내버리고 쏘그리워하는어머니나 어린쌀을두고 무더운서울을 차저온것이 나를보고십허서입니가?』하고 헤련이의얼골을바라보앗다.

헤련이는 성구가 공연한취측을하고 잇다는것부터우수윗지만 지금과가튼 자기를 오해하는것이실헛다. 쑨아니라 쓸데업는농담도 그이상더하고십지가안헛다.

『선생님―』 헤련이는 새침한얼골로 성구를불넛다.

성구는 놀래는 표정으로『네―』하고대답햇으나 비쏘아댄자기말에 감정을사기나햇나해서 미안적게웃섯다.

『내가 서울에일즉온것은결혼을할가햇기째문입니다그러나 선생님의취측갓치 조흔사람이잇서 그러는것은아닙니다』

『누가 결혼을하지말라고그랫서요 하로쌜리하라고밤낫권하든사람이누군데요』

『그러나 선생님이 저를행복스럽게하기위하야 권하든 그런결혼과는다르니가 너무쓸데업는말은 그만두세요―』헤련이는 조곰도 농담가튼태도를보히지안엇다 눈을움즉이지안코 무엇한가지만을생각하는듯한 그얼골에는 엄숙하면서도 비할데업는 사색이숨어잇서보혓다 성구는 농담만하든태도를갑작히달리하기가 힘들엇스나 그래도 헤련이의홍분된얼골에는 어덴가압도되는것갓텃다.

『선생님!』헤련이는 말을무겁게햇다『저는 부자집첩으로 드러갈랍니다』

성구는 엇지해석할지를몰랏다 흥분한헤련이가 입으로 하는말은 얼투당투안흔 이야기다.

『조치요! 부자집엘가거든 나두 먹을것이나좀주십시요』

『네!』헤련이는 가볍게대답을햇스나 고개를숙이자일푼도못되여 얼골에손을가리우고 박게쮜여나간다.

태도가 아주심상치안햇다. 필시우는가십다. 동환이와사랑을할랴고 햇스나 거기무슨비극이잇서 그러치안는가취측도되엿지만 도시알수업는일이다. 그대로 웃어지낼일이아니엿다.

조곰뒤 헤련이가 울든얼골을 해가지고 드러왓슬때

『왜그러세요? 제말이 잘못됏습니가?』

하고 성구도 미안적게물엇다.

『……』

이째까지볼수업든 헤련이의 침울한얼골이다. 무슨일이잇거나 그러치안으면흥분해하는것을 못본성구다.

『말슴을 해보세요? 제말이잘못됏거든 사죄하겟습니다. 』

헤련이는 대답을아니햇다

방안은 재박게남지안흔불탄집처럼 쓸쓸햇다.

성구도참아 입을열수가업서 고개를쩌러트리고 잇슬때

『선생님―』하고 헤련이가 방안공기를헤치엿다.

『네―』

『참말 저는 첩으로드러가렵니다. 돈만만코 나가튼과부도조타는 사람만 잇다면 하나소개해 주십시오』

『소개야 힘들지안치만 도대체 무슨일인지나 알어야 하지안켓습니가?』

『네―』헤련이는 이야기를시작햇다. 연자가 지금엇던병에누어잇고 쏘자기가가지고잇는 연자에대한생각을말햇다.

【47회】 딜렘마(八)

『제가 연자를길러노코 그의압길을 조곰이라도 열어주는일박게 쏘무슨일이 잇겟습니까 고것의 다리를짤르고 인생의참혹한운명을 내손을만들어놋는다면 대체 내가세상에서 사는목적이무엇입니가 무엇째문에 살어야한다고할수잇습니가 고것을 아름답게길러 나와가튼길을안것게만드는것이 나의희망이며 내가사는의무가아니겟습니가』 혜련이는 이런말까지한뒤에는 옵바를 사람으로취급치안는 이야기와 그박게는 돈이날데업는것까지 말한뒤

『처음에는 막연하게나마누구의도움을 밧으랴햇습니다. 서울에는 그래도 자기를알어줄만한사람이 잇슬것갓햇습니다. 그러나 모두쓸데업는생각이고 쏘돈을준다고해도 부담이될만한일을하고십지가안습니다. 세상에는 조흔사람도잇슬겝니다마는 나가튼 평범한여자를 구해줄만한사람으로 돈의책임을 안씨우랴는이가 어데잇슬겝니가 동정이라는 명칭을부처서 남을구한다는것부터가 동정을밧는다는 부담을씨우는것이지만 그만한부담이야 자존심을 업새고라도 밧지요 그러나 여자인까닭에 더큰부담을씨우랴는것이 쏘한보통상식일것이니까 그런것은 바래지안켓습니다. 차라리 내속이 썩어진다고해도 정정당당히 돈을밧을만한조건을주고 돈을밧으랴합니다 가장경멸하든것이지만 그것이 내자신을위하는행동이아닐째 경멸도 아모것도업서질것갓습니다. 이런것은 어제밤쏘 지금생각해낸것입니다마는 선생님은엇더케생각하세요?』하고 뭇는것으로 말을매젓다.

성구는 혜련이의 마음을잘알엇다. 혜련이로써 중대한일이 아닐수업스며 자기로생각한다해도 그런결심을먹을만한일이다. 더구나 그런결심까지 하리만큼 고민하고 괴로워햇을 혜련이를 생각할째 엇지 그의고통을 늣기지못할것인가.

자식에대한 그만한의리에 감동되여서라도 참다운 동정을 늣기지안홀수업다.

『네 선생님의마음을 알수잇는듯합니다. 그런데 연자의병은 고칠희망이 잇서보이는가요?』

성구는 무엇보다도 연자의 병세를 알고십헛다.

『그야 알수업지요 하지만 서울에오면 혹시 고칠수 잇슬는지도 모르지안어요 그저 시골의사만을밋고십지가안습니다. 서울서도고칠수업다면 거야 할수업지요』

『그럼 우선 연자를데려다가 진찰을밧어보지요 진찰의 결과를보고 돈을변통하는것이 순서에맛지안을까요?』

『거야 그러치요 그러치만 진찰한뒤서든다면 시기가느저되나요』

『좌우간 너무서둘지를마십시요 제가좀 알어보지요』

성구는 엇든병원의사를알고잇다. 그에게가서 연자의 병세를이야기하고 고칠수잇는가 업는가를 무러본다음 고칠수잇다면 대체 얼마나 필요한가 하는것까지알어보랴햇다. 될수만잇스면 아는의사의힘으로 경비도적게들일수업는가하는 것까지교섭하랴고햇다. 그러케 하는것이 혜련이를위하는것이다.

『하로만여유를주십시요 그러나첩으로간다든가 그러한상스럽지안은생각은될수잇는대로상가십시요 그정신만은아름다운것이지만그생활이 그리쉽기나할까요 세상이몹시현실적으로만발달되엿지만 그래도진실을가진사람도잇스니가 구하면될는지도모르지요 꼭잇스리라고생각합니다 생각한다기보다밋어야지요 만약우리가 팔십퍼—센트의 진실을가지고사는데 우리이외ㅅ사람은 이십퍼—센트박게못가지엇다고한다면 환멸과비애를늣김니다 그러나 내팔십퍼—센트가줄어지는한이잇다해도 그것으로남을움즉이게할수잇다는 신념이업다면 우리는살어나가지못할것입니다 짜라서세상에는 진실을아조 이즌사람만이사는것이라낙망할째우리는 현실에응해가며 살수가도저히업슬것입니다 나의외ㅅ사람을전부악하다고만보는것은 너무나심한속단일는지도 모르지요』성구는 이런말까지해서 혜련이의낙심을 풀어주랴고햇다.

『거야 그러치요만은 내가구할수잇는진실을 참말줄사람이잇슬는지가 의문이아닙니까? 쏘내가염치업시 몬저구한다는것부터가 내진실을업새고 드러가는것이아닐지요—』

『생각은 너무치우치게하면 쓰치업는겝니다. 일반적으로 괜치안홀만한정도를구한다면 그것이 염치업는것도아니니가요』

성구는 어쩌케 해서든지 혜련이를 남의첩으로 가게까지만은하고십지 안엇다. 그래서는 안되리라는생각이 커서그런지 첩으로가지안코도 연자의병을 고칠수가잇음즉늣겨지엿다

【48회】 딜렘마(九)

의론을길게하는것보다도한시밧비 알오볼것을알어본뒤 적당한교섭을 해보는것이순서일듯해서 성구는혜련이를 써나 동모가일보는S병원으로갓다.

동모래야 중학동창으로우연히맛나는기회가아닌다음특별히차저가고 차저오는사이가아니라 자기일을가지고병원으로맛나려가는것이 조곰 열적은일이엿지만 집도모를쑌아니라 한시를기다리기가 힘들어 염치불구로 차저갓다.

더욱이 그가외과담당의사가아니고 신경과에서일을보고잇는 아직의사라기보다연구생으로 잇는만큼 그에게 병명을확실히알랴는것보다 그의소개로 외과의를맛나 자세한것을물어볼랴는것이니가 그리쉬운일갓지도안헛지만 병원에관게하는사람가온데는 그박게아는사람이라고 업스니할수가업다

남대문을지나 정거장건느편에잇는붉으벽돌집이S병원이다. 어느쪽에내과가잇고어쓴편에신경과가잇는지병원이라고단러보지못한성구인만큼 병원의구조도모른다 약냄새가 코를쩔으고 병으로얼골을쩡글이고잇는사람만이 긋득찬듯한병원엘쑥들어서니 자기도병자가된듯한긔분이이러낫다 병원에드러가는사람마다가 전부병자라는법은업슬게다 병자를간호하랴고 가는사람도잇슬것이오 의사와 볼일이잇서가는사람도잇슬것이다 그러나자기가복도에서잇는 사람들에게 신경과가 어데잇는가를물어보는것은자기가신경에대한병을 가젓다고알리기나하는것가터 성구는두리번거리며 무슨실무슨실하고써부친 문패를차저도라다니엿다 웃어운일이지만 될수잇는대로 병자가안인것을보이고십허 걸음거리나얼골의표정까지 쾌활히가젓다 남에게뭇지안코 한참동안도라다니든그는 한편구석에서 신경과라는 적은간판을보앗다 그

는틀림업시 신경과라는것을처다본다음 자연스럽게문을녹크햇다 엇전지병
자처럼보히기가실헛든 째문이다

간호부가 문을열고 고개를내민다음 환잔가 그러치안흐면 누구를 차저온
사람인가를 삷히고잇슬때

『리선생님 게십니까?』

하고 간호부보다 먼저입을 열엇다.

『네 게십니다 잠간기다리십시오』 아마 신경과에는리가가 한사람쑨인지
또는 병째문에온환자가아닌것을 알엇다는듯인지그의일홈을 물을생각도아
니하고 쏙드러가 버린다.

성구는 들고간 맥고모자를 만지며 문을향해서서동모가 나오기를 기다
렷다.

『이게 성구가안일가?』

얼마안잇서 힌실습복을입은 동모가나와 손을내밀며반가히 인사햇다.

『응! 얼마나밧분가?』

성구도 반가운표정을 하기는햇스나 그래도 할말이업는듯이 간단하게 답
례를해버렷다.

그들은 량하한편모통이에잇는 응접실비슷한곳에안저 그동안 맛나보지못
한 인사를 주고밧엇다. 과히친하지안흔동모가 서로맛날째는차저가지못한
이유와양해를구하는데얼마동안의시간을잡어먹는다. 그러나 그런인사가지
나가면 자기네들이 아는동모의소식을 이야기하거나물어보는법이지만 성구
가 차저간것도 무슨일이잇슬것고 의사인자기도 밧분일이잇는지 성구의동
모는

『무슨일이잇나?』하고 금시물엇다.

『자네한테 의논해볼일이잇서왓는데—』

『무슨일인가?』

성구는 연자의병을 될수잇는대로 자세히말햇다. 그리고나서는

『내친척누나의쌀인데 지금과부로 그애하나만을밋고사네그려! 그것을병
신으로만든다면 모녀두사람이평생괴롬속에서 울고지날것은물론이지만 그

것을볼나의괴롬도적지안네. 자네가우선 고칠수잇는가업는가를 알어줄수업 겟나 만약에 집안이 웬만만하다면 어린애를 더려올것인데사정이그러치도못 하니 더려오지도못햇네』

성구는 말을우며대기는햇지만 참으로 늣기는그대로엿다. 헤련이의불행 이연자의병으로일층더할것이며눈에보히는듯한그괴롬을참아보고잇슬수도 업섯다.

동모는 쾌히승락해가지고 성구와가티 외과로가서 자세한것을말해주엇다.

외과의사는 보지안코말할수업스나 골막염이라도 그리오래지만안흔것이 라면 쌀르지안코 넉넉히고칠수잇다는말을햇다

『너덧달이나되엿슬가 말가한데요』성구는 말을싸지기위하야 병이시작한 쌔를말햇다

『염려업습니다。』

의사의말을듯고 우선성구는깃벗다.

고칠수만잇는것이라면 헤련이의괴롬은 업서지는것이니까 성구는 의사에 게멧번인가 고맙다는인사를햇다 벌서병을고치기나한것처럼.

【49회】 딜렘마(十)

외과실을나와서는 둘채교섭을시작햇다.

그동모도 자기가 가난하다는것을 잘아는터이니까우선 연자네집안도 무 척가난하다는것을 쩌리김업시말한뒤 수술하고입원하는돈을활인할수업느냐 고 댓자곳자물엇다. 동모는 한참동안생각하드니

『무료입원실 이라는게잇지만말은바른대로거기서는병을고치기가 좀힘드 네。 쏘거기에 드러오랴면 경찰서의 소개장도잇어야하니까 그리쉬운것도 아 니지만 어데힘써보지。 좌우간아까 외과의사도 나종에말햇지만 병자를 더리 와야하지안켓나』

성구는 감동하는 빗을가지고

『그럼 그래야겟군 그런데대강이지만 다해서 얼마쯤이나 필요할가?』하고

물엇다.

『거야 알수잇겟나 얼마동안 입원해야할지도모르는일이니까… 모르기는 하지만 전부다합해서 백원쯤가젓스면 족하겟지』

성구는 약간놀랫다. 병을고칠수잇다는것은 더할수업시 반가운일이지만 돈이백원이나 든다는말을 들을때그게 적지안혼것갓헛다. 돈이업서 첩으로 까지 드러가겟다는 혜련이니 그가어데서 변통할수업스리라는것은 빤한일이다. 변통한다면 자기의손으로 만드러야할것인데 도대체 어데서구한다는말이냐? 자기한테 그만한여유가잇다면 아모걱정도업는것이지만 여름양복한벌도 변변히못입고단이는자기다.

그러나 그만큼 친절히해주는동모에게 전혀무료로해달라는 엉터리업는청은아모리무식한사람이라도 능히쓰낼수업는말이다.

『그럼어린애를 더러오도록하겟네』

성구는감사하게 인사를하고병원을나서서는 대ㅅ바람에혜련이를차저갓다.

『벌서단녀오섯서요?』혜련이는무엇보다도 성구가자기를위하야 열심히일을보아준다는것만도반가웟다.

『네…』성구는 히망이잇다는얼골로 약간우섯다.

『무엇이라고합디가?』

『문제업시 곳칠수잇다고합디다』

『그런걸시골서는 왜잘려야한다고만그랫슬가요?』

『그러키에 시골을엉털이라고하며쏘엔만만한사람은전부서울로올라와서 병을고치지요』 성구는 의사의말을 미덧다 밋고십혼생각도잇기때문이겟지만 S병원외과하면 누구던지신용하는터라 안미들래야 안미들수도업다.

『정말얘요?』 혜련이는반신반의하는태도엿지만 그래도반가운것을숨기지못햇다.

성구는병원에서드른말에자기의견을부치여 혜련이를밋도록만들엇다 그리고나서는

『우선연자를 더려옵시다. 병자를보아야 확실히알수도잇지만 병은될수잇는대로속히고처야 쉽다니가요―』하고 흥분한듯시 덤비엿다.

『전두 더려와야할것은아는데요……』 헤련이는짝한듯이 말을맺지못햇다. 그째야성구는 이저버렷든것은생각해내듯이

『참 차비라도잇서야지요』하고 힘잇는어조로 혼자말하듯이 걱정을햇다

『갓다올차비도업는데요 더리오기만하면 쏘 그비용은?』

성구는 대답은못햇다 병신이될것을 성한사람으로고치는데 돈백원박게안든다는것을 쩬히알면서도 그돈도업스면 어쩌케하느냐고나무램하고십헛지만 도로혀자기에게 그만한돈도업다는것을 붓그워햇다

한참동안 두사람은제각기 무엇을생각하기에 무거운침묵을직혓스나 헤련이가결심이굿다는듯이

『중학동창생이잇는데 부자집후처로 드러가라고권하면 자기가책임지고소개해주겟다고하는이가잇서요 아모리돈이잇다해도 자식잇는집게모로드러가서 죄를짓고십지는안으니까 첩으로드러가지요 그동모한테가면 그런자리가꼭잇슬듯합니다 오늘안으로거겔가보겟습니다』

성구는 드른척도하지안엇다. 그러나못드른척하지도안코 고개를숙인채잇다가

『그럼 가보십시오』하고말햇다

성구는 그말하기가 괴로윗스나 그동안자기도 그만한돈은 만들수잇슬것갓기도햇스며 짜라 당장에 헤련이의말을반대햇다가 자기책임을 다못하는째 얼골들면목도업슬것가터 헤련이의의견을 내버려두엇다

『그럼 지금이라도가보겟습니다 갈래면한시쌀리가보아야지요』

그들은 가티집을나섯다.

【50회】 딜렘마(十一)

헤련이가 게동동모 경옥이를차저간동안 성구는동환이에게로갓다 헤련이가경옥이에게가는동안 죽고십흐리만큼 별별생각을다한것가티 성구역동환이의하숙에발을드려놀째까지 생각에사로잡혀썬골목을걸엇는지도모른다

헤련이가 가기는가면서도 참아갈데를가나하고 몟번인가 돌라설라고한것

가티성구도동환이를 차저간다는것이 올혼가하고 내내망서리엿다 즉혜련이
는 연자의병을 고치기위하야 자기가 히생하는것은 할수업는일이지만 그래
도좀더 성스러운생활이업는가하고 애쓰든마음이 결국과거보다도 더비참한
생활을가저오게하고야말엇다는것과 선악의시비를쌘히알면서도 의식적으로
그런구령에싸진다는것이 설고기막혓다 그러나어차피 불행한생활에서 써날
수업는것이라면 철저한현실에서 용서할수업는생활을하면서 반성의태도를
가지는것이 자기에게 남은운명이 아닐가생각하니 그리겁도 나는것갓지안어
가기는햇다.

성구역시동환이가 혜련이를 어쩌케생각하는지 쪼는 혜련이를생각한다고
해서 그의마음을사기위한행동갓튼그러한돈을낼지도모르지만 설사낸다고해
도 혜련이가 즐겨바들년지도 모르는것을과연해야하는가아니해야올혼가망
서리엿다 혜련이의 옵바를 몹슬인간으로 욕을해보다가는 그래도 말만잘하
면 마음이 움즉이겟지 하는생각에 혜련이더러 그의옵바를 움직이게하도록
하고십흔생각도들엇다

그러나 이제 가야 혜련이가잇슬것도아니며 엔만만하면 혜련이가 그런생
각을 못햇슬리도 업슬것갓흘쑨아니라 동환이가주는돈이라해서 실코조코를
가릴째가못되며 그대로 동환이를차젓다

혜련이는 경옥이를차저대문에드러설째까지 자기가할말을 혹시이저버리
지나안흘가하고 마음속에 몟번인가 되푸리해서 색이엿다。 그러나 진작 경
옥이를맛낫고 전에차저갓슬째와 조곰도다름업시 요부와가튼태도로 마지해
주는것을 목도할째참아그러한여자에게 자기가남의첩이되겟다는것을 말할
수가업섯다 경옥이와가티 물욕에취하야자기를이저버린다는것이 (견)질수업
는고통이엿스며 설사자기가 안그러타해도 경옥이에게 그러케보히는것마저
죽기보다실헛다

더구나경멸하고십흔 사람에게고개를숙이고청을댄다는것이참아힘들어 맛
맛내그말을못쓰내고 시름업시도라왓다 도라오면서야 연자를 위해하는 자기
성의가 적은것을 뉘우첫고자기육체에대해 너무나겁을먹는다는 것을 스사로
경멸도햇다。 다시한번차저 자기속을말하고시펏다 참아 입박그로 그말이

안나온다는것은 거줏인것갓헛다.

　그래서 두번다시돌다처경옥을차저가

　『조흔사람이나 하나소개해주지—』하고 단도직입적으로말햇다.

　『이제야 정신이든 모양이로군……』

　혜련이는 구역질이나리만큼 아니쏘앗스나

　『응 그래』하고웃섯다.

　『엇든사람 이조홀가?』

　『돈잇는사람이지 두말할것잇나! 그런데 후실은실코 몸편할쌔큰이조화 암만생각해두 그게 귀염두밧구 마음고생두 적을것갓터 참경옥이는 쌔큰이 아니래두 이러케잘사는게 여간부럽지안허 공부를해두 별수가잇섯야지』

　『그럼 그래두 쌔큰이루야 어데 갈수잇나 후실이야 본처니가 흠할게업지만』

　『괸치안허!』

　『그럼 곳말해볼가— 내일아니모래저녁째쯤 우리집으로오라우. 그새 말 해볼게!』

　이런말을주고밧는동안 성구는 동환이에게쓸니워 본정차ㅅ집엘가서 상록수미테안저잇섯다. 동환이를 맛낫서도 참아혜련이의말을 쓰낼수가업서서 머뭇머뭇거리고잇슬째 더운방안에안저잇기실흐니 어데로가자고하는동환이 를짜라 박그로나섯든것이다.

　만약에 혜련이가 동환이를생각한다는 말하자면 동환이가 깃버할이야기 라면그게야 서슴지안코 말할수잇슬것이다. 그러나 도로혀 감정을살는지도 모르는이야기가 그리쉬울리업다. 그러타고해서 짠데를 가고십픈생각이잇 섯느냐하면 그러치도못하다.

　돈잇는동모라고 별반업기도하지만 알어듯지못할사람에게는 이야기를 쩌 내고십지도안헛다. 하면 동환이에게말하는것이오 그러치안흐면자기로써단 넘하는것이날듯하다. 선풍기엽헤에동환이의얼골만처다보는성구는 동환이 가 혜련이에대한 성의를 얼골에나타낼째를기다리는것이엿다.

【51회】 딜렘마(十二)

『너의학교는 언제부터개학할이가?』 이야기를못한다고해서 묵언으로 지낼수도업서 성구는 대강아는일이지만 다시물엇다.

『한열을뒤야』 동환이는 무엇을생각하는지 사무적으로 대답을햇다.

『좀더 씨원한시골서놀다오지 무엇하려 일즉왓니!』

그것도 성구는알면서물엇다 마누라와 갓치잇는것이 살이나릴만큼 괴롭고 집안분위기역시 마음에들지안허오래부터잇지못할 동환이의시골사정을 모를리업다.

『흐흥―』 동환이는 아는것을 대답할필요가업다는듯이 코웃음을첫다.

『마누라가 불상한생각이안들던?』

『너갓튼줄아니? 사실이야불상하지 너의마누라쯤은 문제도안되리만큼 불상하지 너는 혼차밥버를를한다고해서 그것을 불상히역이지만 내처야 불상이아니라 불행한여자지 그러치만 불행한것을 불행하다고 말못하는괴롭은이중삼중의괴롬이라는것을모르니 이번에는 계획적으로 처를 괴롭게햇다 그것이 내게도괴로운일이엿지만 그러지안흘수도업는괴롬이야 말할수업지―』동환이는 안해와갓티 엽에서도자지안헛다는것 쏘는어린애를몹슬게굴지못하게 야단첫다는것등 집에서지낸이야기를 보태이야기햇다.

성구는 동환이나 그의처가 평생고통속에서 살어야할 사람이라는것을 재삼늣기엿스나 거기에 마음을쏠릴수업는 째엿다 다만외로워하는 기회를타서 혜련이의말을 쓰내랴는 생각쑨이엿다 사실은그런말쯧테 혜련이의이야기를 쓰낸다는것이 동환이안해에게 미안스러운것갓헛지만 아모래도일은버려진일이라 동환이가괴로워하지안는일이라면 어차피할수업는일이라고 생각하지안을수업다만약 동환이가그들에대한것을 승낙하고 혜련이가 그것을바더쓰게된다면 두사람의새가 좀더(조흔데)로나가게될는지모른다. 돈을냇다고 억개를들동환이도 아니고 돈을썻다고 고개를숙일혜련이도아니지만 맛날기회만잇서 다시교제를한다면 전에가지엿든인상을고칠수잇슬는지모른다.

『쳐두왓드라―』

성구는 우선 혜련이에대한화제를 이러케쓰냇다。

동환이는 확실히그말을들엇다。 그러나

『그래!』하고 무관심한듯이말하는표정은 어덴가 어색한빗이보엿다。

『갈째 가치가고도 방학동안 편지두안해주엇니?』

쓴짠지가튼말이엿스나 혜련이에관한이야기를 끈치안흐려는마음이엿다。

『자─식─』 동환이는 너무낫보지말나는듯이우섯다。 그리고나서는

『언제왓째던?』하고 그역 몹시 등한시하듯하면서도알고십다는듯이뭇엇다。

『어제 온모양이드라』

성구가대답을햇스나 그뒤는 동환이가더뭇지안엇다。 얼골이 좀더자서한 이야기를 해주엇스면하는 표정이잇스나 참아뭇지를못해서 성구의얼골만을 처다보고잇섯다。

성구도 그이상 더말을못했다。 연자의병이외에는 드른이야기도업섯지만 두고생각을하니 혜련이의 이야기를그만두는 것이날것갓탓다 도로혀 연자의 병을 이야기한대도 혜련이의짤이란 관련을 부치지안코 병원에서와가티 자 기친척이라고 속히여 그의동정을 살피는것이 말하기도 쉬울것이오동환이도 대답하기에 편리할것갓다。 혜련이를 생각하고잇는것만은 알면서도 돈문제 를쓰낸다는것은 혜련이의체면도 체면이려니와 자기가 비열한쑤쟁이갓다。 동환이역시 혜련이의 문제인이상 이러타 저러타는 대답을하기가 힘들 것이 다。 그래서 씨원한 갈피스를 마시고 담배를한대 태울째까지 말을안햇다。

될수잇는대로 혜련이에대한생각을 업새게하랴고

『오늘밤엔 활동사진구경이나갈가?』하고 째마츰동환이가 엉둥한말을 쓰 냇다

『쑤리바의대장(隊長)이왓대지─ 가볼가─』

성구는 자기가 돈을못낼처지니가 그도가자고 권할수가업서 그쯤해두엇다。

그러나 동환이는 활동사진에대한생각이 갑작이 커진듯이

『모스코의하로밤에나온 아리폴은 참으로 조왓지。 애인을쌔앗기고 고함 치든 장면은 참말 비통햇서。 쑤리바의대장에도 마즈막 죽는장면이 통쾌하 다는데 너구경안갈래?』

성구는 어느정도까지 기분이가벼워진동환이를보고자기마음도 약간가벼워지는듯햇스나 요것을 말할기회가 점점업서지는듯함이 슬그머니 속탓다.

【52회】 딜렘마(十三)

자기와가티 나온헤련이가 무슨일을 꾸밀넌지 모른다 할랴는일이라면 못할것업슬듯한헤련이다. 그런만큼 한시밧비 이야기를 결말내여 그에게보고해줄의무가 자기에게 잇는것가터 성구는 할수업시 이야기를 쯔내기시작햇다.

『동환아! 내말을좀들어주겟니?』

동환이는 성구가 갑잭이 얼골빗츨달리하고 말하는바람에

『무얼?』하고 어리둥절하게물엇다.

『기막힌일이잇는데 듯기만이라도해다고. 업친데 덥친다고 기막혀죽을지경이다. 내친척가온데 메춘누이가잇는데 쌀하나만더리고사는과부야. 그의쌀이 얼마전부터 골막염에알코잇는데 시골서는 쌀느는도리박게업대. 그래서 서울의사에게물어본결과 쌀르지안코도 고칠수는잇대는데 그비용이 참싹하단말이야 그는 물논 한푼도업는사람이지만 나도어느정도까지 책임을져야겟는데 할 수가잇서야지. 그것도 엔만한사람가트면몰라도 자기의불행을 꽝장이크게생각하고 잇는사람인데 그런일까지 생기니그저 죽으랴고 한단말이야. 사실 그에게잇서서쌀이 불구가된다면 그는죽은사람이나 마찬가지가될것이니가. 참 이런때는내가 쌍속으로 드러갓스면조켓다. 안볼수도업고 보면기막히고─ 어쯔케햇스면조켓니?』

『글세─』동환이는 씨원한대답을아니햇다.

『참말이지 조곰 평범한여자만가태도 어데루 시집을가라고하겟는데 쌀에대한 지나친 책임관렴에그러지도못할여자거든 그의괴로워하는모양을 보고는 참아견질수가업서─ 내마음이너무나 약해그럴가?』

『약한때문이아니라 너무선양해서그러켓지─』성구는 동환이의말이 좀더구체적이엿스면햇다. 그만만해도자기가말하는뜻을 암즉한데도 불구하고동환이는 남의일보듯해주는것이 초조햇다. 그러나 그러타고해서 자기역시

구체적으로 돈을취해달라거나 돈에대한것을 입에 쓰낼수가업섯다. 만약자기마음을 모른척한다면 그뿐일것가텃다.

그러나 성구의 얼골을물그럼이처다보든동환이다

『대체 그누나라는이가누구냐? 내가알만한사람은아니냐?』하고 물엇다. 이때까지성구와 친하게지나면서도 그에게 누나가잇다는말을 못들엇스며 쏘 성구의초조해하는얼골과 자기에게동정을구하는것이 퍽이상스러웟든 것이다. 이상스럽다기보다 육감이혜련이의 이야기인것갓다. 민감한여자라든가 개가를 아니하랴는 여자라든 어린딸에대한 책임감을 지나치게가진다는것들이 혜련이를 연상하기에충분햇다

그러나 성구는 그러타고 가(볍)게대답할수가업다.

『네가 아는내누나가어데잇니? 아직까지 한번도 말하지안흔사람이야!』

『혜련이가아닌가?』동환이는이러케뭇고성구의마음속을 드려다보듯이 그의얼골을쑤러저라하고보앗다.

성구는놀랫다 자기의쑤며댄말이 서틀엇다고 후회도햇다 그러나 동환이가 그만큼눈치챗슬쑨아니라 혜련이에관한것이라는것을 알랴고하는열심이 눈에보히여말태도가괸치안을것갓다 쏘엇지되든간에 혜련이에관한일인만큼 아모째라도 이야기할것이니 숨길수도 업는일이다.

몹시짝햇스나

『정말은 혜련이일이다 그래서 어제 올라왓다는데 참아볼수가업게 괴로워하거든…』하고 실토를한다음 자초지종을 설명햇다.

혜련이가 첩이되랴는생각까지한다는말을하고는

『이와 너도알게되엿스니말하지만 어쩌케해서든지책을 살리도록해주어라. 이런말하기는 나역시미안한노릇이지만 그러타고해서 위지에잇는사람을 살리지안허서야되겟니 내가바라기는 한여자라는것보다도 한불상한사람이라는생각밋테서 구원해주어라 잘이해할수잇는사람의괴롬을건저준다는것이 얼마나큰일이냐? 큰일은둘재로 네가구하지안는한 그들모녀는 죽는사람이다. 』

그러나 동환이는 아모대답을아니햇다.

혼자서 무엇을생각하는모양이다.

『고칠수 잇는줄알면서도못고치는게 얼마나 애타겟니?』성구도 길게말할
필요가업슬것갓터 말을중단에끈헛다. 말로 움직이게하랴는것은 상대방을
밋지못하는것이될뿐아니라 일이혜련이에관한것인이상 더말할수도업다

【57회】[19) 딜렘마(十八)

아침밥을먹고 조간신문을뒤적거릴때 동환이를찾는소리가들려왔다.

『누구요?』하고 되물어보기는햇스나 목소리로 짐작을햇기때문에 그리급
하게쮜여나가지도안코 방안에안즌채 손님이드러오기를 기다다.

『조반먹엇니?』차저온사람이 말햇다.

『응!』동환이는 달갑지안은표정으로 대답을하고차저온사람을 그리반기지
안는다.

『요즘은 늘집에잇섯니?』차저온사람이 동환이가 읽든신문을 뒤적어리며
물엇다

『갈데가잇나!』동환이는사못싱크럽다는듯이 무쑥쑥하게대답햇다 서울올
러온뒤자기가몬저 그집을차저가기는햇지만 자기마음이무거울때 조곰도 필
요로늣기지안는사람인만큼 반가운줄을몰랏기때문이다.

즉 인걸이엿든것이다.

자기가 무엇을 마음속으로생각하는때 인걸이를맛나면 도로혀 어즈러워
지는것이 생각의실마리를잇게된다

혜련이에게 돈을준뒤 그는 그일이올혼가 그른가를아직까지밝히지못햇스
며 참으로 엇든동기로써 돈을주엇는가하는대답을 엇지못햇다.

혜련이에대한미련은 아직남어잇섯다 그러타고해서혜련이에게 무엇을바
랠수도업다.

말하자면 혜련이를생각하는마음이 자기혼자게만잇다.

---

19) 53, 54, 55, 56회가 모두 누락되었다. 그리고 소설의 내용은 그대로 이어지는데, 신문에서
연재하는 회수는 틀리다.

그마음이 언제까지계속될는지는몰은다.

이것만은 자기도숨길수업는일이다. 그러면 성구에게 자기일홈을숨기며 이성으로써가아니라 불상한인간으로써 도움을준다고한말이 참된것인가? 자기의마음을 합리화시키기위한아름다운말이엿든가. 혜련이를 생각하는마음과 돈을주엇다는사실과를 아모리조케해석한다해도그이상 다른길이업슬것갓다

혜련이가 언제사실을알는지모르지만 알기만하는날에는 그역그러케해석할게당연한일일게다.

한달쓸잡비속에서 이십원을쌔낸다는것은 적지안혼일이다. 편지를써야할게며 그뿐아니라 돈백원을구면하려면 상당한수단이필요하다. 매달보내는 돈에서 돈십원이나더쓰는것은 그리문제가안된다할지라도 예산이외 것의에는 아버지가 꼿꼿하게산을들어야허락한다. 그러나동환이는 압호로닥칠 충돌쯤은생각도아니하고 허락해버리엿다.

그만한히생을 하면서까지 허락한자기가 결국 자기를속히엿고 남에게비우슴을밧는다면 그이상더 원통할일이업다.

(이제라도 그만둘가…)

이러케까지 생각해보앗다.

그러나 다시그러는째 성구가 혜련이가자기를 얼마나비우슬가? 쏘그들의 낙망이 자연 얼마나 큰것일가 더구나 혜련이가 그러케도 괴로워하는것을 모르기나한다면모르지만 임이아는이상가만잇슬수가잇는가 !

달콤한쑴이생기면 쓰디쓴우슴이 이러난다.

어쩌케해서 마음의 줏대를잡을가하고 생각하니 그저괴로울쑨이다.

누구에게 말할수도 업는일이다.

그런째 비교적 말이만흔 인걸이가차저왓슴에 달게마지해줄수잇슬리가 업다.

『요새두 연애를하니?』 인걸이는 내막을알고 비웃는듯이물엇다.

동환이는 대답하기가실헛다. 아니라고 하기도실코그러타고하기도실허 『웅—』하고 그러나 너무 불친절하지는안케 빙그레웃섯다.

『어데 너절한연애를 하는게로구나…』

언젠가 엇던녀자와 사괴게되엿다는 말을들은뒤 자세한것을 듯지못햇지만 한마디드른것으로 열을안듯이말하는것이 인걸이의 성격이엿다. 이날 동환이의얼골빗치 저윽히 우울해보임에 그는 뒷거리를치는겸 이러케말했다.

동환이는 대답을아니햇다 지난경과를 보고십지도안헛지만 지금의자기는 연애와 다른감정을 가젓기째문이엿다.

【58회】 딜렘마(十九)

동환이가 말을하지안흐니 인걸이가 다시 이야기를쓰냇다.

『연애라는것은 우울하게하는게아니다. 우울한째흉금을터노코 웃을수잇는연애가아니면 그게무슨연애야— 그러키째문에 마음에드는여자가잇스면 몬저 그러한상대가 되여주겟는가를 싸저야하구 그러치못하겟다면 어쩌케서든지 마음을 도리켜야한단말이야. 여자란 이편에서 조곰만 자기를존경하는것가치보혀주면 자존심이 강해지구 생각을만히하게되는것이니까 엇든여자든지 첫번부터 막눌러주어야하는게니라. 처음에 실증을 가질는지모르지만 점점쓸려오는것이 여자의본능이니가… 그러니가 마음에만들면 잔소릴말구 손목을 꼭붓잡은뒤 가슴을썰리게해주어라. 』

인걸이는 웃으며 하는말이엿스나 진담갓치말햇다.

『쓸데업는 소릴마러라』

동환이는 그말에조곰도찬성치안헛다. 인걸이는그러할사람이다 그러나 자기는그러질못할사람이다.

『너는 연애를 너무나정신적으로만생각하기째문에실패를하구 고통을밧는줄알어라 연애라는것은 결코 우상을 사랑하는게아니다 사람— 더구나 사내보다약하고 이해관게에가장눈이밝은여자를 사랑한다는것인줄알어야하니라 결혼도 그런것이지만 연애란그것과도달러자기마음속의장부(帳簿)에적자(赤字)생기지안허야만 만족해하는게여자다 그만족을기다리여서는연애를못하느니라산판을놀새가업게 마음을 꼭잡어노아야하는게야. 』

그마음이 언제짜지계속될는지는몰은다.

　동환이는 그말이약간그럴듯도햇다.

　자기가 괴롬을밧은것은너무나 우상처럼생각하고 사랑햇기때문이아니엿든가― 그러나 인걸이의말이올타고해서자기가 그러케못한것을후회하거나 압으로 그리해보겟다는생각은들지안헛다 아모래도 자기는 그럴수가업는사람이다

　『네나 그러케 연애를해라 나는 연애두아모것도 아니할사람이니싸…』

　『이놈― 날속일랴구 그러니? 네얼골에 연애루알코잇다는게 씨워잇서! 다 속혀두 난속히지못하는법이니라。』

　동환이는 인걸이가 혹시 성구에게 이야기를듯지나안헛나하고 생각햇지만 설사 그가안다해도 몬저말을쯔내기가실허

　『다그만두엇다―』하고 대답햇다.

　『그러지말구 얘기를해라. 내가 가로채지는안을쎄―』

　인걸이는 언제드른일도잇지만 태도와표정으로 여의치안케되는사건인줄 짐작하고 궁금햇다『엇잿든 연애는애써가며할게아니라. 이애기하면내가방법을 가르켜주마―』

　동환이는 씨원하게 이야기하고십흔생각도낫다. 이야기를해서 그의의견을 듯는것이 큰도음이될것도갓다. 무슨일이든지 대담하게처리하고 쏘사리를판단할쌔도남과달리 민첩하게하는인걸이다. 어차피 헤련이를 사랑할수업는것이라면 생각을결정하는것이도로혀 쌔끗할것갓다.

　그러나 읜지모르게 헤련이의이야기를 쯔내기가실헛다.

　인걸이가안다면 댓자로자기를바보라고 말해버릴것이 분명하다. 헤련이를 체면업는녀자라고 말할는지도 모른다.

　『다 단렴해버렷다. 걱정마라―』 동환이는 거즛말을해두엇다.

　『내가 연애를할쌔 보아라내가 모범을 보혀줄테니 그러케해보아라. 사실 나두 이제연애를한다. 그러나 너가티하지안코 남자를전부다아는녀자와 사괴가지구 서로 보고십플쌔만맛나서 이야기를하구맛나지 안는동안은 아주이 저버리게하거든!』

　『네마누라보구 일러준다』

『다양해를밧고잇스니가 걱정은 필요업다. 사실 마누라에게 풀수업는 고적이 작고생겨 큰일낫서— 무위(無爲)의 고적을 마누라에게말하면 그는 더 외로워하니가 말할수가잇서야지. 정말연인을만들어야하겟서—』

인걸이의이말은 사실인듯햇다. 남편과 동등의지식을가진안해가 가정부인으로써개성을죽이는 외로움이 남편의외로움이상으로 클넌지도모르는 그부부사이에서인걸이가 현실에대한비애를이야기못하고 괴로움이 적지안흘게다. 그러나 인걸이는쓸데업는말이나한듯이 이야기한말을 지처버리랴고

『오늘은 한강쏘트나타러가자—덥기두한데 !』

하구 짠말을쓰냇다.

말은대담하면서도 속으로는 자기만못지안케 외로움을가진것갓터 가치동모해주고십흔생각이 나기도햇지만 동환이는 원체 운동이나그런것을즐기지 안는다.

멧번인가 권햇스나 동환이는 그를짜라나서지안헛다

【59회】 딜렘마(二十)

할수업시 인걸이가혼자나간뒤 동환이는책을쓰내들엇다

니—체의『쓰아라스트라』엿다. 니—체가 개인주의를논햇다는것은 늘들엇지만 구명해보지못한만큼 동환이는 자기라는것을알고십고 자기와사회 자기와남의관계를밝히랴햇다 더욱이헤련이와관계가잇슨뒤 자기의타격이너무나 심한관계상 도대체자기라는것이 얼마나한가치를가젓기에 한사람째문에 이러한고통을밧는가하는 의문이생겻든것이다 쏘는자기를잇지안흐랴면 엇지해야하는가하는것도 그뒤로할알십엇다 자기를생각하기째문에 의리를버리는사람도잇다 짜라자기를이저버리기째문에 멧배의고통을밧는사람도잇다

도스토엡스키는고민을해라 말로형언할수업는 보담큰 고통을늣길째 자기를구할수잇는 새신렴이생긴다고말햇지만 우선그괴롬의가치를생각해보고십엇다

그래서 이책저책은 들처보앗으나 엇전지 니—체가자기마음을 굿게해줄듯

해서그것을들엇다.

그러나 쉽지안흔책이 복잡한머리속에 들리가업섯다

자기가 생각해오든생각도 솟아올으며 인걸이가 하든말도 머리에써오른다.

인걸이가하는말대로 여자를 우상으로생각말고 대담하게 사귈필요가잇는 것갓치 생각되다가는 인걸이의외로움이 불현듯이러나기도햇다

너무잘알고 너무잘이해하는 부부의비애가 보통이아닐것갓다 함부로 써드러대지만 그것이 자기의고적을 속히랴고하는줏이라생각하니 인걸이가불상하게도뵈인다.

인걸이가 지금마누라와 결혼하기전 사오년이나 연애를햇다 그째야말로 정신적인연애를 누구에게지지안흐리만큼 열렬하게햇지만 지금에와서는 두사람이 꼭갓튼비애를늣긴다.

『이러나 저러나 마찬가지니 운명대루살어갈가─』 이러케도생각되엿다.

이럴째 성구가 차저왓다

성구를보고 아모말도 뭇지안헛스나 얼골을보아 그이역시 괴롬을가진사람이라는것을늣기엿다.

온순한성격에 가정적인사람이라 가정에대한 불만과 괴롬을늣기지안코지내는사람이지만 그반면에 남편으로써의직책과 생활에대한경제적곤난을 늣기는고통은 자기나인걸이가 늣길수업는만큼큰것이다.

그러나 성구를보자 그런생각은 오래지니지를못햇다

『최가 써낫니?』 우선 밧분것이 혜련이의일이다.

『응 그날밤으로써낫서 내일쯤은 애를 더리구오겟지』

성구는 뭇는대로대답햇다.

『최가 무에라구그러든?』 이째까지 혼자생각하든것과 달리 동환이는 혜련이에대한것이 궁금해못견질지경이엿다.

『누가 그러케 고마운사람이잇느냐구 작고뭇더라. 그러나 세상에는 고마운사람도잇다구 대답햇지. 안가르켜주면 돈을밧지안켓다구까지 하더라마는제가 그러케써칠만큼 여유가잇나! 궁금이야하겟지만그대로갓지!』

『내말은 아니햇지?』

『아니하지안쿠──』성구는거줏말을햇다. 압흐로야 엇지되든 쏘는 동환이의참마음이 어데잇든간에 신신당무한것이라 실토해버렷다는말을할수가업섯다.

동환이는 곳 돈이 필요하리라는것과 쏘그새 어쩌케서든지 변통을하야되겟다는것을 성구에게물어보는듯말햇다. 그리고는 집에편지해도 그러케 날래오지못할것과 온다할지라도 자기가어쩌케 거줏말을 쭈며대야할것을 걱정햇다. 아모말도아니한여자째문에 돈을써야겟다는것은 부모에게 참아말할수업는것이니싸── 그러나 어쩌케해서든지 그맛한돈만은 돌릴수잇으리라는 자신을 가진다.

말이그까지가니 동환이는 더물어볼말도 잇는것가트면서도 무엇을물어봐야할는지 몰랏다. 그럴째 성구가한숨을내쉬고

『나쏘 큰일낫다』하고 말을쯔냇다. 즉 자기의마누라가 메츨전부터 몸이거북하다는말이잇섯고 그전에도얼골빗이다르며 구미를일헛지만 임신이나안인가하고 한편깁버도햇고 직업째문에걱정도하며 그리크게생각지안헛든것이 어제 병원엘가뵈니 페가약하드라고하며 기운이업서 오늘은 회사에도 안갓다는것이다.

【60회】 딜렘마(二十一)

성구는 동환이를맛나본뒤 곳집으로도라왓다. 너무나낙심하는명심이가보기에싹하기도햇지만 혜련이가쩌낫다는것을알리기도해야겟기에 동환이를차저갓던것이나 알는안해를눕혀두고 오래나가잇슬수가업서 집으로왓다. 압흐대야 오금을못쓰리만큼 어데가쑤시는것은아니엿지만 페병이란말에놀래 여별수업시 죽는것으로만생각하는안해가불상햇다 하기야자기도 너무나무서운병명에안해를 죽여버리는것만가터 어제밤을 명심이와가티 꼼박새웟다.

성구가 집으로드러가니명심이가 성구의얼골을보고짠편으로도라누엇다 몹시기다린모양이엇다 알는자기를두고 무슨밧분일이잇느냐는듯이 성구를 원망하는눈치엇다.

성구는 미안햇다 생각하면 안가도괜치안흔것이나그래도 동환이가 궁금
해할것이안되여갓든것이나 정작갓다오니 명심이에게 낫츨대할면목이업다
『좀 어써우?』면목업는김에 엽페가지도못하고물엇다 명심이는 대답을아
니햇다 도라눈채 눈물을흘리는모양이엿다.
『잘못햇수』성구는 명심이엽으로가서 안즈며 말햇다『사실은 맛나볼사람
이잇서서갓댓는데…』성구는 사실을말치안엇다 바른대로 말하지못하는것이
미안햇지만 안해의마음을 복잡하게만들지안키위해 혜련이에대한것을 일체
이야기안햇다 전부이야기해버리는것이 두사람의새를친밀히할는지도 모르
지만 비교적단순한명심이에게는될수잇는대로 필요업는말을아니하는것이
조흘듯해서 이째것숨기엇든것이다 혜련이와의관게가 아무리흠잡을무엇이
업지만 그래도 자기가 섭섭히생각할째는 그린것으로 오해하기가쉬운일이다
그게명심이를 사랑하지안키째문이아니라 명심의마음을어질르지안켓다는
보담큰사랑을자젓지째문이엇다 물론숙히와의 과거를 한마디나이야기할리
가업섯다 혼자만이알고잇는일을 명심이에게이야기하여야 두새가 한몸처럼
될것가티생각햇스나 그런이야기를드른뒤 명심이가엇든생각을가질가하는것
이 겁낫다 그래서 이날도볼일째문에 나갓다는말로 핑게를삼엇다
명심이는 그째야 성구를향해 도라누우며 성구왼손을잡엇다. 당신을 기다
리기가흠드럿습니다 하는듯이쥐인손에 힘을주엇다
『너머 걱정마려요. 마음만굿게먹고 조리를잘하면낫는다고들합니다. 우
선 필요한것은 마음을 굿게먹어야야하는것이니짜 상심을말어요―』성구는
명심이의얼골을보자 자기마음마저괴로워젓다. 그러나 명심이는 성구의손
을노치안코
『제가 죽으면 엇지하겟서요?』이런말을햇다.
『쓸데업는말은 말어요. 이제 시초인데 조꼼만 조리를하면 꼭날게아니
요. 난그런소리 안드를테야』
성구는 명심이가죽는다는것을 생각하기실헛다. 매일밤가티 이야기를주
고밧든명심이를 쌍속에파뭇고 자기가 공동묘지를차저단닌다는 그런일은 꿈
에도 생각하고십지가 안타. 더구나 죽다니 가치살다 가치죽는다면모르지만

결혼한지일년도못되여 명심이가죽는다는게 도대체 말이될말이냐.

『그래두 잇지는 안켓지요—』명심이는 죽엄을생각하면서도 그게가장걱정인모양이다

『글세 그런소리는말라니까! 그런소리만한래면 난나가버릴테야!』

『그럼 아니할게요!』명심이는 그래도죽는다는게설어워 눈물을흘리엿다

성구는 흐르는눈물을시처주며

『내일부터는 회사두 그만두고집에잇스며휴양을하면 고칠수잇는게니까 약한몸으로 너무애를썻스니 그런병인들 안걸리겟수 모두내죄지 당신도 불행한사람이되여 나가튼남편을 맛낫기째문이아니우 내일부터는 구루마를끌어먹는다할지라두 놀지를말코밥버리를하리다 넘려말구집에잇우—』성구도 울먹울먹햇다 명심이가 그런병을어든것역시 자기의죄가아닌가 !

『그런말슴은말어요 그러면난죽을테야 너나할것업시힘잇는것 죽는날까지 일하야지요 당신이야그런일보다도 문학을 좀더열심히하서야안허우』

이말에 성구는나오랴든눈물을 참지못하고 흘러쓰렷다

【61회】 딜렘마(二十二)

다음날아침 성구는헤련이를차저갓다

오는날인줄 확실히알면서도 새벽처럼 정거장에나가는것이 명심이에게미안해서 정거장에만은 나가지를못햇다. 만약 명심이가 그냥누어서 회사에도 나가지못햇다면 조반 먹은뒤라할지라도 그리빨리가지못햇슬것이다 자기마저 일을그만둔다면 남편의걱정이 더클것을염려하야 몸이그리째긋한것갓지도안치만 명심이는 변쏘를싸가지고 회사엘갓다.

성구는 참아눈으로보기가 힘들만큼 명심이가 가업서보헛다 어쩌케서든지 자기가밥버리를해서 명심이의수고를덜게해주고 그의병마저 고치주어야할생각이 새삼스레 가슴을쩔럿스나 그러타고해서 신통한수가업다. 생각하면 속만상할쑨이다. 차지갈만한사람은 다차저가보앗고 알어볼만한대는 거의알어보앗다 그러나 자기 하나를 안치워줄빈의자는어데나업엇다 자기의기

능이그러케도 부족한가하고 한탄할째도 잇섯스나 돈버리라고잘사는사람가
온대도자기만못한사람이 얼마든지잇다

지식이 그리쩌러지는것도 아니오 남달리 나태해서낫분인상을주는것도아
니지만무엇때문에 자기만은 멧푼안되는 안해의월급으로 마음못노코사는건
일가!

물론 교활하지못한자기에게 사교적수단이업는것만은 사실이나 그것째
문에 하로하로사는 현실생활에고통을바더야한다는것은 퍼그나야속한노릇
이다。

생각하면 생각할사록 야속한마음이들엇고 장모와명심이에게 미안햇지만
이제는너무나 오래긴장한마음이 어느정도싸지풀리여 할수업다는단럼에갓
가운생각을가지엇다 페병을가지고도 남편의괴롬을 크게하지안키위해서일
하러가는 안해를 생각한다면야 혜련이의일이건 누구의 일이건 자기이외의
일을 간참할여유가업슬것이다 그러나 자기일은 걱정한대야쓸데업는일이오
혜련이의일은 자기가업는한큰지장이잇슬것가터 혜련이의하숙으로갓다

여자의몸이요 더구나 S병원에는 자기가잇어야 여러 가지교섭을할수가잇
다。연자의병을 고치고못고치는것은 자기에게잇는것갓기도햇다。

혜련이는 성구를보자 무척 반가워햇다。

해숙한얼골로 낫서룬사람이왓나보다하고 눈만움즉이며보는연자에게 『아
저씨가오섯다。인사를해라』하고 당치도안흔말싸지햇다。

연자에게 사람이반가울리가업다。자기어머니야 엽에서 써나지를못하게
그리워할것이나 처음보는 남자에게 더구나 몸도마음대로움즉이지못하는병
자로써 인사가다무엇인가。

성구는 모녀를둘러보고자기손에 두생명이달린것가티생각되며 짜라 그들
역시자기를 의지하는것가터 눈물이나올랴햇다。

서로의지하고 사는두사람이 모두의지한만큼 든든한것이하나도업다。성
구는 연자의손목을 잡고 그의발을보앗다

그래도 서울엘온다고 한쪽다리에는 양말을 신엇스나 살이엇지나 파리햇
는지양말이살에붓지를못햇다 그나마 한쪽다리는 파리다리와가치 쎠만남은

것이 다치면 썩어질듯하다

복송아쎄잇느데를 붕대로 싸맷스니 그박게싼상처가보히지안엇스나 발목 한편의종기로 이리케도 몸이파리할수가잇나하고놀낼정도엿다

『여기압흐지?』 성구는 연자에게물엇다

연자는 수집어하는표정도업섯지만 대답이업다

『이제 병원에가서고치면곳낫는다 연자가참엣부구만…』

성구는 연자의얼골까지 만저보앗다

창백하고 여위여 본얼골이 잘드러나지안헛지만 헤련이를 달머 쭈릿쭈릿 한눈과 시커머코 길다란살눈섭이며 얇다란입술할것업시 미운데가업는얼골 이다.

엡분애가 그리케여위엿다는것을 목도하니 마음은더욱안되엇다.

『너의엄마가낫버서네가알는다 ! 이게 네엄마가?』

성구는 이런말이나해서라도 자기의마음을 흥분식히지 안흐려햇다 그러 나 연자는그러치안타는듯이 헤련이를처다보며 그리로갓가히간다

『쓸데업는소릴하시지 엄마가 인제고처줄텐데…』 헤련이는 누어서 몸을움 즉이는연자를 두둘겻다 엇잿든 연자를 더려왓고 틀림업시 병은고칠것만으 로 생각하니 헤련이가 가벼운마음을가진다는것도 무리는아닐것이나 성구가 보기에는 유쾌한얼골을 일부러 쑤며대는것갓헛다.

【62회】 딜렘마(二十三)

성구는 헤련이와가티 연자를더리고 S병원엘갓다

한시밧비 병을보히고 확실한이야기를듯고십픈 생각도잇섯지만 그보다도 일즉가면 일즉갈사록 병이날려고 처지리라는 생각을 두사람이 꼭가티가지엿 다. 뿐아니라 지금으로 말하자면 연자의병을 고치는것이외에 짠일이업다.

피곤해서 누어잇는 연자를끌고 S병원 낭하에드러섯슬째 헤련이는 자기 도모르게 몸을 움틀거리며 놀랫다

수술실에서 입원실을향해가는 침대차인듯햇스나 흰보재기로 얼골까지가

린 환자가 죽어서 병원을나가는듯 조심스런 간호부의손에끌리여 혜련이의 앞풀지나갓다

알지도못한사람이엇만혜련이는 그환자에게 얼골을숙이엿다. 마치 부모의관(棺)앞페선듯이。

흰보재기를덥고 신음소리한마디내지못하는 그환자가 엇던병실로 드러갈때짜지혜련이의눈에는 가튼침대차에 눕히여 가튼간호부에게 끌리워가는 연자가 보엿기째문이엿다

『쌀리갑시다』하는 성구의말에 혜련이는 자기가 발거름싸지멈추고 섯든것을알엇다

혜련이는 불길한생각을버리지못한채 성구를짜라 외과라고 써부친진찰실마즌편싸지가서 의자에안젓다。

성구는 어느새 신경과로 뛰여가 자기동모를 더리고 혜련이잇는곳으로 달려왓다

『제동몬데 인사하세요—』 성구는 두사람을 우선인사시킨다음 동모에게 『곳좀볼수잇슬가?』하고물엇다。

동모는 긴말을아니하고진찰실로 드러가드니 얼마안되여 그들을 진찰실로불렷다。

혜련이는 몸에씌듯이 연자를 엽페안치우고 과장이부를째를기다리엿다。

마침환자가잇서 치료를가하고잇는중이엿다. 막을치고 그속에서 치료를하기째문에 엇던환자인지는 알수업스나 참으랴하면서도 참을수가업서 씅씅 알는소리를하는것이 분명히들리엿다。

혜련이는 손으로 얼골을가리엿다. 자기도병원을차저온사람이지만 병원이란 엇전지 사람을 압흐게해주는곳인것가티 늣기여젓기째문이다

얼마지난뒤 연자가 수술대가튼 침대에눕고 과장이엽헤서 간호부에게 붕대를 풀게할때 혜련이는이순간을무사히보내달라고 기도를올리고십펏다。

연자가 의사의마음여하로 아퍼도할것갓고 압흐지안케 고칠수도잇슬것가터 의사로하여금 좀더 어진마음을가지게해주엇스면하고빌엇다。

그러나 말이라고한마디물어보지도안코 점점풀어지는 붕대만을바라보는

의사가위엄스럽기만할쑨 연자를 측은히 생각해주는기색이하나도안뵈엿다.

아모리 밧부다할지라도

『압흐냐?』또는『그놈잘생겻군』하는말 한마디라도 해주엇스면조앗슬게다 마는 상처를만저볼째짜지도 이러타는말한마디물어보지를안헛다

환부를먼저보고 드려다볼쑨 병의원인이라든가 언제부터 알키시작햇는가 를 알어보랴고하지안는의사가 나종에는 무엇을알기나하는가하는 의심짜지 주게햇다.

그러나 근오분동안이나환부이외의 몸전체까지 진찰하든의사의태도가 그 리신통치못하다는눈치갓홀째 혹시생각도못하리만큼 무서운소리를하지나안 홀가하는 겁을주엇다 쌜리보고 얼마동안이면 고칠수잇다고 시원히말해주엇 스면 조흐렷만 자기자신도밋을수업다는듯키고개를 기웃거리려가며 청진기를 가슴에짜지대보는것이 심상치가안헛다.

청진서와갓치 다리를자르라고나하지안홀가— 하고 혜련이는 가슴을조리 엿다

성구도 그의동모도또는엽헤서서 의사움즉이는손만을바라보는간호부도 긴장한얼골로 말이업다.

조용한진찰실 뭇생명의처단을나리엿을 진찰실의침묵— 거기에서 한생명 의운명을기다리여야만하는 혜련이의마음.

『자다가 시근쌈을흘리지안습니가?』 첫번으로물어보는의사의말.

혜련이는 무엇째문에 병과관련이업는말을 뭇는지도몰랏다 그러나생각해 보니그런일은잇는것갓다

『째루식은쌈을흘립니다』

『폐가낫붐니다. 이것도결핵성골막염인데 수술가튼것으로 날병은아님니 다. 시골가서 일광욕을잘쐬우고 조혼약과 영양분을멧해동안 멕여보십시 오.』

이것이 의사의진찰이엿스며 그의말의전부엿다.

【63회】 딜렘마(二十四)

혜련이와성구는 여러가지로 병의진상을물엇다. 결핵성골막염이라는게 대체엇던것인가까지알어보앗다. 혜련이는 의사의말이모르는소리라고 주장하고십기까지햇스나 그러나 의사의말과 연자의병세사이에 틀리는점이 업기때문에 그런병이아닐게라는말도할수업섯다.

엇던전문학교학생하나가손고락이압흐다고 병원엘왓기에 그것을진찰하니 것트로는 아모러치도안치만 결핵성이라는것을 능히알수가잇서 휴학을하고 고향으로가게햇다는말까지하며 그런것은 수술을하는것보다도 근본적치료를한뒤에 외과치료를하여야한다고 지금은자기네들이볼병도아닌것처럼 냉정하게말햇다.

성구역시 벙벙햇다. 고칠수잇느냐하는것이 문제가아니라 고칠비용이잇는가 업는가하는것이 걱정이엿섯기때문에 병을고칠수업다는말은 너무나의외의일이엿다.

자기의힘으로써 해볼수잇는돈문제야 자기만이애쓰면될것가튼자신이 처음부터잇섯지만 돈이잇서도 엇절수업다는말을들을째는 그저가슴이나려안젓슬쭌이엿다.

더구나 동모가 성구를조용한데로끌고가서 애의몸이 몹시허약하여 결핵성이 박게만나터난것이아니라 폐까지범하야 제이기로드러갓다는말을할째 혜련이에게도알릴수업는 괴로움을혼자서도당하고잇섯다.

혜련이가 얼골빗이 달러진것만은사실이나 그래도냉정한태도를보히랴고 시골가서 휴양을식힌다면 어써케해야하느냐 쏘는약은 엇든약을먹어야하는가하고 외과의사에게 뭇는것을볼째그래도 연자에대한히망을 가지고잇는구나하는 생각이들어 가슴이맥맥해지엿다.

『가봅시다』

성구는 그자리에 오래잇기가실헛다.

혜련이역시 그리신통한소리도 못드를곳에 오래잇을필요가업다고 생각햇는지성구의 뒤를짜랏다.

하숙에다 연자를눕힌 성구와혜련이는 한참동안 말이업섯다.

성구가 드른대로말을한다면 연자가희망이업는애라는것일것이오 혜련이가 생각한대로말한다면 엇써케해야하는가하는 막연한걱정일게다. 그러나 한참뒤

『다른병원엘 가봅시다. 의사에따라 병을보는법이다르기도하니까요!』

하고 성구가입을열엇다. 실은 그러키도하다. 요행수로 고칠수잇슬넌지도 모르는일이지만 이왕서울까지온이상 다른병원에도 단녀보아야할것갓헛다.

『그럴가요?』

혜련이는 힘이업스나 성구의말을 밧엇다.

그에게는 아모생각도업다 비록 거짓말일망정 능히고칠수잇다는의사의말이 듯고십헛슬쑨이다.

『그럼오늘은느젓스니 내일아츰일즉히가봅시다』

성구는몬저갓다. 성대병원이나 의전병원엘갈랴면적어도오전중이아니면 안된다. 이미정심째가지낫스니 내일박게갈수가업는일일쑨아니라압흔몸으로 회사엘간마누라가걱정도되엿다. 그새도라와서 누어잇지나안은가하는걱정도 잇섯지만 짝해하는혜련이와마조안저 얼골만처다보기가안되엿다. 말을하면할사록혜련이의걱정이나종쑨이엿다.

성구마저보내고난혜련이는연자를상대로

『이제곳낫는다 우리연자착하지!』

『무어먹고십흐니…』하고중얼중얼했다. 참아 연자의얼골을바라보며 어린것의운명을생각하기란 어머니된몸으로할수가업는노릇이엿다.

그러나이야기도 달가워하지안는연자가 엄마의눈치만보드시 눈을쏨벅쏨벅하여자기를보라볼째 혜련이는군소리를함부로할수업섯다.

(못고치면엇더케하나 !)

이마와코등에서는 진쌈이홀럿다.

바람한점업는방안에서 혜련이는다시생각에사로잡혓다.

(청진의사들의말이맞첫구나—) 이러케생각을하니 너무나허무한마음이 의지할데가업시 고무풍선처럼 나라가는듯했다.

【64회】 딜렘마(二十五)

서울서 고치지못하고 청진으로 돌려보낸다면 그뒤의일은엇지될가?

연자는 연자대로의운명이 정해지여잇는것을 공연히자기가애쓰고 잇지안는가— 이러한생각까지해보앗다.

그러나 다음날아츰 조반을먹는척하고난뒤에는 무작정하고 성구가기달리엿다

빨리와서 짠병원에 가보고십흔생각만이머리에찻기째문이엿다.

엔만만하면 밤에도와줌즉한성구가 밤새것 발길을아니햇고 조반을먹은뒤에 도늣도록와주려니하는생각에그의사정이 짜로생긴것을짐작하지도못햇다.

남보다 일즉가서 시간에늣지안토록 진찰을바더야하겟다는생각에 성구를 기달려지는마음 가슴을조리게햇다 성구가 연자의아버지도아니오 자기남편이아닐뿐아니라 친척도아니다 그러나 응당와줄사람인것처럼 기달려지는것은 헤련이에게물어도대답할수가업는심사엿다

벌서 비초이는해빗이짜거워보인다.

(엇재 아직아니올가?) 이러케생각을하니 자기스스로도 대답할말이업섯다 엇드한일이잇다할지라도 오리라도 오리라고밋을수잇는사람이엿기째문에.

그러나 오야할성구가 아니온다는데짜라 헤련이는새로운겁이들엇다.

어제는 아는사람이잇서진찰비를내지안헛지만 오늘부터는 돈이필요하다 선금을내고야 진찰권을살수잇으며 진찰한뒤약을 먹어야한다면 쏘 돈을내야한다 그러나수중에돈이한푼도업지안혼가 !

성구는 벌서 그것을생각하고 돈을구면하라간것임에틀림업다.

돈— 다시 돈이란생각이연자의병보다 긴급한것으로생각낫다

만약 성구의힘도부족해서 그돈이 되지안는다면 엇지할가 !

아모래도 고칠수업는병이라면 차라리 성구에게마저 근심을끼치지안는것이 낫지안홀가?

돈에대한것은 이이상 더 생각하고십지가안헛다 경옥이에집에서 자기를 더리러왓슬째 그의격분이 엇든것이엿든가

　자기발로걸어가서 부탁한일이엿만 경옥이의친절이 도로혀 원망스러윗고 첩노릇을해야하는 자기자신역시너무나 요망하고 경솔한것을 뉘우첫다

　만약 성구가 동환이에게서 돈을변통하기전이엿다면 그러치도안헛을넌지 모르지만 그뒤라그런지 더리러온사람까지 자기를 즘생보다도천하게 보는것 갓헛다

　살기가얼마나힘들어 자기입으로 그런말을 쓰냇든가하는비애와가치 자기를 그런사람으로 만들랴고애써주는 경옥이가 원망스럽기도햇다

　그러나 그런일이잇슨뒤성구를밋는마음에선지몟츨동안은돈에대한것을잇 저버리엿다

　그돈— 생각만해도 소름이찌치는돈째문에 다시속을써야하는가하는것은 헤련이로써참아 견질수업는일이엿다

　(죽어버렷스면—) 헤련이는 목숨마저잇는것갓지안혼 잠든연자에게 이런 말을 중얼거리엿다 허나 숨소리가나고 가슴이 움즉어리는것을 볼째 가장 독 살스런생각을 안개처럼 사라트렷다

　『내연자지』헤련이는 연자의뺨을 손으로쓸엇다

　(죽다니 연자가 죽는다는말이된말인가?)

　이러고잇슬째 구두발소리가나며

　『최선생—』라고불느는소리가낫다

　볼것업시 성구엿다

　(선생님째문에 별생각을다햇서요—) 하고 나무램부터해주랴할째 성구의 뒤에서 모자를버서 쥐고선사람이보혓다

　헤련이는 인사할말도 나오지안헛다

　돈을준다고하드니 벌서자기를 차저왓는가하는 불쾌한생각이 들엇기째문 이엿다

　그러나 자기집에온사람이고 쏘설사그러타할지라도나타나게 불유쾌한빗 츨보인다는것이 경솔한듯해서

　『그새 안령하섯서요? 드러오십시오』하고 동환이에게 인사를햇다 그러면 서도 성구에게는 쓸데업는즛을한다고 눈을홀기엿다

성구가 그런줏을아니햇다면 갓치올리가 업슬것갓기째문이엿다

성구는 그뜻을알고 빙그레웃섯다

할수업다는듯이.

【65회】 딜렘마(二十六)

『어린애새때문에 얼마나 걱정하십니가?』동환이가 인삿말을햇다.

헤련이는 그말에 대답을못햇다 성구의말이 동환이가돈내는것을 모르는 척하라고햇고 아는척한댓자 구구하게 돈을주서서 고맙습니다하고 감사한다 는것이 도로혀면구스러윗기째문이다.

성구를통해 임이 병세까지알고 어제 병원에서지난경과도드른동환이라 그이역시짠말을 뭇지안헛다.

우선 동환이가 자기를차저온 동기가궁금해서 헤련이는 쌀리 집을써나고 십기만해서

『늣지안엇서요?』하고 성구에게재촉햇다

성구는『느저미안합니다 쌀리가십시다』하고 동환이와가티 밝그로나간다

헤련이는 성구가오기만기다린든차라 별로 준비할것도업시 연자를 안고 뒤를짜라가랴할지음 성구가 혼자드러와 이야기를쓰냇다

자기의안해가 중한병으로누어잇게되여 집을나설수업다는것과 자기대신 동환이에게 모든일을 부탁햇다는것이엿다

그리고는 동환이가 아직까지도 돈주엇다는것을 헤련이가 모르는줄알고 잇으니 그쯤주의하라는것을 당부햇다 그래서 오늘필요한돈도 성구가동환이 에게 가저온것을 헤련이에게내주엇다

성구역시 연극을 쑤미지나안는가하고생각할때 그가 능글스럽게보혓으나 핑계가 마누라알는다는말에 헤련이는

『무슨병이세요?』하고 걱정하듯이물엇다

『글세요 씨원치못한 병인것가터요 오늘부터는누어알는가보든데요』이런 말을 하는성구의태도가 거줏을쑤미는것가치는안헛다

『깃분병이신게로군요?』

『그랫스면 조케요?』

『먹을것두업는놈이 그리조흘것도업지만…』

『그럼 무슨병이서야요?』

『글세요—』

『정말애요?』

『그럼 거줏말을할가요』 성구의말은 힘이업섯다

『그러시면 빨라가보세요 박선생하구갓치가보지요』

『글세 아모래도 나는 집엘가보아야할것가태요』

이런말을하며 그들은 혼자서 기다리고잇는 동환이에게까지왓다

『오늘부터 자네가 좀애써주게 미안하지만 할수잇나』 성구가 동환이를보고 새삼스럽게 인사가튼말을하자 헤련이가

『미안합니다밧부실텐데…』하고 부연을부치며 자치가준것은 임이 알엇다는듯이말햇다

『천만의말슴입니다 혼자서 갑갑하실테니동모나 해드리지요』 동환이는 말을길게하지안헛다

비록 헤련이가 모른다할지라도 자기가헤련이를위하야 돈을내는간이잇기째문에 쾌활하게 이야기할만한용기가 속에서나오지를안헛다.

헤련이는 헤련이대로 아는것을 모르는척하려니말을아니하는수박게 상책이업슴으로 고맙다는말도 쪼는괴로운표정도 보히지안헛다.

골목길을나오는동안 성구가 연자의얼골이 잘생겻거니 S병원에서는 엇든말을햇다거니하며 아모것도모르는사람에게 설명하듯동환이에게말을햇다.

동환이역시 처음으로듯는것처럼 응응하며 성구와연자의얼골을 번가라보앗다.

『우리하숙주인이 말하는데 꼭 이런병으로 일년남어알타가 할수업시 신통치도안혼병원엘갓는데 남이다못고친다구하든것을 힘들지안케고첫다구 그리든데요 멧곤데 단녀보다가 거기까지가봅시다. 못고치지는안켓지요』 동환이는이런말을하며 헤련이를 안심식히라고햇다.

벌서 그맛큼 알아본것이 고맙기도햇지만 그런병을고치엿다는병원이알고
시퍼

『엇든 병원이래요?』하고헤련이가물엇다.

동환이는 결핵성이라는말까지들엇기때문에 그곳서고칠수잇슬지업슬지 기
연미연하지만 헤련이가 그말을밋는것가터 들은병원의일홈까지 말해주엇다.

【66회】 딜렘마(二十七)

좁을길을나와 전차정류장까지온 그들은 성구와헤여지여야했다.

『미안합니다。 난집으로가겟습니다。』

성구가몬저말을했다

『쌜리가보세요。』

헤련이는 성구의마누라가 엇든병으로 어쩐케알는가하는것을 자서히 물
어보지못했지만 가벼운병일것만은갓지안헛기때문에 걱정하듯이말했다.

『잘간호해주게―』

동환이도 인사를했다.

그러나 웃슴을쯰우는성구는자기걱정을말라는듯이

『쌜리갓다오게。 될수록이면 낫도록 고처달라고하게!』

하고 자기이야기는 쯔내지도안헛다.

『저의걱정을 마시고 부인병이나고치도록 해주십시오』

헤련이가말햇다

성구는 만족한얼골로

『네―』

하고 간단한말을하고는 도라서서총독부를 향해걸엇다 안해의병이 걱정
안되는것은 아니지만 그보다도 목전의 헤련이와동환이가 갓치가며 갓튼편
이되여서 자기를안심식히려는것이 깃벗다.

이째까지 두사람이정답게 것는것을 본적이업섯고 짜라 언제나 불쾌하게
만이야기하든 헤련이의마음이 변하야 아모말업시 동환이를 짜라간다는게신

기스럽기도했다.

헤련이를위해서나 동환이를위해서나 이러한기회가하로빨리생기기를 이때짜지기다리든차라 두사람이 갓치것는것을 보기만해도 일은 다된듯한늣김이잇섯다.

자기에게야 행인지 불행인지모르지만 두사람에게그런기회를 줄수잇다는 것이 우연이면서도 깃부지 안흘수 업섯다

성구는 한편깃부면서도 쏘한편 가슴이 어지럽지안흘수업다. 이날아침에는 명심이가 각혈을하지안헛는가 ! 페가 각혈하리만큼 낫버지엿다면 걱정아니할수업는형편이다.

명심이가 죽는다면— 이런생각도 아니할수업다

성구는 거름을빨리해서 집엘갓다.

마누라는 잠이들엇는지숨소리도업시 누어잇다.

영원히 눈을감은 사람갓다.

성구의눈에서는 눈물이 흘럿다.

쓰거운것이 눈속에서 흘러나올째 그것만으로는 씨원치가안허 가슴을질르며 소리치고 십픈 충동이이러낫다.

방울방울이 쩌러지는 눈물이 좀더 줄기찻스면 얼마나 씨원하랴.

명심이가죽는다. 세상에서 다만하나만 밋고사는 명심이가 죽어야할일이 어데잇는가 결혼한지 얼마되지도안헛지만 그동안도 남편을위해 일할래기에 남편의사랑도못바든그가 벌서죽으면엇지하는가!

명심이마저죽는다면 대체자기는 누구를 의지하고살것인가 세상에 미둘물건의지할사람이라고 아모도업다 명심이가업는날이면 자기에게는 아모것도 업서지는날이다.

『여보—』이째 명심이가 손을내밀며 성구를불럿다

성구는 명심이의내민손을힘잇게잡엇다.

『여보—』

『죽지안흘쩨요—』명심이는얼골에 우슴을씌우며 말햇다.

그러나 성구는 그말이더설엇다.

일부러 웃슴을쑤미는얼골 그것은 필시자기를 안심시키려는뜻이겟지

『죽지말어! 응 죽다니. 빨리나서 재미잇게 살어야지—』 이러케말을하면서도눈물은 그대로흘렷다.

『여보。 어데루 공기조흔델가서 병을고칠수업슬가 당신을두고 난죽지안흘테야—』

명심이의말은 애쓸는애조가숨어잇섯다.

『그러치。 한달만 가서수양을하면 꼭날게야』

성구는 이런말을햇스나그다음에오는 돈이 걱정이엿다 돈만잇다면 어데든 공기조코 물조흔곳으로갈수잇다。 폐병은 다른병과달라 마음과몸의안정말시키면 고칠수잇다。 그러나 명심이의월급으로 그날그날을지내는살림에 그런돈이 어데서나올가

성구는 아는동모들을곱아보며 돈잇는사람을 생각해보앗다.

하나도업다。 잇기는잇지만그는 혜련이를위하야 돈을쓰고잇다

일을해주고 그대신으로먹을것이나구하려 달을두고애써오면서도 직업하나구하지못한그가 갑업시 돈을바란다는것이 쉬운일이아닐것은 분명하다.

【99회】[20] 月光譜(三)

멧츨지나 혜련이가 개학하기전날 연자는수술을햇다

이틀동안이나 아모것도못먹엇고 수술하는그날에는물한방울도못마신연자가 보기에도 무시무시한수술실로드러갈째

『박선생님이 드러가보십시오』하고 혜련이는 참아자기가 연자의살이 벼여지는것을볼수업서 동환이에게청햇다.

『어머니가드러가야지 내가왜드러가요』

『그러시지말구드러가서요』

『난그런걸보다가 기절할가두려워 못가겟습니다』

『사내장부가』

『최선생은 남자만못한여자든가요?』

『못하지는안치만……』

그들은 웃음을우섯지만속은두군거리엿다.

옷을전부벗고 흰수술복과얼골까지가린 마스크를쓴뒤 간호부들과 쏘는실
습하는학생 수십명을다리고 수술실로드러가는 의사의자태가그들의눈에는
사라지지가안헛다

그의사의손에는 날카로운 메스가쥐여질것이며 그메스로연자의적은발을
함부로쌜것을생각하니 참아드러가립증할용기가나질안엇다.

누가립증해야만한다는말도 아니햇스나보기는해야할것갓고 참아볼수는업
고해서 망서리엿다.

그럴째 굿게장긴문으로

『엄마―』하고 죽을듯이고함치는 연자의목소리가들리엿다

헤련이와동환이는 화석처럼 구더지여 서로의얼골만 치여다보앗다.

연자의목소리는 끈치지가안헛다.

날카로운 칼날이 살을여이는중인가보다.

그러나 연자의울음소리는 마춰제를풍길째엿슬쑨 얼마가지난뒤에는 수술
실전체가 잔잔해지엿다.

그째에야 헤련이는 연자가 마춰를당해 잠든것을알엇다.

수술하는동안 헤련이는낭하긴의자에 동환이와가티안저 수술이씃날째까
지 정신을연자엽헤두고잇섯다. 보지는못하나 쌜건살이 칼에에워내지는것
을 눈압헤보는듯하다.

만약 마춰를하지안헛다면 얼마나 압흐다고 야단칠가

생각해도 몸이 옷삭해지엿다. 의자에안기는 안젓서도 자기몸이 어데잇는
지를 모르겟다. 어린것은 쎠를싹거내는줄도모르고 잠들엇겟지.

그래도 엽헤 동환이가안저잇다는것이 도음이되엿다 그를보고 그가 엽헤
잇다는것을알째 마음은 조곰든든햇다. 만약 자기혼자만이이런 일을 당햇다
고한다면실신할것가탓다.

말은업스나 자기와가튼것을 생각하고 가티 걱정해주는듯한 동환이가 몹

시미듬직해서

『선생님―』하고불럿다. 말업시 잇기가 너무나 힘들기째문이엿슬년지도 모른다

『네―』동환이는힘업시대답했다. 헤련이이상으로 긴장한듯 얼골이 파랫다.

그러나 헤련이는 동환이를 불르고도 짠말을못했다 할말이업다.

한참이나 지리하게 기다리고 잇스려니의사가 혼자나오다가 헤련이와 동환이를보고 눈으로인사햇다.

헤련이는 재빠르게 달려가서

『다 햇습니까?』하고물엇다.

『네. 다되엇습니다』 의사는 쌈을쑥흘리엿다. 수술복이쌈에저저 살에부튼것을보니 얼마나 정신을드려애썻는가하는생각이들어 감사하고십흘만햇다. 의사는 이여

『참 힘들엇습니다. 쎠가전부삭엇서요. 이것을보십시오.』하고는 탈지면에싼쎠를 보혀주엇다. 조고마식한피무든쎠가 한주먹은 될것갓다

헤련이와 동환이는 놀낼쑨이엿다 그러나

『생각보다는 잘된것갓습니다』하는 의사의말에저윽이 안심을했다.

얼마뒤 침대차가 간호부에게쓸리워 헤련이압헤나타낫다. 잠든연자도 쌈을흘리엿슬것이나 간호부는 바람을쏘히지못하게하기위하야헤련이게도 얼골을보히지안헛다.

침대차뒤를짜라가는 헤련이 상여뒤에서 무덤으로가는상주갓다. 압흔줄도모르는 연자가 아직도 잠이들엇스니 참으로재기나할가하는두려움도 업지안타.

병실침대에누은연자! 마취약냄새가 온몸에서 솜어오른다. 쌜리숨소리를 놉히고눈을써주엇스면 조흐렷만!

헤련이는 눈물이 나오랴햇다. 모두가 자기의잘못으로 연자에게까지 이런 운명에너허트린것가튼생각이드럿기째문이다

【100회】 月光譜(四)

　수술한경과는 비교적조흔편이엿다

　얼마후부터는 연자도 다리를 다치거나 의사가심지를 바꾸어쑐째이외는 압흐다고 울지를안헛다

　낫에는 동환이의이야기를듯노라고 침대에누어서 귀를 다소곳하게기우리고는 동환이를 처다본다 심심하면 동환이가사다준 그림책을보기도하며 궁금해서못견길째는 쓰기소이에게 먹을것을조르기도했다

　혜련이나 동환이는 연자의병째문에 그리걱정을아니해도 조흘만큼됏다 그러나 동환이만은 종일병실에잇는것이 지루하게되엇다

　혜련이는 아침에학교를갓다가는 저녁째야도라온다 공부만할쑌아니라 남을 가라치기까지하고야도라오니 자연히늣는다 다만 점심째를 이용하여 잠간단녀갈쑌 그박게는 맛날수가업는것이다 그러타고해서 혜련이가잇슬째만 간다는것도안됏고해서 할수업시 아침부터 가잇기는하지만 그래도 드문드문 빠지는날이잇는것은 동환이로써할수업는일이엿다

　종일 혜련이를 기다리고잇기가 답답하고 병원공기가 졸리기도했다。 병원에단니는것이 연자의병을 간호하자는것이 목적일넌지 모르지만 혜련이를 보지못하는것이라면 그리부즈런하게 매일가지안헛슬넌지도 모르는것이 동환이의속마음이엿스니쌰 혜련이가업는방안에서 존다는것도 무리는아닐것이다。

　혜련이가 자기쌀을 입원식히고도 쓰기소히에게맛긴다음 자기할일을다하는이상 동환이도 자기의일을하고학교엘 나간다면 지리한줄도 모를것이요 혜련이와도제시간에 맛날수잇섯스련만 그는 혜련이도업는연자를위하야학교에도 나가지안는다。

　학교에를 간다해도 신통한일을 못할것이며 신통한일이잇다 할지라도 자기에게 그리필요한것 갓지가안흘쑌 아니라 공부와도달리 연구생이란흐덥직한 직업은 잇서도그만 업서도그만 일것갓다。 더욱이 하로를두고 될수잇는대로 만흔시간동안 혜련이를 생각할수잇다는것이 동환이에게는 무엇보다도

필요한것가텃다.

헤련이를 생각할수업는생활이란 자기에게잇슬수가업는것가트며 헤련이를써난자기일생에는 발전이란것도잇슬것갓지안헛다.

그동안 지―드의『좁은문』을 헤련이게준것도 그소설의주인공이 자기의마음과갓다는것을 보히기위한것이엿스나 죽을째까지 서로생각하고 서로존경함이업시는자기가 살수업는것가티늣기게씀되엿다.

헤련이역시 그러한동환이의마음을 눈치채고도 전가치 냉정한태도를보이지안으며 어느정도싸지는 자기의외로움을 동환이에게하소하려고싸지했다.

『내운명이 연자를 불행하게만들엇지만 연자가쏘나를죽을째까지 불행하게할는지도모르지요』헤련이는 이런말도했다

『그러키에 자기의현실을자기의손으로 고치지안는이상 운명적인생각을버리지못할쑨아니라 그현실에서 아우적거리게되는것은 엇절수업슬일일겝니다. 현모가되고 렬녀가되기위하야 녯날의관념을 가진다는것은 조금 비현실적이지요』

동환이는 무슨말에던지헤련이의마음을 움즉이게하랴는 쯧을품기엿다. 그것을 헤련이가 모를리업스니싸

『어느것이 현실적일지는모르지만 그러지안을수업는것이 쏘한 내현실인거야 엇지합니까?』

『………』

동환이는 아직싸지 헤련이를 이론으로나마 공격하지를못했다. 헤련이의 생각이 틀렷다고한다면 결국은 재혼을하라는것박게 되지안는다. 기실은 자기와결혼해달라고 말로표현할생각이 그리잇지안흐나 그래도 자기와 동모이상의친밀을가지고 지내자는말만은 하고십흔것이 이째까지의생각이엿침.

너무나 평범한새가 실허젓다. 허허하면 서로웃고 한마디말하면 거침업는 농담이나오는 그런새가되엿슬지라도 그가온데는 진심이통하는 싸뜻한정이 숨어잇는것갓지안타. 누구에게도 주지안는 쏘는 누구에게서도 바랄수업는 체온이 그리윗다.

매일가티 병원엘가고 헤련이가업는째도 침대엽페안저잇는것은 다만한마

디나마 짜뜻한체온을 늣길수잇는혜련이의말이 그리웁기째문일것이다。그
러나 종일기다리다맛난 혜련이에게서 가슴속에 색여들말을못듯고 도라갈째
는 하로가 너무나무의미하게 지나간것은 후회하면서도 행여나 하는생각에
매일을 꼭가티 병원으로단녓다。

【101회】 月光譜(五)

　동환이는생각햇다。

　도와주는것은 도와주는것이오 사랑은사랑이라고

　연자가불상하고 혜련이가짝해 변통해준다는것은 인간적인본능이며 혜련
이가그립고　짜라친밀해지고십은생각은　이성을그리워하는본능일것이니까
구타여 내가그를도와주니가 사랑을요구할수잇다는 그러한 비열한이론을 쓰
내지안을수가잇슬것갓다。

　사랑한다는것은 순결해야한다 거기에 티가잇거나잡것이석긴다면 참된사
랑이아니다。만약 자기가 혜련이를생각하는마음 잡티가잇다면 그것은 누구
에게나 비평을바더도조타 그러나 혜련이의단점까지를 쩐히알면서도 그래도
사랑하려는것은순수한마음이아닐수업다

　그동안혜련이의성격도알엇스며 아모래도 옛날에지내든 호화로운티가 어
덴가남어잇다는것까지알엇다　상대방이마음에안들째는　불물을가리지안코
자기속에잇는것을 송두리채 텁어놋는것도 안다 그것째문에 압흐로쎌수업는
새가된다해도 약한성격을가진 자기의고통이 얼마나클가하는것을생각해보
앗다

　그러나 혜련이는 필요햇다 사괴면사괼사록 필요한사람으로만들고십엇다。

　이날은혜련이가 종일병원에잇슬줄알엇기째문에 하숙을쩌나 병원에가는길
에서이날은 반듯이 자기 생각을 말해보려니하는결심을 마음속깁히먹엇다。

　그런생각을해서그런지 설레는마음에 혜련이를보기가 붓그러운것도갓헛
으나 병실로드러섯다。

　일요일임에도불구하고 혜련이는 벌서화장까지하고동환이가사다준『좁은

문』을읽고잇섯다.

『출근이쌜으신데요—』 헤련이는 우선이런말로 인사를했다.

사실쌜럿다. 전가트면 일어나지도안엇슬는지도모른다 그러나 그역혜련이를 생각하는째문에 일즉이러나 출동도하는것이안인가—

그러나 동환이는 그런말을쓰낼수가업섯다. 자긔가그만큼 성의를가젓다는쯧을말할 가장조혼기회이나 좀더조용한기회가 잇스려니하는마음에 썰리는가슴을안은채참고말엇다. 그대신 혜련이의얼골을바라볼쑨이엿다.

노라스름한생주적삼에 연하게비치는 부드러운살결하며 분칠한것이 보일락말락한 쏘얀얼골이 더운날에도 씨원해보엿다. 어데라고 아름다운데를 찻을수가업스나 성스럽고 부드러운맛이 얼골전체에 숨어잇는듯하다. 얼마동안 그얼골을보고잇슬째 혜련이도 동환이를바라보는바람에 동환이는얼골을 돌리엿다.

보고십흐면서도 쩟쩟이볼수업는얼골이다. 들엇든얼골을 써러트리고잇스려니 무미하기도햇지만 새로운걱정이이러나

『참 오늘은 동모들이차저오겟구만요?』

하고물엇다.

『걱정마세요 아는사람이라고는 하나도업스니까 쌸이입원햇다면 그성화를누가밧게—』

이째까지 혜련이는 자기동모들에게 쌸이잇다는것마저 이야기를아니햇다.

그러나 동환이는 걱정말라는쯧을 해석하려햇다. 자기가 병원엘못잇고 쏫겨가야될걱정을 벌서알고하는말인가— 그러타면 자기가 혜련이엽페잇기를 얼마나질겨하는줄안다는말인가?

그것까지아러준다면 더할말이업다. 허나 자기마음을 그러케까지 아러주는사람이 그런말을 그리쉽사리 내쑴는다는것은 아직까지 자기마음을잇고 늣기지못하는것이아닐까? 아는것과 늣기는것은 그만큼다른것이니까— 그래서 걱정말라는쯧가운데 혜련이의생각이 엇더케백여잇는가를알기위하야

『걱정이안입니다. 만약 동모들이온다면 나가튼사람이 필요가 업슬것가태서요』하고 먹을것을 달라고손내밀엇든어린애처럼 열적게이야기했다.

480| 박영준

『글세요。 그러케 필요가업는사람가트면 아에 오시질마서야하지안흘가요?』되려 뭇는말로동환이의 얼골을처다보앗다。

이말에는 동환이가 대답을 못햇슬뿐아니라 얼골을붉히엿다。 너무나 헤련이를 덜미덧든생각과 그만큼이나 자기를 필요하게역이는것을 이제야 쌔달은듯한생각에미안적기도하며 붓그럽기도해서 한편으로 흥분된심장이 고동을치엿다。

【102회】 月光譜(六)

그럴째 병실문을열고 성구가드러왓다。 수척한얼골이 몹시상햇다。

연자가 수술한뒤에도 한번차저와섯지만 그새메츨동안에도 얼골이못쓰게된것갓헛다。

헤련이는 자기가안젓든자리를내주고 거긔에안게한다음 안와도관게치안타는말과 부인의병세에대한 걱정의말을쓰냇다。

심상치안흘것이 그병의일흠으로나 성구의얼골을보아서나 대개짐작할수가잇는것이지만 성구는 전과달리 자기마누라에게 대한이야기를 별반아니햇슬뿐아니라 도리혀 아모러치도안흔듯한표정을햇다。

『저 후원이참조쿠만요 나가들봣서요?』하고 성구는창박글내다보앗다。

후원에 나무가푸르게섯고 그속에 매미소리가난다할지라도 거기에흥취를 늣길그가 안인것갓헛지만……

『나가보구말구요 연자가잘샌 밤에두 나가노는걸요—』헤련이가 싸르게대답햇다。

『참들 조쿠만 그대신연자가불상하구만 연자야 너는이아저씨하구 어머니하구잇슬샌 잠을자지말어네가잠들째는 너혼자내버려둔다고 그러지안니 !』성구는 얼골살을움즉이며 우려햇다

『이제는 권선생님도 아주낫버지엿는데 ! 박선생그러치안허요』

『흐흥!』성구는 헤련이의 말에 코웃슴치엿스나 그래도 만족해하는표정이엿다。

안나오는웃음을 일부러만들랴고하는태도라든가 둘의새를 만족해하는듯 한표정이 그들의새를 알어볼랴고하는것가티보엿다

실은동환이에게 이야기를들엇슬게다。 어느정도까지친해지엿고 짜라동환이의마음이 어써타는것을 짐작한다 그러키때문에 그러한그들에게 불쾌한시간을 만들어주지안코 짜라그들의새를조곰이라도 표면화식히겟다는노력이 성구마음속에숨어잇섯슬게다。

성구는 마음에업는이야기지만 두사람의 태도를보기위하야 쏘는 서로말못하는말을 자기를통하야 식혀보랴고여러가지로생각해낫다。

두사람의태도가 상당히갓가워지엿다는것은긴말을듯지안허도알수잇섯스나 『내가 시간이좀잇스면 한탁바더먹어야겟는데……』하고 눈치를보앗다。

『참 한턱내야되겟는데…연자가 이제퇴원하구 내가졸업한뒤 돈을벌거든 그때하지요』헤런이는 쏭짠지가튼말을햇다。

『그런한턱은 동환이가바더야지 내가바들자격이잇나요 내가먹자는턱은 의미가좀다른데……』

『무슨소리를하는거야 알지도못하는소리를 혼자서……』

동환이가 여페서 실업슨소리말라는듯이 가로막엇다。

헤런이도 말이 그러케까지 나오는것은 온당치가못한지

『부인은 참말엇대요?』하고 젊잔케물엇다。

『네 그저그럿습니다』성구는 이러케대답을햇스나 너무나애타고 애달픈감정의반발로 『아직죽지는안헛습니다』라고 대답하고십헛다 명심이의병은 조곰도차도가업슬뿐아니라 힘자라는썻애쓰고 정성잇는썻 낫기를바래도 도로혀 악화해질뿐이엿다 성구는 한참동안더안저잇다가 한숨을 획— 내쉬고이러섯다

『쏘가보야지』

헤런이와동환이도 짜라이러섯다

특히동환이는 성구에게자기마음을 삿삿치말하고 헤런이에게 그말을 전해달라고부탁하고십흔생각에 병원문을나와서도 한참동안이나갓치걸엇다 헤런이와그만큼갓가운사이라해도 참아자기입으로 헤런이의귀에 그런말을

고백할수가업슬것갓탓기때문이엿다

　그러나 마누라의병때문에도 눈을쓸수업서하는성구에게 무슨말을 부탁할수가잇는가 도로혀성구가 뭇는말에 입원료에대한것과 자기의마음을대답한정(도)엿다.

　『그러타면 이야기를하려무나 내보기에도최의마음이달러진것갓드라 혹시기회가잇거든 나도말해보지만……』

　성구가 이런말을해줄째동환이는 그말이올흔듯해서 곳병원으로도라왓다.

　만약연자가 잠만든다면혜련이를끌고 병원뒷뜰로가서 자세한것을말하리라생각하고 연자의잠드는째만을기다리엿다

　연자는 동환이의마음을알엇든지 얼마되지안어 눈을감엇다

【103회】 月光譜(七)

　일요일이라 간호부들도쉬는지 병원뒷뜰에는 흰옷입은사람들의내왕이자젓다 쑨아니라 병방문온사람들도환자들과나온것이 다른날과달리만엇다. 풀밧에안저서이야기하는사람들도잇고 혼자서무거운몸을끌고 천천히걸어단니는환자 쏘는한편나무그늘에서 기—타를쯧는 간호부도보혓다.

　도회지 한폭판에잇는병원갓지안케 하늘을덥흔 푸른나무속에선 매암이들이 씨저질듯 울어댄다.

　그만하면 무던히 어지럽고 소란스러울것갓트나 병원이란생각이잇서그런지 그속에도 침울한빗이돌앗다

　동환이와 갓흔사람도 그속에씨여그런지는모르지만 !

　침울한얼골을가지고

　『오늘은 이야기를좀하고십흔데요』하고 자기마즌편에안즌혜련이의얼골을 처다보지도못하는동환이가 무척구든마음을 먹은듯이 말을쓰냇다

　『무슨말슴입니가?』 혜련이도 심상치안흔얼골로 물엇다.

　풀밧에안저 손만움적어리면 풀입이닷친다는것이 동환이에게는 큰도음이엿스리라. 죄업는풀을쓰드며

『언젠가 동모로지내자는말슴을하섯지요?』

『네』

『나는 그동모라는게 만족지못한것갓허요。』

『그럼요?』

『……』

동환이는 다음말을 쓰내지못햇다。헤련이와이야기를하기위하야 그와마
조안젓지만 하늘만처다본다。

그러나 대답을기다리며쌴말을쓰내지안는헤련이에게말을아니할수가업지
안흔가―

『언젠나 내마음이 머물러잇고 쏘 나를남갓치 대해주지안는 그런새가되엿
스면해요?』

『어쩌케하면 그러케될가요?』

『동모라는것은 모름즉이성을초월한듯한말가트나 그런새가아니라 이성인
이상이성으로써의교제를……』

대답을해야만한다는생각에서 이러케까지말햇다 그러나 씨원하게도헤련
이가그말을바더

『선생님 저도무척생각을햇습니다』하고 말을쓰냇다。

『나역 여자의몸이라는것을잇지못합니다 째로는 외롭기도하지요 결혼을
못해본여자와도달리 남자가 얼마나필요하다는것도알지만 그래도 선생님과
는 이이상더다른길을취하지못할것가터요』

『엇재서요?』

『이유를말해야할가요? 이런말을하기는 엇덜넌지도모르지만 박선생에게
는 아직까지도 본마누라가잇지안어요? 내개어린애까지잇스니 청을대일것
도못되지만 한번경험도 너무나 쓰린데다가 두번식이야엇지그럴수가잇습니
가 쏘내가허락을한다해도 어린애까지잇는여자를 박선생이 조와하실넌지도
모르지요 지금은 어�썰넌지모르지만압흐로 마음이 변할넌지도 모르는 일이
고 쏘박선생이 그러치안타해도 박선생님의 부모는 어쩐생각을가지실지모르
지안허요』

동환이는 혜련이가 그만큼이나 털어노코이야기 해주는데 용기를어더

『전부 걱정할필요가 업는문제가 아닐까요。 이혼문제는 시간문제요 부모라든가그러한생각은 조곰이라도 가진다는것이 나를못믿는째문인것갓습니다』

『그러치만 안치요 박선생의마음으로 이혼하는것이라라지만 입장을바꾸어노코보면 내가남의부인을내보내게하는것이라 생각하니할수도업는것입니다 결혼은연애와도달라 현실적인것이되여 마음속의꿈으로만해결지을수가 업스니까요』

동환이는 이혼이 혜련이를안뒤부터할랴는일이아니라 그전부터 자기어머니까지찬성하는일이라는것과 다른것은 조곰도 문제안된다는것을애써설명했다。

『그러나 현재 연자가 병에누어잇고 쏘박선생도본부인을 가지고 잇스니가 무엇이라고 대답하기가힘듭니다』 혜련이의 이말에는 자기로써도 번민을하고잇다는의미와 동환이에게 하로빨리이혼을하라는뜻이 포함되엿다

사실그동안 혜련이는 동환이를잘알엇다 전과달라 째로는 모든것을 의지하고십기도햇다 그가업스면 적적하기도햇고 그를맛나면깃부기도햇다

조건이 가장낫분자기를무조건하고 용납해줄사람가온데 그이외에짠사람이잇슬것갓지안흔것도생각햇다

그러나 그에게는 본마누라가잇지안흔가?

【104회】 月光譜(八)

다음날 저녁째도 혜련이는 동환이와가치 연자침대엽헤안저잇섯다 아모일도업섯든것처럼 이야기도천연스럽게햇다

『오늘 이선생(숙히)에게서 편지가왓는데 퍽괴로운모양이야요 전에맛날슬째는 입박게도내지안튼말을전부 썻겟지요 결혼생활이 쓰라리게늣겨지는것가튼데만약그이야기를 권선생이들으면 엇덜가요?』

동환이는 무슨뜻인지확실히몰랏다 성구까지도 숙희의결혼생활이 어쩐것인가를 모르는처지에 동환이가 그사정을알리업다 그러나성구의옛날애인이

라는것만은 알기때문에

『글세요』라는말로 대답을금쌧다 어제쓰냇든말이 완전한씃을내지안헛고 어제에 긴장되엿든마음이 아직풀리지가안어 자기와관게업는이야기에 홍미를늣기지못했다 어제헤런이의이야기로 자기에대한호의를알엇스며 쏘한 불리한환경을 번민한다는그마음을 잘알엇다 그러나확실한말을든지못한것이 마음에걸리여견질수가업다

『아마 권선생이 그런말을들으면 퍽섭섭히생각하겟지요』헤런이는 숙희가 엇든사정에잇다는것은 말하지안코 무턱 동환이에게대답을청구했다

그태도가마치어제일은 되도록이면 이저버리자는것가탓다 그러타고해서 내가알수잇습니가하고 무성의하게대답을할수가업서서

『물논 섭섭하겟지요』하고대답햇스나 아모래도 달가운마음에서대답하는 말이아니라는것을 숨기지못했다.

그눈치를챗는지 헤런이도 말을 그이상쓰내지안헛다.

그째간호부가 문을열고 헤런이에게 전화가왓다는것을알려주엇다.

어데서 전화가왓슬가하고 궁금히생각하면서도 재빠르게 쒸여나갓스나 동환이만은전화한사람을 능히짐작했다. 헤런이에게 전화걸만한사람이라고 별반잇지도안흘쑨아니라 이날아침 동환이가 성구를차저가 어제지난일을보고하고 후원을청구하는쯧을표시햇기째문에 반듯이 성구가무슨말을할랴는 것인줄알엇다.

얼마안잇어 도라온헤런이는 아니나다를가 성구에게서전화가왓다는말을 하고

『좀맛나자고 이야기를하든데요―』하며 맛나자는 이유를생각하듯이 잠간 고개를쩌러트렷다. 동환이는 그틈을타서

『맛나보십시오―』하고 자기는 맛난다는것을 도로혀 쩌리는것처럼 그러나 안맛날수야잇느냐하는것처럼 『나는 좀볼일이잇서 가보야겟습니다』하고 쏭문이를쌔랴했다. 자기가잇서가지고는 성구가 이야기를 쓰내지도못할것만 이사실이지만 실상은 자기에게도 일은잇섯다.

『모르는 사람이기나한가요 왜 가실랑고그러세요』 전화에조용히맛나고십다

는말이잇스나 그래도 동환이를쏘차보내는듯한늣김에 혜련이는 미안했다.

『참말 볼일이잇서요. 누구와맛나자는 동환이는 약속까지해노코는 이저 버리고잇섯지요』

동환이는이러서서 박그로나가며『그럼내일쏘뵙겟습니다』하고 인사를햇다 혜련이는 낭하까지싸라나와

『내일은 멧시쯤오세요?』

『전가티오지요』

『그럼안녕히가십시오』하고 동환이를보낸다.

병원을나선동환이는 어데부터가볼까하고 정류장압페서 망설이엿다.

멧곳을달녀보앗스나 모도 실패쑌이엿다.

안가본대가어덴가하고 자기의동모를생각해보앗스나가볼만한데는 거이다 가보앗다 안가본데라고는 업서못드러줄데가아니라 자기의말을올타고드러줄지모르거나 그러치안으면 참아자기입으로그런말을쓰내고십지안흔데들쑌이다

그러나 지금에와서는그런것을가릴처지가못된다.

입원한지보름만에 입원료를한번물고 그뒤는이십일이거이지나는동안 동전한푼물지를못햇다 이쌔까지는어쩌케해서나마 혜련이의식비와 쓰기소이료 쏘는연자의과일갑을 자기주머니속에서터러주엇지만 이제는담배피울돈도주머니속에업다 그러나오늘성구가 혜련이를맛나 자기부탁한이야기를하려하는생각을하니 돈보다더중요한일이쏘잇는것갓엇다

필경자기에게는 못한말이지만 성구에게만은 확실한대답을하려니하고 생각하니 성구맛날시간이궁금햇다.

전차가와서 정류장에머문다. 차장이 고개를내밀고쌀리타기를재촉하듯이 나리다볼째 동환이는그쌔야 전차갑도업는자기가 안전지대에서잇는것을늣기고 도라서것기를시작햇다.

【105회】 月光譜(九)

다음날 저녁째동환이는병원후원에서 잡기장을만지고잇섯다 혜련이에게 부탁바든숙제를짓고 잇는것이다 혜련이가학교에서주는숙제도 전부해갈수가업스리만치밧부기도하지만 동환이가할수잇는것은 자기가하는것보다 나라라는생각에 이짜금식그런일을식히엿다. 동환이역시혜련이를생각하는의미에서라도 자기가할수잇는것은 그리사양치를안엇다.

어린애들에게 들리워줄간단한이야기 이것이 이날동환이가 지여야하는작문이엿다.

동화를써보지안흔 동환이지만 그래도이야기를짓는것이니까 소설을쓰는것과거의가터 엇던구상까지써올라 잡기장에 글을쓰기시작했다. 그러나 두어줄도쓰기전에붓대가머물러섯다. 생각이나오지안엇고 그이야기와는아조관계가업는 짠생각이압홀막엇든것이다.

(얼마를더기다려야하나…)

오늘아침에는 무엇보다도 어제 성구와혜련이의 이야기가궁금하야 성구를차저갓다. 마누라의병으로 정신을일흔성구에게 자긔일로 자조차저가는것이 미안햇지만 그래도 아니알고는 견딜수업는일이라 그의집까지갓섯다. 성구는 깁버하는얼골로 전날밤에 이야기한것들을 자세하게 말하며 혜련이도 전과달리 동환이를생각하는것만은 사실이며 짜라서지금의처지로 무슨말은할수업고나 얼마더두고보면서 책임잇는말을하겟다는것으로보아 상당(히)기우러젓다는것을전햇다. 그리고나서는 이때까지 적극적으로 나서지못하든그가 갑작이생각을달리한다는 것이 체면상으로못할일이니까 그런말로시간을쓰는것이아닐가하고 자기의견까지첨부햇다

이런말을듯고 병원으로온 동환이는 성구의말이 전부그럴듯도햇다. 자존심이쎈혜련이가 자기를 조타고해서 금방 조타는말을 할수업는것은사실이다. 그러나 얼마나지내야 자기본심을 숨김업시 말할수가 잇슬가—

그러나 혜련이가 자기를 그만큼생각해준다는것만은안심할일이다.

(시간(時間)이 해결해주겟지—) 이런생각으로 마음을안정식히랴고햇스나

그래도그시간이라는것이 언제까지의 일인지가궁금햇다.

동환이는 다시 잡기장을쓰내여 이째까지쓴 두어서너줄의글을읽고 그이야기의줄거리를 생각햇다.

멋줄을내려섯다. 술술 거침업시써지는것은아니엿지만 한줄쓰고는읽고 쏘한줄쓰고는읽고하니 그래도 전후의생각이 멈치지안헛다

연자의병간호를한답시고 일즉부터왓지만 자기가 병간호에 �꼭필요한사람도아니고해서 종일 뒷뜰에잇는 것이 그리못할짓은아니다. 허나올째 얼골을보히고 저녁째까지한번도 병실엘 드러가지안흐니 쓰기소이며 어린연자에게까지 얼골들면목이업는것갓다 그러나이왕그러케된것은 헤련이가오게쯤된지금에드러가본다는것이 더이상스러워 산보나왓든병자들이 저녁먹으러 드러갈째까지 그대로후원에 혼자안저잇섯다 그째헤련이가 자기를차저나온다.

『엇지면……』혼자서 안저잇는것을보는것이 짝햇든지 헤련이가놀래듯이 말햇다.

『방안에 안저잇기가 더워서……』동환이는 동환이대로 헤련이업는병실에 드러가지안엇다는펑게를대며 이러섯다.

드러가자는말이 누구입에서도 나오지안엇지만 그들은억개를겨누고들어갓다.

『무엇을햇서요?』

『………』동환이는 헤련이의잡기장을 뵈이고우섯다 헤련이도웃스며

『미안한대요』하고 동환이를보앗다.

마음이쏙맛는두사람이 그이상더 질겁게웃슬수잇스랴

그러나 그들이병실로드러설째 그들의웃슴을깨치는사람이 기다리고잇섯다.

뒷뜰에나갓다는말을듯고기다리든간호부가 조이한조각을던저주고나갓다.

말할것업시 입원료독촉장이엿다. 헤련이가 바더든조이를 동환이가 쎗듯이잡어보고는 곳주머니속에넛지만 그들은 서로얼골을나려트렷다.

동환이는 헤련이에게미안햇고 헤련이는 동환이보기가미안햇기째문이엿다 걱정을한다는것은 더미안한일이요 쏘붓그러운일이다 쑨만아니라 헤련이

에게 근심을주는것이되여

　『미안합니다. 그러나 걱정마십시오』하고 돈에대한것을 생각지안토록 말했스나 동환이로서는 속이 타는듯했다

【107】[21] 月光譜(十一)

　멧츨지난 일요일밤이엿다 그날은 일요일에도 불구하고 동환이는 병원엘 나가지못했다. 오래맛나면 오래맛날수록 헤련이보기가부그럽고 자기마음이싹해서 일부러 안나갓든것이다.

　전가트면야 새벽가티일어나 뛰여갓슬게고 일요일을 참으로 손곱아기다리엿든것이나 요즘에는 도로혀 그게두려웟다. 만약 헤련이가 맛나기실허 그런것이라면그야 안맛나는것이 큰타격을줄것도업지만 맛나고십혼마음을 가지고도 맛날수업는것이니 문제는컷다.

　동환이는 동모들을 차저달넛다. 별로 이야기할것도 업스나 시간을보내기 위한수단으로 이동모네집에도 저동모네집에도 함부로단인 것이다. 만약 호의로 찻집에라도가자는이가잇다면 그는두말안코 싸라갓다.

　자기주머니에는 차사먹을만한돈도 준비되여잇지못햇스니까—

　동환이는얼마동안도라단니다가문득생각이써올라현재학교에단니고잇는 동모를차저갓다상당한 재질을가지고잇는사람으로연구하고잇는 역사방면에는 교수들에게도 촉망을밧는사람이다 그러나돈이업서 고학을하는이다. 부모도업고 형제도업다 멀리되는친척— 그도 여자혼자만이살고잇는 친척집에서밥을어더먹는사람이다. 그와도상당히친하다고 할수잇스나 사괴기를 학문의토론으로 친햇기때문에 집으로차저가기는 이번이처음이엿다.

　돈업는 사람의심경을 이해하지못하거나 그들의생활이 어쩐것인지를모르는것이 아니지만 갑작이 그런사람을 맛나보고시픈생각이 들엇기때문이엿다

　그는우선 집에드러서면서 방안을 휘두러보앗다. 비록고학을한다하는사람이지만 질비한서적과 벽에부친전쟁화(戰爭畵)가 그의취미를묵묵히 말해

---

21) 106회가 누락되었다.

주엇다. 그러나책상한나쏙쏙한것이업고 책이외에는 돈드럿을만한것이 하나도업섯다

『담배피우게―』동모가 마코―를내노앗다.

『언제부터담배를피워?』동환이는 이째까지 담배피우는것을 보지못햇기 째문에 놀라는듯이 물었다.

『돈업는사람은 담배도못피우는줄알어? 업는사람은잇는사람보다도 더쓰고십다는것을 모르는것이로구만― 내담배는 맛이더조흐니까 한개피워봐―』

『그런것두 철학일가?』

『누가 철학이라고그래? 나는철학하고도 거리가먼사람이지만 철학을경멸하고십흔사람의말일세. 대체철학이라는것은 자기가 자기를미들째 연구도할수잇는학문이 이아닌가? 내가지금역사를공부한다고 누구나말하지만 해골도업는 옛날의영웅을 책상압헤서 공부한다는것이 나와무슨 상관이잇는건가? 잘노는부자집에를 보호하려고 밤낫짜라단니는 할일업는자나 마찬가지가아니야―』

『상당한한 변화가 생겻구만―』

『암 무엇째문에 내마음이 움즉여저야하는것부터 생각해보니 내가미워죽겟대』

동환이는 더듯지안어도 그의마음을알수잇섯다 고학도 마음대로 되지가안허 요즘에와서는 돈걱정을할래기에 책도잘못읽는다는것을 알기째문에 돈으로하여금 자기의연구도 게속못하는비애를 가젓다는것이 쑤렷햇다.

동환이는 그이상더 안저잇고십지도안허 그동모를써나나왓다 나오면서생각난 것은 돈이라는것이 얼마나 만흔사람을괴롭히고 얼마나 만흔재사를 써쑤러트리는가하는것이엿다 아니그보다도 돈이라는것이 사람이하고자하는 일을얼마나 막어주는가하는것이엿다

더구나 그맛한것도업는것이라면 단렴이라도할수잇슬지모르지만 자기에게는 업는것도아니다 잇스면서도쓸수가업다.

길을걸으려니 혜련이가자기를어쩌케 생각하고잇슬가― 하는생각이 기가 막히게 머리를쥐어흔들엇다 일요일이니아침부터 자기를기다리고잇스리라 기다

리는동안자기가돈이업서 참아가지못한다는것도 혜련이가생각을하리라.

참아생각하기도실타.

그러나 혜련이를피해다닐수가잇는일인가? 혜련이를피해다니다니……

멧시간뒤 동환이는혜련이에게전화를걸엇다 저녁째조곰만나자는것이엇다.

【108회】月光譜(十二)

전화를밧을째는 엇재서종일오지안헛느냐고 나무램부터말햇스나 혜련이도 무슨생각을햇든지 동환이가 맛나야되겟다는이야기에는 그이유를캐랴고하지안헛다.

동환이는 저녁도먹지못하고 혜련이를(기)다리엇다 사람이 과히만치안흔 안국정네거리 한편모통이에서서 혜련이가올데를바라보고잇노라니 아직 그의얼골이 보힐째도안되엿지만 벌서부터가슴이두군거리엇다.

모름직이 마즈막고백일넌지도모르는 이날밤의이야기가 그에게잇서서 얼마나중대할것이랴.

생각다 생각다못해서 종시혜련이를맛나자기의마음을 알려주고 자기의곤란한입장을 설명하는수박게업섯기째문에 임이혜련이까지 불러논동환이지만 대체 자기의일이엇지되는것인가 하고생각하니 쓸는물처럼 가슴이설레일쑨 혜련이를 맛난다해도 무슨이야기부터 쓰내야할지쏘차알수업섯다

혜련이를맛나고 안맛나는것은 둘째로 자기의입장이 이러케도 짝한가하고 생각햇을째 혜련이를보지말고 어데로 도망가고십을만큼 마음이격분해지엿다.

그러나 임이온다고한혜련이를 안맛날수가잇는가

약속한시간에 혜련이는틀림업시왓다.

『미안합니다』

우선 이런말을하고는 혜련이가 짜라오든말든 압서서걸어가는동환이의태도에 혜련이도 무슨일이잇는것을짐작햇으리라. 그도동환이를 짜라 어데루가느냐는말도뭇지안코 그저걸엇다.

재동을지나 돈화무까지말업시 것고나니 사정도사정이겟지만 무슨일인지 알고시픈생각이 궁금해서

『오늘은 엇제 오시질안헛서요?』

하고 혜련이가 물엇다.

『네 그런사정이 잇엇습니다』

혜련이도 더물을수가업서서침울한동환이의 태도를엿볼쑨 그대로싸라갓다.

창경원압을지나 고공(高工)으로가는 곳바른길로드러섯슬째 동환이는다시미안합니다라는말을 몬저쓰낸뒤

『내일쯤 집엘단녀와야겟습니다 책임을지고도 입원료까지내지못해 참말붓그럽습니다 그러나내성의가업서 그러케되엇다고는해석해주지마십시요』

『천만의말슴입니다 제가되려미안해할말을 쓰내지마십시요』

『아닙니다 이째까지는 이런말을할랴고도하지안엇스나 지금은 아니할수도업습니다 집에그만한돈이업스면 첫번부터승락지안엇슬것이나 그래도자신이잇섯습니다 청을거절해본일이업는 아버지라 무엇이든들을줄만알엇든것이 그러치가안케되엇지요. 그러타고 이제와서 책임을못지겟다는것은안닙니다 집에가서 한번더사정을말한뒤 그래도안듯는다면 부모와도결별할작정입니다.』

『그러케까지하실필요는 업습니다 제일째문에 박선생님이그러케된다면 제낫츤엇더케됩니까? 그러케까지는 말어주십시요……』

『안입니다. 제가 처음이일을맛게된것이 순수한인간적 진실의발로엿다는것은 숨길수업습니다만은 그마음을 지금에와서 찍는다는것은 최선생을위한다느니보다 내자신을위하야 도저히할수업는일입니다. 그것은 최선생에대한면목문제가절대안입니다. 자기마음속으로 올타고긍정한이일을 끗맷지못하는 내자신이문제입니다』

『그래도 저는 그러케까지 해서주는돈을 쓸수가업슬것가튼데요……』

『쓰고안쓰는것은 별문제입니다. 만약 내성의가완전히이루어진다면 그쑨입니다. 그러나 최선생님! 이러케까지 마음을먹게되는 내속이 엇던것일가하는것만은 생각해주십시오』 동환이는한숨을쉰뒤 한참동안말을중단시키엿다.

『이런말을 되푸리한다는것은열적은일이지만 그래도이야기아니할수업는 것이 내속입니다 일생에처음당하는 일이요짜라마즈막일일인지도모릅니 다。 너무니추군거린다고비웃어도할수업습니다마는 하로쌜리 무슨말을해주 실수업슬까요。 지지쓸고만가는 그런태도가 견질수업시 갑갑합니다。 만약 쓴허야한다고하면 내자신이 어쩌케변할는지는 모르지만 최선생압페서는 깨 끗하게 내마음을 시츠럽니다。 일생일대의 일이니가 분수령에서 오래어물거 릴수가업습니다』

동환이로써는 용감하게도 자기의쑷을발표햇다 아마자기의아버지에대한 격분이 물불을 가리지못하게 홍분식헛을게다。

【109회】 月光譜(十三)

헤련이는 묵묵히 들을쑨이엿다

무엇이라고 짜지어대답할수업는마음은 동환이의절박한사정에도 여전햇 다 씨원한대답을듯고십퍼하는 동환이의마음이 조급한줄은안다 자기역시짠 것을 생각지안는다면 동환이의마음을 섭섭하게해주고십지안엇다 동환이를 깃부게해주는것이 자기의 행복이될는지도모른다 그러나 지금이 그런문제로 써 행복감을늣길수잇는째가 절대로아니다 연자의병이 조곰 (나)아젓고 불 구될걱정이 덜해지엿다고하나 만약 게속해서입원할수업다면 이째까지보다 도 더괴롬을맛보아야할운명이다 동환이가 엇쩌케해서든지 그것만은 해주 리라는밋음이잇지만 이십여일동안이나애쓰면서도 이째것돈한푼변동치못한 것으로보아 확실히미들수도업다 마음이변하리라고생각키우지는 안치만 사 정이허락지 안는다면그이로써들엇드케 할것인가

연자의병을걱정하지안코자기자신의문제만을 운운한다는것은 비록동환이 가 즐거워하는것이라할지라도 양심상할수업는일이다

『이제는체면도생각지안습니다 한마디의대답을 씨원히들어야겟습니다』

뭇는말에대답이업스니 동환이야 물논속이탄다 자기로써는 이이상더참을 수가업다 그러나자기말소리를들으며것든헤련이는

『선생님이 그러케작구무르신다면 제입장이퍽짝합니다 얼마전에 말슴드
린것과 달러진것이 업습니다마는 제가몬저 구체적의견을말하기전까지는 참
어주십시오 제태도로 제마음이 어쩌리라는것쯤은 아실텐데요』

『무슨말슴입니가?』

『제가 선생님을 조치안케생각하는것갓습니가?』

『네 그것만은 대개짐작할수잇습니다 그러나그런짐작만으로 내자신을진
정식힐수는도저히업습니다 예스、노―두가지말가운데하나를택하여야 나는
내길을잡을수가잇습니다 자의식을일코 쏘 자신을속이며 매일자기를 멧백번
식분력식혀야만하고 지금의생활은 내생리가허락지못합니다』

혜련이는 대답대신에 동환이의얼골을보앗다 조용해진 적은거리의가등도
비쳐엿지만 그러케밝지안흔거리라서그런지 달빗갓시 그음울한얼골은 은연
하게비쳐엿다。

달빗과 전등불이합치여살빗츨부드럽게하기도 햇지만 동환이의얼골은 과
연 일생에 멧번볼수업는 심각한정―과 탄식이 굿득차잇는것갓다。

문학소년의쎈치한연애가아니고 흔히잇는 입이발린 고백도아니다。

그러한동환이에게 자기마음을바치지못하고 도로혀 바쳐주는마음도밧지
못하는 혜련이다。

혜련이는 대답을아니하기로햇다 대답을할수도업다。

어느새 동소문까지다달엇다 문허진성터의달빗은더욱윤택해보인다

그들은 성터밋풀밧에안젓다。

대답을요구한동환이는 대답을기다리기에말이업고 대답해야할혜련이는
대답못하는마음에 말이업다。

맛다을만큼 갓가히안젓스니 체온이서로통하는것을제각기늣기엿다。

달을처다보면서도 달에대한것을 한마디도말하지안는 동환이의가슴속에
는 혜련이가 굿득차잇슬게다。

철식이가살어잇는동안 그와가티 달을보앗슬것이오달빗아래 나란히안저
도보앗슬것이지만 그가과연 동환이가티 자기를생각해주어슬까

혜련이는 동환이의손목을잡엇다 처음으로 혜련이의 살을다처보는 동환이의

손이 썰리엇스나 그는조곰도움즉임이업시 창공을향해얼골을처들고잇다.

『박선생님— 저를용서해주십시요 자기에게 너무나 노예가된저를 저주해
주십시요。』

동환이는 흥분한헤련이를 위로해주랴는 빗도업섯스나 그를보지도안엇다.

『저는 성격의파산자입니다 무엇하나를붓잡고야 살어갈수잇는저이지만
그를붓잡기가 쏘한곤난합니다。 선생님에대한생각이 아직들미치엿다고해도
할수업지만……』

헤련이는 이런말을하면서 스사로슬퍼지엇다。 너무나사실인 자기를 자기
의입으로 토하는것이 더욱서글펏다 그쑨아니라 달을향해 혼자서 눈물홀리
고잇는동환이를 그대로 보고만잇서야 하는자기가 너무나요망된것가텃다.

【110회】 路傍草(一)

다음날도 헤련이는 학교에를갓고 공부가필한뒤에는 가정교사로 애들을
가르키려갓다 장래의희망을가지겟다고 학교를단니는것이오 학교에를단닌
다고 돈버리도하는것이지만 이날은 자기의 희망을 갑작이이저버린듯햇다
결국세루로이드제의 인간갓치속이쌘히보히는것이지만 보재기로씨운희망을
만들어놋코 그희망에속고잇는것이 아닌가 생각키웟다.

비스켓트에쓸리워가는 어린애를 지성이업다고말할것이아니라 알지도못
하는미찌에 갈팡질팡하는 자기를무지하다고말해야할것갓다

학교에서도그랫지만 남의집어린애들을 압페노코도 제정신의반을일헛다
저녁쌔연자를차저 병원으로왓슬때 그는 종일무엇을햇는지 기억할수도업섯
다는것으로 그전날밤의일이 얼마나 크게마음을흔들어노앗는지 가히추측할
수잇다.

『엄마—』 병실에드러스자 연자가 헤련이를부르며 이러나안는다 기분이
조흔모양이다.

『오날두 압흐지안엇니?』

헤련이는 책보를 침대우에노코 연자엽페안것다.

『선생님이와서 약을너헛니?』

『응!』

『안압헛니?』

『압헛지―』

『울엇겟구나―』

『그럼 막쑤시는걸―』

『그래야낫지―』

연자를대하니 마음이조금 안정되는것가텃다 발을쌜러야한다는말을 밋지안으면안될만하든연자의발병도 요즘은휠신나지엿다 몸이회복되여 살이오른것도 올낫거니와 의사의말이 관절이 조곰식을즉이는것으로보아 아모러치도안케 나을수가잇다는것이엿다.

그런만큼 참으로연자의병이나날이나가는것갓고 또연자의긔분이조은것을 보면 의사의말이 참으로미드어지는것가터 요즘은연자를보기만해도 신기로운생각에 쌘여넘이업서진다.

그러나 생각은홀녀야하는모양이다.

그쌔까지 무엇을하고잇섯는지 즈기소이가 이저버리고잇섯든것처럼 편지한장을급하게내밀며

『이걸주고가십다』라고했다.

설명을부치지안터라도 동환이의편지가분명하다.

오늘도 필시병원까지왓슬 동환이가 자기를맛나지도안코편지한장을써노코 간것을보니 그역어제밤부터의 심경이달러진것이분명하다.

혜련이는 조급히편지를 쓰덧다.

『어제밤일은 생각지안으랴고합니다 오늘시골나려갓다오겟다는 보고만을 하겟습니다.

부모와등지는한이잇드라도 내의리만은 다할작정입니다. 과장도아니고 자랑도아닙니다. 또나를 동정한다는생각을가진다면 나는 내마음에서나오는일이라도 내마칠것을 미리말해둠니다. 일생에두번업슬 내중요한의무를 이행할생각이니 걱정마시고 멧칠만기다려주십시오 느저도걱정마시고 멧칠

만기다려주십시요 느저도 삼일후에는 도라오겟습니다。』

대단히급하게쓴것이되여 그런지 글씨도알어보기힘들엇스나 헤련이는 동환이의뜻을알어볼수잇섯다

돈이야 가저오건말건 의지하고잇든 사람이자기것을 써낫다고하니 허젓하다。 이째까지도 돈째문에 걱정이야하고왓지만 동환이가 매일차저와주엇스니자기걱정은 들한것갓햇스나 동환이가써낫다는것을알게되니 그걱정이 자기혼자것이되는상도십다。

입원료를내지못해 쫏겨날것갓기도하고 쓰기소이의급료를못주어 창피를 당할것갓기도하다。

쓰기소이가 동환이와의관계를 알리업지만 그래도그동안눈치채서알엇슬넌지도모르니 그역유쾌하지가안타

그러케생각하니 연자의병이 나진것만은 고마우나 동환이를밋고 아니 밋지안어야할사람을 의지하고입원식헛다는것이 자기의잘못갓기도하다

『아저씨가지의집엘간대』 연자는 아모것도모르고 동환이가업는것을 영색한다

『웅! 볼일이잇서가섯나부다』 병이나갈수록 기분이조와지엿스면 그쑨일연자에게 비위에맛도록 달래는말을하기가실엇다

【111회】 路傍草(二)

엇저면조흘가? 하는 생각은 언제나 헤련이의머리에서써나지안흔 가장중요한생각이요 짜라 그를괴롭히는가장큰 사색이다。

자기의마음을 자기가붓잡지못하는괴롬에서더큰 슯흠이 어데잇을가하고 생각하니 자기가튼사람은 참으로불상한존재갓헛다。

동환이의정열과 그의성격으로보아 다른생각을 일절 버리고 그들사랑한다면 결코자기의불행이 업슬것갓다

사랑째문에 독약을마시는 그러한사람들의 정열을 자기도 조곰만가질수 잇다면 문제가업을게아닌가

창기노릇을하면서도 자기의직업에만족해하는여자가얼마든지잇다 그러한
여자가도로혀 자기보다 의지가구들뿐아니라 몹시생활에 충실한것갓다.

생활을보아서나 자기일생을보아서나 동환이를써난다는것이 행복일수업
슬것을썬연히알면서도 동환이를짜르지못하는자기는 대체 엇지된여자일가

연자가 혼자서 침대에이러나안젓다.

혼자무엇을 생각하고잇는 어머니가 무료하게뵈엿든지

『엄마—』하고불은다.

헤련이는 혼자서몸을움즉이는연자를보고도 그기특함에놀란척도하지안코

『응?』하고 힘업시말했다

『나 언제나걸어단닐가?』

『얼마만잇스면 단니겟지』

『박게나가구십흔걸』

『몃칠만 더잇거라 벌서몸을움즉이면되나』

『이러나안저두 이제는압흐지안흔걸무어!』

『그래두』

헤련이는 조곰낫다고 나불나불이야기하는 연자가도로혀원망스럽다.

연자째문으로해서 자기는 자기의마음을붓잡지못하는것갓기째문이다

연자만이업다면 하고십흔일을 마음껏할수가잇슬것갓다. 그러나 연자는
어머니의 마음을알리업다

『엄마 나 요—쌍사다주어』

헤련이는 대답을못했다

얼마전에 가정교사로다니는집에서 월급을바덧지만월사금과 풍금사용료
그리고는 자기가먹을쌀갑을치르고난뒤 돈이라고조곰도남은것이업다

병이나어질째 구미가도라오면 무엇이나 먹고십퍼할것이 사실이지만 얼
마안되는 요—까하나를 사줄돈이업다.

자기주머니에서 연자줄것을얼마나사다주엇는가하는생각이 새삼스레든다
아모것도업다

아모것도업는병자의이이니가 그병자를입원식히고 그래도병이낫기를기다

린다는것이 어리석어도보인다.

그러나 그러한자기를전부아는동환이가 자기엽흘써나버렷다는데서 모든 책임이 전부동환이에게 잇는것갓기도하다.

동환이가 승낙지안엇다면 자기의운명은 임이달리결정되엿슬는지모른다.

혜련이는 가슴이망막햇다 그러나 연자의요구에 대답은해주어야 하지안는가

참아 못사주겟다는말을할수업고해서 목구녕에서나오지안는말로

『우리 박게나가볼가 내가 업어줄게—』하고 연자가 한말을 이저버리도록 햇다.

『응—그래 쌜리』

연자는 도로혀깁버햇다.

혜련이는 연자의발이 어데다치지안토록 주의를하며 그를업엇다. 그리고는 기다란랑하를걸엇다.

한편쪽이 유리문으로되엿기째문에 그리어두운낭하도아니엿만 번호부친병실이 열이나잇서그런지 몹시침침해보엿다.

그침침한낭하를 스립바소리를내며 거러가는 혜련이자신이 쏘한 침울해그런지 한방한방지나는 병실속이 전부 연자와가튼병자와 자기와가튼간호인으로 긋득찬듯하다.

언젠가는 남편을입원식히고도 입원료를 낼수가업서 그부인이 자살햇다는이야기를들엇다. 자기와가튼사람도 얼마던지잇다. 그러나 일등병실에는 돈가튼것은 걱정도아니하고 병만낫기를기다리는사람이 얼마나만을짜. 죽지만안키를 바래는사람은 가슴을 더욱졸리는지도모른다.

혜련이는 발거름을쌜리햇다. 한초라도쌜리 외기를마시고십다.

씨원한공기를 마음싯마시고십다.

【112회】 路傍草(三)

나무그늘밋 잔디밧헤나왓것만 연자를나려놀수가업서 선채로 그냥거닐엇다

자기이외에도 병원뜰에나온사람이 적지안타.

그들은모두가 입원료를낸 사람들이겟지 하는생각은죄를지은듯한혜련이가 맛당히 가질생각이다.

그러케생각하니 자기하나만이 그런데대해걱정하는것갓다

엇잿든 동환이가 빨리와주엇스면하는생각이 서글프게이러난다

그만엽헤잇다면 자기는그런걱정을아니해도 조흘것갓다 이째까지도 전혀걱정이 업엇든것은 아니지만 지금처럼 남부끄럽게까지는 생각지안엇다 동환이를볼째마다 대체 엇더케할작정인가하는 남의걱정가튼 근심을해왓슬뿐이다.

그러나이제는 돈도업는것이 쩐쩐스럽게 입원짜지식엿다고 세상의경멸이 자기의몸을쭐코 드러오는것처럼 늣긴다

병원뜰을 거닐고잇기는하지만 자기발에 짓밟히는잔디까지도 자기를비웃는듯하다

사실 잔디에게도 면목이업다

혜련이는 한숨을내쉬엿다

울고까지십다.

자기를사랑한다는동환이가 자기를 이러케만드러노코마음편히 써나갈수잇슬가?

혜련이는 동환이에이째까지의말이 전부의심스럽기도햇다 무슨일이잇든 자기엽흘 써나주지안어야만 할것갓다 그러나 동환이도 자기를생각하기째문에 시골을가지안헛는가

지금쯤 그이도 돈안주겟다고하는부모와싸우기에 쌈을흘릴게다. 내가이러케걱정할것을생각하고 마음을조리기도할것이다.

도로혀 미안하다.

자기째문에 부모를등지고 일생이 불행해진다면 엇지할가

그러나 장래야 엇지되엿든 그것까지생각할여유가업다 한시밧비 돈을가지다주엇스면하는생각뿐이다.

돈은둘재로 누가엽헤잇서주기만해도 날것갓다.

어머니가잇스되 그사랑을 못밧는처지고 옵바가잇스되 의지할배못된다。

조곰만이라도 인정잇고 사람답다면 이런경우에 누이동생을 혼자내버려두지안을게다 제돈으로 동생을구해주지못한다할지라도 연자의 부양료나마 이런째줄수잇는 옵바라면 혜련이가 왜이런괴롬을 맛볼것인가

혜련이가 자기사정을하소하지도 안커니와 옵바라는이는 혜련이의 현재를생각도아니할것이다

그러나 친척에게 도음을 밧겟다는것은 이미단념한터라 혜련이로서는 새삼스럽게 그를애통히역일필요도업다

자기를참으로 알아주고진심으로 자기를도와주는사람만이 그리울쑨이다

근래에와서는 성구도얼골을보히지안는다 오야 별신통한수가업슬것이지만 그래도 엽헤와서이야기라도 들어주엇스면하는생각이난다。

쑨아니라 병들엇다는 그의마누라의 병세도알고십다 모름직이 안해의병으로말미아마 멧칠채 오지를못하는것이아닌가하고 생각하니 불안해지기도한다

천애의고아갓치 돌보아주는사람하나업는것이 가장고독한일이지만 성구를생각하니 자기의아는사람이 모두 자기와거이갓흔것갓다 성구는물론 동환이역 그러코 숙희나 실연으로말미암아 시골로가서 유치원선생노릇하는 성실이역시 고독한사람들이다 돈이문제가아니다 마음이가난한게 제일쓰라린일이다

뜰에나와서도 가슴이씨원해지지가안는것가터 다시병실로드러갈려고 도라설째

『최선생—』하고 마중거러오는이가잇다

『권선생—』 혜련이는 어서오라고 마중나가듯이걸으며 성구를불럿다

『좀어쩟습니까?』 성구는 연자의병문안부터햇스나

『경과는매일조와감니다』하는혜련이는 그것보다는더중요한일이잇다는 근심을 얼골에보혓다 그러나 자기말만을몬저할수가업서서

『부인병은 어쩌신가요?』

『글세요— 죽지안으면살겟지요』

『참— 말슴을 엇재 그러케하서요?』

『사실말이지요 낫부게한게 잇나요—』

성구는 지친듯이 피곤한어조엿다

【113회】 路傍草(四)

『참말좀엇더세요?』

혜련이는 성구의얼골로보아 심상치안흠을늣기엿다。

『그만 물어주십시요 불행한사람에게 불행이 겹친다는건 응당잇슬일이니짜요。희망이 잇슴직하지안습니다 그런데 동환이는어대갓서요?』

성구는 화제를돌리랴했다

『제이야기는 추후에 하기로하고 부인병세를좀알려주십시요 중병인줄알면서 한번문안도못가 할말은업습니다마는……』

성구는 혜련이의말에한숨을죽이고 나무밋테잇든 의자에안즈며 말햇다。

『썬한일이 아닙니까? 내게힘이잇습니까? 그이에게힘이잇습니까? 힘업는 두사람이 그힘든병을고칠라고하는게 무리한일이 아니에요 이짜금식 병원에 가물약을사오나 그게효력잇슬리도업고—

나는 그저 나에게대한시련이라고 밋습니다 불행이 나를두둘길대로 두둘기여주기만바랍니다。그러면 최후에가서는 무슨길이 잇겟지요 내압페는 벽(壁)이 잇슬쑨입니다 그벽이내몸에다일째 내가그벽을쑬루느냐 그러치안흐면 그벽에게 쌀리우느냐하는것이 남은가장중요한 문제이지요 다만불상한것은 안해일쑨입니다 나는취직도 바래지안습니다 그저 오는 불행을마지하고 남의 불행을 이해해볼려는것쑨입니다。취직을아니해도 내한몸이죽을리는업겟지요』

이짜지말한 성구는 잠싼 말을멈추엇다가

『내이야기는 이쑨입니다 그런데 동환이는 어데를갓서요?』

하고혜련이를처다본다 혜련이는무엇이라 위로할수도업다

혼자서 그만큼생각을할째는 무엇이라위로하는말이되려 듯기실허질게다

그래서(뭇)는말에대답을하려고 입원료를가져오기위해 자기집으로 갓다는말을 간단히설명햇다

　성구는 혜련이등뒤에업힌 연자를보며

『너두 벌서부터 그게무슨 고생이냐? 불행을체험하기위해나온사람갓구나ㅡ』

하고 자기자신에게하는말처럼 중얼거리엿다 그리고나서는

『동환이도 불행한사람이지 어데로도망을가버리고말지 쏘무슨애를쓰누라고 집엘갓슬가?』하고는 하늘을처다본다

『아닌게아니라 미안해죽겟서요』

『어쩌케될는지도모를 한여자를위하야 그러케애쓸필요가어데잇담ㅡ 나갓트면모른척하고 도망갈게다』

　혜련이는 의아햇다 동환이를동정하면서 자기는조치안케역인다 조곰도농조가석긴말이아닌데 더하다。엇재서 자기를낫부게말할가하고 성구의 얼골을나려다보앗스나 성구는 자기를동정하는비치업다

『최선생ㅡ』하고 자기를부르는말에도 무엇을공격하려는눈치다。

『네』혜련이는 무엇이나 들을수박게업는것가터 힘업는대답을햇다。

『최선생가치 잔인한이도두물겁니다 대체 동환이를 엇질샘입니가? 그를살리겟서요 그러치안으면죽이겟서요?』

『제가엇지 그를살구고죽일수가잇습니가?』

『그가살고죽는것은 최혜련의손에잇습니다 죽는다고해서목숨이쓰너지는것은아니지만 그의개성이업서진다면 죽는것과마찬가지니까요 잘알겝니다마는낙시에코를쩨고 그러케오래동안쥐여흔들엇스면 그를잡든가노아주던가해야하지안어요? 불상해서라도 그를안심시키고십흘텐데』

『그건 너무심한말인데요? 내가그를 낙시로낙군단말입니가?』

『그런말이야 둘채로하고 나는동환이가 불상해서하는말입니다』

『나도그에게는 미안한마음이여간이아니애요 그러나 내가 내자신을엇질수업는데 어쩌케합니가! 만약엇질수업게 만드러노아준다면 나역차라리조켓서요』

『미안하단말로 금샐수야업는일이지요쏘엇질수업는환경을만들면 그째최

선생이 그환경을 감수할는지누가압니가? 결국문제는 한사람의희생에잇습니다』

『희생도 마음이허락할째에 성립되는게아니애요 나는 희생이란 자기를이저버리는행동보다 내가스스로긍정할수잇는째 올것이라고생각합니다』

『그만둡시다 나는 동환군을불상하다고 생각키워그런말을한것쑨입니다 리지도가저야하고 정서도가저야하며 싸라그두가지가합리적으로 결탁되여야만 행동이잇슬 최선생에게 무엇을책하거나 권한다는것이쓸데잇는일입니까?』

헤련이는 대답을아니햇다 할말이업다 가장쓰린말을해준성구가밉다 혼자라면 울고야말말이다。

【114회】 路傍草(五)

성구와헤련이는 병실로드러왓다

연자를침대에눕히고 둘이는침대엽헤 의자에안젓다

『자우간 동환이가 쌜리오야겟군요?』이런말을하는 성구는 흥분이 조곰풀린모양이다

『글세말이애요—』헤련이도짠생각을아니하겟다는얼골이다

짠병자들이 잇는병실에서 두사람만이아는 이야기를쓰낼필요가업다

□□□□□□□□□□22) 햇슲분이엿다

헤련이역시 성구가엇든마음에서 그런말을쓰냇다는것을알기째문에 그를 씃까지 나무램할필요가업다

『얼마나더잇스면 퇴원하게된대요?』성구가물엇다

『잘만되면 일개월안짝에퇴원할수잇다는데요— 그러기나해주엇스면 조켓는데요』

『좌우간 못곳칠줄알엇든것을 이만큼이라도 고치엿스니 그걸다행으로역여야지요』

『거야 그러치요』

22) 여기서 약 10여자 알아 볼 수 없다.

이째 간호부가드러와 『사이상─』하고 조히쏘각을건넌다 그리고는
『될수잇는대로쌜리 지불하시라고합디다』하고는나간다

혜련이는 『네』하고대답을하고나서 조히쏘각을드려다보앗스나 별게업섯
다 입원료독촉장이다

그것을혼자만이보고 잇슬째 성구가 쌧듯이집어다가 자기도씨워진수자를
읽는다

그리고나서는 다시혜련이에게돌려주고이러선다.

『가겟습니다』

『네─』

뭇는말도아니요 가라는말도 아닌 반신반의의말을 하는 혜련이도이러섯다.

가도조코 안가도조타는무관심한태도다. 그보다도자기머리속에는 짠생각
이 쏙드러백헛다는것을 말해주는듯하다

랑하까지나왓슬째도 성구에게잘가라는 인사를할것갓지가안타 정신을일
흔사람갓다고나할가─

『동환군이 곳올게니짜 멧칠만참어달라고 그러십시요 설마이삼일이야 기
달러주겟지요 선량한 동환이가 아니오지는못할게니짜』

성구는이런말을하고는 잘잇스란말도아니하고 걸어간다

혜련이는 더짜라갈생각도 아니하고 랑하에선채 성구를보내고잇다

살기에 꼭가치 지친사람들이다. 해질째인사도주고밧기실허하며 무엇을
추궁해서 생각할냐고도하지못하는 쇠진한사람들이다

혜련이는 병실로드러왓다 연자가 침대에이러나 안젓다. 벌서부터 너무
이러낫다누엇다하며 운동하는것이 조흘것갓지안치만 아모말도아니하고 내
버려두엇다.

아모것도하고십지가안타. 말도하고십지안코 움직이고십지도안타 그러타
고해서무엇을 생각하고십지도안타.

될대로되여다고─ 하는짜위의 생각쑌이엿다 간호부가 다시 독촉올것이
걱정되엿스나 그도지금부터 겁내고십지가안타.

피곤해진 심신을풀고십픈 생각쑌이다.

506| 박영준

맹장염으로 아들을입원시킨 바로엽침대의여인이

『집에서돈이 미처오지안혼 모양이시로군요?』

하고 남의걱정을해주랴한다

『네—』

헤련이는 누가뭇는것까지 가릴필요가업다 대답을햇스면 그뿐이다。

『곳오겟지요 그러케 걱정하실게잇서요 편지는하섯서요?』

『네—』

『어린애부모는 게시겟지요?』

『네—』

『부모가잇스면 엇재한번도 아니오실까요。부모대신 고생을하시는만요—』

『네—』

『그래머 아버지가 게시면 그앤퍽조켓습니다 우리애는 아버지도업답니다』

병원에드러온지 얼마안된 여자가되여 그런지말동모가 그리워 대답도씨
원히하지안는사람을붓들고 이야기를건니랴한다

헤련이는 말대답하기가실홀뿐아니라한마디대꾸를하면 연달어 이야기가
나올것이 겁낫다

【115회】 路傍草(六)

사흘쯤지난뒤엿다

하로하로를조려가며 동환이를기다렷것만 써난지 삼사일이지내도록 그는
도라오질안엇다

헤련이는 그래도학교엘단니며설마 안오지는안켓지하고기다렷다 학교에
도갈기력이업섯지만 병실에잇스며입원료독촉왓든 간호부의얼골을보(느)니
학교에라도가서동무들이들석이는가온데서 그런것을 이저보겟다는생각에
결석을아니햇든것이다。

그뿐아니라 가정교사로소개해준 인선이가 무엇을물으려는눈치가잇슬째
는 사정이야기나해보겟다는 복안도잇섯다

그러나 아모것도 수포도엿다 학교에서동모들이 조와라써들고 쮜여단이나 자기정신은 한푼도 쨀수가업섯스며 인선이와 이야기할기회가 업는배도 아니엿지만 동환이와의관게를 고백하고십지가안흘쑨더러 동환이를기다리지못하야 혀빠르게 짠길을구한다는것이 못할짓가터 그역 입박게쓰내질못햇다.

그러면서 방과후에는 가정교사노릇을하러갓다가 병원으로도라오며 매일가치동환이가 와잇질안는가 기다렷다.

어린애들을가르키려 갈쌔마다는 집주인 종태를맛낫다 종태를볼쌔는 지난여름방학에 자기에게 일심으로 해주든것이 기억나서 몬저 돈을청구해보고십흔생각까지 들엇다. 청구만하면 곳줄것이분명하다 아직짜지 자기를보면 빙그레웃는다 말은못하지만 우슴으로 악의를가지지안엇다는것을알수잇다 참아자기도 입으로는 말을 못하리라 표정으로도 마음이쑤렷하게나낸것은못하리라 평범한인사로 그저웃는다는것이 종태로서도 취할수잇는 가장 가긍한일이아닌가.

만약 이유를말치안코 돈을취해달라고한다하드래도 취해줄것가튼눈치는 넝넉히알수잇다.

그뒤 혹시 종태가되려 헤련이에게 청구하는것이엿다면 모두내주어도무방할게아닌가 임이각오한몸이다.

성구가한말갓치 오는불행을몸으로 볼각오가생기엿다

그의집에드러설쌔마다 말해볼가하는충동이이러낫지만 병원으로도라가면 동환이가 도라와서 자기를기다리고잇슬것만갓터 쯧내그도성공치를못햇다.

그날도 행여나 동환이가 연자침대엽에안저잇지안을가하는생각을 가진채 병실에드러갓다

그러나 매일처럼 연자의엽에는 아모도업다 아니아는사람이업다 그대신 알지못하는남자하나가 연자와이야기를하고잇섯다

짠환자를 보려왓다가 심심해서 이야기를하는가부다하고 생각한뒤 헤련이는 자리가 노혀잇는마루에 책보를던지고 힘업시안젓다

오늘도아니왓스니 아주안올사람이라고 성구말갓치 아주도망가지나 안엇

는가하는의심이낫다

　도망을갓다면 얼마나비겁한짓일가

　도망가야할경우라면 쩌젓하게 이야기를하거나 쏘 자기의태도에불만을
가젓다면 정면공격을하고 쩟쩟히 쩌남이 남자로써의취할태도가아닌가

　헤련이는 동환이에게 속기나한것가치분하기도햇다

　혹시 시일이 조금늣겟거든엽서로라도 알림즉하다 이러치도 저러치도 안
흔동환이의마음을알수업는데 실증도난다

　이런생각을혼자서하고 잇스면서도 연자와가치이야기하든남자가 자기온
뒤로 말을끈처버렷다는것을 알수잇섯다

　애간호인이왓스니 잠잠한가보다하고잇슬째 연자가

　『어머니』하고 헤련이를불럿다 그순간 헤련이는 얼골을붉히엿다 만약 그
말을 엽헤맹장염으로 입원한애의 어머니가들엇다면 멋칠전 부모는게시겟지
요하고 뭇는말에 그저네네하고 대답한말이 엇지되는가?

　그러나 그런것을생각할여유가업게스리

　『이아저씨가 과자를사오섯다누─』하고 말햇다

　헤련이는 누군지는모르나 과자를사왓다는말에 자리에서이러섯다 그째그
사내도 의자에서이러서며

　『저한인걸입니다 동환이의친구올시다』하고 인사를한다.

　헤련이도 그저잇슬수가업서

　『최혜련이올시다』하고 가티인사를햇다.

　『연자째문에 퍽 고생하시겟습니다』모든것을다안다는듯이 넌줏이인사말
을너러놋는다.

　헤련이는당황햇다 동환이의친구라고하지만 엇던남자인지 쏘는무엇째문
에혼자서왓는가하는생각에 초조하면서도 궁금햇스나 한참동안은 연극가티
도한일에 벙벙해잇섯다.

【116회】路傍草(七)

동환이가 제친구가운데인걸이라는사람이잇다는것을말해준듯도하지만 관심을두지도 안헛슬뿐아니라 자세한 이야기를드른것가지도안어 갑재기차저준 인걸이의방문에 놀램을가지지안흘수업다.

혹시 동환이의소식을알려주러 오지나안헛슬가하고도 생각해보앗스나 동환의가장친한 성구를두고 잘알지도못하는 인걸이를보냇슬리가잇슬것갓지 안어 도대체무엇하러왓슬가하는게 몹시궁금스러윗다.

얼마잇으면 방문한목적을 알수잇스런만 혜련이는 성급히 그게캐고십헛다.

아마 동환이나성구가 제친구라고해서 자기이야기를 햇슬넌지도모른다 그러타면정말 연자에게 과자를주기위해서왓는가! 그러타면 언제왓는지도 모르지만 자기가도라올째까지 기달려야할일은 무엇일가?

연자에게 문안을햇스면일즉암치도라가는것이 모르는사람의첫인사임즉하다.

혹시 흑심을가진남자나아닐가?

상상은자유엿다 순간일망정하고십흔생각을다햇다

『입원한지가 얼마나되엿지요?』하고 인걸이가 사뭇평범한듯이 사교적인 웃음을 웃스며 물엇다

『한달거이되지요?』 혜련이는입원한날자를 세여보지도안코 함부로대답햇다.

『경과는퍽조흔것갓군요?』

『네—』 혜련이는 엇든남자며 무엇하려온남자라는것을 확실히알지못하는 이상긴대답도써리엿다

인걸이는 그눈치를챈듯이 그이상 더이야기를하지안코 한참동안침묵햇다 그러다가 무엇이 생각난듯이 펄덕이러서며

『저잠간볼수업슬가요?』하고 정중하게말을하고는 낭하로나간다

혜련이는 차저온사람이할말이잇다니 짜라가지안을수도업다

랑하에나서니 인걸이는벌서한참동안이나 걸어가고잇섯다

비밀을가진남녀가 사람의눈을피하기위해 거리를두고 것는것처람 헤련이는 인걸이를 멀리보며 짜라갓다

병원구조를 벌서부터알엇는지 병원뒷뜰로가는것을순조로히것는다 도라가는대목에서 헤련이가 짜라오는가를삷힐랴고 뒤도라보면서것는 인걸이를 볼째 헤련이는 더욱 이상스러운감이드럿다 무슨 이야기를하랴고 처음보는 자기를 힘들지안케 쓸고나갈까?

그러나 두려울것은업다 한남자를대할째의태도는 벌서부터 준비되여잇다 비록엇든말이나오든 말에 쑬릴일은업슬게고 쪼는남자라고해서 함부로 위압당한일도업을게니가 모르는사내라고해도 맛나기를 써릴필요도업다.

더욱이 현재의자기와 관게가잇는 이야기를하는 그러한남자라면 상대도 아니할쑨아니라 엇던방법으로간에 공격해줄생각까지잇다.

인걸이는 병원뜰에나가 헤련이가 오기를기다리지도안코 의자에안젓다.

헤련이가엽페오는것을 보드니 엽자리를 가르키며안기를권한다.

헤련이도 사양함이업시안젓다.

그러나 가튼쓸에서 세남자를 상대로 들락날락하는자기가 짠사람에게 어쩌케 뵈일가하는것이들엇다. 참으로 남자의출입은잣다. 허나여자동모라고는 발길을하지도안는다 응당 녀자에게는 녀자동모가만허야 할일이지만 자기는 그러치가못하다 동모될녀자가 업는탓일넌지는몰라도 남자만을 동모로 가젓다는사실을 짠사람들이 볼쌘 혹시 손고락질할넌지도 모른다.

그러나 지금 그런것을걱정할필요는업다. 아모리손고락질을 밧는다고해도 마음에 써릴일이업슬쑨아니라 그런것에 구애되여 생활을간이화할필요도 늣기지안키째문이다.

자기가 불필요도 늣기지안는한 짠사람들의 헛된평판을 귀기우려 드를필요가 업다.

『나는 동환이와가튼 고향에서 살든사람입니다 그와는 아직도갓가운사이지요』

인걸이가 말을쓰내기시작햇다 그말이정작할말의준비라는것을알엇기째문에 헤련이는 말을중단식히지안으랴고 묵묵히 그뒤말을 기다렷다

『동환군을통하야 최선생의이야기는 대강드럿습니다 오늘차저온것도 실은 동환군의심부름을하려온것인데 단도직입적으로 말하지요 입원료는 좀물엇는가요?』

혜련이는 기분이상햇다 심부름이면 용건을말하거나전할것이잇거든 전햇스면 그뿐이지 첫번맛나첫번으로뭇는말이 그럴법이잇는가 그러나

『박선생이 서울오섯나요?』하고 진정한태도로물엇다

『네와잇습니다』

이말에 혜련이는 참지를못하고 얼골을붉히엿다。

【117회】 路傍草(八)

만약동환이가 시골서도라왓다면 자기를 몬저차저줄것이다 그래서 시골갓다온경과를한시밧비 아르키워주어야할것을 인사도업는사람을보내고 자기는 얼골도내노치안는이유가 어데잇슬가 혜련이는 동환이의태도가못맛당히늣겨지엿다 사람을모멸해도푼수가잇지 자기가남의동정을밧고잇다는사실을 낫모르는사람의입에 나오도록해야하는것인가

혜련이는 인걸이에게더물으랴하지안엇다

이째까지야엇잿든 그만큼 무성의한동환이의이야기를드를필요가업다

『동환이는 어제저녁 시골서왓답니다 그러나부모와 타협이안된모양갓습니다』

혜련이는 인걸이의용건이 그말을전하려온것인줄알고

『네 그래요— 잘알엇습니다』하고 그자리에더안젓기도실허 이러서랴햇다

『그러나 동환군은 꽤괴로워하는모양입디다』인걸이는 이러서랴는혜련이를 붓잡듯말을 곳쓰냇다『부모에게 거짓말을할수가업서 잇는사실을 말햇다는것은 동환이의선량한 성격째문이겟지만 그부모로말하면 아들을 방종하다고보앗다는것역시부모로써걱정할배라고생각합니다 퍽 아들을 귀애하는집안인것은 나도잘알지만 부모가식히지안는일에 돈을쓴다는것은 상식적으로 실허할게사실입니다 몃칠동안 싸흠을한모양이(나) 결국은 동환이가 지고

만모양입니다 그래서 서울에오기는햇스나 참아 최선생을차저볼낫츤업고 그
러타고해서 그냥내버려둘수도업는 형편이라고 나를차저왓더군요—』

혜련는 안즌채로 인걸이의 말을듯다 인걸이는 첫번과달라 말투가좀부
드러워지엿기째문에들어도 그리불쾌하지가안헛다.

『아시겟지만 동환이의 성격이 그러치안허요 그래 도로혀부모의말을듯기
로하고 아프로는 시골서지내겟다는약속까지햇다드군요 최선생을맛날수업
는 서울에잇을수도업스니가 차라리 부모의말을순종하는의미로 시골서 공부
나하겟다는 그런결심인가보아요 그래나는 나약한그를 쑤지겟습니다』 이까
지말한인걸이는 혜련이더러 할말이잇거든해보라는듯이 그의얼골을 바라보
앗다.

혜련이는 인걸이의말로써 동환이의마음을 알수잇섯다 그러케생각한다면
동환이로써 그길을취한다는것이 능히잇슬수 잇는듯도해서묵묵히잇섯다 그
러나 인걸이의 말이 동환이를 쑤지겟다고하나 결국은자기를 쑤짓는다잇뜻
가터 혼자 불쾌함을 늣기엿다.

인걸이는 혜련이를바라보다가

『그래 이런경우에 잇는동환군을 최선생은어쩌케생각하시렵니까?』하고
뭇는다.

『조치는안치요—』혜련이는 분명하게 대답햇다 임이부모에게 순종하게된
동환이다 짜라동환이의 힘도빌리지못하게된자기의 운명은 내일부터라도엇
지될는지모른다.

『그럼 조곰도책임을늣기지안는다는말이로군요?』인걸이가재채뭇는다.

『할수업지요 그의것는길과 내가것는길이다른이상 책임을늣기면무엇을합
니까』

『그 이야기는 다음에다시 하기로합시다 이게동환군이 전해달라는겁니다
아마최선생을알고난뒤부터의 일기인모양입니다』

인걸이는 주머니에서 적지안혼원고봉투를쓰내여주엇다.

『돌려보내주십시요 그런것을밧으면 서로짐이되니까요』혜련이는 그것을
밧으랴고도하지안엇다.

『그러나 읽으시든 안읽으시든 내가맛튼부탁이니 밧기는해야할것입니다』

혜련이는 바들필요가업다고생각했다 오늘동환이를맛나지못한다는것은 압흐로도 못맛난다는것이다 그러타할진대 마음만무거워질그런것을알싸닭이어데잇는가 쑨아니라 자기를깁픈구덩이에너코도 그래도 연연한감정에서 살랴는 동환이가 가증스러웟다 그러나써밀듯이맷기는인걸이와싸혼댓자 씨원한수가업슬게다 더더서태운다할지라도그자리에서 바더야했다

『그것을 안밧는다면 최선생의아량이너무나줍지요 보지안으려거던 내가 간뒤쓰러기통에라도너시구려』 이러케말하는 인걸이의말도 그럴듯했다 그러나 그싸짓것보다도 압흐로닥칠일을엇지할건가?

눈이암암했다

그째인걸이는 지갑을쯔냇고 지페멧장을세이고잇섯다

【118회】 路傍草(九)

돈을세여 한손에쥔인걸이는

『이것은 동환이의돈이아니지만 동환이의돈과가튼것입니다 동환이가 내게부탁하는마즈막소원이라고하며 최선생의일을 맷기엿습니다 최선생을처음으로 맛나는내가 최선생을위해 낸다면거즛말이되지요 동환군을위해서 내놋는돈이니가 염려말고 바드십시오』하고이야기를한뒤에는 지페를 혜련에게내놋는다

『네 고맙기는합니다』 혜련이는 주는돈을바드랴고하지안코 하늘을처다보며 이야기했다.

『그러나 싼데서 돈이왓스니가 그만두십시요―』

인걸이는 혜련이의사정을 조곰도쌔지안코 들엇기째문에 도로혀감사하게 바들줄알엇다

『왜 그러십니가?』

『돈이생겻스니가그러지요』

혜련이는 싼거즛말을지을수가업다.

거즛말이라는것을 확실히 알릴만한말이하기실혀 막연하게 돈이잇다는것
으로 그돈을거절햇다.

돈이생긴것도아니고 인걸이손에쥐인 돈이탐나지안는것도아니지만 실로
그돈을볼째 갑잭이돈이미워지엇다.

이째까지 동환이에게받앗든돈도 도로내주어 죽 찌저버고십엇다. 돈으로
갓가웟고 돈으로멀어지엇다는 생각을하니 돈이더러워보힌다 동환이가써나
갓다는것이원통하다는것보다돈이사람의관게를지배한다는게실타.

이재인걸이가주는돈을밧는다면 인걸이와엇던사이가될는지모른다 자기비
밀을벌서알고잇지만 동환이에게와가티 자기비밀을자기입으로말해야될새가
되는지도모른다.

그뿐아니라 밧지안어야할것을바더 자기의생활을이이상더 몽롱하게만들
고십지가안타.

불이면불 물이면(물)엇잿든자기의생활을짜지고 거기에다점을찍어노코십다

은혜를밧고 그은혜를은혜로써생각하야 자기를움직이지못하게하는굴레가
실타

동환이도돈을모르는사이로지냇다면 그를괴롭히지안케하엿슬른지도모른
다 결국은 그가괴로워햇고 자기가괴로윗다

연자의병은 지금만큼차도가잇스니 압흐로 그리걱정할필요가업다 엇든수
가날게다 만약아모수도업다면 최악의길은 얼마든지잇스니까

그것이차라리 인걸이의돈을써서 거기에굴레를쓰고 싸라돈을주엇다는관
게로 자기생활에대한 가장중요한일에 간참을하도록하는것보담은날것갓다
아모의 간섭도밧지안코 멋대로살고십다

『어데서생기엿습니가?』 인걸이는의아한듯이 캐여물엇다.

『그것은 알필요가업습니다 좌우간 걱정을말어주십시요』

『생길데가업스리라고 생각하는데요』

『엇재서 그런판단을쉽게나리십니까?』

『동환이에게서들엇지요』

『나도 내손으로 내생활을 타개할능력이 조금은잇습니다』

혜련이는 인걸이의말이 올흔데 분햇다 사실이때까지 자기는 짠데서 무엇을구하지못햇다 못햇다는것을인걸이의말로 새삼스럽게늣기니 분햇다 그래 이때까지 그러지못한자기를 꾸짓고 짜라 설사그럴능력이업섯다할지라도 좀 가저보겟다는생각에 큰소리를햇다

『흐흥―』인걸이는 혜련이를비웃는뜻인지 그런것을 처음으로알엇다는뜻인지 코소리를햇다

『더할말이업스시겟지요―』

혜련이는 잠간동안 인걸이의대답을기다리는듯이잇다 아모말도업는 기회를타서이러섯다

『안녕히가십시오』 먼저인사를내던지듯하고걸엇다.

그뒤의인걸이는 생각도아니하고―

혜련이는 병원으로 드러와서는 병실로 드러가지를안고 이층으로올라갓다.

화분이 노혀잇고 쏘파가가로노혀잇는 랑하한편 휴게실에걸처안젓다.

눈압페는 간호부들이 사람을구해낸다는 자존심을가진것처럼 밧부게 왓다갓다한다.

매점에서 환자줄물건을사들고 피곤하게 것는간호인들도보인다.

보이기는보히나 망막을거니머리에까지는 드러오지안는다.

그의눈에는 눈물이 고요잇다.

【119회】 路傍草(十)

임이날은어두엇다

하로밤을무사히지내겟다는 조바심을가진듯 병원입원실은 조용하면서도 몹시긴장된듯하다.

쓰기소이들은 도라가버리고 간호인들이침대엽 마루에누어 잠들려한다.

중병아닌환자를 간호하는사람들도 피곤한몸을쉬이노라고누어잇는모양이 전장에나가는남편을짜라가다 다리가압허 길우에펄석주저안즌서양여자들갓다.

헤련이는 그중에도 가장피곤한사람의하나일게다.

그도 자리에눞기는눕엇다

누어서도 무엇을익고잇는그의얼골에는 힘이라곤조곰도업다

극도의외로움속에서 이런일도잇섯든가하듯이 지난일을회상하는모양이다

그는 인걸이가주고간동환이의일기를읽고잇다.

처음부터 읽을수업고 쏘처음것을읽을필요도업는지 맨마즈막치를읽는다.

『최헤련이여!

영원히잘가라 나에게새로운지옥을가저다준여자여! 나는 지금의내현실을

지옥으로박게알수업다 좀더기다려달라고할는지도모르지만 나의생리는포화

상태에잇다 참는다는것은죽는다게다.

죽는다다게 겁나는것은아니다 죽는순간이무섭다. 죽엄을가저다주는 그

순간이무섭다 순간은한영원이다 순간연장이 영원이래서가아니라 순간이 강

철에색인 글자처럼지워지지가안키째문이다.

이이상더 기달러달라는잔인한말을 한다면 그런잔인한사람을 기다릴 필

요가 어데잇는가―확실히헤련이도 불상한녀자다.

아모리노력한다해도 자기를붓잡지못할녀자다 만약노력이나 할줄모르는

녀자라면 자신만은 괴롬을늣기지못할게다. 노력할줄도알고 노력이헛된것

까지도아는 불행한녀자다.

설사 나더러기다려 달라한다할지라도 혹시나 자기의노력이 뜻대로 될가

하는 욕심에 지나지못하는게다 그러한헤련임을알면서도 기다려보겟다는것

은 내가 나를 속히는것이다.

결국은 자기가 자기를속히는것이 남을속히는것이된다. 그게 사람들매짐

이지만 나는 그를포기하련다.

나는 헤련이가준지옥에서 빠저나올길을 차즌것만이 남은노력이다.

엇던길이잇슬넌지 모르겟지만 그길을걸을째는 분명 지금의내가 아닐것

만은사실이다. 성격을 개조할게다.

세상이 몹쓸놈이라해도조타 좌우간 지금의내가실타.

문학도 당분간버리겟다. 아니 쓴다는것을잇겟다 나와가튼 인간을 그린다

는게실타。 또 미운지금의내일홈을 누구에게보이기실타。 일홈을다토는 문단에서 일홈싸홈할 용기가어데잇는가—

그러나 혜련이— 너무걱정마소 나에게내길잇슬게다。 나대로의노력이잇슬게다。 내노력은 혜련이의노력과는다르다。 나를살릴수잇는노력일게다。

연자의퇴원을못보는것은죄송하다 연자에대한책임을 이행못하는데 혜련이에게보다 병자인연자에게미안하다 인걸이를 보내기는하나 내마음을만족시키기위한것도아니오 혜련이를 깃부게하겟다는것도아니다 연자를위하는 나의가장비열한일이다。 그러나 연자야빨리퇴원해서 참새가티 쮜여라 그리고 네어머니 혜련이와가튼여자는되지말어라。 차라리미련한여자가될지언정— 나는 연자와거이가튼내딸을 잘교육시키겟다。 내손으로만교육을시키겟다。 가장현명하거나가장불량한여자가되도록— 혜련이를써나 시골로간다 그러나 가슴은쓰리다 최혜련이여— 영원히잘잇거라』

혜련이는 감각이업는사람가티 읽든것을 자리에나려트리고 천정을본다 눈물도한숨도 그러나깃붐도업는얼골이다

태워버리랴든것을 그래도읽엇고 읽은뒤에도내버리지안는혜련이는 동환이의 그림자를 그리고잇는지도모른다

【120회】路傍草(十一)

마누라의 장례를치르고난날 성구는동환이의편지를바덧다。

서울은 무덤이다 친애하는 너와도 작별한다 너는 어데까지나 네선량한성격을가지고 살어라 그러나 조곰이나마 비겁하지말아! 비겁은 가장비겁한것이다라는뜻의편지가원고지로두어장씨여잇섯다。

그러나 마누라를 죽이고야말엇고 그마누라를 무덤속에뭇고온날 아모리 친한동모의 마즈막비슷한편지라할지라도 성구에게는 그리큰 충동을주지못했다。

그는 저승으로간 마누라에 가슴이 찻슬쑨이다。 멋칠전까지도 자기엽페서 호흡하고잇든 사람이 이제는 가튼곳에잇슬수도업다 낫이나 밤이나 아모도

업는 짱속에서 혼자누어잇슬마누라가불상하기만하다.

무변광야에서 집일코 풀우에잠든사람도 외로울것이어든 영원히도라오지 못할곳에서 호을로 눈감고잇슬마누라가 얼마나외로울가 그런마누라를내버려두고 죽은사람이라고 자기혼자만 사람사는고장에잇는것이 죄송스럽기도 하다.

생각하면 쓰거운눈물이흘러나릴뿐이다.

울랴고하는것도 아니고울어야될것갓지도안치만 그저 자기도모르게 쓰거워지는것을보면 그게눈물이엿다.

자기가외롭다는 생각보다도 죽은사람이 불상하다는 생각뿐이다.

물을마시고 이야기를하든것이 몃칠전일이 아니언만 그째일이 눈에서사라지지안헛다 그는그만도라올수업는몸이되엿다

죽은사람은 감각도업겟지— 그러나 숨못쉬는관속에드러가 아래위가흙으로 덥히엿것만 과연 괴로운줄몰을가?

성구는 이런것을생각하고잇섯다

비록 한여자의사랑을받지못한다고해서 괴로워할것만은사실이겟지만 동환이가자기보다더할가?

자기도 동모를버리지안엇것만 동환이가 자기를버린다는것은 너무나 자신만을 생각하는것갓다

물론 동환이가 명심의죽엄을 알지못했슬것이나 그래도 시골가기전 자기를한번쯤 차저줄것이아닌가

명심이가 알는것을알면서도 조고마한일에 자기이외의것을 이저버리는동환이다

영원히간다고해도 두려울것이업는것갓다 참으로 세상에두려울것이업다 죽엄보다더두려울것이 어데잇슬건가—

죽엄까지 눈으로본자기다

그러나 멧칠지난뒤부터점점고적을늣기엇다 고적이라는것보다 압홈만을 늣기든성구도 명심이에대한 그리운생각이들며 혼자남은 자기의외(롬)을늣기기시작햇다

약함과 외롬이 거이갓튼것이나 압흠은 명심을위한것이엿고 외롬은자기를위한것이다

자기를쩌난날이 멀어갈수록간사람보다 자기를생각하게되는모양이다

『권서방— 바람이라도 쏘이구오게—』

장모가 방구석에만잇는성구를보고 젊은 사람을걱정해하는말이엿다.

『네—』 성구도 걱정을안식힐양으로 대답햇다. 쌀을일흔어머니의마음이 성구자기보다못하지안흔게다. 더욱이 아모희망이업는 노인이다. 도로혀 자기가 위로를해주어야 할처지다.

성구는 방에서 나왓다.

얼마동안은 먹을걱정가튼것은 문제도안되엿다 그러나 이제부터 장모도 먹여살릴근심 해야할것이아닌가.

아직 그런생각을 채할수업지만 장모에게는 그래도 그런눈치나마 보여야 할것갓다.

『그럼 좀 나갓다오겟습니다』

『너무 오래잇지는말게』

『네—』

성구는 거리로나왓다.

그러나 어데를갈것인가

아모리생각해보아야 갈데가업다.

문학친구들을 차저가기에는 마음이허락질안는다. 그동안무슨일이 잇는지도 모르는 친구들에게 마음에업는이야기를 하기가실타.

도서관에가서 책이나 읽을가하는 생각은 애당초에 이러나지도안는다.

종로거리를겻는다는것은미친즛갓다. 혹시누구를 맛나면 악수를하고 문안을 주고바더야한다.

시외로나가 혼자산책이나할가.

그러나 어데가서나 외롬을 터트러노아야 살것갓다 그러려면 결국 헤련이를차즐길박게업다.

【121회】路傍草(十二)

병원압까지 이르럿슬째 성구는 도라서랴고했다 혜련이도 누구도 맛나고
십지가안키째문이엿다 아모리외로움을이야기한댓자 깃것위로를바들것뿐이
다 위로라는것은 어데까지나 제삼자가 남에게주는것이다 지금의성구는 가
치늣기고 가치외로워해줄사람만이 맛나고십다

그러나그런사람이 어데잇슬겐가 자기박게 아모도업슬것이다

혜련이는 필시자기를위로해줄게다 그러나 갓치압허해줄수는업다

도로혀 자기의외롬을 남에게이야기해서 위안을밧겟다는생각이 죽은명심이
에게 미안한것가터 좀더혼자만이 명심이를위하야 압허하려고집엘가려했다

그러나 혜련이도 괴로워하는사람— 더구나 동환이가 써난뒤 엇지나되여
가는지궁금한생각이든다

위로를밧지안어도 가치괴로워하는사람의 얼골만보아도 조곰날듯해서 그
는내친걸음을 그대로걸엇다

혹시울고나잇스면 엇지할가? 하는겁이들기도했다 자기역시울어본사람이
지만 여자가우는것을 보는것이란 그리유쾌한것이아니다 괴로워해도 남에게
는 눈물을보혀줄것이아니라생각키윗다 허나 혜련이는 사람압헤서눈물홀릴
여자가아니다

성구는 병실압까지걸엇다 입원실에 드러섯슬째는 예상과전혀달른 혜련
이를보앗다

반가워한다기보다 엇재든깃버하는표정이어덴가 숨은얼골이엿다 성구는
퍽놀래엿다.

그것보다도 더놀랜것은 그러한혜련이엽에 혜련이표정보다도 더복잡한얼
골을가진여자가잇섯다 반드시 맛나려니하기는해섯지만 못마나지안을가하
고 기다리다맛낫다는듯이그러한 표정을한이가 옛날의숙히엿다.

『아이구—』가 숙히의인사엿다 이러서기는햇지만 반가워해야할지 놀래야
할지모르겟는모양이다

『안령하섯서요?』 성구는 침착한태도로 인사를 했다

『네―』숙희는 무엇이라고자기도인사말을해야하겟스나 대답에끈치는모양이다

『언제오섯나요?』성구가물엇다

『오늘왓서요 멧시간되지안엇서요―』상대자의얼골을처다보며 쪽쪽한어조로말하는숙희가 넷날과다름업다

성구는반가웟다 뿐아니라 자기도모르게 가슴이쩔리는듯하다 그래서 마음을진정식히랴고

『연자는 좀더낫서요?』하고 그실은 그런것을생각할만한째가 못되나 혜련이에게 얼골을돌리엇다.

『네― 이제는 이러서기까지 하는데요 그런데 어쩌케알고오섯서요?』혜련이는 놀려먹고십다는 말씨엿다.

『알기는무얼알고와요』성구는 공연한것인줄알면서도 반문햇다.

『이번엔 숙희가 나하고만날랴고왓는데…참기막혀서……』하고 혜련이가 웃는다

『그럼나는 가지요 두분의 약속을째트려 미안합니다』

성구도웃섯다

『별말슴을다하시네 혜련이두 공연한소릴말어!』숙희는 성구가 참으로가기나하는것처럼 말햇다

『숙희는겁이나는모양이지』

『우리말을 그러케 하지말기루합시다』성구는 짠사람들도 잇는방안에서 심한농담을하는데 그리온당치안흔것가텻다 더구나 이제는그런말을들을만한 숙희와자기의관계가아니다 숙희는어데까지나 한남자의부인이요 성구는 명심이가 죽엇슬망정 한여자의남편이다.

『그럴짜요―』혜련이도성구의말에태도를고치는모양이다

『연자의병을들으시고오섯서요?』성구는세사람의공기를 고치려고숙희에게이런말을물엇다 서울루와본지가오랫구 바람도쏘일겸해서 왓서요―

『그런데 부인님도 안령하신가요?』

갑작이 성구마누라가 생각난모양이다.

보지도 못했지만 성구를위해 문안하는듯이겟지—

그러나성구는 망서리엿다 이자리에서 죽엇다는말을해야할것인가 그러치 안흐면지금의 공기를 그대로가지기위해 거짓말을해야할것인가

성구는 결국얼골을 쩌러트리고

『네—』하고완전한말을피해버리고말엇다。

【122회】 路傍草(十三)

숙히와이야기를주고밧고할때 성구는 옛날 서로사랑하든째와 쏙갓튼늣김을가젓다

가슴도 두군거린다。

숙히역시 흥분된것갓고 마음의동요를이르킨것갓다 말은평범하게하나 몸은조금도 부동자세가아니다 이것을만지다가는 저것을만저보기도하고 발을합치고 안젓다가는 한다리를 길게쪄처보기도한다。

그런것을볼째 성구의마음은 한층더 흥분되엿다 이제다시그와의관계를매즐것은못되지만 명심이가 임이세상쩌낫다는것을 알려주고십기도햇다

그러나 생각햇다 그가남의부인이라는것을 잇지안케라고

그래

『동환이가 아주시골로갓다지요?』하고 혜련이에게 그뒷일을물엇다

『네 한일주일지낫습니다 아주시골로가버린 모양이애요』

『참 승거운사람이야』

『자기에게는 상당한이유가잇겟지요 그러나…』혜련이는뒷말을 맷지안엇다

『그러나 어쨋단말이야? 나가태도 그럴수박게업겟네—』엽페서 숙히가쑤지람하듯말햇다

『글세 내가무어라구말하나 그저내가 짝햇단말이지—』

『여자란데개 자기만을생각하니가 그게결과가낫분째도잇는게지요!』성구는 생각업시이런말을햇다 혜련이를두고한것이아니라자기를두고 짠남자에게갓다는 숙히를가르켜한말이지만 실상은 임이생각보다먼저나온말이엿다

숙히가혜련이를 책망하는순간에쒸여나온말이엿다 그래그말에 얼골을붉히는 숙히를보기전에

『참 그뒤어쩨케 지냇서요?』하고 짠말을 재빠르게쓰냇다

『지금 숙히가 와잇지안어요?』혜련이도 먼저한말을못들은듯 뒷말의대답만을햇다

『그럿습니가?』성구는 무안해하는숙히의 생각을 돌릴랴고 고맙다는듯이 말햇다.

그새동환이가 간뒤로 혜련이는 인걸이가주는돈을안밧엇고 그다음날은 학교를결석하고 공공이 생각하다가 숙히에게 편지를썻든 것이다. 하기야 별별생각을 다햇지만 그래도자기를가장 잘알아주는사람에게 도움을 밧는길 박게업다는것을 늣기엿기때문이엿다. 몸을희생시키여 연자의병을고친다할 지라도 그게연자의장래가 행복스러울것이 못될게 분명하다 비겁하고 체면은업지만결국장래히망을 가질수잇는길이 가장올케생각되엿든것이다.

성구는 대강짐작할수잇섯다 동환이가쩌난뒤 숙히가와서안저잇고 쪼혜련이의얼골이 그리주름살잡히지안엇다는것은 결국 혜련이가숙히에게서 새로운보조를 밧는다는걸게다.

『사람은 참말 죽으란법이 업는가봐요―』혜련이가말을쓰냇다『참인걸이라는 사람이권선생하고동모시지요 그가박선생이간뒤 차저와서 돈을줍디다만 내손으로해보겟다는 일종의발악에서 거절하고난뒤기막헛서요 그새의고민은참굉장햇지요 그러나 얼마안되여 숙히가 이러케와주엇스니 고마운세상얘요』

『내가 무어하는게잇나』숙히는 사양하는말씨다

『고맙습니다 난두 동환이가 시골가버렷다는편지를밧고저윽히 걱정햇서요 그러나 내걱정쯤이야 아모것도아니니까!』

『천만의 말슴입니다. 권선생이 안게섯드면 혜련이가 어쩨케되엿슬지도 모를것입니다 세상에 그만큼고흔마음을 가지신이가 멧치나될까요?』숙히가 성구를칭찬한다.

『놀라시진 마십시요 속으로 최선생을 얼마나 욕한사람이게요―』

『참 내가 얼마나 공격두밧구 혼난지알어— 권선생아니엿드면 짠고민은업섯슬넌지도 몰낫을게야— 그것두 숙히의책임일지모르지만—』헤런이는 웃섯다

『그책임째문에 이러케 오신게구만요』

성구도웃섯다 숙히도

『글세요』

하고웃섯다 세사람가온데는 근심이조곰도 업는듯십다

그러나 한참동안웃고 지나다가

『그런데 부인님 병은좀어쩌세요 참숙히에겐그이야기를못햇나부다 권선생부인님이 벌서오래전부터누어알는단다』

하고 헤런이가물을째 세사람의얼골을 전부달러지엿다

『뭇지말어 주십시요 그런말은말구 산보나 나갑시다』

성구는 얼마동안 이젓든생각을도로하고 한숨을쉬엿다

【123회】 路傍草(十四)

옛날의숙히를 오래간만에 우연히맛낫다는것은 성구의깃븜이엿다 그래맛난그찰나에는 과연명심이도잇젓든것이나이제다시 명심이를기억할수잇슬째 성구의가슴은더한층괴로웟다 숙히에게서마튼일시적위안이란 그야말로 한째의위안에서 지나지안는다 생각하면숙히도헤런이도 살어잇것만 명심이혼자만이 죽엇다는것이 성구자기의운명째문인것갓다 살어잇는사람들이부럽다 숙히가자기를쩌나 그의남편에게로 가는날에는 자기와 아주멀어지는 사람이다.

그런사람압헤서 자기가깃버한다는것은 자기를속히는것박게업다.

그러나 숙히를금시에 쩌날수도업다

『그래요? 얼마나 걱정하십니까?』

헤런이의말에 숙히가위로하듯 물을째

『이제는 걱정도 아니하게됫습니다』하고

성구는 탄식하듯이 대답햇다 그런말도 아니할것이나 슬픔을숨기고십지가안허지엿기쌔문이엿다

『그럼?』숙히가 재차뭇는다

『영원히……』

『아니…』숙히는 몹시놀랜다

『가장 평안한사람이 되엿답니다』

『언제요?』숙히와헤련이가쏙가티뭇는다。

『멧즐전에……』

숙히와헤련이는 잠잠햇다 상상못햇든일이엿다

성구도잠잠햇다。 이야기를더하려하지도안코 무엇이라고 물어주기를 기다리지도안는다。

혼자서 무엇을생각하는모양이다。

침묵이 그들마음을통할수잇는 단하나의무기다 이런째 입을벌린다는것은 도로혀남의슬픔을 가볍게하는것이다 성구도 다만골낸얼굴로 아모말업다 해주는그들로밋엇다 그러나자기쌔문에그무거운공기를만드는것도안되여

『우리 산보나갑시다 나를위해서—』하고청햇다 나가서 바람이라도 쏘히고십다

『우리 나가서 걸을가』숙히가곳 헤련이를유혹한다

그들은곳 병원박글걸엇다

성구를가온데노코 걸어가는세사람의발소리는 권태가이러나지안을 음률적소리엿다

『참어쩌케해요』성구의외인편에것든 숙히가말한다

『우리 그소리 그만두기로 약속하고걸읍시다 그러치안흐면 나는 안갈테요—』

성구는 약간발거름을누추며 말햇다 외롬을늣기지만 그들압페서외로워하고십지안코 그들압에서 새로운기억을짜내주지안키를바랫다。

아모대답이업다。

『약속아니할테요?』성구는아주발을멈추고 질문한다。

『가십시다』헤련이가 그런약속을아니하겟다는듯이말햇다 숙히는성구엽

에서서헤련이의자성구의 이야기가결말나기만을기다린다.

『참말약속해야갈테요』 성구가재차 재촉하자 헤련이는못견지는듯이

『그럼약속할게요』하고 마지못해말한다 세사람은 총독부압까지나왔다 누가말하지도안헛것만 안국정쪽으로것는다.

안국정네거리까지와서는성구가멋는다.

잠간동안서잇다가 숙히의귀에 입을대고

『극장 구경식혀줄테요?』하고뭇는다.

그러자 숙히는 즉시헤련이에게

『우리극장구경갈가』한다

헤련이는 무엇을 생각하는양 대답이업다.

『오래간만인데 구경이나갓치가—』 숙히는둘이만가는게안되여 될수잇는대로 헤련이를끌랴고햇다 그를쎄고간다는것은 헤련이에게 미안한일이엿기째문이다

『난가보야게서— 연자가기다릴텐데—』 헤련이는 헤련이대로 그들축에서 싸지랴햇다 연자를두고 밤늦게까지 잇슬수도업지만 오래간만에 맛난두사람이 자유스럽게이야기할수잇는 시간도주고십엇다.

『공연히그러시누만요— 잠간단녀오십시다』

성구도 그를더리고가지안는다면 엇든생각을할년지몰라 갓치가기를권햇다

『그러지말구 쌜리가요—』

그러나 성구와숙히의말에도 헤련이는싸르지안헛다. 자기가 두사람의 방해가될게실헛다. 비록사이가 멀어야할두사람일망정 서로의사정을이야기하고십고 두사람만이안즐기회를 가지고십허할것갓다

헤련이는 단순히 두사람을위하야 그들을쎄나 병원으로도라가기로햇다.

『잘단여와—』하고 두사람이걸어가는것을 바라본 헤련이는 자기가 그들축에쎄지못하는서름을늦겻고 쏘그들이 자기를서글푸게해주기위해 새조케것는것갓헛다.

【124회】 路傍草(十五)

세사람이 두사람으로되엿을째 성구는엇든구속에서해방된듯한 늣김을가
지엇스나 한편되려 가슴이두군거리엿다 자기의외롬을풀어줄수는 오즉하나
의사람이라는생각에하고십흔말도 못해야한다는것이다

못할배는업다 그맛한것쯤을용납해줄수잇는숙히가 그러나 주책업는듯이
아닐수업다 숙히를괴롭히거나 그에게 조치못한인상을주고십지가안타 그가
자기를써나 싼남자와 결혼할째역시 그를괴롭힐이야기를하지안엇다。

이제만약 조곰이라도 자기가불행하다거나 쏘는숙히를원망하는눈치가 잇
어보인다면얼마나 괴로와할것인가

견지정길을걸으면서 종로까지나올째까지 성구는이런것을생각하며 이야
기를쓰내지못햇다

숙히는 같이걷는성구가마누라가죽음으로하여 괴롬이잇슬것을알면서도
무엇이라고위로를할것인가 그가불행한것을말한다면 그책임을자기도저야할
것이(닌)가 자기역행복스러운생활은못한다 그러나 이제자기의불행을말할궐
리와 면목이잇는가。

남편수만이는 가정의부여한째문이지 류락의생활을게속한다 상당한교양
도잇는사람이정신적인면(面)이 조곰도업고 동물적행동만을취하는것을볼째
늘가슴쓰려한다

술먹고 밤늣게도라오거나 그러치안흐면 밤을싼곳에서 보내고 다음날드
러오는남편을볼째 숙히는자기의결혼을 후회하고 성구를생각해본째가 적지
안엇다 그가류락의생활을하는게밉다는것보다 아모가치를늣기지못하는 남
자의안해가되엿다는자기가 불상해보히기째문이엿다

그러나후회하고 슬퍼한들 무삼소용이잇슬겐가 성구가 다시혼자몸이 되
엿다기로니 이제 그에게 달려갈수가잇스며 설사성구가 그것을바란다고할지
라도 엇지사회의 눈을피할수잇는가

숙히는 서울잇는동안다만 성구의동모가 되어줄것박게 아모것도업다 누
구가무엇이라고하든 그의동모가되여주어야할것만은 거절할수업다 성구가

바라지안는대도 자기는그의동모가되여야한다

　이런것을 생각하기에이야기를잇젓든 숙히는종로네거리까지왓슬째

　『어데로갈가요?』하고물엇다 퍽명랑해보인다 성구역시 가벼운어조로

　『명치정으로갈가요 가서보고 조혼게업거든 짠데루가기루하구!』

　『그럴까요—』 그들은명치정쪽을향해걸엇다 얼마것지도안어

　『참 저녁이나먹고 가야지안어요?』하고숙히가 새의견을말한다

　『미안해서…』

　『미안하게늣기신다면 전도라가야겟는데요』

　『그럼 그런소릴말기루 할까요』

　『참말이지요?』숙히는 반가웁다는듯이 반문한다 성구는 만족해하는숙히
를보고 깃버햇다

　『조용한데루가지요?』

　『선생님이 조화하시는데루 안내해주세요 그런데두알어두어야지안허요』

　『그러케말을하신다면 안내하기두거북한걸요 그럼보통잘단니는 명과(明
菓)로가지요』

　그들은 가벼운보조로본정을걸엇다

　명과에드러가 저녁을먹을째도 퍽명랑햇다。누가보아도 부부거나 연애하
는남녀로생각할만큼 자미잇게이야기도햇다。

　명과에서영화안내를보고 약초극장으로가기로한 그들은 다시것기를시작
햇다。

　성구는숙히만을 숙히는성구만을 생각하기에짠것은모두잇고 혹시누구를
만나면어쩌나하는겁까지일엇다。

　『함홍서도 늘구경단니십니가』성구가뭇는다

　『글세요』숙히는우스며 성구를볼쑨이다

　『퍽재미만으시지요。』성구는 웃서주는숙히를볼째 갑작이 그웃슴을 언제
나볼수업는 고적을늣것다。

　숙히도 그런성구의마음을 알고 씨원히재미업는자기살림을말하고십헛다
그러나

『재미를보는지요? 좀생각해대답하지요』하고 우스며성구를보앗다 재미보지못한다는쯧인줄안성구는 사뭇마음이노히는지

『나두 함흥에 놀러갈까요. 그재미좀노누려』 한다

『오십시오』 대답은햇지만 숙히는 얼골을숙이엿다. 참말로 성구와엿드면 자미잇는일도잇섯슬게 갑잭이생각낫기째문이다

【125회】 자장가(一)

이년이거이지난 엇던봄날이다

헤련이가 일보는유치원에서집으로 도라가고잇슬째뒤에서그를부르는소리가낫다.

헤련이는 늘듯는사람의목소리임에 그리 놀라지도안코 뒤를도라보며 발거름을멈추엇다.

과히 멀리써러지지안흔곳에서 자기를 짜라오느라고쒸여오는 유치원조수 춘자를 볼째 유치원에 무슨일이생겻는가하고 춘자가 채닷기도전에

『무슨일이생겻서?』하고물엇다.

『아니요―』 춘자는 헐덕어리며 헤련이갓가히 짜지왓다.

『그럼?』 헤련이는 재차물엇다. 째로 원장이늣게와서 자기를찻는다든가 엇던째는 원애가 어데다치여 집까지 더려다주어야하는일이 종종잇기째문에 쒸여오며 자기를부르는춘자가 쏘그런일을 알리려오는것만 가탓기째문이엿다.

『아모일도업서요 난두이리루좀가볼랴구 그저짜러왓지요』

『이리루가면 어덴데요? 』춘자의가는길은 반대방향이엿다 창전리에서 대동강쪽으로가는길은 경창리로가는길과 동서로쏙반대다.

『날두짜뜻하니짜 산보두할겸……』 춘자는헤련이를짜라오는이유를 밝히지안엇다 그런 춘자에게 짜지물것도업서

『그럼가티갑시다』하고걸엇다 나이도자기보다 대엿살어리지만 자기밋에 잇는조수라 너무캐서뭇는게 되려실례인상십기도했다.

쏜아니라 헤련이와그이는한달도못된 이십여일전에알엇다.

멧번 히련이를차저왓든일은잇지만 그리갓가울정도의 교제가업다

『퍽 더워젓는데요—』 헤련이는 일기에대한이야기로갓치것고잇는두사이를무뢰하게하지안으려했다

『벌서오월이아니에요 그래두 서울보다는덜덥지안슴니가?』

『글세요 강이갓가워서덜더운것갓기는합니다』

이런이야기를하며 헤련이의집으로드러가는 이문리(里門里)골목짜지왓다

『우리집에가서 놀다가지요』

『선생님』춘자는 발을멈추고 청을드리는얼골로『모란봉산보안가실래요!』한다

『다음에가지요』헤련이는골목으로 조곰식드러선다

『선생님하구 말슴할게잇는데』

『집에가서합시다그려』

『그래두』

『무슨말?』

『가서말슴드릴게요』

『우리집에 가면엇대요 누가잇나요 어머니와어린애박게업는걸 뭐』

『그래두』춘자는 무조건하구헤련이를더리고 짠데루가랴했다

헤련이는 이상스럽게생각햇다 별로할말도잇지안흘것가튼데 내용은말치도안코그저모란봉으로 끌고가랴는것이 수상스러웟다

그러나 하겟다는말도안들어주기가안되여 궁금한생각을하면서

『그럼 강변으로갑시다 모란봉은 좀멀어서—』하고의견을들어주엇다

『네—』춘자는즐거운모양이다 모양은과년한여자가트나 아직수물안팍처녀라 처녀다웁게 즐거워하는표정을한다.

강변은 멀지안헛다 큰길가에서 조곰만나려가면 나무가싸힌조용한곳에이를수가잇다

그들은 돌우에 서로쩌러지게안젓다 조곰우에서는빨래하는부인인네들이 방망이질을하고 그위길에는 산보객들이 연달아섯다

강에서 벌서 쏘―트를타는중학생들이 원기잇게 노를젓고잇다

능라도에는 수양버들이푸르러젓다

금수강산이라고하드니 과연볼수록 조흔경치다 맑은물 마시고십게깨끗한 물이 소리업시흐른다

혜련이는한참동안 강물을드려다보다가

『무슨말이요』하고 춘자의말을재촉햇다

『천천히하지요』

『빨리하지무얼그래?』

춘자는이야기하기가난처한듯이 한참동안묵묵히잇다가

『연자아버지일홈이 누구신가요평양사람이아니야요』하고 혜련이의눈치를 보아가며물엇다 혜련이는 그뭇는말에가슴이쓰끔햇다 사실에맛는 이야기를 알고뭇는데는 반듯이 그속에이유가잇슬게다.

『왜요?』하고뭇기는햇스나 춘자가자기의비밀을 다아는것가튼겁이들엇다.

【126회】 자장가 (二)

춘자는 말을해야할지 쏘는아니해야할는지 혼자서망서리엿다.

『무슨말을들엇서요?』하고혜련이가 물을째도

『네』하고는 그쑨이다.

『들엇거든 말해주어요』 혜련이는 궁금하기도햇다 들엇을넌지도모를이야 기다 넓은것가태도 몹시좁은게사람의사회다 어써케해서 춘자의귀에 그말이 들어갓는지는 들어보아야할노릇이다.

죽은남편 철식이네집이평양이오 그의부모가 아직살어잇을것이니 어데서 자기가 평양에온것을 탐지햇는지도모른다.

혜련이는 춘자가 그런말을들은시초가 알고십헛다.

『어데서 최선생 이야기를 하니까 연자의아버지가평양사람이아니냐고 되 려뭇기에 하는말이지요』 춘자는 혜련이에대한 새지식을 말하려고 강변까지 왓고 쏘임이말을쓰낸터라 아니할래도 아니할수업는 일이엿다

『평양사람은 아닙니다』우선헤련이는 그말을 부정해노코 그래도자초지종을알고시퍼서『좌우간 그 말을한이가 누구닙니까 나를알사람이 평양에잇슴직하지안흔데……』하고 캐서물엇다.

춘자는할수업다는듯이

『우리집바로여페사는 사람인데요 우리집에놀려왓기에 이런이야기 저런이야기를하다가어쩌케해서최선생이야기를쓰내게되엿서요 그래연자가 귀엽게생겻드라는 말까지 햇드니 되려 차근차근 최선생이야기를뭇더군요 고향이청진이아니냐구 쏘는 남편이도라가시지안엇느냐구 나종에는 몃해전에 도라가시지안헛느냐구 뭇겟지요 그래 아는것만 대답하구 모르는것은 모른다구햇서요 참 중국에가서 살엇다구 하지안트냐구 뭇겟지요 그래 그런건몰은 다구햇드니 아주아는척하구 설명까지해줍디다。 그러더니 나종에는 최선생이 자기 며느리라나요 퍽으나놀랫서요 그러치안홀게라고 말을해보앗스나 도로혀 절더러 모른다구하며 야단치드구만요 한번선생님을 차저간다구까지 하든데요 그래 그게정말인지 선생님에게 말이나 해볼랴고햇서요』

헤련이는 가슴이 털컥주저안젓다.

벌서 철식이부모가 자기가 평양에온것을 알엇고쏘 춘자가 자기의과거를 알게되엿다는것이 예상햇든일은 일이지만 너무나 빠르게알엇다는게 기막혓다.

학교졸업을할때 취직을바랫스나 그런것을 예상하고 평양에는 본시부터 지망하지를안헛섯다

제일희망 제이희망 제삼희망까지 틀려버리고말째헤련이는 저윽이 실망을햇다 모든곤난을 무릅쓰고 공부를한것이 결국졸업후 취직을할랴는것이엿것만 졸업장을밧고나니 갈데가업다.

헤련이는 교장을차젓다. 어데든지조흐니 보내달라고 재삼부탁햇다.

짠동모들은 대부분이 희망햇든곳으로 가는모양가텃다. 자기만이 낙오된듯 실망을 늣긴다는것은 학교에서도 그리조케보지 안엇다는 증거일는지 모르지만학교선생이나 짠동모의 말이 자기의조건이 조치못하다는것이엿다 처녀가아닌 것— 나히만타는것 이것은헤련이로서도 쩟쩟이말할수업는자기의

약점이엿다.

　그래 희망자를 적으라고할때는 자기가마음둔곳을적엇섯다 그러나 그게 안되고말째 그는아모데라도 되게만해달라고 부탁아니할수업섯다. 가장낫분조건으로라도 가겟다는뜻이엿다 그러나평양에라도가게해달라는뜻은아니엿다. 철식이집이잇는평양만은 그만두랴고생각햇스나 참아 평양에는안가겟다는말을할수가업섯다 굼주린사람이 맛잇는음식을가린다는그런늣김을 교장에게줄수는업섯스니짜 그러나수만흔곳에서 자기가 가장실허하는평양에만 자리가잇다는것은무슨운명일가.

　몹시 주저햇다.

　그러나 우선가지안흐면안되엿다 그곳마저 오라는데를안간다면 참말로 갈곳이업다 혜련이는 유치원선생으로잇는 녯날친구 성실이에게도편지를하야 자기사정이야기를하고 될수잇는대로쌜리한자리구해달라는청을해두엇다. 그리고는 곳짠데로갈운동을할전제로 평양짜지왓든것이엿다.

　평양에올째부터 철식이부모를 맛나기나하면 엇지할짜하고 속으로 걱정햇스나 온지불과한달도못되여 그들이먼저알엇다 그러나춘자에게 그게사실이라고 고백을한다면 자기가어쩌케될는지 모른다

　『이상한사람두잇구만요 연자의아버지는 성진사람이엇구요 쏘교원노릇을 하다가 페병으로죽엇서요 상해가다무슨상해입니까』

　『글쎄나말이애요 나두그럴것갓지안은데 그노파가작구그래서……』

　『자기아들생각을 몹시하는 사람인모양이로군요』 이러케거줏말은해노핫지만 혜련이는 불길한예감에쩔엇다

【127회】 자장가(三)

　춘자를몬저보내고 강물을바라보며 혼자안저잇는혜련이는 흐르는물속에 자기마음을보앗다

　싯업시 깁풀것가튼 퍼런물이 흔들흔들움직일째 그속에는 자기와가튼요정이숨은듯하다 깁퍼도넓이도 한업는큰바다 그속에서 외로운혼을잡고 물결

에시달리며 갈곳몰라하는무엇이 눈에보인다 외롭다고 소리를질는다 들어주는사람이하나도업다고 속을태우면서도 아우성을친다

이짜금씩 커다란물고기가그를둘러싼다 그를피할랴고노력한다

헤련이는 그게바로 자기라고생각했다

리성도 감정도다일허버리엿스며 비록자기엿다할지라도 아모쓸데가업는 바다속의요정— 그의운명은 다만외로울쑨이아닌가

헤련이는 삼년전상해서철식이의해골을가지고 도라오든째를생각했다

그구박을밧든광경도 눈에보히엿다 성실이를맛나 위로를밧든것도 생각낫다

그게바로 이평양에서 생겻든일이엿만 이제다시평양을차저오게된자기가 엇든즐거움도업을것은미리부터 상상햇든일이다

이제그런생각을해야 아모쓸데도업는노릇이지만 그럴줄 쩐히알면서무엇하려왓든가하는후회가 새삼스럽게 이러낫다

성실이에게 부탁은햇다할지라도 쉽지안은취직이다 마음대로될수가업슬것갓다.

『그러타면 어쩌케할까—』

헤련이는 쏘한물을보앗다. 투명체이면서도 씆이보히지안는 그물의마음이부럽다 유유하게 아모걱정업시흐른다. 그러면서도 사람들에게는 아름답다는말을듯는다.

아름답다는말을 들어볼수도업슬쑨아니라 마음대로흐를수도업는자기다. 평양이실타면 어데로갈것인가?

갈데가업다.

헤련이는 그이상더생각을게속할수가업시 집으로도라왓다. 불길한무엇이 집에서도 자기를기다리고잇는것가티 조바심을하고도라왓다.

방에드러서니 연자가 편지한장을내준다.

접날편지를보낼사람도업것만 뱀을만지듯 쩔리는손으로 편지를집어들고 보낸사람의일홈을읽엇다. 권성구라는글자가 쏙쏙히씨운것을보고야 한숨을내쉬엇다.

왜 접까지만히가지게되엿슬가하고 헤련이는 혼자서자기를책망햇다.

겁부터 몬저먹는다는건 그만큼약해젓다는것을 알려주는게다.

혜런이는 구더지랴햇다. 굿지안코는살수가업는자기다

그는 성구에게서온편지를쓰덧다.

쓰들때 명애와의 결혼이 엇지되여가는가하는 궁금한생각이몬저들어 빨리읽고십헛다.

그러나 한참동안은 그들에대한 이야기가업섯다.

혜런이더러 좀더외로운생활을해보라 만약 평양이란도시가 혜런이에게조금만치라도 허영적안위를 준다면 혜런이를위하야 슬퍼해야할 도시라는이야기를썻다

나종에가서 명자(明字)와무슨인연이잇든지 명심이를일코 명애와다시결혼을하게되엇다는이야기가써잇섯다

우선 청진동모명애와성구가결혼하게되엿다는 쏫다운생각― 숙희가성구를위해명애를소개햇다는 아름다운마음을생각해보앗다

그러나 남의쏫다운생각은 자기의쓰라린마음을 자아내게햇다

쏫다운일을 상상할수도업는자기일생 이러케생각하니 우울하다

그런생각을그만두기로햇다

그러나 성구가말한대로 평양이조고마한 안위도주지안는도시라면 자기를구원할수가잇슬가하고반문햇다

허나 자기를구할길이란엇던경우에도 잇지못할것갓다

사실 이째짜지의자기를 노치지안코 안위를밧으며살엇다 그안위째문으로해서 자기분렬을계속해왓다 만약안위가업시 깃쁨이나쏘는심한고통만을늣겻다면 마음자리는잡엇슬런지모른다

독신생활을하면서도 남의결혼을볼째 무척아름답게보는그런마음은 안가지게되엿슬게다

【128회】 자장가(四)

편지를 책상우에던진혜런이는 연자를물쓰럼히보앗다

숙희의도음으로 병을완전히고치고 이제는 알은애갓지안케 자라나고잇다.
처녀맵시가 제법나리만큼 복스러운얼골이다.

그러나 그연자가 자기와가티얼마나 불행한환경에서 고생을해야하는가하는 생각이들엇다.

그연자가 장성해서 자기의길을걸어가게된다면 자기는 얼마나행복스러울가하고 자문햇다.

그러나 자기를생각못하는지금의연자가 도로혀귀여울것갓다 책임감을늣기지안코 도로혀 연자의걱정을밧게될째는 연자에게 필요업는자기가될게다.

그러나 이제그런생각을해서 무슨소용이잇슬것인가—

『연자야 오늘두잘놀앗니? 할머니에게 걱정씨치지안쿠? 참할머니는 어데가섯니?』

차라리 쓸데업는생각을말고 사랑하는마음을가지는게 가장현명한일일것갓태 연자를안엇다

『응— 저— 할머니는 반찬감사러가섯서—』

재롱을피워가며 쪽쪽하게말하는연자의말이 뇌속으로속속슬며들엇다.
온몸이짜릿짜릿하는듯햇다

그러케 쪽쪽한연자째문에 자기가고민햇다는것을 후회하고십헛다.

다만얼마나 월급을바더 발을못벗치고살든어머니까지모서왓다 어머니도 주머니에멧십전식 돈을너코 마음대로 저자에나간다는 깃붐이오작할것인가.

현실에만족하고살가 하는소리가 가슴에서 들리는듯햇다

『어머니는 편지를 쓰야겟군—』

혜련이는 연자를노코 책상을마주대햇다

『권선생—

무엇보다 두분에게 행복이잇기를빔니다

과거를씻고 명애를힘썻사랑해주십시요 사랑할수잇는마음을가진이가 가장행복스러울것입니다』 이까지쓰고나서는 붓끗을입에물엇다.

사랑할수도업는사람이잇는가 하는생각이들자 자기가그런축인것갓다.

동환이는 어데를갓슬가하는생각이문득든다.

동환이에게 백번이라도사죄를하고십흔생각이 이러난다.

다시한번 자기를차저주엇스면하는 공상도이러난다.

그러나 부질업는생각— 아모리생각한들 무슨소용이잇스랴

문득 명애가부러운듯하다

성구와가튼사람과 부부를맷고 마음을내멧길수잇는게 얼마나행복스러울가 그것도 부질업는생각이다

현실을써난생각 쏘는 현실을써날랴는생각은 자기를희롱하는것박게안된다.

그는 붓대를들고 쓰기를게속햇다.

『평양은 선생님이기대하는바와가티 아모런안위도안주는곳입니다 그반대로불안만을주는것갓습니다 그러나 나에게는 구원이업슬것갓습니다 안위도바라지안코 불안도바래지안습니다마는 불안만은심장과 더부러 언제까지나 몸에부터잇슬것갓습니다.

선생님!

이중성격을 늘— 비난하신줄암니다.

참으로 감정으로이성을죽여버리지도 쏘는이성으로감정을문허버리지도 못해햇습니다 만약그랫다면가책을늣겻거나 자부심을가저보앗거나햇슬겝니다 그러나가책을밧거나 자부심을가저본적도업습니다 다만이시대가 나에게 질미워준현실에쌀리어잇다는것만 말슴드리겟습니다』

혜련이는 다시붓을노앗다 무엇이라고더쓰고십흐나 생각을해야할것갓다 그러나그편지는쓰틀맷지못하고야말엇다

『주인게십네가』 생소한말소리가쟁하고울려온다 혜련이는『네』하고박글 내다보앗다 엇지해야조흐랴! 춘자가말한그대로 철식이의어머니 옛날의시어머니가 쓸에서잇지안는가!

혜련이는 머리가핑돌앗다

오고야말운명은 목전에다달앗다 그러나엇진일인지혜련이의얼골을본시어머니는부드러운목소리로

『평양에왓슴은 그래도시집이라구차저와야하디안니! 난 너거트니가왓다구길기에정말네가왓나하구 오늘보러왓드니 넌 정말너루구나—』

헤련이는 시어머니의부드러운말 엇더케해석해야할는지몰낫다.

【129회】 자장가(五)

시어머니가 도라간뒤 연자가

『난안갈테야―』하고헤련이무릅으로 올라올째 헤련이는 용서업시 어린연자의쌤을 소리나게 짜렷다.

안가겟다는말이 미운것은아니엿다.

『어린것을 왜짜리니?』 어머니가 못맛당하다는 듯이 『어린것이 무슨죄가 잇냐?』하고 눈물을흘린다.

헤련이는 실신한 녀자처럼 말이업다.

매를마즌연자는 울면서도 그래도 『엄마―』하고 달려든다.

그째는 품에안기랴는 연자를 써밀랴하지도안코 하는대로 내버려둔다.

『이리온―』 헤련이 어머니가 연자를 안어간다『이게무슨팔자가 벌서부터 이러케세담― 그러나 내가 이걸쩨주고 어쩌케사나―』

늙은 얼골에서 눈물이써러진다.

연자는 할머니가슴포개를잡아흔든다.

『응― 우리연자는 나하구살지―』

헤련이는 할머니와 손녀가 무삼말들을 하고잇는지도 듯지안는모양이다.

성구에게 쓰든편지를 쓰내들고 엇든영감이나 이러난듯 편지를 쓰기시작했다

『외로운 혼입니다. 이제 연자마저 쌧기게되엿습니다 남어잇는 맨마즈막것까지 주어버려야할것갓습니다. 주지요 달라는것 다주지요 달랄걸리는업지만 줄의무는 잇는가봅니다. 줄게업스면바드야할것가지만 바들생각은 가지지도안켓습니짜 가장큰것을일코몬지가티적은것을 어드면 무엇합니짜? 차라리 죽을째까지 내것을주며 살렵니다. 영원히 구함못밧을여자라고 말슴해주서도좃습니다. 선생님 저가튼여자가세상에쏘잇서야할지 그러치안흐면 더잇서서는 안될는지 잘생각해서 세상에경고해주십시요』

헤련이는 싯을매진셈으로붓을노앗다.

쓰면 얼마든지쓸수잇는듯햇다 그러나 안젓든자리에그대로 누어버렷다.

연자는 어느듯할머니무릅에서 잠이든듯하다 할머니가 요와벼개를나리운다。

요를깔고 벼개를베워준할머니는 아랫목에서 한숨을쉬고잇다

헤련이는 이러나안젓다 싸려준쌈을만젓다

죄업는연자의복스럽게자는얼골을 드려다보앗다

쓰거운눈물이 무릅에써러지엿다。

알지못하는새에 썰리는목소리가 가슴속에서 우러나왓다

잘자거라 아가 우리귀한아가

오늘저녁 꿈속에 천사녀를보호해 잘자라 내아기밤새편히쉬고

락원 단꿈 꾸며잘자거라

쑤람스의자장가엿다

노래를뜻치고는 다시책상으로도라와 성구에게보낼편지를게속해서썻다

『선생님 !

연자를재윗습니다

단꿈을꾸라고 자장가를 불러주엇습니다 다시는 더불러줄수업는노래엿습니다 만약 이노래가 구슬푼쎄레나―드엿다면 도로혀 아름답을넌지도 모르지요

선생님

정말 더못쓰겟습니다』

헤련이는 붓을노코 쓴편지를 봉투속에너헛다

그리고는 거울을드려다보앗다

거울속에 비최는자기얼골이보일째 그거울을곳내던지엿다

무심코 책상우에노인수공품알범을쯔냇다 그러나그역들처보자마자 덥픽버리엿다。

마음을안정식흴수업는헤련이엿다

마음둘곳업는헤련이 그는외로운여자엿다

꿈속의 故鄕[●]

유달리 이봄은 일즉부터 기달려졌다. 지난겨울이 너무심하게 치워그랫는지 나의생활이 봄과같은 희망을 바래어서 그랫는지는몰라도 올듯올듯하면서도 찬바람이 다시불어 오곤할때 내마음은 몹시초조햇고 안타가웟다. 언젠가 따듯한햇빛이 빛이기에 외투를벗고 봄냄새를 맡으려 한강쪽을 나가본일이있다. 이제는 들에도 봄빛이 완연하고 풀도 파릿한잎을 도치엿스리라는생각에 한강에뜬 범선이 내눈을기뿌게 해주리라고믿엇다. 그러나 풀밭에는 나를 맞이해줄준비가 도모지없엇을뿐아니라 한강에는 아직까지 어름이 얼어붙어겨울을즐기는 스케잇팅패들이 와작일뿐이엿다.

몹시울적햇다. 왠지모르게 봄을기다리든 마음이 여지없이 경멸당하고야 말엇다.

그래도 나는 남보다몬저 봄을찾어야할것같어 기회만있는대로 시외를산보햇다.

남보다일즉 춘복(春服)을 들처입어도보앗스며 내몸에서나마 봄을맛보랴고 푸른넥타이를매기까지햇다.

봄— 왜 봄을 그렇게도 좋와하는지 나도모르나 봄없는겨울에서만살라면 금시죽을것같게 봄이필요한것같다.

아모리 내가손짓을하고 고함을지른다해도 올때에야 오는봄을 그렇게기다린내가 너무나 성급한것같지마는 그래도 봄은확실히오고야 말엇스니 나

● 박영준의 이 작품은 작자가 1938년 4월 7일에 쓰고, ≪農業朝鮮≫ 1938년 5월호에 실렸는데, 본고는 그 영인본에 근거하여 정리하였다.

는기뻐해야할게다.

봄비가 몇번식나리엿고 따뜻한햇빛이 봄을 피곤케한다. 분명코봄이다.

남산이나 인왕산이나 북한산할것없이 어느산을보아도 파릿한 봄빛이보힌다. 외투를벗고도 땀을흘리는사람이 거리에굿득하다. 나도 아모데나 뛰여갈수있다.

그러나 내가기다린봄은 확실히 이런봄이아닌듯싶다 봄이왓서도 그리기뻐할줄모르는내마음이 다른봄을 그리워햇든모양이다. 창경원엘가서 금붕어와 일즉핀 식물원의꽃을보기도햇스며 본정통이나 종로거리에서 뭇사람의 움즉임을구경도햇다. 몸이피곤해질때까지 함부로거러도보앗고 인왕산풀밭에 우둑허니앉어 싹터오는풀을 한나둘 뜻어도보앗스나 아직까지도 내마음엔 봄이깃들지않엇다.

서울의봄은 봄이아닌지도모른다. 봄이왓다고 와작떠드러대는 소동에 봄이놀래여 제얼골을 면사로쌋는지모르겟다.

도회의봄은 안윽하지가못하고 떠들석하다. 잔잔한봄을 떠들석하게만들 뿐아니라 봄의향기를 독기있는냄새로 잡어먹는다.

봄이 제얼골을가지란들 엇지가질수있으랴!.

봄아닌봄이나마 그를 즐기려하는내마음은 아모래도멀리 북쪽을향해 다름질하고있다. 고향의봄—참다운그봄을 내마음은 사랑하는가보다.

저— 북쪽하날밑에는 내고향이있다. 내마음이북한산을넘어 적은구름을타고 멀리 다라나곤하는것이 고향을그리워하고 거이에찾어온봄을 꿈꾸고있다.

아름다운기억이 깃드러있는그곳—언제생각하나 실증나지안는 나의고향.

거기에는 푸른하늘이 마음껏넓을게고 청초한산이 저대로 서있으리라. 물오른소나무새로 산새들이 멋대로노래를부를게며 파릿한봄보리가 가느다란 비를 한없이즐기리라.

마을동녘 울농산밑에는 적은 샘우물이 넘처흘러 맑은물이흐를것이고 어린송아지는 함부로 그물을 밟어흐르게할것이다. 칼들고 송굿 벽기려가는 머슴애들과호메들고 달래캐려가는 동내처녀들이 심한작난에 꾸중도들을게다. 산풀을뜨어먹어 시꺼매진입을닥지도않은채 양지짝에서잠자는 작난꾸

럭이도 분명있으리라.

나는 내고향을자랑하지안는다. 강서고분(江西古墳)하면 누구나 고구려의 고적이남어있는데라고해서 내고향을칭찬할것같다. 을지문덕이난 평원(平原)석단산(石多山)도 멀지않을분아니라 그의무덤이 아직까지남어있는 태평(太平) 역시삼사십리밖에안된다.

평양밤의 시조라고할수있는 함종밤(咸從栗)도 바로 내공향에서 나고 조선에서 큰농장으로 유명한강서농장도 그근처에있다. 그외에 유명한사람들을들어 내고향을자랑할수도있으나 나는 그런어리석은 즛을아니하겠다.

내고향을사랑한다면 그뿐이다. 훌륭한것을사랑하기보다 빈약하고 가난한것을사랑한다. 훌륭하고 자랑할만한것을사랑해줄사람은 나아니라도 얼마든지있다.

나는 초가집만이 겨오이삼십호 들어앉어 물샐틈없이 제살림을해가며 자연이준혜택을감사하는 조고마하고가난한 내 고향을사랑한다.

자연이주는 규률을 가장잘지켜가는 내고향사람들은또한 자연을극진히 사랑하기도한다. 그들은 마음으로기절을못사랑한다해도 몸으로 그를사랑할줄안다. 그들은봄이왓다고해서 푸른풀을뜯어보며 웃음을웃지안는다 가을이왓다고해서 감상적인눈물을 흘리지도안는다. 먹을것을심을봄이되엿스니 기뻐하며 곡식거둘가을이되엿스니 또다시기뻐한다. 그대신 설어한다면 일할때 먹을것없이 또는 거둘때 거둘것이없어 설어할게다. 그러한내고향에서 길리워난때문인지 나는 마음으로 봄을그리워하면서도 마음으로만늣기는 봄이 그리기뿐줄을모르겠다. 봄이면봄 가을이면가을 그속에서 내몸과마음이 깃드릴수있어야 나는참다운기쁨을맛볼것같다.

어리엿을때다. 이맛때면산골자구니에 픽껍새와 콩투기(鳥名)를잡으려 차(치코)를가지고 뛰여단녓다. 차를놓고는 새를몰려 멀리까지가고 또 새들이 딴골잭이로다라낫스면 차를 그리로가저다놓는다. 산길도것고 밭고랑도 뛰여넘으며 하로종일 새몇마리를잡으려단니다가바지가랭이속에든 새축지소리를드르며 집으로돌아오는맛이란 아직도 잊을수가없다.

조곰더컷을때는 집안식구를딸아 밭에가서 목화밭과조밭을하는데 조력을

했다. 씨뿌린 밭고랑을 발로메워 나가거나 밭가운데난 잡초뿌리를 빼서버리는일이 내가하여야하든일이다. 한참동안 발자국(흙메우는일)을하면 허리가 끊어지는것같으며 두어서너고랑만 잡초를뽑으면 손이 얼얼하게 아퍼진다. 그러나 쉬는틈을타서 피리를만들어불거나 빼기를뽑아먹으면 힘들든몸이 가벼워지는것 같고 하기싫든일이 그리힘들어보혀지지가안는다. 그래서 형님이뿌리는씨를 내가뿌려보다가종자를 함부로 허트린다고 볼기를맞어보기까지햇다.

그뒤 나는집을떠나 객지로단니며 공부를하기에 고향의봄을전같이 맛보지못햇다. 봄방학을이용하야 고향엘가나 그때는 나에게 일을시키지안엇다. 공부를하는학생은 공부나잘해야한다는어머니의말슴에 큰일이라고는못햇스나 어느해봄엔가 텃밭에 감자를심으든생각이난다. 텃밭에서 양복을입은채 호미를들고 감자를심그고있으랴니 지나가든 동내사람들이 양복쟁이일한다고 웃기도햇스며 할줄도모르는것을 그만두라고 타일러주기도햇다. 그러나 나는 내고집대로 다심으로 서울엘왓드니 그해가을어머께서 내가심은감자가아조잘되엿다는 편지를해주시여 나의기쁨은 무엇이라말할수없엇다

그뒤에도 나는 내고향의봄은 여러번보아왓다. 더즐겁기도햇고 어뜬때는 쓰라리기도햇다.

어뜬봄에는 그새도라가신 할아버지무덤엘 찾어가야햇고 어뜬해에는 가장친하든동모가 만주로이사갓다는이야기를드러야햇다.

나를 그렇게사랑하시든 할아버지를 도라가실때도못보고 그의무덤으로 찾어가서야 마즈막인사를드린다는것은 아모리생각하야도눈물겨운일이엿다. 매화가 무덤가장자리에 둘러피엿고 푸른잔디가 무덤을 덮어주엇스나 그것들이 내할아버지의무덤에서 자라나랴고생각난것같어 도로혀 꺾어버리고싶었다.

그뿐아니라 같이자라낫고 언제나같이놀든동무가 아조볼수없게 멀리갓다는것은 나의고향을 적적하게만드러주엇다.

「나같은거야 일이나하는 농부루살다가 죽어버릴거니깐 말할것두없다해두너는공부잘해서 유명한사람이되라」—하든 그이말이 아직까지도 귀에선—

하다. 그는 다시오지않으리라. 그이말고도 내고향에는 아조가버린이가 적지않다고한다. 생각하면 쓰라린기억도 얼마든지있을게로구나—.

내가 고향에가본지 임이 삼년이지낫스니 금년의봄은 또한어떠할가?

농사짓든 내동생도 강원도로떠나갓다니 우리집도쓸쓸할게다.

공부한다고 타향엘나온이가 나혼자밖게없는 내고향에서는 제고향을 남에게내놓는 기대가 무척컷을게지만 오늘의나같은 무능한사람이된것을보고 몹시 애석히역이리라. 나역 설어한다.

가난한동니에서나와 가난을위로할 아모러한선물이라도 그들에게 보혀주어야할나이지만 이제는 이꼴을하고 그들의얼골마저 보려갈면목이없어젓다. 나는 농부의기질과 씩씩한힘까지 잃어버렷다.

나를안어주고 나를길러준 나의고향이여—나를 용서해다고

쓰라린기억이있다해도 지금의나는 내고향을 꿈속에그린다. 높다란 울농산에도 올라가고 넓지는않으나평평한들에서 뛰기도한다. 산밑 밤나무그늘에는 아름다운꽃이없으나 자주빛도라지꽃이라도 쥐여뜻고있다.

꿈속에서나마 내가안길수있고 내이마를부드칠곳이고향밖에없음을알어다고!.

나는 먼—서울에서 보잘것없고 하잘것없는사람이되엿지만 고향하나를사랑할수있다는 기쁨을가지고있다.

자라나는동안 슬픈이야기를 비지여내는 수가있더래도 내고향은 끊임없이 자라나고 있으리라믿는다.

봄그리는내마음을 고향의봄아 안어다고—꽃피는서울되고 노래하는봄이 서울에온다해도 나는흰보리꽃피는 내고향을 생각함으로야 이번봄의향기를맛고 내마음에 깃드리랴한다. 꿈에서나마고향은 내마음에서떠나주지않기를바란다.

지금쯤은 곡괵이를들고 들에서들살리라. 그리고 뒷산에서는 산비닭이가 울고!

(四月七日記)

새*

「고향이어데요?」

「에지오피아!」

「네그로로군?」

「그래도이태리를이기고야말텐데!」

「하〃! 용감한데」

그들의대화다

　푸른파초가寒室中央과天井全部를占領하고그아래로춤추는것같이것는明朗한개집들과이러한對話를하려납작한적은부채를든男子들이서울의뒤ㅅ골목을찾어단닌다

　下水道가窓아래있는조븐골목길엣발간네온싸인을빛외며허리만을가린싸리문을가진집들읋바! 라고한다

　레코―드가저음으로실내를몽롱하게하면모힌남녀들이삐루잔을쥐ㄴ채서로보며묵상을한다

　明朗性을즐기면서도沈鬱을벗하는고정성이없이교회인들의성격을여기에서찾어낼수있다

　女子에게살려달나고대들다가도본척도아니하고주머니에돈을찌ㄹ넉거리면서도스헬드에서선술집막걸리먹듯하는남녀!

　남자의돈주머니를사냥개처럼냄새맡으면서도남자를모르는체하고사귈적

● 박영준의 이 수필은 1930년대 용정에서 발족한 문학동인 단체인 《북향회》에서 꾸린 동인지 《북향》 2호에 실린 것을 그 영인본에 근거하여 정리하였다.

에도쪽기여단니며고향이에치피으라는녀자!

　모도가명랑? 란현대인들이다

　아마극들은남에게자극을주는것과자기가자극을받는것만을가장즐기는성격자들일게다

　成功보다도실패를예상함으로자극을받으려하고그것으로생의가치를부치는것같으다

　명랑한자극성! 뾰족한구두끝에집중하는미신경의자극성이아닐가?

　째——는현대인이모히는허영의유장이다

　그러나그것이서울의골목︿을직히여서울을붓잡고있는데야어찌하랴!

　명랑의자극으로현대인을명랑케만드는허영의계집앳바여 !

　지금은해가뜬낮이다안식을하라 !

박영준의 간도에서의 문학활동 연보[●]

1911년   3월 2일 평남 강서군 함종면 발본리 688번지에서 박석훈 씨와 하
        석애 씨의 차남으로 출생. 아호는 만우.

1919년   서당에서 한학을 수학.

1920년   함종공립보통학교에 입학. 부친이 독립운동으로 피검되어 평양형
        무소에 투옥됨 복역중 옥사.

1924년   함종공립보통학교를 졸업. 평양숭실중학교에 입학.

1926년   평양 광성고등보통학교 3학년에 편입. 이때로부터 문학에 관심을
        가짐.

1927년   교우지에 ≪M에게≫라는 시를 발표.

1928년   평양광성고등보통학교를 졸업. 연희전문학교에 입학.

1931년   건강이 나빠서 휴학. 귀향하여 평남 강남군 신정면으로 이사를 한
        본가에서 보냄. 신정면 회달학교에서 1년간 교사로 근무.

1932년   ≪시골 교원의 하로≫(≪조선일보≫, 5. 12)를 발표.

1933년   ≪쫓기어난 남편≫(≪전선≫, 2월), ≪소녀공≫(≪전선≫, 5월) 발
        표.

1934년   연희전문학교 문과를 졸업. 처녀장편 ≪일년≫이 신동아 현상소설
        모집에, 단편 ≪모범경작생≫이 조선일보 신춘문예에, 콩트 ≪새
        우젓≫이 신동아에 거의 동시에 발표됨으로써 화제를 일으킴. 단

[●] 박영준의 이 수필은 1930년대 용정에서 발족한 문학동인 단체인 ≪북향회≫에서 꾸린 동
  인지 ≪북향≫ 2호에 실린 것을 그 영인본에 근거하여 정리하였다.

편 ≪어머니≫를 조선문단에 발표. 그중 장편 ≪일년≫은 농민들의 1년간의 생활을 그린 작품으로서 발표당시에 총독부의 검열로 3분의 1이 삭제를 당함.

4월 19일 정숙용 씨와 결혼. 간도 용정 동흥중학교에 와서 1년간 교편을 잡음.

1935년　고향의 독서회사건으로 일경에게 피검되어 5개월간 옥살이를 함. 단편 ≪아버지의 꿈≫, ≪도시의 잔회≫, ≪딸과 개≫, ≪어머니≫, ≪지박사≫ 등을 발표.

1936년　≪목화씨뿌릴 때≫, ≪약국≫, ≪새신념≫, ≪눈오던 밤≫, ≪교유부인≫, ≪한성격≫, ≪동정≫ 등을 발표.

1937년　단편 ≪국수집≫, ≪쥐구녕≫, ≪교수성장기≫ 등을 발표.

1938년　길림성 반석현으로 이주. 교사생활을 함. 장편 ≪쌍영≫을 ≪만선일보≫에 연재. 이어서 단편 ≪꿈속의 고향≫(농업조선 5), ≪고양이≫(조선일보 5. 27-6. 1), ≪청사기≫(조선일보 7. 19-26), ≪아름다운 길≫(?), ≪중독자≫ 등을 발표.

1939년　단편 ≪남풍≫(조광 2), ≪의수≫(문장 임시증간 7) 등을 발표.

1940년　단편 ≪류랑≫(동아일보 6. 5-25) 등을 발표.

1941년　단편 ≪무화지≫(문장 2) 등을 발표.

1942년　단편 ≪밀림의 녀인≫(소설집 ≪싹트는 대지≫) 등을 발표.

1945년　광복이 되자 고국으로 돌아감. 고국에 가서 보다 본격적인 문학활동에 종사하면서 많은 성과를 이룩함.

1976년　지병인 당뇨병으로 별세.